契诃夫戏剧全集

Антон Павлович Чехов

安东·巴甫洛维奇·契诃夫

焦菊隐 译

万尼亚舅舅
三姊妹
樱桃园

上海译文出版社

图书在版编目(CIP)数据

契诃夫戏剧全集:全4册/(俄罗斯)契诃夫著;
焦菊隐,李健吾,童道明译.—上海:上海译文出版社,
2017.12 (2025.9重印)
ISBN 978 - 7 - 5327 - 7622 - 1

Ⅰ.①契… Ⅱ.①契… ②焦… ③李… ④…童 Ⅲ.
①剧本-作品集-俄罗斯-近代 Ⅳ.①I512.34

中国版本图书馆 CIP 数据核字(2017)第 206594 号

契诃夫戏剧全集 **(全四册)**	**Антон Павлович Чехов** 安东·巴甫洛维奇·契诃夫 著 焦菊隐 李健吾 童道明 译	出版统筹 赵武平 责任编辑 陈飞雪 邹滢 装帧设计 储平 胡枫

上海译文出版社有限公司出版、发行
网址:www.yiwen.com.cn
201101 上海市闵行区号景路159弄B座
江阴市机关印刷服务有限公司印刷

开本 850×1168 1/32 印张 34 插页 20 字数 490,000
2017 年 12 月第 1 版 2025 年 9 月第 8 次印刷

ISBN 978 - 7 - 5327 - 7622 - 1
定价:218.00 元(全四册)

目　录

导言/童道明 ································ I

万尼亚舅舅 ································ 1

三姊妹 ································ 79

樱桃园 ································ 181

《樱桃园》译后记 ································ 267

导　言

童道明

一

安东·契诃夫(一八六〇——一九〇四)既是个小说家又是个戏剧家。

列夫·托尔斯泰对契诃夫的小说创作推崇备至,称他是"散文中的普希金",认为就短篇小说创作的成就而言,十九世纪的俄国作家中没有一个可以与契诃夫抗衡的。

但托翁对契诃夫的剧作评价极低。一九〇一年的一天,契诃夫去探望到克里米亚养病的托尔斯泰。临别时,大文豪对契诃夫说:"莎士比亚的戏写得不好,而您写得更糟!"

然而一个世纪过后,恰恰是当年不入托尔斯泰法眼的莎士比亚和契诃夫,成了当今世界两位最令人瞩目的经典戏剧作家。二十世纪下半叶最有威望的大戏剧家彼得·布鲁克的导演代表作便是莎士比亚的《哈姆雷特》和契诃夫的《樱桃园》。

二

在十九世纪末看低契诃夫戏剧的不单是托尔斯泰一人。当时的戏剧评论界普遍不接受这位剧坛新人。一八九六年十

月十七日《海鸥》在彼得堡皇家剧院首演失败之后，当时最有名望的剧评家库格尔写文章对此剧作了毁灭性的批评："契诃夫先生是小说家出身，他有一个致命的误解，他认为小说笔法也可以堂而皇之地进入神圣的戏剧领地。由于有了这个致命的误解，这个原本就不及格的剧本，便变得不可救药了。"

当然还得承认库格尔的眼力，他在《海鸥》中看出了契诃夫的"小说笔法"，以为这样就破坏了传统的戏剧规则，于是把它打入了另册。而契诃夫的戏剧革新也的确包含有戏剧散文化的诉求。他在创作《海鸥》时给友人写了两封信。一封信写于一八九五年十月二十一日：

> 您可以想象，我在写部剧本……我写得不无兴味，尽管毫不顾及舞台规则。是部喜剧，有三个女角，六个男角，四幕剧，有风景（湖上景色）；剧中有许多关于文学的谈话，动作很少，五普特爱情。

另一封信写于同年十一月二十一日：

> 剧本写完了。强劲地开头，柔弱地结尾。违背所有戏剧法规。写得像部小说。

《海鸥》对当时欧洲戏剧传统的"戏剧法规"的冒犯，显而易见。在第一封信中指出《海鸥》是"四幕剧"，就违背了分幕的"戏剧法规"。

我们知道，传统的欧洲戏剧的分幕一般都采取奇数结构，即分五幕或三幕。奇数分幕结构的剧本易于获得高潮居中的戏剧性效果。契诃夫背离奇数结构的编剧传统,把他所有的多幕剧都写成四幕剧,这正好反映了他不想像其他的剧作家那样去刻意追求戏剧的高潮点,而是把舞台上的戏剧事件"平凡化"与"生活化"。契诃夫开了"散文化戏剧"的先河。

在十九世纪末的俄罗斯,能够认识到契诃夫戏剧美质的戏剧家,只有正在和斯坦尼斯拉夫斯基一起筹建莫斯科艺术剧院的聂米洛维奇-丹钦科。他于一八九八年四月二十五日,给苦闷中的契诃夫写了封信,表达了要排演《海鸥》的愿望:

> 戏剧观众还不知道你。应该让一个有艺术趣味、懂得你的剧作的美质的文学家(他同时又是个出色的导演)表现你。我以为我自己就是这样的人选。我抱定了揭示《伊凡诺夫》和《海鸥》中的对于生活和人的灵魂的奇妙展现的目标。《海鸥》尤其吸引我,我可以完全担保,只要是精巧的、不落俗套的制作精良的演出,每个剧中人物的内在的悲剧就会震撼戏剧观众。

丹钦科的这封信没有得到契诃夫的积极回应。丹钦科便于几天之后的五月十二日又发出一信,用近于哀求的口吻对契诃夫说:"如果你不给,那会置我于死地,因为《海鸥》是唯一一部吸引着作为导演的我的现代剧。"契诃夫终于被丹钦科的诚恳所打动。

这样就有了在世界戏剧演出史上留下光辉一页的舞台演出——一八九八年十二月十七日莫斯科艺术剧院《海鸥》首演。

斯坦尼斯拉夫斯基后来在总结他们的成功经验时说:"那些总要企图去表演或表现契诃夫的剧本的人是错误的。必须存在于,即生活、生存于他的剧本中。"

丹钦科后来在回忆录里详细记述了这场具有历史意义的演出的盛况。他下了"新剧院从此诞生"的断语。后来,一只展翅飞翔的海鸥成了莫斯科艺术剧院的院徽。丹钦科解释说:"绣在我们剧院幕布上的'海鸥'院徽,象征着我们的创作源泉。"

一个演出造就了一家剧院,也拯救了一个剧作家,这在世界演出史上也是极为罕见的。

三

在丹钦科和斯坦尼斯拉夫斯基之后,高尔基深化了对于契诃夫戏剧革新的美学意义的认识。

一八九八年年尾,高尔基给契诃夫写信,说起了他对于契诃夫戏剧的划时代意义的认识:"《万尼亚舅舅》和《海鸥》是新的戏剧艺术,在这里,现实主义提高到了激动人心和深思熟虑的象征……别人的剧本不可能把人从现实生活抽象到哲学概括,而您的剧本做得到。"

高尔基一语破的,揭示了契诃夫戏剧创新的一个重要特点:契诃夫把传统戏剧的那个封闭世界打开了。契诃夫不仅把戏剧与散文(即小说)以及抒情诗之间的樊篱打破,同样的,也拓宽戏剧现实主义的内涵与外延。他把十九世纪末刚刚露头的自然主义和象征主义与现实主义嫁接。也就是说,契诃夫把他那个时代的艺术现代主义的精华吸纳到了自己的现实主

义的艺术机体内,从而实现了对于现实主义的超越。而这种超越,也帮助契诃夫戏剧"可能把人的现实生活抽象到哲学的概括"。

于是我们就能知道《海鸥》第一幕的戏中戏里妮娜这一段独白的意义:"我只知道要和一切的物质之父的魔鬼进行一场顽强的殊死搏斗……只有在取得这个胜利之后,物质与精神才能结合在美妙的和谐之中。"

只要物质与精神结合在美妙的和谐之中的境界,仍旧是人们心中的希望,契诃夫戏剧就永远能保持新鲜的现代感。契诃夫戏剧之所以能让现代文明世界的人们感到亲切,就是因为这些早已解决了温饱问题的现代人,可以理解契诃夫戏剧人物的精神追求和精神痛苦。

四

小说家契诃夫早已名震遐迩,但作为戏剧家的契诃夫得到世界公认,却是在他去世半个世纪之后。

一九五〇年五月十一日,尤奈斯库的《秃头歌女》在巴黎夜游人剧场演出,揭开了"荒诞派"戏剧的序幕,一九五二年贝克特的《等待戈多》的问世,更是标志着这一现代戏剧流派的崛起。而戏剧专家们在探索西方现代戏剧的艺术特征时,发现它们与传统欧洲戏剧的一个重要区别,就是在这些现代戏剧中没有"正面人物"与"反面人物"之分,支撑这些戏剧的行动展开的不是"人与人之间的冲突",而是这一群人与包围着这一群人的社会环境的冲突。

而当学者们寻根溯源,力图追溯这样新型的戏剧冲突的源

头时,便找到了契诃夫戏剧。

的确是这样。契诃夫不仅对艺术具有现代精神的认识,他对生活的认识同样具有现代精神。他不愿意用绝对化的眼光看待人与事,他扬弃非黑即白的简单化判断,因此,他的戏剧人物也无法用传统的"正面人物"或"反面人物"加以分割,诚如他自己所说的,在他的剧本里"既没有一个天使,也没有一个魔鬼"。

这样,到了纪念契诃夫诞生一百周年的一九六○年,我们从俄罗斯出版的《戏剧》杂志编辑部文章里,读到了如此掷地有声的断语:"实际上,只是到了现在,我们才真正意识到,契诃夫对于俄罗斯,对于整个二十世纪意味着什么。"而理由之一也恰恰是:"在世界上,契诃夫首先创造了剧中人物彼此之间几乎不发生斗争的戏剧。"

然而,契诃夫的无往而不可爱的乐观主义,又与充满绝望感的荒诞派戏剧拉开了距离。

《万尼亚舅舅》里的索尼娅最后劝慰悲痛中的万尼亚舅舅说:"我们会听见天使的歌唱,我们会看见布满钻石的天空……"

《三姊妹》结尾时,大姐拥抱着两个妹妹说:"我们要活下去!军乐奏得这么快乐,这么愉快,仿佛再过不久我们就会知道我们为什么活着,为什么痛苦……"

《樱桃园》里的青年主人公也期望着在俄罗斯出现更加美丽的樱桃园……

而荒诞派戏剧家贝克特式的"等待"是遥遥无期的"等待"。他的剧中人物对时间概念,采取一种揶揄的态度。波卓向弗拉基米尔发怒说:"你干吗老是用那混账的时间来折磨我?"

也就是在二十世纪中期,在戏剧家们越来越承认契诃夫的现代戏剧的拓荒人地位的同时,契诃夫戏剧跨出俄罗斯的国门,走向了世界。而首先在西方世界震撼观众的,竟是契诃夫的戏剧处女作《没有父亲的人》(即《普拉东诺夫》)。在一九五七年,法国和比利时的导演先后将它搬上舞台,从此契诃夫戏剧在世界舞台上进入了上演次数最多的经典剧作之列。

与此同时,契诃夫戏剧在俄罗斯也时来运转。在过去,演出契诃夫戏剧乃是莫斯科艺术剧院的专利,从二十世纪六十年代起,俄罗斯的每家著名话剧院的保留剧目中,几乎都有契诃夫的剧作。

五

中国读者对契诃夫的这部戏剧处女作比较陌生,所以不妨在这里多说几句。

这部处女作,实际上也是少作。契诃夫是在十八九岁时把它写出来的,那时他还是个中学生。剧本写在笔记本上,但直到契诃夫去世十九年后的一九二三年才被发现。原稿无剧名,因听说契诃夫曾写过一个名叫"没有父亲的人"的剧,于是就用它为新发现的剧本命名。但二十世纪五十年代后西欧诸国竞相上演此剧时,大都以此剧的主人公普拉东诺夫的名字来命名。

那时的欧洲导演对此剧感兴趣,是因为对普拉东诺夫这个戏剧人物感兴趣,认为他就是"当代的哈姆雷特",这个人物的精神痛苦很容易在西方世界的年轻人那里得到共鸣。

剧中的普拉东诺夫也说起过自己与哈姆雷特的"异同":"哈姆雷特害怕做梦,我害怕生活。"

普拉东诺夫是个中学教员,但他在周围世界找不到可以交心的对象,在自己身上也找不到可以献身的力量。于是他只好叹息说:"我们为什么不能像我们所应该的那样生活。"如果我们读完《没有父亲的人》之后再读《伊凡诺夫》,就能同意这样一个观点:普拉东诺夫是伊凡诺夫的前身。

中国第一个对《没有父亲的人》感兴趣的导演是王晓鹰。他于二〇〇四年以"普拉东诺夫"的剧名将此剧搬上了舞台。主演是果静林。我问他普拉东诺夫的哪一句台词最让他震撼,他说是"普拉东诺夫在痛"这一句。这一句台词出现在全剧快结束的第四幕第十一场:

格列科娃　　　您哪里痛?
普拉东诺夫　　普拉东诺夫在痛⋯⋯

我记得当年翻译到这句台词的时候,我觉得自己的心也在隐隐作痛。

《林妖》也是个较为陌生的剧本。契诃夫是如何把《林妖》改写成《万尼亚舅舅》的,可参阅作为附录收入《没有父亲的人·林妖》一书的短文《从〈林妖〉到〈万尼亚舅舅〉》。

六

哪一部契诃夫剧作最好?肯定会众说纷纭。但如果问:哪一部契诃夫剧作演出最多?答案便很明确:是他的绝命作《樱桃园》。《樱桃园》是世上少有的一部从它诞生直到今天每年都有演出记录的经典剧目。在十月革命后的苏维埃时代,契

诃夫的剧作里也只有《樱桃园》有幸每年都有机会与观众见面。为什么？因为它最适合作社会学评论。试看它的戏剧情节：

为了挽救一座即将被拍卖的樱桃园，它的女主人从巴黎回到俄罗斯故乡，一个商人建议这位女贵族把樱桃园改造成别墅楼出租。女贵族不听，樱桃园易主。而从拍卖会上拍得这座樱桃园的正是那位建议把它砍伐掉后改建成别墅楼的商人。擅长社会学批评的批评家们随即作出了对于此剧的价值判断：从樱桃园的易主与消失，反映了十九世纪末二十世纪初俄国社会的阶级变动——新兴的资产阶级取代了没落的地主贵族阶级。

但半个世纪之后，当全世界的不同民族的观众蜂拥进入各自国家的剧场观看《樱桃园》，难道他们是因为对于一个遥远国度十九世纪末的阶级变动发生了兴趣？显然不是的。

二〇〇五年的一天，我到北京电影学院表演系讲契诃夫，讲到《樱桃园》时，我说起了北京的老城墙，说起了当年为倒塌的老城墙哭泣的梁思成。我说"樱桃园"是个象征，象征那些尽管古旧但毕竟美丽的事物。《樱桃园》写出了世纪之交人类的困惑。因为在历史发展的过程中，人们不得不与一些古旧而美丽的事物告别。回家之后，我便写了一篇散文《惜别樱桃园》，文章最后写道：

在这日新月异的世纪之交，我们好像每天都在迎接新的"别墅楼"的拔地而起，同时也每天都在目睹"樱桃园"的就地消失。我们好像每天都能隐隐听到令我们忧喜参半、悲喜交加，令我们心潮澎湃，也令我们心灵怅惘的"伐木的斧头声"。我们无法逆历史潮流，保留住一座座注定要消

失的"樱桃园"。但我们可以把消失了的、消失着的、将要消失的"樱桃园",保留在我们的记忆里,只要它确确实实值得我们记忆。大到巍峨的北京城墙,小到被曹禺写进《北京人》的发出"孜妞妞、孜妞妞"的声响的曾为"北平独有"的单轮小水车。

谢谢契诃夫。他的《樱桃园》同时给予我们以心灵的震动与慰藉;他让我们知道,哪怕是朦朦胧胧地知道,为什么站在新世纪门槛前的我们,心中会有这种甜蜜与苦涩同在的复杂感受;他启发我们将要和各种各样复杂的、冷冰冰的现代电脑打交道的现代人,要懂得多情善感,要懂得在复杂的、热乎乎的感情世界中徜徉,要懂得惜别"樱桃园"。

七

一九三八年,斯坦尼斯拉夫斯基去世。一九四〇年,聂米洛维奇-丹钦科接过战友的导演棒,重排《三姊妹》,头一次对契诃夫戏剧的"种子",即"主题"作了阐述。要言不烦,他就说了这么一句:"对于美好生活的渴望。"

丹钦科的这句"导演阐述",影响深远。一九九一年,莫斯科艺术剧院艺术总监叶甫列莫夫到北京人民艺术剧院来排演《海鸥》,就用"对于另一种生活的渴望"这句显然脱胎于"丹钦科名言"的话,来概括《海鸥》的主题。

至于如何解释"海鸥"的象征意义,叶甫列莫夫以为妮娜象征着飞翔着的"海鸥",而特里勃列夫则象征着夭折了的"海鸥"。这是一种比较流行的解读。但今年六月初中央戏剧学院

表演系二〇一一级的学生演了一出让人耳目一新的《海鸥》,导演是来自圣彼得堡的伊凡诺娃。她在《导演的话》里,对"海鸥"的象征意义作了全新的解读:"在为这出戏工作的过程中我突然发现——那只'海鸥'存在于剧中的每一个人物身上,'海鸥'在等待,在呐喊,在跃跃欲试……"

契诃夫戏剧也容许多元解读的。

那么再听听更有人生哲理意味的彼得·布鲁克的解读:

在契诃夫的作品中,死亡无处不在——对于这个他知道得很清楚——但在这死亡的存在里没有任何令人讨厌的因素。死亡的感觉与生命的渴望并行不悖。他笔下的人物具有感受每一个独特的生命瞬间的能力,以及要把每一个生命瞬间充分享用的需求。就像在伟大的悲剧里一样,这里有生与死的和谐结合。

契诃夫创作《樱桃园》的时候,身体已经十分虚弱,他是在日复一日的顽强书写中,寻找生命的律动。《樱桃园》最后费尔斯说的那句台词"生命就要完结了,可我好像还没有生活过",难道不也是表达了契诃夫本人对于生命的眷恋?

丹钦科强调了契诃夫的乐观主义,彼得·布鲁克强调了契诃夫的生命意识。但无论是契诃夫的乐观主义还是生命意识,都能打动世世代代的观众的心。

八

现在该说一说中国戏剧家对于契诃夫戏剧的接受了。

首先值得一提的，当然是一九三〇年上海辛酉剧社演出了《文舅舅》（《万尼亚舅舅》），主演是袁牧之。距此十四年后，才有中国青年艺术剧院由孙维世执导的《万尼亚舅舅》的辉煌演出。

但上世纪三十年代最让人感奋的，还是曹禺对契诃夫戏剧美质的天才发现。我们今天读曹禺一九三五年在《〈日出〉跋》里写下的这段文字，还感佩不已：

> 我记起几年前着了迷，沉醉于契诃夫深邃艰深的艺术里，一颗沉重的心怎样为他的戏感动着。读毕了《三姊妹》，我合上眼，眼前展开那一幅秋天的忧郁。玛夏、哀林娜、奥尔加那三个有大眼睛的姐妹，悲哀地倚在一起，眼里浮起湿润的忧愁，静静地听着窗外远远奏着欢乐的进行曲……我的眼渐为浮起的泪水模糊起来成了一片，再也抬不起头来。然而在这出伟大的戏里没有一点张牙舞爪的穿插，走进走出，是活人，有灵魂的活人。不见一段惊心动魄的场面，结构很平淡，剧情人物也没有什么起伏生展，却那样抓牢了我的魂魄。我几乎停住了气息，一直昏迷在那悲哀的氛围里。我想再拜一个伟大的老师，低首下气地做一个低劣的学徒。

在江安的国立剧专的讲坛上，曹禺对于契诃夫戏剧的讲解，造就了一批具有心理现实主义思维的戏剧人。

一九五七年，不为人知的中国广播剧团演出了一部轰动京城的《北京人》，导演是曹禺在国立剧专的得意门生蔡骧。很多年之后我向蔡骧先生讨教他排演《北京人》的心得。他说："要

排演《北京人》，就得想到，曹禺是在学习了契诃夫的戏剧艺术之后写作了《北京人》。"蔡先生也是契诃夫戏剧的爱好者。我相信，蔡骧先生是通过曹禺走近和认识了契诃夫，就像焦菊隐先生一再说的他是通过契诃夫认识了斯坦尼斯拉夫斯基：

> 我的导演工作道路的开始是独特的：不是因为斯坦尼斯拉夫斯基才约略懂得了契诃夫，而是因为契诃夫才约略懂得了斯坦尼斯拉夫斯基。①

就在焦菊隐在重庆翻译契诃夫几个多幕剧的时候，在上世纪四十年代的天津，两个刚刚登上戏剧舞台的青年人——黄宗江和于是之却被契诃夫的独幕剧《天鹅之歌》深深感动。于是之读过《天鹅之歌》后说"这个戏写出了演员的辛酸与风骨"，而黄宗江写了篇名为《空台赋》的散文，为契诃夫这部独幕剧叫好。他们两位一直有登台演出这个独幕剧的想法，但终于没有实现。二〇一二年九月，北京人艺在纪念中国小剧场运动三十周年之际，由濮存昕和何冰两人来演出了《天鹅之歌》，之后何冰还演出了独角戏《论烟草的害处》。但在中国演出次数最多的契诃夫独幕剧还是《熊》和《求婚》。

九

回想十年前的二〇〇四年，这年是契诃夫逝世一百周年。刚刚成立不久的中国国家话剧院，破天荒地在中国举办了以

---

① 引自《契诃夫戏剧集·译后记》，上海译文出版社 1980 年版。

"永远的契诃夫"为口号的国际戏剧节。王晓鹰导演的《普拉东诺夫》(《没有父亲的人》)为开幕戏,林兆华导演的《樱桃园》为闭幕戏。

刚刚宣布国际戏剧节开幕的时候,有些记者还发出疑问:契诃夫不是小说家吗?怎么会有契诃夫戏剧节呢?但当戏剧节成功举办之后,这样的疑问就不再有了。

在戏剧节举办过后不久,我和王晓鹰导演应邀到北京图书馆作讲座。主持人说了一句很让我感动的开场白:

> 五十年前,我们请汝老先生在这里讲契诃夫的小说,今天我们请童道明先生和王晓鹰先生在这里讲契诃夫的戏剧。

今年是契诃夫逝世一百一十周年。上海译文出版社破天荒地在中国出版了《契诃夫戏剧全集》。抚今追昔,我们能想起在上世纪四十年代,焦菊隐和李健吾这两位可敬的戏剧前辈,是怎样地怀抱着普罗米修斯式的献身精神,完成了他们的皇皇译著;与此同时,我们也深信,《契诃夫戏剧全集》的出版,能让更多更多的人认识到:契诃夫不仅是个伟大的小说家,也是一个伟大的戏剧家。

二〇一四年六月十六日
于北京

万尼亚舅舅[*]

四幕乡村生活即景剧

一八九六年

人　物

谢列勃里雅科夫,亚历山大·弗拉基米罗维奇——退休的教授。

叶列娜·安德烈耶夫娜(列娜)——他的太太,二十七岁。

索菲雅·亚历山德罗夫娜(索尼雅)——教授前妻的女儿。

沃伊尼茨卡娅,玛丽雅·瓦西里耶夫娜——教授前妻的母亲,寡妇,亡夫是一个重要官员。

沃伊尼茨基,伊凡·彼特罗维奇(万尼亚)——她的儿子。

阿斯特罗夫,米哈伊尔·里沃维奇——医生。

帖列金,伊里亚·伊里奇——破落地主。

玛里娜——老乳母。

一个长工。

故事发生在谢列勃里雅科夫的庄园里。

第 一 幕

　　花园。背景处，可以看见房子的凉台和房子正面的一部分。园径上，在一棵老白杨树底下，一张桌子上已经摆好了茶具。四周是些椅子和长凳。一张长凳上放着一把吉他。稍靠后方，一架秋千。下午，将近三点钟。阴天。

　　玛里娜，一个老态龙钟的矮小老太婆，坐在茶炉前面。她织着毛线，阿斯特罗夫走来走去。

玛里娜　（倒着一杯茶）喝点茶吧，我的好先生。

阿斯特罗夫　（不太有兴致地端起杯子）我不大想喝。

玛里娜　要不来一小盅酒吧？

阿斯特罗夫　不，我并不天天喝酒，再说天气又闷。

　　〔停顿。

　　老妈妈，咱们认识有多久啦？

玛里娜　（思索着）多久哇？让我稍微想一想……可说，你是什么时候……到我们这个地方来的呢？……那时候，索尼雅的妈，维拉·彼特罗夫娜，还在世呢。你是在她去世的前两年里头，到我们家里来的……这么说，可有十一年啦。

4

(思索了一会)谁知道呢，也许还多……

阿斯特罗夫　我现在变得很厉害吧？

玛里娜　可不是！那时候你年轻、漂亮。啊，你近来可老多啦。要说到漂亮，你可不如从前啦。真作孽呀！都是叫你喝的这点儿酒给闹的……

阿斯特罗夫　可不是吗……这十年哪，把我可给变成另一个人了。原因呢？我工作得太多啦，老妈妈。从早到晚，我总是跑来跑去，一会儿都不停。就连到了夜间，躺在床上，我还是提心吊胆，生怕又叫人家喊了去看病啊。从你认识我那天起，我就一直没有清闲过一天。有什么办法不老呢？而且，除此以外，生活本身就多么无聊、愚蠢、叫人恶心啊……把人都给陷进去了。到处尽是些希奇古怪的人。你和他们一起活上两三年，连你自己也就变得希奇古怪了。这是无可避免的呀。(抚摸自己的长胡须)我由着它长出来了这么两撇长胡子——简直就滑稽……哈！这不是吗，老妈妈，你看我这不是也变成了一个古怪的人了吗？……可这不等于说，我比别人更蠢，感谢上帝，幸而还没有，我的脑子照旧清楚。只是，感情有点麻木了，我什么也不想要，对什么事也不感兴趣，对什么人也没有情感了……叫我觉得亲近的，也许只有你一个人了。(吻吻她的头发)我小的时候，也有一个奶妈，很像你。

玛里娜　你也许想吃点什么东西吧？

阿斯特罗夫　不，也不过半个月以前，在受难周里头，我被人叫到玛利茨科耶村里去，那儿发生了传染病……斑疹伤寒……家家都躺满了病人。到处是垃圾、臭气、烟；病人

5

和小牛、猪一齐躺在地上。我一直辛苦到半夜,连歇一歇的工夫都没有,一口饭也没有来得及吃。完了事,你想我总可以休息一下了吧? 好啊,可不是吗! 我一回到家里,又给我送来了一个铁路上打旗子的。我想给他开刀,可是一上麻药,他就死在我的怀里了。当时,正是我不知道感触有什么用的时候,我的感触却又突然冒出来了,我感到良心的痛疚,就仿佛是我故意把他杀了似的……我于是闭着眼睛坐下去——你看,就像这个样子,——我就想了:活在我们以后几百年的人们,他们的道路是由我们给开辟的,可是他们会对我们说一句感谢的话吗? ……不会,准的。对吧,老妈妈?

玛里娜 人们会忘记我们,可上帝总不会忘记我们的。

阿斯特罗夫 说得可真好啊,老妈妈,谢谢你这句恰当的话。

　　〔沃伊尼茨基上。

沃伊尼茨基 (从房子里走出来,从他懒洋洋的神色上,可以看出他是刚睡醒了午觉的。他坐在一张长凳上,整理他所打的漂亮领结)可不是……

　　〔停顿。

　　啊! 可不是……

阿斯特罗夫 你睡得好吗?

沃伊尼茨基 好……很好。(打呵欠)自从这位教授和他的太太住到咱们这儿来,家里的生活就全颠倒错乱了……我没法子按时候睡觉,开饭也尽给你带些辣味儿的汁子和葡萄酒吃……这对健康没有一点好处哇。从前,我们没有一分钟的清闲。跟你们说真的,索尼雅和我两个人,我们从前

6

无时无刻不在工作,可现在呢,只有她一个人在工作了,我却成天吃、喝、睡……这样可不好啊。

玛里娜 (摇头)这过的叫什么日子呀! 茶炉打早晨就开啦,可是你得一个劲儿地等着这位教授,他不睡到快晌午就不起来。你还想照着家家户户的样子,准到一点钟就吃饭吗? 他们没来以前,倒是那样,可是自从他们一到哇,七点钟你才能上桌子! 教授整夜地看书、写东西——总是,后半夜快两点啦,一声铃儿响……什么事呀,我的天哪? 敢情是要茶! 先生要喝茶! 这就得把人都叫起来,生茶炉……这叫什么日子呀,主啊!

阿斯特罗夫 他们打算长住吗?

沃伊尼茨基 (轻轻地吹口哨)要住到世界末日。教授准备在这儿落户了。

玛里娜 天天像现在这个样子。打两点就把茶炉摆在桌上啦,可是他们偏又散步去啦,好像没有这么回事似的。

沃伊尼茨基 他们来啦,他们来啦……别说啦。

　　〔传来人声。谢列勃里雅科夫,叶列娜·安德烈耶夫娜,索尼雅和帖列金出现在花园的深处,他们刚刚散步回来。

谢列勃里雅科夫 真是一个可爱的地方……多么优美的风景啊。

帖列金 独一无二的风景,教授大人。

索尼雅 爸爸,我们想明天到护林区去。你愿意跟我们一起去吗?

沃伊尼茨基 入座吧,先生太太们!

7

谢列勃里雅科夫 我的朋友们,费心把茶送到我的书房去吧。我今天还有不少工作呢。

索尼雅 你一定会喜欢那片护林区的。

　　〔叶列娜·安德烈耶夫娜,谢列勃里雅科夫和索尼雅走进房子。帖列金走到桌边,挨着玛里娜坐下。

沃伊尼茨基 天气这么热,这么闷,可是我们亲爱的大师,既不想脱大衣,又不想脱胶皮套靴;甚至连手套和雨伞都还离不开。

阿斯特罗夫 他这是保重自己呀。

沃伊尼茨基 她多么美丽呀!我一辈子没有看见过比她更美的女人啦。

帖列金 我心里觉得高兴极啦,玛里娜·季摩菲耶夫娜。田地里多么美,这座花园多么阴凉,这张桌子,又多么开人胃口啊!天气这么好,小鸟在欢唱,咱们是生活在一种和谐的生活里呀。一个人还能再想望什么呢?(端起一杯茶来)真是感谢极啦。

沃伊尼茨基 (出神幻想着)多么美的眼睛啊……真是一个可爱的女人。

阿斯特罗夫 给我们讲点什么听听吧,伊凡·彼特罗维奇。

沃伊尼茨基 (没有兴致地)你要叫我跟你说什么呢?

阿斯特罗夫 难道没有一点新鲜的事吗?

沃伊尼茨基 一点也没有。一切都是老样子。我自己也没有改变,或者倒也可以说是改变了,那就是变得没出息了:我懒惰了,什么也不做,成天到晚地抱怨。我的母亲,这位老喜鹊呢,还总是乱发议论,大谈她的妇女解放。她已经一脚入土了,却

8

还想在她那些渊博的书本子里找新生活的预兆呢。

阿斯特罗夫 那位教授呢？

沃伊尼茨基 教授从清晨到深夜，一直关在他的屋子里，不住手地写。

> "眉头紧皱着，手里把着笔，
> 我们写呀写，用尽了全力。
> 著作虽然已经那么多，
> 我们却还在空望着称誉而叹息。"①

真可惜这些纸张啊！教授倒是应该写写自己的回忆录。他是个多么可敬爱的人物呀。你设想一下吧，一个退休的教授，这样一个老家伙，这样一个有学问的猴子……又有痛风、风湿性关节炎、偏头痛、由于羡慕和嫉妒得来的黄疸病……这个老猴子，住在他前妻的庄园里，而且是不得不住的，因为住在城里他就没有办法生活。可是，他心里虽然确实感到十分幸福，嘴里却还不断地抱怨。（激动地往下说）然而就想想他这一辈子里有多么运气吧！他是乡下教堂里一个小小的看管圣衣人的儿子。他开始是个神学校学生，学位一步步地提高，得到了种种头衔和大学的讲席。于是就成了"教授大人"了，接着，又成了一个政府要员的女婿，以及其他等等。虽然如此，这实在还不是重要的。倒是请想一想这个情形吧：他这个人，二十五年以来，一直在教授艺术，一直在写艺术论文，可是艺术是什么，他却连一点

---

① 伊·德米特里耶夫的讽刺诗《诽谤者》中的诗句。——译者

9

一滴也不懂。二十五年来,他一直都是撷拾别人的见解,在高谈现实主义、自然主义和其他类似的谬论。这么些年里,他所写的和所教的,整个都是读过书的人老早就知道了的,而没知识的人却又一点也不感兴趣。这就等于说,他整整讲了二十五年的废话。可是你看他又多么自以为了不起呀!多么装腔作势呀!现在,他这一退休,连一个鬼也不知道他的名字啦。这是一个著名的无名之辈啊……他就这样把一个不应该得到的位置,占据了二十五年,可是,你看看他昂着头走路的样子,至少像个半仙呢……

阿斯特罗夫 可是,我敢说,你好像是在嫉妒啊!

沃伊尼茨基 一点也不错,我是在嫉妒!你看他在女人身上,有多么大的成功!任凭哪一个唐璜也不能夸口,说自己像他这样成功。他的前妻,我的姐姐,是一个出类拔萃的人物。温柔、纯洁得像这片碧蓝的天空,满怀伟大崇高的感情,向她求婚的人,比他一辈子的学生还要多。可是她爱上了他,就像只有天使才能做到的那样,爱一个和自己同样纯洁、完美的生灵。我的母亲,直到今天,还是那样宠爱她这个女婿;现在甚至进而对他感到一种敬神似的畏惧。他这位第二个太太——你刚刚不是看见了吗,——是一个极美丽、极聪明的女人,居然不嫌他老,嫁给了他。她为他牺牲了自己的青春,自己的美貌,自己的自由和自己的成功。这是为什么呢?她在他身上发现了什么呢?

阿斯特罗夫 她对教授一直忠实吗?

沃伊尼茨基 很不幸,是这样。

阿斯特罗夫 怎么说是不幸的呢?

沃伊尼茨基　因为这种忠实是彻头彻尾靠不住的。这种忠实，全是花言巧语，然而，逻辑的必然性呢，可一点也没有。人都这么说，欺骗一个叫你厌恶的老丈夫，是不道德的。然而，故意窒息自己的青春和勃发的感情，却没有人认为这是道德的啊。

帖列金　（带着哭声）万尼亚，我不喜欢听你说这类的话。要那样，可像什么样子了呢？……很显然，欺骗自己太太的，或者欺骗自己丈夫的，都是一个靠不住的人，都能够出卖他的祖国！

沃伊尼茨基　（不高兴）咳，你呀，住嘴吧，小蜜蜂窝！

帖列金　得让我说说，万尼亚。我结婚的第二天，我的太太就跟她的情人跑了。这都是因为我的相貌配不上她。可是我并没有背弃我的天职。我一直还是那么爱她，我始终对她忠实，我尽我的力量帮助她，我牺牲了所有的一切，来教育她跟她所爱的那个男人生下的孩子。我固然失去了自己的幸福，可是我却保持住了我的骄傲。然而她呢？她的青春和她的美貌，却遵照着大自然的不变的法则，在似水流年的风霜之下，都已经凋谢了，心爱的人也死了……她可保持住了些什么呢？

　　〔索尼雅和叶列娜·安德烈耶夫娜上。稍停一会，玛丽雅·瓦西里耶夫娜出现，手里拿着一本书。她坐下，看书。出神地喝着端给她的茶。

索尼雅　（向她的奶妈，急急忙忙地）老妈妈，来了几个佃户。去看看他们有什么事。我来照顾茶好了。（倒茶）

　　〔奶妈下。叶列娜·安德烈耶夫娜端着一杯茶，坐到

11

秋千上去喝。

阿斯特罗夫 （向叶列娜·安德烈耶夫娜）我是来瞧你丈夫的，你给我写信,说他病得很厉害,说是犯了风湿症和别的什么病,可是,你看他却健康得很呀!

叶列娜·安德烈耶夫娜 他昨天晚上觉得不舒服,说是两条腿疼,今天又没有什么了……

阿斯特罗夫 我可骑着马飞跑了三十里呀! 说起来,又有什么关系呢,反正这也不是头一回啦! 然而我既然来了,就在你们这儿住到明天吧,我要 quantum satis① 睡个够。

索尼雅 这是个好主意。你难得在我们家里过夜! 我敢打赌,你准还没有吃饭呢。

阿斯特罗夫 对了,还没有。

索尼雅 好极了,你就跟我们一块儿吃吧。现在我们总是七点钟才开午饭。（把茶杯送到唇边）茶冷了。

帖列金 茶炉里水的温度早已经大大地降低了。

叶列娜·安德烈耶夫娜 有什么关系呢,伊凡·伊凡诺维奇,咱们就喝凉的好了。

帖列金 对不住……我不叫伊凡·伊凡诺维奇,我叫伊里亚·伊里奇……伊里亚·伊里奇·帖列金,供你呼唤,或者,还可以像某些人那样,叫我"小蜜蜂窝",因为我脸上有麻子。我很荣幸地在洗礼盘上抱过索尼雅,②而教授大人,你这位丈夫呢,

---

① 拉丁语,尽量地。——译者
② 东正教俗,婴儿出生以后,三天之内要施行洗礼,行礼时,在亲友中选定一位男性或女性长辈,由他(她)把婴儿抱到洗礼盘上。这个人便是婴儿的教父或教母。——译者

也跟我熟极了。我现在住在你们家,就在这座庄园里……你大概已经垂顾到,我是一直跟你们一起吃饭的了吧?

索尼雅 伊里亚·伊里奇帮了我们很多忙。他是我们一个很得力的人。(亲切地)教父,把你的茶杯递给我,我再给你斟点去。

玛丽雅·瓦西里耶夫娜 哎呀!

索尼雅 什么事呀,外婆?

玛丽雅·瓦西里耶夫娜 我忘记通知亚历山大了……瞧我的记性都跑到哪儿去啦? ……我刚收到哈尔科夫寄来的一封信,巴维尔·阿列克塞耶维奇写的……他把他新出的小册子送给了我们……

阿斯特罗夫 有趣吗?

玛丽雅·瓦西里耶夫娜 有趣,只是有一点奇怪。他又反驳起他自己七年以前的主张来啦,你们就想想看。真是可怕呀!

沃伊尼茨基 这一点也没有什么可怕的。还是喝喝你的茶吧,妈妈。

玛丽雅·瓦西里耶夫娜 可是我想谈谈我的意见!

沃伊尼茨基 我们发表意见,读小册子,已经有五十年了。现在该是打住的时候了。

玛丽雅·瓦西里耶夫娜 我不知道你为什么不欢喜听我说话。不要生我的气,Jean①,可是,我得说,最近这一年来,你变

---

① 法国儿童取名,以 Jean(让)、Jacques(雅克)等为多,所以这些名字变成了称呼一般儿童和伙伴的名词。俄国上流社会、知识分子喜欢说法国话,用法国名字,以此为高雅。——译者

13

得叫我一点也不认识了……你从前可是一个很有主张、很清醒的人啊……

沃伊尼茨基 哈！要说那呀，是的。我从前是个清醒的人，可是清醒对谁也没有过什么用处……

　　〔停顿。

　　一个清醒的人！玩笑可真也不能开得再刻薄了！我现在四十七岁了，直到去年为止，我一直像你一样，用整套经院哲学，迷住自己的眼睛，故意不去正视生活。我还认为做得很不错呢。可是现在呀，你可真不知道啊！我把以往的光阴浪费得多么愚蠢啊，不然的话，我在现在这个岁数上已经没有能力再做的事情，早就都可以实现了，我一想到这里，就悔恨、愤怒得再也睡不着觉啦！

索尼雅 万尼亚舅舅，这话多叫人难过啊！

玛丽雅·瓦西里耶夫娜 （向她的儿子）你似乎把错处都推在你过去的信仰上了……然而那些信仰一点也没有错处，错处只在你自己。你从来没有记住，光有主张没有用处，那只是些死字眼……你早就应该行动。

沃伊尼茨基 行动？世上谁也不是一架排字机器，谁也不能像你那位 Herr Professor① 那样，成为一台 perpetuum mobile②。

玛丽雅·瓦西里耶夫娜 你这话是什么意思？

索尼雅 （恳求地）外婆！万尼亚舅舅！我求求你们啦！

---

① 德国人习惯把对方所有的头衔一起称呼出来，以表示尊敬。这里万尼亚用了一个德国式的称呼，是含着讽刺意味的。——译者
② 拉丁语，不朽的自动机器。——译者

沃伊尼茨基 好,我不说话! 我不说话,我道一百个歉。

　　　　〔停顿。

叶列娜·安德烈耶夫娜 今天天气多好啊……不顶热……

　　　　〔停顿。

沃伊尼茨基 刚好是上吊的天气……

　　　　〔帖列金调试着吉他。玛里娜唤着小鸡走过房子
　　前边。

玛里娜 鸡儿,鸡儿,鸡儿……

索尼雅 佃户们有什么事?

玛里娜 还不是老一套。又是地都荒啦。鸡儿,鸡儿,鸡
　　儿……

索尼雅 你叫哪一个呀?

玛里娜 小黑子领着它新孵的一群雏儿跑开啦……我怕叫老
　　雕把它们给叨了去啊……(下)

　　　　〔帖列金弹着一段波尔卡舞曲。大家都默然听着。一
　　个长工上。

长工 大夫在这儿吗?(向阿斯特罗夫)走吧,米哈伊尔·里沃
　　维奇。有人来找你。

阿斯特罗夫 哪儿来的?

长工 打工厂来的。

阿斯特罗夫 (不高兴地)多谢了! 一点办法也没有,只好走
　　啦……(找他的帽子)多倒霉! 叫他们都下……

索尼雅 这真叫人扫兴! ……晚上再来吃晚饭吧。

阿斯特罗夫 不啦,谢谢。那恐怕太晚了,我就不能再来
　　了……(向长工)你知道怎么办吗,我的朋友,那就给我弄

15

杯伏特加来吧。

〔长工下。

不幸中的不幸啊……（找到了帽子）奥斯特洛夫斯基的某个剧本里，有一个人物，两撇胡子长得很大，可是智力挺小……嗯，这个人物呀，就是我。先生太太们，我告辞了……（向叶列娜·安德烈耶夫娜）如果你肯赏光和索菲雅·亚历山德罗夫娜一同到我那儿光临一次，我是很荣幸的。我的庄园很普通，只有三十亩左右，但是如果你有兴趣的话，我可以告诉你，我那儿那座模范的花园和那些苗圃，是你在这周围几百里地以内所找不到的。我的庄园，紧挨着皇家森林……那个护林官老了，总是生着病，所以，实际上管理那片森林的是我。

叶列娜·安德烈耶夫娜 我早已经听说你是非常喜爱森林的。这当然是极其有用的一种事业了，不过那不妨碍你的正业吗？因为你究竟是一个医生啊。

阿斯特罗夫 只有上帝才知道，我们的正业，究竟在什么地方。

叶列娜·安德烈耶夫娜 那至少也有趣味吧？

阿斯特罗夫 是的。这是一种有趣味的工作。

沃伊尼茨基 （嘲笑地）非常有趣味啊！

叶列娜·安德烈耶夫娜 （向阿斯特罗夫）你还年轻呢。看上去也不过是……也就说是二十六、二十七岁的样子吧……所以我想这种事情不会像你所说的那样有趣。老是那么一片森林，我倒觉得有点单调。

索尼雅 不，那真有趣极了。米哈伊尔·里沃维奇每年都要种些树木，他已经得到过一个铜质奖章和一张奖状呢。他尽

16

力要叫现存的森林不再遭受任意的破坏。不过这一点让他自己跟你细说吧：你听了就会同意他的意见。他说，森林能使土地变得更美丽，能培养我们的美感，能够提高我们的灵魂。森林能减轻气候的严寒。在气候温和的国度里，人就不必耗费太多的精力去和大自然搏斗，所以那些地方的风土人情，就比较柔和，比较可爱。那里的居民是美丽的、灵巧的、敏感的，他们的言谈优雅，他们的动作大方。在那样的国度里，科学和艺术是绚烂的，人们的哲学是乐观的，男人对待女人是很有礼貌的……

沃伊尼茨基　（笑着）好哇，好哇！这些话确是很漂亮，然而很难叫人信服。（向阿斯特罗夫）因此，亲爱的朋友，还是准我照旧砍树来生我的火炉子，来盖我的牲口棚子吧。

阿斯特罗夫　取暖，你可以用土煤，盖牲口棚子呢，你可以用石头。即使退一步说，我承认你可以在必要的情形下去砍伐树木，但是为什么一定要毁掉森林呢？在俄国，森林经常遭受斧斤的摧残，树木已经减少了几十亿。野兽和禽鸟再也没有藏身之处，我们的河流也都日见涸竭，优美的风景一去不复返，这一切，都是由于居民没有足够的良知，又太懒惰，不肯弯一弯腰，从地底下去采取燃料。（向叶列娜·安德烈耶夫娜）不是这样吗，夫人？只有没开化的野人，才会把这么些美丽的东西，都烧在他的火炉子里，才会把我们没有能力再造的东西，都一齐毁坏啊。人类本来赋有智慧和创造力，足以增加他所要使用的财富，然而，直到目前为止，他们却只知道破坏而不去创造。于是森林越来越少，河流日见枯竭，禽兽绝迹，气候反常，我们的土地因此

17

一天比一天丧失了它的美丽和财富。（向沃伊尼茨基）你用这种嘲笑的神气看着我，好像我的话是无稽之谈，是吧？……实际上也很可能是我的想法有一点怪诞，然而，每当我走过我从斧斤之下解救出来的乡间森林的时候，或者，每当我听见我亲手所栽种的树木，簇叶迎风微微发出响声的时候，我就觉得气候确是有一点受我的支配了，我也觉得，如果一千年以后，人们生活得更幸福的话，那里边也许有我的一点菲薄的贡献吧。每当我栽种了一棵桦树之后，看见它接着发起绿来，随着微风摇摆，我的心里就充满了骄傲，我就觉得……（看见那个长工，给他用托盘端了伏特加来）总之……（喝酒）我该走了。当然，这些话实际上也许都不太重要。我告辞了。（向房子走去）

索尼雅 （挽着他的胳膊，送他）你什么时候再到我们这儿来呀？

阿斯特罗夫 这我一点也不知道……

索尼雅 又要等上一个月吗？……

　　　〔阿斯特罗夫和索尼雅走进屋子。玛丽雅·瓦西里耶夫娜和帖列金仍然坐在桌旁。叶列娜·安德烈耶夫娜和沃伊尼茨基向凉台走去。

叶列娜·安德烈耶夫娜 你刚才又不像话了，伊凡·彼特罗维奇。你为什么要跟玛丽雅·瓦西里耶夫娜说 perpetuum mobile，招她生气呢，而且，今天早晨吃早点的时候，你又和亚历山大争论起来了，你的气量多么小啊。

沃伊尼茨基 要是我恨他，可又怎么办呢？

叶列娜·安德烈耶夫娜 你没有任何仇恨亚历山大的理由。

18

他和我们大家都一样,无论如何总不比你坏。

沃伊尼茨基　你也不瞧瞧你自己。瞧瞧你的脸,瞧瞧你的举
止……多么懒散,多么无精打采呀!

叶列娜·安德烈耶夫娜　我是厌倦,我是烦闷啊。谁都攻击我
的丈夫,谁都可怜我,说:这个可怜的小女人啊,嫁了这么
一个老丈夫!啊!这种对我的怜惜,我可太懂得了!你还
记得阿斯特罗夫的话吗?你们简直是疯了,你们毁坏森
林,使得地面上不久就再也没有森林了。可是你们对于人
类的灵魂,也是这样的做法呀,因为你们,这地面上不久就
要再也找不到忠实、纯洁和自我牺牲了。如果一个女人不
属于你们,你们为什么就不能冷静地看待她呢?啊,这位
医生说得真对呀,这是因为你们个个都具有一种破坏的本
性。你们无论对于森林,对于禽鸟,对于女人,对于人类,
都一样地没有怜悯心哪。

沃伊尼茨基　这种哲学我一点也不喜欢。

　　　　〔停顿。

叶列娜·安德烈耶夫娜　这位医生的脸色是紧张的,疲倦的。
不过倒是不讨厌。看样子索尼雅很喜欢他。她爱上了他,
这我是了解她的。自从我到这儿以后,他来过三次了,但
是我胆小,我没敢跟他谈话,也没有照道理跟他寒暄几句。
他一定会认为我的脾气不好。伊凡·彼特罗维奇,我觉
得,为什么他和我都是你的这么好的朋友呢?就是因为,
他和我,都是很烦闷的,都是不满意于生活的人啊。是的,
确是很烦闷哪!不要这样看着我,我不喜欢这样。

沃伊尼茨基　如果我爱你,我能不这样看你吗?你是我的幸

福,我的生命,我的青春!啊,我很知道,我差不多是绝对没有得到回报的运气的,我如果作那样的打算,可就是妄想了,但是,我所要求的,也只是请你允许我这样看着你,允许我听听你的声音啊……

叶列娜·安德烈耶夫娜　说话声音低一点,会让人听见的!

　　〔他们向房子走去。

沃伊尼茨基　（跟在叶列娜·安德烈耶夫娜身后）不要赶走我。让我跟你表表我的爱情,就已经是我的极大的幸福了……

叶列娜·安德烈耶夫娜　这可叫人受不了呀……

　　〔他们走进屋子。帖列金拨着琴弦,弹起一支波尔卡舞曲。玛丽雅·瓦西里耶夫娜在小册子上写着批注。

——幕落

第 二 幕

　　谢列勃里雅科夫家里的一间饭厅。夜间。花园里传来巡夜人的打更声。谢列勃里雅科夫靠着一扇敞开的窗口,坐在一张圈椅上打盹。叶列娜·安德烈耶夫娜坐在他的旁边,也在打盹。

谢列勃里雅科夫　(惊醒)是谁? 是你吗,索尼雅?

叶列娜·安德烈耶夫娜　是我。

谢列勃里雅科夫　是你呀,列娜……我疼得厉害。

叶列娜·安德烈耶夫娜　你的毯子都溜下来了。(给他重新把腿裹上)亚历山大,我去关上窗子吧。

谢列勃里雅科夫　不要,闷得很……刚才我半睡半醒的,梦见了我的左腿掉了。我觉得一阵扎心的疼,就疼醒了。不,这不是痛风病,恐怕是风湿性关节炎。几点钟了?

叶列娜·安德烈耶夫娜　十二点二十分。

　　　　〔停顿。

谢列勃里雅科夫　不要忘记明天早晨到藏书室去找找巴丘什科夫的著作。我好像看见过。

叶列娜·安德烈耶夫娜　你说什么?

21

谢列勃里雅科夫 一到明天早晨,就想法子找找巴丘什科夫的著作。我仿佛记得我们的藏书室里有。可是,我怎么觉得这样喘不上气来呀?

叶列娜·安德烈耶夫娜 你疲劳了。你这是连着两夜不能睡了。

谢列勃里雅科夫 听说屠格涅夫得的痛风病,后来变成了心绞痛。我真怕我的病也会变成这个样子。上了年纪,可真讨厌啊!可真该死啊。我一上了年纪,就连自己都讨厌起自己来了,所以,你们能有多么讨厌我,我想象得出来。

叶列娜·安德烈耶夫娜 听你这样说,还叫人以为,你上了年纪,都是我们的错处呢。

谢列勃里雅科夫 可是讨厌我的,头一个就是你。

    [叶列娜·安德烈耶夫娜走开几步,坐到一旁去。

    当然,你讨厌得对。我并不糊涂,我全明白。你年轻、美丽,身体又结实,你强烈地需要生活,而我是一个老头子,差不多是一个快死的人了。我说得不对吗?那么,你以为我不明白,我还这么非活下去不可,不是一件糊涂事吗?但是不要怕,我叫你们摆脱这个障碍的日子也就快啦。我也活不了多久了。

叶列娜·安德烈耶夫娜 我可再也受不住了……看在老天爷的分上,住嘴吧。

谢列勃里雅科夫 要按着你们的话推测呢,你们都受不住了,你们都厌烦了,都因为我把你们的青春糟蹋了。幸福的,享受着生活的快乐的,只有我一个人。情形确是这样,对吧?

叶列娜·安德烈耶夫娜 住嘴吧,你简直叫我忍耐不下去了!

谢列勃里雅科夫 当然了,我叫你们个个都忍耐不下去了。

叶列娜·安德烈耶夫娜 (含着泪)这真叫人受不了啊,你要我怎么样呢?你就说说吧!

谢列勃里雅科夫 一点也不怎么样。

叶列娜·安德烈耶夫娜 那么就住嘴吧,我求你。

谢列勃里雅科夫 总得承认这是奇怪的吧:如果是伊凡·彼特罗维奇或者是玛丽雅·瓦西里耶夫娜那个老糊涂说话呢,大家就都听着,一点也没有不耐烦,然而,我只要一张嘴,已经叫你们个个都感到不幸了。你们甚至连我的声音都受不住。好啦,就算是我招人讨厌,我自私,我强暴吧——然而,我到了老年,难道就没有稍微表现一点自私的权利吗?难道我不配吗?我究竟总还应该享受一个清静的晚年,应该受人尊敬的吧,你们不以为然吗,我问问你们?

叶列娜·安德烈耶夫娜 没有一个人想否认你这些权利。

〔风吹得窗子嘎嘎地响。

起风了,我来把窗子关上。(关上窗子)马上就要下雨……没有人想否认你这些权利呀。

〔停顿。

〔巡夜人的打更声。他接着唱起一支歌来。

谢列勃里雅科夫 我把一生完全贡献给了科学,我一向所接触的,也只限于书房、课堂和优秀的同事,然而,不知道为什么,我竟会一下子掉到这样一座坟墓里来,所看见的只是些愚蠢的人,所听见的只是些琐碎无聊的话……我所要的

23

是生活,我所爱的是成功、声望、到处热烈的欢迎,而我在这里呢,却像是一个被放逐的人啊。每时每刻,我都在痛苦地回想自己的过去,我都在遥望着别人的成功,我都在怕死……我已经再也受不住了! 可是你们更拿我的年老来伤我的心!

叶列娜·安德烈耶夫娜 稍微等一等,耐心一点好啦,再过五六年我也会老的。

  〔索尼雅上。

索尼雅 爸爸,是你亲口叫我们派人去请阿斯特罗夫大夫的,可是现在他来了,你又不肯见他了。这样做很不礼貌呀。我们白白麻烦了人家一趟……

谢列勃里雅科夫 我要你那位阿斯特罗夫有什么用啊? 他所懂的医学,等于我所懂的天文学。

索尼雅 可是终究也不能把整整一个医学院都请来,给你治这个痛风病啊。

谢列勃里雅科夫 无论如何,我不要见这个没有本领的人。

索尼雅 随你的便吧。(坐下)我无所谓。

谢列勃里雅科夫 几点钟了?

叶列娜·安德烈耶夫娜 快一点了。

谢列勃里雅科夫 天气真闷啊……索尼雅,把桌子上那瓶药水递给我。

索尼雅 我马上拿给你。(把小玻璃瓶递给他)

谢列勃里雅科夫 (不高兴地)不是这个,什么事都不能求你们哪!

索尼雅 我请你不要跟人找别扭。有些人也许喜欢这个,可是

24

我呀,不要跟我这样要性子吧。饶了我吧。而且我也没有那么多工夫,我一大清早就得起来,现在正是割麦子的时候。

〔沃伊尼茨基上。他穿着长睡衣,手里拿着一支蜡烛。

沃伊尼茨基　暴风雨就要来了。

〔一道闪光照亮了窗子。

你们看,是吧!叶列娜和索尼雅,你们两个都睡去吧,我是来替换你们的。

谢列勃里雅科夫　(害怕)不,不,不要丢下我一个人跟他在一块儿。他的议论会把我说昏了的。

沃伊尼茨基　可也得叫她们休息一下呀,她们一连两夜没有睡觉了。

谢列勃里雅科夫　叫她们睡她们的去,可是你也走开,你走开。我谢谢你,可是我恳求你,也走开。看在咱们过去友谊的分上,不要坚持吧。要争论咱们也留到以后吧。

沃伊尼茨基　(带着冷笑)咱们过去的友谊……过去的……

索尼雅　别说了吧,万尼亚舅舅。

谢列勃里雅科夫　(向他的太太)亲爱的,不要丢下我一个人跟他在一起。我受不了他那长篇大论!

沃伊尼茨基　这话简直滑稽,说真的。

〔玛里娜拿着一支蜡烛上。

索尼雅　你睡去,老妈妈,不早了。

玛里娜　桌子上的东西还没有收拾呢。还没到睡觉的时候。

谢列勃里雅科夫　谁都不睡觉,个个都累得筋疲力尽,享福的只有我一个人啊!

玛里娜 （走到谢列勃里雅科夫跟前,慈爱地）你腿疼吗,我的老爷子? 我也是,我这两条老腿,也疼得很哪。(给他裹好毯子)你这病可得了好久了。过世的维拉·彼特罗夫娜,索尼雅她妈,有时候整夜整夜的不能睡觉。她为你可真着了不少的急呀……她真爱你呀,那个可怜的……

〔停顿。

上年纪的人就跟小孩子一样。他们很喜欢别人可怜可怜自己,可是偏偏谁也不关心他们。(吻吻谢列勃里雅科夫的肩)咱们走吧,我的老爷子,你躺下睡觉吧,我的可怜的人……等我给你泡点菩提叶①,等我给你暖暖这两只可怜的脚……等我给你祷告祷告上帝。

谢列勃里雅科夫 （受感动）咱们走吧,玛里娜。

玛里娜 啊! 看我这两条可怜的腿呀,可说我这两条可怜的腿呀! (索尼雅帮着她搀扶他走)当年维拉·彼特罗夫娜是怎么发愁,怎么不住地哭,我还记得很清楚呢……我的小索尼雅呀,你那个时候还挺小,还是糊里糊涂的呢……走吧,走吧,我的老爷子。

〔谢列勃里雅科夫,索尼雅和玛里娜走出去。

叶列娜·安德烈耶夫娜 我可叫他给累坏了,累得简直都快站不住了。

沃伊尼茨基 你的痛苦是他给的,可是我呢,我的痛苦是自己找的。我这是一连三夜没有睡了。

叶列娜·安德烈耶夫娜 我们这个家里,谁跟谁都弄得很不和

睦。你母亲除了这位教授和她的小册子,对谁都不能容忍。我们这位亲爱的老师呢,性情不好,他又不信任我,又怕你。索尼雅生她父亲的气,也生我的气,她已经有两个星期没有跟我说话了。你呢,你恨我的丈夫,又公然瞧不起你的母亲,最后,再说到我吧,我气得浑身都觉着要往外冒火,从今天早晨起,我已经哭了二十来次了⋯⋯不行,这个家里的空气,对我可太没有意义了。

沃伊尼茨基　何苦来这么一大套哲学呢!

叶列娜·安德烈耶夫娜　伊凡·彼特罗维奇,你是聪明的,有知识的,你总应该懂得:如果世界遭受灾祸,那并不是因为有强盗,也不是因为发生火灾,而是因为有仇恨,因为彼此不和,为了种种小事而争吵不休⋯⋯你早就该劝劝大家和睦,不应当这样嘟嘟囔囔地抱怨。

沃伊尼茨基　可是你先劝劝我,叫我跟我自己和睦起来吧!我的亲爱的⋯⋯(吻她的手)

叶列娜·安德烈耶夫娜　放开手!(把手抽回去)走开!

沃伊尼茨基　转眼就要下雨了,整个大自然就要重新发绿、重新活起来了。只有我一个人,是不会被暴风雨振作起精神来的。我无可挽救地浪费了自己的一生,这种想法,就像一块沉重的石头,日夜地压着我。我的过去是毫无意义的,过去,我已经在一些琐碎无聊的事情上给糟蹋了,现在呢,又是这样矛盾得可怕。我的生活和我的爱情,都是这个样子。它们有什么意义呢?我拿它们怎么办呢?我的爱情像一道阳光误入了隧道似的被糟蹋了,我糟蹋了我自己。

27

叶列娜·安德烈耶夫娜 你跟我谈你的爱情的时候,我觉得我的脑子里是空的,不知道回答你什么。原谅我吧,我没有一句话能跟你说。(做了一个要走的动作)晚安。

沃伊尼茨基 (拦住她的去路)我真恨不得让你知道知道,我一想到,在这同一所房子里,就在我的身边,另外还有一个人的生活——你的生活——也是这么被糟蹋着,我就多么痛苦啊。你在等待什么呢?是什么该死的哲学把你束缚住呢?可是你得明白……

叶列娜·安德烈耶夫娜 (紧瞪着他)伊凡·彼特罗维奇,你喝醉啦!

沃伊尼茨基 也许是……这很可能……

叶列娜·安德烈耶夫娜 大夫在哪儿?

沃伊尼茨基 在我屋里,他在我屋里睡。啊,是呀,这很可能……实际上,什么都是可能的啊……

叶列娜·安德烈耶夫娜 你今天又喝酒了,你为什么要这样呢?

沃伊尼茨基 我觉得这样才像个生活的样子……不要拦我喝酒,叶列娜。

叶列娜·安德烈耶夫娜 你以前并不喝酒,我也从来没有看见过你这样不谨慎……去睡觉吧,你烦死我了。

沃伊尼茨基 (吻她的手)我的亲爱的……我的爱!

叶列娜·安德烈耶夫娜 (不耐烦地)放开手。这实在叫人恶心。(躲出去)

沃伊尼茨基 (一个人)她走了……

　　〔停顿。

十年前,我有时在我去世的姐姐家里遇见她。那时候她才十七岁,我三十七。我当时为什么不爱上她呢,我为什么不向她求婚呢? 那是多么可能啊,到现在,她不就是我的太太了吗……要是那样啊……就像刚才吧,我们两个人一定都会叫这场暴风雨给惊醒了的;她一定会被雷声吓坏,缩成一团,紧紧地靠着我,我也一定会把她搂得很紧,小着声音跟她说:"什么也不要怕,有我在这儿啦。"多么幸福的情景啊! 我就这么想一想都会愉快得笑出来的……然而,我的上帝啊,我的思路可都乱啦……我为什么老下来了呢? 为什么她不了解我呢? 她的言辞无非是宣扬懒惰,她那些关于人生目的的想法,也都是不严肃的、懒散的,——这一切又都使我非常厌恶啊。

　　[停顿。

　　我受了多大的骗啊! 这个教授,这个叫痛风病弄得腿脚不灵的木偶,我从前可真拿他当成我的偶像啊。我为了他,牛马一般地工作过! 索尼雅和我,我们在这片产业上,尽了我们一切能力挤出钱来;我们像两个穷苦的农民似的,在卖亚麻油、干豆子和干奶酪的价钱上,连一个小钱都要讨讨价还还价。我们自己省吃俭用,一分一厘地积蓄起来,凑成整千整万的卢布送给他。我把他和他的学问引为自己的骄傲。我把他看得高于一切,他所写的,他所说的,我都认为是有天才的……可是现在呢,我的上帝啊! 现在他退休了,咱们可以给他的一生算个总账了:他的著作,没有一行会流传后世,他无声无臭,他是一个十足的废物。原来是一个胰子泡儿啊,我明白我是受骗了,叫他骗得多可怜哪……

〔阿斯特罗夫上,他微微有点醉意,穿着上衣,但是没有穿背心,也没有系领带。帖列金跟在他身后,拿着一把吉他上。

阿斯特罗夫　弹!

帖列金　可是大家全睡了哇!

阿斯特罗夫　我叫你弹!

〔帖列金轻轻地弹了几声。

（向沃伊尼茨基)就你一个人? 没有女人吧?（两手叉着腰,低声唱)"这是我的茅屋,这是我的家,然而我却没有地方能睡下……"我是叫暴风雨给吵醒的。好一场大雨啊。大概几点钟了?

沃伊尼茨基　谁知道呢!

阿斯特罗夫　刚才我仿佛听见了叶列娜·安德烈耶夫娜的声音。

沃伊尼茨基　她刚刚离开我。

阿斯特罗夫　真是一个绝色的女人啊。（仔细看桌上那些小玻璃瓶子)都是药水。简直成了一个药品陈列馆了! 有哈尔科夫的,有莫斯科的,有图拉的……他拖着他的痛风病,把所有的城市都走遍了。他是真有病呢,还是装病呢?

沃伊尼茨基　他确实有病。

〔停顿。

阿斯特罗夫　你今天神色愁闷,是关心教授的缘故吧?

沃伊尼茨基　叫我清静会儿吧。

阿斯特罗夫　或者,也许是因为爱上他的太太吧?

沃伊尼茨基 她是我的朋友。

阿斯特罗夫 怎么,已经……?

沃伊尼茨基 "已经"是什么意思?

阿斯特罗夫 一个女人,不连续经过这几个阶段,就不能变成你的朋友:最初是熟人,随后是情妇,最后是朋友。

沃伊尼茨基 这种议论很庸俗。

阿斯特罗夫 怎么?也对……必须承认,我确实变得庸俗不堪了。你看,我还喝醉了呢。我平日只是每个月才喝醉一次,可是一喝醉,我的脸皮就厚起来了,就极其横蛮起来。我一醉就什么也不算一回事了。我喝醉的时候,就会答应人家做最困难的手术,而且能够做得非常成功。我喝醉的时候,就能编造出规模最大的未来计划来。我喝醉的时候,就再也不觉得自己是一个可怜的怪人了,就相信自己确实是人类的一个伟大的造福者了!在我喝醉了的时候,我就有了我自己的哲学观点,我就觉得你们都是微不足道的,都像细菌那样渺小了。(向帖列金)弹啊,小蜜蜂窝!

帖列金 我非常愿意让你满意,可是你得明白,房子里个个都睡了。

阿斯特罗夫 弹!

　　〔帖列金轻轻地弹。

　　要是再喝一点酒可不坏。来吧,我记得好像我们还剩下点白兰地,天一亮,我们马上就到我家去,你愿意吗?我有一个护士,他从来不说"你愿意吗",总是说"你愿依吗",这个人真是个可笑的家伙。那么,你愿依吗?(看见刚刚出现的索尼雅)对不住,我去打上领带去。(急忙退出,帖

31

列金随着他下)

索尼雅 万尼亚舅舅,你又和医生喝酒了。你们真是多么好的一对朋友呀!他呢,喝酒原本是他的老毛病,可是你呢,你为什么要喝酒呢?这对于你的岁数可一点也不相当啊。

沃伊尼茨基 我的岁数和这个毫不相干。我既然放过了生活,什么都没有啦,我就只好生活在幻梦里了。

索尼雅 我们的干草全收割了,连天下雨,都烂了,可是你还在这儿忙着作梦!你不再关心这片产业了。我不得不什么都自己干,我可支持不下去了……(一惊)舅舅,你怎么流泪了!

沃伊尼茨基 流泪?一点也没有哇……咳,我这也是糊涂……我看见你这种眼神,就想起你死去的母亲来了,我的亲爱的……(热情地吻她的手和脸)我的姐姐,我的亲爱的姐姐……她现在在哪儿啦?她要是知道啊,啊,她要是知道啊!

索尼雅 她要是知道什么?

沃伊尼茨基 我心里难受,我觉得这有点可怕。不过不要紧……这我以后再跟你说吧……不要紧……我要出去一会儿。(下)

索尼雅 (敲一道门)米哈伊尔·里沃维奇!你没有睡吧?只耽误你 分钟。

阿斯特罗夫 (在门内)马上来!(稍过一会儿,他走出来,已经穿上背心,打上领带了)有什么事要我做吗?

索尼雅 如果你不讨厌酒,就请你自己喝好啦,但是我请求你,不要叫我舅舅喝,这对他的身体不好。

阿斯特罗夫　好吧,我们以后不再喝了。

　　〔停顿。

　　而且我马上就要走。这是决定了的。车一套好,天也就亮了。

索尼雅　可是下着雨呢,等到天亮以后再走吧。

阿斯特罗夫　暴风雨已经过去了,它不会把我浇得透湿的。我必须走,我请求你,以后不要再为你的父亲去叫我了。我对他说,他得的是痛风病,他却非说是风湿病不可。我嘱咐他躺在床上,他却一定要老坐在椅子上。今天他甚至不肯见我了。

索尼雅　都是大家把他惯坏了。(往碗橱里看)你想吃一点东西吗?

阿斯特罗夫　说真的,我真想吃。

索尼雅　我很喜欢在夜间吃点东西。我想食品橱里一定还剩下点什么东西。据说我父亲在女人身上一向很成功,都是这种事情把他惯坏的。这儿有点干奶酪。

　　〔他们两个人都站在食品橱旁边吃。

阿斯特罗夫　今天我什么东西也没有吃,光喝酒。你父亲的性情真难接近。(从食品橱里取出一瓶酒来)可以吗?(喝了一杯)现在只有咱们两个人,咱们可以坦白地谈一谈了。你知道,我觉我在你们家里,就连一个月都活不下去,我受不住这里的这种空气……你的父亲只惦着他的痛风病和他的书,你的万尼亚舅舅,整天是那种忧郁病,你的外婆,最后,还有你的后母……

索尼雅　你对她又有什么可非难的呢?

33

阿斯特罗夫　一个人,只有他身上的一切——他的容貌,他的衣服,他的灵魂和他的思想——全是美的,才能算作完美。她长得美,这我同意,但是……但是,她只懂得吃,睡,散步,只懂得用她的美来迷人。她一点也没有意识到自己的责任,都是要别人为她工作……不是这样吗? 然而,闲散的生活是没有一点高贵之处的。

　　〔停顿。

　　也可能我实在是太严格了。我像你的万尼亚舅舅一样,也是对生活不满意。所以才使得我们两个人都好嘟囔抱怨。

索尼雅　怎么,生活叫你不满意吗?

阿斯特罗夫　原则上,我是爱生活的,然而我们现在所过的这种生活,我可不能忍受。这种琐碎无聊的、内地的生活,我从整个心眼里都瞧不起它。至于我,至于我个人的生活,我可以向你很肯定地说,是一点也没有什么美好的地方的。你也许已经注意到了,当一个人在深夜穿过森林的时候,只要能看见远远有一道小小的光亮引导着他,他就会忘了疲乏,忘了黑暗,连扫到他脸上的树枝也都不觉得了……在这一带地方,我比谁都工作得多,这是你很清楚的,命运不断地鞭挞着我,我有时候痛苦得无法忍受,我看不见能够引导我的光亮。我自己再也没有什么可希望的了,我也不爱别人了……我老早就一个人也不爱了。

索尼雅　真的吗,一个人也不爱了吗?

阿斯特罗夫　一个人也不。只有你的老奶妈,我对她还觉得有那么一点感情,因为她在我心里唤起一些回忆。农民们都

34

是一模一样，没有教养，肮脏；这一带有知识的人们呢，我也找不到可以和他们相通之处。他们叫我厌倦。我们那些好朋友们，个个的思想或者情感都没有一点深度，眼光都看不到自己鼻尖以外的东西。他们简直是知识浅薄啊。至于那些比较有知识的、超出一般人之上的人们，又都是些神经病患者，成天去作精神分析，成天追念过去……他们永远是呻吟叹息，而且，他们彼此之间的关系，也差不多都是病态的，他们互相埋怨，互相仇恨，互相诽谤，对于新来的人，侧目而视，而且判定说："哎呀！这个人哪，他的精神错乱了！"或者还要说："这不过是一个说大话的人罢了！"当他们不知道在我的头上贴个什么标签好的时候，就宣扬说："这个人古怪得很，古怪得很！"我爱森林——他们认为这是很奇怪的；我不吃肉——这叫他们觉得更可怀疑了。在人与人的关系上，在人对大自然的感情上，那种天真、纯洁、坦白，都没有了……没有了！（还想喝酒）

索尼雅　（阻止他）我请求你，我恳求你，不要再喝了。

阿斯特罗夫　为什么？

索尼雅　这对你太不合适！你温雅，你的声音又那么柔和……我甚至都得说，在我所认识的人们里面，你是特别美的。那么，你为什么要把自己弄成那些喝酒、打牌的普通人的样子呢？啊，我恳求你，戒了酒吧！你时常反复地说，人们不去创造，却在毁灭上帝所赐给他们的东西。那么，为什么，为什么你自己却毁灭自己呢？不要这样做，我求你，我恳求你。

阿斯特罗夫　（向她伸出手去）我不再喝了。

索尼雅 可得言而有信。

阿斯特罗夫 一言为定。

索尼雅 （用力握着他的手）谢谢。

阿斯特罗夫 过去了！我的酒意已经过去了。你看，我的头脑又清醒起来了，我会一直清醒到我最后一天的。（看了一眼自己的表）我不是总这么说吗：我把我的好年月白白放过去了，现在太晚了……我老了，我工作得太过度了，我变得庸俗烦琐了，我的感情也都磨得迟钝了，所以我觉得我心里再也不会真正地一往情深了。我谁也不爱，而且……我将来再也不会爱上谁。只有美还能吸引我一下。我觉得，比如说吧，如果叶列娜·安德烈耶夫娜愿意的话，她倒是还可以叫我的头脑只昏上一天……然而那也不是爱，不是真正的一往情深……（用一只手遮住眼睛，打了一个寒战）

索尼雅 你怎么了？

阿斯特罗夫 没有什么……在大斋戒期里，一个病人用了我的麻药死了。

索尼雅 不要再去想它了。

　　〔停顿。

　　告诉告诉我，米哈伊尔·里沃维奇……如果我有一个女朋友或者一个妹妹，同时如果你也知道她是……比如说，她是爱你的，那你怎么办呢？

阿斯特罗夫 （耸耸肩）我一点也不知道；确实是一点也不知道怎么办。我只有叫她明白我不能爱她……同时，我现在也没有心思想这个。如果我想走，可到了走的时候了。再见

吧,亲爱的小姐,再谈下去,就是谈到天亮也谈不完啊。(握她的手)如果你允许,我想穿过客厅走了,我怕你舅舅把我留住。(下)

索尼雅 (一个人)他什么话也没有对我说……他的灵魂里和他的心里,都是怎样的情形,我一点也不知道。然而为什么我又觉得这样幸福呢?(幸福得笑起来)我跟他说——而且说得非常恰当——你温雅,心灵高尚,你的声音那么柔和……他的声音发着颤,叫人觉着安慰……到现在我觉得仿佛他还在我旁边说话呢。我跟他提到有一个妹妹的话,他没有听懂……(用力拧着自己的两只胳膊)啊!我的上帝啊,我为什么长得不美呢?自己要是知道自己丑,真是可怕呀。而我确是知道自己丑的啊……上星期天,我从礼拜堂回来,无意中听见了人家谈到我的一段话,一个女人说:"多可惜呀,她的心地那么善良,灵魂那么高尚,竟会长得那么丑。"……丑……

[叶列娜·安德烈耶夫娜上。

叶列娜·安德烈耶夫娜 (打开窗子)暴风雨过去了,多么新鲜的空气呀!

[停顿。

医生呢?

索尼雅 走了。

[停顿。

叶列娜·安德烈耶夫娜 索菲!

索尼雅 干什么?

叶列娜·安德烈耶夫娜 你对我这种冷淡的态度,还要继续到几时呀？咱们谁也没有对不住谁的地方。为什么当仇人呢？咱们打住吧，你愿意吗……

索尼雅　我自己老早就愿意了……（吻她）咱们不再赌气了吧。

叶列娜·安德烈耶夫娜　这才算对呢。

　　　　〔两个人都受了感动。

索尼雅　父亲已经睡了？

叶列娜·安德烈耶夫娜　没有，他在客厅呢……整整好几个礼拜了，咱们谁也没有理过谁一句，为什么呢？那只有上帝知道了，其实啊……（发现食品橱开着）这是怎么一回事？

索尼雅　是米哈伊尔·里沃维奇在这儿吃的晚饭。

叶列娜·安德烈耶夫娜　这儿有一瓶子酒……为咱们的友谊干干杯吧。

索尼雅　那可再好不过了。

叶列娜·安德烈耶夫娜　共喝一杯。（斟上一杯酒）这样好些。那么，咱们以后可就称呼你我了①？

索尼雅　当然喽。

　　　　〔她们喝酒，相吻。

　　　　我老早就想跟你讲和啦，可是要跟你说出口来，又觉得怪难为情的。（哭泣）

叶列娜·安德烈耶夫娜　你为什么哭起来啦？

索尼雅　没有什么，这一阵儿就过去啦。

---

① 俄罗斯的社会习惯：除去家属、至亲、爱人、好友，或对用人和小孩称呼"你"以外，一般朋友之间，通常互相尊称为"您"。按旧风俗，如果一对朋友的友谊，已经发展到知己的程度，就互相拥抱，接吻，共饮一杯酒，以后便互相称"你"。倘若不经过这种仪式，突然称对方为"你"，是很不礼貌的。叶列娜和索尼雅在这段戏以前，是互相称"您"的，以后便互相称"你"了。——译者

叶列娜·安德烈耶夫娜 得啦,够了,够了……(自己也哭起来)小坏东西,你招得我也哭起来了……

　　〔停顿。

　　你认为我是为了利害关系才嫁给你父亲的,所以你才生我的气……可是如果你能相信我发的誓,我就可以跟你赌个咒,我是为了爱情结的婚。是你父亲那种学者的光荣,和那么大的名望,把我给迷惑了的。自然,这也不能算是真正的爱情,只是我自己的兴奋过度罢了,不过当时我自己觉得确是真爱嘛。要处罚我可是不公平的,我没有过失。只是从我结婚的当天起,我就已经觉着你那种充满了怀疑的眼光在压迫着我了!

索尼雅 够了,住嘴,住嘴吧! 咱们把这一切都忘了吧。

叶列娜·安德烈耶夫娜 我不愿意看见你眼睛里再有那种表情,这和你不相称。你应当放心别人,要不这样生活可就太苦啦。

　　〔停顿。

索尼雅 像个好朋友似的,坦白地跟我说一说……你幸福吗?

叶列娜·安德烈耶夫娜 不。

索尼雅 这我早知道。再问你一个问题。真心回答我。你不觉得倒是情愿嫁一个年轻的丈夫吗?

叶列娜·安德烈耶夫娜 看你多么像个孩子! 当然,我是那么觉得。(笑)好吧,接着盘问吧,问吧……

索尼雅 你喜欢这位医生吗?

叶列娜·安德烈耶夫娜 对了,很喜欢。

索尼雅 (笑)你一定觉得我很愚蠢,是吧? 他已经走了,可我

39

还总听得见他的脚步和他说话的声音,我望着这道沉浸在黑暗里的窗子,可是我还觉得清清楚楚地看见了他的容貌。让我跟你叙说叙说吧……可是我不好意思大声说出来。到我屋里去,咱们好好谈谈去。你觉得我愚蠢,承认吧?……跟我谈谈他吧……

叶列娜·安德烈耶夫娜　你要我跟你谈他什么呢?

索尼雅　他聪明……他什么都懂,什么都会……他能治病人,又能培植森林……

叶列娜·安德烈耶夫娜　问题不在于森林和医疗……你得明白,我的亲爱的,他是有才能的!你知道这是什么意思吗?这就是说,他意志坚强,想象丰富,心胸开阔……哪怕他刚刚种下了一棵树秧子,就已经想象到这棵树在一千年以后的样子了;他已经就在梦想着全人类的幸福了。像这样的人,是少有的。应当爱这种人……他喝酒,有时候有一点粗鲁,……可这又有什么关系呢!在俄罗斯,有才能的人,从来都不免带些缺点。只要想想这位医生,他所过的是什么生活吧!公路上的厚烂泥,寒冷,大风雪,跑来跑去的长路途,没教养的老百姓的那种粗野,到处的贫穷,各种各样的疾病。一个人在这样的环境里,一天接着一天地工作着,挣扎着,到了四十岁还居然能保持着自己的纯洁和清醒,可真是太不容易啦……(吻她)我衷心祝你幸福。你是该当享受这种幸福的……(站起来)而我呢,我不过是一个讨人厌的、插曲式的人物……无论作为音乐家,无论作为太太,我一直到处都不过是一个插曲式的人物啊。其实呢,如果稍微想一想,我是非常、非常不幸的呀!(激动地走来走去)我永远也不会幸福了！你为什么笑哇？

索尼雅　(用手遮着脸笑)我多么幸福,多么幸福啊！

叶列娜·安德烈耶夫娜　我很想弹弹钢琴……我很想弹个什么曲子。

索尼雅　弹吧。(用两只胳膊搂着她)我兴奋得睡不着了……弹呀！

叶列娜·安德烈耶夫娜　等一会儿。你的父亲睡不着觉,而且他生病的时候,就觉得音乐刺激。去,问问他去。如果他答应,我就弹。问问他去。

索尼雅　我这就去。(下)

　　〔花园里传来巡夜人的打更声。

叶列娜·安德烈耶夫娜　我好久没有弹过琴了。我要弹一弹,我要像个傻孩子似的哭一哭。(向窗外)是你吗,耶非姆？

　　〔更夫的声音:"是,是我。"

　　不要敲了！先生不舒服。

　　〔更夫的声音:"我就走开！(轻轻地吹着口哨)噢,梅多尔,菲诺德,①这边儿来！"

　　〔停顿。

索尼雅　(回来)他不答应。

——幕落

---

① 均系狗名。——译者

第 三 幕

　　谢列勃里雅科夫家的一间客厅。左右各有门，背景处，正中是第三道门。下午。沃伊尼茨基和索尼雅坐着，叶列娜·安德烈耶夫娜沉思着，来回地散步。

沃伊尼茨基　Herr Professor 表示了一个愿望，要我们一点钟都在这间客厅里聚齐了见他。(看了一眼自己的表)差一刻一点。他是想把他思考的果实，传授给人类啊。

叶列娜·安德烈耶夫娜　一定是一件重大的事情。

沃伊尼茨基　重大的事情他就从来没有操心过。他尽写些废话，不断地发着怨言，成天表现着嫉妒。如此而已。

索尼雅　(申斥的口气)我的舅舅！

沃伊尼茨基　好吧，好吧，我收回我的话。(指着叶列娜·安德烈耶夫娜)看看她走路的样子！就连她散步时候的一举一动，都透着一股懒洋洋的、漠不关心的味道。真迷人！太迷人啦！

叶列娜·安德烈耶夫娜　难道你嘟囔了一整天还不够吗？(悲哀的声音)可把我烦闷死了，我不知道有什么事情可做啊。

42

索尼雅 （耸着肩）想做多少工作，就有多少，只要肯去做。

叶列娜·安德烈耶夫娜 比如说呢？

索尼雅 管管这份产业，教教老百姓，照顾照顾病人。还有，我怎么说呢？比如，爸爸和你，你们没来以前，我就常和万尼亚舅舅到市集上卖面粉去。

叶列娜·安德烈耶夫娜 那我可不会做。我对那也不感兴趣。只有小说里的人物，才去给老百姓教书、服侍病人呢。如果我突然决定去干那个，倒恐怕是件奇怪的事了。

索尼雅 在我，我可不能明白，为什么一个人不该给老百姓教教书、服侍服侍病人呢？不过你稍微等一等看吧，你不久也会那样做的。（吻她）不要烦闷吧，我的亲爱的。（笑）你烦闷，你没有事可做，可是你知道懒惰和闲散是有传染性的吗？你留意到了没有？——万尼亚舅舅什么事情也不做了，只像个影子似的追着你跑。我自己也把什么正事都撂在一边，尽跑来找你闲谈了。我已经传染上你的闲散病了。这位米哈伊尔·里沃维奇大夫呢，以前很少来看我们，要他来，总得求了又求，即或来，也不过一个月来一次，可是现在呢，他每天都来，他已经把他的森林和医疗荒废了。你真好比一个巫婆啊，说真的。

沃伊尼茨基 你们这真叫自找烦恼啊！（急速地）我的亲爱的，我的最美丽的，请你放明白一次吧！你的血管里既然有美人鱼①的血，那么由着你自己去做一个美人鱼就对啦！一

---

① 亦译作水仙，是日耳曼系和斯堪的纳维亚系神话中的女妖。——译者

43

辈子里至少也得有一次露露本性呀！随便跟哪个牧神①去尽情恋爱一次吧，投到恋爱的冒险里去，也叫你那位 Herr Professor 和我们大家，都惊讶得目瞪口呆一下吧。

叶列娜·安德烈耶夫娜 （发怒）不要跟我说了！你这多么残酷啊！（装作要走的样子）

沃伊尼茨基 （扯住她）看看你，看看你，我的美人，原谅我吧……我向你道歉。（吻她的手）咱们讲和吧。

叶列娜·安德烈耶夫娜 你得承认，就是一个天使也会耐不住性子的。

沃伊尼茨基 等我跑去拿一把玫瑰花来，作为我们讲和和亲近的证明。我今天早晨就把花给你预备好了……是一些非常好看的秋玫瑰，使人感到忧郁的玫瑰……（下）

索尼雅 一些非常好看的秋玫瑰，使人感到忧郁的玫瑰……

　　　　〔两个人望着窗外。

叶列娜·安德烈耶夫娜 现在已经是九月了。谁知道冬天又会给咱们带来什么情形呢？

　　　　〔停顿。

　　　　医生呢？

索尼雅 他在万尼亚舅舅的卧房里。正写着东西呢。万尼亚舅舅现在不在家，这正称我的心。我早就想跟你谈谈了。

叶列娜·安德烈耶夫娜 谈什么呢？

索尼雅 你猜不出来吗？（把头伏在她的胸上）

――――――――――――

① 罗马神话里的牧羊神，下身生毛，头上有角，长着两只羊腿。常常和希腊神话里的潘神被人混用。潘神是女仙德里奥帕的儿子，平时在山林间跳跃，并用自己创制的牧笛，调节山林女神和水仙们的舞蹈。——译者

叶列娜·安德烈耶夫娜 得啦,镇静一些,瞧瞧你……(用手抚摸她的头发)镇静一下。

索尼雅 我长得难看。

叶列娜·安德烈耶夫娜 你的头发可长得非常好看啊。

索尼雅 不!(转过头去,向镜子里看了一眼)大家对长得丑的女人,总是这么说的:"你的眼睛太可爱了,你的头发非常好看啊!……"我爱他已经有六年了,我爱他超过爱我的母亲。我觉得时时刻刻都听见他的声音,感觉到他和我的握手。我的眼睛总盯着门口,我永远在等待着:我觉得他随时都要走进来。你没有看出来吗,我一有机会就跑来跟你谈他?现在他每天都到这儿来,可是他一眼也不看我,也不注意我……我痛苦极了!我一点希望也没有哇,一点也没有!(绝望的声音)啊,我的上帝,给我点力量吧……我整夜祷告……我时常去接近他,我找着话跟他说,我盯着他的眼睛看……我丧失了所有的自尊心,我再也没有力量抑制自己了……昨天,我把我的心思告诉了万尼亚舅舅……仆人们个个都知道这件事。谁都知道了。

叶列娜·安德烈耶夫娜 他呢?

索尼雅 他连注意都不注意我啊。

叶列娜·安德烈耶夫娜 (沉思一下)这个人可古怪……这么办,我去跟他谈谈。我会暗示他,跟他巧妙地谈的……

　　〔停顿。

　　是啊,这么不明不白的,要到什么时候呢?等我跟他谈谈去。

　　〔索尼雅点头表示同意。

这是个顶好的办法啦。这样就不难知道他是不是爱你。不要担心,亲爱的……一点也不要害怕。我会很巧妙地探听他,甚至都不会叫他觉得出来。咱们得先知道他究竟爱不爱。

　　〔停顿。

　　如果不爱,那就请他再也不要到咱们这儿来了。不对吗?

　　〔索尼雅点头表示同意。

　　自己所爱的人不在眼前,痛苦还少一些。为什么要拖延呢? 我们马上就去问问他……他本来说是要叫我看几张图的……你去告诉他,说我在这儿等着他呢。

索尼雅 (很感动)你会把实情都告诉我吧?

叶列娜·安德烈耶夫娜　那当然喽。我觉得无论实情怎么样,总比这么不明不白的好受得多。你把这件事交给我好啦,亲爱的。

索尼雅　好,我就说你想看看他那些图……(走了几步,又在门口停住)不,究竟还是不明不白的好些……至少你还能抱着希望呀……

叶列娜·安德烈耶夫娜　你说什么?

索尼雅　没说什么,没什么。(下)

叶列娜·安德烈耶夫娜　(一个人)再坏也莫过于知道了一个人的秘密,而对她又丝毫无能为力的了。(沉思)他不爱她。这很清楚。可是,说实话,他又为什么不可以娶她呢? 她确是不美,然而要作一个乡下医生的太太,也总算是十全十美的呀,特别是配他这么一个年纪。她有知识,又这

46

么善良,这么纯洁……咳。我说的全是糊涂话……

〔停顿。

这个可怜的女孩子啊,我真是了解她呀!她活在周围这些平庸的、不足道的悲惨人物们中间,确是烦闷得可怕啊,她所听见的,只是些淡而无味的言语,她周围的人们所谈的只是吃、喝、睡。恰好这时来了他这么一个人,那么与众不同,那么美,那么有趣,那么吸引人。他每次的来临,都消除了她生活里的单调,就像东升的月亮,闪着越来越强的光芒,赶走了黑暗一样。在这样一个男人的魔力之下,当然会倾倒,会忘掉一切啊……就连我自己也都觉得有一点爱上了他呢。可不是,不看见他,我就烦闷,你看我,一想到他就笑了……万尼亚舅舅说我的血管里有美人鱼的血。"一辈子里至少也得有一次露露本性……"谁知道呢? 他的话也许对……像一只醉心于自由的鸟那样高飞吧,再也不要碰见你们这些睡意昏沉的脸,再也听不见你们这些闲谈吧,连你们的存在都忘记吧……可是,我怯懦,没有那种胆量……要那样,我的良心一定会责备自己的……他每天来,我猜得出来那是为什么,这我就已经觉得是自己的过失了。我已经准备要跪在索尼雅的脚下,去求她原谅,去哭了……

阿斯特罗夫　(手里拿着一张地图出现)日安,夫人。(和她握手)你想看看我画的图吗?

叶列娜·安德烈耶夫娜　是你昨天答应给我看看的……现在你有空吗?

阿斯特罗夫　啊,当然喽。(把地图在桌上展开,用摁钉按住)

你是生在哪里的？

叶列娜·安德烈耶夫娜　（帮着钉地图）彼得堡。

阿斯特罗夫　你在哪里读的书？

叶列娜·安德烈耶夫娜　在音乐院。

阿斯特罗夫　那么，这一定是不能叫你感兴趣的了。

叶列娜·安德烈耶夫娜　为什么？乡下的情形我不懂，倒是真的，可是我也读到过不少啊。

阿斯特罗夫　我在你们这儿摆了一张画图桌……就在伊凡·彼特罗维奇的卧房里。每逢我疲乏得受不住了、头脑整个迟钝了的时候，我就放下一切，躲到你们家来，花上一两个钟头，作作这种消遣……伊凡·彼特罗维奇和索菲雅·亚历山德罗夫娜一边算他们的账，我就坐在他们旁边，在我自己的桌子上，一边涂抹起来——这样，我就在一种温柔的安静中，得到了休息。天气晴和，寂静，一只蟋蟀在墙角唱着。可是这种乐趣，我也不是叫自己常常享受的，不过一个月一次……（指图形）请你看一看。这张图是我们这个地区五十年以前的样子。森林是用深浅的绿颜色画的，你会注意到，地面有一半都遮满了密匝匝的森林。在用许多细斜的红线条标出阴影的地方，都出产野鹿和狍子……凡是有动物和植物特产的地方，我都标出来了。这儿，你所看见的这片水塘上，从前有极多的天鹅、野鸭和鸭子，老年人告诉我们说，这里有过种类极多的禽鸟，成群地飞起来，就和云雾一般。你看见了，除去这些小村落和这些村庄以外，还有一些零星的小房子，一些分隔着的住宅，一些隐修院和一些磨坊……这里有极多的牛马。都用深浅的

48

蓝颜色给标出来了。你看,比如说,这一个区域的蓝色就特别深。在这一带,从前有成群成群的马,每个农民都有三匹。

[停顿。

我们再看底下,这是我们这个地方二十五年以前的样子。森林只遮盖着三分之一的地面了,虽然野鹿还能维持存在,可是狍子已经完全绝迹了。你会注意到,蓝颜色和绿颜色,也都没有上一张图那么深了,其余就更可想而知了。最后,咱们再看看这一张图,这是我们这个地方今天的样子。你看见了,绿颜色变成了分隔着的绿点子,只是在这儿那儿分布着,狍子、天鹅和大雷鸟都已经绝迹了……分隔着的住宅、隐修院和磨坊,连痕迹都看不见了。总的说起来,这是一幅退化的图表,虽然缓慢,但是不容置辩地,至多再过十年到十五年,就会败落净尽的。你也许会回答我,说这是受了文明的影响,说古老的生活形式让位于新的生活乃是非常自然的事。啊!如果在森林伐倒的地方,现在通了公路,通了火车;如果乡下到处都盖满了工厂、手工场和学校,那我就会完全同意你的话。要是那样,毫无疑问地,农民会健康起来,富足起来,也更有了知识。然而,现在完全不是那么回事啊!在我们这个地区,你所看见的,到处照旧是沼地、成群的蚊子,照旧没有公路,照旧到处是贫穷,到处流行着伤寒、白喉和火灾……居住区的范围,一天比一天缩小,因为居民为了谋求生存,正在进行着力不从心的挣扎,在这种情况下,这个地区便日渐退化了。这种退化,当然是老百姓们的愚昧、无知和

49

完全缺乏责任感的结果。然而,一个饥饿的、有病的、受着寒冷的人,为了尽力保存自己行将熄灭的生命,和自己孩子们的生命,他也只有本能地、不自觉地抓住手边的一切,来解一解饥饿,取一取温暖了。他们消灭一切,是顾不到明天的啊。一切都差不多破坏完了,却什么也没有创造。(一种冷冷的声调)我从你的脸色上看得出来,你对这个一点也不感兴趣。

叶列娜·安德烈耶夫娜　我在这些事情上,都是多么的无知呀……

阿斯特罗夫　这和无知不相干,简单得很,你不感兴趣。

叶列娜·安德烈耶夫娜　说实话,我的心思在别处。原谅我吧。我必须向你提出一个小小的问题,可我又觉得怪为难的,不知道怎么样开口。

阿斯特罗夫　一个问题?

叶列娜·安德烈耶夫娜　一点也不错,不过用不着害怕……是一个相当没有意义的问题。咱们坐下,好吗?(他们坐下)是关于一个年轻人的,我希望咱们能像正人君子和好朋友那样,一点也不故弄玄虚地谈一谈。咱们把心思都说出来,随后就把这次所谈的事情,完全不再放在心里。同意吗?

阿斯特罗夫　同意。

叶列娜·安德烈耶夫娜　是关于我的继女索尼雅的事。你喜欢她吗?

阿斯特罗夫　是呀,我非常敬重她。

叶列娜·安德烈耶夫娜　作为女人,你喜欢她吗?

阿斯特罗夫　(思索了一会儿)不。

50

叶列娜·安德烈耶夫娜　再有两三句话,我就不再耽搁你了。你难道什么也没有注意到吗?

阿斯特罗夫　没有,什么也没有。

叶列娜·安德烈耶夫娜　(拉起他的手来)你不爱她,我从你的眼神里看出来了……她痛苦……你明白吗?……那么,就不要再来看我们了吧。

阿斯特罗夫　(站起来)要叫我……可太迟了……而且我也太忙……(耸耸肩)我没有心思去想这个……(看得出他是局促不安的)

叶列娜·安德烈耶夫娜　啊,多么不舒服的谈话呀!我的心跳得像是身上背了一个沉重的包袱似的。咳!不过呢,感谢上帝,也总算是弄清楚了。咱们就把这一次谈话的事情忘了,只当是没有这么一回事吧,并且……离开我们的家吧。你是聪明人,你会了解……

　　〔停顿。

　　这话我说着可都脸红。

阿斯特罗夫　这话你如果早一两个月跟我说,我大概会考虑考虑,但是现在呢……(耸耸肩)既然她痛苦,那当然就得……不过我有一样事情不明白:为什么要你来提这个问题呢?(用眼角看着她,用手指威胁着她)看看你这个狡猾的女人哪!

叶列娜·安德烈耶夫娜　这是什么意思?

阿斯特罗夫　(笑着)诡计多端的女人!就算是索尼雅痛苦吧。那我也很愿意承认。可是为什么要你来提这个问题呢?(拦住她说话,迅速地)对不起,不要作惊讶的样子。我为什么天天来看你们,你完全懂得……你也不是不知道我是为谁来的。不要那样看我,我的漂亮的老虎,在这种事情上,我也还是有些经验的……

叶列娜·安德烈耶夫娜 (没有听明白)老虎? 我一点也不明白。

阿斯特罗夫 啊,我的美丽的猫啊,柔软如丝,但是残酷好杀……你是在寻找为你牺牲的人啊! 这不是? 我已经整整一个月没有做什么了,我丢下了自己的工作,到处找你,而你也喜欢这样,非常、非常喜欢……好了,我已经屈服了,这,你就是不提那个问题,也是早就知道的。(两臂交抱在胸前,低下头去)我已经屈服了,听由你的摆布吧,就用你的虎爪把我撕碎了吧。

叶列娜·安德烈耶夫娜 可说你疯了!

阿斯特罗夫 (冷笑)你现在又装胆小了……

叶列娜·安德烈耶夫娜 啊! 我还不像你所想的那么坏! 我敢对你发誓! (她迈步想走出去)

阿斯特罗夫 (拦住她的去路)我今天就走,再也不回来了,然而……(拉住她的手,向周围看了一眼)我们在什么地方再相会呢? 快说,在什么地方? 随时都会有人进来的,快说……(热情地)你真美,真吸引人啊……只吻一下吧……哪怕我只吻一吻你这么香的头发啊……

叶列娜·安德烈耶夫娜 可是我对你发誓……

阿斯特罗夫 (打断她的话)我们有什么需要发誓的呢? 那没有用。为什么费那么多的话呢……啊,你真美呀! 多么可爱的手啊! (吻她的两手)

叶列娜·安德烈耶夫娜 够了……走吧……(抽回自己的手)

你简直忘形了。

阿斯特罗夫　可是告诉我,赶快告诉我,咱们明天在什么地方
　　相会。(搂住她的腰)你很明白,老早就该是这样的了。我
　　们绝对应当相会。(吻她;这时候,沃伊尼茨基手里拿着一
　　束玫瑰花,正走进来,在门口站住)

叶列娜·安德烈耶夫娜　(没有看见沃伊尼茨基)可怜可怜我
　　吧……放开我……(把头靠在阿斯特罗夫的胸上)不!(做
　　一个要挣脱开的动作)

阿斯特罗夫　(抱着她的腰,扯住她)明天到护林官的房子里
　　去……靠近两点钟的样子。你会去的,对吧?

叶列娜·安德烈耶夫娜　(看见了沃伊尼茨基)放开我!(非常
　　慌乱,走到窗口)这真可怕。

沃伊尼茨基　(把那一束花放在一把椅子上,感情激动得浑身
　　发抖,用手帕擦着脸上和脖子上的汗)这没关系……没
　　有……没有关系……

阿斯特罗夫　(一副不高兴的神色)我的亲爱的伊凡·彼特罗
　　维奇,今天的天气可真好啊。早上倒真是有点阴天,好像
　　就要下雨似的,可是现在你看,多大的太阳啊。说实话,今
　　年秋天的天气可太好啦……再说收成也不坏。(卷起地图
　　来)只是白天越来越短啦……(下)

叶列娜·安德烈耶夫娜　(急忙走到沃伊尼茨基的面前)你得
　　帮助我,你得尽力想法子叫我跟我丈夫今天就离开这里,
　　你听见了吗?今天当天!

沃伊尼茨基　(擦着脸上的汗)什么?啊,是……很好……叶列
　　娜,我全看见了……

叶列娜·安德烈耶夫娜 （慌乱地）你听见了吗？我得今天当天就离开这里。

　　　　〔谢列勃里雅科夫、索尼雅、帖列金和玛里娜上。

帖列金 我自己也觉得不大舒服，教授大人。我病了两天了。我的脑袋有点不得劲儿……

谢列勃里雅科夫 其余的人都哪儿去了？这所房子我真不喜欢。简直像一座迷宫，二十六间大屋子；谁都能单从自己的屋子走出去，永远也找不见一个人。（拉铃）你去跟玛丽雅·瓦西里耶夫娜和叶列娜·安德烈耶夫娜说一声，叫她们到我们这儿来。

叶列娜·安德烈耶夫娜 我在这儿呢。

谢列勃里雅科夫 先生太太们，我请你们都坐下吧。

索尼雅 （走到叶列娜·安德烈耶夫娜身旁，忍耐不住地）他怎么回答的？

叶列娜·安德烈耶夫娜 等一会儿我再跟你说吧。

索尼雅 你发抖了？你激动了？（直瞪着她的脸看）我明白了……他说他不再来了……对不对？

　　　　〔停顿。

　　　　回答我，是这样的吧？

　　　　〔叶列娜·安德烈耶夫娜点点头承认。

谢列勃里雅科夫 （向帖列金）生病的痛苦，我倒还能忍受，唯独这种乡间生活，我就没有法子忍受。我觉得就像被人送到了月亮上那样的不得其所。先生太太们，我请你们坐下吧。索尼雅！

　　　　〔索尼雅没有听见，还在那儿悲痛地站着。

54

索尼雅!

[停顿。

她一句也没有听见。(向玛里娜)老奶妈,你也坐下吧。

[老乳母坐下去,织毛线。

先生太太们! 我请求你们大大打开听觉之门,赐予注意。(笑)

沃伊尼茨基 (苦恼的神色)也许你用不着我吧? 我可以走开吗?

谢列勃里雅科夫 不行,你比任何人的在场都更属必要。

沃伊尼茨基 你要我在这儿干什么呢?

谢列勃里雅科夫 你呀……你为什么生起气来了呢?

[停顿。

假如我有开罪了你的地方,无论是什么事情吧,我都向你道歉。

沃伊尼茨基 撇开这种调调儿,咱们谈谈正事吧……你想干什么吧?

[玛丽雅·瓦西里耶夫娜上。

谢列勃里雅科夫 妈妈来了;我的亲爱的朋友们,我开始啦。

[停顿。

我很荣幸地请你们聚在一起,是要告诉你们一个特殊的情况。① 不过咱们把玩笑放在一边吧。这件事确是一

---

① 这里引用果戈理的《钦差大臣》里边市长召集各官员、宣布钦差大臣到了的话。——译者

55

个严肃的问题。我把你们请到一起，是为了请求你们给予指教和协助，我想我所以能对你们作这种期望，是因为我知道你们对我一向是友好的。我是一个研究科学的人，整个埋在我的书本子里了，和实际生活离得太远。所以我少不了能干人的意见，因此，我才找你，伊凡·彼特罗维奇，还有你，伊里亚·伊里奇，还有你，妈妈……有一句拉丁成语说得很对：manet omnes una nox①。意思就是说，没有人能逃得脱自己的命运！我老了，又有病，因此我才认为，现在该是想到合法地整顿一下我的经济关系的时候了。特别是因为这些经济关系，和我家庭里每一个人都有关系。我的生命快结束了，我并不想到我自己，然而我还有一个年轻的太太，和一个没有结婚的女儿呢。

〔停顿。

我不可能继续住在乡下。我们生来就不是为了过田园生活的。然而，另一方面呢，我们产业的收入，又不准许我们住在城市。假定我们把……比如说……那片森林卖掉吧，那也只是一种非常步骤，不是每年都可以采取的办法。所以我们所要采取的步骤，应当能保证我们有一笔多少是固定的、经常的收入。对于这个问题，我找到了一个答案，我很荣幸地把它提出来，请求你们同意。细节就不讲了，我只把它的要点说明一下吧。我们这份产业的收入，平均只有二分利息。我建议把它变卖了。那么，就是把这笔款子光光放在证券上，就能收入四分到五分的利

---

① 拉丁语，一切都等待着同一个黑夜。——译者

息,我想我们甚至还可以剩下几千卢布的尾数,够在芬兰置一座别墅的。

沃伊尼茨基　等一等……我好像听错了。把你刚刚说过的话再说一遍。

谢列勃里雅科夫　把钱放在证券上,用尾数在芬兰买一座别墅。

沃伊尼茨基　问题不在芬兰……你还说过别的话。

谢列勃里雅科夫　我提议把产业变卖了。

沃伊尼茨基　这话就对了。你要变卖这份产业,好极啦!真是一个妙主意啊……不过你可叫我们到哪儿去呢,我们——索尼雅和我,还有我们的老母亲?

谢列勃里雅科夫　那我们等等再谈。总不能同时安排一切呀。

沃伊尼茨基　再等一等。也许得说是我的头脑从来就不清楚吧。我到今天为止,还一直相信这份产业是属于索尼雅的呢,这也许是我想错了吧。这是我死去的父亲买了给我姐姐作陪嫁的。凭我这点愚蠢的理解,直到今天,我还以为咱们的法律是为俄国人立的,并不是为土耳其人立的,所以我还认为这份产业,在我姐姐死了以后,是该由索尼雅来继承的呢。

谢列勃里雅科夫　这话很对。产业是属于索尼雅的。有谁想叫它成为疑问呢?没有索尼雅的同意,我绝不会决定出卖的。我所以这样提议,也正是为了她的本身利益。

沃伊尼茨基　这真不可理解,真不可理解呀!要不是我疯了,那就是你!

玛丽雅·瓦西里耶夫娜——Jean,不要跟亚历山大辩驳啦。事

57

情应该怎么办,他比我们懂得多,相信我的话吧。

沃伊尼茨基 给我一杯水。(喝水)好吧,你们爱怎么说就怎么说吧,随你们说吧!

谢列勃里雅科夫 我不明白,你为什么对这件事情这样介意呢。我并没有说我这计划是理想的。如果你们都认为这行不通,我也不会坚持。

　　[停顿。

帖列金 (有点手足无措)至于我呢,教授大人,我对于科学,不仅仅怀着一腔极深的敬意,而且还带着一种差不多是亲族的感情。我的哥哥戈里果里的太太的哥哥,康士坦丁·特洛菲莫维奇·拉基捷莫诺夫,从前就是一个学士,这你大概是知道的……

沃伊尼茨基 等一等,小蜜蜂窝,现在谈的是正经事……你这话留到以后再跟我们说吧……(向谢列勃里雅科夫)这不是? 如果你愿意,你就问问他,这份产业是从他叔叔手里买来的。

谢列勃里雅科夫 我有什么问的必要呢? 为什么要问呢?

沃伊尼茨基 这份产业那个时候是九万五千卢布买的。父亲只付了七万现款;因此就欠下了两万五千的债。现在好好听着我往下说吧……要不是我,为了我所热爱的姐姐,情愿把我自己应该继承的一部分遗产放弃了,这片产业就买不成。这还不算什么,我为了还清那笔未了的债,还像牛马一样工作了十年……

谢列勃里雅科夫 我后悔不该提出这件事情来。

沃伊尼茨基 这片产业之所以能解除了抵押,而且弄到这样好的情况,完全是由于我的辛苦,可是现在我老了,你就要像条狗似的把我从这里赶开了!

谢列勃里雅科夫 我不明白你要谈到哪儿去!

沃伊尼茨基 这片产业,我经营了二十五年,我刻苦地工作,我像一个最廉洁的管家似的,把所有进款都送给了你,而你从来连个谢字都没有想到过。从我年轻的时候起,一直到现在,你每年只给我五百卢布的酬劳,那么可怜的一笔待遇,而你从来连给我薪水上多加一个卢布的念头都没有动过!

谢列勃里雅科夫 可是,伊凡·彼特罗维奇,那我又怎么知道呢?实际生活我是一点也不懂啊,你想增加多少,早就应该自己加上去呀。

沃伊尼茨基 你现在反而问我为什么没有舞弊了吧?谁叫我一直这么清廉的呢?你们大家再不瞧不起我还等什么?要真那样,你也不会有错了,我现在也不会落到这个样子了!

玛丽雅·瓦西里耶夫娜 (严厉地)Jean!

帖列金 (声音发颤)万尼亚,亲爱的,不提这些了吧……我都听得打哆嗦了。为什么要伤了好交情呢?(吻他)够了。

沃伊尼茨基 我陪着我母亲,在这片产业里,就像只鼹鼠似的,一直关了二十五年……我们的心思,我们的感情,整个都放在你的身上了。我们一天到晚,谈的都是你,谈的都是你的工作,我们引此以为骄傲;我们读起你的名字来,心里都起着敬意,今天我已经极端瞧不起的那些报纸和你那些书籍,我们从前是整夜整夜地读啊。

帖列金 住嘴吧,万尼亚,住嘴吧……我受不住啦……

谢列勃里雅科夫 (大怒)我不明白,你要怎么样呢?

沃伊尼茨基 从前你在我们心目中是一个非凡的人物,你的文章,每一篇我们都背得下来……但是,我的眼睛终于睁开了。现在我可把你看得真清楚啦! 你写的是讨论艺术的文章,可是你一点艺术也不懂! 你那些从前叫我认为是了不起的工作,其实连一个脏钱都不值! 你耍弄了我们!

谢列勃里雅科夫 你们叫他到底住嘴吧! 不然我就走开!

叶列娜·安德烈耶夫娜 伊凡·彼特罗维奇,我要求你别再说了! 你听见了吗?

沃伊尼茨基 我偏要说!(拦着不让谢列勃里雅科夫走)等一等,我还没有说完呢! 你毁了我的生活! 我没有生活过! 我因为你的过错,牺牲了我自己最好的年月! 你是我的最可恨的仇人!

帖列金 我再也受不住了……我再也受不住了……我情愿走开啊……(非常激动,下)

谢列勃里雅科夫 你要我怎么样? 你有什么权力用这种口气跟我说话? 你这一无所长的人! 如果产业是你的,就拿去呀,我并不需要它!

叶列娜·安德烈耶夫娜 我要马上躲开这个地狱呀!(哭)够了,我再也受不住了!

沃伊尼茨基 我把自己的生活糟蹋了! 我有才能,我有知识,我大胆……要是我的生活正常,我早就能成为一个叔本华,一个陀思妥耶夫斯基了……咳,我怎么谈到题外去了! 我快要疯了……母亲哪,我真没了希望了! 母亲!

玛丽雅·瓦西里耶夫娜 　(严厉地)听从亚历山大的话!

索尼雅 　(不由得跪在乳母的面前,紧紧靠着她)老妈妈,老妈妈。

沃伊尼茨基 　母亲,我该怎么办呢? 不用说了,什么话你也不必说了! 那我自己都知道! (向谢列勃里雅科夫)我叫你将来记得住我! (由中门下,玛丽雅·瓦西里耶夫娜跟着他下)

谢列勃里雅科夫 　这叫怎么回事啊? 给我赶开这个疯子吧。我不能跟他住在一处! 他的卧房(用手指着中间的门)和我紧挨着……得叫他住到另外一所房子去,或者另外一个村子去,不然我自己就搬开。在任何情况之下,我都拒绝和他住在一处……

叶列娜·安德烈耶夫娜 　(向她的丈夫)我们今天当天就得走。应当马上吩咐他们做动身的准备。

谢列勃里雅科夫 　多么不足道的人啊!

索尼雅 　(还跪着,转身向她的父亲,含着泪,神经紧张地)你应该可怜可怜我们,爸爸呀。万尼亚舅舅和我,我们是多么不幸啊。(抑制着自己的绝望)你得可怜可怜我们啊。你回想一下,在你还年轻的时候,万尼亚舅舅和外婆夜间不睡觉,整夜整夜的不睡觉,为你翻译书,为你抄写稿件! 我和万尼亚舅舅,一分钟都不肯休息,为你工作,我们自己省吃俭用,为了多给你送点钱去……我们并没有白吃这碗饭啊! 我说的全是不该说的话,我的脑子乱了,但是,你得了解我们,爸爸。你应当发点慈悲啊!

叶列娜·安德烈耶夫娜 　(受了感动,向她的丈夫)亚历山大!

看在老天爷的分上,跟他解释一下吧,我求你。

谢列勃里雅科夫 好吧。我就去向他解释……我并不怪他,我也并不生气,只是你们得承认,他的行动未免太古怪了吧。很好哇,我就找他去。(由中门下)

叶列娜·安德烈耶夫娜 要对他和气些,安安他的心……(跟在他身后下)

索尼雅 (紧伏在乳母的身上)老妈妈,老妈妈!

玛里娜 不要紧的,我的孩子。让火鸡们咕咕地斗去吧,斗够了就会安静下来的。斗够了就会安静下来的……

索尼雅 老妈妈!……

玛里娜 (抚摸着她的头发)看你抖索得像挨了冻似的。得啦,得啦,你镇静镇静,我的小孤儿。上帝是慈悲的!喝一点菩提叶或者别的什么泡的茶,就会好的……不要哭了,我的孤儿。(瞪着中间的门,生气)就看看这群火鸡呀! 难道这不丢脸哪!

　　〔景后一声枪响。传来叶列娜·安德烈耶夫娜的一声喊叫。索尼雅浑身打战。

　　嘿! 叫雷劈了你的……

谢列勃里雅科夫 (仓皇地逃上,吓得站立不稳)拉住他,拉住他,他发了疯啦!

　　〔叶列娜·安德烈耶夫娜在门限处拼命拉着沃伊尼茨基。

叶列娜·安德烈耶夫娜 (想把他的手枪夺下来)给我! 给我,听见了没有!

沃伊尼茨基 放开我,叶列娜,放开我!(挣脱了她,奔向台上,用眼睛寻找谢列勃里雅科夫)他跑到哪儿去啦？哈，在这儿啦！（开枪）啊，砰！

　　[停顿。

　　没打着？又没打着?!（狂怒）啊，你这该……你这该下地狱的……（把手枪随手往地下一扔，非常疲惫地跌坐在一把椅子上。谢列勃里雅科夫吓得还张大着嘴。叶列娜·安德烈耶夫娜紧贴着墙，她觉得发晕）

叶列娜·安德烈耶夫娜　把我带走啊！带我走吧，杀了我吧，可是……我在这儿再也待不下去了！

沃伊尼茨基　（绝望地）啊，我干的这叫什么事呀！我干的这叫什么事呀！

索尼雅　（低声）老妈妈！老妈妈！

——幕落

第 四 幕

　　伊凡·彼特罗维奇的卧房,同时也布置成会计用的办公室。靠近窗子的一张大桌子上,放着账簿和文件。一张写字台,几座柜橱,一个磅秤。留给阿斯特罗夫专用的一张较小的桌子。桌子上有颜料、绘画用具和一个画稿夹。笼子里养着一只八哥。墙上钉着一张非洲地图,显然是毫无用处的。一张宽大的漆布面长沙发。左边,有门通到别的房间;右边,另一道门,通前室。这道门口,特为农民们铺了一张擦鞋泥的草垫子。

　　秋天的晚上,全台寂静。

　　帖列金和玛里娜面对面坐着,在缠毛线。

帖列金　你快着点儿,玛里娜·季摩菲耶夫娜,他们说话就许叫我们去告别的。他们已经吩咐叫套马了。

玛里娜　(赶紧缠着)剩下没多少啦。

帖列金　他们要住到哈尔科夫去。

玛里娜　还是这样好。

帖列金　他们可真吓坏了……你听见叶列娜·安德烈耶夫娜

64

说的吗:"这儿我再也待不下去啦！我绝不肯再住下去了……咱们走,咱们立刻走……咱们先空身到哈尔科夫去。等咱们在那儿稍微熟悉一点,马上就派人来搬行李……"他们是不带着行李走的呀。玛里娜·季摩菲耶夫娜,总得相信,他们这真是注定了跟我们过不到一块儿的呀……这是命运啊。

玛里娜　还是这样好。看看白日闹的那场笑话！还开手枪呢。多不要脸！

帖列金　是啊,真是值得叫阿伊瓦佐夫斯基①画画的一场热闹啊。

玛里娜　我连想都不愿意想它。

　　　　〔停顿。

　　　　咱们的生活又要回到从前那个样子了,早晨八点钟吃早点,一点钟开午饭,黄昏的时候吃晚饭。样样事情都有个规矩,像个正经人家似的。(叹息)你看我这个造孽的老婆子,可有很久没吃过鸡蛋面条汤啦!

帖列金　是啊,这些时候老没吃着这个啦……

　　　　〔沉默。

　　　　玛里娜·季摩菲耶夫娜,我今天早晨走过村子里的正街,听见那个开杂货店的朝着我喊:"嘿,这个食客!"我心上就那么一酸哪!

玛里娜　不要理那些个,我的朋友,我们吃的都是上帝赐给的饭。就连索尼雅和伊凡·彼特罗维奇也是一样,没有一个

----

① 阿伊瓦佐夫斯基(1817—1900),俄罗斯画家。——译者

65

人不做事闲待着来着,咱们个个都工作! 索尼雅呢?

帖列金 在花园里,还有医生,他们两个人都在找伊凡·彼特罗维奇呢,怕他自寻短见。

玛里娜 他的手枪呢?

帖列金 (小声地)我给藏在地窖里了。

玛里娜 (带着笑容)真造孽呀!

　　　　〔沃伊尼茨基和阿斯特罗夫由院子上。

沃伊尼茨基 躲开我。(向玛里娜和帖列金)走开,哪怕让我一个人只待一个钟头呢! 这样的监视我可受不了。

帖列金 我走,万尼亚。(用脚尖走出)

玛里娜 就看看这只火鸡啊! 又咕咕咕的啦!(拾起毛线,下)

沃伊尼茨基 躲开我!

阿斯特罗夫 那我是再愿意也没有的啦,而且也是我该回去的时候啦,不过我得再跟你说一遍,你要是不把从我那儿拿去的东西还我,我是不回去的。

沃伊尼茨基 我什么东西也没有拿你的。

阿斯特罗夫 我不是跟你说笑话:不要耽误我,我该回去了。

沃伊尼茨基 我什么东西也没有拿你的。

　　　　〔他们坐下。

阿斯特罗夫 真的吗? 你听着,我稍微再等一会儿,可是等我非用武力不可的时候可不要怪我。我们可会把你的手脚都捆起来,搜查你的。这我可预先告诉你。

沃伊尼茨基 你愿意怎么办就怎么办吧。

　　　　〔停顿。

　　　　居然笨到这个地步! 两次都没有打中他! 这我一辈

子也原谅不了我自己!

阿斯特罗夫 你既然这么想玩手枪,那就很可以往自己脑袋里打进一颗子弹去。

沃伊尼茨基 (耸耸肩)这可也真叫奇怪。我刚刚犯的是蓄意杀人罪,可是你们不把我抓起来! 你们并不把我交到法院。你们一定是认为我神经有毛病了。(恶意地笑)这么说,我是个疯子了! 而他们呢,那些把迟钝、狭隘的灵魂,和冷酷得无耻的心地,藏在一个渊博圣人的学者面具之下的人们,他们却不疯! 还有那些嫁给了老头子,然后再公然欺骗自己丈夫的女人们呢,她们也不疯吧? 因为我看见了,我看见你是怎么吻她的!

阿斯特罗夫 一点也不错,我是吻了她的! 而你呢,你还是那么没出息。(蔑视地把身子打了一个转儿)

沃伊尼茨基 (望着门)不,这个世界居然容我们活在上面,它也就真够疯的了!

阿斯特罗夫 这不就是疯话?

沃伊尼茨基 那你有什么办法呢? 我既然是个疯子,就很有权利说疯话。

阿斯特罗夫 老一套的废话! 你一点也不疯。你仅仅是古怪。一个老滑稽! 我从前也认为所有古怪的人都是病态的,不是常态,可是,我现在却相信,有一点古怪才是人类的正常状态。你和别人也没有两样。

沃伊尼茨基 (两手蒙着脸)我羞愧! 你真不知道我有多么羞愧啊! 这比什么痛苦都难受啊。(绝望地)这把我的心都压碎啦! (趴在桌子上)怎么办,怎么办哪?

阿斯特罗夫　毫无办法。

沃伊尼茨基　给我点药吃,叫我镇定镇定吧!哎呀,我的上帝呀……我现在四十七岁了,就假定我能活到六十岁,那我还得活十三年。这够多长啊!这漫长的十三年,可叫我怎么往下过呀?没有一点东西来充实我这个生命啊!你明白吗……(狂热地握着阿斯特罗夫的手)你明白吗,我真恨不得能够改一个样子来过我的余年哪!我真恨不得能够在一个温和的清晨,一醒,就觉得自己已经过起一种新生活来了,过去的也都忘了,都化成云烟了啊!(哭)要重新开始一种新生活啊……告诉告诉我,我怎样才能做到呢?……从哪里入手呢?……

阿斯特罗夫　(不耐烦地)算了!还谈什么新生活呢!我们两个人都把自己的生活糟蹋得无可挽救了。

沃伊尼茨基　你这样想吗?

阿斯特罗夫　很肯定。

沃伊尼茨基　随便给我点什么吃吧……(指自己的心)这儿烧得慌。

阿斯特罗夫　(生了气)够了!(口气缓和些)那些活在我们以后一两百年的人们,那些因为我们这样愚蠢地、无谓地糟蹋了我们的一生而瞧不起我们的人们,也许会找到能够幸福的方法,至于我们两个人哪……我们却只剩下一个希望了:只有到坟墓里去看些个梦境吧,可是,谁知道呢,说不定还是很如意的梦呢。(叹了一口气)说的是啊,我的亲爱的,我们这一带,从前只有两个像样的、有教养的人。那就是你和我,然而,也不过是十年的光景,我们就已经一天一天地陷到该死的平庸的生活里边来了。我们已经受到这种生活的腐臭的毒害，我们已经传染上了一般的庸俗。（急速地）可是不要打我的岔了。把从我那儿拿去的东西还给我。

沃伊尼茨基　我什么东西也没有拿你的呀。

阿斯特罗夫　你从我的手提药箱子里拿去了一瓶吗啡。

〔停顿。

你听着，如果你非要自杀不可，就到森林里去，把自己的脑袋打飞了好啦，可是我的吗啡你得还给我。我不愿意招得人家说闲话、乱揣测；别人还许认为是我给你的呢……非得去给你验尸不可，已经就够讨厌的了……你还以为那是一种有趣的行业呀？

〔索尼雅上。

沃伊尼茨基　别打搅我。

阿斯特罗夫　（向索尼雅）索菲雅·亚历山德罗夫娜，你的舅舅从我的手提药箱里拿去了一瓶吗啡，不肯还给我。告诉他这……简直是糊涂。而且我没有时间耽搁了，我得回去了。

索尼雅　万尼亚舅舅，你拿过吗啡吗？

〔停顿。

阿斯特罗夫　他拿了，我有把握这么说。

索尼雅　交出来。你为什么要吓唬我们呢？（温柔地）交出来，万尼亚舅舅！我的不幸也许不在你以下，然而我并不轻易绝望。我听天由命，再痛苦我也要忍受到我的寿命自己完结的那一天……你也要忍受你的痛苦啊。

〔停顿。

把吗啡交出来！（吻他的手）我亲爱的舅舅，我最亲爱的舅舅啊，交出来吧！（哭）你的心肠好，你会可怜可怜我们，把吗啡交出来的。忍受着自己的痛苦，听天由命吧！

沃伊尼茨基　（从桌子的一只抽屉里拿出一瓶吗啡来，还给阿斯特罗夫）拿去！（向索尼雅）不过得赶快再干起工作来，得忙点什么事情，不那样我可就再也支持不下去了……再也支持不下去了……

索尼雅　啊！是啊，得工作。等咱们那几个人一走，我们马上就再工作起来……（错乱地翻着桌上的文件）一切都荒废了。

阿斯特罗夫　（把药瓶子放回手提药箱，扣上皮带）好啦，现在我可以走了。

〔叶列娜·安德烈耶夫娜上。

叶列娜·安德烈耶夫娜　伊凡·彼特罗维奇，你在这儿啦？我们马上就走啦。亚历山大很想和你谈谈，去看看他吧。

索尼雅　去吧，万尼亚舅舅。（挽起沃伊尼茨基的胳膊）走，你一定得跟爸爸讲和。

〔索尼雅和沃伊尼茨基下。

叶列娜·安德烈耶夫娜　我走了。（把手伸给阿斯特罗夫）后会有期吧！

阿斯特罗夫　就走啊？

叶列娜·安德烈耶夫娜　车等着呢。

阿斯特罗夫　那么，后会有期吧。

叶列娜·安德烈耶夫娜　你可是答应了我今天走的。

阿斯特罗夫 我没有忘记我的诺言，我马上就走。

　　〔停顿。

　　你害怕了吧？（拉起她的手来）难道就这么可怕吗？

叶列娜·安德烈耶夫娜 是的。

阿斯特罗夫 你留下来好不好呢？明天，在护林官的房子里……

叶列娜·安德烈耶夫娜 不行……这是决定的了……而且也正因为我已经坚决地下了要走的决心，我才敢这样毫无忌惮地看着你……我对你有一个请求：把我想得好一点，我很希望你能尊重我。

阿斯特罗夫 咳！（做了一个不耐烦的手势）我请你答应留下来吧……你得承认，你在这个世界上是没有一点事情可做的，你没有任何事业，你的生活也没有任何目的，你不知道把你的闲暇用在什么上头，所以，结果呢，你迟早也会不由自主地卷到热情的激荡里去。那是不可避免的。既然如此，就让它在此地，在这大自然的怀抱里，岂不更好吗，何必要在哈尔科夫或者库尔斯克呢？……无论如何，这里是更有诗意、更能令人陶醉的呀……你可以在这左近，看见些护林的房舍，看见些屠格涅夫风味的荒凉别墅……

叶列娜·安德烈耶夫娜 你真奇怪……我本来不高兴你，可是……我又会愿意想念你的。你很有趣味，也很有独创的见识。我们今后再也见不着了，所以我才能够向你承认，我前一阵甚至是有一点爱上你了。得啦，把你的手伸给我，咱们作为好朋友分手吧。不要记恨我吧。

阿斯特罗夫 （握着她的手）好，你走吧……（沉思）你看起来是

71

坦白的、诚恳的，然而，你的身上总还有一点奇怪的东西。我们本来个个都是埋头在自己的事业里，很忙的，都专心在建设着，然而你跟你的丈夫一来，我们就把工作都抛开了，整整一夏天，除去你丈夫的痛风病和你本人，就什么都不想了。你和你丈夫生活里的那种闲散，我们也都不由得传染上了。你使得我发了狂，整整一个月的工夫，我什么也没有做，连我的病人，连农民放牲口去吃我的树秧子，我都不放在心上了……你和你的丈夫，你们两个人到了哪里，就给哪里带来了毁灭……当然，我这是在开玩笑，不过，也的确是有点奇怪的东西……我相信，如果你们留下来，在我们当中住下去，大的灾难一定是不可避免的。那我恐怕就算完结，而你也不会幸免……你也不会安然无恙。得啦，后会有期吧。Finita la comedia①！

叶列娜·安德烈耶夫娜 （从桌上拿起一支铅笔，迅速地藏起来）我拿这支铅笔作个纪念吧。

阿斯特罗夫 这可多么奇怪呀……刚认识，跟着就又突然分手，永远不能再见了。人生就是如此啊……趁着现在没有人，趁着万尼亚舅舅还没有拿花回来，让我……吻你……最后一次吧，你愿意吗？（吻她的颊）得。

叶列娜·安德烈耶夫娜 我祝你一切幸运。（回头看了一眼）活该啦！一辈子也不过这一次！（突然拥抱着吻他，两个人又都很快地分开）应该走啦。

阿斯特罗夫 赶快走吧。如果马已经套好，就走吧。

---

① 意大利语，喜剧闭幕。——译者

叶列娜·安德烈耶夫娜　我觉得有人来了。

　　[他们倾听。

阿斯特罗夫　Finita!①

　　[谢列勃里雅科夫、沃伊尼茨基、帖列金、索尼雅和手
　　里拿着一本书的玛丽雅·瓦西里耶夫娜，同上。

谢列勃里雅科夫　(向沃伊尼茨基)咱们把旧日的争吵都忘记
　　了吧。仅仅在这场风波以后的几个小时里边，我就感受
　　了、思索了那么多的东西，似乎都可以写成一大本论生活
　　艺术的专著，留给后代的人们看看。我很愿意接受你的道
　　歉，我也请你接受我的歉意吧。再见了！(吻了沃伊尼茨
　　基三次②)

沃伊尼茨基　你以前从产业中得到多少收入，以后还会照旧定
　　期寄给你。一切都会和先前一样。

　　[叶列娜·安德烈耶夫娜吻索尼雅。

谢列勃里雅科夫　(吻玛丽雅·瓦西里耶夫娜的手)妈妈……

玛丽雅·瓦西里耶夫娜　(吻他)亚历山大，你叫人给你新拍一
　　张照片，寄给我。你知道你在我心里有多么珍贵呀。

帖列金　再见啦，教授大人，可不要忘记我们呀。

谢列勃里雅科夫　(吻他的女儿)再见了……大家都再见了！
　　(把手伸给阿斯特罗夫)我谢谢你跟我们来往的盛情……
　　我尊重你的见解，你的狂想，你的热衷，但是，请允许一个
　　老头子在他告别的话里，再加上一点意见吧：要有所作

──────────

① 意大利语，闭幕。——译者
② 按旧风俗，骨肉至亲，或是知己，在分别或重逢的时候，都互相拥抱，吻对方两
　颊三次——左、右、左，表示亲热。——译者

为,要有所作为!(向全体鞠了一躬)再见啦!(下,玛丽雅·瓦西里耶夫娜和索尼雅随下)

沃伊尼茨基 (热情地吻叶列娜·安德烈耶夫娜的手)再见啦……原谅我吧!我们再也见不着了。

叶列娜·安德烈耶夫娜 (很感动)再见了,我的朋友。(吻吻他的头发,下)

阿斯特罗夫 (向帖列金)小蜜蜂窝,去叫人套上我的马。

帖列金 我就去,亲爱的朋友。(下)

〔只留下阿斯特罗夫和沃伊尼茨基。

阿斯特罗夫 (把散乱在桌上的颜料排列在手提箱里)你为什么不送他们上车?

沃伊尼茨基 我不敢送,我这心里沉重极了。我得赶快找一点事情做做。工作吧,赶快来工作吧!(乱翻着桌上的文件)

〔停顿,传来马铃声。

阿斯特罗夫 走了。满意的当然是教授啊。他说什么也不肯再回来了。

玛里娜 (回来)他们走啦。(坐在一张圈椅上,又拿起毛线来织)

索尼雅 (上)都走了。(擦眼泪)但愿他们一路平安吧。(向她的舅舅)万尼亚舅舅,咱们工作起来吧。

沃伊尼茨基 你说得对,工作起来……

索尼雅 咱们好久没有坐在这张桌子旁边了。(点起桌上的油灯)墨水瓶也空了……(拿起墨水瓶,走到柜橱那里,灌上墨水)他们的离别叫我心酸。

玛丽雅·瓦西里耶夫娜 (慢慢地走进来)全走啦!(坐下就又

埋头读起她的书来)

索尼雅 （坐到桌边,翻着账簿)万尼亚舅舅,咱们先把那些账单都写出来吧。我们遗漏得可真不少。今天还有人来催着要呢。咱们两个人分着写,等你写好一份,我同时也就写好一份了。

沃伊尼茨基 （写)"……先生,兹发货……"

　　　　　〔他们默默地写着。

玛里娜 （打着呵欠)恐怕该是去睡觉的时候了吧……

阿斯特罗夫 真静啊,连笔尖沙沙的声音和蟋蟀唧唧的声音都听得见啊。天气又晴朗,又温和……我一点都不想走了。

　　　　　〔传来马铃的声音。

　　　　　我的马来了……我没有别的事了,只剩下向你们大家,我的朋友们辞行,向我的桌子告别,然后,马上就走啦!(把图样都放在画稿夹子里)

玛里娜 你何必这么忙着走呢? 留下来。

阿斯特罗夫 不可能。

沃伊尼茨基 （写着)"你尚欠我们两卢布七十五戈比……"

　　　　　〔长工上。

长工 米哈伊尔·里沃维奇,马套好了。

阿斯特罗夫 我知道了。(把医药器具箱、小手提箱和画稿夹子递给他)拿着。留神不要把画夹子压折了。

长工 我小心就是。(下)

阿斯特罗夫 那咱们就……(刚要说告别的话)

索尼雅 咱们什么时候再见呀?

阿斯特罗夫 明年夏天以前,一定是不会的了。今年冬天是很少可能的……自然,如果发生什么事故,就请派人通知我,我立刻就会赶来的。(——握手)谢谢你们的盛情招待……总之,谢谢一切吧。(走到奶妈面前,在她头发上吻了一下)再见了,我的亲爱的老妈妈。

玛里娜 你想能不喝点茶就走吗?

阿斯特罗夫 我不想喝,老妈妈。

玛里娜 要不来一杯伏特加吧?

阿斯特罗夫 (犹豫)那,也好吧……

　　　〔玛里娜下。

　　　(沉默了一会)我的马,有一匹走路瘸起来了,昨天彼特鲁什卡饮马的时候,我才看见的。

沃伊尼茨基 得叫人给它换换掌子。

阿斯特罗夫 是呀,我回头得绕到洛杰斯特文尼村,找找马蹄匠去。(走近非洲地图,仔细看)你想非洲的天气,在这个时候,不还是热得怕人吗?

沃伊尼茨基 那非常可能。

玛里娜 (端来一个托盘,上边放着一杯伏特加和一块面包)喝吧。

　　　〔阿斯特罗夫喝酒。

　　　祝你身体健康,我的好先生。(深深地鞠躬)吃一口东西吧!

阿斯特罗夫 不啦,就这样行了……那咱们就……再会啦。(向玛里娜)不要送我,老妈妈,不必费这个事了。

　　　〔他走出。索尼雅手里拿着蜡烛,送他出去。

　　　〔玛里娜又坐在她的圈椅上。

76

沃伊尼茨基 （写着）"二月二日，油，二十磅……二月十六日，又发去油二十磅……荞麦……"

　　　　［停顿。传来马铃声。

玛里娜 他走了。

　　　　［停顿。

索尼雅 （回来，把蜡烛放回桌子上）走了……

沃伊尼茨基 （嗒嗒地打着算盘，然后把总数记下来）加起来是……十五……二十五……

　　　　［索尼雅坐下写。

玛里娜 （打着呵欠）啊！我们这几个可怜的人哪……

　　　　［帖列金用脚尖走上，坐在门边，轻轻地弹他的吉他。

沃伊尼茨基 （向索尼雅，用手抚摸着她的头发）啊！我的孩子，我真痛苦啊！你可真不知道我有多么痛苦啊！

索尼雅 我们又能有什么办法呢，总得活下去呀！

　　　　［停顿。

　　我们要继续活下去，万尼亚舅舅，我们来日还有很长、很长一串单调的昼夜；我们要耐心地忍受行将到来的种种考验。我们要为别人一直工作到我们的老年，等到我们的岁月一旦终了，我们要毫无怨言地死去，我们要在另一个世界里说，我们受过一辈子的苦，我们流过一辈子的泪，我们一辈子过的都是漫长的辛酸岁月，那么，上帝自然会可怜我们的，到了那个时候，我的舅舅，我的亲爱的舅舅啊，我们就会看见光辉灿烂的、满是愉快和美丽的生活了，我们就会幸福了，我们就会带着一副感动的笑容，来回忆今天的这些不幸了，我们也就会终于尝到休息的滋味了。我这样相信,我的舅舅啊,我虔诚地、热情地这样相信啊……(不由自主地跪在他的面前,把脸伏在他的两手上,低沉的声音)我们终于会休息下来的!

　　〔帖列金轻轻地弹着吉他。

　　我们会休息下来的! 我们会听得见天使的声音,会看得见整个洒满了金刚石的天堂,所有人类的恶心肠和所有我们所遭受的苦痛,都将让位于弥漫着整个世界的一种伟大的慈爱,那么,我们的生活,将会是安宁的、幸福的,像抚爱那么温柔的。我这样相信,我这样相信……(用手帕擦她舅舅两颊上的热泪)可怜的、可怜的万尼亚舅舅啊。你哭了……(流着泪)你一生都没有享受过幸福,但是,等待着吧,万尼亚舅舅,等待着吧……我们会享受到休息的……(拥抱他)啊,休息啊!

　　〔传来巡夜人的打更声。

　　〔帖列金轻轻地弹着琴。玛丽雅·瓦西里耶夫娜在她的小册子的边眉上,记着小注。玛里娜织着毛线。

　　啊,休息啊!

　　　　　　　　　　　　　　　　——幕徐徐落下

78

三姊妹

四幕正剧

一九〇〇年

人　物

普洛佐罗夫,安德烈·谢尔盖耶维奇。

娜达里雅·伊凡诺夫娜(娜达莎)——他的未婚妻;后来,他的
　　太太。

奥尔加⎫

玛　莎⎬普洛佐罗夫的三个妹妹。

伊里娜⎭

库利根,费多尔·伊里奇——中学教员,玛莎的丈夫。

威尔什宁,亚历山大·伊格纳季耶维奇——中校,炮兵连长。

屠森巴赫,尼古拉·里沃维奇男爵——中尉。

索列尼,瓦西里·瓦西里耶维奇——上尉。

契布蒂金,伊凡·罗曼诺维奇——军医。

费多季克,阿列克塞·彼特罗维奇——少尉。

洛迭,弗拉基米尔·卡尔罗维奇——少尉。

费拉彭特——地方自治会议的老年守卫。

安非萨——八十岁的老乳母。

故事发生在外省的一个城市。

第 一 幕

普洛佐罗夫家里。一间带圆柱子的客厅,隔着柱子可以看见一间宽大的餐厅。中午。出着太阳,户外天气宜人。餐厅里,桌上已经准备好开饭的餐具。奥尔加穿着蓝色的女子中学教员制服,走来走去地在改着学生们的练习簿,有时候站住一下。玛莎穿着黑衣服,帽子放在膝盖上,坐在那里读着一本书;伊里娜穿着白衣服,站着,在沉思。

奥尔加　父亲死了整整一年了,伊里娜,就在今天,五月五日,你的命名日。那天很冷,下着雪。我难受得简直要活不下去了。你呢,昏迷不醒地躺在那里,像一个死人似的。可是现在过了这一年,我们回想起那回事来,心里也不太难过了,你也已经穿上了白衣裳①,满脸容光焕发了。

〔挂钟打十二点。

那个时候,钟也正打着。

〔停顿。

我记得,大家送父亲下葬的时候,奏着军乐,坟地里连连放着一排一排的枪。他虽然是一位将官,一位旅长,可

82

是下葬的时候，人很少。再加上那天下着雨。倾盆的大雨，还下着雪。

伊里娜 回忆这些个有什么用啊！

　　〔圆柱子后边，屠森巴赫男爵，契布蒂金和索列尼，出现在餐厅的桌子旁边。

奥尔加 今天天气暖和，可以把窗子全都打开，可是桦树到这时候还没有长叶子。爸爸被委派到这儿来当旅长之后，就带着我们离开了莫斯科。离现在已经十一年了，可是我记得还很清楚，莫斯科一到五月初，就是现在这个月份，已经什么花都开了，天气也暖和了，到处都是阳光灿烂的了。②十一年了！然而我每次回想起来，就仿佛是昨天才离开那儿的。啊！我今天早晨醒了的时候，一看见了一片阳光，一看见了春意，愉快的心情就激荡起来了。我当时多么热切地想回到故乡去啊！

契布蒂金 你这些话可真古怪！

屠森巴赫 当然都是糊涂话喽！

　　〔玛莎，满脸沉思的神色，眼睛凝视着书本，用口哨轻轻地吹着歌子。

奥尔加 不要吹口哨，玛莎。你怎么能够这样呢！

　　〔停顿。

　　我因为每天都得到中学去，然后还要教课教到天晚，

───────────

① 欧洲风俗：挂孝穿黑色；在喜、寿、节日，或者正式的宴会里，一般是要穿白色的。——译者
② 莫斯科和欧洲北部一样，冬天总是轻易见不到阳光的，一到四月，天气就晴和起来，阳光令人觉得炫目。——译者

所以我的头经常是疼的,而且,我好像是已经衰老了似的,脑力也不够了。实际上,在学校里教过了这四年的书,我也的确觉得自己的精力和青春,是在一天一天地、一点一点地消失着。没有消灭,而且越来越强烈的,只剩下唯一的一个梦想了……

伊里娜　回到莫斯科。卖了这所房子,结束了这里的一切,动身到莫斯科去……

奥尔加　对了! 而且要赶快去。

　　　　[契布蒂金和屠森巴赫大笑。

伊里娜　安德烈将来一定是要当教授的,他反正早晚也不会住在这儿。只是,在可怜的玛莎,这就有点困难了。

奥尔加　玛莎可以每年到莫斯科去过一次夏天哪。

　　　　[玛莎极轻地吹着口哨。

伊里娜　只要上帝保佑,一切都会想得出办法来的。(向窗外望)今天天气多好哇。我心里这么松快,连我自己都说不出来是为什么! 今天早晨,我一想起今儿个是我的命名日,于是我小的时候、妈妈还活着的情景,就都回想起来了,突然间,我就觉得愉快极了。我心里激荡着一些多么美妙的思想,多么美妙的思想啊!

奥尔加　像你今天这样精神焕发,看上去比平常更美丽了。玛沙也很美。安德烈本来该是很好看的,可惜他长得太胖了,这对他很不相称。只有我,老了很多,也瘦得很厉害。这都是总跟学生们生气的关系。你看,我今天一待在家里,清闲一天,头也就不疼了,自己也觉着比昨天年轻了。我才二十八岁……一切也都好。自然什么都是由上帝给我们决定的,不过我想假如我早就结了婚,整天待在家里的话,恐怕还要好得多啊。

〔停顿。

我一定会爱我的丈夫。

屠森巴赫 (向索列尼)我懒得再听你这些没有意思的话了!(走进客厅来)我忘记告诉你们了,我们炮兵连的新连长,威尔什宁,今天要来拜访你们。(坐在钢琴前边)

奥尔加 就请来吧,那我是非常高兴的。

伊里娜 他是个上年纪的人吗?

屠森巴赫 不,年纪也不能算太大。四十,至多也不过四十五。(轻轻地弹起钢琴来)据我看,是个正派人。不笨,这倒是一定的。就是话说得太多。

伊里娜 是个有趣味的人吗?

屠森巴赫 是,也还好。只是,他家里有太太、岳母和两个小女孩。他这是第二次结婚。他到处拜客,到处告诉人家,说他有一个太太,两个小女孩子。这他也会跟你们说的。他的太太简直是个疯子;梳着一条小姑娘似的长辫子,说话尽喜欢用夸张的字眼儿,只会成天高谈阔论,而且时常闹自杀,当然是成心要给她丈夫添烦恼的。要是我呀,像这样的女人,我老早就把她丢开了。可是他呢,他却忍受着,也不过诉两句苦就算了。

索列尼 (和契布蒂金走进客厅来)我一只手只能举二十五普特,两只手就能举八十甚至到九十五普特。因此我得出一个结论:两个人的力量,不仅仅是一个人的一倍,应该是两倍,甚至还要多……

契布蒂金 （一边走着一边看报纸）防止掉头发……半升酒精，滴上两钱石脑油精……溶化了每天擦……（记在他的笔记本里）我把它记下来。（向索列尼）喂，你听着，你拿一个带小玻璃管儿的瓶塞子，把瓶子口塞住……然后再捏一撮随便什么极普通的明矾……

伊里娜 伊凡·罗曼诺维奇，亲爱的伊凡·罗曼诺维奇！

契布蒂金 什么事呀，我的小女儿，叫人看着都痛快的孩子？

伊里娜 告诉告诉我，我今天为什么这样快活呀？我就像坐在一只张满了帆的船上，头上顶着一片辽阔的、碧蓝的天空，盘旋着许多巨大的白鸟似的。这是为什么呢？告诉我，为什么？

契布蒂金 （温柔地吻吻她的双手）我的美丽的白鸟啊……

伊里娜 今天早晨，我醒了起来，一洗好了脸，就忽然觉得把世上的事情都看清楚了，我觉得自己懂得了应该怎样去生活了。亲爱的伊凡·罗曼诺维奇，现在我什么都懂了。所有的人，无论他是谁，都应当工作，都应当自己流汗去求生活——只有这样，他的生命，他的幸福，他的兴奋，才有意义和目的。做一个工人，天不亮就起来到大路上砸石头去；或者，做一个牧羊人，或者做一个教儿童的小学教师，或者做一个开火车头的，那可都够多么快活呀……哎呀！不必说做人了，就是只做一头牛或者做一匹无知的马，然而工作，也比做一个十二点才醒，坐在床上喝咖啡，然后再花上两个钟头穿衣裳的年轻女人强啊……啊！那可多么可怕呀！这种想去工作的欲望，在我心里急切得就如同在极热的天气里想喝一口水似的。伊凡·罗曼尼奇，以后我

86

如果不早早起来去工作,你就跟我绝交好了。

契布蒂金　(温柔地)那我就跟你绝交,当然就要跟你绝交了……

奥尔加　父亲从前把我们管教得七点钟起床成了习惯。现在呢,伊里娜睡到七点钟才醒,还得躺在床上想一堆心思,至少得躺到九点。你看她的神气有多么严肃!(笑)

伊里娜　你拿我当小孩子待惯了,所以一看见我的脸色严肃,就觉得奇怪。可我已经二十岁了!

屠森巴赫　向往工作的心情,啊,这我可真能体会呀!我一辈子也没有工作过。我生在彼得堡,生在一个冷酷的、游手好闲的城市,又是生长在一个不知工作为何物、不懂得任何艰难困苦的家庭里。我还记得,每逢我从士官学校回家,跟班的给我脱靴子的时候,我总是成心和他为难,可是我的母亲还在旁边看得扬扬得意,把我欣赏得心里发昏,要是看见别人对我不像她那样,她就觉得惊讶。家里连一点点费力气的事情,都提防着不叫我做。可是他们成功了吗,我怀疑!冰山上的大块积雪向着我们崩溃下来的时代到了,一场强有力的、扫清一切的暴风雨,已经降临了;它正来着,它已经逼近了,不久,它就要把我们社会里的懒惰、冷漠、厌恶工作和腐臭了的烦闷,一齐都给扫光的。我要去工作,再过二十五年或者三十年,每个人就都要非工作不可了。每一个人!

契布蒂金　我,就不。

屠森巴赫　你原本就不能算数。

索列尼　再过二十五年哪,感谢上帝,你已经不在人间了。说

87

不定两三年以后,你就许一下子中风死了呢,也许,说不定我一发起火来,就给你脑袋里装进颗子弹去呢,我的天使。(从口袋里掏出一瓶香水来,往胸上和手上洒)

契布蒂金 (笑着)我从来什么也没有做过,这倒是真的。我自从大学毕业,这十个手指头,就没有动过一动。除了报纸,我从来什么也没有看过,连一本书也没有读过……(从口袋里又掏出一份报纸来)你看……比如说,我从报上知道有过那么一位叫作杜勃罗留波夫的。可是他写过什么书,我连一点也不知道……可又有谁知道呢……

　　〔地板上传出楼下有人敲叩声。

　　听……楼下叫我了,有人找我来了。我马上就回来……等一会儿……(一边梳着下髯,仓促地走出去)

伊里娜 说不定他心里又忽然想起个什么念头呢。

屠森巴赫 对了。他是带着一副得意的神气出去的,他一定是要送给你一件礼物。

伊里娜 那可真没意思极了!

奥尔加 是呀,那可讨厌。没意思的事情他可做过不只一件了。

玛莎 "海岸上,生长着一棵橡树,绿叶<u>丛丛</u>……树上系着一条金链子,亮铮铮……"①一条金链子……(低唱着站起来)

奥尔加 坞沙,你今天不大高兴啊。

　　〔玛莎仍然低唱着,戴上帽子。

　　你要到哪儿去?

————————————

① 普希金长诗《鲁斯兰和柳德米拉》中的诗句。——译者

玛莎　回家。

伊里娜　多奇怪呀……

屠森巴赫　妹妹的命名日，反倒走开了！

玛莎　有什么关系呢……我晚上再来。再见了，我的亲爱的……（吻伊里娜）我再说一次，祝你健康，并且幸福。从前爸爸在世的时候，我们每逢过命名日，家里总要来三四十位军官，那够多热闹啊！可是今天呢，人只有一个半个的，冷静得和在沙漠里一样……我走啦……我今天心里烦得慌，我难受，所以我的话你可不要上心里去！（含着眼泪在微笑）我们过些时候再谈吧，我离开你了，亲爱的，我走啦。到哪儿去呢？我一点也不知道。

伊里娜　（不满意地）咳，就看看你……

奥尔加　（眼里流着泪）我了解你，玛莎。

索列尼　如果是一个男人在高谈哲学，那多少总还有点哲学的或者诡辩论的意思；然而，如果是一个女人或者两个女人掺和进来高谈哲学，那简直就是睁着眼说梦话。

玛莎　你这话是什么意思，你这个可怕的人？

索列尼　没有一点意思。"他还没有来得及'哎哟'一声呢，熊已经扑到他的身上了。"①

　　　　[停顿。

玛莎　（憋着气，向奥尔加）不要嚷了！

　　　　[安非萨和托着一块蛋糕的费拉彭特上。

安非萨　这儿，我的好费拉彭特。进来吧，我想你的靴子是挺

---

① 引自《克雷洛夫寓言》。——译者

干净的。(向伊里娜)地方自治会议的米哈伊尔·伊凡诺维奇·普罗托波波夫派来的……送给你这份蛋糕。

伊里娜 谢谢。说我谢谢他。(接过蛋糕来)

费拉彭特 什么?

伊里娜 (提高了声音)说我谢谢他!

奥尔加 奶妈,给他一点点心吃。去吧,费拉彭特,跟她吃点点心去吧。

费拉彭特 什么?

安非萨 咱们走吧,费拉彭特·斯皮里多诺维奇。咱们走吧,我的好……(和费拉彭特下)

玛莎 这个普罗托波波夫,我可不喜欢他,这个米哈伊尔·波塔波维奇,也许是伊凡诺维奇,我记不清了。我们不应该邀请他。

伊里娜 我没有请他。

玛莎 那你做得很对。

　　　〔契布蒂金上,后边跟着一个勤务兵,端着一把银茶炉;一片惊讶和不满意的喧嚣声。

奥尔加 (两手蒙着脸)一把茶炉! 多么可怕呀!(走进餐厅,走到桌子旁边)

伊里娜 伊凡·罗曼诺维奇,我的亲爱的,你这叫干什么呀!

屠森巴赫 (笑着)我早就跟你说过了吧!

玛莎 伊凡·罗曼诺维奇,你真是一点也不怕难为情!

契布蒂金 我的亲爱的、亲爱的孩子们,我只有你们啦,在这个世界上,只有你们是我最珍贵的啦。我快六十岁了,我不过是一个老废物,一个孤孤单单的、可怜的老头子……我没有一点好处,要有呢,也只是心里对你们这一点点的爱了。不是为了你们,我老早就不在这世上了……(向伊里娜)我的亲爱的小姑娘,我是看着你生下来的……我怀里抱过你……我爱过你死去的母亲……

伊里娜 可是为什么要这样乱破费呢?

契布蒂金 (生了气,含着泪的声音)乱破费……哼,去你们的吧!(向他的勤务兵)把茶炉放到那儿去……(嘲弄的调子)乱破费!

　　〔勤务兵把茶炉送进餐厅。

安非萨 (横穿过客厅)亲爱的姑娘们,来了一位军官,是个生人……他已经脱了大衣了,姑娘们,他走过来了。伊里努什卡,你可得跟他和和气气、客客气气的……(往外走着)老早就该吃早饭了……咳!哎呀!……

屠森巴赫 这恐怕就是威尔什宁。

　　〔威尔什宁上。

　　威尔什宁中校!

威尔什宁 (向玛莎和伊里娜)请让我自己介绍介绍吧:威尔什宁。我终于又看见了你们,真是非常的、非常的高兴啊。不过,你们都长得够大了啊!哎呀!哎呀!

伊里娜 请坐吧!我们见着你也都很高兴。

威尔什宁 (高兴地)我多么高兴啊,多么高兴啊!可说你们是姊妹三个吧?我记得——是三个小姑娘嘛。你们的模样儿我想不起来了,可是你们的父亲,普洛佐罗夫上校,有三个小女孩,我是亲眼看见过的,所以我记得还很清楚,日子过得可真快呀!啊!哎呀,日子过得可多快呀!

91

屠森巴赫 亚历山大·伊格纳季耶维奇是从莫斯科来的。

伊里娜 从莫斯科来的？你是从莫斯科来的？

威尔什宁 是的。你们去世的父亲从前在那里作炮兵连长，我在同一个旅里当过军官。（向玛莎）你，我现在仿佛有点想得起来了。

玛莎 我可想不起你来了。

伊里娜 奥里雅！奥里雅！（向餐厅里叫）奥里雅，来呀！

　　　　〔奥尔加从餐厅走到客厅来。

　　　　你知道，奥尔加，威尔什宁中校是从莫斯科来的。

威尔什宁 这么说，你就是奥尔加·谢尔盖耶夫娜，最大的了……你呢，是玛丽雅……你呢，伊里娜，是最小的……

奥尔加 你是从莫斯科来的吗？

威尔什宁 对了。我是在莫斯科读的书，也是在那儿开始做的事。我在那儿服务了很多年，最后，被派到这里来作炮兵连长——于是，像你们所看见的，我就到了这里了。说实话，你们的样子我是一点也记不得了，我只知道你们是三姊妹。你们的父亲，我可照旧记得很清楚，你们看，只要我一闭上眼睛，就能又看见他，就跟站在我的面前一样。从前在莫斯科，我时常到你们家里去……

奥尔加 我本来认为自己是谁的名字都记得的，可是现在怎么……

威尔什宁 我叫亚历山大·伊格纳季耶维奇。

伊里娜 亚历山大·伊格纳季耶维奇，你是从莫斯科来的……多么叫人料想不到的高兴呀！

奥尔加 我们就要回到那儿去了，你知道吗？

伊里娜　我们想秋天能到那儿。那是我们的故乡,我们都是生在那儿的……生在旧巴斯曼那雅街。

　　　　〔她们两个人都愉快地笑了起来。

玛莎　看见了一个故乡的人,真是意想不到的高兴啊!(急速地)啊,我现在想起来了。你还记得吗,奥尔加,我们家里时常提起的那个"多情的少校"?你那时候是中尉,正爱着一个人。也不知道为什么,大家口口声声都叫你少校,来和你开玩笑……

威尔什宁　(笑着)是呀,是呀……多情的少校,一点也不错……

玛莎　那时候你只有两撇小胡子……啊!你可老了不少了哇!(含着眼泪)你可老了不少了哇!

威尔什宁　是呀,大家叫我多情的少校的时候,我正年轻,也正在恋爱。现在呢,可就再也不是那个样子了。

奥尔加　可是你连一根白头发还没有呢。你只是见老,可还没有真老。

威尔什宁　究竟已经是四十三了。你们离开莫斯科很久了吗?

伊里娜　十一年了。可是,你怎么哭啦,玛莎,你这个古怪的孩子?……(自己也含着泪)我也要哭了……

玛莎　没有什么。你住的是哪条街呀?

威尔什宁　旧巴斯曼那雅街。

奥尔加　我们也住在那儿……

威尔什宁　我在德国街住过一些时候。我每天从那里走到红营房。半路上,有一座样子很凄凉的小桥,桥底下的水哗哗地流。那叫一个寂寞的人听着,心里真感到万分的悲伤啊。

〔停顿。

然而,你们这里的这条河,却是多么宽阔,多么美丽呀!多么绮丽的一条河呀!

奥尔加　这是真的,不过天气太冷。这里天气太冷,又有蚊子……

威尔什宁　哪里呀!你们这里的气候又好,又适于健康,是一种真正斯拉夫国度的气候。有森林,有河……还有桦树。这种可爱的、朴实的桦树啊,所有的树里,我是最爱桦树的。住在这里可真舒服啊。只有一样,我觉着奇怪,就是火车站离着这里会有二十里远……谁也不知道这是为什么。

索列尼　我知道。

〔大家都转过头来看他。

因为呀,车站假如离着这儿很近的话,它就不会有这么远,它既然离着这儿远,那就是因为它不很近。

〔发窘的沉默。

屠森巴赫　瓦西里·瓦西里耶维奇是个不动声色的诙谐家。

奥尔加　我现在也想起你来了。我想起来了。

威尔什宁　我认识你的母亲。

契布蒂金　她真是一个贤惠的女人哪,愿她在天国安息吧。

伊里娜　妈妈是葬在莫斯科的。

奥尔加　葬在新处女修道院……

玛莎　你们会相信吗,我已经把她的模样儿都有点忘了。所以将来我们也会叫别人忘记的……人们会忘记我们的。

威尔什宁 是啊。人们会忘记我们的。没有一点办法啊,我们的命运就是这样。现在我们认为严肃的、有意义的、最重要的,将来有一天,也都会被人遗忘,或者都会被认为是丝毫无关紧要的。

　　〔停顿。

　　有趣的是,我们现在绝对说不出将来什么会被认为是高贵的、重要的,或者,相反地,什么又会被认为是可怜的、可笑的。我们就拿哥白尼或者哥伦布的发现来说吧,最初大家不也认为它们是无用的、可笑的,而同时认为一些自作聪明者的荒谬著作,讲的却是真理吗?所以,可能是,我们这样的生活,我们现在过得这么习惯的生活,将来总有一天会显得是古怪的,不舒服的,不聪明的,不够纯洁的,也许甚至是有罪的……

屠森巴赫 那谁说得定呢?也许将来人们会发现我们的生活是伟大的,而且一提起来就肃然起敬呢?我们现在这个时代,酷刑和残杀已经没有了,也没有外敌的侵袭了,然而,照旧又有多少痛苦的事啊!

索列尼 (尖声地)嘘,嘘,嘘……就光叫男爵大谈哲学好啦,就用不着吃饭啦。

屠森巴赫 瓦西里·瓦西里耶维奇,我请你让我安静一会儿……(换到另外一个座位上去)这有点叫人讨厌,说真的。

索列尼 (尖声地)嘘,嘘,嘘……

屠森巴赫 (向威尔什宁)然而我们现在所受的这些痛苦——真是够多的啦!——却也说明社会的精神水准已经有了

相当大的提高了……

威尔什宁 是呀,那自然是。

契布蒂金 男爵,你刚才说,将来有一天人们会发现我们的生活伟大;可是无论如何,人总是渺小的呀……(站起来)就看看我有多么渺小吧。要说我的生活伟大,那很显然只是一种安慰罢了。

　　[后台拉小提琴的声音。

玛莎 这是我们哥哥,安德烈在拉提琴。

伊里娜 我们的安德烈是很有学问的。他将来要当教授。爸爸当初作军人;儿子呢,却一心一意想过研究学问的生活。

玛莎 这是父亲的心愿。

奥尔加 我们今天还取笑了他一顿呢。看样子他有一点在恋爱。

伊里娜 爱上了这城里的一位姑娘。她今天准会到我们家来。

玛莎 啊!你们可真没看见她是怎样打扮的哪!也并不是丑,也并不是式样过时,简直就是恶劣。一种古古怪怪、颜色刺眼的、黄乎乎的裙子,镶着俗气的穗子,可是呢,又配上一件红上衫。两片嘴巴子擦得红了又红,红了又红!要说安德烈会爱上她,我可不能承认,安德烈多少总懂得些趣味的。我想他这只是为了开开心,为了耍弄耍弄我们的。我昨天听说她要嫁给普罗托波波夫,我们市自治会议的主席。再好也没有了……(走到旁边的门口,喊)安德烈,到这儿来!亲爱的,只来一小会儿!

　　[安德烈上。

奥尔加 我的哥哥,安德烈·谢尔盖耶维奇。

威尔什宁 威尔什宁。

安德烈 普洛佐罗夫。（擦他流满了汗珠的脸）你是炮兵连的连长吗？

奥尔加 你想象一下，亚历山大·伊格纳季耶维奇是从莫斯科来的。

安德烈 真的？那我可得祝贺祝贺你，我的妹妹们马上就会麻烦得你不得安生。

威尔什宁 麻烦了她们的，倒是我呀。

伊里娜 看看安德烈今天送给我一个多么漂亮的镜框！（把镜框拿给威尔什宁看）是他亲手做的。

威尔什宁 （看着镜框，不知道应该说什么才好）真是……这确是……

伊里娜 还有在钢琴上放着的那个，也是他做的！

　　［安德烈挥了挥手，慢慢走开。

奥尔加 他有学问，他会拉小提琴，他又会雕刻各种各样的小东西，一句话，他哪方面都能干。安德烈，不要走！他永远是这种样子——总要想法子溜走。过来！

　　［玛莎和伊里娜两个人一齐挽住他的胳膊，笑着把他扯回来。

玛莎 来呀，过来！

安德烈 放开我，我求求你们！

玛莎 看他多么没有道理！当初大家都管亚历山大·伊格纳季耶维奇叫多情的少校，看看人家，就没有生过气。

威尔什宁 一点也没有！

玛莎 我倒要管你叫多情的提琴家呢！

伊里娜 或者多情的教授！

奥尔加 他在恋爱！安德留沙在恋爱呢！

伊里娜 （拍着手）好哇！好哇！再来一遍！安德留沙在恋爱啦！

契布蒂金 （走到安德烈背后，两只胳膊突然搂住他的腰）大自然就是为了叫我们恋爱才生出我们来的呀！（哈哈大笑，他始终没有放开他的报纸）

安德烈 咳，算了吧，够了……（擦自己的脸）我整夜都没有合眼，所以今天就像俗话所说的，我的精神不佳。我看书看到了早晨四点，才躺到床上，可是照样没有用。千万种思想在我的脑子里转，一转眼工夫已经天亮，太阳照满我的卧房了。我打算利用还住在这儿的这一夏天，翻译一本英文书。

威尔什宁 你会英文吗？

安德烈 会。我们的父亲——愿他在天国安息吧！——当初一个劲儿给我们填知识，我们好苦恼哇。那真可笑，真愚蠢，同时，我们必须承认，他死了以后，我就慢慢胖起来了，你们看，才一年工夫，我已经恢复了健康，就仿佛我的身体，从一直压在上边的一个重荷之下解脱了出来似的。感谢我的父亲，我的妹妹们和我，我们都懂得法文、德文和英文。伊里娜另外还会意大利文。然而，这可叫我们付过多大的代价啊！

玛莎 住在这个城里，懂得三国语言，是一种不必要的奢侈！我甚至要说，这正和手上长了一个六指一样没有用处，是一个累赘。我们懂得太多了！

威尔什宁 这叫什么话呢!（笑）你们懂得太多了!我认为,有知识的、受过教育的人,无论住在哪个城市,也无论那个城市有多么冷落,多么阴沉,都不是多余的!我们就拿这座城市来说吧,住在这里的十万人口,当然都是没有文化的、落后的,我们也承认这里边只有三个像你们这样的人。周围广大老百姓的愚昧,你们克服不了,那也是很自然的事。而且,在你们一生的过程中,你们还会不得不连连不断地让步,你们也会迷失在这十万居民的人群当中,生活也会把你们埋没了。但是,你们依然不会完全消灭,你们不会不产生影响。也许继你们之后,又会出现六个像你们这样的人,再以后,又出现十二个,如此以往,总有一天,像你们这样的人终于形成了大多数。两三百年以后,世界上的生活,一定会是无限美丽、十分惊人的。人类确是需要那样的生活,那么,既然那种生活现在还没有出现,我们就应当具有先见之明,就应当期望它,梦想它,为它去作准备;因此,我们就应当比我们的父亲和祖先们看得更多,懂得更多。（笑）可是你却埋怨自己懂得太多了。

玛莎 （摘下她的帽子来）我留下来吃中饭了。

伊里娜 （叹了一口气）真的,这些话可真都应该写下来⋯⋯

　　　［安德烈已经神不知鬼不觉地溜走了。

屠森巴赫 你说,再过许多许多年,世上的生活会是美丽的、叫人惊奇的。这话很对。但是,为了从现在就参加那种生活,无论那种日子有多么遥远,一个人都应当从现在起就给它作准备,就应当去工作⋯⋯

威尔什宁 （站起来）是啊。吓,看看你们这儿有多少花呀!

(往四下里看)屋子又收拾得多么舒服呀！我真羡慕你们！我这一生，都是在一处一处窄小的住房里拖过来的，永远只有两把椅子，一张沙发，和一些冒烟的火炉子。我这一生里所缺少的，正是这样的花朵啊。(搓着两手)啊！不过，想这些可有什么用呢！

屠森巴赫 是啊，我们应当工作。你听我说这个话，心里一定想：看看我们这个德国人，又感情冲动起来了。但是，我跟你说真话，我是俄国人，我连一句德国话都不会说。我父亲信奉的是正教……

　　〔停顿。

威尔什宁 (跨着大步子在台上走着)我常常这样梦想：假如一个人能够重新开始一次生活，而这次生活又是很审慎的，结果又会怎样呢！万一这两种生活的第一种，就是那个已经经历过的生活，是一种我们平常所说的草稿，而第二种生活又不过是第一种的一个精致些的复本，那可又怎么办呢！因此，我认为我们每一个人都应当首先努力不要重蹈覆辙，至少也要为生活创造一个不同的环境；应当布置出像你们这样的房子，满是花朵和光亮……我有一个太太和两个小女孩子；可是我太太的身体很不结实，还有其他的情形。所以嘛，假定我的生活非重新开始不可的话，我是不结婚的了……啊，不了！

　　〔库利根穿着中学教员制服上。

库利根 (走到伊里娜面前)我亲爱的妹妹，让我为你的命名日道贺，让我诚心诚意地祝你健康，祝你得到像你这样年龄的姑娘所该得到的一切。再让我把这本小书送给你，作为

100

礼物。(递给她一本书)这是我们中学近五十年来的历史。是我写的。毫无价值的一本小书,是我闲着没事的时候写的,不过你究竟还是可以读一读。先生太太们,早安!(向威尔什宁)库利根,本城的中学教员,七等文官。(向伊里娜)在那本书里,有一份人名录,凡是最近五十年从我们中学毕业的人,名字都列在里边了。Feci, quod Potui, faciant meliora potentes.①(吻玛莎)

伊里娜 可是,这本书你已经在复活节送过我一回了。

库利根 (笑着)不可能吧!既然如此,就把它还给我吧,或者,最好送给上校吧。请收下它吧,上校。留着你赶上哪天烦闷的时候读着消遣消遣。

威尔什宁 谢谢你(正要告辞),我认识了你们,真是高兴极了……

奥尔加 你要走吗?不要走,不要走!

伊里娜 我们请你留下一同吃中饭。请一定留下来吧。

奥尔加 请一定留下吧!

威尔什宁 (鞠躬)我相信我今天是凑巧赶上了你们的一个命名日。原谅我吧,我事先不知道,所以没有向你们道贺……(和奥尔加走进餐厅)

库利根 亲爱的朋友们,今天是星期天,休息的日子。所以我们每个人都要休息休息,都要按照各人自己的年龄和情况来散散心。这些地毯可都应当收起来,等到冬天再用

---

① 拉丁语,我是尽了我的能力写的,要写得更好,只有等更有能力的人了。——译者

啦……不要忘记撒上波斯粉①或者樟脑精……罗马人身体之所以那样强壮，就是因为他们懂得如何工作，也懂得如何休息。他们有一句话，mens sana in corpore sano②。他们的生活，是遵照着确定的方式进行的。我们中学校长说，方式是任何种生活里边最主要的东西……凡是丧失方式的，就停止存在——这在我们日常生活里边，也是一样的道理。（笑着揽住玛莎的腰）玛莎爱我。我的太太爱我。还有这些窗帘，也该和地毯一同收起来了……我今天快活，我觉得精神非常畅快。玛莎，我们下午四点就得到校长家。学校为教员们和家属们组织了一次游览会。

玛莎　我不去。

库利根　（痛心地）玛莎，我的亲爱的，那是为什么呢？

玛莎　这我以后再跟你说……（用一个生气的调子）好吧，我去，只求你不要再打扰我……（走开）

库利根　然后，咱们再到校长家里去参加晚会。他虽然身体不太健康，却总要首先尽力做到是个社会上的人物。他是一个极其光辉的人物。真叫人钦佩。昨天，会议开完之后，他对我说："我累了，费多尔·伊里奇，累得很啊。"（看看墙上的挂钟，再看看自己的表）你们的钟快七分。"是的，"他说，"我累得很啊。"

　　〔后台传来小提琴的声音。

奥尔加　先生太太们，请吧，请入座吃中饭吧。这儿还预备了

---

①　即杀虫粉。——译者
②　拉丁语，健全的精神，在于健全的身体。——译者

102

一份好吃的蛋糕!

库利根 啊!奥尔加,我的亲爱的!我亲爱的好奥尔加!昨天我一直工作到夜里十一点,累极了,然而今天我却觉得快活!(进了餐厅,向桌子走去)我的亲爱的奥尔加呀……

契布蒂金 (把报纸揣进口袋,梳自己的下髯)蛋糕?这妙极了!

玛莎 (向契布蒂金,严厉地)只是,你得记住:今天不能喝酒!你听见我的话了吗?那对于你的健康是有害的。

契布蒂金 咳,算了吧,那都是过去的事了。我已经两年没有醉过了。(不能忍耐地)而且,你说说,我的好孩子,这可又有什么关系呢?

玛莎 无论怎样,你也是不能喝酒的。看你敢喝!(用一种生气的调子,但是说得不叫她丈夫听见)啊!下地狱的,又得在那个校长家里,整整闷气一晚上!

屠森巴赫 我要是你,就不去……这很简单嘛。

契布蒂金 不要去了,我的亲爱的。

玛莎 不要去……咳!……这种可恨的、叫人不能忍受的生活呀……(走进餐厅)

契布蒂金 (向她走去)算啦,算啦!……

索列尼 (向餐厅走去)嘘,嘘,嘘……

屠森巴赫 打住吧,瓦西里·瓦西里耶维奇!这足够了!

索列尼 嘘,嘘,嘘……

库利根 (高兴地)祝你健康,上校!我是一个教员,这儿就跟我自己的家里一样。我是玛莎的丈夫……她很贤惠,非常贤惠……

威尔什宁　我要喝点这种深颜色的酒……（喝酒）祝你们健康！
（向奥尔加）我在你们家里觉得多么快乐呀！

　　　　　〔只有伊里娜和屠森巴赫还留在客厅里。

伊里娜　玛莎今天心情很不好。她在十八岁结婚的时候，认为
她的丈夫是男人当中最聪明的。现在可就不对了。他确
是一个最好的男人，然而并不是最聪明的。

奥尔加　（不耐烦地）安德烈，你到底还来不来呀！

安德烈　（在后台）我马上就来。（上，走过去坐在桌边）

屠森巴赫　你在想什么？

伊里娜　什么也没有想。我不喜欢你们这个索列尼，我怕他。
他满嘴尽胡说……

屠森巴赫　他这个人很古怪。他叫我又觉得可怜，又觉得可
气，不过我还是可怜他的成分多些。我想他是怕见人
的……我一个人单独和他在一起的时候，他很温和，很懂
事，可是一到人多的场合，他就粗鲁起来，就变成一个暴躁
的人了。不要走，至少等他们吃起来再去。让我稍稍陪你
一会儿。你在想什么？

　　　　　〔停顿。

　　　　　你二十岁，我还不到三十。我们未来还有多少好年月
呀，在那一连串的长远日子里，我是永远爱你的……

伊里娜　尼古拉·里沃维奇，不要跟我谈到爱情吧。

屠森巴赫　（不去听她说话）我心里有一种热切的渴望，要生
活，要奋斗，要工作。这个渴望，在我的心里，和对你的爱，
融化在一起了，伊里娜。正因为你美丽，所以我觉得生活
也是这么美丽的！你在想什么？

伊里娜 你说生活是美丽的。不错,然而,万一这只是一个表面现象呢? 直到现在,我们三姊妹的生活,还没有美丽过呢;生活像莠草似的窒息着我们⋯⋯你看我都流了泪了。我不该哭。(赶快擦抹眼泪,微笑)我应当去工作,去工作。我们心情忧郁,我们把生活看成是黑暗的,都是因为我们不认识工作的意义。我们是那些瞧不起工作的人们所生出来的⋯⋯

〔娜达里雅·伊凡诺夫娜上;她穿着一件粉红色裙衫,系着绿带子。

娜达莎 大家已经吃起中饭来了⋯⋯我来晚了⋯⋯(顺便向镜子里看了自己一眼,整顿一下自己的装扮)我的头发梳得还不错,我觉得⋯⋯(看见了伊里娜)亲爱的伊里娜·谢尔盖耶夫娜,我给你道贺! (使力气地、长长地吻她一下)你们这里有这么些客人,我实在觉得有点害臊⋯⋯日安,男爵!

奥尔加 (正走进客厅)啊,娜达里雅·伊凡诺夫娜,你可来了! 日安,我的亲爱的!

〔她们接吻。

娜达莎 给你道喜! 你们这里这么些人,我可心慌得要命啊! ⋯⋯

奥尔加 这有什么,都是自家人。(低声,惊讶地)你怎么系了一条绿带子呀! 我的亲爱的,这不大好!

娜达莎 这不吉利吗?

奥尔加 不是,仅仅是和你的衣裳不调和⋯⋯而且,这看着有点古怪⋯⋯

娜达莎 （含泪的声音）真的吗？可是你知道这并不是翠绿呀，并不发亮。（随着奥尔加走进餐厅）

〔餐厅里，大家都坐下去吃饭；客厅里没有一个人。

库利根 伊里娜，我祝你将来嫁个好丈夫！是该结婚的时候了。

契布蒂金 娜达里雅·伊凡诺夫娜，我祝你也嫁一个好丈夫。

库利根 娜达里雅·伊凡诺夫娜心目中已经有了一位了。

玛莎 （用叉子敲自己的盘子）啊！生活是美丽的啊！随便它发生什么情形吧，让咱们先喝上一小杯！

库利根 你这种举动可真算体面！

威尔什宁 这是一种什么酒？好极了！是拿什么泡的？

索列尼 蟑螂泡的。

伊里娜 （含泪的声音）哎呀！哎呀！多么叫人恶心哪！……

奥尔加 我们今天晚饭有烤火鸡和苹果馅儿的点心。感谢上帝，今天我整天都待在家里，晚上也在家……先生们，晚上都请过来好吗？……

威尔什宁 也准许我来吗？

伊里娜 请一定来吧。

娜达莎 在他们这里是不用客气的。

契布蒂金 大自然就是为了叫我们恋爱才生出我们来的呀。（笑）

安德烈 （生气）住嘴吧，先生们，我奇怪你们怎么也不厌烦哪！

〔费多季克和洛迭上。两个人提着一大篮子鲜花。

费多季克 你看，他们正吃着中饭呢。

洛迭 （高声地说话，有点大舌头）真的吗？可不是，正吃着中

106

饭……

费多季克　稍微等一会儿！(拍了一张快照)得,一张！再稍微
　　等一会……(又拍了一张)得,两张！现在行了,走吧。

　　　　　[他们提起花篮,走进餐厅,大家热闹地欢迎他们。

洛迭　(高声地)我给你们道贺！我祝你们非常、非常幸福！今
　　天天气可太好啦,非常、非常的好啊。我带着我的学生们
　　出去散步了整整一早晨。我在中学教了一门体操……

费多季克　你可以随便动一动,伊里娜·谢尔盖耶夫娜,不要
　　紧。(拍了一张照)你今天真美呀。(从口袋里掏出一个陀
　　螺来)拿这个陀螺去,你看这玩意儿……它出声儿可好听
　　极了……

伊里娜　多么好呀！

玛莎　"海岸上,生长着一棵橡树,绿叶丛丛……树上系着一条
　　金链子,亮铮铮……"(含着泪的声音)我为什么总是不住
　　地背这个呢? 这句诗从早晨就萦绕在我的心上……

库利根　我们桌上是十三个人哪！

洛迭　(高声地)亲爱的朋友们,你们还把这种迷信的事看得这
　　么重要吗?

　　　　　[大家大笑。

库利根　如果桌上是十三个人,那就是说,在座的当中一定有
　　一对情人。伊凡·罗曼诺维奇,不会碰巧就是你吧?

　　　　　[大家大笑。

契布蒂金　我呀,我已经是一个老聋瞎了,可是你们看,娜达里
　　雅·伊凡诺夫娜那儿,怎么她倒整个心慌起来了? 这我可
　　真是一点也不懂。

〔大家哄堂大笑;娜达莎跑进客厅,安德烈跟了出去。

安德烈　这算不了什么,不要理那些! 等一会儿……别走,我
　　求你……

娜达莎　我脸上挂不住……我不知道我是怎么了,他们拿我开
　　起玩笑来了。我知道我不应该离开饭桌子,这是没礼貌
　　的,可是我再也坐不住了……我再也坐不住了……(两手
　　蒙住脸)

安德烈　我的亲爱的,不要上心里去,我请求你,我哀求你。我
　　向你保证,他们这是说着玩儿的,他们的话并没有坏意思。
　　我的亲爱的,我的甜蜜的,他们都是正派人,热心肠的人,
　　都非常喜欢我,也喜欢你。咱们到窗子那边去吧,那儿他
　　们看不见我们……(向四周看看)

娜达莎　交际场里我真是不习惯呀!……

安德烈　啊,青春啊,美丽而又迷人的青春啊! 我的亲爱的,我
　　的亲爱的天使,不要这样苦恼吧! 相信我,相信我……真
　　的,我觉得多么幸福啊,我的心里充满了爱和狂欢。啊!
　　他们谁也看不见我们,谁也看不见! 我为什么爱你,我从
　　什么时候爱上你的——啊,这我一点都不知道。我的亲爱
　　的,我的甜蜜的,我的非常纯洁的,做我的太太吧! 我爱
　　你,我爱你……我从来也没有这样爱过谁啊……(吻)

　　　〔两个军官走进来,一看见这一对接吻的人,就停住了
　　脚步,愕然。

——幕落

第 二 幕

景同第一幕。

晚上八点钟。街上隐约传来手风琴的声音。没有点灯。娜达里雅·伊凡诺夫娜穿着睡衣,端着一支蜡烛,上;往前走,走到安德烈的门口站住。

娜达莎 你做什么啦,安德留沙? 看着书吗? 没什么,我不过要看一看……(再往前走,开了另一扇门,往里边探探头,又关上)……看看这儿有没有火烛……

安德烈 (上,手里拿着一本书)什么事,娜达莎?

娜达莎 我看看有没有火烛没吹灭……现在正是谢肉节①,听差们头都玩昏了;总要什么都得看一眼,怕出点什么岔子……昨天半夜里,我打餐厅里过,你猜我看见了什么? 一支蜡烛丢在那儿点着! 也查不出是谁点的。(放下蜡烛)什么时候了?

安德烈 (看看自己的表)八点一刻。

娜达莎 可是奥尔加和伊里娜还没有回来呢。这两个可怜的人哪,她们还没有回家,还在工作着呢! 奥尔加在开教务会议,伊里娜在电报局……(叹息)今天早晨我跟你妹妹

109

说:"伊里娜,我的亲爱的,你可应当保重自己呀。"可是她不听我的话。你说是八点一刻了吗? 我觉得我们的宝贝不舒服得厉害。他为什么这么冰凉呢? 昨天他发烧,可是今天浑身又都是冰凉的了……我担心得很!

安德烈 不要紧的,娜达莎。孩子很结实。

娜达莎 究竟还是节制着点他的饮食的好。我不放心。我听说今天晚上九点钟,化装跳舞的人要到咱们家里来。他们最好是不要来,安德留沙。

安德烈 我实在是不知道怎么办。那是请了人家来的。

娜达莎 今天早晨,小孩子一醒,就看着我,脸上忽然跟我笑起来了;可见他已经认识我了。我跟他说:"早安,宝贝!""早安,我的乖乖!"他就笑出声音来了。小孩子们能懂话;他们很懂得大人的话,那么,安德留沙,我就去告诉他们,不招待那些化装跳舞的人了。

安德烈 (犹豫不决地)那得看我的妹妹们的意思。这也是她们的家呀。

娜达莎 是呀,这也是她们的家;我去跟她们说说去。她们会同意的,她们都那么好……(往外走着)我吩咐晚饭预备了些酸牛奶。医生说你应当只吃酸牛奶,不然就永远也瘦不下去。(站住)宝贝浑身都是冰凉的。我怕大概是他的屋子太冷。恐怕应该给他另外换间屋子住,至少得住到天气暖和起来。比如说,伊里娜住的那间屋子,就对这孩子非常合适,又干燥,又整天都见太阳。应当跟她去说说,请她

---

① 大斋前三天到一周之间的旧教节日,可以食肉,狂欢,又称谢肉节。——译者

110

暂时搬到奥尔加的屋子里住住……反正她也成天不在家，除了夜里回来睡睡……

［停顿。

安德留桑奇克，你为什么一句话也不说呀？

安德烈 不为什么，我是在想……而且呢，也没有什么要说的。

娜达莎 对啦……我本想跟你说什么来着？……啊！想起来了，自治会议打发来的费拉彭特，还在那儿等着要见你呢。

安德烈 （打呵欠）叫他进来吧。

［娜达莎下。安德烈就着她忘记带走的蜡烛，低头看书；费拉彭特上；他穿着一件褴褛破旧的外衣，领子翻上来。头顶上包着一块头巾，直包到耳朵上。

晚安，我的老费拉彭特。有什么事呀？

费拉彭特 主席送给你一本书，另外还有一份公事……这不是……（递过书和一个信封去）

安德烈 多谢。很好。可是你为什么这么晚才来呀？已经八点多了。

费拉彭特 什么？

安德烈 （提高声音）我说，你来得太晚了，已经八点多了。

费拉彭特 一点也不错呀。天还没黑我就来了，可是他们不叫我见你。他们说，主人忙得很。那呀，就活该了！他既然忙，可有什么办法呢，反正我并不忙。（以为安德烈问了他什么话呢）什么？

安德烈 没说什么。（查看着那本书）明天是星期五，不办公，不过我还是照旧要去……省得没事可做。待在家里真烦闷啊……

111

〔停顿。

　　亲爱的老头子,我们的生活变化得多么奇怪,它又多么会骗人啊!今天,我因为烦闷,因为没事可做,才拾起这本书来——大学的旧讲义,——这连我自己都觉得好笑哇……哎!我是自治会议的秘书,就是普罗托波波夫当主席的这个自治会议。我是会里的秘书,我最大的希望,充其量也不过是有一天能当上委员罢了!我这个每天夜里梦见自己当上了莫斯科大学教授,成了全俄罗斯引以为荣的著名学者的人,却只能当一个地方自治会议的委员啊!

费拉彭特　我一点也说不上来……我没听清楚……

安德烈　如果你真能听得清楚的话,也许我就不跟你说了。我很需要跟一个人谈谈。可是,我的太太不能了解我。我的妹妹们呢,我也不太知道为什么,又总是有点怕她们——我怕她们会嘲笑我,会叫我难为情……我不喝酒,不喜欢进酒馆,然而我要是现在正坐在帖斯多夫或者莫斯科的哪一家大饭店里,你可真不知道那会有多少快乐啊。

费拉彭特　在莫斯科呀——那天有一个包揽买卖的,在自治会议里说,——说在莫斯科有几个商人吃薄饼;好哇,好像有一个人吃了四十张,给吃死了。不知是四十还是五十,我记不大清楚了。

安德烈　在莫斯科,你即使是坐在一家大饭店的大厅里,那里的人你一个也不认识,别人也不认识你,你也并不感觉到自己是个陌生人……可是在这里呢,正相反,你谁都认识,谁也都认识你,你却依然觉得自己是个陌生又陌生的

112

人……陌生而孤独啊。

费拉彭特　什么？

　　　〔停顿。

　　那个包揽买卖的还说——不过这话想许是谣言，——
说横穿着莫斯科，拉起了一条绳子。

安德烈　作什么用的呢？

费拉彭特　我一点也说不上来，是那个包揽买卖的这么说的。

安德烈　真荒谬。(看书)你到过莫斯科吗？

费拉彭特　(沉默了一下)从来没到过。上帝没有叫我去的
　　意思。

　　　〔停顿。

　　我可以走了吧？

安德烈　去吧。再见。

　　　〔费拉彭特下。

　　再见吧。(看书)明天早晨再来取这些公事……去
吧……

　　　〔停顿。

　　他走了。

　　　〔门铃声。

　　咳，好麻烦哪……(伸懒腰，慢慢地走进自己的屋子)

　　　〔景后，乳母唱着摇篮歌，催婴儿入睡。玛莎和威尔什
宁上。他们在那里谈话的时候，女仆把餐厅里的油灯和几
支蜡烛点起来。

玛莎　这我一点也说不上来。

　　　〔停顿。

这我一点也说不上来。习惯当然有很大的关系。比如说,我们父亲死了以后,家里没有勤务兵了,我们过了一段很长的时间才习惯。但是,撇开所有的习惯问题不谈,我觉得我心里有一句公道话要说。也许在别的地方情形不同,可是在我们这个城里,最有身份、最高尚、最有教养的,只有军人。

威尔什宁　我渴了。我倒很想喝杯茶。

玛莎　(看了挂钟一眼)他们马上就送上来。我十八岁就结了婚,那时候,我怕我的丈夫,因为他是一个教员,而我才刚刚毕业。那个时候,我觉得他是一个重要的人物,极有学问,极聪明。可是现在呢,可惜呀! 全不是那样了……

威尔什宁　是的……我懂了……

玛莎　我一点也不是说我的丈夫——我对他已经习惯了;然而在一般文官当中,可有多少粗野的、不懂礼貌的、没有教养的人呀。粗野得使我痛苦,使我痛心;我一看见有人不文雅,不温和,不客气,我心里就难受。因此,我每次和我丈夫的同事,那些教员们,在一起的时候,就真觉得痛苦极了。

威尔什宁　是的……不过我倒看不出文官和军人有什么区别,跟他们来往,都一样没有趣味,至少在这个城里是这样。只要是一个知识分子,不管他是个文官还是军人,又有什么两样! 你就听听他们所谈的吧,永远是被他的太太烦死啦,被他的房子烦死啦,被他的产业、他的马烦死啦……俄国人本来是比什么人都容易感染高超的思想的,然而,请问,这些人的生活,却为什么又过得这么低下呢? 为什么?

114

玛莎　为什么呢？

威尔什宁　为什么他被他的孩子们和太太烦死？又为什么他自己也烦死他的孩子们和太太？

玛莎　你今天心情有点不大好啊。

威尔什宁　也许是……我今天没有吃饭，从早晨到现在，一点东西还没有吃呢。我的女儿不大舒服，而每当我的孩子们生病，我就满怀焦虑，一想到为什么给了她们这样一个母亲，我就内心自疚。啊，你今天要是看见了她的那种样子就好啦！简直太不像话了！我们从早晨七点钟就吵起嘴来，吵到九点，我把门一摔就走出来了。

　　〔停顿。

　　这些事我是从来不谈的。奇怪，只有跟你，我却抱怨起来了。（吻她的手）不要生我的气吧……除了你，我再也没有人，再没有人可以……

　　〔停顿。

玛莎　烟囱里的声音有多大啊！我父亲临死以前，那里边也是这样呼呼地响。你听，就跟这一样。

威尔什宁　你还迷信吗？

玛莎　是。

威尔什宁　这就奇怪了。（吻她的手）你是一个美丽的、动人的女人。美丽，动人！天色虽然黑暗，可是我还看见你的眼睛在发着光亮。

玛莎　（坐到另外一张椅子上去）这里亮一些。

威尔什宁　我爱……我爱……我爱你的眼睛，你的举止，我睡觉都梦见它们……美丽的、动人的女人啊！

115

玛莎 （不出声地笑）你跟我这样说话的时候，我心里虽然害怕，可是不知道为什么只想笑……不要再这样说了，我请你……（低声）不过，你还是可以说下去，我无所谓……（两手蒙住脸）我无所谓……他们来了，谈点别的话吧。

〔伊里娜和屠森巴赫由餐厅走上。

屠森巴赫 我姓一个三个字的复姓：屠森巴赫—克洛奈—阿尔特萨威尔男爵，然而我和你们一样，是一个俄国人，信奉正教。我身上所残余的德国人的气质可太少了——如果有，那也只是使你讨厌的这一点耐性和固执了。我每天晚上都送你回家。

伊里娜 我太累了！

屠森巴赫 而且我将来还要每天到电报局去接你回家，我要这样做到十年，二十年，除非你把我赶走……（看见了玛莎和威尔什宁，愉快地）啊，是你们呀！晚安！

伊里娜 哎呀，我总算是回到家了。（向玛莎）刚才，有一位太太往萨拉托夫给她兄弟打电报，说她的儿子今天死了，可是怎么也想不起住址来了。结果，不带地址就把电报发出去了，只打到萨拉托夫。她哭着。我也无缘无故地对她说了几句难听的话。"我没有时间白耽误，"我回答她说。我真糊涂！参加化装舞会的人今天来吗？

玛莎 来。

伊里娜 （坐在一把圈椅上）稍微歇歇吧。我真累得不行了。

屠森巴赫 （脸上带着笑容）每逢你工作回来的时候，你的神气总是像个挺小的小姑娘那么可怜……

〔停顿。

伊里娜 我真累得不行了。我不喜欢电报工作,不,我绝对不喜欢它。

玛莎 你瘦了……(吹口哨)可是你更显得年轻了,模样儿像个男孩子。

屠森巴赫 那是因为她把头发剪成那样的关系。

伊里娜 我得另外找一种工作,这种工作对我不合适;刚刚缺少我所十分渴望、天天梦想的东西……这是一种没有诗意、没有思想内容的工作……

　　〔敲叩地板声。

　　这是医生敲的……(向屠森巴赫)请你敲一下吧,我的朋友……我不能去敲了……我太累了。

　　〔屠森巴赫敲敲地板。

　　他就要上来。我们得作点什么准备。昨天医生和我们的安德烈到俱乐部去了,他们又输了。听说安德烈输了两百卢布。

玛莎 (漠不关心地)那,现在又有什么办法呢?

伊里娜 半个月以前,他输过钱,去年十二月他也输过钱。我倒希望他赶快把什么都输光了吧,也许我们就可以离开这里了。啊,上帝啊!我夜夜梦见莫斯科,把我都整个想疯了。(笑)我们六月才搬走,离现在还有……二月,三月,四月,五月……差不多还有半年呢!

玛莎 要紧的可是不要叫娜达莎知道他输了钱啊!

伊里娜 我想这在她是无所谓的。

　　〔契布蒂金刚刚从床上起来——他吃过午饭就睡了一觉——梳着下髯,走进餐厅;随后坐在桌边,从口袋里掏出

117

一张报纸来。

玛莎 你看他来了……他付了房租吗？

伊里娜 （笑）没有。八个月了，连一个戈比也没有付。他一定是给忘了。

玛莎 （笑）看他坐在那儿那种了不起的神气！

〔大家都笑了。

〔停顿。

伊里娜 你为什么一句话也不说呀，亚历山大·伊格纳季耶维奇？

威尔什宁 我不知道。我实在渴得很。我情愿付出一半生命，来换一杯茶喝。我从早晨到现在，一点东西还没有吃呢……

契布蒂金 伊里娜·谢尔盖耶夫娜！

伊里娜 什么事？

契布蒂金 到这儿来。Venez ici. ①

〔伊里娜走过去，坐在桌子旁边。

没有你我就过不下去。

〔伊里娜摆出纸牌来占卜。

威尔什宁 怎么办呢？既然人家不愿意给我们送茶来，那我们至少就讨论点什么吧。

屠森巴赫 米吧。可是讨论什么呢？

威尔什宁 讨论什么？比如说，让我们思索一下，我们死后两三百年，生活会是怎么样的啊。

---

① 法语，到这儿来。——译者

118

屠森巴赫　怎么样吗？那呀,将来人们会坐着氢气球在天上飞,衣服会变了式样,也许还会发现第六种感觉,而且发展了它,可是生活还会照旧是这样艰难,这样充满了神秘和幸福。一千年以后,人类照旧还要叹息着说:"啊！生活多么艰苦哇!"同时,却也会真正和现在一样,人们还是怕死,还是拼命想活着。

威尔什宁　（思索着）嗯,怎么跟你说呢？我总觉得,世上的一切,都应当一点一点地改变,而且这种改变已经正在我们眼前进行着呢。再过两百年,三百年,即或是一千年——年数是没有什么关系的——就会有一种新的、幸福的生活。自然,那种生活,我们是享受不到的,然而我们今天也就是为了那种生活才活着,才工作着,才,如果你愿意这样说的话,才受着痛苦的,创造那种生活的应该是我们,而这也才是我们生存的目的,我甚至要说,这也才是我们的幸福。

　　〔玛莎轻声地笑。

屠森巴赫　你笑什么？

玛莎　我不知道。我从今天早晨起,就总是笑。

威尔什宁　我也是在你那个学校读的书,我没有上军事学院;我读过很多的书,只是我不懂得选择。很可能我所读过的都没有用处,然而,我越往下活,就越想多知道。我的头发都苍白了,我差不多是个老头子了,可是我的知识还有限得很呢！多么有限啊！虽然如此,最重要的和最真实的东西,我相信我还是懂得透彻的。啊,我多么想给你们证明一下：我们的幸福是不存在的,不应该存在的,而且将来

119

也不会存在的啊……我们应当只去工作、工作好了。至于幸福呢，那是留给我们极远的后代子孙们的。

[停顿。

如果我得不到幸福，至少我的后代子孙的后代子孙会得到的……

[费多季克和洛迭出现在餐厅里；他们坐下去，轻轻地弹着吉他，在低唱。

屠森巴赫 依你看，幸福是一件连梦想都不该梦想的东西了！可是我现在感到很幸福，那又该怎么解释呢？

威尔什宁 不会的。

屠森巴赫 （拍着手笑）我看我们显然是互相都不了解的。那么，我怎样才能说服你呢？

[玛莎轻声地笑。

（向她伸着一只手指头）笑！这有什么可笑的！（向威尔什宁）不但在两三百年以后，就是再过一百万年，生活也还会像现在一样；它不改变，它是固定的，它要遵循它自己的法则，这个法则，我们是一点也看不见的，或者，至少是我们永远也不会懂得的。就像候鸟，拿仙鹤作比吧，它们来来回回不停地飞，无论它们脑子里转着什么念头，高超的也好，渺小的也好，依然阻止不住它们继续不明目的、不知所以然地飞。它们中间无论能产生出多少哲学家，它们还是得飞，而且将来也还得飞。那些高谈哲学的人们，尽管舒舒服服地去谈吧，而它们还是得飞……

玛莎 但是这都是什么道理呢？

屠森巴赫 道理啊……现在正下着雪……又是什么道理呢？

　　　　〔停顿。

玛莎　我觉得人应当或者有信念,或者去寻求一个信念,不然
　　他的生活就是空虚的,空虚的……活着,而不明白仙鹤为
　　什么飞;不明白孩子为什么生下来;不明白为什么天上有
　　星星啊……一个人必须知道自己为什么活着,不然,一切
　　就都成了一场空,就都是荒谬的了。

　　　　〔停顿。

威尔什宁　青春要是白白放过,究竟是可惜的呀……

玛莎　果戈理说过:先生们,在这个世界上活着,是件烦闷的
　　事呀!

屠森巴赫　我却要这么说:先生们,和你争论是很困难的呀!
　　所以,就算了吧……

契布蒂金　(读着报纸)巴尔扎克在别尔吉切夫结的婚。

　　　　〔伊里娜低唱着。

　　　　我把这个记下来(在他的笔记本上记)巴尔扎克在别
　　尔吉切夫结的婚。(读报纸)

伊里娜　(一边用纸牌占着卜,一边在沉思着)巴尔扎克在别尔
　　吉切夫结的婚。

屠森巴赫　大局已经定了!玛丽雅·谢尔盖耶夫娜,你知道
　　吗,我已经辞职了?

玛莎　我知道。我看不出那有什么好处。我不喜欢文官。

屠森巴赫　没关系……(站起来)看看我,难道我像个军人的样
　　子吗? 不过,这并没有什么关系……我要去工作。哪怕是
　　一辈子里只有一次呢,我也愿意晚上回到家来,疲倦不堪,
　　往床上一躺就睡着了……(向餐厅走去)工人们睡觉一定

121

是很香的！

费多季克 （向伊里娜)我刚才在莫斯科街的皮日阔夫店子里，给你买了这些五彩铅笔……还买了这么一把小小的铅笔刀……

伊里娜 你总是拿我当一个小孩子看待，可我现在已经大了，你知道……(接过铅笔和铅笔刀来，非常快活)多么漂亮呀！

费多季克 我呢，你看看我自己买了一把什么样的刀子……看，这儿一把刀，这儿两把刀，这儿还有第三把刀，还有这个，是掏耳朵用的，这儿是把剪子，这个是修指甲的……

洛迭 （高声地)大夫，你多大年纪？

契布蒂金 我？三十二。

　　　〔大家大笑。

费多季克 我另外摆个卦给你看看……(摆着卦)

　　　〔茶炉端进来了；安非萨忙着倒茶。稍过一会儿，娜达莎上；她也在桌边张罗着。索列尼上，和大家招呼完了，就坐在桌旁。

威尔什宁 也还是起这么大的风啊！

玛莎 是呀。我讨厌极了冬天了。夏天是什么样子我都已经忘了。

伊里娜 我这个卦一定拿通了，我看出来了。莫斯科我们准会去得成了。

费多季克 不行，这卦通不了。你看见了吗，这个八盖着黑桃二呢。(笑)所以莫斯科你们是去不成了。

契布蒂金 （读报纸)中国，齐齐哈尔。天花盛行。

122

安非萨 （走到玛莎面前）我的小玛莎，茶预备好啦。（向威尔什宁）高贵的大人，请吧……原谅我吧，我把你的名字给忘了……

玛莎 把茶端到这儿来吧，奶妈。我不愿意到那边去。

伊里娜 奶妈！

安非萨 我来啦！我来啦！

娜达莎 （向索列尼）顶小的小孩子，也什么话都懂呢。我说："早安，宝贝，早安，我的乖乖！"你可没看见他用怎么一种神气看着我呢！也许你觉得我是他的母亲，才这样说吗？不是啊，不是，一点也不是，你相信我吧！这真不是一个平常的孩子。

索列尼 假如这是我的孩子，我就叫人把他放在锅里煎煎，把他吃了。（端着他的茶杯，走进客厅，坐在一个角落里）

娜达莎 （用两只手蒙住脸）好粗野的、没教养的人哪！

玛莎 不理会是冬天还是夏天的人，才真幸福呢。我觉得，假如我是住在莫斯科的话，什么样的天气我也就不去理会了……

威尔什宁 前几天，我读了一本日记，是一个法国部长因为巴拿马事件下了狱，在监狱里写的。他把他隔着监狱窗子所看见的飞鸟，把他当部长的时候所从来没有理会过的飞鸟，写得那么热情，那么神往。现在他已经被释放了，他当然也就不会再去理会那些飞鸟了。同样的情形：等你住在莫斯科，也就不会去理会它了。我们的幸福是不存在的，我们只能想望着幸福罢了。

屠森巴赫 （从桌上拿起一个盒子来）糖到哪儿去了？

伊里娜 索列尼给吃了。

屠森巴赫 全吃了?

安非萨 (递着茶)有一封送给你的信,先生。

威尔什宁 给我的?(接过信来)是我女儿写来的。(读)是的,当然了……请原谅我吧,玛丽雅·谢尔盖耶夫娜,我得偷偷溜走了。我不吃茶了。(站起来,心情缭乱)永远是这种烦人的事情……

玛莎 什么事啊? 不是秘密吧?

威尔什宁 (很低的声音)我的太太又服毒了。我非回去不可。我要偷偷地溜走。这种事情可够多么讨厌啊!(吻玛莎的手)我的亲爱的,我的正直的,我的善良的……我要从这边走,免得叫人看见……(走下)

安非萨 他跑到哪儿去啦? 我把茶给他端来了……嘿,就看看这个人哪!

玛莎 (生了气)走开! 你还有完没完! 你就不叫人清静一会儿……(端起茶杯来,走到桌边去)你简直烦死我了,老太婆!

安非萨 可是你为什么生起气来啦,我的亲爱的呀,瞧瞧你?

　　〔安德烈的声音:"安非萨!"

　　(模仿着他的声音)安非萨! 永远躲在他那个角落里……(走下)

玛莎 (在餐厅里,靠着桌子,生气地)让我坐下! (用手把排列在桌上的牌给搅乱)你的牌把整个桌子都给占了。喝你的茶去吧!

伊里娜 看你脾气可真坏,玛莎!

玛莎 我脾气坏,就别跟我说话好了。不要招惹我。

契布蒂金 (笑着)不要招惹她,不要招惹她!……

玛莎 别看你都六十岁了,可还像个小孩子似的,尽满嘴胡说八道。

娜达莎 (叹一口气)亲爱的玛莎,你怎么用这样的字眼儿说话呢?我坦白地跟你说,假如你不是这样的说话法儿,像你这么美,在上流社会里,一定会受人尊敬的。Je vous prie pardonnezmoi, Marie, mais vous avez des manières un peu grossières.①

屠森巴赫 (忍住笑)请递给我……递给我点……我想那儿有点白兰地吧。

娜达莎 Il parait, que mon Bobik déjà ne dort pas.②他今天不舒服。我得看看他去,原谅我吧……(走下)

伊里娜 亚历山大·伊格纳季耶维奇到哪儿去啦?

玛莎 他回家了。他太太又出了点特别的事。

屠森巴赫 (手里拿着一玻璃瓶子白兰地,向索列尼走去)你总是一个人坐在那里想,想的是什么,谁也猜不出。来吧,咱们讲和吧。咱们喝一点白兰地。

　　〔他们喝酒。

　　我今天一定又得要整夜地坐在钢琴前边,弹种种无聊的曲子了……可是,那就随它去吧!

索列尼 我们为什么要讲和呀? 我们又没有吵过嘴。

---

① 法语,我请求你原谅我,玛丽雅,可是你的举止有一点粗野。——译者
② 法语,我觉得好像我的宝贝醒了。——译者

屠森巴赫　我每逢看见你,总是觉得我们两个人之间有点什么别扭似的。你的性情很古怪,这你总应该承认吧。

索列尼　(朗诵)"我确是古怪,然而又有谁一点也不古怪的呢?不要生气吧,阿列科!"①

屠森巴赫　这和阿列科又有什么关系呢? ……

〔停顿。

索列尼　当我和某一个人单独在一起的时候,我就觉得没什么,和大家一样,但是一到人多的场合,我就觉得忧郁,羞怯,而且……就要说出种种糊涂话来了。然而我还是比许多、许多别人有礼貌些,心地高尚些。这我能证明……

屠森巴赫　我时常生你的气,因为,每当我们在大庭广众之中,你总要攻击我,然而,我总对你有点同情,也说不上来那是为什么。随它去吧,我今天要喝个大醉。咱们喝吧!

索列尼　咱们喝吧!(他们喝酒)

〔停顿。

　　我从来没有一点反对你的地方,男爵。不过我的性格和莱蒙托夫一样。(很低的声音)有人甚至说……说我还有点像莱蒙托夫呢……(从口袋里掏出一瓶香水来,往手上洒)

屠森巴赫　我辞职了。我干够了! 这我盘算了有五年了,现在到底可算是决定了。我要去工作了。

索列尼　(朗诵)"不要生气,阿列科……忘记了吧,忘记了你的梦吧……"

---

① 普希金的诗《茨冈》中的句子。——译者

126

[他们在那儿谈话的时候,安德烈手里拿着一本书,悄悄地进来,走过去,紧靠着一支蜡烛坐下。

屠森巴赫 我要去工作了。

契布蒂金 (和伊里娜走进客厅)而且饭食也完全是高加索的做法:一道葱汤,一盘烤肉,这种烤肉,在高加索叫作"切哈尔特玛"。

索列尼 叫"切列木沙",不是肉,那是一种植物,有点像咱们这儿的葱。

契布蒂金 不对,我的亲爱的朋友。叫"切哈尔特玛",不是葱,是一种烤羊肉。

索列尼 我告诉你,切列木沙是葱。

契布蒂金 我也告诉你,切哈尔特玛是羊肉。

索列尼 我也告诉你,切列木沙是葱。

契布蒂金 跟你争辩有什么用呢? 你从来也没有到过高加索,从来也没有吃过切哈尔特玛。

索列尼 我没有吃过,是因为我受不住它的味道。切列木沙跟大蒜一个味儿。

安德烈 (哀求地)够了! 先生们! 我求求你们!

屠森巴赫 参加化装舞会的人该什么时候来呀?

伊里娜 他们答应的是九点到;所以马上就要来了。

屠森巴赫 (紧抱着安德烈,唱)"啊,靠近我的磨坊,靠近我的美丽的磨坊……"①

----

① 此处据莫斯科外文出版社法文版译出。在苏联国家文学出版社一九五〇年出版的俄文版《契诃夫全集》第三卷中,此句原文是:"啊,你这门廊,我的门廊,我的新门廊……"——编者

安德烈　（跳着舞,唱着)"有一道流水在歌唱……"①

契布蒂金　（跳着舞)"靠近我的磨坊……"②

　　　　〔大家大笑。

屠森巴赫　（吻安德烈)管它的呢! 咱们喝酒哇,安德留沙,为
　　咱们的友谊干一杯,咱们就改了称呼吧。为你和我,安德
　　留沙,咱们都到莫斯科去,都到大学里去喝一杯吧。

索列尼　哪一个? 莫斯科有两所大学呢。

安德烈　莫斯科只有一所大学。

索列尼　我告诉你,有两所。

安德烈　你要愿意,就算它有三所吧。越多越好。

索列尼　莫斯科有两所大学!

　　　　〔一片咕噜声,喧笑。

　　　　莫斯科有两所大学:一所旧的,一所新的。如果你们
　　不愿意听我的话,如果我的话招你们生气,我可以闭上嘴。
　　我甚至还可以躲到另外一间屋子去……(拉开一道门
　　走出去)

屠森巴赫　好哇! 好哇! (笑)朋友们,开始吧,我来弹钢琴!
　　这个索列尼真是可笑哇! ……(坐在钢琴前,弹起一支圆
　　舞曲)

玛莎　（自己一个人跳着圆舞)男爵喝醉了,男爵喝醉了,男爵
　　喝醉了!

---

① 此处据莫斯科外文出版社法文版译出。在苏联国家文学出版社一九五○年
　出版的俄文版《契诃夫全集》第三卷中,俄文版的原文是:"新的枫木的门
　廊……"——编者
② 同上,俄文版的原文是:"带花格子的门廊……"——编者

[娜达莎上。

娜达莎 （向契布蒂金）伊凡·罗曼诺维奇！（向契布蒂金说了几句话，然后悄悄地走出去。契布蒂金轻轻地拍一拍屠森巴赫的肩膀，向他耳语）

伊里娜 什么事？

契布蒂金 是我们该走的时候了。再见吧。

屠森巴赫 晚安啦。是该走的时候了。

伊里娜 怎么？……还有参加化装舞会的人要来呢？

安德烈 （狼狈）他们不来了。你明白，亲爱的，娜达莎说宝贝有点不舒服，所以嘛……总之，这件事情我一点也不清楚，在我呢，我绝对无所谓。

伊里娜 （耸肩）宝贝不舒服！

玛莎 得啦，反正这也不是头一次啦！既然人家赶我们，我们也只好走啦。（向伊里娜）这不是宝贝有病，是她……这儿（用一只手指敲敲上额）有病！真是一个渺小、庸俗的人啊！

[安德烈从右门走进他自己的屋子，契布蒂金随着他进去；大家都在餐厅里告别。

费多季克 多么可惜！我本来打算在这儿好好过一晚上的，不过既是孩子病了，那当然就……我明天给他带点玩具来。

洛迭 （高声地）我想总要跳一整夜的，所以我今天吃过午饭就特意睡了一觉……嘿，现在这才九点钟！

玛莎 我们先出去，到街上再商量去。我们再决定怎么办吧。

[“再见！晚安！”的声音。屠森巴赫愉快的笑声。大家都出去了。安菲萨和女仆收拾桌上的东西，吹熄了蜡

烛。听得见乳母在唱着。安德烈,戴着帽子,穿着外衣,和契布蒂金悄悄地走上。

契布蒂金 我连结婚的时间都没有,因为我的生活就像一道闪电似的,一闪就过去了,再者,也因为你的母亲,我爱她爱得发了狂,可是她已经结了婚了……

安德烈 一个人可不要结婚。可不要结婚,因为结婚是件苦恼的事。

契布蒂金 对呀,当然啦,可是别忘了寂寞呀。随便你的议论怎么好听,可挡不住寂寞是件可怕的事实呀,我的亲爱的……虽然这么说,实际上呢……这绝对没有一点关系!

安德烈 我们快着点走吧。

契布蒂金 何必忙呢? 我们来得及。

安德烈 我怕我的太太绊住我。

契布蒂金 吓!

安德烈 我今天可不赌了,我只想坐在旁边看。我觉得不大舒服……伊凡·罗曼诺维奇,告诉告诉我,我这气喘可有什么法子治吗?

契布蒂金 问我有什么用! 我不记得了,亲爱的……我不知道……

安德烈 我们打厨房那儿走吧……

　　〔他们下。一下门铃声,接着又是一下;说话声,笑声。

伊里娜 (走进来)什么事?

安非萨 (嘘嘘着)参加化装舞会的人都来了。

　　〔门铃声。

伊里娜 奶妈,亲爱的,去告诉他们,就说没有一个人在家。请他们原谅我们吧。

　　[安非萨下。伊里娜,沉思着,在屋里踏着大步子走来
　　走去。她的心情很乱。索列尼上。

索列尼　(一怔)一个人都没有哇……都到哪儿去了,他们?

伊里娜　都回家了。

索列尼　多么奇怪。家里就你一个人吗?

伊里娜　对了。

　　　　[停顿。

　　　　再见吧。

索列尼　刚才我那么没有涵养,太不小心了,也太不机警了,但
　　是你不像别人,你是一个高超的女人,你纯洁,你看得出哪
　　儿有真理。了解我的只有你。我爱你,我深深地、无限地
　　爱你……

伊里娜　再见啦! 你走吧。

索列尼　没有你,我就活不下去。(追着她)啊! 我的愉快啊!
　　(流着泪)啊,幸福啊! 这一对眼睛啊,多么美丽,多么可
　　爱,我从来没看见哪个女人生过这么好的眼睛啊……

伊里娜　(冷冷的口气)不要说了,瓦西里·瓦西里耶维奇!

索列尼　这是我头一次跟你表示我的爱情,这也叫我觉得仿佛
　　自己已经不在这个世界上,而是到了另外一个行星上似
　　的。(用手擦了一下上额)不过这也没有关系。当然喽,爱
　　情是勉强不来的……只是我可容不得幸福的情敌……我
　　容不得……我指着所有的圣徒发誓,我要杀死我的情
　　敌……啊,我所崇拜的人啊!

　　　　[娜达莎手里端着一支蜡烛经过。

131

娜达莎 （打开一道门,往里探探头,又打开一道门,探探头,走到她丈夫的门前)安德烈在里边呢,让他看书去吧。原谅我,瓦西里·瓦西里耶维奇,我不知道你在这儿,所以我穿的是睡衣……

索列尼 我无所谓。再见吧!（下）

娜达莎 你累了,我的可怜的、亲爱的小姑娘!（吻伊里娜)你顶好早一点上床去睡吧。

伊里娜 宝贝睡着了吗?

娜达莎 睡着了。不过睡得不沉。我正要跟你说呢,亲爱的,我一直打算跟你说,可是不是你不在家,就是我没有工夫……我觉得宝贝的那间屋子又冷又潮。你那一间要叫他去住,可太合适啦。我的亲爱的,你能不能给我点面子,暂时搬到奥尔加屋里去住几天呀?

伊里娜 （没有听懂)什么地方?

　　〔三套马车赶到门口停住,车铃声。

娜达莎 暂时请你和奥尔加住在一间屋里,叫宝贝搬到你那间去。他可真乖呀!我今天跟他说:"宝贝,小宝贝是妈妈的,是妈妈的!"他就瞪着那两只可笑的小眼睛,紧看着我。

　　〔门铃声。

　　这一定是奥尔加。她回来得多晚啊!

　　〔女仆走到娜达莎身旁,向她耳语。

　　普罗托波波夫?多么古怪的人哪!普罗托波波夫来约我跟他一块儿坐马车去逛逛。（笑)男人们都这么古怪!……

　　〔门铃声。

有人来了。比方我要是只去转上一刻钟呢？……（向女仆）告诉他，说我就来。

　　[门铃声。

　　有人拉铃。这回准是奥尔加了。（下）

　　[女仆跑出去；伊里娜坐在那里，出神地沉思；库利根和奥尔加上，后边跟着威尔什宁。

库利根　哈，这可真想不到！他们本来说是家里要举行一个晚会的呀。

威尔什宁　真奇怪！我回去的时候，顶多是半点钟以前，他们还盼着参加化装舞会的人来呢……

伊里娜　大家都走了。

库利根　玛莎也走了吗？她到哪儿去啦？普罗托波波夫在楼下坐在马车上等着干什么呀？他是等谁呀？

伊里娜　什么也不要问我……我太累了。

库利根　好吧，你这任性的小姑娘……

奥尔加　会刚散。我可真累坏了。我们的校长病了，我得代理她。啊，我头疼，我头疼……（坐下）安德烈昨天赌钱输了二百卢布……全城都在谈这件事。

库利根　是呀，会开得也把我给累坏了。（坐下）

威尔什宁　我的太太本来是想吓吓我的，可是她差一点儿把自己给毒死。总算是没有事了，我也放了心了，现在我可以歇一歇了……这么说，我们又得走啦？那么，也好，就让我向你们告别吧。费多尔·伊里奇，咱们一起到哪儿去走走好不好呢？我不能待在家里，绝对不可能……咱们走吧！

库利根　我太累了。我哪儿也不去了。（站起来）我太累了。

我的太太回家了吗?

伊里娜　大概是。

库利根　(吻伊里娜的手)再见!明天和后天,我整天都休息。再见啦!(往外走)我真想喝杯茶。我本来打算和大伙在这儿快快活活过一个晚上的……o, fallacem hominum spem!① ……惊叹词的目的格!② ……

威尔什宁　那么,我只好一个人走了。(吹着口哨下,库利根送他出去)

奥尔加　我头疼,吓,我头疼得……安德烈输了钱……全城都在谈这件事……不行了,我要去躺下去了。(走着)明天我没有课……哎呀,多么幸福哇,啊!明天我没有课,后天也没有……我的头真疼啊,吓,我的头……(下)

伊里娜　(一个人)都走开了。没有一个了。

〔外边有人拉着手风琴,奶妈在唱。

娜达莎　(穿着皮大衣,戴着皮帽子,穿过餐厅,女仆跟在她身后)我过半点钟就回来。我只去转一圈儿。(下)

伊里娜　(孤零零地剩下她一个人,非常忧郁地)快到莫斯科去吧,到莫斯科啊!到莫斯科!

——幕落

————————————

① 拉丁语,啊,骗人的希望啊!——译者
② 欧洲的中学生,都是要学拉丁语的。库利根喜欢说几句拉丁话,和他在这里所补充的一句文法,都是为了刻画他是一个教书匠。——译者

134

第 三 幕

奥尔加和伊里娜的卧室。左右各一床,都挡在屏风背后。半夜两点以后了。后台响着火警的钟声,火已经着了很久。家里的一切,都表现着什么人都还没有睡。玛莎躺在长沙发上,和平日一样,穿着黑衣服。奥尔加和安非萨上。

安非萨 她们眼下都在下边楼梯底下坐着呢……我跟她们说:"上楼去,你们总坐在那儿是什么意思呀……"——她们一个劲儿地哭。"我们不知道爸爸哪儿去啦,"她们说。"可别给烧死在火里呀!"你瞧,她们想到了些什么啦! 还有呢,院子里另外还有一群呢……差不多都是一丝不挂啊。

奥尔加 (从衣橱里取出几件衣服来)拿去,把这件灰衣裳拿去……还有这件……这件短衫也拿去……再拿这条裙子去,老妈妈……哎呀,上帝呀! 这种情形可多么可怕啊! 基尔萨诺夫街一定是整个都烧光了……拿这件去……还有这件……(往奶妈的胳膊上又扔了一件衣服)可怜的威尔什宁一家子,真都吓坏了……差一点,他们的房子也就烧了。叫他们在这儿过夜吧……不能让他们回家……可

135

怜的费多季克,他也是什么都没剩,全给烧光了……

安非萨 你把费拉彭特叫来好不好呀,我的奥里雅,我一个人
怎么也抱不动这些呀……

奥尔加 (拉铃)没有人来。(打开门喊)有人在这儿吗? 到这
儿来,无论是谁!

　　〔隔着这道打开的门,可以看见一道窗子,被火光照得
通红;又听见一辆消防车经过房子附近的声音。

　　真可怕呀! 也真讨厌啊!

　　〔费拉彭特上。

　　来,抱着这些,送到楼下去……哥罗基林家的姑娘们,
都在楼梯底下呢……把这些衣服给她们……还有,连这件
也给她们……

费拉彭特 是了……当初在一八一二年,莫斯科也给烧
过①……哎呀! 我的上帝呀! 那回可真把法国人给吓
傻啦!

奥尔加 得啦,你就去吧。

费拉彭特 我就走。(下)

奥尔加 亲爱的老妈妈,把我们所有的东西都给他们吧。我们
什么也不要了,都给他们,老妈妈……我太累了,简直连站
都站不住了……可不能让威尔什宁一家子回去……叫两
个小姑娘睡在客厅里,亚历山大·伊格纳季耶维奇睡到楼
下男爵的屋子里去……费多季克也可以到男爵屋里去,或
者最好还是睡在我们的餐厅里吧……医生好像成心似的,

---

① 指拿破仑进攻俄国,在莫斯科城下惨遭失败。——译者

136

正巧在今天喝醉了,醉得厉害,他的屋子里是一个人也不能放的。威尔什宁的太太也睡在客厅里吧。

安非萨 （疲倦地）我的好奥尔加,亲爱的,可不要把我赶走哇!不要把我赶走哇!

奥尔加 你说的这是疯话,老妈妈。谁也没有赶你走呀。

安非萨 （把头伏在奥尔加的胸上）我的亲人,我的宝贝,我劳苦了一辈子,我干活干了一辈子……赶明儿等我一没了力气,人家就会跟我说啦:"滚吧!"可你说叫我到哪儿去呀?八十岁了! 转眼就八十二了……

奥尔加 你坐下,老妈妈……你太累了,我的可怜的……（按她坐下）你歇一歇,亲爱的好奶妈……看你的脸色多苍白呀!

　　　〔娜达莎上。

娜达莎 听人说要赶紧成立一个救济灾民的会。哎呀,这个主意可是好极啦。照道理说,是应该赶快救救这些穷人,这是有钱人的责任啊。宝贝和小索菲,他们都睡得跟没出过一点事情似的。咱们家里来了这么多的人,到处都给塞满了。这一阵子城里头正传染着流行性感冒,我真怕,可别把两个孩子给传染上啊。

奥尔加 （没有听见她的话）这间屋子里,看不见外边的火,这里真安静……

娜达莎 可不……我的头发一定都披散开啦。（走到镜子面前）都说我长胖了……可真会说! 我一点也没有发胖! 玛莎睡着啦,她累了,可怜的人哪……（向安非萨,冷冰冰地）我不许你在我的面前坐着! 站起来! 出去!

　　　〔安非萨下。

［停顿。

我真不明白,你为什么还留着这个老婆子!

奥尔加 (吃惊)对不起,我也不明白……

娜达莎 她在这儿没一点儿用处。她是一个农民,应该住到乡下去……我们不能这样纵容他们! 我喜欢凡事都有个秩序! 家里不应该留一群没用的人。(抚摸奥里雅的嘴巴)你累了,我的可怜的、亲爱的。我们的校长累极了! 等我的小索菲长大了上中学的时候,我可要怕你了。

奥尔加 我将来不当校长。

娜达莎 大家会选你的呀,奥里雅。那是一定的。

奥尔加 我会拒绝的。我做不了……我没有那么大的能力……(喝了一点水)刚才你对安菲萨可太粗暴了……原谅我,我忍受不住……我的头都晕了……

娜达莎 (心乱)饶恕我吧,奥里雅,饶恕我吧……我并没有要叫你难受的意思。

［玛莎起来,生着气,抱着她的枕头走了出去。

奥尔加 你必须明白,我的亲爱的……也许我们所受的教育有一点奇怪,然而我确是不能忍受这个。像这一类的态度,叫我苦恼,叫我头痛……这叫我打不起精神来……

娜达莎 饶恕我吧……饶恕我吧……(吻她)

奥尔加 一点点的粗野,半句没有礼貌的话,都能立刻叫我心情烦乱……

娜达莎 我时常说些不该说的话,这是真的,不过你也得承认,亲爱的,她确是很可以住到乡下去。

奥尔加 她跟了我们三十年了。

138

娜达莎 可是现在她不能再工作了哇！要不是我一点也不懂你的话，那就是你不愿意懂我的意思。她不能工作了；她只能睡睡觉，或者一动也不动地在椅子上坐着呀。

奥尔加 那就让她坐着去好了。

娜达莎 （惊讶）怎么能让她坐着去呢？她是一个用人哪。（含着泪）我不懂你，奥里雅。我有一个看孩子的保姆，有一个喂奶的奶妈，我们还有一个女仆和一个女厨子，还用得着这个老婆子干什么呢？她有什么用处呢？

〔后台响着火警的钟声。

奥尔加 这一夜就叫我老下去十年啊。

娜达莎 我们一定得互相取得谅解，奥里雅。你在中学，我在家里；你忙着教书，我操持着家务。如果我说用人们什么话，我可不是胡说的，我可不一是一胡一说的……从明天起，这个老贼，这个老疯子……（跺脚）这个老巫婆非滚出去不可！……不能再叫她招我不痛快！我不许！（恢复了平静）真的，如果你不搬到楼下去住，我们会不断地吵嘴的。这真可怕呀。

〔库利根上。

库利根 玛莎呢？现在可该是回家的时候了。据说火正往下灭着呢。（伸懒腰）只烧了一溜儿房子，可是刚一起火的时候，因为有风，所以叫人觉得像全城都着了似的。（坐下）我累极了。奥里雅，我的亲爱的……我时常想，如果不是玛莎，我一定会跟你结婚的。你多么好啊……我可真累坏了。（倾听）

奥尔加 什么事？

库利根　医生好像成心似的,偏巧就在今天喝醉了,他醉得厉害。(站起来)要是我没弄错,这就是他来了……你听见了吗? 是他,他来了……(笑)看他走路的那个样儿呀,真是的……我要藏起来。(走过去藏在衣橱后边,站在墙角)啊! 这个光棍!

奥尔加　他两年没有喝酒了,可是现在忽然一下就喝醉了……

　　(走开,走到屋子的后部,娜达莎随着她走过去)

　　　　〔契布蒂金上;他走得很稳,一点也不东倒西歪的,在屋子里走了几步,站住,往四下看看,然后走到洗脸盆那里,洗起手来。

契布蒂金　(心情不快地)叫他们都下地狱去吧……他们都认为,我既然是个医生,就一定什么病都会治;可是啊,我实在是什么也不会,我从前懂得的,现在全忘光了,一点也不记得了,什么都不记得了。

　　　　〔奥尔加和娜达莎走出去,他没有看见。

　　　　叫他们都下地狱去吧。上星期三,我在札西坡治了一个女人……她死了,是因为我的错处,她才死的。不错……二十五年以前,我确是懂得些医道,可是现在呀,我全都忘光了,一点也不记得了。很可能我甚至就不是一个人,只是在这里假装着有胳膊、有腿、有脑袋;很可能我完全并不存在,也许只是我在这儿幻想着自己是在走,在吃,在睡。(哭)啊,不存在可多好啊! (止住了哭泣,心情不快地)没关系! 我一点儿也不在乎! ……前天,在俱乐部,大家谈话的时候谈到了莎士比亚,谈到了伏尔泰……他们的著作我什么也没有读过,从来也没有读过,可是我

140

做出了读过的神气。别人呢,也和我一样。多么庸俗啊!多么卑鄙呀!于是我就想起了星期三治死的那个女人来了……接着我就什么都想起来了,觉得我自己的灵魂里有一种虚伪的、丑恶的、可憎的东西……我就跑了出来,就喝起酒来了……

[伊里娜、威尔什宁和屠森巴赫上;屠森巴赫穿着一身最时式的新便服。

伊里娜 我们坐在这儿吧。这儿不会有人来。

威尔什宁 要不是有这些士兵,全城恐怕早已经烧光了。这些勇敢的男儿啊!(高兴得搓手)个个都是心地高贵的!多么勇敢的小伙子,真没有见过啊!

库利根 (走到他们面前)什么时候了,先生们?

屠森巴赫 过了三点了。天快要亮了。

伊里娜 大家都还在餐厅里坐着呢。没有一个人想回去。你们的那个索列尼,也坐在那儿呢……(向契布蒂金)大夫,你最好上床睡去吧。

契布蒂金 不要紧……谢谢你!(梳他的下髯)

库利根 (笑着)伊凡·罗曼诺维奇可真醉得厉害呀!(轻轻地拍了几下他的肩膀)

好哇! 古人常说: In vino veritas①。

屠森巴赫 大家都要求我组织一次救济灾民的音乐演奏会。

伊里娜 得啦! 会有谁参加呢?……

屠森巴赫 只要我们想组织,这就不难。我觉得玛丽雅·谢尔

---

① 拉丁语,酒醉见本真。——译者

141

盖耶夫娜的钢琴弹得好极了。

库利根　好极了,真的!

伊里娜　她有点忘了。她有三年没有弹了……也许都有四年了。

屠森巴赫　这个城里,没有一个人懂得音乐,绝对没有一个人。不过我呢,我懂得,所以我凭我的荣誉向你们保证,玛丽雅·谢尔盖耶夫娜确是弹得好极了,也许甚至可以说是有天才。

库利根　你说得对,男爵。我很爱她——玛莎。她非常好。

屠森巴赫　弹得这么好,而同时又明知道没有人能懂啊,咳!

库利根　(叹气)可不是!……不过她参加一个演奏会去弹琴,那合适吗?

　　〔停顿。

　　这我自己可一点也不知道,先生们。这也许是合适的。不可否认的,我们的校长是一个高尚的人,实在是一个很高尚的人,有很丰富的知识,而且有非常好的见解……自然,这件事和他并没有关系,然而,如果你们愿意,究竟我还是去跟他提一句半句的好。

　　〔契布蒂金摘下那个磁挂钟来,仔细地玩赏。

威尔什宁　我在火场弄得全身都脏了;看我像什么样了?

　　〔停顿。

　　我昨天偶然听说,我们这一旅要调到很远很远的一个地方去。有人说是到波兰,又有人说是到赤塔。

屠森巴赫　我也听见这么说。好哇! 到那个时候,这城里可真要整个都空了。

伊里娜　连我们也都走了。

契布蒂金　(失手把挂钟掉在地下,摔得粉碎)粉碎了!

　　　　〔停顿。每个人都是愁苦的脸色,全体心情紊乱。

库利根　(拾着碎片)打碎这么一件珍贵的东西,看看你哟,伊凡·罗曼诺维奇,伊凡·罗曼诺维奇! 我要给你的操行打个零分!

伊里娜　这是妈妈留下的钟。

契布蒂金　也许……如果是妈妈的呢,那么,就是妈妈的了。也许我并没有把它打碎,只是以为把它打碎了呢? 也许我们以为我们存在,可是实际上我们并不存在呢? 我一点也不知道,也没有一个人知道。(走到门口)你们瞪着眼看我做什么? 你们都是瞎子! 娜达莎和普罗托波波夫有了一点小小的关系,可是你们什么也没有看出来……你们坐在这里,什么也看不见,可是娜达莎却和普罗托波波夫有了一点小小的关系。(唱)"好不好请你接受这个幽会的日期? ……"(下)

威尔什宁　是的……(笑)真是啊,这一切都多么奇怪呀!

　　　　〔停顿。

　　　　我一听见火警,就连忙往家里跑。我跑到跟前,看见我的房子倒是还立着,平安无恙,脱离了危险。可是,我的两个小女儿,只穿着睡衣,站在门口台阶上;她们的母亲不知哪儿去了;人们四下里慌乱着,马和狗到处乱跑;我的孩子们,满脸是惊慌、恐怖、求救的神色,我也不知道怎么样是好了;我看见她们这样的脸色,心里十分难受。我的上帝呀,我心里说,这两个可怜的孩子,在她们未来的漫长岁

143

月里,还得要经受多少磨难啊!我拉住她们的手,领着她们就跑,一路上脑子里都缠着这么一个思想:她们将来在这世上还得要经受多少磨难啊!

〔火警的钟声。停顿。

我到了这里,才发现她们的母亲在你们这儿了,又是哭号,又是发脾气。

〔玛莎挟着枕头进来,坐在长沙发上。

我的孩子穿着睡衣站在门口台阶上,和满街都叫火光照得通红的情景,再加上整个这种地狱似的声音,叫我觉得,这就跟多少年以前、敌人突然袭击我们那种掳掠烧杀的情形一样……然而,其实呢,现在的情形,比起过去的情形,又有多大的不同呀!等再过些时候,假定说是再过两三百年吧,人们又会带着同样的惊愕和同样的嘲笑来谈我们现在这种生活方式了。今天的一切,将来都会显得是畸形的,拙笨的,累赘的,奇怪的。啊!将来的生活会多么好哇——多么好的生活啊!(笑)原谅我吧,我又在这儿大发空论了!你们准许我接着说下去吧,亲爱的朋友们?我今天非常想要高谈阔论,我的兴致很浓。

〔停顿。

现在,整个社会都像在睡着觉似的。所以刚才我才说,将来的生活会多好啊!只请你们设想一下吧……像你们这样的人,目前这城里只有三个,但是,在未来的一代又一代里,就会多起来,他们的数目会越来越多,总会有一天,一切都会按照你们的愿望,改变样子的;后世的人们,会按照你们的方式生活的,可是,再往后,连你们的方式也都会陈腐了——将来又会生出比你们更高明的人的……（笑）我今天的心情很不平常。我过度地渴望着要生活……（唱）"爱情驾驭着一切，无论是青年还是老年；狂热的爆发，能叫人的身心佳健……"（笑）

玛莎 隆—咚—咚！

威尔什宁 咚—咚！

玛莎 啦—嗒—嗒？

威尔什宁 啦—嗒—嗒！（笑）

〔费多季克上。

费多季克 （跳着舞）烧光了！烧光了！烧得我一丝不剩了。

〔大家笑。

伊里娜 还拿这个开玩笑呢，真古怪。真是都烧光了吗？

费多季克 （笑着）一丝不剩。什么也没给留下。我的吉他也烧了，我的照相机也烧了，还有我所有的信……就连我打算送给你的那个笔记本，连它也给烧了。

〔索列尼上。

伊里娜 不行，瓦西里·瓦西里耶维奇，请走吧。这儿你不能进来。

索列尼 为什么男爵能进来，而我就不能呢？

威尔什宁 我们都得走了，说真的。火怎么样了？

索列尼 据说灭下去了。确确实实，我觉得这很奇怪，为什么这儿男爵能进来，而我就不能呢？（掏出一瓶香水来，往自己身上洒）

威尔什宁 隆—咚—咚！

玛莎 隆—咚！

145

威尔什宁 （笑，向索列尼）咱们到饭厅里去吧。

索列尼 这很好哇，等我把这个记下来。"我本可以把我的寓言和它的教训再讲得长一些，可是我不讲了：我怕招恼了那些愚人。"①……（看着屠森巴赫）嘘，嘘，嘘……（随着威尔什宁和费多季克下）

伊里娜 瞧这个索列尼，他把这间屋子熏得满是烟味……（惊讶地）男爵睡着了！男爵！男爵！

屠森巴赫 （醒来）我累了，只是……到砖窑去……这我可不是说梦话，我马上就要到砖窑上去工作了，这是个事实……这差不多是决定的了。（向伊里娜，温柔地）你多么苍白，多么可爱，多么醉人啊……我觉得你这种苍白的脸色，就像一道光明，冲散了黑暗……你忧郁，你不满意这个生活……啊！那就跟我一块儿走吧，我们一块儿工作去吧！

玛莎 尼古拉·里沃维奇，出去！

屠森巴赫 （笑着）你在这儿了？我完全没有看见……（吻伊里娜的手）再见，我走了……看着你，我就回想起很久以前，你过命名日那天的情景来了。那天，你谈着工作的愉快的时候，是多么勇敢，多么快乐呀……那时候我也就隐约地看见了一种多么幸福的生活呀！可是那种生活又在哪儿了呢？（吻她的手）你眼里流泪了。上床睡去吧，天已经亮了……黎明了……我真恨不得你准许我为你牺牲我自己的性命啊！

玛莎 尼古拉·里沃维奇，走！不行，这真是……

---

① 引自《克雷洛夫寓言》。——译者

屠森巴赫　我这就走……(下)

玛莎　(躺下去)你睡着了吗,费多尔?

库利根　嗯?

玛莎　你顶好回家去。

库利根　我的亲爱的玛莎,我的亲爱的好玛莎!……

伊里娜　她累了。让她歇一歇吧,费佳。

库利根　我立刻就回去……我的亲爱的好太太,我的美丽的……我爱你,我的无双的……

玛莎　(生着气)amo, amas, amat; amamus, amatis, amant.①

库利根　(笑了)可别说,她真是可爱得惊人啊。我总觉得我是昨天才结婚的,可是事实上已经七年了。这确是真话! 可别说,你确确实实是一个惊人的女人。我满足了,我满足了啊!

玛莎　你烦死我了,你烦死我了,你烦死我了……(站起来,又坐下去)我有一桩心事,总也摆脱不掉……简直叫我烦恼极了。就像一颗螺丝钉似的,紧拧在我的心里,我可非把它说出来不行了。我要说的是关于安德烈的事……他把这所房子抵押给银行了,他的太太把所有的钱也都给拿过去了。可是这所房子并不是他一个人的呀。这是我们四个人的! 他如果是个规规矩矩的人,就应该懂得这个。

库利根　何苦呢,玛莎! 你又没有什么需要……安德留沙负了一身的债,所以,就由他去好了。

玛莎　无论如何,这是叫人心里烦恼的。(又躺下去)

---

① 拉丁语,我爱,你爱,他爱;我们爱,你们爱,他们爱。——译者

库利根　我们什么也不缺少。我工作，我教中学，另外还给私人补课……我是一个正派人。就像俗话常说的，朴实……Omnia mea mecum porto[①]。

玛莎　我什么也不需要，不过我恼的是这种不公平。

　　　　〔停顿。

　　　　走，费多尔。

库利根　（吻她）你累了，稍稍休息半个钟头吧，我到那边坐会儿去，我等着你……睡吧……（走着）我满足了，我满足了，我满足了。（下）

伊里娜　是真的，安德烈自从跟那个女人一起生活，变得浑身都庸俗了；人也憔悴了，也老下来了！还说他想当教授呢，可是，结果呀，昨天一当了自治会议的委员，他不是已经觉得了不起了吗？哼，地方自治会议的委员，普罗托波波夫当主席的自治会议……全城到处都在讥讽着这件事，都在取笑着这件事了，可是只有他一个人什么也不知道，什么也没看见哪……就说现在吧，什么人都跑去救火，他一个人坐在自己的屋子里，什么也没上心里去。他成天拉小提琴。（神经紧张地）这真可怕，啊，这真可怕，可怕！（哭泣）这我可再也受不下去了，我再也不行了！……不行，不行了！……

　　　　〔奥尔加上，站在桌旁整理东西。

　　　　（大声抽泣）赶我出去吧，赶我出去吧，我再也受不下去了！

奥尔加　（吃惊）你这是什么事呀，我可怜的、亲爱的！

---

① 拉丁语，虽然我没有一点产业。——译者

伊里娜 （抽泣着）都到哪儿去啦？过去的一切都跑到哪儿去啦？什么都没有了。啊！我的上帝，我的上帝啊！我把一切全忘了，全忘了……我满脑子都混乱了……我连意大利文管窗子……或者天花板叫什么都忘了……我把什么都忘了，我一天比一天忘得多，可是生命一去就永远也不回头啊。莫斯科，我们是永远、永远也去不成了……我看得很清楚，我们是去不成了……

奥尔加 伊里娜，亲爱的，亲爱的……

伊里娜 （抑制着自己）啊！我够多么不幸啊……我不能工作，我也不愿意再去工作了。我够了，够了！我当过电报生，现在我在市政厅工作，我讨厌，我瞧不起他们叫我所做的那些工作……我快二十四岁了。自从我工作了这些年，我的脑子就空了，人就瘦了，丑了，老了，可是得到了什么报偿呢？一点也没有，一点也没有啊。然而光阴一年一年地消逝着，我觉得自己是在脱离了这样美丽的真实生活；脱离得越来越远，将来还不知道要陷到多么深的深渊里去呢。我已经处在绝望之境了，而我却不明白我为什么还活着，我为什么还不自杀……

奥尔加 不要哭了，我的孩子，不要哭了……你哭得我难受。

伊里娜 我不哭了，不啦……完啦……你看，我不是不哭了吗。得啦……够了！

奥尔加 我的亲爱的，如果你愿意听我的话，就嫁给男爵吧！我是你的姐姐，也当作一个好朋友，所以才这样跟你说。

　　〔伊里娜极低的声音在哭泣。

　　你尊重他，你把他看得很高……他不漂亮，这是实情，

149

然而他的本质是正直的、纯洁的……一个人结婚，不是为了爱情，而是为了尽到自己的责任，对不对？……无论情形怎样，我都是这种意见，所以我自己就不会为爱情去结婚。如果有人向我求婚，只要他是一个善良的男人，我就会答应他……我甚至可以嫁给一个老头子……

伊里娜　我一直都在希望我们能搬到莫斯科去，希望在那儿能找到一个我所梦想着的、我所爱的人……不幸这都是妄想啊，也无非是妄想啊……

奥尔加　（突然抱住她的妹妹）我的亲爱的、美丽的妹妹，这我很了解。当尼古拉·里沃维奇脱离了军伍生涯，穿上便服到我们家来的时候，他那个样子，丑得确实叫我都哭了……他问我："你为什么哭呀？"我可怎么能告诉他呢！但是，如果上帝的意思是要他娶你，那我还是会快活的。那是另外一回事，完全是另外一回事。

　　〔娜达莎手里端着一支蜡烛，从右门上，一句话也没有说，横穿过舞台，由左门下。

玛莎　（坐起来）看她到处这么转来转去，叫人还以为城里这把火是她给放的呢。

奥尔加　玛莎，你真不懂事。全家就是你最不懂事。我请你原谅我的话。

　　〔停顿。

玛莎　亲爱的好姊姊、好妹妹，我很想向你们作一次忏悔。我的心里苦极了。我要把心里的事情，只向你们坦白出来，不再对任何人去说……我要立刻就告诉你们。（很低的声音）这是我的秘密，但是应该叫你们什么都知道……我再也不能不说了……

　　［停顿。

　　我爱,我爱……我爱这个人……你们刚刚还看见他呢……好啦,我很可以明说出来吧。我爱威尔什宁……

奥尔加　　(走到她的屏风背后去)不要说下去了。无论怎么样,我都不听。

玛莎　　有什么办法呢? 最初我觉得他古怪……后来我觉着他可怜……再后来我就爱上他了……我爱上了他,连他的声音,他所说的话,他的不幸和他的两个小女孩子,我都……

奥尔加　　(在屏风背后)你的话反正我不听。你想说什么糊涂话,尽管随便说好了,没有关系,反正我不听。

玛莎　　啊,奥里雅,你真糊涂啊! 我爱他——这当然是我命中注定了的。各人有各人的命运啊……而且,他也爱我……这一切真可怕,对吧? 这样不好是不是? (握住伊里娜的手,把她拉到自己身边)啊! 我的亲爱的……我们可又怎么活下去呢? 我们又会变成什么样子呢? ……我们读一本小说的时候,觉得什么都不算新鲜,以为自己什么都懂,可是,临到我们自己恋爱的时候,这才明白,原来无论谁也什么都不懂了,而且各人都得照着各人的情形,自己去作决定了……我的亲爱的好姊姊,好妹妹呀……我已经向你们坦白了,现在我就什么也不再说了……现在我就要像果戈理的狂人那样……沉默……沉默了……

　　［安德烈上,费拉彭特随上。

安德烈　　(生着气)你要干什么? 我真不明白。

费拉彭特　　(站在半开着的门口,不耐烦地)安德烈·谢尔盖耶

151

维奇,我早已跟你说过有十遍了。

安德烈　首先,不要叫我安德烈·谢尔盖耶维奇,要叫我尊贵的大人!

费拉彭特　尊贵的大人,消防队求你准许他们穿过你的花园,到河边去打水。不然的话,他们就得绕道儿,绕了又绕的,那可太苦啦。

安德烈　好吧。告诉他们说我答应。

　　〔费拉彭特下。

　　真把我烦死了,这些人! 奥尔加呢?

　　〔奥尔加从屏风背后走出来。

　　我是来跟你要你衣橱上那把钥匙的,我把自己那把丢了。我记得你的钥匙也是这么小的。

　　〔奥尔加一声不响地把钥匙递给他。伊里娜走到她的屏风背后去。

　　〔停顿。

　　多么大的火啊! 现在小下去了。费拉彭特这个魔鬼,他把我可真气坏了,所以我才说了句糊涂话⋯⋯尊贵的大人⋯⋯

　　〔停顿。

　　你怎么一句话也不说呀,奥里雅?

　　〔停顿。

　　你顶好不要再这么愚蠢胡闹,不要再这么无缘无故地生闷气吧! ⋯⋯你在这儿了,玛莎,伊里娜也在这儿,这好极啦。咱们就一下子把话都彻底解释解释清楚吧。你们为什么反对我,为什么,你们说说?

奥尔加　算了吧,安德留沙。咱们明天再解释吧。(激动地)多么痛苦的一夜呀!

安德烈　(心情极其紊乱地)你不要着急。我是十分冷静地问你们的:你们为什么反对我? 直说吧。

　　　　[威尔什宁的声音:"隆—咚—咚!"

玛莎　(站起来,高声地)啦—嗒—嗒! (向奥尔加)再见了,奥里雅,你镇静一些……(走到屏风背后,吻伊里娜)好好地睡吧……再见了,安德烈。走吧,她们都要累死了……明天你再来解释吧。(下)

奥尔加　这话对,安德留沙,话我们留到明天再说吧……(走到她的屏风背后)我们得睡觉了。

安德烈　等一会儿……我只说一句话,说完就走。第一,你们恨我的太太,娜达莎,这我早已经从我结婚的当天就看出来了。娜达莎是一个出色的女人,是一个规矩女人,生性爽直、高贵,——这就是我的意见! 我爱我的太太,我也尊重她,你们明白吗? 我尊重她,所以我要求别人也尊重她。我再说一遍,娜达莎是一个生性规矩、高贵的女人,所以,你们一切的不满意,都不过是——原谅我坦白地说吧——是你们的一些怪癖罢了……老处女绝不喜欢、也从来没有喜欢过她们的嫂子的——这是一个规律。

　　　　[停顿。

　　　　第二,你们生气的,是因为我没有当教授,没有去专门研究学术。但是我在地方自治会议里工作啦,我是一个委员,我认为,我这个职务的神圣和伟大,一点也不下于去作学问。我是地方自治会议的一个委员,我很引为自豪,如

153

果你们愿意知道的话……

[停顿。

第三……我还得把这件事跟你们说说……我没有征求你们的同意,就把这所房子抵押了……我做错了,这我承认,我请求你们原谅。这一步,也是我的债务……三万五千卢布……把我逼的……我打老早就不赌了,早已经把纸牌戒了,不过我要说出来给自己作辩护的是,你们是没出嫁的姑娘,你们有抚恤金①……而我呢,我就可以说是……没有进项……

[停顿。

库利根 (把门开了一道缝)玛莎不在这儿呀?(吃惊)她到哪儿去啦? 这可奇怪了……(下)

安德烈 你们都不听我说话是不是? 娜达莎是一个出色的、规矩的女人。(一声不响地,跨着大步子在台上走来走去,随后又站住)我结婚的时候,认为我们会幸福的,彼此都会幸福的……但是,啊! 我的上帝!(哭)我的亲爱的妹妹们呀,我的亲爱的好妹妹们,不要相信我这些话吧,不要相信我这些话……(下)

库利根 (又把门开了一道缝,不安地)玛莎到哪儿去啦? 玛莎不在这儿吗? 真奇怪呀!(下)

[火警的钟响。舞台上没有一个人。

伊里娜 (在屏风背后)奥里雅! 是谁在敲楼板?

奥尔加 是医生,伊凡·罗曼诺维奇。他喝醉了。

———————

① 旧俄的制度,军官死后,子女各发抚恤年金,到结婚时为止。——译者

[停顿。

伊里娜　多么烦恼的一夜呀!

　　　　[停顿。

　　　　奥尔加!(从屏风背后探出头来看)你听说了吗?炮兵旅要调走了;他们要调到很远的一个地方去。

奥尔加　这不过是传言。

伊里娜　到那个时候,我们可要孤单了……奥尔加!

奥尔加　唔?

伊里娜　我的亲爱的,我的亲爱的好奥尔加,我尊重男爵,我佩服他,他是一个出色的男人……我愿意嫁给他……我同意,只是我们得到莫斯科去! 我请求你,我们去吧! 世界上再没有比莫斯科更好的了! 我们去吧,奥里雅! 我们去吧!

——幕落

第　四　幕

　　普洛佐罗夫家的破旧花园。一条长长的园径,两旁栽着枞树,路的尽头,遥遥望见一条河流。河的彼岸,是一片森林。台右,是房子的凉台;那里的桌子上,放着些酒瓶子和酒杯;看得出有人刚刚喝过香槟酒。正是中午十二点。随时有过路的人们从街上穿过花园,走到河边去;五个兵士迅速地走过去。契布蒂金坐在一张花园的安乐椅上,在等着人来叫他;他的整个心情都是平静的,一直到闭幕,都是这样;他戴着一顶军帽,手里拿着一根手杖。伊里娜和脖子上挂着一个圣·斯坦尼斯拉夫勋章、两撇胡子也剃光了的库利根,还有屠森巴赫,都站在凉台上,正和走下台阶的费多季克和洛迭告别。这两个军官都是行军的装束。

屠森巴赫　(吻着费多季克)你是一个正直的朋友,我们在一起相处得真好。(吻洛迭)再告别一次吧……再见了,我的亲爱的朋友……

伊里娜　再见了!

费多季克　再见？不，得说是永别了，我们永远也见不着了。

库利根　谁说得定呢！（擦擦眼睛，微笑）看我这儿都哭了。

伊里娜　我们总有一天会见得着的。

费多季克　十年也许是十五年以后吗？可是到了那个时候，我们恐怕谁都不大认识谁了，见了面也只是冷冷地问候一声罢了……（要照相）不要动……最后一次，再拍一张……

洛迭　（拥抱屠森巴赫）我们再也见不着了……（吻伊里娜的手）谢谢了，谢谢你的一切！

费多季克　（烦恼地）等一等啊，我说！

屠森巴赫　如果上帝有意，我们准会再见得着的。给我们写信吧，嗯？一定要给我们写信。

洛迭　（把花园四处看了一遍）再见了，美丽的树木啊！（喊）喂！喂！

　　　　〔停顿。

　　　　再见了，回声！

库利根　谁说得定呢，也许你会在波兰结了婚……你的波兰太太会紧抱着你，跟你说考恰尼①。（笑）

费多季克　（看看自己的表）只有不到一个钟头了。我们连里，只有索列尼一个人坐巡逻艇；我们其余的人，都跟着大队走。今天开走三个连，明天再走三个，随后这城里可就是一片冷清寂静了。

屠森巴赫　也就要沉闷得怕人了。

洛迭　玛丽雅·谢尔盖耶夫娜呢，她到哪儿去啦？

---

① 波兰语，亲爱的。——译者

库利根 玛莎在花园里。

费多季克 我们得跟她说声再见啊。

洛迭 再见了,我们走吧,不然我可要哭起来了。(迅速地拥抱屠森巴赫和库利根,吻伊里娜的手)我们在这里住得非常快乐……

费多季克 (向库利根)拿去作为我的纪念……这本带铅笔的笔记本……我们就从这里到河边去吧……

　　　　〔他们留恋地环视着四周,走远。

洛迭 (喊)喂!喂!

库利根 (喊)再见了!

　　　　〔洛迭和费多季克在背景处遇见了玛莎,向她告别;她跟着他们走去。

伊里娜 他们走了……(坐在凉台最下一级的台阶上)

契布蒂金 大家都忘记跟我说声再见了。

伊里娜 刚才你的心思跑到哪儿去了呢?

契布蒂金 我自己不知道为什么也没想到。活该了! 反正我们马上就又见着了。我明天出发。是呀……我也只能再多待这么短短的一天了。再过一年,人家就要叫我退休了,那时候,我会回到这里,在你们附近这里度我的余年……离现在只有短短的一年,我就能领养老金了……(往口袋里放进一张报纸去,另外又掏出一张来)我回到你们身边以后,我会彻头彻尾地改变我的生活……我会变成那么沉静……可爱、有礼貌……

伊里娜 是啊,你真是应当改变改变你的生活了,亲爱的朋友。真的,你真应当试试……

158

契布蒂金　是呀。这我也感觉出来了。(低唱)"告诉我们，那你会做什么？说说，你会扮演个废物吗？"①

库利根　你是改不过来的，伊凡·罗曼诺维奇！改不过来的！

契布蒂金　你教着我改呀。那我也许就改得过来了。

伊里娜　费多尔把胡子都剃掉了。我真不敢看！

库利根　为什么？

契布蒂金　我真恨不得把你现在这个样子说一说，可是我说不上来。

库利根　得了吧！这是一种风气，一种 modus vivendi②。我们的校长把胡子剃掉了，我一做了学监，也就把胡子剃了。谁都觉得不顺眼，可是我一点也无所谓。我很满意。有没有胡子，我都一样满意。(坐下)

　　〔安德烈在背景的最远处，推着一辆摇篮车，里边睡着婴儿。

伊里娜　伊凡·罗曼诺维奇，我的亲爱的，我的好朋友，我心里不安得可怕。你昨天在大马路上，是不是？告诉告诉我，那儿发生了什么事情？

契布蒂金　发生了什么事情吗？一点也没有什么事呀。一些小事。(看他的报纸)没什么关系！

库利根　传言说是索列尼和男爵昨天在马路上碰见了，就在剧场旁边……

---

① 此处据莫斯科外文出版社法文版译出，在苏联国家文学出版社一九五〇年出版的俄文版《契诃夫全集》第三卷中，此句原文是："搭拉拉……叮叮当……我坐在短柱上……"后同。——编者

② 拉丁语，生活方式。——译者

159

屠森巴赫 算了吧！真是的……(做了一个手势，走进房子)

库利根 就在剧场旁边……索列尼大概是攻击了男爵，男爵呢，叫他给逼急了，大概是向他说了几句冒犯的话……

契布蒂金 我不知道。这全是胡说的。

库利根 神学校有一个教员，在学生的一篇作文底下，批上"胡说"两个字，小学生看了半天没看懂，以为是个拉丁字呢，就把它读成了"腰子"①……(笑)那真可笑得厉害……据人说，索列尼爱上了伊里娜，所以就恨男爵……这是很自然的。伊里娜是一个动人的姑娘。她甚至有点像玛莎，也那样爱幻想。只是，你呢，伊里娜，你的性格比她温柔。不过，玛莎的性格也很好。我爱她——玛莎。

〔从花园的深处，后台，传来呼唤声："唔—唔！喂—喂！"

伊里娜 (战栗着)今天什么事情都叫我觉得害怕。

〔停顿。

一切东西都准备好了，我的行李吃过午饭就要运走了。明天我和男爵结婚，而且一到明天我们就搬到砖窑去；后天我就已经到了学校里了，我们要开始过一种新的生活了。上帝会来帮助我吗？我一考上小学教员的时候，我都快乐得、感动得哭起来了……

〔停顿。

大车一会儿就来拉我的行李来了……

---

① 原文："胡说"——ченуха(俄文)；"腰子"——renixa(从拉丁文 reni——肾所变出来的拉丁字)；这两个字的手写体很相似。——译者

160

库利根　这当然很好，只是，究竟还是不大严肃。这都不过是些空想，再说呢，也一点都不严肃。话虽如此，我还是至诚地祝你成功。

契布蒂金　（伤感地）啊！我的美丽的、可爱的、亲爱的伊里娜……你把我远远地超过去了，不可能追得上你了。像我这样的一只老候鸟，是再也飞不动的了，我落在后边了。飞吧，我的亲爱的，远远地飞吧，幸福吧！费多尔·伊里奇，你把胡子剃错了。

　　　〔停顿。

库利根　就不要再提这个了！（叹气）等今天军队一走，生活就要又和从前一样了。无论别人怎么说，反正玛莎是一个出色的、端正的女人，我很爱她，我感谢上帝……人们的命运是各有不同的……间接税局里有那么一个叫作科兹列夫的，从前跟我同学；上到五年级，就叫中学给开除了，因为他永远不懂得 ut consecutivum① 是什么意思。现在他穷极了，又有病。我每次遇见他，总是对他说，"你好吧，ut consecutivum?"他回答说："不就是这个样子吗，ut consecutivum。"……说着就咳嗽起来……我呢，正和他相反，我一直都是走运的，我幸福，我甚至得到了圣·斯坦尼斯拉夫二级勋章，而我现在又轮到教别人这个 ut consecutivum 了。自然，我聪明，比许多人都聪明些，但是，幸福并不打这上头来。

　　　〔房子里，钢琴弹着《一个处女的祈祷》。

---

① 拉丁语，结果。——译者

伊里娜 明天晚上，我就再也听不见这曲《一个处女的祈祷》了，我再也看不见普罗托波波夫了……

〔停顿。

普罗托波波夫现在正坐在客厅里。他今天又来了……

库利根 女校长还没有来吗？

伊里娜 没有。派人找她去了。你们可真不知道，自从奥里雅不住在家里，我一个人过得多么苦啊……现在她当了校长了，住在中学里，成天到晚地忙着，而我孤单单地一个人，又没有什么事情可做，真烦闷，连住的这间屋子都觉得讨厌啊……所以，我就这样下了决心：既然我不能到莫斯科去，那也就算了。那是命里注定的。有什么办法呢？……谁都一点也违抗不了上帝的意思，那是真的。尼古拉·里沃维奇向我求婚……得啦，我考虑了一下，就决定啦……他是一个好人，他好得甚至令人惊奇……这样一来，突然间，我就觉得我的心像长了翅膀似的，快活极了，轻松极了。我又渴望着去工作，去工作了……只是，昨天，不知道发生的是什么事情，那就像一种秘密似的悬在我的头顶上。

契布蒂金 那是胡说的。

娜达莎 （向窗外）女校长来了！

库利根 女校长到了。我们进去吧。

〔他和伊里娜走进房子。

契布蒂金 （看他的报纸，低唱着）"那你会做什么？你会扮演个废物吗？……"

162

〔玛莎走近；背景处，安德烈推着摇篮车散步。

玛莎　看他坐得真怪稳当的……

契布蒂金　底下又怎么样呢？

玛莎　坐下去吧，不怎么样……

　　　　〔停顿。

　　　你爱过我的母亲吗？

契布蒂金　爱得很。

玛莎　她也爱你吗？

契布蒂金　（沉默了一会）这我不记得了。

玛莎　我的那口子来了吗？我们的女厨子玛尔法，从前总是这样叫她的那位警察。我的那口子来了吗？

契布蒂金　还没有呢。

玛莎　一个人要是好容易一点一滴地、断断续续地得到一些幸福，可是接着又失掉了，就像我现在这个样子，那他会渐渐地粗野起来，恶劣起来的……（指着自己的胸口）这里边都沸腾起来了……（望着推着摇篮车的安德烈）这不是我们的哥哥安德烈……所有的希望都落空了。这就像费了千万只胳膊的力量，用了多少的劳动，花费了多少的金钱，才举起一口大钟来，可是它忽然又掉下去，摔碎了。就像这样，忽然间。安德烈就真正是这种情形啊……

安德烈　家里究竟什么时候才能安静呢？乱糟糟成什么样子啦！

契布蒂金　快了。（看看自己的表）我这是一个老式的表，带打钟点的……（把表上上弦，表响）第一，第二，和第五连准一点出发。

163

[停顿。

我呢,明天走。

安德烈　再也不回来了?

契布蒂金　我不知道。我也许一年以后再来。不过,那谁知道呢?……无论怎么样吧,反正一点也没有什么关系……

[远远地,街上传来竖琴和小提琴的声音。

安德烈　这座城要空了。就要像待在一个玻璃罩子里头似的了。

[停顿。

昨天在剧场旁边,究竟发生了什么事情呀?个个都在谈着它,可是我一点也不知道。

契布蒂金　一点什么也没有。一些胡闹的事。索列尼攻击了男爵,男爵发了火,侮辱了他,结果就引得索列尼不得不提出决斗。(看看他的表)到时候了,我想……是十二点半,在皇家森林里,你们看,就是从这儿看得见的那座树林子,河那边儿……砰一砰!(笑)索列尼自以为是个莱蒙托夫,他还写诗呢。不开玩笑,这是他第三次决斗了。

玛莎　谁的第三次?

契布蒂金　索列尼。

玛莎　男爵呢?

契布蒂金　男爵的什么?

[停顿。

玛莎　我的心思全乱了……我告诉你,无论如何,也不能让他们这样做。他会打伤男爵,甚至杀死他的。

契布蒂金　男爵是一个了不起的人,可是世界上多一个男爵少

164

一个男爵,又有什么关系呢! 由他们去吧! 没什么关系。

　　[花园外边,有人喊着:"唔—唔! 喂—喂!"

　　你先等一等。这是斯克沃尔佐夫,决斗的证人喊的。他坐上小船了。

　　[停顿。

安德烈　我认为,决斗的人,或者去看决斗的人,即或是以医生的资格去看,都简直是不道德。

契布蒂金　那只是你觉得罢了……我们并不存在,这个世界上没有一样东西存在,我们只是幻想着是存在的罢了……可是,这又有什么关系呢?

玛莎　大家就都这样整天的谈哪,谈……(走)像这种气候,像马上就要下的这种大雨,都还不够,还得整天听这些谈话……(停住了脚步)我不进屋子去,我受不了……威尔什宁来的时候,告诉我一声……(顺着园径走下去)候鸟已经向南飞了……(抬头看)不管你们是天鹅,还是家鹅……亲爱的鸟啊……幸福的鸟啊……(走下)

安德烈　我们家里就要空了。军官们都要走了,你也要走了;妹妹就要结婚了,家里可就剩下我一个人了。

契布蒂金　还有你的太太呢?

安德烈　太太,不过是太太罢了。要说呢,她可也直爽、正派、善良,但是,所有她这些优点先不提,却有一点东西,竟使她降落到了浅薄、盲目、粗野的禽兽之列。无论如何,她不是一个人。我跟你这么说,因为你是我的朋友,是我唯一能打开心来说话的人。我爱娜达莎,这是实情,然而我有时却觉得她庸俗得可怕。一到那个时候,我就糊涂了,就

165

绝对再也不明白我为什么会爱她到这种地步,至少为什么我曾经爱过她……

契布蒂金 （站起来）我明天就走了,亲爱的朋友,也许我们永远也再见不着了,所以嘛,我想给你出一个主意:戴上你的帽子,拿起你的手杖,远走高飞,走,直奔前程,毫不回头。走得越远越好。

〔停顿。

不过随便你怎么做吧! 都没有什么关系! ……

〔索列尼和两个军官,从背景处经过;他看见了契布蒂金,又转身向他走来;那两个军官继续走过去。

索列尼 十二点半,医生! 时候可到了。（向安德烈问候）

契布蒂金 马上就去。你们都真烦死人。（向安德烈）安德留沙,如果有什么人找我,就说我马上回来……（叹息）哎—呀—呀!

索列尼 “他还没有来得及‘哎哟’一声呢,熊已经扑到他身上来了。”（和医生并肩走着）你叹息什么,老头子?

契布蒂金 哼!

索列尼 身体怎么样?

契布蒂金 （生气的口气）像头牛那么结实。

索列尼 老头子心思担得不对劲儿。我也不想过分,我只要把他像只山鸡似的打倒,就完了。（从口袋掏出他那瓶香水来,往两只手上洒）我今天在手上洒了整整有一瓶子,可是它们还总是有味儿,有死人味儿。

〔停顿。

啊! 对了……你记得这几句诗吗:“于是他,这个倔强

166

的人,奔向了暴风雨,就好像他能在暴风雨里找到宁静一般……"①

契布蒂金　是呀……"他还没有来得及'哎哟'一声呢,熊已经扑到他身上来了。"(下,索列尼跟着下)

　　〔呼喊声:"喂! 唔—唔!"安德烈和费拉彭特上。

费拉彭特　这是请你签字的几件公事……

安德烈　(烦躁地)叫我清静一会吧! 不要打扰我吧! 我求你!(推着摇篮车走开)

费拉彭特　公事嘛,当然是得签字的喽!(走到背景处)

　　〔伊里娜和戴着一顶草帽的屠森巴赫上;库利根喊着"喂,玛莎,喂"横穿过舞台去。

屠森巴赫　我想,听见军队开走反倒开心的,全城里只有他一个人了。

伊里娜　这是很自然的。

　　〔停顿。

　　我们这座城现在可要空了。

屠森巴赫　亲爱的,我去去马上就回来。

伊里娜　你要到哪儿去?

屠森巴赫　我得到城里去一趟,另外呢……我还得跟伙伴们告告别。

伊里娜　这不是真话……尼古拉,你今天为什么这样的走神儿?

　　〔停顿。

————————

① 莱蒙托夫的诗。——译者

昨天在剧场旁边发生了什么事情？

屠森巴赫　（做了一个不耐烦的手势）一个钟点以后，等我回来，我们就又见面了。（吻她的两手）我的又美丽又温柔的伊里娜……（直看着她的脸）我已经爱了你五年了，然而我从来没有觉得是司空见惯了的，反而越来越觉得你美丽。多么美丽、多么迷人的头发呀！多么美的眼睛啊！明天我就要把你带走了，我们就要去工作了，我们就要富足起来，我的梦想也就都要实现了。你将来会是幸福的。可惜的是一样，只有一样：你不爱我！

伊里娜　这我自己也没有办法呀！我会做你的太太，我会对你忠实、温顺，只是没有爱，这我可有什么办法呢？（哭泣）我一辈子也没有爱过人！啊！我一直那么梦想着爱情，从老早我就日夜地梦想着它了，然而，我的心就像一架贵重的钢琴，把钥匙丢了似的，所以就要永远锁着了。

　　　　〔停顿。

　　　　我看你的神色很不安宁。

屠森巴赫　我整夜没有睡觉。我一辈子也没有经验过这样叫我害怕的事情，再没有像这把丢了的钥匙这么刺我的心，这样叫我睡不着觉了……跟我说点什么话吧……

　　　　　〔停顿。

　　　　跟我说点什么话吧……

伊里娜　说什么呢？你要我跟你说什么呢？什么呢？

屠森巴赫　随便什么。

伊里娜　算啦，算啦！

　　　　〔停顿。

屠森巴赫 往往有这种情形：在生活里，一些无足轻重的小事，一些无意识的琐碎事情，竟会无缘无故地突然起了重要的作用。尽管你照旧嘲笑它们，照旧认为那都是琐碎无聊的事情，然而，你同时却也照旧那么做，觉得自己没有力量能打住。啊！咱们不谈这个了吧。我快乐。就仿佛，这些松树，这些槭树和这些桦树，是我头一次才看见似的——它们都好像怀着好奇心在观察我，期待着会发生什么事情似的在瞪着眼看我。这些树木多么美丽啊，住在它们的荫凉下边，生活又真该是多么美丽呀！

〔呼喊声："唔—唔！喂—喂！"

我得走了，时候到了……你看，这棵树，已经死了；可是它还和别的树一样在风里摇摆。所以我觉得，如果我要是死了，我还是会参加到生活中来的，无论是采取怎样的一个方式。再见了，我的亲爱的……（吻她的双手）你给我的那些证件，在我桌子上，压在日历底下呢。

伊里娜 我跟你一块儿去。

屠森巴赫 （吃惊）不行，不行！（急忙走开，走到园径里站住）伊里娜！

伊里娜 什么事？

屠森巴赫 （不知道说什么好）我今天还没有喝咖啡呢。去叫人给我预备一点吧。（急急忙忙下）

〔伊里娜站在那里，陷入沉思；随后，她走到背景处，坐在秋千上。安德烈推着摇篮车上，费拉彭特随着出现。

费拉彭特 安德烈·谢尔盖耶维奇，说到那些公事，可不是我的，那是政府的。又不是我编造出来的。

169

安德烈 哎呀！过去的一切都到哪儿去了呢？我从前的那种年轻、快活和聪明，我从前的那些形象完美的梦想和思想，和我从前那种照亮了现在和未来的希望，都到哪儿去了呢？为什么生活才刚刚开始，我们就变得厌倦、疲惫、没有兴趣、懒惰、漠不关心、无用、不幸……了呢？……我们这个城市，存在了有两百年了，里边住着十万居民，可是从来就没有见过一个人和其余的人有什么不同，无论在过去或者在现在，从来没有出过一个圣徒，一个学者，一个画家，或者一个稍微不平凡一点的、能够引人羡慕或者想去效法的热望的人……这些人只懂得吃、喝、睡，然后，就是死……再生出来的人，照样也是吃、喝、睡，并且，为了不至于闷呆了，他们就用最卑鄙的诽谤、伏特加、纸牌、诉讼，来叫他们单调的生活变化一些花样；太太们欺骗丈夫，丈夫们自己撒谎，同时也装作什么都没看见，什么都没听见；这种恶劣的样子，不可避免地影响了孩子们，于是，孩子们心里那一点点神圣的火花也就慢慢熄灭，他们渐渐变成了可怜的彼此相似的死尸，和他们的父母一模一样……(向费拉彭特，带着愤怒)你要干什么？

费拉彭特 什么？有公事请你签字。

安德烈 你真麻烦我呀！

费拉彭特 (把文件递给他)国库局的守卫刚才说……听说彼得堡今年冬天冷到了二百度。

安德烈 我觉得现在是可恨的，但是当我想到未来，又多么痛快啊！我心里就觉得那么轻松，那么自在。远处降临了一道光明，我看见自由了，我看见我和我的孩子们，将要从懒惰、克瓦斯①、鹅肉加白菜、饭后的午睡、卑贱的寄生虫式的生活里解救出来了……

费拉彭特 听说有两千个人冻死了。大家都吓坏了,他说这不知是在彼得堡,还是在莫斯科,我不记得了。

安德烈 (充满了柔情)我的亲爱的妹妹们哪,我的可爱的好妹妹们哪!(含着泪)玛莎,我的妹妹!

娜达莎 (在窗口里边)外边是谁在这么大声说话? 是你呀? 安德留沙? 你会把孩子吵醒的。Il ne faut pas faire du bruit, la Sophie est dormée déjà. Vous êtes un ours.②
(生着气)你如果想说话,连孩子带车都交给别人好了。费拉彭特,从先生手里把车子接过去!

费拉彭特 好,夫人。(把车接过去)

安德烈 (狼狈地)我没有大声说话。

娜达莎 (在窗子里边,抚摸着她的孩子)宝贝! 淘气的宝贝! 小野孩子!

安德烈 (检查一下公文)好吧,等我看一下,该签字的我就签,然后你再把它们都送到市政厅去……(浏览着文件走进房子)

　　[费拉彭特把摇篮车推向花园深处。

娜达莎 (在窗子里边)宝贝,你的妈妈叫什么名字呀? 我的乖乖,我的小乖乖! 奥里雅姑姑呢? 噢,她在那儿啦,奥里雅姑姑。跟姑姑说:"早安,奥里雅姑姑!"

---

① 俄国农民常喝的一种饮料,是用大麦或面粉捣碎,加上热水发酵而成的。——译者
② 法语,不要吵吵,小索菲已经睡着了。你简直是一个野人。——译者

171

    〔两个流浪艺人上,一个男人和一个少女,拉起小提琴,弹起竖琴;威尔什宁、奥尔加和安非萨由房子里走出来,一声不响地站在那里听了一会儿;伊里娜向他们走过来。

奥尔加　我们的花园简直成了一个公共过道了;车辆,行人,大家都从我们这里过。老奶妈,给他们几个钱!……

安非萨　(给他们钱)去吧,亲爱的人,上帝保佑你们吧!

    〔艺人们鞠着躬下。

    可怜的苦命人啊!有饭吃的,谁也绝不干这个呀。(向伊里娜)早安,伊里娜!(吻她)咳呀,咳呀,我的小亲女儿,我过得可真不错,真不错呀!我住在中学里,和奥里雅在一块儿——这是慈悲的上帝赐给我老年的恩惠呀!像我这么一个造罪的老婆子,什么时候过得这么舒服过呀?……那是一所大房子,我自己单住一间,单一张床。都是官家的。我每逢半夜醒来,啊!主啊!圣母啊!世界上再没有比我更幸福的了!

威尔什宁　(看看自己的表)我们得走了,奥尔加·谢尔盖耶夫娜。时候已经到了。

    〔停顿。

    我祝你们一切、一切顺利……玛丽雅·谢尔盖耶夫娜呢?

伊里娜　她在花园里……我去找她去。

威尔什宁　请费心吧。我忙着得走呢。

安非萨　我也找找去。(喊)玛申卡,喔——喂!

    〔和伊里娜走进花园的深处。

172

喔—喂！喔—喂！

威尔什宁 一切终归都得有个完结。现在我们分别的时刻也到了。(看看他的表)市政厅请了我们一顿午餐；大家一杯杯地干香槟酒，市长发表了一段演说；我尽管吃着听，可是我的心还在这儿，还在你们这儿……(把花园环视一下)我已经和你们待惯了。

奥尔加 我们还能再见吗？

威尔什宁 当然不会了。

〔停顿。

我的太太和两个女孩子，还要在这里住两个月；如果发生点什么事，或者她们有需要你们帮忙的地方……我请你……

奥尔加 是的，是的，那当然。请放心好了。

〔停顿。

到了明天，城里就要连一个兵都没有了，一切都要变成回忆了；而我们，当然，也就要开始过另外一种生活了……

〔停顿。

没有一样事情是随我们愿望的。我不愿意当校长，可是我当上了。看起来莫斯科我是去不成了……

威尔什宁 嗯……谢谢你的一切吧……如果我有什么招你不快的地方，请原谅我吧……我好说话，话说得太多，那也请原谅我——不要记恨我吧。

奥尔加 (擦眼泪)玛莎为什么这么半天还不来呀……

威尔什宁 临分别了，我还能再跟你说些别的话吗？我们还有

173

什么题目可以高谈阔论的呢？……（笑）生活是艰苦的啊。生活，对于我们中间的许多人，似乎都是昏暗的、绝望的；然而，我们应当认识，天边已经在发亮了，整个光明的日子，绝不会远了。（看看他的表）是时候了，我可该走了！从前，人类忙于战争，整个的生命里都填满了行军、侵袭和胜利……但是现在呢，过去的一切，都已经不合时宜了，而所留下来的一个巨大的空位置，直到目前也还没有一样东西去填补；人类正在热情地寻求着这种东西，当然，人类终会把它找到的。啊！只希望赶快能找到啊！

> [停顿。

只希望爱劳动的加上教育，受教育的加上爱劳动啊，你明白吗？（看看他的表）我可真的该走了……

奥尔加　她这不是来了。

> [玛莎上。

威尔什宁　我是来向你告别的……

> [奥尔加稍稍走远，好不妨碍他们谈话。

玛莎　（直看着他的脸）再见了……（很长的吻）

奥尔加　得了，算啦……

> [玛莎猛烈地抽泣。

威尔什宁　给我写信……不要忘记我！让我走吧！……没有时间了……奥尔加·谢尔盖耶夫娜，扶她过去，我得……走了……我已经迟到了……（非常感动，吻奥尔加的双手，然后又拥抱玛莎一次，匆忙走下）

奥尔加　打住吧，玛莎！够了，亲爱的，得了……

> [库利根上。

库利根 （很窘）不要紧,让她哭吧——让她哭……我的好玛莎,我的亲爱的玛莎！……你是我的太太,无论遇到什么情形,我都是幸福的……我不抱怨,我一句也不责备你……这儿有奥尔加可以作我的证人……我们要重新去过我们过去那样的生活,我绝不提一个字,也绝不用一点暗示……

玛莎 （压下自己的啜泣）"海岸上,生长着一棵橡树,绿叶丛丛……树上系着一条金链子,亮铮铮……"树上系着一条金链子……我疯了……海岸上……一棵橡树,绿叶丛丛……

奥尔加 你镇静一下,玛莎……你镇静一下……给她一点水喝。

玛莎 我不哭了……

库利根 她不哭了……她真好啊……

　　〔远处隐约一声枪响。

玛莎 海岸上,生长着一棵橡树,绿叶丛丛,树上系着一条金链子……一只猫,绿叶丛丛……一棵橡树,绿叶丛丛……我给搞错了……（喝了一点水）我的生活是一个失败……我现在什么也不再需要了……我马上就会镇静下来的……这没有什么关系……为什么总说"海岸上"呢? 这几个字为什么总缠在我的心上呢? 我的心都乱了。

　　〔伊里娜上。

奥尔加 你镇静一下,玛莎。好,这才是好孩子呢……我们到屋里去吧。

玛莎 （生气的口气）不,我不进去。（啜泣,但即刻又克制住了)我再也不进这座房子了,我再也不会进去了……

伊里娜 咱们一块儿坐坐吧,哪怕一句话不说也行。我明天就
　　　要走了,你知道……

　　　[停顿。

库利根 昨天在五年级班上,我从一个孩子手里抄出这么一份
　　　胡子和下髯来……(把胡子和下髯戴上)我像一个德国教
　　　授……(笑)这些孩子们,他们可真有趣,不是吗?

玛莎 他真像你们那个德国人。

奥尔加 (笑着)是啊。

　　　[玛莎哭泣。

伊里娜 玛莎,看看你!

库利根 很像……

　　　[娜达莎上。

娜达莎 (向女仆)怎么?叫普罗托波波夫坐在那儿看着小索
　　　菲,叫安德烈·谢尔盖耶维奇用车推着宝贝散步呀。孩子
　　　们的事可真麻烦!……(向伊里娜)伊里娜,你明天就要走
　　　了,多可惜呀!再跟我们多待一个星期吧。(一看见库利
　　　根,就喊了一声;库利根笑着把假胡子摘下来)哎呀,你呀,
　　　你把我可真吓坏了!(向伊里娜)我和你住得这么惯,你以
　　　为跟你分手我就不难受吗?我要叫人把你那间屋子收拾
　　　出来,让安德烈带着他的小提琴住进去,让他在那里一个
　　　劲儿地锯去吧!——我们把小索菲放在他的屋子里。这
　　　个孩子真招人疼,真好看!真可爱呀!今天,她睁着那么
　　　可爱的一对小眼睛看着我,叫了一声:"妈妈!"

库利根 一点不错,她真可爱。

176

娜达莎 这么说,到明天,家里可就剩下我一个人了。(叹一口气)我头一样先得叫人把这条小路两边的枞树砍掉,还有这一棵槭树……这棵树,一到晚上,难看极了……(向伊里娜)我的亲爱的,这条腰带对你可完全不相称……这种趣味可不高。你应当配一条浅一点的颜色。然后我要叫人到处种上花,到处种上花,好叫这儿将来全是花香。(严厉地)这把叉子为什么乱丢在长凳子上?(往房子里走着,向女仆)这把叉子为什么乱丢在长凳子上,我问你?(喊)你住嘴!

库利根 她发上脾气了!

　　〔后台,军乐队奏着进行曲;大家都倾听。

奥尔加 他们走了。

　　〔契布蒂金上。

玛莎 我们那些人,走了……那么,祝他们一路平安吧!(向她的丈夫)得回家了……我的帽子和披肩呢?

库利根 我给放进屋里去了……我马上去拿去。

奥尔加 是的,现在我们得各人回各人的家了。是时候了。

契布蒂金 奥尔加·谢尔盖耶夫娜!

奥尔加 什么事?

　　〔停顿。

　　什么事?

契布蒂金 没什么事……我不知道怎么样跟你说才好。(凑近她的耳边,耳语)

奥尔加 (大惊)不可能的事!

契布蒂金 真的……多么难办的事啊……我累了,也心烦,我不愿意再多说了……(恼怒的心情)不过,这没有什么

177

关系！

玛莎　出了什么事了？

奥尔加　（两手搂住伊里娜）今天是多么可怕的一天啊！……我不知道怎样跟你说才好，我的亲爱的……

伊里娜　到底是什么事呀？赶快说，出了什么事了？我求求你了！（哭）

契布蒂金　男爵刚刚在决斗里被杀了。

伊里娜　（无声地哭泣）我早就疑心了，我早就疑心了……

契布蒂金　（走到背景的最深处，坐在一张长凳子上）可把我累死了……（从口袋里掏出他那张报纸来）让她哭去吧……（低唱）"告诉我们，那你会做什么？说说，你会扮演个废物吗？……"反正还不是一回事！

　　〔三姊妹站在那里，互相紧紧地靠着。

玛莎　啊！听听这个军乐呀！他们离开我们了，其中有一个人，是永别了，一去不复返了，我们今后只有自己单独去重新开始自己的生活了……应当活下去……我们应当活下去啊……

伊里娜　（头伏在奥尔加的胸上）一定会有那么一天，到那个时候，人们会懂得这一切都是什么原因，这些痛苦都是为了什么的。到那个时候，就不会再有神秘了。可是，现在呢，我们应当活下去……我们应当工作，只有去工作！明天，我要自己一个人走，我要到学校里去教书，我要把我的整个生命都贡献给也许有这种需要的人们。现在正是秋天；冬天很快就要到了，白雪会盖上一切的，而我也会不断地工作的……

178

奥尔加 （拥抱着她的两个妹妹）多么愉快、活泼的音乐啊,叫人多么渴望着活下去呀!啊!我的上帝啊!时间会消逝的,我们会一去不返的,我们也会被后世遗忘的,连我们的面貌,我们的声音,都会被人遗忘的。甚至一共有多少像我们这样的人,后世也不会记得的。然而,我们现在的苦痛,一定会化为后代人们的愉快的;幸福与和平,会在大地上普遍建立起来的。后代的人们,会怀着感谢的心情来追念我们的,会给活在今天的我们祝福的。啊!我的亲爱的妹妹们,我们的生命还没有完结呢。我们要活下去!音乐多么高兴,多么愉快呀!叫人觉得仿佛再稍稍等一会,我们就会懂得我们为什么活着,我们为什么痛苦似的……我们真恨不得能够懂得呀!啊!我们真恨不得能够懂得呀!

　　〔音乐的声音渐渐低远下去。库利根,高兴地微笑着,把玛莎的帽子和披肩取出来;安德烈推着宝贝坐的小车。

契布蒂金 （低唱）"告诉告诉我们,那你会做什么?说说,你会扮演个废物吗?……"（看他的报纸）反正一样,反正一样。

奥尔加 我们真恨不得能够懂得呀,我们真恨不得能够懂得呀!

　　　　　　　　　　　　　　　　　　——幕落

179

樱桃园

四幕喜剧

一九〇三年

人　物

郎涅夫斯卡雅,柳鲍芙·安德烈耶夫娜——地主。

安尼雅——她的女儿,十七岁。

瓦里雅——她的养女,二十四岁。

加耶夫,列昂尼德·安德烈耶维奇——郎涅夫斯卡雅的哥哥。

罗巴辛,叶尔莫拉伊·阿列克塞耶维奇——商人。

特罗费莫夫,彼得·谢尔盖耶维奇——大学生。

西米奥诺夫-皮希克,鲍里斯·鲍里索维奇——地主。

夏洛蒂·伊凡诺夫娜——家庭女教师。

叶比霍多夫,谢苗·潘捷列耶维奇——管家。

杜尼亚莎——女仆。

费尔斯——男仆,八十七岁。

雅沙——小厮。

流浪人。

火车站长。

邮局职员。

男女客人们,仆人们。

故事发生在郎涅夫斯卡雅的樱桃园里。

第 一 幕

　　一间相沿仍称幼儿室的屋子。有一道门,通安尼雅的卧房。黎明,太阳不久就要东升。已经是五月了,樱桃树都开了花,可是天气依然寒冷,满园子还罩着一层晨霜。窗子都关着。

　　杜尼亚莎端着一支蜡烛,罗巴辛手里拿着一本书,同上。

罗巴辛　　谢天谢地,火车可算到了。几点钟了?

杜尼亚莎　　快两点了。(吹灭蜡烛)天已经亮了。

罗巴辛　　你看火车误了多久哇? 至少也有两个钟头。(打着呵欠,伸着懒腰)你看我这是怎么啦? 我真糊涂透了。我是特意为了到火车站去接他们才来的,可是我一下子就睡着了,一坐在椅子上就睡着了。多讨厌! 你可该把我喊醒了的呀。

杜尼亚莎　　我以为你已经去了呢。(倾听)像是他们到家了。

罗巴辛　　(倾听)不是,他们还得领行李呀什么的呢。

　　〔停顿。

　　柳鲍芙·安德烈耶夫娜在外国住了五年。可不知道

184

她变了样儿没有？她为人可真好啊！没有架子,待人心眼儿又那么好。我记得我才十五岁的那一年,我的父亲那阵子在这个村子里开着一个小铺子,有一天,他一拳头打到我脸上,把我的鼻子打得直流血……那天我父亲喝醉了,我们也不知是为什么到这座园子里来的,我不记得了。柳鲍芙·安德烈耶夫娜那时候还那么年轻,啊,还那么瘦弱,这我可记得跟昨天的事情一样清楚。她把我领到洗脸盆跟前,就在这儿,就是在这间幼儿室里。"别哭了,小庄稼佬,"她说,"等一结婚就什么都找补回来了!"

[停顿。

"小庄稼佬!"……真的,我的父亲确是一个低贱的庄稼佬,可是我现在已经穿起白背心黄皮鞋来了;你很可以说我这个长着猪嘴的也吃起精致点心来了;我一下子就阔起来了,手里有了一堆堆的钱,可是等你走近了仔细看看,实际上照旧还是庄稼佬里的一个庄稼佬。(翻着书)就跟看这本书似的,我读了又读,可是一个字也不懂;我坐在那儿读着读着就睡着了。

杜尼亚莎　连家里这一群狗都整夜没有睡觉,它们晓得主人们要回来了。

罗巴辛　咦,杜尼亚莎,你怎么啦,你这是……

杜尼亚莎　我的手发颤,我觉得头晕。

罗巴辛　你太娇气啦,杜尼亚莎。看看你穿的衣裳,再看看你梳的头发,都像一位小姐似的。你可不该这个样子啊;你应该别忘了自己的身份。

[叶比霍多夫拿着一束花上。他穿着一件短上衣,一

185

双擦得铮亮的长筒靴子,走起路来咯吱咯吱的响。一进门便把花束掉在地上。

叶比霍多夫 (拾起花束)花匠送来的,他说这是摆在饭厅里的。(把花递给杜尼亚莎)

罗巴辛 顺便给我带一点克瓦斯来。

杜尼亚莎 好,先生。(下)

叶比霍多夫 今天早晨有霜,零下三度,可是樱桃树倒全开了花。

我们这一带的这种气候,我可真不敢恭维;(叹气)真受不了啊。这样的气候,对于我们没有一点好处哇;这就跟我这双靴子似的,叶尔莫拉伊·阿列克塞耶维奇,请准许我告诉你,这双靴子是我前天新买的,而且我冒昧向你保证,它们已经就咯吱咯吱得叫人受不住啦,你说我该擦点什么油呢?

罗巴辛 出去,你叫我讨厌死了。

叶比霍多夫 我没有一天不碰上一点倒霉的事。可是我从来不抱怨,我已经习惯了,所以我什么都用笑脸受着。

[杜尼亚莎上,递给罗巴辛一杯克瓦斯。

我得走了。(一下子撞到一把椅子,又把椅子撞倒)你看是不是!(得意的神气)我刚才说什么来着!这有多么凑巧?如果我可以冒昧说一句的话,别的事情也都跟这个一样。你就看看这个!(下)

杜尼亚莎 叶尔莫拉伊·阿列克塞耶维奇,我告诉你一句实话吧,叶比霍多夫向我求婚了。

罗巴辛 噢!

杜尼亚莎 我简直不知道怎么办好了。他是一个多么端正的人啊,可就是他每谈起话来,常常叫人听不懂是什么意思。他的话那么好听,那么感动人,可你就是猜不明白是什么意思。我倒是很喜欢他。他也爱我爱得发狂。他是一个顶不走运的人;每天都得遇上一点不幸的事情。所以大家都给他起了个外号,叫他"二十二个不幸"①。

罗巴辛 (倾听)不信看吧,这准是他们到了!

杜尼亚莎 他们到啦! 啊! 我这是怎么啦? ⋯⋯浑身都打起哆嗦来啦。

罗巴辛 是他们到了,没错儿。咱们出去迎接他们吧! 可不知道她还认识我吗? 分手已经五年了。

杜尼亚莎 (感动)我要晕过去了! ⋯⋯啊! 我要晕过去了!

　　　　[传来两辆马车向房子赶来的声音。罗巴辛和杜尼亚莎急下。台上空无一人。邻室传来一片嘈杂声。费尔斯挂着一根手杖,匆匆忙忙地横穿过舞台。他刚从火车站接了柳鲍芙·安德烈耶夫娜回来,穿着一件旧式的听差制服,戴着一顶高帽子,嘴里自己跟自己咕噜着叫人听不清楚的话。后台的声音越来越大。一个人说:"咱们打这边走吧⋯⋯"郎涅夫斯卡雅,安尼雅和手里牵着一条小狗的夏洛蒂上,她们都是旅行的打扮;随上的还有:瓦里雅,披着斗篷,头上扎着一条围巾;加耶夫;西米奥诺夫-皮希克;罗巴辛;杜尼亚莎提着小包和阳伞;仆人们搬着行李。大家都横穿过房间。

---

① "二十二"表示极多的意思。——译者

安尼雅 穿过这里走吧。妈妈,你还记得这是间什么屋子吗?

柳鲍芙·安德烈耶夫娜 (高兴得流出泪来)哎呀! 幼儿室呀!

瓦里雅 天够多么冷啊,我的手都给冻僵了。(向柳鲍芙·安德烈耶夫娜)你的那两间屋子,那间白的和那间浅紫的,还都是从前那个样子。

柳鲍芙·安德烈耶夫娜 幼儿室啊! 我的亲爱的、美丽的幼儿室啊! 我顶小的时候,就睡在这儿。(哭泣)我现在觉得自己又变成小孩子了。(吻加耶夫和瓦里雅,随后又吻她哥哥一次)瓦里雅一点也没有变样儿,照旧还是一个修女的神气。还有杜尼亚莎,我也一见就认识。(吻杜尼亚莎)

加耶夫 火车误了两个钟头。这你觉得怎么样? 多么乱七八糟的呀!

夏洛蒂 (向西米奥诺夫-皮希克)我的小狗还吃核桃呢。

皮希克 (惊讶地)咦,你就看看这个!

　　　　[除安尼雅和杜尼亚莎外,全体下。

杜尼亚莎 你可把我们盼坏了!(给安尼雅脱了斗篷,摘了帽子)

安尼雅 我这一路上整整四夜没有睡。把我都给冻木了。

杜尼亚莎 你走的时候,正是大斋戒期。那个时候,满地是雪,天气又冷;可是看看如今呢! 啊,我的亲爱的!(大笑,连连地吻安尼雅)我可盼了你有多久啊! 我的爱,我的光明! ……喂,我得马上就告诉你一点事情,连一分钟也忍不住了……

安尼雅 (丝毫不感兴趣地)什么,又是? ……

杜尼亚莎 我们那个管家叶比霍多夫,在复活节那个星期里,向我求了婚呢。

安尼雅　你的脑子里总是这一套……(整理自己的头发)我的头发夹子都掉光了。

〔她很疲倦,站着直摇晃。

杜尼亚莎　我可不知道怎么办才好啦。他爱我,啊,多么爱我呀!

安尼雅　(望着自己的卧房,一往情深地)我的屋子,我的窗户,都像我从来没有离开过似的,还是那样啊! 我又回到家里来了! 明天早晨,我一醒,就要跑到园子里去……啊,只希望我能够睡得着就好了! 一种沉重的不安心情,叫我整整一路都没有睡着啊!

杜尼亚莎　彼得·谢尔盖耶维奇打前天就来了。

安尼雅　(愉快地)彼嘉吗!

杜尼亚莎　他睡在外边洗澡棚子里呢,他就住在那儿。他说他不愿意住到里边来,免得碍别人的事。(看看自己的表)本该去把他叫醒了的,可是瓦尔瓦拉·米海伊洛夫娜不让我去叫。"可不要叫醒了他呀,"她说。

〔瓦里雅上。她的腰带上挂着一大串钥匙。

瓦里雅　杜尼亚莎,快煮点咖啡去,妈妈要喝咖啡。

杜尼亚莎　我马上就去。(下)

瓦里雅　好了,谢天谢地,你可回来了。你现在又回到家里来了。(抚摸着她)我的小乖乖又回来了! 我的漂亮的好孩子又回来了!

安尼雅　这几年我可受的都是什么罪啊!

瓦里雅　这我都想象得出来!

189

安尼雅 我是在受难周里出的门。那时候天气多么冷啊！夏洛蒂一路上不住嘴地闲聊，总变她的戏法。你到底为什么非叫夏洛蒂陪我一块儿走不可呢？

瓦里雅 可是你看看，我的小东西，你总不能一个人出门不是，才十七岁呀！

安尼雅 等我们到了巴黎，天气又那么冷！满地都是雪。我法国话说得糟极了。妈妈住在一座大房子的五层楼上。我一到了妈妈家，就看见那儿有许多法国男人，跟她在一块儿，还有女的，还有一个老神父，手里拿着一本书；屋里一点儿也不舒服，满屋子都是烟味儿。我忽然觉得替妈妈难受起来，啊，难受极了！我就抱住妈妈的头，抱得紧紧的，不肯放松。后来妈妈对我很慈爱，她哭了……

瓦里雅 （眼里含着泪）打住吧！不要往下说了！

安尼雅 她已经把她在芒东①的那座别墅卖了。她什么都没有了，一点东西也不剩了。我也连一个戈比都没有。我们想尽了法子，才刚刚凑够了回家的盘费。可是妈妈还是不懂得难处！我们每次下火车到站上去吃饭，她尽点些最贵的菜，还赏给每个伙计一个金卢布的小费；夏洛蒂也是这样，雅沙也自己单叫一份，简直叫人受不住！得告诉你，妈妈雇了一个男用人，名字叫雅沙。我们把他带回家来了。

瓦里雅 这个小人我已经看见了。

安尼雅 跟我说说，家里的情形都怎么样？抵押借款的利息付了吗？

---

① 法国滨海阿尔卑斯省的游览名胜，在地中海海边。——译者

瓦里雅 你想得倒好！拿什么付呢？

安尼雅 哎呀！哎呀！

瓦里雅 这片地产到八月就要拍卖了。

安尼雅 哎呀！哎呀！

罗巴辛 （从门口往里探进头来，学牛叫）哞——哞！（又走了）

瓦里雅 （含着眼泪在笑）我真恨不得给他一下子！（用拳头向门示威）

安尼雅 （拥抱着瓦里雅，低声地）瓦里雅，他跟你求过婚了吗？（瓦里雅摇摇头）可是你看，他真爱你呀。你们为什么不挑明白了说呢？还等什么呢？

瓦里雅 我认为这件事情不会有什么结果的。他又很忙；脑子里装的尽是别的事……他一点都没有把我放在心上。顶好还是算了吧，我看见了他就难受！大家个个谈论我们的亲事，个个都给我道喜；可是，实际上一点也没有那么一回事，这跟一场梦一样的空呀！（改变了语调）你这个别针真好看！是一只蜜蜂吧？

安尼雅 （忧郁地）是妈妈给我买的。（向自己的卧房走去，又像小孩子似的，快活地）我在巴黎，还坐着一个氢气球飞到天上去过呢！

瓦里雅 你可回来了，我的小东西，你到底可回家了，我的漂亮的孩子！

　　〔杜尼亚莎端着咖啡壶回来，在那里斟咖啡。

　　（在安尼雅的门口站住）我的亲爱的，我整天在家里东跑西跑地照料家务，我左想右想，只想有一天能把你嫁给一个阔人。那我的心上就可把一块石头放下来了，也就可

191

以出家去……然后到基辅……到莫斯科,我就可以不停地走啊走,走遍了一处又一处的圣地……我就可以走啊走,没有尽头地走。我就可以享到极乐的天福了!

安尼雅　园子里的鸟都叫起来了。现在几点钟了?

瓦里雅　一定是过了两点了。该去睡了,我的乖孩子。(随着安尼雅走进她的卧房)极乐的天福啊!

　　　　[雅沙拿着一条毯子,提着一个旅行皮包上。

雅沙　(假装着媚笑,横穿过舞台)我可以打这儿走过去吗?

杜尼亚莎　是雅沙啊,简直认不出是你了。你去过一趟外国,可变得厉害了!

雅沙　嗯哼,你可是谁呀?

杜尼亚莎　你离开这儿的时候,我才有这么高。(用手比画着)我叫杜尼亚莎,是费多尔·科左耶多夫的女儿。你不记得我了吗?

雅沙　嗯哼!你这个小黄瓜呀!(往四下张望了一眼,忽然把她抱住。她大叫了一声,把手里的小碟子掉了一个。雅沙连忙跑下)

瓦里雅　(出现在卧房门口,不满意地)又是什么事情?

杜尼亚莎　(忍住了泪)我打碎了一个碟子。

瓦里雅　不要紧,这是主吉利的。

安尼雅　(从她的卧房走出来)我们得去告诉妈妈,说彼得来了。

瓦里雅　我嘱咐了他们不要叫醒他。

安尼雅　(沉思地)已经六年了,爹爹死了才一个月,我的弟弟小格里沙就在河里淹死了,可爱的小弟弟,可怜只有七岁!

妈妈太受不住了,她这才躲开这里,头都不回地走开了。(打了一个寒战)但愿妈妈知道我有多么了解她就好了!

　　[停顿。

　　彼得·特罗费莫夫当过格里沙的家庭教师,妈妈看见了他会想起从前来的……

　　[费尔斯穿着长上衣、白背心上。

费尔斯 （走到咖啡壶那里,一心一意地)太太要到这儿来喝咖啡。(戴上白手套)咖啡预备好了吗?（向杜尼亚莎,严厉地)喂!我说奶油呢?

杜尼亚莎 哎呀,真是的,哎呀!（急急忙忙下)

费尔斯 （忙着弄咖啡)你这个不成器的东西呀,走开!（跟自己咕噜着)她打巴黎回来了。当初老爷也上巴黎去过,是坐马车去的。(笑)

瓦里雅 你笑什么,费尔斯?

费尔斯 对不住,你说什么?（愉快地)太太可回来了;到底可叫我盼着了。现在我死也安心了。（高兴得流出泪来)

　　[柳鲍芙·安德烈耶夫娜,加耶夫和西米奥诺夫-皮希克,同上;皮希克穿着料子很好的俄国式外套,灯笼裤;加耶夫进来的时候,前冲着上半身,伸着胳膊,作出打台球的姿势。

柳鲍芙·安德烈耶夫娜 你是怎么打的?让我想想……啊,对了,打红球"达布"进角兜儿;白球滚回打"达布列特"①进

---

① 台球(弹子)的打法:自己的球射击对方的红球先撞台边,再折回进兜,叫作"达布"(double)或称两分;自己的球先撞台边,撞回再射击对方红球进兜,叫作"达布列特"(doublette)或称五分。——译者

193

中兜!

加耶夫　我要用右高杆蹭红球进兜儿。从前有一个时候,我们两个人都睡在这间屋子里,可是我如今已经五十一岁了。这不是奇怪的事吗?

罗巴辛　是啊;日子过得飞快呀!

加耶夫　说谁?

罗巴辛　我说日子过得飞快呀。

加耶夫　这屋里还有一股奇南香的味道呢。

安尼雅　我要睡去了。晚安,妈妈。(吻她的母亲)

柳鲍芙·安德烈耶夫娜　我的小女儿,亲爱的!(吻她的手)你回到家来高兴吗? 我的心神简直镇静不下来。

安尼雅　晚安,舅舅。

加耶夫　(吻她的脸和手)上帝祝福你,我的乖孩子。你多么像你的母亲哪!(向他的妹妹)柳芭,你知道吗? 你像她这么大的时候,就和她一模一样。

　　　〔安尼雅伸手给罗巴辛和皮希克,走进她的卧房,关上门。

柳鲍芙·安德烈耶夫娜　她是非常、非常疲倦了。

皮希克　这一段路程一定是很长的吧。

瓦里雅　(向罗巴辛和皮希克)好啦,先生们,已经两点多了,你们该走了吧。

柳鲍芙·安德烈耶夫娜　(笑)你这个瓦里雅啊,真是一点也没有改样儿。(把她拉到身旁吻她)等我喝完咖啡,咱们大家一块儿散。

　　　〔费尔斯给她脚下放过去一张脚凳。

谢谢你,我的好朋友。我喝咖啡喝成瘾了。无论白天夜晚,都得喝,谢谢你,可爱的老人家。(吻费尔斯)

瓦里雅　我去看看行李是不是都取回来了。(下)

柳鲍芙·安德烈耶夫娜　坐在这儿的真是我吗?(笑)我真想伸开胳膊跳起来啊。(用手蒙上脸)这别是在做梦吧!上帝知道,我爱我的祖国,我真爱得厉害呀。我一路上只要往窗子外边一看,就得哭。(忍住了泪)可是我总得喝我的咖啡呀!谢谢你,费尔斯;谢谢你,我的可爱的老人家。我回来看见你还活着,多么高兴哪。

费尔斯　是前天。

加耶夫　他差不多完全聋了。

罗巴辛　我必须搭四点半的火车到哈尔科夫去。真讨厌哪!我真愿意多陪你一会,看看你,跟你谈谈这个那个的……你还是从前那么好看哪!

皮希克　(深深地叹了一口气)甚至比从前更漂亮了……她这次回来,穿的是巴黎最时式的衣裳……漂亮得叫我倾家荡产了!①

罗巴辛　你的哥哥列昂尼德·安德烈耶维奇,说我是个势利小人,说我是个剥削人的富农。随便他怎么说吧!我一点也不在乎。我只求你还像从前那样信任我,还像从前那样用你那副神奇动人的眼睛望着我,就够了。慈悲的上帝啊!我的父亲是你祖父和你父亲的农奴;可是你呢,你个人早

_____

① 原文是“毁了我的大车和它的四个轮子……”是俄国俗语:大车是农民的全部财产,车毁了就一无所有了。——译者

195

年间待我那么好，叫我把什么仇恨都忘了，叫我拿你像个姐姐那么爱……甚至比姐姐还要爱呢。

柳鲍芙·安德烈耶夫娜　我坐不住了！我可再也坐不住了！（跳起来，极度兴奋地走来走去）这么大的愉快我是经受不起的……来吧，随你们取笑我吧！我承认我是一个傻瓜！这座亲爱的老柜橱啊！（吻一座柜橱）这张亲爱的小桌子啊！

加耶夫　柳芭，咱们的老奶妈，在你出门之后死了。

柳鲍芙·安德烈耶夫娜　（坐下，喝咖啡）是呀，愿她的灵魂在天上安息吧。他们已经写信告诉我了。

加耶夫　阿那斯塔西也死了，彼得路什卡·科索伊也离开了我们，如今在城里警察局里做事了。（从口袋里掏出一个糖果盒来，放进嘴里一块糖）

皮希克　我的女儿达申卡……问你好。

罗巴辛　我本来有几句叫你们听着又高兴又有趣的话，很想跟你们说说的。（看一眼自己的表）可是我就得走，没有时间多谈了……那就这么着吧，我就用三言两语把它说一说吧。你一定早已知道了，你的樱桃园就要被扣押，在八月二十二日拍卖了。可是，我的亲爱的太太，你不用着急，尽管安安稳稳睡你的觉好了；有办法……我向你建议这么一个计划。仔细听我说！你这片地产离城里才二十里；附近又刚刚修好了一条铁路；只要你肯把这座樱桃园和沿着河边的那一块地皮，划分成为若干建筑地段，分租给人家去盖别墅，那么，你每年至少有两万五千卢布的入款。

加耶夫　对不起，你谈的都是些废话。

196

柳鲍芙·安德烈耶夫娜 我不大懂你的意思,叶尔莫拉伊·阿列克塞耶维奇。

罗巴辛 每亩地,你可以每年至少向租户收二十五个卢布的租金,如果你马上就把这个办法宣布出去,我敢跟你打个随便什么赌,到不了秋天,你手里就连一段地皮都不剩,统统叫人给抢着租光了。一句话,我恭喜你;那你可就有了救星了。这是块头等的好地势,旁边又是一道挺深的河。只是,你当然得把这儿先整顿整顿,稍微清除干净些……比如说吧,所有这些旧房子,就都得拆除了。连这座房子也在内,反正它也没有什么用处了;还有,也得把这座樱桃园的树木都砍掉……

柳鲍芙·安德烈耶夫娜 把樱桃园的树木都砍掉! 对不起,这你简直一点也不懂。如果说全省之内,还有一样唯一值得注意,甚至是出色的东西的话,那就得算是我们这座樱桃园了……

罗巴辛 你这座樱桃园,有什么出色的呢,也不过地势宽大就是了。而且它每隔两年才结一回樱桃,结了樱桃你又没法子办。也没有人买。

加耶夫 连安德烈耶夫的《百科全书》里,都提到了我们这座樱桃园呢。

罗巴辛 (看看自己的表)我们要是不下个决心,不想个什么办法,一到八月二十二,这座樱桃园,连这一带的地产,可就全部都要拍卖出去了。赶快下个决心吧! 我可以起誓,这是唯一的一条出路。

费尔斯 早年间,四五十年以前,人们有的把樱桃晒干,有的泡

197

起来,有的腌起来,还有的做成果子酱;那么……

加耶夫 没有你的话,费尔斯。

费尔斯 那时候,我们总是往莫斯科或者往哈尔科夫整车整车的运干樱桃。那能赚很多的钱;那时候的干樱桃又软、又甜、汁又多、闻着又香,早年人们懂得炮制的秘方儿。

柳鲍芙·安德烈耶夫娜 现在这个秘方儿呢?

费尔斯 失传了,没有一个人记得了。

皮希克 (向柳鲍芙·安德烈耶夫娜)巴黎有什么新鲜事吗?你在巴黎过得怎么样啊?吃过田鸡吗?

柳鲍芙·安德烈耶夫娜 还吃过鳄鱼呢。

皮希克 咦,你就看看这个!

罗巴辛 从前,乡村里只有地主和农民,可是如今呢,一转眼工夫,又出现了一种到乡下来消夏的市民了。现在无论什么镇子,就连最小的、最偏僻的地方,也都叫别墅给围起来了。我们可以推测得出来,再过二十年,跑到乡村来住的市民,一定会多到多少倍。目前这种人,不过坐在凉台上喝喝茶罢了,可是,很可能有一天,他们就每个人都得自己耕种他自己仅有的二亩地啦,到了那个时候,不就等于你这座老樱桃园又繁荣、丰收、茂盛起来了吗?……

加耶夫 (生气)简直是胡说!

〔瓦里雅和雅沙上。

瓦里雅 妈妈,这儿有你两封电报。(从一串钥匙里,选出一把,带着声响打开旧柜橱)给你。

柳鲍芙·安德烈耶夫娜 (没有读就把电报撕碎了)这是从巴黎打来的,我跟巴黎的缘分已经断了……

加耶夫 柳芭,你知道这座柜橱有多少年代了? 一个星期以前,我拉出紧底下的抽屉来,一瞧,你猜你看见了什么? 里边烫着一个日期。这座柜橱是整整一百年以前做的。你明白吗? 嗯? 我们应该给它做个百年纪念呀。这虽然是件死物件,究竟是有了历史,有了和图书馆一样的价值的了。

皮希克 (惊讶)一百年了? 你就看看这个!

加耶夫 是啊,这真是一件珍贵的东西啊! ……(抚摸着柜橱)非常可爱、又非常可敬的柜橱啊! 这一百多年以来,你一直都在朝着正义和幸福的崇高目标前进,啊,你呀! 我向你致敬;你鼓励人类去从事有益的劳动的那种无言的号召,在整个这百年里头,从来没有减弱过,却是一直在鼓舞着(哭泣)我们家族,使我们一代又一代的有了勇气,一直在支持着我们,使我们对于未来更好的生活有了信念,使我们心里怀抱着善与社会意识的理想。

　　〔停顿。

罗巴辛 是的……

柳鲍芙·安德烈耶夫娜 你真是一点也没有改变,列尼亚。

加耶夫 (有一点窘)打白球下角兜,蹭红球进中兜!

罗巴辛 (看看自己的表)好啦,我得走了。

雅沙 (把药瓶子递给柳鲍芙·安德烈耶夫娜)恐怕现在你该吃药了吧?

皮希克 亲爱的太太,你可不应该吃药哇。药对你固然没有害处,可也没有好处。交给我吧,我的朋友。(他把一瓶子药丸全倒在掌中,吹一吹,然后把药丸放在自己嘴里,用一口

199

克瓦斯送下了)得了!

柳鲍芙·安德烈耶夫娜 (吃惊)你疯了!

皮希克 我把药丸全吃了。

罗巴辛 馋鬼!

　　　　〔大家大笑。

费尔斯 他先前在复活节那天,到我们这儿来,吃光了半桶腌小黄瓜。(底下的话就嘟嘟囔囔听不清楚了)

柳鲍芙·安德烈耶夫娜 他说的什么?

瓦里雅 他这样嘟嘟囔囔的已经有三年了。我们也都听惯了。

雅沙 上了年纪了。

　　　　〔夏洛蒂横穿过舞台;她很瘦,穿着一件白色裙衫,腰身很紧,腰带上挂着一柄手持眼镜。

罗巴辛 请原谅我,夏洛蒂·伊凡诺夫娜,我还没有问你好呢。(想去吻她的手)

夏洛蒂 (把手躲开)谁要是让你吻了她的手,你接着就要吻她的胳膊,再接着又要吻她的肩膀了……

罗巴辛 我今天不走运。

　　　　〔大家大笑。

　　　　夏洛蒂·伊凡诺夫娜,给我们变一个戏法吧。

柳鲍芙·安德烈耶夫娜 夏洛蒂,给我们变一回吧!

夏洛蒂 现在不行,我要去睡了。(下)

罗巴辛 我们三个礼拜以后再见了。(吻柳鲍芙·安德烈耶夫娜的手)那么,祝你平安吧。我可得走了。(向加耶夫)过些日子见。(吻皮希克)再会啦。(伸手给瓦里雅,然后又伸手给费尔斯和雅沙)我真是不愿意走哇。(向柳鲍芙·

安德烈耶夫娜)别墅的事情,只要你一拿定了主意,就请告诉我,我马上就到哪儿给你去弄个五万卢布,请你好好考虑一下吧!

瓦里雅　(怒冲冲地)你倒是走不走哇!

罗巴辛　我这就走,我这就走……(下)

加耶夫　势利小人……不过,pardon①,瓦里雅就要嫁给他呢;他是瓦里雅未来的……

瓦里雅　不要说废话,舅舅!

柳鲍芙·安德烈耶夫娜　这怕什么,瓦里雅?那我才替你高兴呢!他是个规矩人。

皮希克　说真的,他确是一个很有价值的人物。我的女儿达申卡也说过……嗯,她说……说过很多的话呢。(发鼾声,但是马上又醒了)我想起来了,亲爱的太太,你可以借给我二百四十个卢布吗?我明天必须交付抵押借款的利息。

瓦里雅　(吃惊)不行! 不行! 我们没有钱!

柳鲍芙·安德烈耶夫娜　我真的一个钱也没有。

皮希克　反正别处也会找得到。(笑)我从来没有走过绝路。上一回,我想,得,这回我可真完了! 谁知道,你们看,打我的地皮上铺过一条铁路去,人家给了我一笔赔偿费。所以现在准得又是这样,看吧,不是明天,准是后天,总会赶上点什么运气的,达申卡也许会中上二十万卢布的奖,她买了一张彩票。

柳鲍芙·安德烈耶夫娜　咖啡喝完了,我们都去睡吧!

---

① 法语,对不起。——译者

费尔斯 （给加耶夫刷衣服，谆谆劝诫地）你又穿错裤子了，我可把你怎么办好哇！

瓦里雅 （轻声地）嘘，安尼雅睡着了。（轻轻打开窗子）太阳已经上来了；天气也不冷。妈妈，你看，这些树木都多么好看哪！哎呀！多么清爽的空气啊！白头翁也都唱起来了！

加耶夫 （打开另一扇窗子）满园子都是白的。柳芭，你还记得吗？这一条长长的园径，一直地、一直地通下去，夹在两边树木当中，像一根长带子似的？每逢月夜，它就闪着银光，你还记得吗？你没有忘吗？

柳鲍芙·安德烈耶夫娜 （望着窗外的花园）啊，我的童年，我那纯洁而快活的童年啊！我当初就睡在这间幼儿室里，总是隔着窗子望着外边的花园。每天早晨，总是一睁眼就觉得幸福；那个时候，这座园子就跟现在一样，一点也没有改样儿。（愉快得大笑起来）满园子全是白的，全是白的！哦，我的樱桃园啊！你经过了凄迷的秋雨，经过了严寒的冬霜，现在你又年轻起来了，又充满幸福了，天使的降福并没有抛开你啊！……啊！我要是能够把沉甸甸地压在我心上的这一块大石头除掉，那可多么好哇！痛苦的往事前尘哪，只要我能忘掉它，那可多么好哇！

加耶夫 居然要把这座园子也拍卖了还债，真叫人不能相信哪！不是吗？……

柳鲍芙·安德烈耶夫娜 啊！看哪！我们去世的妈妈在园子里散步呢……穿着白衣裳！（愉快得大笑起来）是她！

加耶夫 在哪儿？

瓦里雅 上帝保佑你，妈妈，你说的这是什么话呀？

202

柳鲍芙·安德烈耶夫娜　其实并没有人。不过看起来很像;靠右边,就在这条长路往凉棚拐弯的地方,有一棵斜长着的小白杨树,样子像一个女人……

　　〔特罗费莫夫穿着一套破旧的学生制服,戴着眼镜,上。

　　多么美丽的园子啊! 这一丛一丛的白花,上边衬着这一片碧蓝的长空! ……

特罗费莫夫　柳鲍芙·安德烈耶夫娜!

　　〔她转身过来看他。

　　我只来问你一句好,问完立刻就走。(恳挚地吻她的手)他们要我等到早晨再来见你,可是我实在忍不住了。

　　〔柳鲍芙·安德烈耶夫娜诧异地望着他。

瓦里雅　(忍住泪)这是彼嘉·特罗费莫夫……

特罗费莫夫　彼嘉·特罗费莫夫,从前格里沙的家庭教师。你看,我真的变得叫你都认不出来了吗?

　　〔柳鲍芙·安德烈耶夫娜拥抱他,轻声哭泣。

加耶夫　得了,得了,柳芭。

瓦里雅　(哭着)彼嘉,你看,我不是叫你等到明天再来吗?

柳鲍芙·安德烈耶夫娜　格里沙,我的儿! 格里沙,我的孩子……

瓦里雅　这有什么办法呢? 亲爱的妈妈。这是上帝的意思啊!

特罗费莫夫　(柔和地,含泪的声音)好了,好了。

柳鲍芙·安德烈耶夫娜　(轻声地哭着)我的好孩子死了,他是淹死的。为什么? 我的朋友,为什么啊? (声音更轻些)安尼雅睡着了,可是我说话还这么响,还弄出这么多响声来……可是彼嘉,你是怎么了?你怎么变得这么丑了?
这么老了?

特罗费莫夫 火车里有一个老太太,甚至管我叫起秃顶的绅士
来了。

柳鲍芙·安德烈耶夫娜 你从前年轻极了,是一个可爱的小学
生,现在怎么头发也稀了,眼镜也戴上了。这你还能算是
一个学生吗?(向门走去)

特罗费莫夫 当然了,我希望作一个不朽的人,作一个永久的
学生①呢。

柳鲍芙·安德烈耶夫娜 (吻过她的哥哥,又去吻瓦里雅)好
啦,睡去吧!你也见老了,列昂尼德。

皮希克 (跟着她走过去)可不是,该去睡了。哎呀,哎呀!哎
呀,我这个痛风病啊!我只好就住在他们这里了……柳鲍
芙·安德烈耶夫娜,我的天使,不要忘记了,明天早晨……
二百四十个卢布呀……

加耶夫 这个人哪,他老跟我们唱这个老调子。

皮希克 二百四十个卢布……去付我的抵押借款的利息。

柳鲍芙·安德烈耶夫娜 我没有钱,我的朋友。

皮希克 我会归还你的,亲爱的太太,这么一笔笑死人的数目。

柳鲍芙·安德烈耶夫娜 好吧,好吧,叫列昂尼德给你好了,列
昂尼德,给他吧。

加耶夫 行啊,我会给的!就把你的口袋张得大大的吧!

柳鲍芙·安德烈耶夫娜 有什么办法呢!给他吧……他等着

---

① 永久的学生即留级生的意思。——译者

这笔钱用……他会归还的。

　　〔柳鲍芙·安德烈耶夫娜、皮希克、特罗费莫夫和费尔斯均下。加耶夫、瓦里雅和雅沙留在场上。

加耶夫　我的妹妹那种往水里扔钱的老毛病,还是没有改。(向雅沙)走开,伙计,你浑身都是鸡窝味儿。

雅沙　(挂着笑容)你还是跟从前一模一样,列昂尼德·安德烈耶维奇!

加耶夫　说谁?(向瓦里雅)他说的什么?

瓦里雅　(向雅沙)你的母亲从村子上赶来了。她打昨天就在下房里等着你呢。她要见你……

雅沙　下她的地狱去吧!

瓦里雅　你说这种话不害臊吗?

雅沙　可是,我为什么要见她呢! 她本来很可以明天来嘛。(下)

瓦里雅　妈妈还是从前那个样子,一点也没有改变。要是由着她的性儿做,她有多少都会给了人家的。

加耶夫　可不是。

　　〔停顿。

　　假如人们给一种病推荐许许多多的治法,那就证明,这种病一定是无可救药的了。我想了又想,我把脑子都挖空了,想出了一大堆的办法,这也就等于说是一个办法也没有哇。要是能够打什么人那里得到一笔遗产,该多么好呢! 或者,能把安尼雅嫁给一个很有钱的人,或者到亚罗斯拉夫尔,找找婶母、那位非常非常阔的伯爵夫人去碰碰运气,可够多么好哇!

205

瓦里雅 （哭着）但求上帝帮帮我们忙就好了！

加耶夫 不要嚷啦！婶母非常阔，可是她不喜欢我们。首先是因为我的妹妹嫁的是个律师，不是一位贵族。

　　　　［安尼雅出现在卧房门口。

　　　　她嫁的既不是一个贵族堆里的男人，她的行为又不能说是无可指责的。她这个人，固然可爱、和气、迷人，我固然也很喜欢她，可是我无论怎样为她袒护，也得承认她的品行确是有点不端，这从她每个最小的举动上都可以看得出来。

瓦里雅 （非常低的声音）安尼雅在门口站着呢！

加耶夫 你说谁？

　　　　［停顿。

　　　　真奇怪，有什么东西钻进了我的右眼了。我有一点看不大清楚了，上星期四我到地方法院去的时候……

　　　　［安尼雅走过来。

瓦里雅 你怎么还不睡，安尼雅？

安尼雅 我睡不着，怎么也睡不着。

加耶夫 我的小宝贝！（吻安尼雅的手和脸）我的小姑娘！（眼里含着泪）你不是我的外甥女，你是我的护身天使，你是我的一切。相信我的话吧！相信吧……

安尼雅 我相信你，舅舅。谁都爱你，谁都尊敬你……不过，我的好舅舅，亲爱的，你应该少说话，你只要少说话就好了。你刚才说妈妈的，说你自己亲妹妹的，那叫什么话呀？你为什么要说那种话呢？

加耶夫 是啊！是啊！你说得对。（拉过她的手来，蒙在自己的脸上)说真的,我这可真要不得啊!主啊!主啊!救救我吧!还有刚才不多一会儿,我对着柜橱发的那一段演说……那够多么糊涂啊!我刚一说完,马上就晓得那是太糊涂了。

瓦里雅　对了,一点也不错,我的好舅舅。你应该学着少说话,什么话也不要说,就对了。

安尼雅　你要是少说话,自己心里也就会觉着安然得多了!

加耶夫　我不说话就是了!(吻安尼雅和瓦里雅的手)我不说话就是了!不过有一件事情,我还得说两句,这是正经事。上星期四,我到地方法院去了。那儿去了很多的人,大家就东谈西谈的谈起来了,你一句我一句的谈得很热闹,从所谈的话里边,我发觉大约可以想法子用期票借一笔款子,去付银行的利息。

瓦里雅　但求老天爷帮帮我们忙就好了!

加耶夫　我这个星期二还要去,再把这件事情谈谈。(向瓦里雅)不要嚷啦!(向安尼雅)你妈妈应该去找罗巴辛谈谈,他一定不会拒绝的。等你一休息过来,也马上到亚罗斯拉夫尔去看看你的外祖母,那位伯爵夫人。我们这样同时从三方面下工夫,这个妙计就算成功了。我们一定可以把利息付上,这我是相信的。(往嘴里放了一块糖果)我指着我的名誉发誓,或者随便你们要我指什么发誓吧,反正这块地产一定不会叫它卖出去。(兴奋地)我凭着我未来不朽的幸福发誓!看!我举起我的手来了!如果我让这块产业叫人给拍卖出去,你们就管我叫废物,叫不名誉的人好了。我凭我的整个生命发誓!

207

安尼雅 （心情镇定下来,快活了）你真好啊! 舅舅,你真聪明呀!

（拥抱他）现在我可放心了。我可放心了! 我真快活啊!

〔费尔斯上。

费尔斯 （申斥的口气）列昂尼德·安德烈耶维奇,你就不怕上帝吗? 你要等到什么时候才去睡呢?

加耶夫 我这就走,这就走,费尔斯,你先去吧。我自己脱一回衣裳好了。好啦,孩子们,明儿见! ……明天再详细谈吧! 现在咱们先去睡吧! （吻安尼雅和瓦里雅）我是一个八十年代的人物,大家都不大赞扬这个年代,然而我可以说,我这一辈子,为了自己的信念,受的苦处可真不少啊! 农民们爱我,可见并不是平白无故的。我们应该熟悉农民们,我们应该晓得从哪方面……

安尼雅 你又来了,舅舅!

瓦里雅 住住嘴吧,我的好舅舅!

费尔斯 （严厉地）列昂尼德·安德烈耶维奇!

加耶夫 我走啦,我走啦。你们都睡去吧。绕两次边打进中兜! 正杆打正球! （下）

〔费尔斯蹒跚地随下。

安尼雅 现在我可放心了。我不愿意到亚罗斯拉夫尔去,因为我不喜欢外婆;不过我可放了心了,这得谢谢舅舅。（坐下）

瓦里雅 该是睡觉的时候了。我可要去睡了。你不在家的时候,家里出过一件可气的事情,你知道,那几间旧下房,只有叶菲米尤什卡、包里亚、叶夫斯季格涅伊和老卡尔波几

208

个老用人住。哪知道,他们竟招来了各种各样的流氓,一些莫名其妙的人,睡在他们一起。我都没有说过他们一句。可是后来他们竟散布流言,说我下了命令,顿顿饭只给他们干豌豆吃。这是说我吝啬,你明白吗？这还不是叶夫斯季格涅伊干的事！——很好啊,我心里说,既是这样,我就叫你等着瞧吧！我派人把叶夫斯季格涅伊叫了来……(打呵欠)他来了……好哇,叶夫斯季格涅伊,我说,你这个老糊涂,你怎么敢……(注视安尼雅)安尼奇卡!

〔停顿。

她睡着了,(挽着安尼雅的胳膊)咱们睡去吧……走吧……(挽着安尼雅走)我亲爱的小东西睡着了！来吧,来吧！(她们走下)。

〔远处,园子外边,有一个牧童吹着木笛。特罗费莫夫穿过舞台,看见安尼雅和瓦里雅,就站住了。

嘘！她睡着了,睡着了。我们走吧,我的乖孩子。

安尼雅 (半睡着的状态,声音很低地)我多么累呀！……听,那边的马铃声……舅舅……亲爱的！妈妈……我的舅舅……

瓦里雅 得啦,我的乖孩子！我们走吧。

〔走进安尼雅的卧房。

特罗费莫夫 (情绪激动地)我的阳光啊！我的春天啊！

——幕落

209

第 二 幕

野外。一座古老、倾斜、久已荒废的小教堂。旁边，一口井和一些厚石头块，显然是旧日的墓石；一条破旧的长板凳；一条通到加耶夫地产的道路。一边，高耸着一些白杨树的昏黑剪影；树的后边，就是樱桃园的边界。远处，一列电线杆子；天边依稀现出一座大城镇的模糊轮廓，只有在特别晴朗的天气里，城影才能看得清楚。将近夕阳西落的时候。夏洛蒂、雅沙和杜尼亚莎都坐在长板凳上。叶比霍多夫站在他们旁边，弹着吉他；四个人各自想着心思。夏洛蒂戴着一顶旧的尖顶帽，她从肩上摘下来复枪，修理皮带上的别扣。

夏洛蒂 (出神地想着心思)我没有正式的护照，我不知道自己确实的年龄，我永远觉得自己还很年轻。我还挺小的时候，我的爹妈一直是东村赶到西村的，赶到集上去表演，而且表演得很不错。我总是表演 Salto-mortale① 和各式各样的戏法。后来爹妈死了，一个德国老太婆，就把我收去做养女，叫我去读书，好极了！ 等我长大了，这才当了家庭教师。然而,我是打哪儿来的? 我是谁? 我心里连一点影子都没有。我的爹妈是谁? ……很像是他们没有结过婚吧? ……我也都不知道。(从口袋里掏出一条黄瓜来,啃一口)我是什么都不晓得啊。

　　[停顿。

　　我真恨不得找谁把这个心思说一说呀,可是没有一个人可以跟他谈谈的……我没有一个亲戚朋友啊。

叶比霍多夫　(弹着吉他,唱着)"这烦嚣的尘世,在我看来,算得了什么? 啊,朋友也好,仇敌也好,又有什么关系?"……弹一弹曼多林,够多么舒服啊!

杜尼亚莎　这叫吉他,不叫曼多林。(照着小手镜,擦粉)

叶比霍多夫　在一个爱得发了狂的疯子看来,这却是曼多林啊。(唱)"啊,但愿你给我温暖的回报,安慰一下我这寂寞的心。"

　　[雅沙轻轻地伴唱。

夏洛蒂　听听这两个人唱的! 多难听! 吓! 简直像狗叫!

杜尼亚莎　(向雅沙)到过外国,那可多么福气呀!

雅沙　是呀,当然喽;我不能不同意你的话。(打呵欠,点起一支雪茄)

叶比霍多夫　那很显然嘛。外国的一切,老早都已经圆满了。

雅沙　一点也没问题。

叶比霍多夫　我是一个有教养的人,我读过各种各样的了不起的书,可是我还是不能明白自己究竟愿意走哪一条路,也

---

① 　意大利语,空中飞人。——译者

211

可以这么说吧，我是想活着呢，还是想把自己打死呢？可是不管怎么样吧，我口袋里永远带着一把手枪。这不是？（掏出手枪来）

夏洛蒂　我收拾好了。得回去了。（把来复枪背在肩上）你呀，叶比霍多夫，你是个很聪明的人，可是认识你也很危险。女人们一定会爱你爱得发疯的。呸！（走着）所有这些聪明人都是这样愚蠢，我就没有一个可以谈得来的……我永远是孤独的，孤独的，没有一个亲戚朋友……我是谁？我为什么活着？我都不知道啊……（慢慢地走下）

叶比霍多夫　严格说起来，inter alia①，就单说命运吧，我这可是只跟你私下里说呀，命运对我可太残酷啦，就像暴风雨对待一只小船似的。如果说这都是我的胡思乱想，那么，为什么，比如说，今天早晨我一醒的时候，我会看见一只大得出奇的蜘蛛，趴在我的胸口上呢？……有这么大呀！（用两只手比画着大小）再比如，我只要一去喝口克瓦斯，就准得发现里边有点什么最恶心的东西，比如蟑螂啊什么的。

　　[停顿。

　　你读过巴克尔②的书吗？

　　[停顿。

　　阿夫多季雅·费多罗夫娜，我可以麻烦你一下吗？只

①　拉丁语，别的事情先不讲。——译者
②　亨利·托马斯·巴克尔(1821—1862)，英国历史学家，著有《文明史》。当时俄国的一般知识分子，认为读过《文明史》是有学问的标志。这里作者是要刻画：叶比霍多夫是一个愚蠢但尚有理想的人，正和聪明而无理想的罗巴辛成一个对比。——译者

说两句话!

杜尼亚莎　说吧。

叶比霍多夫　我倒是愿意和你两个人私下里谈一谈啊!（叹气）

杜尼亚莎　（有一点惊慌）好吧,不过先去把我的斗篷拿来。就在柜橱的旁边。这里有点冷。

叶比霍多夫　好……我就拿去……现在我可知道怎么处置我的手枪了。（拾起吉他来,一路轻轻地弹着下）

雅沙　这个"二十二个不幸"啊!他够多么蠢哪,这话可只能咱们两个人私下说。（打呵欠）

杜尼亚莎　老天爷保佑他吧,可不要叫他自杀啊!

　　　　〔停顿。

　　　　我近来心里不安极了,老是提心吊胆的。打我还是个小孩子的时候起,他们就把我送进阔人家当用人了,所以我如今寒苦的日子可实在过不惯了。就看看我这两只手吧,多么白,白得像小姐的手了。我也变得这么雅致,这么娇弱,又这么大家子气派,遇见什么都害怕了……这真可怕。雅沙,你要是欺骗了我,我可就不知道我的神经会变成什么样子呢。

雅沙　（吻她）我的小黄瓜呀!还用说吗?女孩子们当然都得守本分!我最讨厌的,就是行为不检点的女孩子了。

杜尼亚莎　我爱你爱得要命,雅沙,你有这么高深的知识,你什么都能谈得上来!

　　　　〔停顿。

雅沙　（打呵欠）是啊……我是这样看的:一个女孩子,只要一

213

跟男人恋爱,就得说是不正经。

　　［停顿。

　　在露天抽雪茄,够多么舒服啊!(倾听)有人来了……
主人们来了……

　　［杜尼亚莎狂热地搂抱了他一下。

　　朝着家里那边走,装作刚刚在河里洗完澡的样子。走
这条小路,要不然他们会碰上你,还以为我跟你出来幽会
呢。那我可受不了。

杜尼亚莎　(轻轻地咳嗽)你的雪茄把我熏得头都疼了。(下)

　　［雅沙留下,照旧坐在教堂的旁边。柳鲍芙·安德烈
耶夫娜、加耶夫和罗巴辛同上。

罗巴辛　你非得最后下一次决心不可了。时间是什么人都不
　　等的呀。这个问题其实极简单。你是不是肯把地皮分租
　　给别人去盖别墅?只要你回答一个字:肯,还是不?只要
　　一个字。

柳鲍芙·安德烈耶夫娜　是谁在这儿抽这种怪难闻的雪茄呀?
　　(坐下)

加耶夫　他们修了这条铁路,如今可够多么方便哪!(坐下)看
　　我们到城里去吃这顿中饭,一转眼的工夫,就已经打了个
　　来回了……红球进中兜!我倒很想回家打它一盘去。

柳鲍芙·安德烈耶夫娜　不忙夫,有的是时候。

罗巴辛　只要一个字!(恳求地)可是回答我呀!

加耶夫　(打呵欠)说谁?

柳鲍芙·安德烈耶夫娜　(打开自己的钱袋看看)昨天我还有
　　不少的钱呢,可是今天就差不多都光了。我那可怜的瓦里

214

雅,为了省钱,每顿饭都喂我们牛奶汤吃,厨房里的老用人们,也是除了干豌豆就吃不着别的菜,可是我呢,我还是照旧乱糟蹋钱……(钱袋掉在地上,硬币撒出来)好哇,看我现在全给撒光了!……

雅沙 让我来给你拾吧!(拾钱)

柳鲍芙·安德烈耶夫娜 好吧,你拾吧,雅沙!我为什么要跑到城里去吃这顿中饭呢?你们这儿的饭馆可真叫人讨厌死了,还有那种难听的音乐,那种一股胰子味儿的桌布。你为什么喝那么多的酒哇,列昂尼德?你怎么吃得那么多?为什么说那么多的话呀?你今天在饭馆里可又谈得太多了,说的又都不是地方,什么七十年代呀,什么颓废派呀的。你是对谁说呢?难道跟跑堂的谈颓废派吗?

罗巴辛 这话对。

加耶夫 (用手做了一个绝望的姿势)我是改不了的了,这还不是明摆着的事!(不能忍耐地,向雅沙)你干什么老在我面前鬼鬼祟祟的?

雅沙 (笑)我一听见你的声音,就忍不住要笑。

加耶夫 (向他妹妹)他不走,我就……

柳鲍芙·安德烈耶夫娜 滚开,雅沙,滚开。

雅沙 (把钱包递给她)我马上就走。(简直禁不住要笑)马上就走……(下)

罗巴辛 那位富翁捷里冈诺夫想买你这份地产。据说他要亲自去拍卖。

柳鲍芙·安德烈耶夫娜 你怎么知道的?

罗巴辛 城里有人这么说。

加耶夫　住在亚罗斯拉夫尔的那位婶母,答应了给我们送一笔钱来;不过,什么时候送来? 送多少? 我可就不知道了……

罗巴辛　她会送多少来呢? 十万卢布呢? 还是二十万呢?

柳鲍芙·安德烈耶夫娜　咳,得啦……她如果送给我们一万、一万五的,就已经够感谢的了。

罗巴辛　请原谅我说一句老实话吧,亲爱的朋友们,我一辈子可还没有遇见过像你们两位这么琐碎、这么古里古怪、这么不务实际的人呢。我告诉过你们,说你们的地产不久可就要扣押拍卖了,我说的全是清清楚楚的俄国话呀,可是你们仿佛一句也不懂。

柳鲍芙·安德烈耶夫娜　那么我们该怎么办呢? 告诉我们该怎么办?

罗巴辛　我每天都跟你们说。我每天说的都是那一句话,你们必须把樱桃园和其余的地皮,分段租给人家去盖别墅,而且要赶快,马上就办。拍卖的日期马上就到了! 要明白这个! 只要你一下决心,肯叫这里盖起别墅来,那么,你所需要的款子,要借多少就能借到多少,那你们可就有救了。

柳鲍芙·安德烈耶夫娜　请原谅我吧! 什么别墅呀、租客呀的,哎……这多俗气!

加耶夫　我完全同意你的话。

罗巴辛　你这话叫我不是哭就得叫,要不然就得晕过去。我可再也受不了啦! 你真要我的命! (向加耶夫)你简直是一个软弱的娘儿们!

加耶夫　你说谁?

罗巴辛 说你！(要走)

柳鲍芙·安德烈耶夫娜 (惊慌起来)别,别,别走,我的朋友。我求求你。也许我们可以想出一个好办法来呢!

罗巴辛 这还用得着想吗?

柳鲍芙·安德烈耶夫娜 你不要走,我求你,无论怎么样,你在这里,我心里总还能轻松一点。

〔停顿。

我时时都觉得好像要发生点什么变故似的,就好像这座房子要从头顶上塌下来似的。

加耶夫 (完全走了神)发球从角边上撞回来,打"达布"进中兜!……

柳鲍芙·安德烈耶夫娜 这都是我们造孽造得太多了!……

罗巴辛 你们造了什么孽呢?

加耶夫 (往嘴里放了一块糖果)都说我吃糖把家当都给吃光了……(笑)

柳鲍芙·安德烈耶夫娜 哎呀,要说我造的孽呀……我总是像个疯子似的,拿钱往水里扔。我嫁了一个男人,他什么也没有干过,只驮了一身的债,我的丈夫喝香槟酒给喝死了;他是个怕人的酒鬼。我还造了一个孽,就是我又爱了一个人,在我正要和他弄得挺亲热的时候,就受到了头一次的惩罚,好比头顶上挨了一棒子似的:就在这条河里,我的小儿子淹死了……我于是跑到国外去,干干脆脆跑开了,永远也不想再回来了,为的是永远也不再看见这条河啊……我就像一个疯子似的,闭上眼睛跑开了。可是,他呀……忍心的、无情的,又追了我去。因为他病在芒东,我

217

就在那儿买了一座别墅,整整三年的工夫,我无论是白天,无论是夜晚,从来都没有休息过;我叫这个病人折磨得精疲力竭。后来,就在去年,我把别墅卖了还债,就到了巴黎。谁知道他又跟去了,把我耗得个精光,然后丢了我又弄上了一个别的女人。那个时候,我真要服毒……那够多么糊涂,多么丢脸啊……后来,我忽然怀念起俄国,怀念起自己的祖国,怀念起我的女儿来了……(擦着眼泪)主啊,主啊,你发发慈悲! 饶了我的罪孽吧! 你已经把我惩罚得够了! (从口袋里掏出一封电报来)我今天接到这封从巴黎发来的电报……他求我饶恕他,请我回去……(把电报撕碎了)我听着好像远处有音乐吧?(倾听)

加耶夫　这就是我们这儿那个著名的犹太乐队。你还记得吗?四把提琴,一只笛子,一把大提琴。

柳鲍芙·安德烈耶夫娜　这个乐队还在呀? 哪天咱们得请他们来一次,开个小小的晚会。

罗巴辛　(倾听)我什么都没有听见哪。(低唱)"为了一笔钱,德国人会把俄国人变成法国人。"(笑)昨天晚上,我在戏园子里看了一出非常滑稽的戏;滑稽得要命!

柳鲍芙·安德烈耶夫娜　恐怕一点也没有什么滑稽。你们这般人不应该去看戏;你们应该留下工夫来好好看看你们自己,看看你们过的都是多么死气沉沉的生活,看看你们说了多少废话。

罗巴辛　对极了,应该老老实实地承认我们所过的生活,简直是糊涂透了。

〔停顿。

我的父亲是一个无知的庄稼人,什么都不懂,他什么也没有教给我,只有喝醉了就用棍子打我。实际上呢,我的无知和粗野,也和他一样。我什么书也没有读过,我的字写出来难看得怕人,像虫子爬的,连自己都觉得丢脸。

柳鲍芙·安德烈耶夫娜　我的朋友,你应该结婚了。

罗巴辛　是的……这是实话。

柳鲍芙·安德烈耶夫娜　为什么不娶瓦里雅呢?她是一个很好的姑娘。

罗巴辛　当然。

柳鲍芙·安德烈耶夫娜　她出身是一个农民家庭;整天地工作,而最重要的一点,是她爱你,你也早就喜欢她了不是?

罗巴辛　是啊!谁说不呢?我也没有说不呀!她是一个好姑娘。

　　〔停顿。

加耶夫　有人给我在银行里找了一个位置,六千卢布一年。你觉得怎么样?

柳鲍芙·安德烈耶夫娜　你到银行去!还是老老实实待在家里吧!……

　　〔费尔斯拿着一件外衣上。

费尔斯　(向加耶夫)我请你穿上吧,主人,有点凉了。

加耶夫　(披上外衣)你多么叫人烦得慌呀!

费尔斯　怎么跟你说也没用……今天早晨,你又是一声也不关照我就出去了。(从头到脚地打量他)

柳鲍芙·安德烈耶夫娜　你多大年纪了,费尔斯?

费尔斯　你说什么?

罗巴辛　她说你老得厉害啦！

费尔斯　我活的年头可长啦。他们给我找到老婆的时候,连你父亲都还没有出世呢。(笑)到解放农奴的时候,我已经升到听差头目了,那种自由,我没有愿意要,所以我照旧还是侍候着老主人们。

　　　　〔停顿。

　　　　我还记得,那个时候,大伙都快活得不得了,可是为什么快活呢? 连他们自己也不知道。

罗巴辛　解放农奴以前倒好些。至少还可以时常打打农民。

费尔斯　(听错了他的话)可不是! 那个时候,农民顾念主人,主人也顾念农民,现在可好,颠三倒四的,全乱了,你简直什么也闹不清楚。

加耶夫　住嘴吧,费尔斯。我明天还得到城里去。他们答应介绍我去见一位将军,他也许能出一张支票,借给我一笔款子。

罗巴辛　那没有用。你连利息都不够付的,这件事情你还是死了心吧。

柳鲍芙·安德烈耶夫娜　(向罗巴辛)他在那儿做梦呢,根本就没有那么一位将军。

　　　　〔特罗费莫夫、安尼雅、瓦里雅同上。

加耶夫　啊! 他们也来了。

安尼雅　妈妈在这儿了。

柳鲍芙·安德烈耶夫娜　(温柔地)来吧……过来,我的亲爱的,(拥抱安尼雅和瓦里雅)你们知道我有多么爱你们两个啊! 坐在我的旁边……这儿,对了。

〔大家都坐下。

罗巴辛 这位永久的学生,永远跟姑娘们混在一块儿呀!

特罗费莫夫 这你管不着。

罗巴辛 他都快五十了,可还是一个学生呢。

特罗费莫夫 别再开你这种笨玩笑了吧!

罗巴辛 你这是发的哪家子的脾气呀,混人?

特罗费莫夫 你顶好别理我!

罗巴辛 (笑)我倒要请问请问,你对我是怎么个看法呢?

特罗费莫夫 叶尔莫拉伊·阿列克塞耶维奇,我对你的看法是这样的:你是一个阔人,不久还会变成百万富翁。一个遇见什么就吞什么的、吃肉的猛兽,在生存的剧烈斗争里,是不可少的东西;所以你这个角色,在社会里也是不可少的。

〔大家都大笑。

瓦里雅 彼嘉,倒还是给我们讲一点行星的故事吧。

柳鲍芙·安德烈耶夫娜 不,还是接着我们昨天的话谈一谈吧。

特罗费莫夫 昨天我们谈什么来着?

加耶夫 谈的是自高自大的人。

特罗费莫夫 昨天我们谈了很久,始终也没有得到什么结论,要照你的话的意思来说,这种自高自大的人,倒像是还有他奥妙的方面。从你的立场来看,也许你的话是对的,可是如果我们不成心把事情闹复杂了,只这么简简单单地分析一下的话,那么,从生理方面看,人类的构造既然是这样的脆弱,而我们大多数又既然是这样的粗野、愚昧、极端的不幸,可我们又有什么值得自高自大的呢? 我们应该不要

221

再把自己看得太高。我们只应当去工作。

加耶夫 那我们也照样得死不是。

特罗费莫夫 那谁准知道呢？而死，又应该做什么解释呢？说不定一个人有一百种官能，而他死的时候，只有我们所知道的五官随着他消灭了，其余九十五种也许照旧还活着呢。

柳鲍芙·安德烈耶夫娜 彼嘉，你可真聪明啊！

罗巴辛 （讽刺地）啊！真是聪明非凡啊！

特罗费莫夫 人类是在不断向前迈进的过程中，逐步完成自己的力量的。我们目前所达不到的一切，总有一天会临近，会成为可以理解的。只是我们必须工作，必须用尽一切力量，来帮助那些寻求真理的人们。目前，在我们俄国，只有很少数的人在工作，据我所知道的，绝大多数的知识分子，都是什么也不寻求，什么也不做，同时也没有工作的能力。所有这些自称为知识分子的人，对听差们都是用些不客气的称呼，对农民们都像畜生一样的看待，他们什么也不学，什么严肃的东西也不读，也绝对不做一点事情，每天只在那里空谈科学，对于艺术，懂得很少，甚至一点都不懂，他们却都装得很严肃，个个摆出一副尊严的面孔，开口总是重要的题目，成天夸夸其谈；可是同时呢，我们绝大多数的人民，百分之九十九都还像野蛮人似的活着，工人们都没有吃的，睡觉时没有枕头，三四十个人挤在一起，到处都是臭虫、臭气、潮湿和道德的堕落……这很明显，我们的一切漂亮议论，都只能骗骗自己，骗骗别人罢了。不信请问，我们时常谈起、而且谈得那么多的托儿所在什么地方了？那些图书阅览室

222

又在什么地方了？请指给我看看。这些都不过是在小说里写写的。实际上一样也不存在。所存在的，只有污秽、庸俗和残暴啊！我怕这些严肃的面孔，我不喜欢这种面孔，我也怕这些严肃的谈话。最好还是住嘴吧。

罗巴辛　喂，你知道，我每天五点钟就起来，从早晨一直干到夜晚，成天到晚，经手的全是自己的和别人的银钱，所以我把我周围种种的人们可都看透了。只要稍稍做过一点正事的人，就能够懂得，这世上诚实和规矩的人可实在太少了。我有的时候躺在床上睡不着，心里就想："啊！主啊，你赐给了我们雄伟的森林、无边的田野、不可测量的天边，那么，活在这里边的我们，也应当配得上它，得是个巨人才对呀！……"

柳鲍芙·安德烈耶夫娜　哎哟，原来你想要巨人呀！……巨人在神话里确是美丽的；要是放在实际生活里，那可就怕人了。

　　〔叶比霍多夫一路弹着吉他，从舞台背景处走过去。

　　（沉思着）叶比霍多夫走过去了。

安尼雅　（沉思地）是叶比霍多夫。

加耶夫　太阳落下去了。

特罗费莫夫　对了。

加耶夫　（低声，好像在朗诵）啊，大自然啊，不可思议的大自然啊，你永远放射着光辉，美丽而又超然，你，我们把你称作母亲，你本身包括了生和死，你既赋予生命，又主宰灭亡。

瓦里雅　（恳求地）舅舅！

安尼雅　你又来了，舅舅。

223

特罗费莫夫　你最好还是把红球打个"达布"进中兜吧。

加耶夫　我不说话好了！我不说话好了！

　　　　〔大家都坐在那里，一动也不动，各人想各人的心事，一片寂静。只听见费尔斯在嘟囔着。忽然间，远处，仿佛从天边传来了一种类似琴弦绷断的声音，然后忧郁而缥缈地消逝了。

柳鲍芙·安德烈耶夫娜　这是什么？

罗巴辛　不知道，也许是哪儿矿里的一个吊桶断了。不过是很远很远的地方了。

加耶夫　也许是一种什么鸟……比如鹭鸶什么的。

特罗费莫夫　也许是一只猫头鹰……

柳鲍芙·安德烈耶夫娜　（发抖）这声音可有点怕人！

　　　　〔停顿。

费尔斯　在那一次大灾难发生以前，也整整是这个样子；猫头鹰也叫了，铜茶炉也不住地咕噜咕噜响。

加耶夫　在什么大灾难以前哪？

费尔斯　就是解放农奴以前啊。

　　　　〔停顿。

柳鲍芙·安德烈耶夫娜　我说，朋友们，我们回去吧，天快黑了。（向安尼雅）你怎么眼里含着泪呀……你怎么啦，我的孩子？（拥抱安尼雅）

安尼雅　没什么，妈妈，不要紧。

特罗费莫夫　有人来了。

　　　　〔一个流浪人出现，戴着破旧的白色尖顶帽，穿着破外衣。他微微有一点醉意。

流浪人 借光,打这儿可以一直到火车站吗?

加耶夫 当然可以,顺着这条路走。

流浪人 非常感谢。(咳嗽)天气可真好呀。(朗诵)"弟兄们,我的受着苦难的弟兄们啊……沿着伏尔加河岸而来的,你有什么怨恨啊?……"①(向瓦里雅)Mademoiselle②,施舍给这个饿着肚子的俄国同胞三十个戈比吧……

　　　　〔瓦里雅惊吓得尖声叫起来。

罗巴辛 (严厉地)再不懂规矩的也得有点规矩不是!

柳鲍芙·安德烈耶夫娜 (失措地)这儿……给你……(在钱包里乱摸一阵)哎呀,我连一个银的都没有啦……算了,就拿这个金的去吧……

流浪人 非常感谢!(下)

　　　　〔笑声。

瓦里雅 (惊惑地)我得回去! 我受不了! 哎呀,妈妈,家里的听差们连吃的都没有了,可是你还给这个人一个金卢布。

柳鲍芙·安德烈耶夫娜 咳,可这有什么办法呢? 谁叫你妈妈是个老糊涂呢? 等我回家去,把我所有的钱都交给你管好了,叶尔莫拉伊·阿列克塞耶维奇,再借给我一点钱吧!

罗巴辛 好吧。

柳鲍芙·安德烈耶夫娜 走吧,朋友们,该是回家的时候了。你知道,瓦里雅,我们刚刚把你的亲事说妥了,我祝你幸福。

----

① 采自俄国诗人纳德生(1862—1887)的诗。——译者
② 法语,小姐。——译者

瓦里雅 （含泪的声音）你可不该拿这类事情开玩笑,妈妈!

罗巴辛 "奥赫梅里雅,进修道院去吧,去!"①

加耶夫 我的两只手都发颤了,像是有多少年都没有打台球了。

罗巴辛 "奥赫梅里雅,美丽的童贞女,你在祈祷的时候,不要忘记为我赎罪啊!"②

柳鲍芙·安德烈耶夫娜 走吧,朋友们,快要吃晚饭了。

瓦里雅 那个人真把我吓坏了! 我的心还在乱跳呢。

罗巴辛 让我再提醒你们一句,八月二十二,樱桃园可就要拍卖了,想想这个,好好地想想这个!

　　〔除特罗费莫夫和安尼雅外,均下。

安尼雅 （笑着）幸亏那个流浪人把瓦里雅给吓走了,现在可算只剩下咱们两个了。

特罗费莫夫 瓦里雅怕我们爱上,所以成天寸步不离地跟着我们两个人。她那个狭小的心肠,怎么能够了解我们是超乎恋爱的呢。我们生活的全部意义和目的,只是要避免一切肤浅的、空幻的、妨碍我们自由和幸福的东西。前进啊! 我们要百折不挠地向着远远像颗明星那么闪耀的新生活迈进! 前进啊! 朋友们! 不要迟疑!

安尼雅 （拍手）你的话说得多么美呀!

　　〔停顿。

---

① 引自莎士比亚的悲剧《哈姆莱特》。这里罗巴辛成心支吾其词,以表示拒绝。他把奥菲利娅的名字,错读为奥赫梅里雅,说明他时常去看通俗戏,这是他从通俗剧场里学来的,不是从书本子上读到的。按这个字是由 охмелеть(醉了)变来的。——译者

② 哈姆莱特向奥菲利娅说这句话的意思,是表示他已经不爱她了。——译者

今天这儿叫人觉得多么舒服呀！

特罗费莫夫　是的，多么好的天气呀。

安尼雅　彼嘉，你看你给了我多大的影响啊？为什么我现在不
像以前那样爱这座樱桃园了呢？这座园子，我从前爱得那
么厉害，总觉得世上再也没有像我们这座花园这么好的地
方了。

特罗费莫夫　整个俄罗斯就是我们的一座大花园。全世界都
是伟大而美丽的，到处都有极好的地方。

　　〔停顿。

　　你想想看，安尼雅，你的祖父，你的曾祖父和所有你的
前辈祖先，都是封建地主，都是农奴所有者，都占有过活的
灵魂。那些不幸的人类灵魂，都从园子里的每一棵樱桃
树，每一片叶子和每一个树干的背后向你望着，你难道没
有看见吗？你难道没有听见他们的声音吗？……啊，这够
多么可怕呀。你们这座园子，叫我一想起来就恐惧。当我
在黄昏或者在夜间走过这座园子的时候，树木上凹凸不平
的树皮，发着朦胧的光亮，樱桃树好像在痛苦的、压抑的梦
中，看见了所有一两百年以前所发生过的事情一样。那
么，好了，我们至少落后了两百年，①我们还没有成就过一

---

① 莫斯科外文出版社法文本的译文和苏联国家文学出版社一九五〇年俄文版
《契诃夫全集》(第三卷)的原文，均作："……你难道没有听见他们的声音
吗？……占有活的灵魂啊！可这就把你们全给腐蚀了，无论是过去这样生活
过的人，或者是他们现在的子孙，无论是你的母亲，是你，还是你的舅舅，都被
腐蚀得不再察觉到自己是在借债度日，是在靠剥削别人而生活，是在依靠那些
你们只让他们走到前室的人们而生活……我们至少落后了两百年……"这是
被沙皇审查机关删掉的原稿。——译者

227

点事情;我们还没有下过决心要去实现前人的希望,我们只懂得高谈阔论,只会厌倦得打呵欠、抱怨,或者喝伏特加。应该走的道路是很清楚的,为了要在现在过一种新的生活,就得首先忏悔过去,首先要结束过去,而要忏悔过去,就只有经受痛苦,只有坚忍不拔地、毫不间断地去劳动。要好好明白这一点,安尼雅。

安尼雅 我们所住的房子,老早就已经不是我们的了;我要离开它,我跟你说这话是算数的。

特罗费莫夫 如果你手里执掌着家里的钥匙,就把它们一起丢到井里去,走开吧,要自由,要像风那样的自由!

安尼雅 (狂喜)你的话说得多么美呀!

特罗费莫夫 相信我,安尼雅,相信我吧!我虽然还不到三十岁,我虽然还年轻,还是一个学生,然而艰苦我可已经尝过不少了呀!我饥饿得像冬天,我病弱,焦虑,贫穷得像乞丐![1] 命运驱赶得我东奔西走,可是,我无论走到什么地方,无论是在哪一分钟里,无论是在白天或者是在夜晚,这心里永远充满着光辉的景象!我预感到幸福将要降临了,安尼雅,我已经看见幸福了……

安尼雅 (沉思着)月亮上来了。

〔听见叶比霍多夫用吉他依然弹着那种充满悲凉的调子。月亮上升了。远处,靠近一带白杨树的地方,瓦里雅正在寻找安尼雅。她喊着:"安尼雅,你在哪儿啦?"

---

[1] 莫斯科外文出版社法文本译作:"……每逢冬天一到,我就饥饿,病弱,焦虑,贫穷得像一个乞丐……"——译者

特罗费莫夫　是的,月亮上来了。

〔停顿。

幸福来了,这不就是? 它愈来愈近了,我已经听见它的脚步声了……可是,即或我们看不见它,享受不到它,那又有什么关系呢? 别人总会看得见的!

〔瓦里雅的声音:"安尼雅,你在哪儿啦?"

又是这个瓦里雅! (生气)这真讨厌!

安尼雅　管她去呢。咱们到河边上去,那儿好玩。

特罗费莫夫　那咱们走吧!

〔他们下。

〔瓦里雅的声音:"安尼雅! 安尼雅!"

————幕落

第 三 幕

　　一间小客厅,由一道拱门和后边的大厅分开。枝形烛台上点着蜡烛。传来第二幕里所提到的犹太乐队在前厅奏乐的声音。晚上。人们正在大厅里跳着四方舞①。西米奥诺夫-皮希克的声音"Prome-nade à une paire②!"跳舞的人们一对对地走进小客厅来。第一对是皮希克和夏洛蒂·伊凡诺夫娜;第二对是特罗费莫夫和柳鲍芙·安德烈耶夫娜;第三对是安尼雅和邮局职员;第四对是瓦里雅和火车站站长……瓦里雅无声地哭泣,一边跳着一边抹着眼泪。杜尼亚莎在最后一对里走来。大家穿过小客厅,皮希克喊:"Grand-rond, balancez!","Les cava-liers à genoux remerciez vos dames!"③

　　费尔斯穿着燕尾服,用托盘托着塞尔脱斯矿泉水穿过。

　　皮希克和特罗费莫夫走进小客厅。

皮希克　我是一个血气旺盛的人,已经中过两次风了,跳舞实在是我的一件苦差事,可是常言说得好:"既然混在狗群里跑,叫不叫倒无所谓,可是无论如何总得摇摇尾巴呀。"我结实得像一匹马。我去世的父亲,那个爱开玩笑的人哪,——愿他的灵魂在天堂安息吧,——当年一提到我们的家世,总是说我们西米奥诺夫-皮希克的古代祖先,就是卡里古拉选进元老院的那匹马的后代④……(坐下)不过最不幸的是:我没有钱! 狗要是饿了,它可就只想肉了。(发鼾声,马上又惊醒过来)我也正是这样。我满脑子想的只是钱……

特罗费莫夫 真是的,你的样儿真有点像马。

皮希克 得了吧,像又怎么样? 马也是个不错的生灵啊……你还可以拿去卖钱呢。

　　〔邻室传来打台球的声音。瓦里雅出现在大厅的拱门下。

特罗费莫夫 (逗她)罗巴辛夫人! 罗巴辛夫人!

瓦里雅 (生气)秃顶的绅士。

特罗费莫夫 是呀! 我是一个秃顶的绅士呀,这我还觉着骄傲呢。

瓦里雅 (非常痛苦地思索着)把这班乐队请了来,可是拿什么钱给他们呀?(下)

---

① 法国十八世纪的一种轻快、活泼的交际舞,由两对舞伴对舞,又称四方舞;十九世纪盛行于欧洲各国。——译者

② 法语,成对地散步。

③ 法语,转大圈,摇摆,骑士们跪下,谢谢你们的贵妇。

④ 卡里古拉是罗马的暴君,生于公元后十二年,执政五年(37—41),非常残酷。他希望全国人民只长一个头,好由他一下把人民杀光。他又把他的一匹马封为元老院的参政。他常说:"让他们恨我吧,但是得怕我!"后被舍里阿斯所杀。——译者

特罗费莫夫　（向皮希克）你如果把你这一辈子到处找钱去付债款利息所花费的精力,挪来做点别的事情,我敢说,你手里的钱,早就足够把这个世界都翻转一个个儿的了。

皮希克　尼采……那位伟大的……著名的哲学家……那位具有巨大智慧的人物,在他哪个著作里说过,假造钞票是很对的。

特罗费莫夫　你还读过尼采的著作吗?

皮希克　这呀……这是达申卡告诉我的……像我现在落得这个地步,也只有造假钞票的一个道儿了。后天我非得付三百一十个卢布不可……我已经凑足了一百三十个(摸一摸口袋,大吃一惊)哎呀,钱不见啦! 我把钱给丢了! (眼里含着泪)我的钱跑到哪儿去啦? (又快活起来)哟,在这儿了,漏到衣裳里子里头去了……吓了我一身冷汗……

　　〔柳鲍芙·安德烈耶夫娜和夏洛蒂上。

柳鲍芙·安德烈耶夫娜　（哼着一段"列兹金卡"①)列昂尼德怎么去了这么半天还不回来? 他在城里干什么了呢? (向杜尼亚莎)杜尼亚莎,给那些乐师们弄点茶去。

特罗费莫夫　拍卖一定没有执行。

柳鲍芙·安德烈耶夫娜　乐队今天来得偏偏不是时候,我们的舞会偏偏选在这么一个别扭的日子……咳,算了,也没有什么关系。(坐下,低唱着)

夏洛蒂　（递给皮希克一副扑克牌)这是一副牌,你心里想一张

---

①　列兹金卡舞曲是一种四分之二拍的高加索舞曲,很轻快。因格林卡的作曲和安东·鲁宾斯坦的歌剧《恶魔》而风行一时。——译者

吧,随便哪一张。

皮希克 我已经想好一张了。

夏洛蒂 好,现在把这副牌洗一洗吧。好极了。把牌放在这儿吧。啊,我的尊贵的皮希克先生,Ein, zwei, drei!①······好了,现在找一找吧,那张牌就在你的口袋里······

皮希克 (从口袋掏出一张牌来)黑桃八,一点儿不错!(惊奇)咦!你就看看这个!

夏洛蒂 (把那副牌托在手心当中,向特罗费莫夫)赶快说,上边头一张是什么牌?

特罗费莫夫 嗯,就说是黑桃皇后吧。

夏洛蒂 好!(向皮希克)那么,你说呢,头一张是什么牌?

皮希克 红心爱斯。

夏洛蒂 好!(双手一拍,那副纸牌不见了)今天的天气多好啊!

　　〔有一个神秘的女人的声音,好像是从地板下面发出来似的,回答她:"啊!是呀,小姐,今天天气好极了。"

　　你是我的一个理想的美人。

　　〔声音:"你也美,我很喜欢你,小姐。"②

火车站长 (喝彩)好哇,腹语家小姐!

皮希克 (惊异)咦,你就看看这个!啊!我的迷人的夏洛蒂·伊凡诺夫娜呀,我简直整个爱上你了······

夏洛蒂 爱上了?(耸肩)你有资格爱吗?Guter Mensch,

_____

① 德语,一、二、三。
② 这里,人声所说的不是正确的俄语,是夏洛蒂成心开玩笑的。演出的时候,这句话也要说得洋腔一些。——译者

233

aber schlechter Musikant! [①]

特罗费莫夫　（拍了皮希克的肩膀一下）你这匹不中用的老马呀！

夏洛蒂　注意呀，再变一套。（从一张椅子上取过一条毛毯来）这儿是一条很漂亮的毛毯，我要把它卖了。（摇晃它）谁想买？

皮希克　（惊奇）咦，你就看看这个！

夏洛蒂　Ein, zwei, drei!（很快把毛毯一举，变出安尼雅来，她在一片鼓掌声中向大家蹲了一蹲腿，很快地行了个礼，跑到她母亲的面前，吻了她母亲一下，就跑到后边大厅里去了）

柳鲍芙·安德烈耶夫娜　（喝彩）好哇，好哇！

夏洛蒂　还有呢！Ein, zwei, drei!（把毛毯一举，又变出瓦里雅来，她向大家鞠躬）

皮希克　（越来越惊奇）咦！你就看看这个！

夏洛蒂　完了！（把毛毯往皮希克的身上一扔，蹲蹲腿行了一个礼，就跑进大厅去了）

皮希克　（赶快追了她去）你这个小流氓啊……你们就看看这个！你们就看看这个！……（下）

柳鲍芙·安德烈耶夫娜　还不见列昂尼德的影子。他在城里待这么久，究竟是在干什么呢，我真不明白。这个时候总应该什么事都完啦；不是地产已经卖给别人啦，就是拍卖

---

① 德语，好人，然而并不是一个好音乐家！译意是：好人唱出的高调不见得全顺耳！

没有执行。他为什么叫我们悬这么久的心思呢？

瓦里雅 （尽力安慰她）我敢说一定是舅舅又给买回来了。

特罗费莫夫 （嘲笑地）就那么指望着好啦。

瓦里雅 外婆把代理权委托给了舅舅，叫他用外婆的名义，把这块地产买下来，然后再把抵押借款过个户头。她这都为的是安尼雅，我相信有上帝的保佑，舅舅一定会买到手的。

柳鲍芙·安德烈耶夫娜 你这位住在亚罗斯拉夫尔的外婆，只送来一万五千卢布，要用她的名义买下这块地产来——她不信任我们，不肯多拿出钱来。这个数目呀，就连付利息都不够。（两手蒙上脸）我的命运就要在今天决定啊，我的命运……

特罗费莫夫 （戏弄瓦里雅）罗巴辛夫人！

瓦里雅 （生气）永久的学生！叫大学给开除了两次了！

柳鲍芙·安德烈耶夫娜 你何必生气呢，瓦里雅？他叫你罗巴辛夫人，是跟你闹着玩的，这又有什么呢？如果你愿意，本来就很可以嫁给罗巴辛嘛，他是个好人，也很有趣；可你要是不愿意呢，就不嫁给他好了，又没有人强迫你，我的亲爱的孩子。

瓦里雅 我把这件事情看得很认真，这我得承认，好妈妈。他是一个好人，我喜欢他。

柳鲍芙·安德烈耶夫娜 那么就嫁给他好啦，还等什么呢？我真不明白！

瓦里雅 可是，妈妈，你说，这究竟不能由我赶着他去求婚不是。整整有两年了，什么人都跟我谈他，个个都谈论这件事情,可是他自己呢,不是一个字不提,就是拿这件事开玩笑。我明白得很。他正在弄钱,他的脑子里全是他的买卖,没有心思想到我。我要是稍微有一点钱的话,哪怕只有一百个卢布呢,我也早就撇开一切,远走高飞了。我也早就进了修道院了。

特罗费莫夫　啊,是啊,那可是多么大的福气啊!

瓦里雅　(向特罗费莫夫)作学生的可应当知趣点!(换了柔和的口气,眼里含着泪)彼嘉,你变得多么丑了哇,你老得多么厉害了呀!(向柳鲍芙·安德烈耶夫娜,眼里没了泪)可是你听着啊,好妈妈,没有事做我可是活不下去的呀。我每一分钟都得有点事情占着心思啊!

　　〔雅沙上。

雅沙　(尽量想不笑出来)叶比霍多夫把一根台球杆子折断了……(下)

瓦里雅　叶比霍多夫这是在胡闹些什么?谁准许他打台球的?这些人我真不明白……(下)

柳鲍芙·安德烈耶夫娜　彼嘉,不要再逗她了。你看,就这样,她心里已经够苦的了。

特罗费莫夫　我希望她别总这么小题大做的,别总这么好管闲事。整整这一夏天,她就没有叫安尼雅和我安生过;她怕我们乱搞起恋爱来。可这又关她什么事呢?况且我有什么把柄在她手里吗?我没有那么庸俗。我们是超乎恋爱的!

柳鲍芙·安德烈耶夫娜　这么说,我一定是低乎恋爱的了。(非常不安)列昂尼德为什么还不回来呢?哎,我只求知道

236

知道地产到底卖出去了没有哇！这种痛苦，叫我太受不住了，叫我简直不知道怎么想才好啊！我的心思全乱了……我简直想大声哭出来，我简直想豁出命去胡闹一下子啊……救救我吧，跟我谈谈吧，找点什么话来跟我说说吧……

特罗费莫夫 不论地产今天卖出去，还是没有卖出去，那又有什么关系呢？这件事情老早就不成问题了，反正是拿不回来的了，已经没有路子可以回头的了。镇静一点吧，亲爱的柳鲍芙·安德烈耶夫娜。不要再自己欺骗自己了。一辈子里至少拿出一回勇气来，面对一下现实吧。

柳鲍芙·安德烈耶夫娜 现实？你能看得出来什么是现实，什么不是现实；我可什么也看不出来，就跟眼睛瞎了似的。你无论解决什么重大的问题，都是那么勇敢，可是，告诉告诉我，我的朋友，难道那不是因为你还年轻，因为你还从来没有因为解决自己这一类的问题而受过罪吗？如果说，你能有那么大的信心朝前看，那难道不是因为你没有见过，也没有想到过，未来会有多少可怕的事吗？难道不正因为你年轻，所以你还没有看见过真实生活究竟是什么样子吗？你比我勇敢，坦白，深刻；可是也要替我想一想，也要体恤我指头肚大的这么一点点，要可怜可怜我呀！你难道不知道吗？我是生在此地的，我的父母，我的祖父，当年也都住在此地；我爱这所房子；要是丢了樱桃园，我的生命就失去了意义；如果一定非卖它不可，那么，千万连我也一齐卖了吧！……（把特罗费莫夫拉过去，吻他的上额）我的小孩子也是在这里淹死的,你明白?(哭泣)可怜可怜我吧,亲爱的、慈悲的彼嘉。

特罗费莫夫 我满心都是同情你的,你知道。

柳鲍芙·安德烈耶夫娜 我知道,我知道,可是你应该换一种口气跟我说话呀。(掏出一条手帕来,掉出一封电报)我心里今天有多么苦,你连想象都想象不到啊!这样乱哄哄的,我简直受不住,我听见什么声音心里都发跳,身上都发颤。可是我也不能把自己关在屋里,我怕一个人待着的那种寂寞。不要责备我了吧!彼嘉,我爱你,就跟爱我的亲人一样。我倒是很愿意让安尼雅嫁给你,这我可以发誓。可是,我的朋友啊,你现在得读书,得毕了业呀。像你这样什么事情也不做,只由着命运把你东摆布西摆布的,这可不对呀……我这都是实话吧,你说对不对呀? 还有你这胡子,长得也不够长,得想想办法……(笑)这叫我一看见就忍不住要笑。

特罗费莫夫 (把电报拾起来)我不想做一个美男子。

柳鲍芙·安德烈耶夫娜 这是从巴黎打来的电报。我每天都要收到这么一封。昨天刚收到过,今天又是一封。那个野蛮的人,又病了,情况又不好了……他请我饶恕他,求我回去。要说真的呢,我可也真该到巴黎去陪陪他呀。你别这么板着脸看我,彼嘉,你说我可有什么法子呢,我的朋友,我可又该怎么办呢? 他病了,他寂寞,他不幸,有谁照料他呢? 有谁可以拦住他别轻生呢? 有谁按时候服侍他吃药呢? 何必假装不承认? 我爱他,这是明摆着的事实。我爱他,我爱他……这就像是我的脖子上挂着的一块石头,把我都坠到水底下去了,可我还是爱我这块石头。没有这块石头,我就活不了。(紧抓住特罗费莫夫的手)不要错怪我,彼嘉,不要开口,什么话也不要对我说了……

特罗费莫夫 (忍住了泪)千万饶恕我的直率吧!这个人,可是把你都骗光了。

柳鲍芙·安德烈耶夫娜 不,不,不,你不要这么说……(掩上耳朵)

特罗费莫夫 他是个无赖,只有你自己看不出来,他是一个小人,一个一文不值的……

柳鲍芙·安德烈耶夫娜 (生气,但又抑制下去)你已经二十六七岁了,可还是一个六年级的小学生呢!

特罗费莫夫 那又算得了什么呢!

柳鲍芙·安德烈耶夫娜 你现在也该是个大人了,像你这个年纪,也应当了解恋爱的人们的心情了。而且你自己也该去爱一个人了……也应该懂得什么叫作爱了!(气愤)是的,一点也不错,你这并不是超乎爱情,简直是背乎人情,你不过是个滑稽的傀儡,一个怪物……

特罗费莫夫 (非常吃惊地)你这叫什么话呀!

柳鲍芙·安德烈耶夫娜 "我是超乎恋爱的!"其实你并没有超乎恋爱,你也不过是费尔斯所说的一个不成器的东西罢了。到了这个年纪,连一个情妇都还没有呢!……

特罗费莫夫 (非常吃惊地)真可怕呀!你这叫什么话呀!(用两只手抱着头,急忙向大厅走去)真可怕呀!我再也受不住了,我走了……(下,但立刻又回来)咱们两个人,从此算是断啦!(由前厅下)

柳鲍芙·安德烈耶夫娜 （追着喊他）站住,彼嘉! 你多糊涂呀,我这不过是开开玩笑! 彼嘉!

〔传来有人跑下楼梯、忽然跌下去的声音,安尼雅和瓦里雅惊叫了一声,马上又大笑起来。

什么事?

〔安尼雅急急忙忙跑上。

安尼雅 （大笑着）彼嘉从楼梯上摔下去了。（又跑下）

柳鲍芙·安德烈耶夫娜 多么大的一个傻瓜呀,这个彼嘉!……

〔火车站站长,笔直地站在大厅中央,朗诵阿列克塞·托尔斯泰的一首诗《女罪人》,大家都停住脚步听着。但是,他还没有读到几行,前厅里又奏起华尔兹舞曲来,把他的朗诵打断了。大家跳舞,特罗费莫夫、安尼雅、瓦里雅和柳鲍芙·安德烈耶夫娜都回到小客厅来。

得啦,彼嘉,得啦,你这个纯洁的灵魂……你原谅我吧……让我们两个跳一回吧。（她和特罗费莫夫跳舞）

〔安尼雅和瓦里雅跳。费尔斯上,把他的手杖立在旁边的门口。雅沙也从客厅那边进来,看着人们跳舞。

雅沙 怎么啦,公公?

费尔斯 我心里有点不好受。老年间,来我们这儿跳舞的,都是些将军、伯爵和海军上将。可是现在呢,请的全是什么邮政局职员啊,火车站站长啊的,而且他们还觉得来了是赏给我们面子呢。我近来觉得身子骨越来越不行了,我那位去世的老主人,就是他们的爷爷呀,当初每逢我们一生病,就给我们火漆吃,不管是什么病。我天天吃火漆,吃了

240

有二十年了,也许还不止;说不定多亏是火漆,我才活到现在呢。

雅沙　公公,你真把人烦死啦。(打呵欠)我希望你赶快两眼一闭就算啦。

费尔斯　哼,你这个……不成器的东西!(嘴里咕噜起来)

　　　　[特罗费莫夫和柳鲍芙·安德烈耶夫娜跳着舞,从大厅跳到小客厅里来。

柳鲍芙·安德烈耶夫娜　Merci①! 我要坐一下啦……(坐下)我累了。

　　　　[安尼雅上。

安尼雅　(激动地)刚刚有一个过路的人,在厨房里说,樱桃园今天卖出去了。

柳鲍芙·安德烈耶夫娜　卖了? 卖给谁的?

安尼雅　这他没有说就走了。(和特罗费莫夫跳舞,两个人跳到大厅里去)

雅沙　是一个老头子在那儿闲聊的,不是本地人。

费尔斯　列昂尼德·安德烈耶维奇还不回来。他只穿了一件薄大衣去的,是一件春季大衣,要不着了凉才怪呢。咳,真是啊,年轻的人啊!

柳鲍芙·安德烈耶夫娜　真把我急死了。雅沙,快去跟那个人打听清楚,是卖给谁的?

雅沙　他老早走了,那个老头子。(笑)

柳鲍芙·安德烈耶夫娜　(微微有些不悦)笑什么? 你有什么

---

①　法语,谢谢。

可痛快的?

雅沙 我是想起那个叶比霍多夫来了,他真可笑。多么愚蠢!"二十二个不幸"。

柳鲍芙·安德烈耶夫娜 费尔斯,地产要是卖掉了,你可到什么地方去呢?

费尔斯 随你吩咐我上哪儿,我就上哪儿去。

柳鲍芙·安德烈耶夫娜 你的脸色怎么这么难看呀,你觉得不舒服吗? 去躺下睡睡去。

费尔斯 是啊……(讽刺地)可不是吗,我是该睡睡去,可是叫谁伺候你呀? 事情都叫谁管,都叫谁拿主意啊? 整个家里就我一个人在管呐。

雅沙 (向柳鲍芙·安德烈耶夫娜)柳鲍芙·安德烈耶夫娜! 请你准我求你一件事情,请你发个慈悲吧。你要是再上巴黎去,求你行行好把我带了去,这儿我可万万待不下去了。(回头望望,低声说)其实也用不着跟你说,你自己也看得出来,这儿是个没开化的地方,人们都没有道德,还先不提这儿有多么厌烦,厨房里给我们吃的伙食有多么恶心,这个费尔斯是怎么到处乱转,嘴里成天嘟囔着也不知道是什么话。把我带回去吧,发个慈悲吧!

〔皮希克上。

皮希克 美丽的夫人,可以赏光和我……跳一回华尔兹舞吗?

〔柳鲍芙·安德烈耶夫娜和他走出去。

　　我的美丽的太太,我还是得跟你借一百八十个卢布……(跳舞)是的,是的,一百八十个卢布……(跳着进了大厅)

雅沙 (低唱)"啊！你了解不了解我心灵上的忧闷哪……"

　　〔大厅里出现了一个奇怪的人物，戴着灰色高帽子，穿着棋盘格子布裤，指手画脚地跳跃着。那里，大家喊着："好哇，夏洛蒂·伊凡诺夫娜！"

杜尼亚莎 （走进来，停住了脚步，往脸上擦粉)安尼雅小姐叫我也来跳舞，说是因为男的太多，女的太少了。可是我一跳舞，头就转起来了，心也跳起来了。费尔斯·尼古拉耶维奇，邮政局那位先生刚才跟我说了一句话，叫我听得连气儿都喘不过来了。

　　〔音乐停止。

费尔斯 他跟你说什么？

杜尼亚莎 他说："你像一朵鲜花。"

雅沙 （打呵欠)哼！这些没有教养的……(下)

杜尼亚莎 像一朵鲜花！……我是多么体面的一个姑娘啊，我就爱听这些恭维的话。

费尔斯 这将来会把你毁了的。

　　〔叶比霍多夫上。

叶比霍多夫 我知道你看见我就不高兴，阿夫多季雅·费多罗夫娜……见了我就像看见个虫子似的。(叹气)哎！这种生活呀！

杜尼亚莎 你要干什么？

叶比霍多夫 丝毫没有问题，也许你是对的。(叹气)可是，如果，比如说，如果从某一种观点上来看的话，请原谅我的直爽，也请准许我冒昧用这么一个说法吧，你把我折磨得心情全变了。我现在的心情，是很能认命的了；我虽然每天

243

都要碰上一点倒霉的事情,可是我老早已经习惯了,所以我什么都能拿笑脸来承受了。你答应过我,虽然我……

杜尼亚莎 这个我们以后再谈吧,我求你;现在可让我清静一会儿好不好。我这儿正一肚子心思呢。(扇她的扇子)

叶比霍多夫 每天都有点倒霉的事情临到我的头上,可是我呢,让我自己这么表白一句吧,我只是微笑,甚至用大笑来接受命运给我的新打击。

　　　　〔瓦里雅由大厅上。

瓦里雅 (向叶比霍多夫)谢苗,你怎么还没有走啊?我的话你可真是一句也不听啊。(向杜尼亚莎)你出去,杜尼亚莎。(向叶比霍多夫)你先是乱打台球,打断了一根杆子,接着又在客厅里蹓跶来蹓跶去的,倒像是请来的一个客人似的。

叶比霍多夫 让我告诉你,你还没有资格责问我。

瓦里雅 我不是责问你,我只是跟你谈谈。你只知道东荡荡,西荡荡,一点事情也不做,我们凭什么白白请这么一位管家呢,那可只有天晓得了。

叶比霍多夫 (恼怒)我是不是不做事,是不是东荡荡西荡荡,是不是白吃饭,是不是乱打台球,这只有我的长辈,或者更懂事的人们才配裁判。

瓦里雅 你居然敢这样对我说话!(大怒)你怎么敢这样!我不懂事,是不是?那你马上给我滚!马上就滚!

叶比霍多夫 (畏缩)我请你说话文雅一点好不好。

瓦里雅 (怒不可遏)你现在就给我滚出去!马上!

　　　　〔他向门口退出,她追上去。

你这个"二十二个不幸"！给我走开！我不要再看见你！

　　[叶比霍多夫下；听见他在门外的声音："我去告你去。"

　　怎么你又回来了吗？（抄过费尔斯放在门边的那根手杖）来吧！来吧！我叫你瞧瞧！啊！你可来呀？看你可敢？你只要来，就给你这一下子……（她乱挥着手杖，罗巴辛恰巧在这个时候走进来）

罗巴辛　非常感谢！

瓦里雅　（还在生着气，可是嘲笑地）真对不起！

罗巴辛　没有关系。我很感谢你这种热烈的接待。

瓦里雅　不值得谢呀。（她走开几步，然后回过身来，温柔地问）我没有打着你哪儿吧？

罗巴辛　没有，没有什么关系。待会儿也不过准得起个不太小的鼓疱就是了。

　　[大厅里的人声："罗巴辛来了，叶尔莫拉伊·阿列克塞耶维奇来了！"

皮希克　可不就是他吗？（和罗巴辛接吻）你浑身都是白兰地味儿呀，亲爱的朋友。可我们这儿也并不寂寞。

　　[柳鲍芙·安德烈耶夫娜上。

柳鲍芙·安德烈耶夫娜　是你呀！叶尔莫拉伊·阿列克塞耶维奇？怎么这么晚才回来？列昂尼德呢？

罗巴辛　列昂尼德·安德烈耶维奇跟我一块儿回来的，这就到……

柳鲍芙·安德烈耶夫娜　（紧张）怎么样了，拍卖了吗？快说呀!

罗巴辛 （不知所措,生怕露出自己心里的快活来）四点钟拍卖就都办完了……我们误了火车,这才不得不等到九点半。（深深地叹了一口气）哎哟嗬! 弄得我头都有点发晕了……

　　〔加耶夫上;他右手提着一包买的东西,左手擦着眼泪。

柳鲍芙·安德烈耶夫娜 怎么样了,列尼亚? 怎么样啊? （不能忍耐地,流了泪）快说呀! 求求你吧!

加耶夫 （没有回答,做了一个厌倦的手势,哭着向费尔斯）来,接过去……这是些糟白鱼,和凯尔契出产的青鱼。我这一天过的是什么日子呀! ……我今天一整天都没吃东西……

　　〔台球室门开着,从里边传出台球相撞声和雅沙的说话声:"七比十八!"加耶夫脸上的表情起了变化,他不再哭了。

　　可把我累死了。费尔斯,拿衣裳来给我换换。

　　〔他穿过大厅到自己卧房去,费尔斯随下。

皮希克 拍卖的结果怎么样? 告诉告诉我们。

柳鲍芙·安德烈耶夫娜 樱桃园卖了吗?

罗巴辛 卖了。

柳鲍芙·安德烈耶夫娜 谁买的?

罗巴辛 我。

　　〔停顿。

　　〔柳鲍芙·安德烈耶夫娜心里一阵难受,要不是她扶住了身旁的一张桌子和一把圈椅,早就会倒在地上了。瓦里雅从腰带上把那串钥匙解下来,往小客厅当中的地上一扔,就走了。

　　是我买的。我请你们等一等,不要忙,我的头有点晕,我说不出话来……(笑)我们去到拍卖场上的时候,捷里冈诺夫早已经在那儿了。列昂尼德手里只有一万五千卢布,哪知道捷里冈诺夫头一下子就出到比押款还多三万的数目。我一看这种情形,就跟他顶起来了,我加到四万。他又叫四万五。我就叫五万五。他每回加五千,可是我每回加一万……那么,就这样,后来总算定局了。我的叫价比押款多到九万,就把地产买过来了!现在这座樱桃园是我的了!是我的了!(大笑)主啊!樱桃园居然是我的了!这不可能吧!我是喝醉了吧,我是疯了吧,也许我是在做梦吧!……(顿脚)不要嘲笑我!啊!要是我的父亲和我的祖父能从坟里爬出来,亲眼看看这回事情,那可多么好哇!要是他们能够看看他们这个叶尔莫拉伊,差不多是一字不识的、挨着巴掌长大的、就连冬天都光着脚到处跑的那个孩子,今天居然买了这么一块全世界都找不出第二份的产业,那可多么好啊!这块地产,是从前我父亲跟我祖父当奴隶的地方,是连厨房都不准他们进去的地方,现在居然叫我买到手了!我是在做梦吧?这也许是幻觉吧?不会是真的吧?……这都是你们在茫茫的云雾里空想的结果啊……(把钥匙拾起来,柔情地微笑着)她把钥匙扔在地上,想来表示她已经不再是此地的主人了……(把钥匙摇得叮当叮当响)活该,这又有什么关系?

[传来乐师们调音的声音。

　　喂！音乐家们,奏吧！我很想听听你们的演奏呀！让大家都来看看我,来看看叶尔莫拉伊·罗巴辛用斧子砍这座樱桃园吧！都来看看这些树木一根一根地往下倒吧！我们要叫这片地方都盖满别墅,要叫我们的子子孙孙在这儿过起一个新生活来！……奏起来呀,音乐！

　　[乐队奏乐,柳鲍芙·安德烈耶夫娜瘫坐在一把椅子上,伤心地哭着。

　　(斥责的口气)谁叫你不听我的话的呀！我的可怜的、善良的柳鲍芙·安德烈耶夫娜呀！事到如今,可已经太晚啦。(眼里含着泪)啊！要是能够把现在的一切都结束了,可多么好哇！啊！要是能够把我们这么烦乱、这么痛苦的生活赶快改变了,那可多么好啊！

皮希克　(挽着罗巴辛的胳臂,低声地)她哭了。咱们到大厅里去吧,让她一个人在这里静一静……走吧。(拉着罗巴辛的胳膊,把他拉到大厅里去)

罗巴辛　我说怎么啦？喂,音乐！力量再大着点！让一切都照着我的心愿做吧！(讽刺地)新主人来了,樱桃园的所有者来了！(无意中撞到一张小桌子上,几乎把上面的枝形烛台撞倒)没有关系,什么我都买得起！(和皮希克下)

　　[大厅和小客厅里,都没有人了。只剩下柳鲍芙·安德烈耶夫娜一个人,坐在那里,全身缩在圈椅的深处,伤心地抽泣着。音乐轻轻地奏着。安尼雅和特罗费莫夫急忙忙上。安尼雅走到她母亲面前,跪下。特罗费莫夫站在大厅的入口处。

安尼雅　妈妈！……我的好妈妈，你哭了？妈妈，我的亲爱的、美丽的好妈妈，我爱你！……我祝福你！樱桃园卖出去了，它已经不是我们的了，不错，这确实是真的；但是，用不着哭啊，妈妈，你的前面还有一大段没有走完的生命呢，你自己还有纯洁而可爱的灵魂呢……跟我走吧，我的亲爱的；跟我走，咱们离开这儿……咱们另外再去种一座新的花园，种得比这一座还美丽。你会看得见它的，你会感觉到它有多么美的，而一种平静、深沉的喜悦，也会降临在你的心灵上的，就像夕阳斜照着黄昏一样。到了那个时候，你会微笑的，我的好妈妈！咱们走吧，我的亲爱的，跟我走吧！走吧！……

——幕落

第 四 幕

景同第一幕。

窗上的窗帘和墙上的画框,都已经摘去。剩下的不多几件家具,都堆在一个墙角,仿佛等待着买主似的。屋子里给人一种空旷的感觉。舞台的深处,正门的旁边,堆着预备出门的衣箱和包裹,等等。左方,门开着,从那边传来瓦里雅和安尼雅说话的声音。罗巴辛站在舞台中央,好像在等什么人。雅沙托着一个托盘,上边放着几只斟满了香槟酒的高脚杯。叶比霍多夫正在前室里捆着一只小箱子。景后传来嗡嗡的人声。这是一些农民送别来了。听见加耶夫的声音说:"谢谢了,弟兄们,谢谢了。"

雅沙 这是农民们送行来了。叶尔莫拉伊·阿列克塞耶维奇,据我看呀:这些老百姓,人倒都是实心肠的人,可惜就是蠢了一点。

〔人声渐渐沉寂下去。柳鲍芙·安德烈耶夫娜和加耶夫从前室回来。她忍住了哭泣,但是脸色苍白,嘴唇发颤,一句话也说不出来。

加耶夫 柳芭,你把钱口袋连底儿都翻给他们了。这可不行啊,这可不行啊!

柳鲍芙·安德烈耶夫娜 我没有法子呀,你叫我有什么办法呢?

[二人同下。

罗巴辛 (转身,追到门口,朝着他们的后影)我请你们过来!请来喝一下告别酒吧! 我忘记打城里带点香槟酒回来了,这是在火车站上好容易才找来的一瓶。请呀!

[停顿。

怎么,我的朋友们,你们不喝吗?(离开门口)我要是早知道,也就不买了。既然是这样,那连我自个儿也不喝了。

[雅沙小心翼翼地把托盘放在一把椅子上。

既然都不喝,雅沙,你就喝了它吧。

雅沙 祝走的人一路平安! 祝留在这儿的人事事如意!(喝酒)我敢担保,这不是真香槟酒。

罗巴辛 这一瓶,我花了八个卢布呢。

[停顿。

雅沙 这里冷得要命,今天没有生火,反正我们就走了。(笑)

罗巴辛 你笑什么?

雅沙 心里高兴。

罗巴辛 已经是十月了,可是天气还这么暖和,太阳出得跟夏天似的,正好是盖房子的天气。(看了一眼自己的表,转身走到门口)不要忘记,离开车只有四十六分钟了。你们可就得动身上车站去啦。快着点吧。

251

[特罗费莫夫穿着外衣，从外边进来。

特罗费莫夫 我想可该动身了。马车已经套好了。我把胶套鞋放到什么鬼地方去啦？我找不着啦。（向门外）安尼雅，我的套鞋不见了。到处都找不着啊！

罗巴辛 我要到哈尔科夫去，我也搭你们这一班火车。我要在哈尔科夫过冬。这一阵子，我成天跟着你们在一块儿，一点事情都不做，混得我头都大了。我没有工作是过不下去的，这两只手一闲起来，我就不知道怎么办好了，摇摇晃晃的，好像不是我的似的。

特罗费莫夫 我们马上就走，那你就接着干你那有用的工作吧。

罗巴辛 喝一杯吧。

特罗费莫夫 不喝。

罗巴辛 这么说，你是要到莫斯科去的了。

特罗费莫夫 是的，我先把他们送到城里，明天就动身到莫斯科去。

罗巴辛 对了……我想教授们一定还没有开讲呢，他们专等着你呢。

特罗费莫夫 这没有你的事。

罗巴辛 你在大学待了多少年了？

特罗费莫夫 找点新鲜的玩笑好不好？这一套都老掉了牙了。（找他的套鞋）你听着，我想咱们以后再也见不着面了，所以让我临别给你进一点忠告吧；不要老这么指手画脚的，改改这种飞扬浮躁的毛病。我还要请你注意，什么盖别墅呀，什么希望将来有一天住别墅的市民都每人耕种一块土地呀,这一类的话呀,也一样叫作飞扬浮躁。不过,话虽这么说,我还是喜欢你;你的手指头细长、敏锐,很像艺术家的手,你的灵魂也是柔和、敏锐的……

罗巴辛　(把他抱住)再见了,我的亲爱的,我谢谢你的一切。如果你需要盘川钱用,就从我这儿拿点去,别不好意思。

特罗费莫夫　为什么呢? 我用不着。

罗巴辛　可是你一个钱也没有哇。

特罗费莫夫　我有,谢谢你吧。我翻译了一篇东西,得了一笔钱。这不是,就在我这口袋里呢。(焦急不安的声音)我的套鞋怎么到处都找不到啊。

瓦里雅　(在敞开着的门外)在这儿了。把你这个脏东西拿去吧! (往舞台上抛出一双套鞋来)

特罗费莫夫　你为什么这么生气呀,瓦里雅? 唉! ……可这不是我的呀!

罗巴辛　我在春天种了两千亩罂粟,结果现在净赚了四万卢布。那些罂粟开起花来的时候,嘿,真是一幅多么美丽的图画呀! 我就这么赚了四万,所以,如果我想借给你一点钱,那是因为我能匀得出来。你又何必拿架子呢? 我是一个庄稼人……所以才老老实实跟你提的。

特罗费莫夫　你的父亲是一个农民,我的父亲是一个药剂师,这中间找不出一点什么关系来。

　　〔罗巴辛掏出钱包来。

　　收起来,收起来……你即或给我二十万,我也不收。我是一个自由人。你们这一类人呀,无论是穷的、富的,在你们眼里看成那么重要的、那么珍贵的东西,在我也不过像随风飘荡的柳絮那么无足轻重。我用不着你们,我瞧不起你们,我觉得自己坚强而骄傲。人类是朝着最高的真理前进的,是朝着人间还没有达到的一个最大的幸福前进的。而我呢,我就站在最前列。

罗巴辛　你能够达到那个目的吗?

特罗费莫夫　我会达到的。

〔停顿。

我自己会达到的。即或不然,我也会给别人领出一条可以遵循的道路。

〔传来远处斧子砍伐树木的声音。

罗巴辛　好了,再见吧,老朋友。是该动身的时候了。我们白站在这儿彼此吹嘘,实际生活可是一句也不理会我们的,它照旧像水一样地往前流啊!我只有在工作得很久而还不停歇的时候,才觉得自己的精神轻快,也才觉得自己找到了活着的理由。可是,我的老朋友,你看看,谁也不知道他为什么活着的人,咱们俄国可有多少哇……不过,说到究竟,这也没有关系,反正事业的进行,也不靠着他们。据说列昂尼德谋到了一个位置,要进银行做事去了,一年有六千卢布……不过我想他干不长的,他太懒惰了。

安尼雅　(出现在门口)妈妈请你在她没走以前,先不要叫人砍园子里的树木。

特罗费莫夫　说真的,你这也未免有点不近人情啊……

〔他由前室下。

罗巴辛　我就去叫他们打住,我就去……这些人够多么蠢啊!

(随特罗费莫夫下)

安尼雅 把费尔斯送进医院了吗?

雅沙 我是今天早晨把上边的吩咐交代下去的。一定送走了。

安尼雅 (向横穿着大厅的叶比霍多夫)谢苗・潘捷列耶维奇,请你去看一看,他们到底把费尔斯送进了医院没有。

雅沙 (生气)我今天早晨已经告诉叶戈尔了。再这么十遍二十遍地问,又有什么用呢?

叶比霍多夫 要照我的意思看,这位上了百岁的费尔斯,简直不值得再修理了,也该是他赶快去见见祖先的时候了。我可只有羡慕他的呀。(把一只手提衣箱放在一个帽盒上,把帽盒压扁了)你们看,是不是! 我早就料到准有这么一手! (下)

雅沙 (揶揄地)这个"二十二个不幸"啊!

瓦里雅 (在门外)把费尔斯送进医院了吗?

安尼雅 送去了。

瓦里雅 那他们为什么没有把写给大夫的信带去呢?

安尼雅 这得马上送去。(下)

瓦里雅 (在邻室)雅沙在哪儿啦? 告诉他,他的母亲向他告别来了。

雅沙 (做了一个不耐烦的手势)就是再有耐性的人,也都受不了啊!

　　　　[杜尼亚莎一直在忙着整理行李;现在台上只剩下雅沙一个人了,她就走到他的跟前。

杜尼亚莎 你总可以只看我一眼吧,雅沙? 你就要走了……你就要离开我了。(哭着扑上去,搂住雅沙的脖子)

雅沙 这值得哭吗? (喝香槟酒)六天以后,我就又回巴黎去

255

了。明天我们坐上快车，呼地一走，咱们就算是永别了！这简直叫人都不会相信啊。Vive la France![①] ……此地对我太不合适。我在这儿活不下去。实在是没有办法再待了。周围这种野蛮情形，我可实在看够了；再也看不下去了。(又喝香槟酒)干吗哭呢？留神着点自己的体面，那你就不会哭了。

杜尼亚莎 (照着她的小手镜，往脸上搽粉)到了巴黎给我写封信来。我爱了你一场，雅沙，多么爱你啊。我是一个多么脆弱的人啊，雅沙！

雅沙 有人来了。(低唱着，忙去整理那些手提箱)

　　[柳鲍芙·安德烈耶夫娜、加耶夫、安尼雅和夏洛蒂·伊凡诺夫娜同上。

加耶夫 该是走的时候了。没有几分钟了。(盯着雅沙)是谁浑身这么一股咸青鱼味？

柳鲍芙·安德烈耶夫娜 再待十分钟，我们可就得上马车了。(把房子四下看了一眼)再见了，亲爱的老房子，再见了，老人家！等这个冬天过去，新春一到，你可就不会存在了，人家就已经把你拆掉了。唉，这几面墙啊，你们当初可看见过多少的沧桑啊！(狂热地吻她的女儿)我的宝贝，你的脸上怎么这样发着光彩？你的眼睛闪亮得像是一对金刚石似的，你是满意了吧，很满意，是吗？

安尼雅 非常满意。我们开始一个新生活了，妈妈！

加耶夫 (愉快地)真的，现在一切倒都觉着好得多了。樱桃园

---

① 法语，法兰西万岁。

没有卖出去以前,我们心里都很烦恼,很痛苦,可等到后来,等到问题干脆一决定,再也无可挽救了,大家却都镇定下来了,又都觉得高兴起来了⋯⋯你看,我现在是一个银行职员了,也可以说是一个金融家了⋯⋯红球进中兜! 而你呢,柳芭,无论你怎么说,也比以前的神色好看得多了,这是毫无疑问的。

柳鲍芙·安德烈耶夫娜 是啊! 我的心思平静多了,这倒很是实话。

〔加耶夫帮着她穿好了外套,戴上帽子。

现在我夜里睡觉也踏实了。雅沙,把我的东西都搬出去,到时候了。(向安尼雅)我的孩子,我们不久就会见面的。我到巴黎去,就用你亚罗斯拉夫尔的外婆送给我们买回地产的那笔钱,在那儿过日子⋯⋯求上帝保佑你的外婆吧! 我只怕这点钱经不了多久啊。

安尼雅 妈妈,你可早一点、早一点回来呀,记住了吗? 我要好好预备功课,等我毕了业,做了事,我就可以帮助你了。我们将来在一块儿读各种各样的书,你愿意吗,妈妈?(吻她母亲的手)我们将来要在漫长的秋夜里,读上一堆一堆的书,那个时候,会有一个又新又美的世界,在我们面前展开的⋯⋯(冥想)你可要回来呀,妈妈! ⋯⋯

柳鲍芙·安德烈耶夫娜 我要回来的,我的心肝。(拥抱她的女儿)

〔罗巴辛上,夏洛蒂轻声地唱着。

加耶夫 好快活的夏洛蒂呀,她居然唱起来了。

夏洛蒂 (抱起一个包袱,像是一个襁褓中的婴儿似的)睡吧,

257

我的小宝贝,睡呀,我的小宝贝……

　　[听见婴儿的哭声:呜啊,呜啊! ……

　　别哭啦,我的乖宝贝,睡吧,我的亲爱的宝贝。

　　[呜啊……呜啊……

　　你可哭得把你妈妈烦死了!(把包袱抛在地上)我求你们再给我一个职业吧!我没有工作是过不下去的。

罗巴辛　　夏洛蒂·伊凡诺夫娜,我们一定会给你找点工作的,你放心吧。

加耶夫　　个个都离开我们了。瓦里雅也要走了!我们现在成了多余的人了。

夏洛蒂　　我在城里没有地方住,所以我不得不走啦……(低哼着歌子)反正怎么也是一样啊! ……

　　[皮希克上。

罗巴辛　　大自然的杰作来了!

皮希克　　(喘息着)哎呀!让我先喘过点气儿来吧! ……我可完啦! ……我的高贵的朋友们! ……给我一杯水喝吧!

加耶夫　　我敢打赌,他又是来借钱的。谢谢吧,我可情愿失陪了。(下)

皮希克　　我有多少日子没有到你们家来了,我的非常美丽的太太……(向罗巴辛)你在这儿啦? ……遇着你,我真高兴呀! ……你是一个绝顶聪明的人啊……拿去吧……(把钱递给罗巴辛)四百卢布,我还欠你八百四十……

罗巴辛　　(诧异,耸肩)这简直像是做梦啊! ……你从哪儿弄来的钱?

皮希克　　等一会儿……我热……这是一桩顶特别的意外呀!

258

有几个英国人,跑到我的地里来,发现我那里有一种白胶泥。(向柳鲍芙·安德烈耶夫娜)这儿我还带了四百来,还给你的,我的美丽的、非常非常美丽的夫人。(把钱交给她)其余的等下次吧。(喝了一杯水)就在刚才,火车上还有一个青年跟我说呢,他说,有那么一位……一位伟大的哲学家,劝我们都从房顶往下跳,"跳吧,"他说,"一跳就什么都了结了。"(惊诧的神色)你就看看这个!……再来点水吧!

罗巴辛 这些英国人是干什么的?

皮希克 我把出白胶泥的那块地皮,租给了他们二十四年……可是,对不起,我现在没有工夫了。我得赶快走,我还得到斯诺伊科夫家,到卡尔丹莫诺夫家……我到处欠的都是钱啊……(喝水)再见啦,我星期四再来吧……

柳鲍芙·安德烈耶夫娜 我们正往城里搬家,明天我就要到外国去了。

皮希克 怎么!(吃惊)为什么要搬进城里去呀!我说的呢,这些家具……这些手提箱……可是呢,这也算不了什么。(忍着泪)这也算不了什么……那些个英国人啊……真是绝顶聪明的人哪……也算不了什么,快活着点吧……上帝保佑你们吧……这也算不了什么。世上没有没了局的事情,什么都得有个完结。(吻柳鲍芙·安德烈耶夫娜的手)等到有一天,你听说我也完结了的时候,就请你想念我这个……这匹老马一下吧,说上一句:"从前有过那么一个叫西米奥诺夫-皮希克的……愿他的灵魂在天堂安息吧。"……今天天气可真好哇……可真是的……(极感动

259

地走出去,但是马上又折回来,站在门口)我的女儿达申卡,叫我带话问你好。(下)

柳鲍芙·安德烈耶夫娜 现在可该走了。临走的时候,我有两件心事放不下:第一样是生着病的费尔斯。(看看自己的表)我们只有五分钟了……

安尼雅 费尔斯已经送进医院去了,妈妈。是雅沙今天早晨送去的。

柳鲍芙·安德烈耶夫娜 第二样叫我焦心的,是瓦里雅。她一向是一大早就起来,成天不停地工作惯了的,现在一闲下来,她可就成了失了水的鱼了。她瘦下来了,脸色也苍白了,又总是哭哭啼啼的,这个可怜的孩子啊……

　　〔停顿。

　　叶尔莫拉伊·阿列克塞耶维奇,我老是希望着……希望能看见她嫁给你,这你是知道得很清楚的,而据情形看呢,你也确实想要结婚。(向安尼雅耳语了几句;安尼雅向夏洛蒂点头示意,她们两个人都走出去)她爱你,你也喜欢她;我就不明白,为什么你们两个人总是你躲着我、我躲着你的呢。我真不明白。

罗巴辛 跟你说老实话,连我自己也不明白为什么。这也是真奇怪……可惜现在来不及了,不然的话,我倒愿意马上就办……一下子办了,也就算啦。不过要不是你这么说,我总觉得永远也不能向她求婚似的。

柳鲍芙·安德烈耶夫娜 这好极啦。这也不过是一分钟的事啊。我马上就去把她叫来……

罗巴辛 这里刚好有香槟酒。(看看那几只杯子)空了,也不知

260

道是谁都给喝光了。(雅沙咳嗽)这真像俗语所说的,一口
就吞得精光啊……

柳鲍芙·安德烈耶夫娜 (精神抖擞地)好极了!我们大家全
躲开……Allez①,雅沙。我去叫她去……(站在门口)瓦里
雅,把事情放下,到这儿来。来呀!(下。雅沙随下)

罗巴辛 (看了一眼自己的表)嗯……

〔停顿。

〔门外传来一个强压下去的笑声和咕噜噜的耳语声;
最后,瓦里雅上。

瓦里雅 (检点着行李)奇怪呀,我怎么找也找不着啦……

罗巴辛 你找什么?

瓦里雅 是我自己打的行李,可是我就想不起来放在哪儿了。

〔停顿。

罗巴辛 瓦尔瓦拉·米哈伊洛夫娜,你呢,你可上哪儿去呢?

瓦里雅 我吗?我要到拉古林家去……他们请妥了我,替他们
料理家务,当个管家一类的。

罗巴辛 是在雅什涅沃吧?离这里大概有七十里的样子。

〔停顿。

这么说,这所房子里的生活,就算是结束了……

瓦里雅 (查看着行李)到底弄到哪儿去了呢?也许是我把它
放在大箱子里去了?……是的,这里的生活,现在就算是
结束了……不会再有了……

罗巴辛 我马上就要到哈尔科夫去……跟他们搭一班车。我

---

① 法语,走开。

有很多的事情得料理,我把叶比霍多夫留在这儿,照管着这片产业……我把他雇用下来了。

瓦里雅　噢!

罗巴辛　去年这个时候,已经下雪了,这你也许还记得。可是现在呢,你看,天气又晴朗,到处又都是太阳。只是稍许冷了一点……已经降到零下三度了。

瓦里雅　我没有寒暑表。

　　〔停顿。

　　而且寒暑表也破了……

　　〔停顿。

　　〔门外院子里的人声:"叶尔莫拉伊·阿列克塞耶维奇!"

罗巴辛　(好像老早就只盼望有人这么一叫似的)我就来!(急急忙忙下)

　　〔瓦里雅坐在地板上,把头伏在衣服包裹上,轻声地啜泣。门开了,柳鲍芙·安德烈耶夫娜小心翼翼地走进来。

柳鲍芙·安德烈耶夫娜　怎么?

　　〔停顿。

　　那,就走吧!

瓦里雅　(不再哭,擦了擦眼泪)是的,到时候了,妈妈。只要误不了火车,我今天总会赶到拉古林家去的。

柳鲍芙·安德烈耶夫娜　(走向门口)安尼雅!快穿好衣裳吧。

　　〔安尼雅上,加耶夫和夏洛蒂·伊凡诺夫娜随上。加耶夫穿着一件带风帽的厚外衣。仆人们和车夫们都进来。叶比霍多夫忙着照料行李。现在我们可以走了。

安尼雅 (愉快地)走了!

加耶夫 朋友们,我的亲爱的、尊贵的朋友们,现在我就要跟这所房子永别了,还能再叫我闭口沉默吗?还能再叫我把此刻胀满了我的心灵的情绪,忍住不向你们说一说吗?……

安尼雅 (恳求地)舅舅!

瓦里雅 亲爱的舅舅,算了吧!

加耶夫 (凄凉的声音)打"达布"进中兜……我不说话就是了。

　　〔特罗费莫夫上,罗巴辛随后上。

特罗费莫夫 喂,朋友们,得动身了。

罗巴辛 叶比霍多夫,我的大衣。

柳鲍芙·安德烈耶夫娜 我得在这儿再坐一分钟。这座房子里的墙和天花板,我觉得都好像从来没有注意过似的,现在我却这么依依不舍地、如饥似渴地要多看看它们啊……

加耶夫 我记得,有一回,我才六岁,正赶上复活节的星期日,我坐在这个窗台上,望着父亲出门,到礼拜堂去……

柳鲍芙·安德烈耶夫娜 东西都搬出去了吗?

罗巴辛 我想是的。(穿着大衣,向叶比霍多夫)要多加小心,叶比霍多夫,什么事情都得有个条理。

叶比霍多夫 (沙哑的声音)都交给我好啦,叶尔莫拉伊·阿列克塞耶维奇,放心吧。

罗巴辛 你的嗓子怎么啦?

叶比霍多夫 我刚喝了点儿水,这一定是吞下什么东西去了。

雅沙 (鄙视地)多下流!……

柳鲍芙·安德烈耶夫娜 我们走啦,这座房子里可连一个人影都不留了。

263

罗巴辛　是呀,非得到明年春天……

　　〔瓦里雅从衣服包裹里突然抽出一把伞,举起来好像要打人似的;罗巴辛做出一个自卫的手势。

瓦里雅　看你这是做什么? 我连想都没有那么想过。

特罗费莫夫　朋友们,上马车吧……该是动身的时候了,火车马上就要到站了。

瓦里雅　彼嘉,你的套鞋在这儿,就在那个手提箱旁边。(忍着眼泪)多么旧、多么脏啊! ……

特罗费莫夫　(穿上套鞋)咱们走吧,动身啦! ……

加耶夫　(心里感触很深,但是又怕哭出来)火车……火车站……打红球"达布"进中兜;白球绕回来"达布列特"进角兜……

柳鲍芙·安德烈耶夫娜　走吧!

罗巴辛　人都齐了吗? 那边没有留下人吧?(锁上左边的房门)这间屋子里堆了许多东西,得把它锁起来。走吧! ……

安尼雅　永别了,我的房子! 永别了,我的旧生活!

特罗费莫夫　你好,新生活![①] (和安尼雅下)

　　〔瓦里雅把房子四下看了一眼,慢慢地下去。雅沙和牵着一只小狗的夏洛蒂退下。

罗巴辛　那么,明年春天再见吧。出去吧,诸位……再见啦! ……(下)

　　〔只有柳鲍芙·安德烈耶夫娜和加耶夫还没有走。他

---

① 原译为"万岁,新生活",似不确。——编者

们好像老早就等着这个机会似的,同时扑到对方的怀里,抱着对方的脖子,抑制着哭声,轻轻地啜泣,生怕被人听见。

加耶夫 (在绝望中)我的妹妹啊! 我的妹妹呀!

柳鲍芙·安德烈耶夫娜 啊,我的亲爱的、甜蜜的、美丽的樱桃园啊! ……我的生活,我的青春,我的幸福啊! 永别了,永别了! ……

安尼雅 (在外边兴高采烈地呼唤着)妈妈! ……

〔特罗费莫夫的声音:(愉快地,活泼地)"呜—喂!"

柳鲍芙·安德烈耶夫娜 再把这几面墙、这几扇窗子最后看一眼吧……我那去世的母亲,从前总是喜欢在这间屋子里走来走去的……

加耶夫 我的妹妹,我的妹妹呀!

〔安尼雅的声音:"妈妈! ……"

〔特罗费莫夫的声音:"呜—喂! ……"

柳鲍芙·安德烈耶夫娜 我们来了……

〔他们都下去了,舞台上空无一人。只听见外边一道道的门在陆续下锁的声音,接着,马车赶着走远的声音。一片寂静。在这种寂静中,响起斧子砍到树上的沉闷的声音,凄凉、悲怆。

〔传来脚步声。费尔斯出现在右边门口。他依然穿着那件燕尾服,白背心,可是脚下拖着拖鞋。他病了。

费尔斯 (走到左边门口,转一转门扭)锁了,他们都走了……(坐在长沙发上)他们都把我忘了……这没有关系……我就坐在这儿等好了。列昂尼德·安德烈耶维奇,一定又忘

265

了穿皮大衣,准是穿他那件薄外套走的……(叹了一口气,挂念地)这都是我没有照顾到啊!……年轻的嫩小子啊!(又咕噜了一些叫人听不清楚的话)生命过去得真快啊,就好像我从来还没有活过一天儿似的……(躺下)我要躺下……你怎么身上一点力量都没有啦!什么都完了,都完了……哎,你呀,你……这个不成器的东西啊!……(一动也不动地躺在那里)

〔远处,仿佛从天边传来了一种琴弦绷断似的声音,忧郁而缥缈地消逝了。又是一片寂静。打破这个静寂的,只有园子的远处,斧子在砍伐树木的声音。

——幕落

《樱桃园》译后记

《樱桃园》是安东·契诃夫的"天鹅歌",是他最后的一首抒情诗。

在他死前的两三年以内,小说写得很少,两年之间,只写了两篇的样子。这,一方面固然因为他的工作态度愈来愈诚恳、审慎而深刻了,但另一方面,他的病症已经入了膏肓,体力难于支持写作的辛苦,也是事实。《樱桃园》是在痛苦中挣扎着完成的。他从来没有一篇小说或者一个剧本,像《樱桃园》写得这样慢。它不是一口气写成的;每天只勉强从笔下抽出四五行。这一本戏,是我们的文艺巨人临终所呼出的最后一息,是契诃夫灵魂不肯随着肉体的消逝而表现出的一个不挠的意志和遗嘱。

一八九九年春季,契诃夫重新到了莫斯科,又踏进了久别的戏剧活动领域,被邀去参加莫斯科艺术剧院开幕剧《沙皇费多尔》的彩排。就在这个机缘里,他认识了丹钦柯的学生、女演员克妮碧尔。克妮碧尔渐渐和契诃夫的妹妹玛丽雅熟识起来之后,就和这位凤所崇拜的作家,发生了亲昵的友谊。他们或者在一起旅行,或者频繁地通着书信,有时候克妮碧尔又到雅尔塔的别墅里去盘桓几天。一九〇〇年八月,他们订婚;次年夏天,结婚。我们并不想在这里给契诃夫作一个生活的编年记录。但,这一段恋爱的故事,在契诃夫的心情上,确是发生了很大的影响：他在肺病的缠困和孤独寂寥的袭击之下，生活上又降临了第二次的青春；他的衰弱的身体，又被幸福支持起来，才愉快地成就了更多的创作。也许没有这个幸福，《三姊妹》，至少是《樱桃园》，就不会出现。所以，《樱桃园》是契诃夫最后的一个生命力的火花。

然而，他和克妮碧尔结婚，并不是没有带来另外的痛苦。爱得愈深，这个痛苦也就愈大。克妮碧尔是著名女演员，在冬季非留在莫斯科的舞台上不可；而契诃夫的病况，又非羁留在南方小镇雅尔塔不可。他一个人留在雅尔塔过冬，离开心爱的太太，离开心爱的朋友，以契诃夫这样一个喜爱热闹的人，要他在荒凉的小镇里，成天听着雨声，孤单地坐在火炉的旁边，咳嗽着，每嗽一次痰沫，便吐在一个纸筒内，然后把这个纸筒抛在火里烧掉，多么凄凉！他自己又是一个医生，很清楚地知道自己寿命不久即将结束。而同时莫斯科艺术剧院，还在等着他的新剧本，他自己也还有许多蕴藏在内心的力量和语言，没有充分发挥出来。于是，在《三姊妹》完成了之后，便开始动笔起草《樱桃园》。在这种环境、心情与体力之下，他在写作上感受了多少生命之挣扎的痛苦！一面是死的无形之手在紧紧抓住他，一面他尽力和死亡搏斗，用意志维持着创造的时日。这里，从他给他的太太所写的信中，我们摘取几段他自己的叙述，可以借此明了他写《樱桃园》时的心情：

> 看来，这就是我的命运了。我爱你，而且，即或你用手杖打我，我依然继续着爱下去。……这里除了雪与雾以外，就没有一样别的新东西了。一切总是老样子，雨水从

屋顶上滴下来,已经有了春天的喧嚣之声了;可是,如果你从窗子望出去,景象还是冬天。到我的梦中来吧,我的亲人。

我要写一个通俗戏,但天气太冷。屋子里面冷得使我不得不踱来踱去,好叫身上暖和一点。

我尽力一天写四行,而连这四行差不多都成了不可忍受的痛苦。

天气真可怕,狂吼的北风在吹着,树木都吹弯了。我很平安。正在写着。写得固然很慢,但究竟总算是在写着了。

我好像是暖和不起来。我试着坐到卧房里去写,但还是没有用:我的背被炉火烤得很热,可是我的胸部与两臂还是冷的。在这种充军的生活中,我觉得似乎连自己的性格全毁了,为了这个缘故,我的整个人也全毁了。

啊,我的亲人,我诚恳地向你说,如果我现在不是一个作家,那会给予我多么大的快乐呀!

在他给丹钦柯的一封信里,他说:

这里的厌倦真怕人。白天,我还可以设法用工作来忘掉自己,可是一到夜晚,失望就来了。当你们在莫斯科刚演到第二幕时,我已经上床睡了。而天还未亮,我又已经起来了。你替我想象一下这种滋味:天黑着,风吼着,雨水打着窗子!

契诃夫就是在这种情形之下,把《樱桃园》慢慢地一行一行写成的。一九〇三年十月十二日,他在寄给丹钦柯的信上说:

如此，我的忍耐与你的等待，都居然得到胜利了。戏写完了，全部写完了。明天晚上，或者至迟十四日早晨，我就给你寄到莫斯科去。如果你觉得有什么必须修改之处，在我都无所谓。这本戏最坏的一点，是没有一气呵成，而是在很长的时间内，陆陆续续写的。因此，它一定会给人一个好像是勉强拉出来的印象。好吧，我们等着试试再看吧。

　　莫斯科冬季的浓雾，本来极不利于契诃夫的肺病，然而他是不能生活在孤独之中的，他永远喜欢面前有心爱的好朋友们。在《樱桃园》写成了以后，他就向他的太太和医生抗议，说自己也是一个医生，深知道南方淫雨对自己不利，而莫斯科冬季的浓雾，却没有什么关系。他寄给克妮碧尔的一封信上，这样说：

　　　　我亲爱的女指导者，太太群中最严峻的一位太太：只要你准许我到莫斯科去，我答应你在那里只吃扁豆，什么别的都不吃。我还答应你，在丹钦柯和维希涅夫斯基一进门的时候，我就站起来致敬。说实话，要是在雅尔塔再住下去，我可实在再也不能忍受了，我必须逃开雅尔塔的水和雅尔塔伟丽的空气。你们这些文化人，现在该是了解我住在此地一向比住在莫斯科坏到无可比拟的地步的时候了。但求你能知道这里的雨点打在屋顶上有多么凄凉，而我又多么强烈地想见一见我的太太就好了！我真有一个太太吗？那么，她又在哪儿了呢？

　　终于，一九〇三年，俄国旧历十二月初，在《樱桃园》排练得正紧张的时候,他到了莫斯科。他见到了自己的太太,自己的朋友,每天包围着他的,都是能给他贡献些愉快的人们。他最初很想在排演当中能起一点作用,所以每次必要到场。然而,演员们正在摸索的过程中,往往使他很不满意,再加上其中有一两个演员,确也未能胜任,因而处处都容易激怒他。演员们向他请求解释,他又是像照例的回答一样,只能说几句极简短而概括的话,大家摸不着头脑,于是更加错乱起来。四五次之后,他的兴趣大大减低,因此,就不再出席了。

契诃夫的剧本,在初次上演的时候,永远不能立刻被观众接受,再加上《海鸥》在彼得堡初演失败所给他的打击很深,使他每次对初演都怀着戒惧之心。这并不是自卑心理的表现,而是对庸俗社会的不信任。比如,在《三姊妹》初演的时候,他借故溜到意大利去,从尼斯旅行到阿尔及尔,然后又回到意大利,很快地又从皮沙跑到佛罗伦萨,再由佛罗伦萨跑到罗马,成心要避开得到初演结果的消息。等他再回到尼斯,知道《三姊妹》确是成功了的时候,写信对克妮碧尔说:

　　我觉得这出戏像是失败了;不过,对我还不是一样?……我就要弃绝剧场了,再也不给剧场写作了。在德国、瑞典甚至在西班牙,都可能给剧场写作,单单在俄国就不可能。俄国的戏剧作家,不能得到人家的尊敬,被人家用长靴子踢,他们的成功与失败,他从来没有人原谅的。

现在,他自然又为《樱桃园》忧虑起来。他对丹钦柯说:“你花三千个卢布把它一次买去了吧。”丹钦柯回答说:“我愿意每一冬季送给你一万,而且,艺术剧院以外的演出税还不在内。”

271

契诃夫和一向一样,只是摇摇头,表示拒绝。

《樱桃园》初演于艺术剧院的契诃夫命名日。当晚,在演戏之前,举行了一个纪念会,庆祝他文艺写作的二十五周年。他本来不愿意到场,然而,全莫斯科都好像有一种预感,觉得这位心爱作家的生命,恐怕不久就要结束了,这恐怕是能见到他的最后一个机会了。所以,文艺界、戏剧界和一切社会团体的重要人物,都聚到剧场里来,要求当面向契诃夫致敬。经过几次恳劝,契诃夫终于出席了,全场对他的表示,又诚恳,又动人,而丹钦柯代表艺术剧院向他致辞中的一段,尤其深刻而有意义:

> 我们艺术剧院能达到今天这个程度,全应归功于你的天才,你的温暖的心地,和你的纯洁的灵魂,所以你简直就可以这样说:"莫斯科艺术剧院,就是我的剧场。"

《樱桃园》经过几次略微的修改之后,上演的成绩很优异,观众的态度也很热诚。这给予他的灵魂上一个很大的安慰。他那一生都像负着千斤重石的两肩,到这个时候,才算轻松了一下,他自己也觉得有继续活下去的权利了,即或从此不再写作,而只当一个平庸的国民,也觉得有了意义。他的心里,从此才把因长久不被人了解而受的痛苦抛开,才略微感到平静。然而,不幸地,死亡马上就来和他清算了。他在一九〇四年六月三日(旧历十六)移居到德国以疗养肺病著称的巴登维勒,而七月二日,便与世长辞。据他的太太说,他在气绝之前,用很大声音的德语向医生说:"我要死了。"说完,拿起酒杯,脸上发着奇异的微笑,说:"我很久没有尝香槟酒了。"安安静静地把那一杯酒喝干,然后,向左一翻身,就永远无声息了。

契诃夫本来计划想写另外一个剧本——两个好友因为同爱一个少女,为了解除这种痛苦,一齐逃亡到北冰洋,每天遥望着南方。有一天,洋上远远地沉没了一只巨船,两个人呆呆地在那里望着,望着那边祖国里的爱——但是这个剧本没有动手。所以《樱桃园》便成了他的天鹅之歌。

契诃夫的创作进程,是缓慢的、渐进的,他不一下把剧本的一切都想出。最初他只要把握住一个主题,这个主题,便是当日生活的脉动。在他构思《樱桃园》的布局和人物之前,一个力量,一个念头,首先在他心中成熟,成熟得跃跃地想往外跳,逼得他不得不写。九十年代的崩溃是必然的;封建与专制的没落,是已经来临了。沙皇的暴政只能对内勒死人民的生活,对外招来日俄战争的惨败。而全国知识分子,在这个时候,虽是每个人都怀着一个希望较好生活降临的幻想,然而因为久被压迫在强暴的力量之下,都失去了行动,只在空谈,只在忧郁、抱怨、叹息。时代的崩溃既是必然的,那么,这一群不肯推翻现实的寄生物,随之消灭,也是必然的了。契诃夫把握到这个主题之后,才去默想他的人物。这些人物,在他的心中,经过很多时间的孕育和发展,经过很多的观察、参考,和现实人物典型的模拟,逐渐在他心里成形。人物的性格、气质定型之后,他才开始用很厚的一个笔记簿,给这些人物搜集材料,如故事、动作与对话。无论走到什么地方,看见些什么,遇到些什么人,或者读到些什么独立的句子,偶然想到些什么,凡是与他已经构思成熟的人物特性有关的,都随时记录在这一本簿子里。一直到这些特征的零碎记录,在他看来,足够写成一个人物的时候,他才给剧本分幕。分幕的方法,并不以故事为出发点,而首先去寻找适宜的情调。如《樱桃园》的第一幕,是一个恼人的春天,晨曦,家人的团聚,理想之憧憬……而第二幕是懒散,空谈,伤感,半歇斯底里的人物,动荡与矛盾的心情。第三幕,荒凉的夜晚,各人怀着各人的忧郁,自私,人类灵魂之无法沟通,矛盾之增强。第四幕,崩溃,绝望,别离,等等。他就照着这些情调一幕一幕地往下写。这样,在他断续写下去的时候,人物就不会再有变动。戏剧故事,在契诃夫看来,是应该任其自然地发展的,他最不相信勉强拉进去许多穿插的方法,他的戏剧,出发于能以表现主题,能以表现现实生活之脉动的特征人物,而不出发于故事。必须是因为有这些人物生活在这样的环境中,才自然会产生这些行动,这些故事。现实生活里的生动,都是缓缓地在发展着的,没有明显的逻辑,更没有千年的大事,一下全在两小时以内一齐发生的现象。人类的行动,全是随着偶然的机遇与相逢而展开的,不是根据作者的逻辑所决定的。而,最特征的行动,又不是巨大的,或有戏剧性的,那些反而都是最琐碎最不经心的自然表现。同时,大多数的人民,并不去决定他们的命运,只任由着命运去决定。平凡的人们像是一部棋子,被一个巨大而无形的手摆布着。这并不是说大多数的人民,都是宿命主义者,而是说,他们连宿命的意识都没有,生活使他们麻木,痛苦使他们失去了知觉。生活里,不是每一个人都在清醒着,不是每一个人都有革命的意识,恶的既不是理智地在作恶,而善的行为,也只是环境压迫的结果。整个社会就这样像网一样地交织着,清醒的与蒙昧的,荒谬的与正义的,高贵的与卑贱的,理智的与愚蠢的,都交织在一起,成为一个和声,成为一部交响乐。不但人与人之间起着这样的共鸣，即在人与环境之间，也起着共鸣；这也是现实的特征。所以，有些地方传来弦索绷断的声音，有些地方又漫弹着凄凉调子的吉他琴，哀吟着歌曲，白头鸟在唱着春晓，马车在喧叫着走远，空洞而沉着的一道一道房门的下锁声音，向旧世纪道着诀别，而远远地又有牧童吹着芦笛。

这就是契诃夫所介绍的现实之节奏。

他的人物就在这个节奏里活着。

《樱桃园》里的人物，和他的其他剧本一样，都有现实中活人的模型，作他们产生的源泉。一九〇二年夏天，当他带着克妮碧尔住在斯坦尼斯拉夫斯基的别墅"留比莫夫卡"的时候，就开始构思这些人物了。这座别墅，坐落在莫斯科附近，从那里沿着东部古伟的松杉森林，坐四十分钟的火车，再换马车走三俄里，就可以到达。那里有一条历史名字的河流，叫做克里雅兹玛。契诃夫是最喜欢钓鱼的，在那里，大部分时间就消磨在垂杆之上。一边钓着鱼，一边，一个古老的家庭，一个即将破产的地主的房舍，来到他的想象之中：樱桃树枝探进那间育儿室的窗子里来，开着白花。这座房子，若干年来都没改变过样子，从女主人的婴儿时代起，一直到她的流亡止；什么都没有改，只是没有一点用处。这是封建主义的象征。不但屋子没有变动，就是这所房子里的生活，也一点没有改变过。主人，郎涅夫斯卡雅太太，便是一个紧抱住封建社会的阶层的象征。她徒有空想，热情，而不顾现实，把精力完全浪费在浪漫的罗曼史上；她紧紧追恋着旧有的荣光与既成而已无用的产业不放，不肯面对已经降临的崩溃的必然性；虽然自己已感到无法生活，可是依然过着挥霍的日子,自己给自己促进破亡的时日。契诃夫最初所想象的郎涅夫斯卡雅太太,据他自己说,"应该是一个很奇怪的老太婆。她常常向用人们去借钱。"后来,他写她常常向暴发户罗巴辛借钱——她的残喘,不得不借着乞怜于新兴的阶级来维持了。

他想,郎涅夫斯卡雅太太的哥哥,应该是一个典型的世纪末正在没落的俄国知识分子,正如他所指责的,是"什么也不寻求,什么也不做,同时也实在没有工作的能力。……什么也不学,什么严肃的东西也不读,绝对什么也不做,每天只在那里空谈科学,对于艺术,懂得很少,甚至一点都不懂,只高谈哲理……"的一个人物。所以,加耶夫,每天只沉湎于打台球的游戏上,或者只去看一看滑稽戏。他虽然已经五十一岁了,在老仆人费尔斯的心目中,还是一棵"小树",一个"年轻的孩子",整天吃着糖果,没有仆人给脱衣服便不能上床去睡,或者便会穿错了裤子。他整个是旧社会的寄生虫、装饰品,他自称为自由主义者,自以为怀着"善与社会"的意识,而这在我们看来,只是一个"对自己和对别人的一个消遣"。他把精力和抒情,完全放在维护旧的破的与无用的东西上去——他能对一座旧碗橱发表一大段诚恳的演说,他能指责自己亲妹妹的缺点,可是,并不做一点实际行动的打算,并且对提倡改革现状的人们加以咒骂和攻击。他只梦想着旧社会能发一次慈悲,或者得到婶母的一笔遗产,或者有一个富翁把他的外甥女娶了去。这样的一群,终于要随着时代的崩溃同时灭亡,岂不是必然的;岂不是毫无疑义的? 老仆人费尔斯,象征着这样落后的一群怎样见证着新时代的来临而绝了最后的一口气。

其他的人物,也都是他在"留比莫夫卡"别墅和别处,根据接触到的人物所造成的混型。夏洛蒂是一个英国女人的化身。这个卖艺出身的女人,就住在别墅的左邻,时常和契诃夫过从。她这个人的外形很特殊,又瘦又小,喜欢穿男人的服装,头上却梳着长长的两条小姑娘的辫子。这种容貌、举止和装束间的不调和,令人不能一见就辨别出她的性别、年龄和身份。契诃夫也很喜欢和她在一起谈些诙谐的话。有一次,他对她说自己本是一个土耳其人,家里已经有了太太和侧室,将来他回国当了总督的时候,一定把她接了去。她常常骑在他身上和他开玩笑。这个瘦小的英国女人,后来,在《樱桃园》里,就变成了高大的德国人,从小丧失父母,到处漂泊,满腹怀着无处去说的悲哀,因而只有讲些胡话,变变戏法,好混混时日,压住痛苦。叶比霍多夫也是许多真实人物的混型,其主干是别墅里的一个管家书记,契诃夫时常跟他闲谈,劝他多读点书,多得点教养,好成一个像样的人。那位书记于是买了一条红领带戴上,还准备去读法文。学生特罗费莫夫也是契诃夫的邻居之一。

契诃夫和莫斯科艺术剧院的关系,越来越亲近了,而他后来的剧本,几乎全是为艺术剧院而写的。所以,在剧中人物的外形、年龄和性格的构成上,或多或少地渗进了一点演员们的素质。契诃夫在构思人物时,也许没有考虑到演员,但在写剧本的时候,角色的分配,至少下意识地影响了一点他的写法。比如,老仆费尔斯,便是脱胎于阿尔兹的举止;加耶夫渗进了斯坦尼斯拉夫斯基的气质;郎涅夫斯卡雅太太,最初他认为没有适当的演员,后来就定型在克妮碧尔的身上;夏洛蒂之变为高大的德国人,是因为女演员穆拉托娃具有这样的外形;而叶比

277

霍多夫的莫名其妙，也是因为莫斯克文在试排时胡乱采用了些即兴的演法而确定的。莫斯克文从来没有演过这样的角色，最后也把握不定这个性格，于是把他在外省演通俗笑剧时所用的方法，和严肃的表演，混在一起；他自己和大家都以为这一定会招恼了契诃夫，但，契诃夫很高兴地说："这样正是我所要写的人物。"《樱桃园》的稿子，经过几度小小的删改之后，叶比霍多夫便完全成了莫斯克文所演的样子。

在《樱桃园》没有动手之前，契诃夫写给他太太的信上说："我要写一本通俗戏！"虽然后来他在定稿封面上，写的是"四幕正剧"，可是他口口声声称它是通俗剧。这本"通俗剧"，一直到已经开排，还没有想出题名。有一天，契诃夫大笑着向斯坦尼斯拉夫斯基说："我已经给它想到一个名字了，叫'樱桃园'。听着，不是'樱桃园'，而是'樱桃园'。"他说完又大笑起来。表示得意，好像是发现了一样珍贵的东西似的。斯坦尼斯拉夫斯基和别人，最初不能了解他这个胜利的笑声和题名所表现的意义；而契诃夫又一向不喜欢多作解释，这是我们所深知道的。后来，他这个剧本的名字，终于被了解了。原来根据俄国的文法，凡是 e 的变音（"也"音变为"牛"音），都表现陈坏破旧不能再用的意思。契诃夫所介绍的樱桃园，不是可以再能生利的园子，因为它所出产的樱桃，已经没有人再买了；这座园子，虽然还在盛开着雪白的樱桃花，虽然以前的样子一点也没有变，外表上景色依然是壮丽的，然而，它已经是废物了，它的存在，不但是多余的，而且成了郎涅夫斯卡雅太太破产的主因，旧的、陈腐的、过去时代的，即或表面上还保持着往日的辉煌，而事实上

278

已经非灭亡不可了,已经没落得非崩溃不可了,假如我们只留恋着以往,迷醉于它的外表的繁荣,而不面对社会转型的必然性,决然地砍倒旧的,建立起新的,那就不能避免本身消灭,就是这一群腐旧迷恋者,也必然随着消灭。这就是《樱桃园》的主题。

十九世纪的俄国,是一个动荡的时代。这个震荡,在表面上最初并不十分明显,因为沙皇的铁掌,在遮压着全国的耳目。然而,在沙皇的王冠镇压的底下,有千万人民呻吟着,这些呻吟,随着压迫的逐渐强烈,而澎湃成为呼喊。人民的吼声,变成了怒海的巨浪,早已把沙皇的城堡的地下,冲成废墟;上边的城堡,势必有一天会完全崩溃下来。这种现象,只有往前迈进的人们,才能看得清楚。所以,学生特罗费莫夫对安尼雅说:

> 你想想看,安尼雅,你的祖父,你的曾祖父和所有你的前辈祖先,都是封建地主,都是农奴所有者,都占有过活的灵魂。那些不幸的人类灵魂,都从园子里的每一棵樱桃树,每一片叶子和每一个树干的背后向你望着,你难道没有看见吗?你难道没有听见他们的声音吗?……啊,这够多么可怕呀。

这些从四面奔来的人类,用愤怒而欲复仇的眼睛,盯着这座即将崩溃的堡垒,用吼声摧毁了这个堡垒。然而,还有一大部分的知识分子,由于惰性,宁愿自我陶醉在往日的幸福中,如郎涅夫斯卡雅太太之回想童年时代,宁愿伤感于往日光辉之不再来,如加耶夫之对旧碗橱的落泪。他们不但不去决定自己的命运,而且对这种建议或提醒,都加以鄙视和斥责。当罗巴辛主张砍去樱桃树而另建别墅的时候,郎涅夫斯卡雅太太骂他俗气,加耶夫更进而斥责他是胡说。可是等到一天,樱桃园不再属于自己了,亲耳听见人家用斧子丁丁地伐倒那些美丽而陈腐的梦一般的废物,除了悲泣着逃亡,还有什么办法呢?

契诃夫不但是一个给病人诊病的医生,而且是给社会诊断病源的医生,他断定这个社会的病源,并且指明了诊治的方法。他借着罗巴辛的嘴说,要想挽救崩溃与灭亡,必须"把地皮先整顿整顿,把地面上先清除干净了;你必得把所有旧的房子都拆倒——比如这一座房子吧,反正已经没有什么用处了;你还得先把樱桃园砍掉。……"然而,像郎涅夫斯卡雅太太和加耶夫那样的人,是不会明白的,他们已经掉在灭亡的圈子里了。他们虽然时时梦想着一个新时代,然而没有勇气去摧毁现状,就连摧毁一座近乎废物的樱桃园,重新建起一座生利的新樱桃园,好求到"像黄昏的太阳沉落在灵魂里"的勇气都没有。所以,罗巴辛讽刺地大笑着说:

这全是你们在迷雾中去建立想象的结果啊!

作者不但指明旧时代崩溃的必然性,而且更预言世纪末转变期间,会有哪一个阶层起而取代了旧的统治势力。这个新兴阶层,便是罗巴辛所代表的住别墅的人们。罗巴辛是一个农奴之子,凭着自己的努力发了大财,接管了地主的产业。他代表一个新兴的商业资本的力量,占据了封建主人的王座。这是商业资本主义的开始。这个资本主义阶层的势力,从此要扩大它的领域,扩大它的势力。罗巴辛预言住别墅的人,将来会兴旺而加多起来,这就是说,俄国资本主义的势力,会有一天,统治了全国的各阶层。在这个幼稚的发展的开端,外国的工业资本主义,已经雄健,而且已经侵入了俄国。那些建筑铁道的,那些发现白胶泥的英国人,便是这种力量的象征。寄生于崩溃中的封建社会的知识分子和旧有的地主,到了这个时候,要想苟且生活,就只有把全部产业押给那些资本家,再度寄生于这些新兴的统治阶级。所以,皮希克的幸运,并不是偶然的构思。

契诃夫的《樱桃园》,写得这样精炼,结果成了一首社会的象征诗。不再生利的樱桃园,代表着旧而即将崩溃的封建制度,寄生在这个制度里边的人物,各代表着一个阶层,一种力量,而都活生生地反映出那个时代里那些阶层的动态。郎涅夫斯卡雅太太是一个徒有热情而无理想,苦苦抓住正在崩溃的封建制度的人物;她的哥哥,则代表一般知识阶级的懒惰,喜好安逸,只尚空谈,只作梦想;罗巴辛是由农业社会当中崛起的商业资本主义;皮希克,是封建的残余,借着寄生于突然侵入的资本势力而残喘些时日;其余的人们,如夏洛蒂、杜尼亚莎,也都是旧社会的寄生物,既已被旧社会注定了悲惨的命运,又不知道自己的命运是在被玩弄着。只有特罗费莫夫和安尼雅,是较新的一代,天真,怀着不久将临的光明之幻想,只有他们才懂得歌颂春天,歌颂太阳,歌颂鸟鸣;最后,费尔斯象征着世纪末的悲哀,是封建制度的叹息,低头,降服和死亡。新的势力在兴起,新的势力,在费尔斯临终的时候,正用斧子无情地在砍倒那些无用的樱桃树。

契诃夫的意识是积极的,态度是愉快的。无论环境是多么恶劣,无论身体感到多么痛苦,他的精神,总是那样怡然。他最喜欢开玩笑,最喜欢讽刺;凡是有契诃夫在座的场合,大家永远不会感到寂寞。虽然他不像高尔基那样用愤怒的语言,武器一般的词汇，来打击陈旧的与丑恶的，可是他这种自信的乐观精神，充分地从《樱桃园》里表现出来。在《三姊妹》里，他已经作过一段预言，他说：

> 冰山上的大块积雪向着我们崩溃下来的时代到了，一场强有力的、扫清一切的暴风雨，已经降临了；它正来着，它已经逼近了，不久，它就要把我们社会里的懒惰、冷漠、厌恶工作和腐臭了的烦闷，一齐都给扫光的。我要去工作，再过二十五年或者三十年，每个人就都要非工作不可了。每一个人！

同样的态度，同样的主张，在《樱桃园》里的表现变得更积极了：

> 我们要想在目前的现实里能生活下去，就必须首先抵消了以往，先把以往的梦想清偿完结；而要抵消以往，就只有经受痛苦，经受坚忍不拔而无间断的劳动。

> 人类是不断向前迈进的，人类就在迈进的过程中，逐步完成他的力量。目前无论我们有什么达不到的理想，总有一天会临近的，会清清楚楚看得见的；可是我们必须工作，必须用尽一切力量来帮助其他寻求真理的人。目前，全俄国只有少数几个人在工作着。我们所认识的受过教育的绝大多数，都是什么也不寻求，什么也不做……他们对农民们像对牲畜一样的虐待……他们装得很严肃，个个摆出一副尊严的面孔；他们只讨论重要的题目，高谈哲理；可是，大多数的人民，都还像野蛮人似的活着……这些人食睡在污秽当中和霉腐的空气里；到处都是臭虫、臭气、潮

湿和道德上的堕落……这就证明我们的一切空谈,只等于教自己和朋友消遣消遣而已。

我们生活的整个意义和惟一的目的,只是要避免一切渺小,一切虚伪,一切足以妨碍一个人的自由与幸福的东西。前进,我们要不受阻挠地往前进,向着面前远远远远燃烧着明亮亮的星星迈进! 前进,不要迟疑,同志们!

契诃夫的戏剧题材,从来是现实的,而主题的积极性,就没有一篇比《樱桃园》更强烈。我们在前边已经提到,他在写这一本戏的时候,正是病入膏肓,一个人,在冬季,孤零零地,住在边远的克里米亚半岛,和病的势力与身体的羸弱挣扎着,要用他最后的力量和最后一口气息,给我们再多留下一笔遗产;要用极大愉快的灵魂与热切的希望,"像黄昏的太阳"一样,在奄奄将息的生命中,发出最后的光辉,发出最有力量的呼声,召唤未来的光明;主张及早伐倒无用的樱桃树,清除荒芜的土地,重新建起新世纪的建筑;提倡每个人都劳作,呼吁帮助其他寻求真理正义的人。许多人认为契诃夫缺少积极性;但,如果我们想到他如何在生命之绝望,生活之寂寞,和凄风苦雨的包围中,还在写到"我看见幸福来近了",就可以知道,在一个垂死的病人,这就太够积极的了。假如契诃夫有高尔基的健康,有托尔斯泰的高年,而还能活到第一次五年计划以后,我们有理由相信,他会是战斗的,会是英勇得像今天一个反法西斯蒂的兵士的!

我们必须懂得怎样去了解契诃夫的剧本,或者把范围缩得更狭一点说,知道怎样读《樱桃园》,才能发现这是一首抒情诗,才能发现这一群活生生的人物,在谈着自己的问题,在生活着,恰如现实一样。契诃夫戏剧的演出，每一次都不能立刻被观众理解，必须等到次年冬季，再度上演的时候，才能充分地受到欣赏。读契诃夫也是一样，必须抛弃我们传统的戏剧观，放下在剧本里寻求"戏剧"的念头，才能感觉到这些人物故事，不是"戏剧"，而是"人间的戏剧"；必须抛弃唯心的偏见，懂得客观存在着的事与物，在人类思想、心灵、情感和举动上，发生些多么大的刺激与唤起力，才能了解契诃夫剧本里每一种声音，无论是小鸟的啁噪，或是芦笛的微声，无论是春煦的阳光，或是散布着悲哀的吉他琴，都在充分地发挥着人类内心的形态。这些外在的事物，便是情调。要了解契诃夫，首先必须懂得玩味他的这些情调，全剧，每一幕，每一场，都有他们最深刻，最真实，而又最强而有力的情调存在着。人物在整个情调下缓缓地动着，谈着，每一个人都因为内心的情调与外在的空气的荡漾而表现出不同而又富特征的姿态。他们没有丝毫的矫造，没有一个像是戏中的人物；他们都是我们所常见的活人。把握住契诃夫的情调，再去把握他的语言。契诃夫，像普希金与屠格涅夫一样，所用的虽不是口语，然而，他的语言也并不是金粉所装饰成的躯壳。这虽然是文艺的对话，而对话已经简练成了珠玑。简练并不是简陋，更不是潦草。契诃夫以至高的文艺口味，把最深刻、最有力、最富特征的字句洗练出来，往往只用一句话，或者两个字，把人物内心那些用千言万语所无法讲清楚的感觉，完全给透露出来。比如，在《伊凡诺夫》里有一段论到太太的问题，最初，他也像别的作家一样，使人物在这个问题上发泄了一大篇牢骚；然而，他觉得这个感想是任何人都能了解得到的，于是把那一大段对话，缩成了一句："太太，不过是太太而已！"像这一类的写法,在契诃夫所有的剧本里,都占着最重要的位置。我们如果忽略了它们,只要轻轻放过去一个字,就会影响了对于那个人物的了解。比如,在《樱桃园》里,皮希克常常莫名其妙地说一句:"咦,奇怪!"加耶夫常常出着神回答别人一句:"谁!"而夏洛蒂和罗巴辛又时常说:"反正还不是一样!"这些短短的台词,并不比大段的对话更不重要,相反地,在表现知识的水准、漠不关心的心情、憧恍的习惯和因久受痛苦的积压而养成的某种口头语自然流露的背后,都有丰富的人生实状在支持着。我们倘若仔细观察一下生活的日常现象,就会知道,绝大多数的人民,在表示最痛苦最难堪的心思的时候,往往只说最少的言语,甚至说出极不相干的言语。

更深的情绪,有时连一句半句语言都觉得是多余的。"而今识尽愁滋味,欲说还休;欲说还休,却道天凉好个秋!"契诃夫的人物,大半都是这样的人物。所以,一次吹口哨,一次哭泣,一句未说完而又吞回去的话,一次沉默无言,都是最沉痛的表现。读契诃夫的戏剧,在他的语言以外,还需要把握住那些无声的语言。他自己在某次排演的场合上,向演员们解释说:

　　知识阶级,偶然遭受一两次痛苦,会觉得这个刺激过于强烈,便会大叫起来;可是广大的群众,无时无刻不受痛苦的压迫,感觉便麻木了,他们不会狂喊狂叫,或者变态地乱动的;你们在大街上或者在住宅中,于是只能看见沉默的人们,毫无声息地在活着动着,他们到了太痛苦的时候,反而只吹一声口哨。

外在的事与物,也能陪衬出人的情绪。自然里的现象,是

285

综合的，是交织的，人与万物交织在一起，才是生之节奏。有时人物连口哨都不吹，只呆呆地在那里听枭鸟子规的哀啼，听牧童的芦笛悲歌，或者在每一个人的心都沉重得像巨石一样的时候，自然会特别注意到某些交应的声响，如：一声弦索绷断似的声音自天而降，消逝之后，在默默的人们中间，罩上一层悲哀的迷雾。我们如果把契诃夫戏剧里的舞台说明删掉一两个字，他的人物便会死去几个。

　　有些人物，只说了一句半句话，便不肯再说下去；有些人物，絮絮叨叨地发表着大段的议论，可又没有一句碰着边际的，都是空洞的，逃避现实的，梦寐的；有些人索性不去谈到实际问题，而只讲狗吃什么，台球怎么打，从前的天气是怎么样。这些人物，或者是受过沉重打击的，或者是愚蠢的，或者是玩世的，但都是这个世纪的忧郁所铸成的不同而一致的现象。每个人的神经都有些变态，只是，恰如契诃夫所提示的，变态的人，绝不会在大街上或住宅内狂叫狂跳，他们把变态的心理，发泄在容易激怒上，发泄在容易哭泣上，发泄在相互间的半开玩笑半吵嘴上，发泄在小题大做上。……我们假如实地观察一下自己周围的生活群，就能发现同样的现象。为什么我们每日看见这么多为一点小事就吵红脸的人们，为什么有这么多动辄落泪的人们，为什么有这么多对秋毫之末都斤斤较量的人们？这都是半歇斯底里的表现，这都是整个用痛苦不断地把人类往下压榨的结果——但，没有一个人自己觉得出是为什么；而且习惯久了，便觉得这是普遍而不足奇的现象了。惟有契诃夫第一个把这个重大的现象，指给我们，我们才在他的剧本中，发现那些我们最容易忽略的地方，发现这个深刻观察，正恰中了生活的实际状态的主要律动。

在巨大的痛苦之手掌抓持之下，人类挣扎着，呻吟着。人类在长期地忍受痛苦之后，外表虽已麻木，而内心的千疮百痛，却永远凝结成为一团，紧紧扣在心里，永不会消除。因此，我们处在困难的世纪中的人们，生活永远是向内的。于是他们在行动上语言上所表现的，也都是以自我为中心，进一步便成了自私；对一切身外的事物与人群，都漠不关心，对一切与自己无关的，都没有责任心；无论有什么事情发生，或者什么问题提出，人们必然第一个先想到自己。即或大家在一起闲谈的时候，有哪一个不用自己做例子呢？有哪一个不是借着共同的题目来发泄自己的积郁呢？所以现实的人生中的谈话，常常是所答非所问的。《樱桃园》比起契诃夫其他剧本更具特征的一点，就是这种言不对题的对话。初一读来令人觉得摸不着头脑，但，你先去想一想生活中的例子，比如一个学生受了先生的斥责而独自哭泣的时候，围来劝解的同学，有几个是完全出自同情而开口的呢？他们必然是你一句我一句地各人谈各人所受那位先生的冤屈，就没有一句话是互相回应的。现实生活中的谈话，其发展绝不似舞台性的戏剧那样"逻辑的"。反过来说，凡是依逻辑的形式而决定的对话，就都不是现实主义的戏剧。《樱桃园》人物的创造上，最大的一个贡献，就是把活生生的人类的心的声音，介绍出来。所以，在大家正叙离情的时候，孤苦伶仃的夏洛蒂突然说一句，"我的小狗吃胡桃"，在大家正谈到严重问题的时候，加耶夫喃喃着："打红球进中兜！"他的人物，都是认为世界有了自我才存在的，某甲所问的是甲的自己，而某乙所答的又是乙的自己；而所谈的，又都不是严肃的问题，全是些琐事。这种自我,渺小,急躁,漠不关心,梦想,逃避现实……都是人生的真现象,尤其是这个时代的真现象。这是《樱桃园》最大的一个特色。

要想了解契诃夫,必须懂得欣赏诗,懂得欣赏他的作品所包含的抒情因素;必须先把寻求"舞台性"的虚伪戏剧观铲除;必须懂得在剧本里去寻求真实的人生。而要了解这个人生,要了解这个契诃夫式的人生观与世界观,就又必须先去全面地了解现实生活的全貌。要了解生活的全貌,必须扩展自己生活的宽度,而不要站在高处;必须去主观地、透彻地经验人生,把握住它的脉动与形态,而不是客观地去分析它的表面。必须这样,才能懂得契诃夫的真价值,才能知道《樱桃园》的伟大。

一九四三年十月,重庆

288

契诃夫戏剧全集

Антон Павлович Чехов
安东·巴甫洛维奇·契诃夫

童道明 译

没有父亲的人
林妖

上海译文出版社

目　录

导　言/童道明 ······················· I

没有父亲的人 ······················· 1

林妖 ··························· 221

从《林妖》到《万尼亚舅舅》··············· 321

导　言

童道明

一

安东·契诃夫(一八六〇——一九〇四)既是个小说家又是个戏剧家。

列夫·托尔斯泰对契诃夫的小说创作推崇备至,称他是"散文中的普希金",认为就短篇小说创作的成就而言,十九世纪的俄国作家中没有一个可以与契诃夫抗衡的。

但托翁对契诃夫的剧作评价极低。一九〇一年的一天,契诃夫去探望到克里米亚养病的托尔斯泰。临别时,大文豪对契诃夫说:"莎士比亚的戏写得不好,而您写得更糟!"

然而一个世纪过后,恰恰是当年不入托尔斯泰法眼的莎士比亚和契诃夫,成了当今世界两位最令人瞩目的经典戏剧作家。二十世纪下半叶最有威望的大戏剧家彼得·布鲁克的导演代表作便是莎士比亚的《哈姆雷特》和契诃夫的《樱桃园》。

二

在十九世纪末看低契诃夫戏剧的不单是托尔斯泰一人。当时的戏剧评论界普遍不接受这位剧坛新人。一八九六年十

月十七日《海鸥》在彼得堡皇家剧院首演失败之后,当时最有名望的剧评家库格尔写文章对此剧作了毁灭性的批评:"契诃夫先生是小说家出身,他有一个致命的误解,他认为小说笔法也可以堂而皇之地进入神圣的戏剧领地。由于有了这个致命的误解,这个原本就不及格的剧本,便变得不可救药了。"

当然还得承认库格尔的眼力,他在《海鸥》中看出了契诃夫的"小说笔法",以为这样就破坏了传统的戏剧规则,于是把它打入了另册。而契诃夫的戏剧革新也的确包含有戏剧散文化的诉求。他在创作《海鸥》时给友人写了两封信。一封信写于一八九五年十月二十一日:

> 您可以想象,我在写部剧本……我写得不无兴味,尽管毫不顾及舞台规则。是部喜剧,有三个女角,六个男角,四幕剧,有风景(湖上景色);剧中有许多关于文学的谈话,动作很少,五普特爱情。

另一封信写于同年十一月二十一日:

> 剧本写完了。强劲地开头,柔弱地结尾。违背所有戏剧法规。写得像部小说。

《海鸥》对当时欧洲戏剧传统的"戏剧法规"的冒犯,显而易见。在第一封信中指出《海鸥》是"四幕剧",就违背了分幕的"戏剧法规"。

我们知道,传统的欧洲戏剧的分幕一般都采取奇数结构,即分五幕或三幕。奇数分幕结构的剧本易于获得高潮居中的戏剧性效果。契诃夫背离奇数结构的编剧传统,把他所有的多幕剧都写成四幕剧,这正好反映了他不想像其他的剧作家那样去刻意追求戏剧的高潮点,而是把舞台上的戏剧事件"平凡化"与"生活化"。契诃夫开了"散文化戏剧"的先河。

在十九世纪末的俄罗斯,能够认识到契诃夫戏剧美质的戏剧家,只有正在和斯坦尼斯拉夫斯基一起筹建莫斯科艺术剧院的聂米洛维奇-丹钦科。他于一八九八年四月二十五日,给苦闷中的契诃夫写了封信,表达了要排演《海鸥》的愿望:

> 戏剧观众还不知道你。应该让一个有艺术趣味、懂得你的剧作的美质的文学家(他同时又是个出色的导演)表现你。我以为我自己就是这样的人选。我抱定了揭示《伊凡诺夫》和《海鸥》中的对于生活和人的灵魂的奇妙展现的目标。《海鸥》尤其吸引我,我可以完全担保,只要是精巧的、不落俗套的制作精良的演出,每个剧中人物的内在的悲剧就会震撼戏剧观众。

丹钦科的这封信没有得到契诃夫的积极回应。丹钦科便于几天之后的五月十二日又发出一信,用近于哀求的口吻对契诃夫说:"如果你不给,那会置我于死地,因为《海鸥》是唯一一部吸引着作为导演的我的现代剧。"契诃夫终于被丹钦科的诚恳所打动。

这样就有了在世界戏剧演出史上留下光辉一页的舞台演出——一八九八年十二月十七日莫斯科艺术剧院《海鸥》首演。

斯坦尼斯拉夫斯基后来在总结他们的成功经验时说:"那些总要企图去表演或表现契诃夫的剧本的人是错误的。必须存在于,即生活、生存于他的剧本中。"

丹钦科后来在回忆录里详细记述了这场具有历史意义的演出的盛况。他下了"新剧院从此诞生"的断语。后来,一只展翅飞翔的海鸥成了莫斯科艺术剧院的院徽。丹钦科解释说:"绣在我们剧院幕布上的'海鸥'院徽,象征着我们的创作源泉。"

一个演出造就了一家剧院,也拯救了一个剧作家,这在世界演出史上也是极为罕见的。

三

在丹钦科和斯坦尼斯拉夫斯基之后,高尔基深化了对于契诃夫戏剧革新的美学意义的认识。

一八九八年年尾,高尔基给契诃夫写信,说起了他对于契诃夫戏剧的划时代意义的认识:"《万尼亚舅舅》和《海鸥》是新的戏剧艺术,在这里,现实主义提高到了激动人心和深思熟虑的象征……别人的剧本不可能把人从现实生活抽象到哲学概括,而您的剧本做得到。"

高尔基一语破的,揭示了契诃夫戏剧创新的一个重要特点:契诃夫把传统戏剧的那个封闭世界打开了。契诃夫不仅把戏剧与散文(即小说)以及抒情诗之间的樊篱打破,同样的,也拓宽戏剧现实主义的内涵与外延。他把十九世纪末刚刚露头的自然主义和象征主义与现实主义嫁接。也就是说,契诃夫把他那个时代的艺术现代主义的精华吸纳到了自己的现实主

义的艺术机体内,从而实现了对于现实主义的超越。而这种超越,也帮助契诃夫戏剧"可能把人的现实生活抽象到哲学的概括"。

于是我们就能知道《海鸥》第一幕的戏中戏里妮娜这一段独白的意义:"我只知道要和一切的物质之父的魔鬼进行一场顽强的殊死搏斗……只有在取得这个胜利之后,物质与精神才能结合在美妙的和谐之中。"

只要物质与精神结合在美妙的和谐之中的境界,仍旧是人们心中的希望,契诃夫戏剧就永远能保持新鲜的现代感。契诃夫戏剧之所以能让现代文明世界的人们感到亲切,就是因为这些早已解决了温饱问题的现代人,可以理解契诃夫戏剧人物的精神追求和精神痛苦。

四

小说家契诃夫早已名震遐迩,但作为戏剧家的契诃夫得到世界公认,却是在他去世半个世纪之后。

一九五〇年五月十一日,尤奈斯库的《秃头歌女》在巴黎夜游人剧场演出,揭开了"荒诞派"戏剧的序幕,一九五二年贝克特的《等待戈多》的问世,更是标志着这一现代戏剧流派的崛起。而戏剧专家们在探索西方现代戏剧的艺术特征时,发现它们与传统欧洲戏剧的一个重要区别,就是在这些现代戏剧中没有"正面人物"与"反面人物"之分,支撑这些戏剧的行动展开的不是"人与人之间的冲突",而是这一群人与包围着这一群人的社会环境的冲突。

而当学者们寻根溯源,力图追溯这样新型的戏剧冲突的源

头时,便找到了契诃夫戏剧。

的确是这样。契诃夫不仅对艺术具有现代精神的认识,他对生活的认识同样具有现代精神。他不愿意用绝对化的眼光看待人与事,他扬弃非黑即白的简单化判断,因此,他的戏剧人物也无法用传统的"正面人物"或"反面人物"加以分割,诚如他自己所说的,在他的剧本里"既没有一个天使,也没有一个魔鬼"。

这样,到了纪念契诃夫诞生一百周年的一九六〇年,我们从俄罗斯出版的《戏剧》杂志编辑部文章里,读到了如此掷地有声的断语:"实际上,只是到了现在,我们才真正意识到,契诃夫对于俄罗斯,对于整个二十世纪意味着什么。"而理由之一也恰恰是:"在世界上,契诃夫首先创造了剧中人物彼此之间几乎不发生斗争的戏剧。"

然而,契诃夫的无往而不可爱的乐观主义,又与充满绝望感的荒诞派戏剧拉开了距离。

《万尼亚舅舅》里的索尼娅最后劝慰悲痛中的万尼亚舅舅说:"我们会听见天使的歌唱,我们会看见布满钻石的天空……"

《三姊妹》结尾时,大姐拥抱着两个妹妹说:"我们要活下去!军乐奏得这么快乐,这么愉快,仿佛再过不久我们就会知道我们为什么活着,为什么痛苦……"

《樱桃园》里的青年主人公也期望着在俄罗斯出现更加美丽的樱桃园……

而荒诞派戏剧家贝克特式的"等待"是遥遥无期的"等待"。他的剧中人物对时间概念,采取一种揶揄的态度。波卓向弗拉基米尔发怒说:"你干吗老是用那混账的时间来折磨我?"

也就是在二十世纪中期,在戏剧家们越来越承认契诃夫的现代戏剧的拓荒人地位的同时,契诃夫戏剧跨出俄罗斯的国门,走向了世界。而首先在西方世界震撼观众的,竟是契诃夫的戏剧处女作《没有父亲的人》(即《普拉东诺夫》)。在一九五七年,法国和比利时的导演先后将它搬上舞台,从此契诃夫戏剧在世界舞台上进入了上演次数最多的经典剧作之列。

与此同时,契诃夫戏剧在俄罗斯也时来运转。在过去,演出契诃夫戏剧乃是莫斯科艺术剧院的专利,从二十世纪六十年代起,俄罗斯的每家著名话剧院的保留剧目中,几乎都有契诃夫的剧作。

五

中国读者对契诃夫的这部戏剧处女作比较陌生,所以不妨在这里多说几句。

这部处女作,实际上也是少作。契诃夫是在十八九岁时把它写出来的,那时他还是个中学生。剧本写在笔记本上,但直到契诃夫去世十九年后的一九二三年才被发现。原稿无剧名,因听说契诃夫曾写过一个名叫"没有父亲的人"的剧,于是就用它为新发现的剧本命名。但二十世纪五十年代后西欧诸国竞相上演此剧时,大都以此剧的主人公普拉东诺夫的名字来命名。

那时的欧洲导演对此剧感兴趣,是因为对普拉东诺夫这个戏剧人物感兴趣,认为他就是"当代的哈姆雷特",这个人物的精神痛苦很容易在西方世界的年轻人那里得到共鸣。

剧中的普拉东诺夫也说起过自己与哈姆雷特的"异同":"哈姆雷特害怕做梦,我害怕生活。"

普拉东诺夫是个中学教员,但他在周围世界找不到可以交心的对象,在自己身上也找不到可以献身的力量。于是他只好叹息说:"我们为什么不能像我们所应该的那样生活。"如果我们读完《没有父亲的人》之后再读《伊凡诺夫》,就能同意这样一个观点:普拉东诺夫是伊凡诺夫的前身。

中国第一个对《没有父亲的人》感兴趣的导演是王晓鹰。他于二〇〇四年以"普拉东诺夫"的剧名将此剧搬上了舞台。主演是果静林。我问他普拉东诺夫的哪一句台词最让他震撼,他说是"普拉东诺夫在痛"这一句。这一句台词出现在全剧快结束的第四幕第十一场:

格列科娃　　　您哪里痛?

普拉东诺夫　　普拉东诺夫在痛……

我记得当年翻译到这句台词的时候,我觉得自己的心也在隐隐作痛。

《林妖》也是个较为陌生的剧本。契诃夫是如何把《林妖》改写成《万尼亚舅舅》的,可参阅作为附录收入《没有父亲的人·林妖》一书的短文《从〈林妖〉到〈万尼亚舅舅〉》。

六

哪一部契诃夫剧作最好?肯定会众说纷纭。但如果问:哪一部契诃夫剧作演出最多?答案便很明确:是他的绝命作《樱桃园》。《樱桃园》是世上少有的一部从它诞生直到今天每年都有演出记录的经典剧目。在十月革命后的苏维埃时代,契

诃夫的剧作里也只有《樱桃园》有幸每年都有机会与观众见面。为什么？因为它最适合作社会学评论。试看它的戏剧情节：

为了挽救一座即将被拍卖的樱桃园，它的女主人从巴黎回到俄罗斯故乡，一个商人建议这位女贵族把樱桃园改造成别墅楼出租。女贵族不听，樱桃园易主。而从拍卖会上拍得这座樱桃园的正是那位建议把它砍伐掉后改建成别墅楼的商人。擅长社会学批评的批评家们随即作出了对于此剧的价值判断：从樱桃园的易主与消失，反映了十九世纪末二十世纪初俄国社会的阶级变动——新兴的资产阶级取代了没落的地主贵族阶级。

但半个世纪之后，当全世界的不同民族的观众蜂拥进入各自国家的剧场观看《樱桃园》，难道他们是因为对于一个遥远国度十九世纪末的阶级变动发生了兴趣？显然不是的。

二〇〇五年的一天，我到北京电影学院表演系讲契诃夫，讲到《樱桃园》时，我说起了北京的老城墙，说起了当年为倒塌的老城墙哭泣的梁思成。我说"樱桃园"是个象征，象征那些尽管古旧但毕竟美丽的事物。《樱桃园》写出了世纪之交人类的困惑。因为在历史发展的过程中，人们不得不与一些古旧而美丽的事物告别。回家之后，我便写了一篇散文《惜别樱桃园》，文章最后写道：

在这日新月异的世纪之交，我们好像每天都在迎接新的"别墅楼"的拔地而起，同时也每天都在目睹"樱桃园"的就地消失。我们好像每天都能隐隐听到令我们忧喜参半、悲喜交加，令我们心潮澎湃，也令我们心灵怅惘的"伐木的斧头声"。我们无法逆历史潮流，保留住一座座注定要消

失的"樱桃园"。但我们可以把消失了的、消失着的、将要消失的"樱桃园",保留在我们的记忆里,只要它确确实实值得我们记忆。大到巍峨的北京城墙,小到被曹禺写进《北京人》的发出"孜妞妞、孜妞妞"的声响的曾为"北平独有"的单轮小水车。

谢谢契诃夫。他的《樱桃园》同时给予我们以心灵的震动与慰藉;他让我们知道,哪怕是朦朦胧胧地知道,为什么站在新世纪门槛前的我们,心中会有这种甜蜜与苦涩同在的复杂感受;他启发我们将要和各种各样复杂的、冷冰冰的现代电脑打交道的现代人,要懂得多情善感,要懂得在复杂的、热乎乎的感情世界中徜徉,要懂得惜别"樱桃园"。

七

一九三八年,斯坦尼斯拉夫斯基去世。一九四〇年,聂米洛维奇-丹钦科接过战友的导演棒,重排《三姊妹》,头一次对契诃夫戏剧的"种子",即"主题"作了阐述。要言不烦,他就说了这么一句:"对于美好生活的渴望。"

丹钦科的这句"导演阐述",影响深远。一九九一年,莫斯科艺术剧院艺术总监叶甫列莫夫到北京人民艺术剧院来排演《海鸥》,就用"对于另一种生活的渴望"这句显然脱胎于"丹钦科名言"的话,来概括《海鸥》的主题。

至于如何解释"海鸥"的象征意义,叶甫列莫夫以为妮娜象征着飞翔着的"海鸥",而特里勃列夫则象征着夭折了的"海鸥"。这是一种比较流行的解读。但今年六月初中央戏剧学院

表演系二〇一一级的学生演了一出让人耳目一新的《海鸥》,导演是来自圣彼得堡的伊凡诺娃。她在《导演的话》里,对"海鸥"的象征意义作了全新的解读:"在为这出戏工作的过程中我突然发现——那只'海鸥'存在于剧中的每一个人物身上,'海鸥'在等待,在呐喊,在跃跃欲试……"

契诃夫戏剧也容许多元解读的。

那么再听听更有人生哲理意味的彼得·布鲁克的解读:

在契诃夫的作品中,死亡无处不在——对于这个他知道得很清楚——但在这死亡的存在里没有任何令人讨厌的因素。死亡的感觉与生命的渴望并行不悖。他笔下的人物具有感受每一个独特的生命瞬间的能力,以及要把每一个生命瞬间充分享用的需求。就像在伟大的悲剧里一样,这里有生与死的和谐结合。

契诃夫创作《樱桃园》的时候,身体已经十分虚弱,他是在日复一日的顽强书写中,寻找生命的律动。《樱桃园》最后费尔斯说的那句台词"生命就要完结了,可我好像还没有生活过",难道不也是表达了契诃夫本人对于生命的眷恋?

丹钦科强调了契诃夫的乐观主义,彼得·布鲁克强调了契诃夫的生命意识。但无论是契诃夫的乐观主义还是生命意识,都能打动世世代代的观众的心。

八

现在该说一说中国戏剧家对于契诃夫戏剧的接受了。

首先值得一提的,当然是一九三〇年上海辛酉剧社演出了《文舅舅》(《万尼亚舅舅》),主演是袁牧之。距此十四年后,才有中国青年艺术剧院由孙维世执导的《万尼亚舅舅》的辉煌演出。

但上世纪三十年代最让人感奋的,还是曹禺对契诃夫戏剧美质的天才发现。我们今天读曹禺一九三五年在《〈日出〉跋》里写下的这段文字,还感佩不已:

> 我记起几年前着了迷,沉醉于契诃夫深邃艰深的艺术里,一颗沉重的心怎样为他的戏感动着。读毕了《三姊妹》,我合上眼,眼前展开那一幅秋天的忧郁。玛夏、哀林娜、奥尔加那三个有大眼睛的姐妹,悲哀地倚在一起,眼里浮起湿润的忧愁,静静地听着窗外远远奏着欢乐的进行曲……我的眼渐为浮起的泪水模糊起来成了一片,再也抬不起头来。然而在这出伟大的戏里没有一点张牙舞爪的穿插,走进走出,是活人,有灵魂的活人。不见一段惊心动魄的场面,结构很平淡,剧情人物也没有什么起伏生展,却那样抓牢了我的魂魄。我几乎停住了气息,一直昏迷在那悲哀的氛围里。我想再拜一个伟大的老师,低首下气地做一个低劣的学徒。

在江安的国立剧专的讲坛上,曹禺对于契诃夫戏剧的讲解,造就了一批具有心理现实主义思维的戏剧人。

一九五七年,不为人知的中国广播剧团演出了一部轰动京城的《北京人》,导演是曹禺在国立剧专的得意门生蔡骧。很多年之后我向蔡骧先生讨教他排演《北京人》的心得。他说:"要

排演《北京人》，就得想到，曹禺是在学习了契诃夫的戏剧艺术之后写作了《北京人》。"蔡先生也是契诃夫戏剧的爱好者。我相信，蔡骧先生是通过曹禺走近和认识了契诃夫，就像焦菊隐先生一再说的他是通过契诃夫认识了斯坦尼斯拉夫斯基：

> 我的导演工作道路的开始是独特的：不是因为斯坦尼斯拉夫斯基才约略懂得了契诃夫，而是因为契诃夫才约略懂得了斯坦尼斯拉夫斯基。①

就在焦菊隐在重庆翻译契诃夫几个多幕剧的时候，在上世纪四十年代的天津，两个刚刚登上戏剧舞台的青年人——黄宗江和于是之却被契诃夫的独幕剧《天鹅之歌》深深感动。于是之读过《天鹅之歌》后说"这个戏写出了演员的辛酸与风骨"，而黄宗江写了篇名为《空台赋》的散文，为契诃夫这部独幕剧叫好。他们两位一直有登台演出这个独幕剧的想法，但终于没有实现。二〇一二年九月，北京人艺在纪念中国小剧场运动三十周年之际，由濮存昕和何冰两人来演出了《天鹅之歌》，之后何冰还演出了独角戏《论烟草的害处》。但在中国演出次数最多的契诃夫独幕剧还是《熊》和《求婚》。

九

回想十年前的二〇〇四年，这年是契诃夫逝世一百周年。刚刚成立不久的中国国家话剧院，破天荒地在中国举办了以

---

① 引自《契诃夫戏剧集·译后记》，上海译文出版社1980年版。

"永远的契诃夫"为口号的国际戏剧节。王晓鹰导演的《普拉东诺夫》(《没有父亲的人》)为开幕戏,林兆华导演的《樱桃园》为闭幕戏。

刚刚宣布国际戏剧节开幕的时候,有些记者还发出疑问:契诃夫不是小说家吗?怎么会有契诃夫戏剧节呢?但当戏剧节成功举办之后,这样的疑问就不再有了。

在戏剧节举办过后不久,我和王晓鹰导演应邀到北京图书馆作讲座。主持人说了一句很让我感动的开场白:

> 五十年前,我们请汝老先生在这里讲契诃夫的小说,今天我们请童道明先生和王晓鹰先生在这里讲契诃夫的戏剧。

今年是契诃夫逝世一百一十周年。上海译文出版社破天荒地在中国出版了《契诃夫戏剧全集》。抚今追昔,我们能想起在上世纪四十年代,焦菊隐和李健吾这两位可敬的戏剧前辈,是怎样地怀抱着普罗米修斯式的献身精神,完成了他们的皇皇译著;与此同时,我们也深信,《契诃夫戏剧全集》的出版,能让更多更多的人认识到:契诃夫不仅是个伟大的小说家,也是一个伟大的戏剧家。

二〇一四年六月十六日
于北京

没有父亲的人[*]

四幕剧

人　　物

安娜·彼得洛芙娜·沃依尼采娃——年轻的寡妇,将军夫人。

谢尔盖·帕甫洛维奇·沃依尼采夫——沃依尼采夫将军前妻的儿子。

索菲娅·叶戈洛芙娜——谢尔盖·帕甫洛维奇的妻子。

波尔菲里·谢苗诺维奇·格拉戈列耶夫(老)——地主,邻居。

基里尔·波尔菲里耶维奇·格拉戈列耶夫(小)——地主,邻居。

格拉辛姆·库兹米奇·彼特林——地主,邻居。

巴维尔·彼得洛维奇·谢尔博克——地主,邻居。

玛丽雅·叶菲莫芙娜·格列科娃——二十岁的姑娘。

伊凡·伊凡诺维奇·特里列茨基——退休上校。

尼古拉·伊凡诺维奇·特里列茨基——伊凡的儿子,医生。

阿勃拉姆·阿勃拉莫维奇·维格罗维奇(老)——有钱的犹太人。

伊萨克·阿勃拉莫维奇·维格罗维奇(小)——阿勃拉姆的儿子,大学生。

季莫菲·戈尔杰耶维奇·布格罗夫——商人。

米哈依尔·瓦西里耶维奇·普拉东诺夫(米沙)——乡村教师。

阿历克山德拉·伊凡诺芙娜(沙萨)——普拉东诺夫的妻子。

奥辛普——三十岁的小伙子,盗马贼。

马尔科——民事法庭的文书,一个瘦老头。

3

瓦西里——沃依尼采夫家的仆人。

雅可夫——沃依尼采夫家的仆人。

卡嘉——沃依尼采夫家的仆人。

客人们，用人。

故事发生在南部一个省份的沃依尼采夫家的庄园里。

第 一 幕

沃依尼采夫家的客厅。一扇玻璃门,通向花园,两扇门通向卧室。新式和老式的家具杂陈。一架钢琴,钢琴旁有乐谱架,上边放着一把小提琴和乐谱。一架簧风琴。墙上有几幅镶着金黄色框架的油画。

一

安娜·彼得洛芙娜坐在钢琴前,头朝琴键前倾。尼古拉·伊凡诺维奇·特里列茨基上。

特里列茨基 (走向安娜·彼得洛芙娜)怎么啦?

安娜 (抬起头来)没有什么,有点寂寞……

特里列茨基 我的天使,给支烟抽!特想抽烟。今天还没有抽过一支烟呢。

安娜 (给他一包烟)多拿些,免得再找烟。

〔两人抽烟。

特里列茨基 好寂寞啊!无事可做,很不开心……我不知道该怎么办……

5

〔特里列茨基拉住她的手。

安娜 您是给我把脉？我没有病……

特里列茨基 不，我不是给你把脉，我亲一口……（吻她的手）吻您的手，就像是吻糖果……您是用什么洗手的？你的手这么嫩！迷人的手！还想吻吻。（吻她的手）下盘棋好吗？

安娜 来吧……（看表）十二点一刻……我们的客人也许肚子饿了吧……

特里列茨基 （摆开棋盘）也许。至于我，快饿坏了。

安娜 我问的不是您……您像是吃不饱，哪怕不停地吃东西……（坐在棋盘前）您先下……已经下了……先要想想，然后再下子……我下这儿……您永远吃不饱……

特里列茨基 您这么走棋……真的……我饿了……我们快吃午饭了吗？

安娜 我想不会很快……厨师因为我们的到来，喝醉了酒，现在还没有缓过来。早饭马上就有。真的，尼古拉·伊凡诺维奇，您什么时候才能吃饱？吃啊，吃啊……总也吃不够！这多可怕！人很瘦小，胃倒那么大！

特里列茨基 是的！真奇怪！

安娜 你跑进我的房间，没有征得我的同意，还把半个蛋糕吃了！您知道吗？那不是我的蛋糕！你多讨厌！走棋吧！

特里列茨基 我什么也不知道，我就知道如果我不把它吃了，它就要发霉了。您这么走？可以……而我走这一步……如果我吃得多，说明我很健康，而如果我健康，那么请允许我说句拉丁文格言……健康的精神是在健康的身体里。您为什么苦思冥想？亲爱的，下子吧，别想了……（哼唱）

我想告诉您……

安娜　别唱了……您妨碍我思考。

特里列茨基　很可惜,像您这么聪明的女人,竟然对美食一无所知。谁不会享受美食,谁就是个有缺陷的人……在精神上有缺陷的人!……因为……听我说……这样不行! 不能这么走棋! 咳? 您往哪走? 啊,这就是另一回事了。因为味觉在人的机体里与听觉、视觉占有同等的地位,也就是说,它属于人的五种感觉,是人的心理领域的一部分。心理!

安娜　您像是想说笑话……我亲爱的,别说笑话! 这与您的身份不合……您发现了没有? 您说笑话的时候,我无动于衷。

特里列茨基　该您走了,阁下!……别把马丢了。别笑话我,因为您不明白……是这样……

安娜　看什么? 该您走棋了! 您怎么想的? 您的那位"她"今天会来我们这儿做客吗?

特里列茨基　答应要来的。

安娜　那她也该来了。十二点多了……请允许我提一个敏感的问题……您和她的关系是"不过如此"还是很认真的?

特里列茨基　您指什么?

安娜　说真话,尼古拉·伊凡诺维奇! 我不是因为听了流言才问您的,我是出于对朋友的关心……这位格列科娃对于您意味着什么? 您对于她又意味着什么? 说真话,不要说笑话,好吗? 真的,我是出于朋友的关心才问您的……

特里列茨基　她对于我意味着什么? 我对于她意味着什么? 我现在还说不清……

安娜 至少……

特里列茨基 我去看望她,聊聊天,喝她妈妈的咖啡……就这些。该您走棋了。应该对您说,我隔天去见她一次,有时每天都去,和她沿着幽暗的林荫道散步……我跟她讲讲我的事,她跟我讲讲她的事,她还用手摸我的这个纽扣,从我的衣领上拍掉绒毛……我身上常有绒毛。

安娜 还有呢?

特里列茨基 没有了……很难说,究竟是什么吸引着我去她那儿。或者是因为寂寞,或者是因为爱情,或者是别的什么原因,我说不好……我只知道,一吃过午饭就特别想她……后来得知,她也同样想我……

安娜 是爱情?

特里列茨基 (耸耸肩)很可能。您怎么想的,我爱她还是不爱她?

安娜 还要问我!您知道得更清楚……

特里列茨基 唉!……您不理解我!……该您走棋!

安娜 我走。尼古拉,我真不明白!在这个问题上,女人很难理解您……(停顿)

特里列茨基 她是个好姑娘。

安娜 我喜欢她,很聪明的姑娘……只是有一点,朋友……别做对不起她的事!……您有这个毛病……您爱胡说八道,您会花言巧语,但都停留在口头上……我会可怜她的……她现在做什么?

特里列茨基 在读书……

安娜 还在研究化学吧?(笑)

特里列茨基 大概是的。

安娜 挺好的姑娘……小心点！您的衣袖把棋子碰倒了！我喜欢这位鼻子尖尖的姑娘！她会成为一位不错的科学家的……

特里列茨基 她看不见路,可怜的姑娘！

安娜 尼古拉,这样吧……您请玛丽雅到我这里来走动走动……我与她认识认识……我不是想当中间人,而仅仅是……我与您一起来了解了解她,然后或者是把她放了,或者是让她知道……但愿……（停顿）我觉得您还是个毛头孩子,所以想干预你们的事情,您该走棋了。我的建议是,或者完全不要打扰她,或是和她结婚……只是结婚,但……到此为止！万一您真想结婚,最好先仔细想想……需要从各个方面来考察她,而不是只看表面,要反复思考,反复掂量,免得以后哭鼻子……您听了吗？

特里列茨基 我听着呢……

安娜 我知道您,您干什么都不动脑子,您结婚也不动脑子。只需要有个女人手指朝您一指,您就神魂颠倒。应该和朋友们多商量……是的……别太相信自己的笨脑瓜。（敲桌子）这就是您的脑瓜！（打口哨）打口哨,我的妈！脑子不少,但不管用。

特里列茨基 打口哨,像个庄稼汉！这个女人不简单！（停顿）她不会到您这儿来的。

安娜 为什么？

特里列茨基 因为普拉东诺夫是您的常客……自从他那次胡言乱语之后,她就不能再容忍他。他以为她是个傻女人,这种想法深入到了他的脑袋里,现在谁也不能改变他的看法! 他以为自己有权纠缠傻女人,给她们制造各种麻烦……但她难道是傻女人? 他还能了解人!

安娜　这是小事。我们不会让他放肆的。您告诉她,她不必担心。但普拉东诺夫为什么老不露面? 他是该到这里来了……(看表)他失礼了。半年没有来了。

特里列茨基　我到您这儿来的时候,经过学校,学校的门窗都关着。他可能还在睡觉。这个坏蛋! 我自己也好久没有见到他了。

安娜　他健康吗?

特里列茨基　他一直很健康,活得好好的!

〔老格拉戈列耶夫和沃依尼采夫上。

二

　　除第一场的人物外,还有老格拉戈列耶夫和沃依尼采夫。

老格拉戈列耶夫　(走进房门)亲爱的谢尔盖·帕甫洛维奇,从这个方面说,我们这些快要落山的太阳要比你们那些刚刚升起来的太阳要更加幸福。男人没有输,女人还赢着。(坐下)咱们坐着,要不我就累了……我们像最出色的骑士那样爱女人,相信女人,崇拜女人,因为我们看出女人是好人……而女人真是好人,谢尔盖·帕甫洛维奇!

安娜　为什么耍赖?

特里列茨基　谁耍赖？

安娜　谁把这个棋子摆在这里的？

特里列茨基　是您自己摆的！

安娜　噢……对不起……

特里列茨基　对不起。

老格拉戈列耶夫　我们也有朋友……我们那个时候的友谊不像今天这样幼稚和无所谓,我们那个时候有联谊会……为了朋友可以赴汤蹈火。

沃依尼采夫　(打哈欠)那是个英雄的时代！

特里列茨基　而今我们这个可怕的时代,只有消防队员才往火里跳。

安娜　尼古拉,别说傻话！(停顿)

老格拉戈列耶夫　去年冬天我在莫斯科看歌剧,看到一个青年人被美好的音乐感动得流泪……这很好吧？

沃依尼采夫　那当然是好。

老格拉戈列耶夫　我也这么认为。但为什么坐在他旁边的先生小姐们要朝着他笑呢？他们笑什么？而那个青年人发现旁边的人看见了他的眼泪,自己也不安起来,脸也红了,露出了一个尴尬的笑容之后,走出了剧院……在我们那个年代,人们是不会为善良的眼泪害羞的,也没有人嘲笑别人的眼泪……

特里列茨基　(向安娜·彼得洛芙娜)我受不了这种故作深沉的甜言蜜语！非常讨厌！刺耳朵！

安娜　小声……

老格拉戈列耶夫　我们比你们幸福。在我们那个时候,音乐爱

11

好者不听完歌剧是不会离开剧院的……谢尔盖·帕甫洛维奇,您打哈欠……我折磨你了……

沃依尼采夫 不……波尔菲里·谢苗诺维奇,您作个总结吧!是时候了……

老格拉戈列耶夫 咴!诸如此类,不一而足……如果现在要对我所说的作个总结,那就是:在我们那个时候,有爱着的人和憎恨的人,因此,也有愤怒的人和蔑视的人……

沃依尼采夫 说得好,但难道在我们今天就没有这样的人?

老格拉戈列耶夫 我想没有。

〔沃依尼采夫站起,走向窗户。

老格拉戈列耶夫 缺乏这些有血气的人就造成了现代的社会病……(停顿)

沃依尼采夫 言重了,波尔菲里·谢苗诺维奇!

安娜 受不了啦!他身上的香水味道,让我喘不过气来。(咳嗽)您往后挪挪!

特里列茨基 (往后挪动)自己要输棋了,向可怜的香水出气,奇怪的女人!

沃依尼采夫 罪过,波尔菲里·谢苗诺维奇,仅仅凭借一点猜测和对于往日青春的眷念就提出责难!

老格拉戈列耶夫 可能,我错了。

沃依尼采夫 可能……在这种场合来不得"可能"……责难是很严肃的!

老格拉戈列耶夫 (笑)但……您不要生气,我亲爱的……嗯……单是这一点就可证明,您不是个骑士,您不擅于怀着应有的尊重对待不同观点。

12

沃依尼采夫　单是这一点就可证明,我也会愤怒。

老格拉戈列耶夫　谢尔盖·帕甫洛维奇,我不是说所有的人……也有例外!

沃依尼采夫　那当然……(向他鞠躬)非常感谢您的让步! 您的言行的全部美妙之处就在这些让步上。但要是您碰上没有阅历的、不了解您的人,该是什么结果? 其实您完全有可能让他相信,我们,也就是我,尼古拉·伊凡诺维奇,还有我后妈,也就是多少还算年轻一点的人,是不善于憎恨与蔑视其他人的……

老格拉戈列耶夫　但是……我没有说……

安娜　我想听波尔菲里·谢苗诺维奇发表言论,别下棋了! 够了!

特里列茨基　不,不……还是请您一边下棋,一边听!

安娜　够了。(站起)过一会再下完它。

特里列茨基　要是我的棋局不妙,她就坐着,纹丝不动,而一当我快赢了,她就想听波尔菲里·谢苗诺维奇说话了! (向老格拉戈列耶夫)谁请您发表言论的? 只是妨碍别人下棋! (向安娜·彼得洛芙娜)请坐下来继续下棋,否则我就认为你输了棋!

安娜　您就这么认为吧!

　　〔坐到老格拉戈列耶夫对面。

三

　　上一场的人物和老维格罗维奇。

13

老维格罗维奇 （进屋）真热！这样的大热天让我这个犹太人想起巴勒斯坦。（坐在钢琴前，弹了几下琴键）听说，那边特别热！

特里列茨基 （站起）那我们记上账。（从口袋里掏出一个笔记本）那我就记上了，善良的女人！（记录）将军夫人欠三卢布……再加上次所欠，一共十个卢布。好！我什么时候可以拿到这钱？

老格拉戈列耶夫 哎嘿，先生们，先生们！你们没有见过从前的时光！否则就不会这样……就会明白了……（叹气）你们不明白！

沃依尼采夫 大概，文学与历史更看重我们的信仰……波尔菲里·谢苗诺维奇，我们虽然没有见过从前的时光，但我们能够感觉到它。我们能够常常在这里感觉到它……（敲敲自己的后脑勺）但您看不见也感觉不到今天的时光。

特里列茨基 您是记账还是现在就付钱？

安娜 别这样！您不让我安心听讲！

特里列茨基 您听什么？他们会一直聊到晚上！

安娜 谢尔盖，给这个家伙十个卢布！

沃依尼采夫 十个卢布？（掏钱）给您，波尔菲里·谢苗诺维奇。咱们换个话题吧……

老格拉戈列耶夫 如果您不喜欢，可以换个话题。

沃依尼采夫 我很喜欢听您说话，但不喜欢听侮辱性的话……

〔给特里列茨基十个卢布。

特里列茨基 谢谢。（拍了一下老维格罗维奇的肩膀）就应该在这个世界上这样生活！把一个毫无思想准备的女人请来下棋,再毫不客气地赢她十个卢布。怎么样？有点能耐吧？

老维格罗维奇 有点能耐。您是真正的耶路撒冷的贵族！

安娜 别胡说了,特里列茨基！(向老格拉戈列耶夫)波尔菲里·谢苗诺维奇,女人是好人吗？

老格拉戈列耶夫 是好人。

安娜 看来,您是个女人迷,波尔菲里·谢苗诺维奇！

老格拉戈列耶夫 是的,我喜欢女人。安娜·彼得洛芙娜,我崇拜她们。我从她们身上看到,我所喜欢的一切：心……

安娜 您崇拜她们……但她们值得您崇拜吗？

老格拉戈列耶夫 值得。

安娜 您坚信这一点？还是只是强迫自己这么想？

　　〔特里列茨基拿起小提琴,用弓弦弹拉。

老格拉戈列耶夫 我坚信。单靠对您的了解,我就能坚信这一点……

安娜 当真？您身上像是有种特别的气质。

沃依尼采夫 他是个浪漫主义者。

老格拉戈列耶夫 可能……那有什么？浪漫主义不是件坏事。您赶跑浪漫主义……这很好,但我担心您同时也赶跑了另外的什么……

安娜 我的朋友,您别引起争论。我不会争论。赶跑了什么也罢,没有赶跑什么也罢,我反正变得聪明了,感谢上帝！波尔菲里·谢苗诺维奇,变得聪明了吗？而这是主要的……(笑)要是人变得聪明了,其他的事就迎刃而解了……啊！尼古拉·伊凡诺维奇,别胡拉了！把小提琴放下！

特里列茨基 （挂起小提琴）很好的乐器。

老格拉戈列耶夫 普拉东诺夫有一次说得很妙……他说，我们让妇女变聪明了，而我们在让妇女变得聪明的同时，我们自己连同妇女一起跌进了泥潭里……

特里列茨基 （大笑）可能是他过生日……说多了……

安娜 他是这么说的？（笑）是的，他喜欢发表这类言论……他口才好……随便问一句，这位普拉东诺夫照您看来是个什么样的人？是英雄还是不是英雄？

老格拉戈列耶夫 怎么对您说呢？照我看来，普拉东诺夫是现代不确定性的最好体现者……他是一部很好的但还没有写出来的现代小说的主人公……（笑）我理解的不确定性，就是我们社会的现代状态；俄罗斯的小说家能感觉到这个不确定性。他走进了死胡同，迷失了方向，不知道怎么立足，不明白……很难理解这些先生！（指了指沃依尼采夫）非常糟糕的小说，冗长，琐碎……也不智慧！一切都是那样的混沌，混乱……照我看来，我们的绝顶聪明的普拉东诺夫，正是这种不确定性的体现者。他身体健康吗？

安娜 听说健康。（停顿）

　　他是个挺有才能的人……

老格拉戈列耶夫 是的……不尊敬他是罪过。冬天的时候我去看望过他几次，永远不会忘记和他在一起的那些短暂的时刻。

安娜 （看表）他也该来了。谢尔盖，你叫人去请他了吗？

沃依尼采夫 请了他两次。

安娜 先生，你们都在撒谎。特里列茨基，劳驾您去叫雅可夫

16

再请他一次！

特里列茨基　（伸伸腰）是去让他们摆餐桌？

安娜　这我自己去安排。

特里列茨基　（走到门口，与布格罗夫撞个满怀）瞧您喘着粗气，像个火车头，商人一个！（指了一下肚子，走下）

四

　　安娜·彼得洛芙娜，老格拉戈列耶夫，老维格罗维奇，沃依尼采夫和布格罗夫。

布格罗夫　（走上）呜嘿！真热！要下雨了。

沃依尼采夫　您从花园来？

布格罗夫　是从花园来……

沃依尼采夫　索菲娅在那儿？

布格罗夫　哪个索菲娅？

沃依尼采夫　我的妻子，索菲娅·叶戈洛芙娜！（原作手稿在此脱漏一页）

老维格罗维奇　我去一下……（走向花园）

五

　　安娜·彼得洛芙娜，老格拉戈列耶夫，沃依尼采夫，布格罗夫，普拉东诺夫和沙萨（穿着俄罗斯服装）。

普拉东诺夫 （在门口对沙萨说）来！年轻的女士，请进！（和沙萨上）我们总算出来了！沙萨，向夫人施礼！夫人，您好！（走近安娜·彼得洛芙娜，吻她的两只手）

安娜 残酷的人……能让我们这么长久地等待您吗？您也知道，我是个急性子。亲爱的阿历克山德拉·伊凡诺芙娜……（和沙萨拥抱）

普拉东诺夫 我们总算出来了，先生们，你们好！六个月来我们没有看到镶木地板、沙发、椅子、高高的天花板，甚至还有人……整个冬天我们沉睡在熊窝里，像熊一样，只是在今天才爬上了上帝的世界！谢尔盖·帕甫洛维奇，您好！（和沃依尼采夫拥抱）

沃依尼采夫 长高了，长胖了……天晓得……阿历克山德拉·伊凡诺芙娜！您胖了！（握沙萨的手）身体好吧？变漂亮了，也丰满了！

普拉东诺夫 （握老格拉戈列耶夫的手）波尔菲里·谢苗诺维奇……见到您很高兴……

安娜 生活得怎么样？阿历克山德拉·伊凡诺芙娜？大家都坐下吧，先生们！您倒说说呀……我们坐下！

普拉东诺夫 （大笑）谢尔盖·帕甫洛维奇！这是他吗？一头长发到哪去了？别致的上衣，甜美的男高音到哪去了？唉，您倒说点什么呀！

沃依尼采夫 我犯傻了。（笑）

普拉东诺夫 男低音，标准的男低音！唉？我们坐吧……波尔菲里·谢苗诺维奇，靠近一点！我坐下了。（坐下）请坐，先生们！唵……好热……沙萨，你干什么！在闻什么？

[大家坐下。

沙萨　我是在闻。（笑）

普拉东诺夫　有人肉味。好气味！我以为，我们已经有一百年没有见面了。要知道，这个冬天拖了那么长！看，这就是我的那把椅子！沙萨，你认得出来吗？六个月前，我整天整夜坐在这把椅子上，与将军夫人探讨一切根源的根源，而且输掉了您不少银子……热得很……

安娜　我等急了，忍耐不住了……您身体好吗？

普拉东诺夫　身体很好……应该对您说，夫人，您胖了些，也更漂亮了……今天很闷热……我已经要期待冬天了。

安娜　他们两个人都胖了！多么幸福的人！米哈依尔·瓦西里耶维奇，生活得怎么样？

普拉东诺夫　照例不好……睡了整整一个冬天，六个月没有见到天空。喝酒，吃饭，睡觉，给妻子读里德①的小说……不好！

沙萨　生活得不错，就是寂寞……

普拉东诺夫　我的宝贝，不是寂寞，而是非常寂寞。太想念您了……现在我的眼睛多舒服！安娜·彼得洛芙娜，经过了长时间的让人难以忍受的孤寂之后，又看见了您，这是不敢奢望的幸运！

安娜　奖给您一支烟！（给他一支烟）

普拉东诺夫　谢谢。

[抽烟。

---

①　梅恩·里德(Mayne Reid,1818—1883)，英国通俗小说家。

沙萨　您是昨天回来的?

安娜　十点钟回来的。

普拉东诺夫　十一点钟还看到您房间亮着灯,但没有敢来打扰。也许您很累了吧?

安娜　你们尽可以来的!我能聊到两点。(沙萨向普拉东诺夫耳语)

普拉东诺夫　见鬼!(拍一下自己的脑袋)瞧我的记性!你怎么早不说?谢尔盖·帕甫洛维奇!

沃依尼采夫　什么?

普拉东诺夫　他也不说!结婚了,但不说!(站起)我是忘记了,而他们是不说!

沙萨　我也忘记了……祝贺您,谢尔盖·帕甫洛维奇!祝您一切如意!

普拉东诺夫　祝贺您……(鞠躬)亲爱的,有爱情就有和谐。谢尔盖·帕甫洛维奇,您创造了奇迹!我没有预料到您能走出如此重要而大胆的一步!这么迅速!谁能想到您有这样大胆的举动?

沃依尼采夫　我是什么人?说快就快!(笑)我也没有想到自己会有这样大胆的举动,一拍即合。爱上了就结婚了!

普拉东诺夫　不"爱上"个什么人过不了冬天,而这个冬天还结了婚,就像我们的神父说的,找了个监督。妻子,还是最可怕、最挑剔的监督!如果她很蠢,就糟了!工作找到了吗?

沃依尼采夫　建议我去中学工作,我还不知道怎么办。我不想去中学!工资太低,此外……

普拉东诺夫　去吗?

沃依尼采夫　现在还很难说,大概,不去……

普拉东诺夫　好……这样我们就可以玩儿了。您大学毕业已经三年了吧?

沃依尼采夫　是的。

普拉东诺夫　是这样……(叹息)没有人敲打您!应该告诉您妻子……玩了三年!啊?

安娜　不要高谈阔论了……我都要打哈欠了。阿历克山德拉·伊凡诺芙娜,你们为什么来得这么晚?

沙萨　没有时间……米沙在修鸟笼,而我要去教堂……鸟笼坏了,夜莺没有地方搁。

老格拉戈列耶夫　今天干吗去教堂?今天是什么节日?

沙萨　我是去给康士坦丁的父亲预定弥撒。今天是米沙死去的父亲的命名日,不给他做弥撒不好……祈祷的仪式已经做完了……(停顿)

老格拉戈列耶夫　米哈依尔·瓦西里耶维奇,您父亲去世几年了?

普拉东诺夫　三年,四……

沙萨　三年零八个月。

老格拉戈列耶夫　真的?我的上帝!时光过得飞快!已经三年零八个月了!我和他最后一次见面的时候有那么久远吗?(叹息)我们最后一次见面是在伊凡诺夫卡城,我们两人那时都是陪审员……那天发生了一件最能说明死者的品格的事……我记得,那天审判一个很寒碜、有点醉醺醺的土地丈量员,控告他受贿,(笑)没有给他定罪……死去的瓦西里·安德列耶维奇,坚决替这个土地丈量员辩护……辩护了三个小时,情绪十分激动,他喊道:"只要你们不宣誓保证自己没有接受过贿赂,我就不会控告他!"这不太合乎逻辑,但拿他没有办法! 我们因为他的坚持而弄得疲惫不堪……和我们在一起的,还有死去的将军沃依尼采夫,安娜·彼得洛芙娜,就是您的丈夫……也是个固执己见的人。

安娜 他不会为那个土地丈量员辩护的吧……

老格拉戈列耶夫 对了,他坚决要求控告他……我记得他们两人吵得面红耳赤……农民代表都站在将军一边,但我们贵族都支持瓦西里·安德列耶维奇……当然,我们得胜了……(笑)您的父亲向将军提出决斗,而将军骂他……对不起,混蛋……热闹啦! 我们用酒灌醉了他们两个,他们两个就和解了……再没有比让俄罗斯人和解更容易办到的事了……您父亲很善良,他有一颗善良的心……

普拉东诺夫 不是善良的人,而是没有条理的人……

老格拉戈列耶夫 他是当时一位杰出的人物……我尊敬他,我和他的关系极好!

普拉东诺夫 我不可能以他为荣。当我还没有长胡须的时候,我就和他分道扬镳了,在最后的三年我们成了仇敌。我不尊重他,他则认为我是个空虚的人,而且……我们两人说得都有道埋。我不喜欢这个人! 我不喜欢他,他竟然能平静地死去,能像一个正直的人那样地死去。明明是个混蛋,但又不肯承认这一点,这是俄罗斯混蛋的可怕特征!

老格拉戈列耶夫 米哈依尔·瓦西里耶奇,对于死者,或是说好话,或是什么也不说!

普拉东诺夫　不对……这是一句不好的拉丁文格言。在我看来,应该是:对于所有的人,或是说真话,或是什么也不说。但说真话,要比什么也不说好,至少有点教益……我想,死者不需要宽容……

　　〔伊凡·伊凡诺维奇上。

六

　　上一场的人和伊凡·伊凡诺维奇。

伊凡　(进来)哒—哒—哒……女婿和女儿! 特里列茨基上校星座里的星体! 亲爱的,你们好! 向你们致以最热烈的敬礼! 先生们,太热啦! 米沙,我的宝贝……

普拉东诺夫　(站起)上校,您好! (拥抱他)身体好吗?

伊凡　我身体一向很好……上帝对我很体谅。沙萨……(吻沙萨的头)　我好久没有吻您了……沙萨,您身体好吗?

沙萨　我身体很好……您身体好吗?

伊凡　(坐在沙萨身旁)我身体一向很好。我一辈子从没有病过……我好久没有见到你们了! 每天都想到你们那儿去,看看外孙,和女婿议论议论天下大事,但怎么也来不了……太忙! 我的天使! 前天想给你看看新买的双筒枪,英国货,米沙,但警察局长来了,非让我玩牌……那支双筒猎枪真棒! 一百七十步距离内能把猎物打死……外孙好吗?

沙萨　很好,向您敬礼……

伊凡　难道他会敬礼了?

沃依尼采夫　这需要从精神上去理解。

伊凡　是的,是的……从精神上……沙萨,你告诉他,让他快快长大。我带他去打猎……我已经给他预备了一支小号的双筒猎枪……我要把他培养成个猎人,以便将来我死后把我的打猎用具传给他……

安娜　这个伊凡·伊凡诺维奇真是个有魅力的人!我们和他在圣彼得节一起去打鹌鹑。

伊凡　好,好!安娜·彼得洛芙娜,我们去打野鸡。我们到魔鬼沼泽去作一次探险……

安娜　让我们试试您的双筒猎枪。

伊凡　让我们试试。尊贵的月亮女神!(吻她的手)夫人,您记得去年吗?哈哈!我喜欢这样的人!我不喜欢胆小鬼!她是个个性解放的女人!你闻闻她的肩膀,能闻到火药味,有汉尼拔统帅的风度!统帅,完全是个统帅!给她赏个带穗的肩章,世界末日就到了!咱们去!把沙萨也带上!把所有人都带上!让他们看看,什么叫战士的血缘,月亮女神,尊贵的夫人,女元帅!

普拉东诺夫　上校,你已经上钩了?

伊凡　毫无疑问。

普拉东诺夫　你就这么唠叨。

伊凡　我亲爱的,我八点钟就到这儿……大家还在睡觉……到了这儿,用脚敲门……一看,她出来了……她笑了……我们喝了一瓶葡萄酒。月亮女神喝了三杯,余下的我都喝了……

安娜　需要把这个都说出来吗!

　　　　〔特里列茨基跑上。

七

上一场的人和特里列茨基。

特里列茨基　各位亲戚先生好！

普拉东诺夫　啊……平庸的御医！硝酸银……蒸馏水……很高兴能见到你！好一副神采奕奕的样子！

特里列茨基　（吻沙萨的头）是什么妖风把你的米沙吹到这里来的！公牛，一头真正的公牛！

沙萨　嘿，你身上这么香！身体好吗？

特里列茨基　还好。你们来了很好。（坐下）米沙，情况怎么样？

普拉东诺夫　什么情况？

特里列茨基　当然是你的情况。

普拉东诺夫　我的？谁知道我的情况呢？兄弟，说来话长，而且也没有意思。你是在哪理的发？发型很好！得花一个卢布？

特里列茨基　我不请理发师给我理发，我有专门为我理发的女士，而且我也不会给她们卢布……（吃水果软糖）你是我的兄弟……

普拉东诺夫　想说笑话？别，别……你别费心！饶了我吧。

八

上一场的人，彼特林和老维格罗维奇。

彼特林拿着报纸上,坐下。老维格罗维奇坐在角落里。

特里列茨基　(向伊凡·伊凡诺维奇)爸爸,您哭吧!

伊凡　我干吗要哭?

特里列茨基　比如,为了高兴……看看我! 这是你的儿子! ……(指着沙萨)这是你的女儿!(指着普拉东诺夫)这个青年人是你的女婿! 一个女儿算什么! 爸爸,这是宝贝! 只有你才能生养出这么好的女儿! 而女婿呢?

伊凡　我的朋友,我干吗要哭? 我不需要哭。

特里列茨基　而女婿呢? 噢……这个女婿! 你走遍天涯海角,找不到另外一个这样的女婿! 忠诚,高尚,宽容,正义! 而外孙呢? 这是一个什么样的外孙! 他向前挥动着小手,好像在说:"姥爷! 姥爷在哪? 把他给我找来,把他的胡须给我找来!"

伊凡　(从口袋里掏出手绢)干吗哭? 感谢上帝……(哭)不应该哭。

特里列茨基　上校,你在哭?

伊凡　没有……干吗哭? 感谢上帝! ……还有什么?

普拉东诺夫　尼古拉,别这样!

特里列茨基　(站起,坐到布格罗夫旁边)季莫菲·戈尔杰耶维奇,天很热。

布格罗夫　不错。很热,像在顶棚的澡堂里,应该有三十度。

特里列茨基　这意味着什么? 季莫菲·戈尔杰耶维奇,为什么这么热?

布格罗夫　这个您知道得更清楚。

特里列茨基　我不知道。我学的是医。

布格罗夫　我以为之所以热,是因为如果到了六月份还冷,那么我们就要哈哈大笑了。(笑)

特里列茨基　是的……现在懂了……季莫菲·戈尔杰耶维奇,对于青草来说,气候与环境哪个更重要?

布格罗夫　都重要,尼古拉·伊凡诺维奇,只是小麦需要雨水……要是不下雨,还有什么气候可言?没有了雨水,气候分文不值。

特里列茨基　是这样……这是真理……应该承认,您表达的都是智慧。做生意的先生,关于其他的事情您还有什么高见?

布格罗夫　(笑)什么也没有。

特里列茨基　这需要证明。季莫菲·戈尔杰耶维奇,您是个绝顶聪明的人!关于安娜·彼得洛芙娜将给我们吃点什么,您有什么看法?

安娜　特里列茨基,请您等待!大家都在耐心等待,您也不要例外!

特里列茨基　她不了解我们的胃口!她不知道我们,特别是您和我都想喝点什么!季莫菲·戈尔杰耶维奇,我们能吃也能喝!首先……其次……(向布格罗夫耳语)不好?喝得酩酊大醉……大路货……那儿什么都有:专供堂饮的酒,专供外买的酒……鱼子酱,干咸鱼,蛙鱼,沙丁鱼……还有六层或七层的大蛋糕……好气派!装满了全世界的各种动植物美味……快端上来吧……饿坏了,是吗?季莫菲·

戈尔杰耶维奇。坦白地说……

沙萨 （向特里列茨基）你与其说是想吃饭，不如说是想造反！你不喜欢人家安静地坐一会！

特里列茨基 我不喜欢人家饿肚子，胖小姐！

普拉东诺夫 尼古拉·伊凡诺维奇，你刚刚说了些笑话，大家为什么没有哈哈大笑呢？

安娜 哎嘿，他真让人讨厌！他让人讨厌！他真不像话！这很可怕！哎，讨厌的家伙，请等一等！我这就给您上菜！（离去）

特里列茨基 早就该这样了。

九

　　除了安娜·彼得洛芙娜外的全部上一场人物。

普拉东诺夫 倒也不妨……几点钟了？我也饿了……

沃依尼采夫 先生们，我的妻子在哪？要知道普拉东诺夫还没有见过她……应该认识一下。（站起）我去找找她。她是那么喜欢花园，没有办法让她和花园分开。

普拉东诺夫 谢尔盖·帕甫洛维奇，我看……我请求您别把我介绍给您妻了……我想知道，她是否认得我？我曾经和她相识……

沃依尼采夫 相识？和索菲娅？

普拉东诺夫 那是从前……好像是在上大学的时候，请您不要向她介绍我，别作声，关于我一句话也不要说……

沃依尼采夫 好的。这个人和所有人都认识！他是怎么来得及认识的？（走向花园）

特里列茨基 先生们！我在《俄罗斯信使》上发表了一篇重要文章！你们读了没有？阿勃拉姆·阿勃拉莫维奇，您读了吗？

老维格罗维奇 读过了。

特里列茨基 是篇好文章吧？阿勃拉姆·阿勃拉莫维奇，我把您描写成了个吃人的恶魔！我这么把您一写，全欧洲都会吃惊！

彼特林 （大笑）原来是写的他?! 原来文章里的 B 君就是他！那么，C 君又是指谁呢？

布格罗夫 （笑）是我。（擦擦额头）由他们去吧！

老维格罗维奇 怎么啦！这很好。如果我会写文章，我就给报纸写。首先，能得到稿费，其次，我们这里的人都把会写文章的人看成是聪明的人。不过，医生，那篇文章不是您写的。它是波尔菲里·谢苗诺维奇写的。

老格拉戈列耶夫 您怎么知道的？

老维格罗维奇 我知道。

老格拉戈列耶夫 奇怪……文章是我写的，这不假，但您是怎么知道的？

老维格罗维奇 您只要想知道，就什么都能知道。您投稿寄的是挂号，但我们邮局的一位收发记性特别好。就是这样……不必猜谜语。我们犹太人的机敏在这里用不上。（笑）别害怕，我不会报复的。

老格拉戈列耶夫 我不怕，但……我感到奇怪！

［格列科娃上。

✝

上一场的人和格列科娃。

特里列茨基　（跳起）玛丽雅·叶菲莫芙娜！这才叫意外的惊喜！

格列科娃　（递给他手）您好,尼古拉·伊凡诺维奇！（向众人点头）你们好,先生们！

特里列茨基　（帮她脱下斗篷）我把您的斗篷脱下来……身体好吗？再一次向您问好！（吻她的手）身体好吗？

格列科娃　和往常一样……（羞怯地坐在就近的一把椅子上）安娜·彼得洛芙娜在家吗？

特里列茨基　在家。（坐在她旁边）

老格拉戈列耶夫　玛丽雅·叶菲莫芙娜,您好！

伊凡　这位是玛丽雅·叶菲莫芙娜？都认不出来了！（走近格列科娃,吻她的手）见到您很荣幸……很高兴……

格列科娃　伊凡·伊凡诺维奇,您好！（咳嗽）太热了……别吻我的手……我很尴尬……我不喜欢……

普拉东诺夫　（走近格列科娃）我荣幸地向您致敬！（吻她的手）生活得怎么样？把手给我！

格列科娃　（缩回手）不必……

普拉东诺夫　为什么？我不配？

格列科娃　我不知道您配不配！但……您不真诚。

普拉东诺夫　不真诚？为什么您知道不真诚？

格列科娃　如果我不说我不喜欢这种亲吻,您就不会吻我的手……您总想做我不喜欢的事。

普拉东诺夫　立即给我下了结论！

格列科娃　(向普拉东诺夫)请走开！

普拉东诺夫　现在就……玛丽雅·叶菲莫芙娜,您的臭虫乙醚搞得怎么样了？

格列科娃　什么臭虫乙醚？

普拉东诺夫　我听说您想在臭虫里提炼乙醚……想为科学做出贡献……这是好事！

格列科娃　您总喜欢开玩笑……

特里列茨基　是的,他爱开玩笑……这么说,您终于来了,玛丽雅·叶菲莫芙娜……您母亲生活得怎么样？

普拉东诺夫　您的脸孔像玫瑰一样红！您好热！

格列科娃　(站起)您为什么尽说这些话？

普拉东诺夫　想跟您聊聊天……好久没有跟您说话了。您为什么生气？什么时候您才不对我生气呢？

格列科娃　我发现,您一看到我,您就感觉不舒服……我不知道,我是怎么妨碍了您,但是……我可以成全您,尽量避开您……如果不是尼古拉·伊凡诺维奇保证您肯定不在这里,我是不会到这里来的……(向特里列茨基)您不该说谎的！

普拉东诺夫　尼古拉,你不该说谎的。(向格列科娃)您想哭……您哭吧！眼泪有时候让人舒心……

　　　〔格列科娃快步向门口走去,在门口与安娜·彼得洛

31

芙娜相遇。

十一

上一场的人和安娜·彼得洛芙娜。

特里列茨基 （向普拉东诺夫)愚蠢……愚蠢！你明白吗？愚
蠢！这样……我们成仇敌了！

普拉东诺夫 与你有什么关系？

特里列茨基 愚蠢！你不知道你干了些什么！

老格拉戈列耶夫 米哈依尔·瓦西里耶维奇,你好残酷！

安娜 玛丽雅·叶菲莫芙娜！我多么高兴！(握格列科娃的
手)很高兴……您是我们这里的稀客……您来了,我因此
而喜欢您……让我们一起坐下……(大家坐下)很高
兴……谢谢尼古拉·伊凡诺维奇……他费心把您从您的
村子请了出来……

特里列茨基 （向普拉东诺夫)如果我爱她呢？

普拉东诺夫 你爱吧……随你便！

特里列茨基 你说了些什么！

安娜 我亲爱的,您生活得怎么样？

格列科娃 很好,谢谢。

安娜 您累了……(看她的脸)没有习惯一口气走二十里路……

格列科娃 不……(用手帕捂住眼睛,哭)不……

安娜 您怎么啦,玛丽雅·叶菲莫芙娜？（停顿)

格列科娃 不……

〔特里列茨基在踱步。

老格拉戈列耶夫 （向普拉东诺夫）米哈依尔·瓦西里耶维奇，
您应该道歉！

普拉东诺夫 为什么？

老格拉戈列耶夫 您还问？！您很残酷……

沙萨 （走近普拉东诺夫）请你作出解释，否则我就离开这
里！……赔个不是！

安娜 走了远路之后我也常常要哭……神经受不住了！

老格拉戈列耶夫 原来如此……我需要这个！不像话！我没
有想到会这样！

沙萨 赔个不是！大家都要求赔不是！你这个不讲道德的人！

安娜 我理解……（看着普拉东诺夫）还是发生了不愉快……
玛丽雅·叶菲莫芙娜，请原谅我。我忘了关照他了……是
我的错……

普拉东诺夫 （走向格列科娃）玛丽雅·叶菲莫芙娜！

格列科娃 （抬起头）您想干什么？

普拉东诺夫 我道歉……公开道歉……我特别懊悔！……给
我手……我发誓我是真诚的……（握住她的手）咱们和解
吧……我们不哭了……和解好吗？（吻她的手）

格列科娃 和解。（用手帕掩住脸，跑下）

〔特里列茨基跟她下。

十二

上一场的人，除了格列科娃和特里列茨基外。

安娜 我没有想到,您会这样!

老格拉戈列耶夫 小心,米哈依尔·瓦西里耶维奇,要小心!

普拉东诺夫 够了……(坐在沙发上)由她去吧……我做了蠢
　　事,和她说上了话,但这蠢事也不值得惊动了大家。

安娜 为什么特里列茨基跟她跑了? 不是所有女人都愿意让
　　人家看到她们的眼泪。

老格拉戈列耶夫 我欣赏女人的这种软心肠……您其实也没
　　有说什么特别的……就是一点暗示,一句话……

安娜 不好,米哈依尔·瓦西里耶维奇,这样不好。

普拉东诺夫 安娜·彼得洛芙娜,我道歉了。

　　〔沃依尼采夫,索菲娅·叶戈洛芙娜和小维格罗维
奇上。

十三

　　上一场的人,还有沃依尼采夫,索菲娅·叶戈洛
芙娜,小维格罗维奇,然后是特里列茨基。

沃依尼采夫 (跑上)来了,来了! (唱)她来了!

　　〔小维格罗维奇站在门旁,把手交叉在胸前。

安娜 总算索菲娅受不住这炎热了! 欢迎!

普拉东诺夫 (旁白)索菲娅! 天使,她变化好大啊!

索菲娅 我和维格罗维奇先生聊得很投机,完全忘了热……
　　(坐在离普拉东诺夫有一俄丈远的沙发上)谢尔盖,我特别
喜欢我们的花园。

老格拉戈列耶夫 （坐在索菲娅·叶戈洛芙娜旁边）谢尔盖·帕甫洛维奇！

沃依尼采夫 有何指教？

老格拉戈列耶夫 我的朋友，索菲娅·叶戈洛芙娜已经答应我，星期四你们一起来我家做客。

普拉东诺夫 （旁白）她在看我！

沃依尼采夫 我们决不食言。我们一定成群结队来看望您……

特里列茨基 （跑上）嘿，女人，女人！莎士比亚这样说的，他说得不对。需要这样说：啊嘿，你们这些女人，女人！

安娜 玛丽雅·叶菲莫芙娜在哪？

特里列茨基 我把她领到花园去了。让她在那儿散散心！

老格拉戈列耶夫 索菲娅·叶戈洛芙娜，您还没有到我家去过！我想您会喜欢的……花园比你们家的好，河水很清，马儿很壮……（停顿）

安娜 不作声了……发傻了。（笑）

索菲娅 （用手指向普拉东诺夫，轻声问老格拉戈列耶夫）这是谁？就是坐在我旁边的这位！

老格拉戈列耶夫 （笑）这是我们的中学教师……我说不出他的姓名……

布格罗夫 （向特里列茨基）尼古拉·伊凡诺维奇，请您告诉我，您能治所有的病还是仅仅能治一部分病？

特里列茨基 所有的病。

布格罗夫 传染病也治？

特里列茨基 也治。

35

布格罗夫　疯狗咬了,也能治?

特里列茨基　您被疯狗咬了?(躲开他)

布格罗夫　(尴尬)上帝保佑我! 尼古拉·伊凡诺维奇! 您怎么啦,上帝保佑您!(笑)

安娜　波尔菲里·谢苗诺维奇,到你们家该怎么走? 经过尤斯诺夫卡村吗?

老格拉戈列耶夫　不……如果走尤斯诺甫卡就绕道了。直接奔普拉东诺夫卡。我就住在普拉东诺甫卡,离那个村只有二里地。

索菲娅　我知道这个普拉东诺甫卡,这个村子现在还存在?

老格拉戈列耶夫　那自然……

索菲娅　以前我认识那里的一个地主,叫普拉东诺夫。谢尔盖,您知道那个普拉东诺夫现在在哪?

普拉东诺夫　(旁白)这个问题她应该问我。

沃依尼采夫　可能知道。你记得他的名字叫什么?(笑)

普拉东诺夫　我也曾经和他相识,他的名字大概是米哈依尔·瓦西里耶维奇。(笑)

索菲娅　对了,对了……他的名字是米哈依尔·瓦西里耶维奇。我跟他认识的时候,他还是个大学生,几乎还是个孩子……先生们,你们在笑……而我看不出我的话里有什么好笑的……

安娜　(笑着指指普拉东诺夫)您认认他吧,他都急不可耐了!

　　　　[普拉东诺夫站起。

索菲娅　(站起,盯视普拉东诺夫)是的……是他。米哈依尔·瓦西里耶维奇,您为什么不说话? ……难道……这是您?

36

普拉东诺夫 索菲娅·叶戈洛芙娜,您认不出我了? 这很简单! 过去四年半了,将近五年了,没有其他东西能使我最近的五年更能改造我的模样了。

索菲娅 (向他伸出手)我刚刚开始认出您:您的变化好大啊!

沃依尼采夫 (把沙萨领到索菲娅·叶戈洛芙娜面前)我介绍一下,这位是他的妻子! ……阿历克山德拉·伊凡诺芙娜,我们的最最幽默的尼古拉·伊凡诺维奇的妹妹!

索菲娅 (向沙萨伸出手)非常高兴。(坐下)你们已经结婚了! ……很久了吗? 五年了……

安娜 普拉东诺夫,好样的! 他哪都不去,但哪都知道他。索菲娅,我向您介绍,他是我们的朋友!

普拉东诺夫 这个热情的介绍,足以使我有权问您,索菲娅·叶戈洛芙娜,一个问题:您生活得怎么样? 您身体还好吗?

索菲娅 总的来说,生活得还可以,但身体不太好,您生活得怎么样? 您现在在做什么?

普拉东诺夫 命运如此地捉弄了我。我在五年前是不可想象的,那时您把我看成是拜伦第二,而我认为自己能当未来的部长或哥伦布式的人物。现在我不过是个中学教师,索菲娅·叶戈洛芙娜。

索菲娅 您?

普拉东诺夫 是的,我……(停顿)这有点奇怪……

索菲娅 不可思议! 为什么……为什么没有更多的作为?

普拉东诺夫 索菲娅·叶戈洛芙娜,一句话回答不了您的问题……(停顿)

索菲娅 您至少大学毕业了吧?

普拉东诺夫　没有。我退学了。

索菲娅　嘿……这毕竟不会妨碍您成为一个人吧？

普拉东诺夫　对不起……我不明白您提的问题……

索菲娅　我表达得不清楚。这不妨碍您成为一个人……一个
工作者，我想说，是某一个领域的工作者……比如，妇女自
由解放的领域……这不妨碍您成为一个为某种思想效力
的人？

特里列茨基　（旁白）胡说八道了！

普拉东诺夫　（旁白）原来这样！嗯……（向索菲娅·叶戈洛芙
娜）怎么对您说呢？是的，它妨碍不了我……但……能妨
碍什么呢？（笑）什么也不能妨碍我……我是一块平放着
的石头。平放的石头天生要妨碍别人……

　　　〔谢尔博克上。

十四

　　　上一场的人和谢尔博克。

谢尔博克　（在门口）别给马吃燕麦，那料不好！

安娜　乌拉！我的骑士来了！

所有在场的人　巴维尔·彼得洛维奇！

谢尔博克　（默默地吻安娜·彼得洛芙娜和沙萨的手，默默地
向在场的男人一一致礼，然后向所有的人鞠躬）我的朋友
们！告诉我，我急于见到的贵人在哪？我怀疑这位贵人就
是她！（指向索菲娅·叶戈洛芙娜）安娜·彼得洛芙娜，请

您把我介绍给他们,让他们知道我是个什么人!

安娜 (拉着他的手走近索菲娅·叶戈洛芙娜)退休的骑兵中尉巴维尔·彼得洛维奇·谢尔博克!

谢尔博克 要是有点感情色彩?

安娜 噢,是的……我们的朋友、邻居、骑士、客人和贷款人。

谢尔博克 是的!我是死去的将军阁下最好的朋友!在他的指挥下,我攻克了被称作妇女的波洛涅兹舞的堡垒。(鞠躬)请给我手!

索菲娅 (伸出手又缩了回来)很高兴,但……没有必要。

谢尔博克 不给面子……当您的丈夫还在桌子底下走的时候,我常常抱他……他给我留下一个纪念,这个纪念我会带到坟墓里去的。(张开口)瞧!一颗牙没了!看到了吗?(笑)我有次抱着他,而他,谢寥沙,用手枪把我的牙给敲掉了。大人也真让他玩枪。嘿嘿嘿……淘气的孩子!您,我还不知道该怎么称呼您,应该把他严加管束!您的美貌让我想到一幅画……鼻子也是这样的……手还不伸给我?

　　〔彼特林坐在老维格罗维奇前,给他出声地读报。

索菲娅 (伸出手来)您如果这样……

谢尔博克 (吻手)谢谢您!(向普拉东诺夫)米沙,身体好吗?长得这么高了……(坐下)我认识您的时候,您还正用疑惑的眼光看待这个上帝的世界……成长起来了,成长起来了……算了!再说反而不吉利!好小伙子!美男子!怎么不去参军?

普拉东诺夫 身体条件不够,巴维尔·彼得洛维奇!

谢尔博克 (指指特里列茨基)是他说的?相信他,你就犯傻了!

39

特里列茨基　巴维尔·彼得洛维奇,请您说话不要伤人!

谢尔博克　他给我治腰痛病……这个不让吃,那个不让吃,还不能躺在地板上……结果也没有治好。我就问他:"为什么你钱拿了,但医不好病?"他回答说:"二者必居其一,或是瞧病,或是拿钱。"多体面!

特里列茨基　您干吗说谎? 请问您给了我多少钱? 您想想! 我到您府上去了六次,只拿到一个卢布,那张钞票还是破的……我想把它施舍给穷人,但人家不要,说:"太破了,票子上的号码都没有了!"

谢尔博克　你来我家六次,不是因为我病了,而是因为我的承租人恰好有个女儿。

特里列茨基　普拉东诺夫,你坐得离他近……你替我在他的秃脑袋上打一下! 劳你驾!

谢尔博克　别打! 够了! 不要激怒睡着的狮子! 你还嫩了点! (向普拉东诺夫)你的父亲也是好样的! 我和他是好朋友。是个机敏的人! 现在没有这样的人了,像我们这么爱折腾的人也没有了……哎嘿,时间过去了……(向彼特林)格拉辛姆! 别太放肆! 我们在这里说话,而你却大声读报! 要懂得礼貌! (彼特林继续读报)

沙萨　(碰了碰伊凡·伊凡诺维奇的肩膀)爸爸! 爸爸! 别在这里睡觉! 不体面! (伊凡·伊凡诺维奇醒来一下又睡着了)

谢尔博克　不……我没法说话! ……(站起)听他的吧……他在读报! ……

彼特林　(站起,走向普拉东诺夫)您说了什么?

普拉东诺夫　我什么也没有说。

40

彼特林 不,您说了什么……您关于我彼特林说了些什么……

普拉东诺夫 您可能是有了错觉。

彼特林 您批评我?

普拉东诺夫 我什么也没有说!请您相信这是您的错觉!

彼特林 您爱怎么说,就怎么说……彼特林……彼特林……彼特林怎么了?(把报纸放进口袋)彼特林,可能上过大学,可能拿到过法学硕士的学位……这您知道吗?……直到死我也拥有这学位……七等文官……这您知道吗?我的年纪比您大,感谢上帝,我肯定能活到六十岁。

普拉东诺夫 这很好,但……这能说明什么呢?

彼特林 宝贝,您活到我的岁数,你就明白了!生活不是开玩笑!生活能咬人……

普拉东诺夫 (耸肩)真的,我不知道您想说什么,格拉辛姆·库兹米奇……我不理解您……您先说了自己,然后从自己说到生活……在您和生活之间有什么共同点呢?

彼特林 当您将来自己用警告的眼光看待年轻人的时候,您就惊讶生活是怎么毁坏了您……我的先生,生活……什么叫生活?生活是这个!当一个人诞生之后,他只有三条路中的一条路可走:往右走,狼把你吃了,往左走,你把狼吃了,直了走,自己把自己吃了。

普拉东诺夫 你说……嗯……您得出这样的结论是有科学依据还是经验之谈?

彼特林 经验。

普拉东诺夫 经验……(笑)尊敬的格拉辛姆·库兹米奇,您说给别的什么人听好了,而不要说给我听……我建议您不要

41

对我讲一些大道理……我觉得好笑,真的,我不相信。我不相信您的那些老掉了牙的智慧!我父亲的朋友,我不相信,我真的不相信您讲的这些关于人生哲理的大白话,我不相信您用自己的脑子想出来的一切!

彼特林 好……真是的……年轻的树木能做一切:不论是房子,还是船,还是其他的什么……老树呢,尽管它很粗很高,但什么也做不了……

普拉东诺夫 我没有说所有的老人,我说的是我父亲的朋友。

老格拉戈列耶夫 米哈依尔·瓦西里耶维奇,我也曾经是您父亲的朋友!

普拉东诺夫 他的朋友有的是……我们家的院子里曾经挤满了客人的马车。

老格拉戈列耶夫 不……这么说,您也不相信我?(笑)

普拉东诺夫 嗯……怎么对您说呢? ……就是您,波尔菲里·谢苗诺维奇,我也不太相信。

老格拉戈列耶夫 是吗?（向他伸过手去）我亲爱的,谢谢您的坦率!你的坦率更加使您吸引我。

普拉东诺夫 您是个善人……我甚至很尊敬您,但是……但是……

老格拉戈列耶夫 说下去!

普拉东诺夫 但是……但是需要做一个轻浮的人,才能够相信那些冯维辛①的体面的斯塔拉杜姆们和谄媚的米朗们,他

---

① 冯维辛(1744—1792),俄国剧作家,著有《旅长》、《纨绔弟子》,斯塔拉杜姆等是他的讽刺喜剧中的人物。

42

们一辈子都与斯考津们和普拉斯塔科夫们同喝一锅汤,以及那些长官,他们之所以高贵,是因为他们既没有作恶也没有行善,您听了别生气!

安娜 我不喜欢这样的谈话,特别是普拉东诺夫说的那些……总是不欢而散。米哈依尔·瓦西里耶维奇,我向您介绍我们的一位新朋友!(指指小维格罗维奇)伊萨克·阿勃拉莫维奇·维格罗维奇,大学生……

普拉东诺夫 啊……(站起,走向小维格罗维奇)很高兴!很高兴。(伸出手)我愿意付出很大的代价,只要我还有权称自己是大学生……(停顿)我把手递给了您……你或是握住我的手,或是把手给我……

小维格罗维奇 我两样都不做……

普拉东诺夫 什么?

小维格罗维奇 我不给您手。

普拉东诺夫 有意思……为什么呢?

安娜 (旁白)鬼知道!

小维格罗维奇 因为我有这样做的理由……我讨厌像您这样的人!

普拉东诺夫 妙极了……(凝视着他)如果这不能满足您的为了将来需要保护的自尊心,我会对您说我很喜欢……(停顿)你看我就像巨人看侏儒,也许,您当真是个巨人。

小维格罗维奇 我是个诚实的人,不是个庸俗的人。

普拉东诺夫 这应该祝贺您……年轻的大学生又是个不诚实的人是很糟糕的……关于您的诚实谁也没有疑问……少年,您给我手吗?

小维格罗维奇　我不施舍。

　　　　　〔特里列茨基发出嘘声。

普拉东诺夫　不给？这是您的权利⋯⋯我说的是礼貌，而不是
　　施舍⋯⋯你很讨厌我？

小维格罗维奇　像一个全身心地憎恶庸俗与装腔作势的人应
　　该有的厌恶⋯⋯

普拉东诺夫　（叹了口气）好久没有听到这样的话了⋯⋯好像
　　是从马车夫唱的歌里听到了亲切的声音！⋯⋯以前我也
　　曾是个能言会道的人⋯⋯可惜，这仅仅是词语⋯⋯好听的
　　词语，仅仅是词语⋯⋯要是有点真诚呢⋯⋯虚伪的声音特
　　别刺激不习惯的耳朵⋯⋯

小维格罗维奇　我们不再说下去了好吗？

普拉东诺夫　为什么？人家喜欢听我们说，我们也还没有彼此
　　讨厌⋯⋯让我们再这样说下去⋯⋯

　　　　　〔瓦西里上，奥辛普跟在他后边。

十五

上一场的人和奥辛普。

奥辛普　（进门）好⋯⋯我荣幸地祝贺您的到来⋯⋯（停顿）我
　　祝愿您得到您想从上帝那儿得到的一切好处。（笑）

普拉东诺夫　我看到谁了?! 魔鬼的干亲家！最最可怕的人！

安娜　您说！您还不知满足！您为什么要来这儿？

奥辛普　来祝贺。

安娜 没有这个必要！走开吧！

普拉东诺夫 你就是那个白天黑夜都带来恐怖的人吧？你这个杀人凶手，我好久没有见到你了，六百六十六天了！好了，朋友！讲点什么吧！伟大的奥辛普！

奥辛普 （鞠躬）阁下，祝贺您一路顺利！谢尔盖·帕甫洛维奇，祝贺您新婚之喜！祝您家庭生活一切如意！上帝保佑！

沃依尼采夫 谢谢！（向索菲娅·叶戈洛芙娜）索菲娅，我来向你介绍，这位是沃依尼采夫卡村的稻草人！

安娜 普拉东诺夫，不要纠缠他！让他走！我讨厌他。（向奥辛普）你到厨房去说一声，让他们给你吃顿午饭……瞧你一双贼眼！在这个冬天你在我们森林里偷了不少吧？

奥辛普 （笑）三四棵树……（笑）

安娜 （笑）撒谎，还要多！他还有表链子呢！是金链子吗？告诉我现在几点了？

奥辛普 （看墙上的表）一点二十二分……请让我吻吻您的手！

安娜 （把手伸向他的嘴唇）吻吧……

奥辛普 （吻手）非常感谢您，尊贵的夫人，谢谢您的同情心！（鞠躬）米哈依尔·瓦西里耶维奇，您为什么抓住我不放！

普拉东诺夫 怕你走了。亲爱的，我喜欢你！你是个棒小伙子！你真不该到这里来？！

奥辛普 来找瓦西里这个傻瓜，顺便到了这里。

普拉东诺夫 聪明人找傻瓜，而不是相反！先生们，我荣幸地向你们介绍！这是个极有趣的人物！是现代动物博物馆的一个极有趣的嗜血动物！（把奥辛普朝四面展示）无人不知,无人不晓的奥辛普,盗马贼,寄生虫,杀人犯和小偷。在沃依尼采夫卡村出生,在沃依尼采夫卡村作案,也将在沃依尼采夫卡村毁灭!(笑)

奥辛普 (笑)米哈依尔·瓦西里耶维奇,您是个奇妙的人!

特里列茨基 (端详奥辛普)亲爱的,你在干什么?

奥辛普 偷盗。

特里列茨基 嗯……有趣的职业……可是,你是个崔尼克!

奥辛普 什么叫崔尼克?

特里列茨基 崔尼克是个希腊文,翻译成俄语就是:像让全世界都知道它是猪狗的猪狗。

普拉东诺夫 他在笑,上帝!这是个什么样的笑容!还有脸孔,脸孔!在这个脸孔上有一百斤钢铁!刀枪不入!(把他引领到镜子前)看看,你这个怪人!看到了吗?你不觉得奇怪吗?

奥辛普 最最普通的人!甚至还要差点……

普拉东诺夫 是吗?难道不是勇士?不是伊里亚·穆罗密茨①?(敲打他的肩膀)噢,勇敢的,战无不胜的俄罗斯人!我和你现在算什么?像个寄生的小人到处游荡,我们不知道自己的位置在哪儿……我们也可以成为力大无比的勇士,目空一切,把索洛维雅·拉兹波依尼克②打败!是吗?

奥辛普 谁知道呢!

普拉东诺夫 会打败的!你可是个大力士!这不是肌肉,而是

————————

①② 伊里亚·穆罗密茨和索洛维雅·拉兹波依尼克,都是俄罗斯民间传说中的勇士。

46

钢缆！还有,你为什么没被流放?

安娜　普拉东诺夫,别这样说了！真的听厌了。

普拉东诺夫　奥辛普,你哪怕坐一天监牢也好啊。

奥辛普　坐过……每个冬天都要坐。

普拉东诺夫　就应该这样……森林是太冷,还是坐牢好。而你
　　为什么没被流放?

奥辛普　不知道……米哈依尔·瓦西里耶维奇,放了我吧！

普拉东诺夫　你不是这个世界上的人? 你不属于这个时间与
　　空间? 你不受习惯与法律的约束?

奥辛普　您听我说……法律上写着,只有证据确凿,或当场抓
　　获,才能流放西伯利亚……比如大家都知道,我是个盗贼,
　　(笑)但不是每一次都能证明这个……现在老百姓胆子小,
　　愚蠢……什么都怕……也害怕出来作证……可以赶了他
　　走,但不懂得法律……他什么都怕……老百姓成了头驴
　　子,一句话……都是偷偷使坏,结成团伙……这类人糟透
　　了……野蛮透顶。欺侮欺侮这样的人不可惜……

普拉东诺夫　坏蛋,瞧他说得那么振振有辞！畜生！他是自己
　　用脑子想出来的！但他也有理论根据……(叹息)在俄罗
　　斯还可能有这样的丑恶！

奥辛普　米哈依尔·瓦西里耶维奇,不是我一个人这么说！现
　　在都这么说,比如,阿勃拉姆·阿勃拉莫维奇……

普拉东诺夫　但,这也是法律管不了的……谁都知道,但谁也
　　证明不了。

老维格罗维奇　我想,还是别把我扯进去……

普拉东诺夫　关于他也没有什么好说的……他和你一样,区别

是他比你聪明，而且幸福得不得了。但是……不能当面说他，却可以当面说你。你们两个是一样货色的人，但……他有六十家酒店，我的朋友，六十家酒店，而你呢，连六十个卢比都没有！

老维格罗维奇　六十三家酒店。

普拉东诺夫　过一年就是七十三家……他也行善，给饭吃，大家都尊敬他，大家都对他脱帽敬礼，而你呢……你是个伟大的人，但，兄弟，你不会生活！你不会生活！你这个害群之马！

老维格罗维奇　您开始胡言乱语了，米哈依尔·瓦西里耶维奇！（站起，坐到另一张椅子上）

普拉东诺夫　在这个脑袋上有避雷针……他活得很安逸，一直这么安逸到死去……他死得也会很安逸！

安娜　普拉东诺夫，别说了！

沃依尼采夫　米哈依尔·瓦西里耶维奇，和善一些！奥辛普，你走吧！你在场只会挑动普拉东诺夫的性子。

老维格罗维奇　他想把我赶走，办不到！

普拉东诺夫　办得到的！办不到，我自己走。

安娜　普拉东诺夫，你还不住嘴？你干脆回答：你住嘴还是不住嘴？

沙萨　看在上帝的分上，别说了！（轻声）多不好！你让我丢脸！

普拉东诺夫　（向奥辛普）你走吧！衷心祝你赶紧消失！

奥辛普　玛尔法·彼得洛芙娜有个鹦鹉，她把所有的人和狗叫作傻瓜，但一看到老鹰或阿勃拉姆·阿勃拉莫维奇就叫

道:"啊嘿,你这个可恶的!"(笑)再见了!(离去)

十六

除了奥辛普之外所有上一场的人。

老维格罗维奇 年轻人,您无权教训我,而且还用这种腔调。我是公民,说实话,还是个有益的公民……我是父亲,而您呢?年轻人,您是什么人?请原谅,你是个花花公子,破产地主,你手里拿到过的东西,你没有任何权利拿到它,因为你是个变坏了的人……

普拉东诺夫 公民……如果您是公民,那么公民不是个好字眼!是个贬义词!

安娜 他还在说!普拉东诺夫,您为什么用您的夸夸其谈让我们一起扫兴?为什么说那么多废话?您有这个权利吗?

特里列茨基 与这些追求真理的正人君子很难相处……他们到处干预,他们到处有事,什么都与他们有关……

老格拉戈列耶夫 先生们,谈话开始很好,结果却很糟……

安娜 普拉东诺夫,别忘了如果客人吵嘴,主人会感到很难过的……

沃依尼采夫 说得对,从这一分钟起都不要作声……和平、和谐和宁静!

老维格罗维奇 一分钟的安静他也不给!我怎么他了?这像是充内行!

沃依尼采夫　嘘……

特里列茨基　让他们吵好了！我们很高兴。(停顿)

普拉东诺夫　看看你周围的情况,再好好想想,你会昏倒在地
的! ……最坏的是,所有稍有良知的人都沉默不语,都在
袖手旁观……都带着恐惧看着他,都对这个肥胖的暴发户
顶礼膜拜! 良心一点都没有了!

安娜　普拉东诺夫,平静一点! 您又在犯去年犯过的毛病了,
我受不了这个!

普拉东诺夫　(喝水)好吧。(坐下)

老维格罗维奇　好吧。(停顿)

谢尔博克　我的朋友们,我是个受难者,受难者!

安娜　怎么回事?

谢尔博克　我的痛苦,朋友们! 宁肯躺在棺材里,也不想跟坏
老婆一起生活! 又出事了! 一个星期之前,我老婆和那个
恶棍,那个棕红头发的野男人,差点把我打死。我睡在院
子里的苹果树下,正在做美梦……(叹气)突然……突然有
人向我的头部猛击过来! 上帝! 我想,末日来临了! 地
震,洪水,大雨……睁开眼一看,棕红头发的野男人站在我
面前,抱住我的肋部,猛抬起来,然后把我摔到地上! 而那
个凶狠的婆娘也跳过来……一把抓住了我的胡子。(抓住
自己的胡子)你不用想吃午饭! (敲打自己的秃脑袋)差点
没有把我打死……我想,我要把灵魂交给上帝了……

安娜　巴维尔·彼得洛维奇,您夸大其辞了……

谢尔博克　她已经是个老太婆了,又瘦,又丑,居然……爱情!
你是个女妖婆! 但这正合棕红头发的野男人的心意……

他需要我的钱财,而不是她的爱情……

[雅可夫上,递给安娜·彼得洛芙娜一张名片。

沃依尼采夫　谁的名片?

安娜　巴维尔·彼得洛维奇,别说了!(念)"格拉戈列耶夫伯
爵"。需要这种礼节吗? 请他进来!(向老格拉戈列耶夫)
波尔菲里·谢苗诺维奇,是您的儿子!

老格拉戈列耶夫　我的儿子? 他怎么来了? 他在国外呀!

[小格拉戈列耶夫上。

十七

上一场的人和小格拉戈列耶夫。

安娜　基里尔·波尔菲里耶维奇! 太好了!

老格拉戈列耶夫　(站起)你,基里尔……来了?(坐下)

小格拉戈列耶夫　你们好,夫人! 普拉东诺夫,维格罗维奇,特
里列茨基……怪人普拉东诺夫也在这里……向你们致敬!
俄罗斯太热了……我刚从巴黎来! 刚离开法兰西的土地!
唔……你们不相信? 这是真话! 刚把皮箱放到家里……
呶,巴黎,先生们! 那是个城市!

沃依尼采夫　请坐,法国人!

小格拉戈列耶夫　不,不,不,我不是来做客的,我只是……我
只是想见到父亲……(向父亲)你这是怎么搞的?

老格拉戈列耶夫　怎么回事?

小格拉戈列耶夫　你是想吵架? 你为什么不给我寄钱?

老格拉戈列耶夫 咱们到家里去说……

小格拉戈列耶夫 你为什么不给我寄钱？你还笑？你以为这是开玩笑？你开玩笑？先生们，没有钱在国外能够生活吗？

安娜 你在巴黎生活得好吗？基里尔·波尔菲里耶维奇，您请坐！

小格拉戈列耶夫 就是因为他，我回国仅仅带了个牙签！我从巴黎给他发了三十五封电报！我问你，你为什么不给我寄钱？你脸红了？害臊了？

特里列茨基 您别嚷嚷，先生！您再嚷嚷，我就把您的名片寄给法院检察官，起诉您冒用伯爵的尊号！不像话！

老格拉戈列耶夫 基里尔，别闯祸！我想，有六千卢布就足够了。平静一下！

小格拉戈列耶夫 给我钱，我还要走！现在就给！我要走！快给！我急着走！

安娜 您匆忙什么？来得及！你还是给我们讲讲您旅行的故事……

雅可夫 （上）准备好了！

安娜 是吗？那么，先生们，咱们去用餐了！

特里列茨基 用餐？乌拉！（一手拉着沙萨，一手拉着小格拉戈列耶夫，往外跑）

沙萨 放开！淘气鬼，放开！我自己走！

小格拉戈列耶夫 放开！怎么这样不礼貌？我不喜欢开玩笑！
（挣脱开来）

〔沙萨和特里列茨基跑下。

安娜 （挽着小格拉戈列耶夫的手）巴黎人,我们一起走! 没有必要为一点小事激动! 阿勃拉姆·阿勃拉莫维奇,季莫菲·戈尔杰耶维奇,请!

〔与小格拉戈列耶夫一起下。

布格罗夫 （站起,伸懒腰）等这顿饭等得筋疲力尽了。（下）

普拉东诺夫 （向索菲娅·叶戈洛芙娜伸出手）请允许? 看您一双惊异的眼睛! 对于您来说,这个世界是个神秘的世界。（轻声）这个世界是傻瓜的世界,索菲娅·叶戈洛芙娜,不可救药,走投无路的傻瓜……

〔和索菲娅·叶戈洛芙娜一起下。

老维格罗维奇 （向儿子）现在看到了吧?

小维格罗维奇 这是个独一无二的坏蛋! （与父亲一起下）

沃依尼采夫 （推伊凡·伊凡诺维奇）伊凡·伊凡诺维奇! 伊凡·伊凡诺维奇! 吃饭了!

伊凡 （跳起）啊? 谁?

沃依尼采夫 没有谁……咱们吃饭去!

伊凡 很好,亲爱的!

〔和沃依尼采夫及谢尔博克下。

十八

彼特林和老格拉戈列耶夫。

彼特林 想吗?

老格拉戈列耶夫 我不反对……我已经对你说了!

彼特林 亲爱的……你非得结婚吗?

老格拉戈列耶夫 兄弟,我不知道。她还愿意吗?

彼特林 她愿意! 上帝惩罚我好了,她愿意!

老格拉戈列耶夫 谁知道! 不要推测……别人的心思猜不透。你这么张罗干什么?

彼特林 我在为谁张罗? 你是个好人,她也是个好人……愿意吗,我跟她说说?

老格拉戈列耶夫 我自己会说。你先闭嘴……如果可以,就别张罗! 我自己会求婚。(下)

彼特林 (一人)要是你自己会就好了! 上帝的圣徒,想想我的处境! ……让将军夫人嫁给他吧,我是个有钱的人! 用期票付钱,上帝的圣徒! 有了这么喜人的想法,吃饭的胃口都没有了。上帝的仆人安娜和波尔菲里,或是,波尔菲里和安娜结婚之喜……

十九

彼特林和安娜·彼得洛芙娜。

安娜 您怎么不吃饭?

彼特林 安娜·彼得洛芙娜,我可以给您点暗示吗?

安娜 给吧,但快一点,好吗……我没有时间……

彼特林 嗯……您能给一点钱吗?

安娜 这算什么暗示? 这完全不是暗示。您需要多少? 一个卢布,两个卢布?

彼特林 给我兑现些期票吧。这些期票我看都看烦了……期票,这是带欺骗性的,是虚无缥缈的。人家说你拥有,而实际上你并不拥有!

安娜 您还在说那个六千卢布的事吗?您怎么不害臊?您苦苦哀求这笔钱的时候,您难道不感到有愧?您不感到作孽?凭什么这些臭钱要给您这个老光棍?

彼特林 给我这些钱是因为它们是属于我的。

安娜 这些期票是您从我丈夫那里骗来的,那时他病着,头脑不清醒……这您记得吗?

彼特林 大姐,这算什么?期票之所以是期票,是因为可以拿着它们去要钱。见票给钱。

安娜 好的……好的……够了。我没有钱!您走吧,您去抗议好了!啊嘿,您还是个法学专家!要知道,您活不了几天了,为什么还想骗钱?您是个怪人!

彼特林 大姐,我可以给您点暗示吗?

安娜 不行。(向门口走去)去吃饭吧!

彼特林 大姐,请允许!亲爱的,请等一等!您喜欢波尔菲里吗?

安娜 这关您什么事?您管我什么事,您这个法学专家!

彼特林 什么事?(拍拍胸脯)请问,谁是死去的将军的头号朋友?是谁给躺在棺材里的他合上了眼睛?

安娜 您,您,您!所以您是个好样的!

彼特林 我去为他的亡灵喝杯酒……(叹息)也为您的健康!夫人,您是个骄傲、傲慢的女人!骄傲是罪过……(走下)

　　〔普拉东诺夫上。

二十

安娜·彼得洛芙娜和普拉东诺夫。

普拉东诺夫　这叫什么自尊心！你赶他走，但他还坐着，若无其事……这真是卑鄙自私的自尊心！亲爱的夫人，您怎么想的？

安娜　您平静下来了吗？

普拉东诺夫　我平静下来了……但是我们不必生气……（吻她的手）所有这些人，我亲爱的将军夫人，任何一个人都有权把他们从您的家里赶出去……

安娜　沉不住气的米哈依尔·瓦西里耶维奇，我本来也是可以自己把这些客人赶走的！……我们的悲哀恰恰是在这里，您今天高谈阔论的良知，只有在理论上讲得通，但在实践中行不通。无论是我，还是您的生花妙语，都无权把他们赶走。要知道所有这些人都是我们的施舍者、贷款人……我要斜了眼看他们一下，明天我们就不会再留在这个庄园上……或是庄园，或是良知，您看怎么选择……我选择庄园……亲爱的演说家，您要明白，如果您觉得我还是不离开这块美丽的地方好，那么您不要向我提起良知，也不要打扰我的这些客人……那边在叫我……今天吃过午饭我们骑马出去遛遛……不许走！（打了一下他肩膀）我们有好日子过！我们吃饭去！（下）

普拉东诺夫　（沉默之后）但我还是要把他赶走……我要把所有的人赶走！……这很愚蠢，也不策略，但……我要把他们赶走……答应不打扰这些混蛋的,但又有什么办法呢?
性格——是自由的元素,更不要说无性格了……

　　〔小维格罗维奇上。

二十一

　　普拉东诺夫和小维格罗维奇。

小维格罗维奇　　您听我说,教师先生,我劝您别打扰我父亲。

普拉东诺夫　　谢谢您的劝告。

小维格罗维奇　　我不跟您开玩笑。我父亲认识很多很多人。
　　所以他很容易把您的饭碗打碎,我警告你。

普拉东诺夫　　宽宏大量的少年! 怎么称呼您?

小维格罗维奇　　伊萨克。

普拉东诺夫　　这么说,是阿勃拉姆生了伊萨克。宽宏大量的少
　　年,谢谢您! 我也要劳您驾转告您父亲一句话:我希望他
　　和他认识的很多人消失得无影无踪! 去吃饭吧,要不那边
　　的饭桌上缺您一人,少年!

小维格罗维奇　　(耸肩,走向门口)奇怪,如果不是愚蠢的
　　话……(站住)您是否认为我生您气是因为你不给我父亲
　　安宁? 完全不是。我是在学习,而不是在生气……我通过
　　您来研究现代的恰茨基①。还有……我理解您! 如果您

_____

① 恰茨基是十九世纪俄国作家格里鲍耶陀夫的剧本《智慧的痛苦》中的主人公,
　　他是旧俄社会的激烈的批判者。

心里痛快,如果您不是这样无赖,那么,请您相信,您不会去打扰我父亲的。您,恰茨基先生,不是在追求真理,而是在寻欢作乐……您手下没有奴仆了,总得找个什么人做您的出气筒呀! 好吧,您就在所有的人身上撒气吧……

普拉东诺夫　(笑)真的,您说得很棒! 而您知道吗,您有这样的小小的考虑……

小维格罗维奇　还有这样一个不体面的情况：您从不与我的父亲作面对面的争论,而是为了自己开心选择了客厅这样的环境,在这样的环境里,您在一群愚蠢的人的面前,显得自己鹤立鸡群! 噢,您真会演戏!

普拉东诺夫　我想再过十年或五年再跟您谈谈……看看您能保持一个什么样子? 是不是还能原封不动地保留您现在这个腔调,这个神态? 您会变坏的,少年! 您的医道好吗? ……瞧您的面孔,不妙……您会变坏的! 您去吃饭吧! 我再也不想跟您谈话了。我不喜欢您这副可恶的嘴脸……

小维格罗维奇　(笑)美学家。(走向房门)可恶的嘴脸也要比准备挨耳光的嘴脸要好。

普拉东诺夫　是的,要好……但……吃您的饭去吧!

小维格罗维奇　我们不相识……请您别忘了……(下)

普拉东诺夫　(独白一人)一个知道很少,想得很多,私下里夸夸其谈的少年。(通向房门看餐厅)这是索菲娅。她在四处张望……她在用她那柔和的眼睛寻找我。她还是那么美丽! 她的面孔多么好看! 头发还是那么漂亮! 还是那个颜色,还是那个发型……我曾经吻过多少次的头发! 她

的头发能勾起我多少美好的回忆……(停顿)

难道我也到了仅仅依靠回忆来得到满足的时光?(停顿)

回忆是美好的,但……难道我……已经完结?啊嘿,但愿不是这样!但愿不是这样!宁可死……应该活着……我还年轻!

　　〔沃依尼采夫上。

二十二

　　普拉东诺夫和沃依尼采夫,然后是特里列茨基。

沃依尼采夫　(进门,一边用餐巾擦嘴)咱们去为索菲娅的健康喝一杯,不要躲起来!……怎么啦?

普拉东诺夫　我在欣赏您的妻子……漂亮女人!

　　〔沃依尼采夫笑。

普拉东诺夫　您是个幸福的人!

沃依尼采夫　是的……我自己也意识到……我是个幸福的人。不是那种幸福,而是从这个角度……不能够完全……但总的来说我很幸福!

普拉东诺夫　(通过房门注视餐厅)谢尔盖·帕甫洛维奇,我很早就认识她了!我知道她,就像是知道自己的五个手指。她多么美丽,而她曾经多么美丽!非常遗憾,您不知道那个时候的她!她多么美丽!

沃依尼采夫　是的。

普拉东诺夫　那眼睛?!

沃依尼采夫　还有头发?!

普拉东诺夫　她曾经是个美妙的姑娘!(笑)而我的沙萨,我的好人儿……她就坐在那里!伏特加的酒瓶稍稍挡住了她!她因为我的举动而着急,恼怒!可怜的她,为一个想法痛苦着,那就是现在所有的人都指责我,厌恶我,仅仅是因为我和维格罗维奇吵了嘴!

沃依尼采夫　请允许我提个很冒昧的问题……你和她幸福吗?

普拉东诺夫　家庭,兄弟……你如果夺去我的家庭,我可能就彻底完蛋了……噢!活到了一定年龄,你就知道了。就是给我一百万个卢布我也不出让我的沙萨。我和她是最般配的一对……她很傻,而我无用……

　　　〔特里列茨基上。

普拉东诺夫　(向特里列茨基)吃饱喝足了?

特里列茨基　过瘾。(敲打自己的肚子)堡垒!坏家伙,咱们去喝……为了先生的光临,应该喝点……哎嘿!兄弟……(抱住两人)去喝酒!哎嘿!(伸腰)哎嘿!我们的生活是人的生活!男人是幸福的……(伸腰)坏家伙!骗子……

普拉东诺夫　你今天去看过病了吗?

特里列茨基　这个以后再说……米沙,我就跟你说这最后一次,你不要惹我!你那一套说教让我厌恶!做一个善良的人!你总应该清醒了吧,我是 堵墙,而你是粒豌豆!如果你实在急不可耐,如果你秃头发痒,那么你尽可用写信的方式,告诉我你想说的话。我牢记在心!或者,你甚至可以在一个专门的时间内对我进行教育。一昼夜给你一小时……比如,从下午四点到五点,愿意吗?我甚至可以给你这一个小时的报酬。(伸腰)整天,整天……

普拉东诺夫 (向沃依尼采夫)请给我作出解释,《新闻报》上的布告是怎么回事?难道正到了时候了?

沃依尼采夫 不,你别担心!(笑)这是个小小的商业炒作……将有个拍卖会,格拉戈列耶夫将买下我们的庄园。波尔菲里·谢苗诺维奇将给我们解脱银行债务,将来我们不是向银行,而是向他支付利息。这是他的主意。

普拉东诺夫 我不明白。他这么做自己能得什么好处?是他的馈赠?我不明白这种赠品,你们也未必需要……

沃依尼采夫 不……再说,连我自己也不完全明白……你去问我妈妈,她会给你解释……我只知道拍卖之后,庄园还归我们所有,为此,我们得向格拉戈列耶夫支付一笔钱。妈妈现在就给他支付五千卢布。不管怎么说,与他打交道总要比与银行打交道好,噢,我讨厌那个银行!特里列茨基没有讨厌你,但我已经讨厌银行!让我们抛开商业交易!(拉普拉东诺夫的手)走,咱们去为我们的友谊干杯!尼古拉·伊凡诺维奇!咱们走,兄弟!(拉住特里列茨基的手)我们去为我们的友谊干杯,朋友们!就让命运剥夺我的一切好了!让所有这些商业交易见鬼去吧!但愿我所爱的人,你们,我的索菲娅,我的后妈,都活得好好的!我的生命在你们身上!咱们走!

普拉东诺夫 我走。我为一切干杯,应该,为一切!我好久没有喝醉了,我想一醉方休。

安娜 (在房门口)噢,友谊,这就是你!好一个三人行!(唱歌)"我架上飞快的三套马车……"

特里列茨基 棕色的马……朋友们,从喝白兰地酒开始!

安娜 (在房门口)走吧,好吃懒做的人,去吃吧!饭菜都凉了!

普拉东诺夫 噢,友谊,这就是你!我总是在爱情上很走运,但是在友谊上总不走运。先生们,我担心你们也要为我的友谊哭泣!让我们为包括我们的友谊在内的一切友谊都有个美好的结局,干杯!让这友谊美好得始终如一!

  〔一起走进餐厅。

——幕落

第 二 幕

第 一 景

花园。前景是一个带有圆形林荫小路的花圃。花圃中央有个雕塑。雕塑上端是个浅盆油灯。散放着长椅,短椅,小桌子。右侧是房子的正门。门廊的台阶。窗子开着,从窗子里传出说笑声,钢琴、小提琴的演奏声(卡德里尔舞曲与华尔兹舞曲等)。舞台深处有一个中国式的亭子,上面挂着路灯。亭子后边有人在玩九柱戏;听得见木球滚动的声音和人的叫喊声:"五个好球! 四个坏球!"等等。花园和房屋都亮着灯。客人和仆人在花园里穿行。仆人瓦西里和雅可夫身穿黑色的燕尾服,他们在悬挂路灯,点亮油灯。他俩都有点醉意。

———— 一 ————

布格罗夫和特里列茨基(戴有帽徽的制帽)。

63

特里列茨基 （与布格罗夫挽着手从屋子里出来）季莫菲·戈尔杰耶维奇，给吧！你为什么不给？我是向你借钱！

布格罗夫 相信上帝，我做不到！别生我气，尼古拉·伊凡诺维奇！

特里列茨基 季莫菲·戈尔杰耶维奇，你做得到啊！你什么都做得到！你能把整个世界都买下来，只是你不愿意！要知道我是向你借钱！你要明白，你这个怪人！说真的，我不还！

布格罗夫 您瞧，您瞧到了吗？你说漏了嘴，不想还钱！

特里列茨基 我什么也看不见！我只是看到了你的冷漠。给吧，大人物！不给？给吧！我求你了！你难道是个冷漠无情的人？你的心到哪去了？

布格罗夫 （叹息）嘿，嘿，尼古拉·伊凡诺维奇！您治病治不了，钱倒不少拿……

特里列茨基 你说得好！（叹了口气）你说的对。

布格罗夫 （拿出钱包）您也会开玩笑……刚说点什么，就"哈—哈—哈"，能这样吗？不能这样……尽管没有文化，你也受洗过，像您的有学问的朋友一样……如果我说话不对，您可以指正，而不应该笑……这样。我们是粗人，头发上没有扑粉，我们的皮肤是烧烤过的，对我们不要要求太高，请原谅……（打开钱包）尼古拉·伊凡诺维奇，这是最后一次！（点钱）一……六……十二……

特里列茨基 （瞧着钱包）天老爷！谁说俄国人没有钱！你从哪弄到那么多钱？

布格罗夫 五十……（给他钱）这是最后一次。

特里列茨基　这是张什么票子？你把它给我。它那么温顺地瞧着我！(拿钱)把那张票子也给我！

布格罗夫　(又给了他钱)拿好！尼古拉·伊凡诺维奇,您太贪婪！

特里列茨基　都是些小票子……你难道都是沿街乞讨来的？它们不会是假币吧？

布格罗夫　如果是假币,您还我好了！

特里列茨基　如果你需要这些钱,我可以归还给你……谢谢,季莫菲·戈尔杰耶维奇！祝你继续发福得勋章。季莫菲·戈尔杰耶维奇,请告诉我,你为什么要过这种不正常的生活？喝很多酒,嗓子沙哑,经常出汗,不按时睡觉……比如,你为什么现在不睡觉？你是个性子火爆的人,你应该早点睡觉！你的血管也比别人粗。能这么不珍惜自己吗？

布格罗夫　怎么的？

特里列茨基　你说怎么的？不过,你别担心……我是开玩笑……你离死还早……活你的吧！季莫菲·戈尔杰耶维奇,你有很多钱？

布格罗夫　这辈子够用了。

特里列茨基　季莫菲·戈尔杰耶维奇,你是个聪明人,但也是个大骗子！你原谅我……我是出于友谊……要知道我们是朋友啊,大骗子！你为什么买下沃依尼采夫的期票？你为什么给他钱？

布格罗夫　尼古拉·伊凡诺维奇,这不是您能搞得懂的事！

特里列茨基　你想和维格罗维奇一起把将军夫人的矿山骗走？

65

说是将军夫人可怜前妻的儿子，不让他完蛋，便把矿山给了你？你是个大人物，但是个骗子！说谎的人！

布格罗夫 尼古拉·伊凡诺维奇，这么说……我到亭子旁边找个地方去打个盹，什么时候开饭，请您来把我叫醒。

特里列茨基 好！你去睡觉吧。

布格罗夫 （一边走）如果不开饭，那么十一点半叫醒我！（向亭子走去）

二

　　特里列茨基和沃依尼采夫。

特里列茨基 （看着钱）还有穷人的味道……坏蛋！把这钱放到哪去？（向瓦西里和雅可夫）喂，你们这些雇工！瓦西里，把雅可夫叫来，雅可夫，把瓦西里叫来！过来！快点！

　　〔雅可夫和瓦西里走近特里列茨基。

特里列茨基 他们都穿着燕尾服！见鬼！你们真像老爷！（给雅可夫一个卢布）给你一卢布！（给瓦西里）给你一卢布！给你们钱，是因为你们都长着长鼻子。

雅可夫和瓦西里 （鞠躬）尼古拉·伊凡诺维奇，多谢了！

特里列茨基 你们这些斯拉夫人晃悠个什么？喝醉酒了？两个人都像绳子？要是被将军夫人知道，她非得惩罚你们！打你们耳光！（再给每人一卢布）再给一卢布！这是因为你叫雅可夫，他叫瓦西里，而不是相反！再鞠个躬！

　　〔雅可夫和瓦西里鞠躬。

66

特里列茨基 完全正确！再给你们每人一个卢布,是因为我叫尼古拉·伊凡诺维奇,而不是伊凡·尼古拉耶维奇！(再给他们钱)鞠躬吧！这样！小心,别都买酒喝了！而我要喝苦药！你们太像老爷了！去把路灯点亮吧！快去！烦你们了！

〔雅可夫和瓦西里离去。沃依尼采夫走过舞台。

特里列茨基 (向沃依尼采夫)给你三个卢布！

〔沃依尼采夫接过钱,机械地把它们放进口袋,走向花园深处。

特里列茨基 说声谢谢呢！

〔伊凡·伊凡诺维奇和沙萨从屋子里出来。

三

特里列茨基,伊凡·伊凡诺维奇和沙萨。

沙萨 (上)我的上帝！这一切什么时候才能了结？你为什么这样惩罚我？这一位喝醉了,尼古拉也喝醉了,米沙也喝醉了……总该害怕上帝吧,如果不怕丢人现眼,就是没有廉耻的人！大家都在看着你们！大家都在朝你们指指戳戳,我心里好过吗！

伊凡 不是这样,不是这样！等一等……你把我闹糊涂了……等一等……

沙萨 不能把你们请到有教养的人家里去！刚进家门,就喝得大醉！真不像话！你还是长辈,你应该给大家做个榜样,而不应该跟他们一起喝酒！

伊凡 等一等,等一等……你把我闹糊涂了……我说什么来着?是的!沙萨,我不说谎!请相信我!我再服役五年,就当将军了!我没有当上将军,你怎么想的?嘿!……(笑)我这样的性格居然没有当上将军?我这样的教育?你什么也不明白……你不明白……

沙萨 咱们走吧!将军不这么喝酒的。

伊凡 人高兴了都喝酒!要是能当上将军!你闭嘴,求你了!像你妈一个样!真的!白天,黑夜……她都不满意这个,不满意那个……我说什么了?是的!你完全像你母亲,我亲爱的!完全……眼睛也像,头发也像……走道也像,像小鹅……(吻她)我的天使!你完全像死去的妈妈……我是多么爱她!老家伙没有把她保护好!

沙萨 够了……咱们走吧!说真的,爸爸……你该戒酒了,也不要再发酒疯。这是健康人的特权……他们毕竟年轻,而你已经老了,不合宜,真的……

伊凡 我的朋友,我听你的!我懂!我不喝了……我听你的……真的……我懂……我说什么了?

特里列茨基 (向伊凡·伊凡诺维奇)给钱,阁下,一百戈比!(给他一个卢布)

伊凡 好的……我收下,我的儿子!谢谢……别人的钱我不拿,但自己儿子的钱,我一定拿……拿了心里还高兴……孩子,我不喜欢别人的钱财!你们的父亲是清白的!我一辈子既没有抢劫过国家,也没有抢劫过自家。我只要把手稍稍往什么地方伸一伸,我就会飞黄腾达的!

特里列茨基 爸爸,这当然很好,但也不要吹嘘!

伊凡 尼古拉,我不是吹嘘。我的孩子们,我是在教育你们!开导你们……你们要对造物主负责!

特里列茨基 你们到哪去?

伊凡 回家。我送送她……她缠上我了……我只好送她回家。送了她后,我自己还要回来。

特里列茨基 当然要回来。(向沙萨)也给你点钱? 给你,给你! 三个卢布! 给你三个卢布!

沙萨 再加两个。我要给米沙买夏天的裤子,否则他就只剩一条裤子。只剩一条裤子多可怕! 要洗裤子的时候只好穿上呢子裤子……

特里列茨基 依了我,我什么也不给他,不管是夏天的裤子,还是呢子裤子! 但我拿你有什么办法? 好了,再给你添两个卢布!(给钱)

伊凡 我说什么来着? 是的……现在记起来了……是这样……我的孩子们,我在总参谋部服务过……我用头抗击敌人,我用脑子让土耳其人流血……我不知道刺刀见红,不知道……是这样的……

沙萨 我们干吗站着? 该走了。柯里亚,再见! 爸爸,咱们走!

伊凡 等一等! 看在上帝的分上别说话! 塔尔—塔尔—塔尔……崔萨尔卡! 施克沃列茨![1] 我的孩子们,就应该像这样生活! 诚实,高贵,纯洁……是的……我得过三级符

---

① "塔尔—塔尔……"模拟鸟儿叽叽喳喳声,"崔萨尔卡"及"施克沃列茨"皆为俄语中鸟的名字。

拉基米尔勋章……

沙萨 爸爸,行了! 咱们走!

特里列茨基 不用你宣传,我们也知道你是个什么人……
走吧!

伊凡 尼古拉,你是个聪明透顶的人! 但愿你能成为一代名医
皮罗戈夫!

特里列茨基 走吧,走吧……

伊凡 我说什么来着? 是的……我见过名医皮罗戈夫……那
还是在基辅的时候……是的,是的,是个绝顶聪明的
人……很不错……好,我走……我们走,沙萨! 我,孩子
们,年老体弱了……快要死了……唉,上帝,原谅我们这些
有罪的凡人吧! 有罪的,有罪的……是的……孩子们,我
有罪! 现在我在为财神爷效劳,而年轻的时候我是不信神
的。物质! 物质和力量! 我的上帝……是的……孩子们,
求求上帝,别让我死! 沙萨,你已经走了? 你在哪? 噢,你
在这里……咱们走……

〔安娜·彼得洛芙娜往窗外看。

特里列茨基 而自己不动窝……说上瘾啦……好了,走吧! 别
在磨房旁边走,那里的狗咬人。

沙萨 柯里亚,他的上衣你拿着……给他,否则他要感冒
的……

特里列茨基 (脱下上衣把它穿在父亲身上)走吧,老头! 向左
转……朝前走!

伊凡 向左转! 是的,是的……尼古拉,你很对! 上帝有眼,你
很对! 米哈依尔,我的女婿,也对! 有自由思想,但正确!

我走,我走……(他们走去)我们走,沙萨……你走吗? 我
来抱你走!

沙萨 说什么蠢话!

伊凡 我来抱你走! 以前我总是抱你妈妈走的……抱着她,我
常常自己也摇晃起来……有一次我和你妈妈一起从山坡
上滚下来了……她只是笑了,但没有生气……得,我来抱
你走!

沙萨 别胡来……把衣服穿好,(帮他穿好上衣)你还很精神!

伊凡 是的,是的……

　　　　[他们离去。彼特林和谢尔博克上。

四

　　　特里列茨基,彼特林和谢尔博克。

彼特林 (挽着谢尔博克的胳膊从屋子里出来)你在我面前摆
上五万卢布,我就拿走……但老实说,我会拿走的……只
要不出事儿……我就拿……要是把钱搁在你面前,你也
会拿。

谢尔博克 我不拿,格拉辛姆! 不拿!

彼特林 放上一个卢布,我也照拿不误! 诚实! 唷,唷,谁需要
你的诚实? 诚实的人是傻子……

谢尔博克 我是傻子……就让我当傻子好了……

特里列茨基 老头子,来,给你们一人一个卢布。(给他们一人
一个卢布)

彼特林 （接过钱）给吧……

谢尔博克 （笑着接钱）谢谢,医生先生!

特里列茨基 尊敬的先生们,拌嘴了吧?

彼特林 没有什么大事……

特里列茨基 为了你们的灵魂安宁,再给你们一人一卢布。你们可是有罪的吧? 拿着吧! 本来要对你们不客气的……但今天是个节日,我宽宏大量了,见鬼!

安娜 （从窗口）特里列茨基,也给我一个卢布! （在窗口消失）

特里列茨基 给您不是一个卢布,而是五个卢布,将军夫人! 我就来! （进屋里去）

彼特林 （瞅着窗子）仙女,躲起来了?

谢尔博克 （瞅着窗子）躲起来了?

彼特林 我无法忍受! 这女人不好! 骄横得很……女人嘛,应该是温顺的,有礼貌的……（摇头）你看到格拉戈列耶夫了吗? 他也是个怪人! 坐在一个地方一声不吭! 难道能这样向女人献殷勤!

谢尔博克 结婚!

彼特林 什么时候他能结婚? 过一百年? 多谢您了! 过一百年我不需要。

谢尔博克 格拉辛姆,他不需要结婚……如果需要结婚,他娶个头脑简单的女人……而他对她也不合适……她是个年轻的、火热的、欧洲型的女人,还是有文化的……

彼特林 要是能结婚! 我多么希望这个,简直不能用言语来表达! 要知道,将军一死,他们就什么也没有了! 将军夫人有矿山,但维格罗维奇正瞄着呢……我怎么能和维格罗维奇竞争？我现在拿着期票能从他们那儿拿到什么？

谢尔博克 什么也拿不到。

彼特林 如果她嫁给格拉戈列耶夫，我就能知道我该从哪拿到钱……现在我先办理拒付期票的手续……或者为了不让她前夫生的儿子断了生计，说她会付钱的！哈哈！但愿我的愿望能够实现！巴维尔，一万六千卢布呀！

谢尔博克 而我有三千卢布……我的老太婆要我去取……我怎么取？我不会伸手要钱……他们不是农民……他们是朋友……她自己来取好了……格拉辛姆，咱们走，到厢房里去！

彼特林 为什么？

谢尔博克 到女人堆里去聊聊天……

彼特林 杜尼娅在厢房吗？

谢尔布克 在。（他们开始走）她们那儿热闹……（唱）"啊，我不在那里生活，我多么不幸！"

彼特林 嘿—嘿……（大声）好！（唱）"在好朋友家里，我们快乐地迎接新年……"

　　〔一起下场。

五

　　沃依尼采夫和索菲娅·叶戈洛芙娜从花园深处出来。

沃依尼采夫 你想什么？

73

索菲娅 我不知道。

沃依尼采夫 你在逃避我的帮助……难道我帮不了你？索菲娅，是什么秘密？不让丈夫知道的秘密……

　　〔两人坐下。

索菲娅 什么秘密？我自己也不知道我发生了什么……谢尔盖，请不要徒劳地折磨我！别在意我的怪脾气……（停顿）谢尔盖，咱们离开这里吧！

沃依尼采夫 离开这里！

索菲娅 是的。

沃依尼采夫 为什么？

索菲娅 我想……哪怕是出国，我们离开这儿好吗？

沃依尼采夫 你这么想……为什么呢？

索菲娅 这里很好，很快活，但我不行……一切都很好，都很太平……但需要离开这里。你答应过我不追问的。

沃依尼采夫 咱们明天走……明天这里就见不到我们了！（吻她的手）你在这里感到无聊！这是明摆着的！我理解你！鬼知道，这是什么环境！都是彼特林，谢尔博克之流……

索菲娅 他们没有过错……不要打扰他们。（停顿）

沃依尼采夫 你们女人为什么有那么多烦恼？烦恼什么？（吻妻子的面颊）行了！高兴一点！活着就好好活！难道不能像普拉东诺大说的那样，把这烦恼一阵风吹掉？是啊，很及时地提到了普拉东诺夫！你为什么很少与他交流？他可不是等闲之辈，他是个极有趣的人。你可以和他说说知心话，放开一些！这样烦恼就无影无踪了！和妈妈也多多交谈，还有特里列茨基……（笑）说说话，不要居高临下地

74

注视他们！你还不了解这些人……我向你推荐他们，是因为这些人很合我的口味。我喜欢他们。你了解了他们，也会喜欢他们的。

安娜　（从窗口）谢尔盖！谢尔盖！谁在那儿？请叫一声谢尔盖·帕甫洛维奇！

沃依尼采夫　有什么事？

安娜　你在这儿？过来一下！

沃依尼采夫　马上来！（向妻子）我们明天离开这儿，如果你不改变想法的话。（向屋子走去）

索菲娅　（停顿之后）这简直是不幸！我已经能够整天不想丈夫，忘记他的存在，不把他说的话放在心上……多累赘呀……怎么办？（想）真可怕！结婚才没多久，就已经……这都是因为……普拉东诺夫！没有力量也没有法子抗拒这个人！他从早到晚地追寻着我，他用他的会说话的眼睛不让我得到安宁……这真可怕……而且也愚蠢，说到底！我没有力量保住我自己！他再往前走一步，那么，什么事情都可能发生！

六

索菲娅·叶戈洛芙娜和普拉东诺夫。

普拉东诺夫从屋子里走出来。

索菲娅　他来了！睁大眼睛在寻找！他寻找谁？从他的步态，我能知道他想找谁！他多么不地道，不肯让我得到安宁！

普拉东诺夫 好热！不妨喝点什么……(见到索菲娅)您在这里,索菲娅·叶戈洛芙娜？就您一个人？(笑)

索菲娅 是的。

普拉东诺夫 躲避凡夫俗子？

索菲娅 我没有必要躲避他们。他们不妨碍我,我也对他们不反感。

普拉东诺夫 是吗？(坐在旁边)您允许吗？(停顿)但如果您不躲避他人,那为什么要躲避我,索菲娅·叶戈洛芙娜？为什么？请您做个说明！很高兴,终于有了与您交谈的机会。您躲避我,眼睛不看着我……这是因为什么？是玩笑还是当真？

索菲娅 我根本没有想躲避您！您怎么有这个想法？

普拉东诺夫 一开始您很厚待我,而现在连看都不想看到我！我到一个房间——您到另一个房间,我去花园,您离开花园,我开始和你搭话,您用干巴巴的"是的"来应付我,然后离我而去……我们之间的关系变得莫名其妙……是我的过错？我讨厌？(站起)我感觉不到我有什么过错。劳驾您现在就把我从如此尴尬的处境中解脱出来,我不愿意再忍受了！

索菲娅 我承认,我有点……躲避您。如果我知道这给您带来如此的不愉快,我就不这样做了……

普拉东诺夫 您躲避我？(坐下)您承认了？但是……这是因为什么？

索菲娅 不要叫嚷,也就是……请不要大声说话！我想,您不是想教训我。我不喜欢有人向我嚷嚷。我不是刻意要躲

76

避您,与您交谈……据我所知,您是个好人……这里所有的人都喜欢您,尊重您,有的人甚至崇拜您,把能与您交谈当作一种荣幸……

普拉东诺夫　说吧,说吧……

索菲娅　当我来到这儿头一次与您交谈后,我立刻产生了和大家一样的感觉,但是,米哈依尔·瓦西里耶维奇,我很不幸,很不走运,您很快就让我感到无法忍受……请原谅,我找不到更温和的用语……您几乎每一次都跟我谈起您曾经怎样地爱过我,我是曾经怎样地爱过您……大学生爱上少女,少女爱上大学生……这是老掉了牙的故事,没有必要再去谈论它,也没有必要十分在意它……问题还不在这里……问题在于您与我谈论这些往事的时候,您似乎是另有所图,似乎您以前没有获得的什么东西,要在现在得到补偿……您每天都老调重弹,每天都让我感到您在暗示某种强加在我们过去关系上的责任……我感到,您把我俩过去的关系看得太重了……也就是说,您夸大了我们的朋友关系!您用奇怪的眼神看着我,您失态地大喊大叫,抓住我的手,纠缠着我……像是在盯我的梢!这是为什么?……总而言之,您不给我安宁……这是干什么?我在您眼里算是什么?当然,可以这样理解,您是在等待您所需要的合适的时机……(停顿)

普拉东诺夫　说完了?(站起)谢谢您的坦率!(向门口走去)

索菲娅　您生气了?(站起)站住,米哈依尔·瓦西里耶维奇!为什么这样委屈?我并不愿意……

普拉东诺夫 （站住）您啊！（停顿）

　　　原来是,您并不讨厌我,只是您害怕了,胆怯……索菲娅·叶戈洛芙娜,您胆怯了?（走近她）

索菲娅 普拉东诺夫,别这样说！您在撒谎！我没有害怕,也不想害怕！

普拉东诺夫 您的性格到哪去了? 您的健全的头脑的判断力到哪去了? 把遇到的每一个多少有点情趣的男人都看成是对您丈夫的威胁！即便没有您,我也会每天到这里来,我之所以与您谈话,是因为认为您是个聪明的、有理性的女人！这多么糟糕！再说……很抱歉,我太认真了……我没有权力跟您说这些……请原谅我的放肆……

索菲娅 谁也没有给您说这些话的权力！如果人们还听您说话,那也不能因此而可以说您想说的一切！请您离开我！

普拉东诺夫 （笑）大家追逐着您?! 寻找着您,拉住您的手不放?! 普拉东诺夫爱上您了,普拉东诺夫是个怪人?! 何等的幸福！何等的陶醉！要知道这是些满足我们有小虚荣心的人的糖果,没有一个生产糖果的人会对它们感兴趣！真是可笑……这样的甜腻腻的东西对于一个开明的女人是不合适的！（向房子走去）

索菲娅 普拉东诺夫,您狂妄自大！您发疯了！（跟着他走,在门口停下）真可怕！他为什么要说这些? 他是想压垮我……不,我无法忍受……我得去跟他说说（进屋）

　　　〔奥辛普从亭子里出来。

七

奥辛普,雅可夫和瓦西里。

奥辛普 (走上)五个好球! 六个坏球! 鬼知道他们在干什么! 还不如去玩玩纸牌……(向雅可夫)雅可夫,你好! 维格罗维奇在这里吗?

雅可夫 在这里。

奥辛普 去叫他一声! 悄悄地把他叫出来! 对他说有事相告……

雅可夫 好吧。(进屋)

奥辛普 (摘了一个路灯,把它吹灭,放进自己的口袋)去年进城到了达丽娅·伊凡诺芙娜家,偷来的东西出手了,和姑娘们一块喝酒,玩纸牌……至少押三个戈比……输分要罚到两个卢布。我那次赢了八个卢布……(摘下另一个路灯)在城里是真快活!

瓦西里 这路灯不是为您挂的! 您把它们摘了?

奥辛普 我竟然没有发现你! 蠢驴,你好! 生活得怎么样? (走近他)过得怎么样? (停顿)嘿,你啊,是匹马! 嘿,你啊,你这个放猪的人! (摘下他的帽子)你这人太可笑了! 真的,太可笑! 你哪怕稍稍有点脑子也好呢! (把帽子扔到树上)你打我耳光好了,就当我是个坏人!

瓦西里 还是让别人来打您吧,我不打!

奥辛普 不想打死我? 不,如果你还有点脑子的话,你不会叫别人来帮你打我,而是自己打！你在我脸上吐唾沫吧,就当我是个坏人！

瓦西里　我不吐唾沫。您干吗逼我？

奥辛普　你不吐？这么说,你怕我？跪在我面前！(停顿)哎？跪下！我在对谁说话？是对活人还是对墙？我在对谁说话？

瓦西里　(跪下)奥辛普·伊凡诺维奇,您罪过！

奥辛普　跪着害羞？这让我高兴……一个穿着燕尾服的先生给一个强盗下跪……好了,现在大声喊一声乌拉……喊吗？

〔老维格罗维奇上。

八

奥辛普和老维格罗维奇。

老维格罗维奇　(从屋里走出)谁叫我？

奥辛普　(赶紧脱帽)我,老爷！

〔瓦西里站起,坐在长椅上哭泣。

老维格罗维奇　有什么事？

奥辛普　您在酒店里找我来着,所以我就来了！

老维格罗维奇　是这样……但是……难道不能找另外一个地方？

奥辛普　老爷,对于好人来说,一切的地方都是好的！

老维格罗维奇　我是需要找你……咱们别在这里……那边有

80

条长椅!

[他们走向一条在舞台深处的长椅。

老维格罗维奇 你离我稍稍远一点,就好像你不在和我说话……就这样! 是酒店老板列夫·索洛盖内奇派你来的?

奥辛普 是的。

老维格罗维奇 搞错了……我不是想找你,但……有什么办法呢? 拿你没有办法。本来是不该跟你打交道的……你这个人不地道……

奥辛普 很不地道! 世上没有比我更坏的人。

老维格罗维奇 小声点! 我给了你的钱简直是数不清,而你一点没有感觉,好像我的钱是石头,或者是什么没有用的东西……你胆子大了,偷鸡摸狗了……不理睬了? 你不爱听真话? 真话刺痛你眼睛?

奥辛普 真话是能刺痛人的,但不是您的真话,老爷! 您叫我来仅仅是为了教训我?

老维格罗维奇 小声点……你知道……普拉东诺夫?

奥辛普 就是那个中学教师? 怎么不知道!

老维格罗维奇 是的,教师。但这个教师只会教别人怎么骂人。让你把他揍一顿需要付你多少钱?

奥辛普 怎么个揍一顿?

老维格罗维奇 不是打死,而是揍一顿……不能打死人……干吗打死人? 谋杀是另一回事……揍一顿就是把他打得记住一辈子……

奥辛普 这我做得到……

81

老维格罗维奇 让他伤筋动骨,把他毁容……你干吗?嘘……有人来了……咱们走远一点……

　　　　　［两人走到舞台深处。

　　　　　［普拉东诺夫和格列科娃从屋里出来。

九

　　老维格罗维奇和奥辛普在舞台深处。普拉东诺夫和格列科娃。

普拉东诺夫 (笑)什么,什么?怎么的?(笑)怎么的?我没有听清……

格列科娃 您没有听清?怎么的?我可以再说一遍……我甚至可以说得更尖锐……当然,您不会生气的……您听惯了各种粗言恶语,我说的话未必能让您吃惊……

普拉东诺夫 说吧,说吧,美女!

格列科娃 我不是美女。谁说我是美女,谁就是没有审美情趣……坦白地说,我不漂亮。您怎么看?

普拉东诺夫 这个以后再说。现在您说!

格列科娃 那您听好……您要么是个非凡的人,要么是……一个坏蛋。二者必居其一。

　　　　　［普拉东诺夫笑。

格列科娃 您笑……是啊,是可笑……(笑)

普拉东诺夫 (笑)她这么说!噢,傻姑娘!真有您的!(抱住她的腰)

格列科娃 （坐下）别……

普拉东诺夫 她也来这一套！搞搞科研,说说大话,能说出些什么妙语！就去和她搭档吧！（吻她）可爱的,独一无二的女骗子……

格列科娃 别……这算什么？我……我没有说……（站起又坐下）您干吗吻我？我完全不……

普拉东诺夫 说了话了,吓了人了！心想：我一开口就把人吓一跳！让人看看,我是一个多么聪明的女人！（吻她）散了神了……散了神了……眼睛也迷惘了,啊嘿,啊嘿……

格列科娃 您……您爱我吗？是吗？是吗？

普拉东诺夫 （尖声说话）而你爱我吗？

格列科娃 如果……如果……（哭）你爱吗？否则你不会这样做的……你爱吗？

普拉东诺夫 我亲爱的,一点也不爱！抱歉得很,我不爱蠢货！爱一个傻姑娘,也是出于无所事事……噢！面色发白了！眼睛闪光了！瞧我们的！……

格列科娃 （站起）您是羞辱我？（停顿）

普拉东诺夫 怕是免不了挨耳光了……

格列科娃 我是有自尊心的……我不会弄脏我的手……我对您说了,可敬的先生,您要么是个非凡的人,要么是个坏蛋,现在我可以对您说,您是个非凡的坏蛋！我鄙视您！（走向屋子）我现在不会哭的……我很高兴,我终于看清了您是什么人……

　　〔特里列茨基上。

十

上一场的人物和特里列茨基(戴大礼帽)。

特里列茨基　(走来)大雁在叫！它们是从哪飞来的？(抬头看天)这么早……

格列科娃　尼古拉·伊凡诺维奇,如果您多少还尊重我……和您自己,那么别和这个人打交道!

特里列茨基　(笑)得了! 这是我一位可尊敬的亲戚!

格列科娃　还是朋友?

特里列茨基　也是朋友。

格列科娃　我不羡慕您。大概,也不羡慕他……您是个善良的人,但……这是个玩笑的口吻……有时,您的玩笑让人恶心……我不想让您生气,但……我受侮辱了……您还开玩笑! (哭)我受侮辱了……但我不哭……我是个有自豪感的人。您尽可以和这个人交往,对他的智慧顶礼膜拜……你们都认为他像哈姆雷特……你们尽管欣赏他好了! 这与我无关……我不需要你们什么……你们尽可与他,与这个坏蛋说说笑笑好了! (走进屋子)

特里列茨基　(沉默之后)兄弟,你吃了吗?

普拉东诺夫　没有……

特里列茨基　米哈依尔·瓦西里耶维奇,凭良心说,该给这个小姐安宁了。真是丢脸,这么个聪明的、场面上的人却做出这样的事情来……怪不得叫您坏蛋……(停顿)我总不

84

能将自己一分为二，一半的我尊敬您，而另一半的我喜欢
那位叫您坏蛋的姑娘……

普拉东诺夫　您不必尊敬我，不必将自己一分为二。

特里列茨基　但我不能不尊敬你！你自己都不知道你在说些
什么。

普拉东诺夫　那么只剩下一个可能：不要喜欢她。尼古拉，我
真不理解你！你这个聪明人，在这个傻姑娘身上发现了什
么好的？

特里列茨基　嘿……将军夫人常常责备我缺乏绅士风度，而且
把你当作绅士风度的典范……而在我看来，对我的这个指
责也完全可以移用到你身上……所有的你们，特别是你，
到处都在说我爱上她了，嘲笑着，怀疑着，跟踪着……

普拉东诺夫　您说得再清楚一些……

特里列茨基　我说得已经很清楚了……你又竟然能当着我的
面说她是傻姑娘……你不是绅士！绅士应该知道相爱的
人是有自尊心的……兄弟，她不是傻姑娘！她不是！她是
不必要的牺牲品！我的朋友，有的时候是需要憎恶什么
人、折磨什么人、恶心什么人……为什么不能在她身上试
验试验？她很合适！她弱小，温顺，对你信任备至……我
太了解这个了……（站起）走，咱们去喝点什么！

　　〔舞台深处，奥辛普与老维格罗维奇。

奥辛普　（向老维格罗维奇）如果您不把余下的都给我，我就偷
拿一百卢布。关于这一点您不用怀疑！

老维格罗维奇　（向奥辛普）小声点！你要揍他的时候，别忘了
说一句："尊贵的老板！"小心……走吧！（向屋子走去）

［奥辛普离开。

特里列茨基 见鬼,阿勃拉姆·阿勃拉莫维奇!（向老维格罗维奇）阿勃拉姆·阿勃拉莫维奇,你没有病?

老维格罗维奇 没有……感谢上帝,我很健康。

特里列茨基 多么可怜!而我多么需要钱!你相信吗?想钱都要想疯了……

老维格罗维奇 这么说,医生,您是想说,您想要病人都要想疯了?（笑）

特里列茨基 笑话说得很好!说得很重但很好!哈哈哈!普拉东诺夫,笑吧!亲爱的,如果可以,给点钱!

老维格罗维奇 医生,您已经拿了我不少钱了!

特里列茨基 说这个干吗?谁不知道?我欠您多少钱?

老维格罗维奇 大概……大概是二百四十五卢布。

特里列茨基 大好人,给钱吧!借我钱,到时我会还的!做一个勇敢的好心肠的善人!最勇敢的犹太人是借钱不开收据的!做一个最勇敢的犹太人吧!

老维格罗维奇 犹太人……尽说犹太人,犹太人……我告诉您,我没有见过一个俄国人借钱不开收据的。我还要告诉您,借这么大数目的钱不开收据在哪都是不合规矩的!让上帝夺去我的生命好了,但我不能说谎!（叹气）你们这些年轻人可以从我们犹太人这里很成功地学到好多东西……（从口袋里取出钱夹子）您很愿意借钱,但您……也爱开玩笑……先生,这样不好!我是个老头……我有孩子……您可以认为是坏蛋,但要像人那样对待……您还上过大学……

特里列茨基　阿勃拉姆·阿勃拉莫维奇,您说得好!

老维格罗维奇　先生,这样不好……会让人以为,在你们这些文明文人和我的伙计之间没有任何差别……谁也没有给您权力不尊重人……您需要多少? 懒人……这不好……您需要多少?

特里列茨基　你能给多少……(停顿)

老维格罗维奇　我能……给您……五十卢布……(给钱)

特里列茨基　很大方! (接钱)不少!

老维格罗维奇　医生,您戴了我的帽子!

特里列茨基　是你的? 噢……(取下帽子)给你……你为什么不早出去玩玩? 花不了多少钱! 大礼帽犹太语怎么说?

老维格罗维奇　随便怎么说。(戴上帽子)

特里列茨基　你戴这个帽子很不合适。男爵,完全是男爵! 你为什么不给自己买个男爵爵位?

老维格罗维奇　我什么也不明白! 别纠缠我好吗?

特里列茨基　你是个大人物! 为什么别人不想理解你?

老维格罗维奇　您最好说说,为什么不能让我得到安宁!

　　〔老维格罗维奇下。

十一

普拉东诺夫和特里列茨基。

普拉东诺夫　你为什么拿他的钱?

特里列茨基　就是……(坐下)

普拉东诺夫　　什么叫"就是"？

特里列茨基　　拿了就完了！你是可怜他怎么的？

普拉东诺夫　　问题不在这里，兄弟！

特里列茨基　　在哪里呢？

普拉东诺夫　　你不明白？

特里列茨基　　不明白。

普拉东诺夫　　你说谎，你说谎！（停顿）如果有一个星期，哪怕有一天，你能按某种规矩，哪怕最微不足道的规矩生活，我就会无限地爱你！对于像你这样的人，规矩，像每天的食粮一样，是必不可少的……（停顿）

特里列茨基　　我什么也不明白……兄弟，我们改造不了我们的灵魂与肉体！我们摧毁不了她……关于这一点，我和你在中学里考拉丁文考不及格的时候就知道了……我们不要说气话……一句也不要说！（停顿）我的朋友。已经第三天了，我在一个女士那儿看到了《现代名人录》图片集，读到了这些名人的传记。亲爱的，你知道是怎么的？在这名人录里我和你的名字都没有，没有！怎么找也找不到！意大利人说："放弃一切希望！"无论是我的名字还是你的名字，《现代名人录》里都没有，你想想看！我很平静！但索菲娅·叶戈洛芙娜不平静……

普拉东诺夫　　怎么扯到索菲娅·叶戈洛芙娜了？

特里列茨基　　看到《现代名人录》里没有自己，她心里不平衡了……她认为，只需她动一动手指头，地球就会张开口，人类就会因为高兴而脱下帽子……她这么以为……在任何一部聪明的小说里，你找不到那么多像她身上显露出来

88

的缺点……而实际上,她分文不值。冰!石头!石膏像!真想走到她跟前去从她的鼻子上刮点石膏粉下来……而且动不动就歇斯底里,就唉声叹气……软弱无力……聪明的玩偶……居高临下地看着我,把我看作一个不正经的人……她的丈夫哪点比我们好?好在哪?他就是不喝酒,想入非非,不知羞耻地认为自己是个属于未来的人。算了,不必由我们来评论……(站起)咱们喝酒去!

普拉东诺夫 我不去。那边我受不了。

特里列茨基 我自己去。(伸伸懒腰)顺便问问,由 C 和 B 组成的花边文字是什么意思?① 是索菲娅和沃依尼采夫,还是谢尔盖·沃依尼采夫?我们的哲学家要用这花边文字来抬举自己还是自己的妻子?

普拉东诺夫 我以为这些花边文字的含义是:"光荣归于维格罗维奇!"用他的钱来吃喝玩乐。

特里列茨基 是的……今天将军夫人是怎么啦?又是哈哈大笑,又是哼哼唧唧,又是拥抱接吻……她像是爱上了……

普拉东诺夫 她能爱谁?爱她自己?你别相信她的笑声。不能相信一个从来不哭的聪明女人的笑,她哈哈大笑的时候,正是她想号啕大哭的时候。我们的将军夫人不想哭,而是想开枪自杀……这从她的眼神就能看出来……

特里列茨基 女人是不开枪自杀的,她要自杀就服毒……但我们不要高谈阔论了……我一高谈阔论,就会说假话……我

---

① 索菲娅以字母"C"开头,沃依尼采夫以字母"B"开头。谢尔盖也以字母"C"开头,维格罗维奇以字母"B"开头。而光荣一词是以字母"C"开头。

们的将军夫人是个好女人！我这个人呵，一看到女人，通常会产生一些很坏的念头，她是惟一的一个女人，我一面对她，全部邪念都烟消云散。她是惟一的女人……当我看着她的真实的面孔，我开始相信柏拉图式的爱。你走吗？

普拉东诺夫　不。

特里列茨基　那我一个人去……去跟神父喝酒……（走到门口，和小格拉戈列耶夫相遇）啊！您好，自封的伯爵阁下！给您三个卢布，拿好！

　　　　〔把三个卢布塞到他手里，下。

十二

　　普拉东诺夫和小格拉戈列耶夫。

小格拉戈列耶夫　奇怪的人！不明不白塞给我三个卢布！（大声）我自己就能给您三个卢布！嗯……白痴一个！（向普拉东诺夫）他的愚蠢简直让我吃惊。（笑）愚蠢至极！

普拉东诺夫　您这位跳舞高手怎么不去跳舞？

小格拉戈列耶夫　跳舞？在这里？请问，跟谁跳？（坐在旁边）

普拉东诺夫　难道找不到一个舞伴？

小格拉戈列耶夫　一样的货色！不管你看到 个什么样的人，全都一样！一样的嘴脸，一样的鹰嘴鼻，一样的俗不可耐……而女人呢？（笑）鬼知道！在这样的环境里我宁愿去小吃部也不去跳舞。（停顿）在俄罗斯，空气是多么污浊！不干净的、憋闷人的空气……我无法忍受俄罗斯！……愚昧,丑恶……另一番景象是在……您去过巴黎吗?

普拉东诺夫　没有去过。

小格拉戈列耶夫　遗憾,不过您还有机会。您将来要去巴黎,就通知我一声。我能向您打开巴黎的全部秘密。我可以给您写三百封介绍信,三百个娇艳的法国女郎就在您的掌握之中了……

普拉东诺夫　谢谢您,我吃饱了。请告诉我,外边传闻说您的父亲想买下普拉东诺夫村的土地?

小格拉戈列耶夫　不知道。我远离商业交易……而您发现了没有,我的父亲在向您的将军夫人献殷勤?(笑)这也是那类货色! 这个糟老头还想结婚! 他愚蠢得像只乌鸡! 而您的那位将军夫人迷人得很! 很漂亮!(停顿)她是个有魅力的女人……而身材?! 啃,啃!(打了一下普拉东诺夫的肩)你是个幸福的人! 她束腰吗? 束腰束得厉害吗?

普拉东诺夫　不知道……她穿衣打扮时我不在场……

小格拉戈列耶夫　而别人告诉我……您难道不……

普拉东诺夫　伯爵,您是个白痴!

小格拉戈列耶夫　我是开个玩笑……干吗生气? 您是个怪人!(小声)有传闻说,她……这是个敏感的问题,但就我们之间说说……有传闻说……将军夫人爱钱有时爱到不省人事的地步?

普拉东诺夫　关于这个问题您问她本人好了,我不知道。

小格拉戈列耶夫　问她本人?(笑)亏您想得出来! 普拉东诺夫! 您在说什么?!

普拉东诺夫 （坐到另一张长椅上）您这人多讨厌！

小格拉戈列耶夫 （笑）要是当真去问问呢？是的，为什么不去
问问呢？

普拉东诺夫 当然……你去问吧……（旁白）她非把他的脸皮
给撕破的！（向他）您去问吧！

小格拉戈列耶夫 （跳起）我向您保证，这是个好主意！……普
拉东诺夫，我去问，我对您说句心里话，她是我的！我有这
样的预感！我现在就去问她！咱们打个赌，她是我的！
（跑向屋子，在门口撞见安娜·彼得洛芙娜和特里列茨基）
对不起，夫人！（点头哈腰地下）

〔普拉东诺夫坐在原地。

十三

普拉东诺夫，安娜·彼得洛芙娜和特里列茨基。

特里列茨基 （在门廊）嘿，我们的大圣人坐在那儿！警惕地坐
着，急着想找一个猎物：找找在睡觉之前他可以把谁教训
一顿！

安娜 米哈依尔不走运！

特里列次基 不好！今天怎么不走运！可怜的圣人！普拉东
诺夫，我可怜你！但我喝醉了……但教堂的执事在等着
我！再见！（走开）

安娜 （走向普拉东诺夫）您怎么在这坐着？

普拉东诺夫 屋子里太闷，这美丽天空要胜过您的被女人们的

脂粉映白了的天花板!

安娜 (坐下)天气真好! 清新的空气,清风徐来,一片星空和一轮明月! 很遗憾,女人们不能在露天睡觉。当我还是小姑娘的时候,到了夏天我常常睡在花园里。(停顿)您的领带是新的?

普拉东诺夫 是新的。(停顿)

安娜 我今天的心情有点特别……我今天对什么都喜欢……快活! 好了,还是说点什么吧,普拉东诺夫! 您干吗不作声? 我到这里来正是为了听您说说……您这个人啊!

普拉东诺夫 对您说什么?

安娜 给我说些新鲜的、好听的、酸溜溜的……您今天这么的聪明,这么的好……真的,我觉得,我今天比往日更爱您了……您今天多么可爱! 也不太烦躁!

普拉东诺夫 您今天真美……再说,您永远很美!

安娜 普拉东诺夫,我们是朋友吗?

普拉东诺夫 总的来说……是朋友……还有另外的词藻来形容友谊吗?

安娜 总的来说是朋友? 是吗?

普拉东诺夫 我想,是好朋友……我强烈地依恋着您……要把我从您身边拉开是很难的……

安娜 好朋友?

普拉东诺夫 提这些问题干什么? 别想这些问题! 朋友……朋友……像是老掉了牙的问题……

安娜 好的……我们是朋友,那么您是否知道,男人与女人之间的友谊离爱情只有一步之遥,亲爱的先生?(笑)

普拉东诺夫 原来是这样！（笑）您说这个干什么？但是我们不管步子有多大也迈不到那个小鬼那儿……

安娜 爱情是小鬼……真能打比方！您妻子听不见您说话！抱歉，我把您触动了一下，米哈依尔，这是无意的！那我们为什么不走到那一步呢？难道我们不是人？爱情是样好东西……您脸红了？

普拉东诺夫 （盯视着她）我看，您要么是想开个玩笑，要么是想把话说透……咱们还是去跳舞吧！

安娜 您不会跳舞！（停顿）得跟您好好聊聊……是时候了……（环视一下）亲爱的，您给我好好听着，不要作声！

普拉东诺夫 安娜·彼得洛芙娜，咱们去跳舞！

安娜 咱们坐远一点……到这边来！（坐在另一张椅子上）只是不知道从哪说起……您这么笨手笨脚，爱撒谎……

普拉东诺夫 安娜·彼得洛芙娜，还是让我先说？

安娜 普拉东诺夫，您先开口，一定说些乱七八糟的东西！您说吧！他不好意思了！他休想！（敲了一下普拉东诺夫的肩膀）淘气的米沙！您说呀，快说……

普拉东诺夫 我说得很短……我想对您说：为什么？（停顿）真的，安娜·彼得洛芙娜，不值得！

安娜 为什么？您听好……您不理解我……我想过，要是您是个自由的人，我就做您的妻子，我就把整个的我交给您永久占有，但现在……怎么样？沉默就意味着同意？是这样吗？（停顿）您听着，普拉东诺夫。在这种情况下沉默是不合适的！

普拉东诺夫 （跳起）安娜·彼得洛芙娜，让我们忘记这个谈话吧！真的,看在上帝的分上,就当我们压根没有这个谈话!
没有!

安娜　(耸肩)为什么? 奇怪的人!

普拉东诺夫　因为我尊敬您! 我在心里是这样的尊敬您,要让我摆脱这种感情比落入万丈深渊还要痛苦! 我的朋友,我是个自由的人,我不反对轻松愉快地消磨时光,我不是男女私情的仇敌,我甚至不反对高尚的暧昧关系,但是……能让我和您搞出这样的渺小的男欢女娱吗?! 能让我把您当作自己的玩物吗?! 您可是个聪明的、美丽的、自由的女人啊! 不! 这太过分了! 宁可您把我远远地赶走! 我们能够愚蠢地过上一两个月,然后红着脸分手吗?

安娜　这说的是爱情!

普拉东诺夫　我难道不爱您? 我爱您这个善良的、聪明的人……我绝望地、疯狂地爱您! 如果您愿意,我可以把生命交给您! 我爱您像一个人,一个女人! 难道所有的爱情都需要找到一个爱情方式? 我的爱情比您头脑里想的爱情要珍贵一千倍!……

安娜　亲爱的,去睡觉吧! 睡够了再谈……

普拉东诺夫　让我们忘记这个谈话……(吻她手)让我们做朋友,不要彼此伤害;我们理该在彼此的关系中得到好运!……而且,不管怎么说,我毕竟已经是有妇之夫! 不谈这个了! 一切照旧好了!

安娜　亲爱的,你走吧,你走吧! 有妇之夫……要知道你爱我,为什么把妻子扯进来! 走吧! 过一会儿再聊,过两个小时……现在你一开口就说假话……

普拉东诺夫　我不会说假话……(轻声耳语)如果我会说假话，我早就是你的情夫了……

安娜　(严厉)走开！

普拉东诺夫　这是装样子的,别生气……这是您在装样子……

(走进屋里)

安娜　是个怪人！(坐下)他自己都不知道在说些什么……任何一种爱情都有个爱情的方式……胡说八道！像是一个男作家对女作家的爱情……(停顿)真是个让人受不了的人！要这么个谈法,非得谈到世界末日！敬酒不吃吃罚酒,好说好话不行,就强迫他……今天就了结！该是两人都结束这种尴尬处境的时候了……受不了啦……强迫他就范……这是谁来了？格拉戈列耶夫……他找我？

〔老格拉戈列耶夫上。

十四

安娜·彼得洛芙娜和老格拉戈列耶夫。

老格拉戈列耶夫　真乏味！这些人说的都是我一年前听过的东西,他们脑子里想的都是我在童年就想过的……一切都是陈旧的,没有新东西……我去跟她聊。

安娜　波尔菲里·谢苗诺维奇,您在嘟囔些什么？可以知道吗？

老格拉戈列耶夫　您在这里？(走向她)我在骂我自己在这里是个多余人……

安娜　莫非是因为您跟我们不一样？算了！人都可以和蟑螂和平共处，您也和我们的人好好相处吧！请坐下，咱们聊聊！

老格拉戈列耶夫　（坐在她旁边）安娜·彼得洛芙娜，我找您来着，我想和您说点什么……

安娜　那就说吧……

老格拉戈列耶夫　我想跟您谈谈……我想知道您对于我那封……信的答复……

安娜　唷……波尔菲里·谢苗诺维奇，我对您有什么用？

老格拉戈列耶夫　我，您知道吗？我可以放弃……丈夫的权力……我不需要这权力！我需要朋友，需要聪明的家庭主妇……我有天堂，但这天堂里……没有天使。

安娜　（旁白）一开口就是甜言蜜语！（向他）我常给自己提个问题，我是人而不是天使，如果我到了天堂，能做什么？

老格拉戈列耶夫　如果您不知道明天做些什么，您怎么能知道在天堂做些什么呢？好人在任何地方都能找到工作，无论是在地上还是在天上……

安娜　这当然很好，但我的生命到了您的手里能物有所值吗？波尔菲里·谢苗诺维奇，这有点奇怪！请原谅我，波尔菲里·谢苗诺维奇，但您的建议我觉得有些奇怪……您干吗结婚？您需要穿裙子的朋友干什么？这不关我什么事，但话既然说到这里，请原谅，就得把它说完。如果我到了您这个年纪，也拥有您拥有的财富和智慧，我便除了所谓的公众的利益之外，别无所求，除了从对于亲人的慈爱中得到的满足之外，我不会再寻求其他的什么满足……

97

老格拉戈列耶夫 我不会为人们的幸福而奋斗……要做到这个需要钢铁的意志和才能，而这些我都不具备！我活在这个世界上仅仅是为了心里喜欢伟大壮举，但在行动上只能做些微不足道的小事……只是心里喜欢！到我这边来吧！

安娜 不，您再也不要说这个……您也不要把我的拒绝看得太严重……我的朋友，这是庸人自扰！如果我们拥有了我们所喜欢的一切，那么我们再也没有拥有其他东西的余地了……这就是说，当人们拒绝什么的时候，他并不是在做傻事……（笑）这算是个小小的哲学！这是什么响声？您听到了吗？我敢打赌，这是普拉东诺夫在造反……这叫什么性格！

〔格列科娃和特里列茨基上。

十五

　　安娜·彼得洛芙娜，老格拉戈列耶夫，格列科娃和特里列茨基。

格列科娃 （上场）这是最大的侮辱！（哭）最大的！都看到了，但都不说话，都是些变坏了的人！

特里列茨基 我相信，我相信，但我有什么过错？我有什么过错？我总不能拿着大棒向他扑去，这您也知道！

格列科娃 如果您找不到其他的东西，就应该拿着大棒上去！您离我远一点！我，我是一个女人，但如果有人当着我的面把您侮辱得如此厉害，我也不会袖手旁观！

特里列茨基 但要知道我……您要理智一些！……我有什么过错？……

格列科娃 您是个胆小鬼，您就是这样的人！快离开我，到您的讨厌的小吃部去好了！永别了！您以后不必再来看望我！我们彼此都不需要对方……永别了！

特里列茨基 永别了，好吧，永别了！忍受不了这些，烦透了！眼泪，眼泪……啊，我的上帝！我头昏脑涨了……嗨……（挥挥手，走开了）

格列科娃 （走）他侮辱我……凭什么？我做什么了？

安娜 （走近她）玛丽雅·叶菲莫芙娜……我不拉住您……处在您的位置上，我也会离开这里……（吻她）我亲爱的，别哭了……大多数的女人活在这个世上是为了承受男人的各种恶行……

格列科娃 但我不是那样的女人……我要……把他辞退！他以后不再是这里的教师！他没有权利当教师！明天我就去找校长……

安娜 行啦……过几天我上您家去，咱们一块儿骂骂普拉东诺夫，而现在您先平静下来……别哭了……您一定会满意的……您也不要生特里列茨基的气，我亲爱的……他之所以没有挺身而出保护您，是因为他这个人太善良，也太软弱，而这样的人是没有保护人的能力的……他怎么您啦？

格列科娃 他当着众人的面吻我……叫我傻姑娘……把我推倒在桌子上……您不要以为，他不会因此遭到惩罚！要么他是个疯子，要么……我给他点颜色瞧瞧！（下）

安娜 （向着她）再会！我们很快会见面的。（向雅可夫）雅可

99

夫！给玛丽雅·叶菲莫芙娜备马车！啊嘿,普拉东诺夫,
普拉东诺夫……他总有一天要吃苦头的……

老格拉戈列耶夫　好姑娘！我们的善良的米哈依尔·瓦西里
耶维奇没有爱上她……她生气了……

安娜　不能这样！今天生气,而明天原谅……这是小姐脾气!

[小格拉戈列耶夫上。

十六

上一场的人物和小格拉戈列耶夫。

小格拉戈列耶夫　(旁白)和她在一起！又是和她在一起！这
叫什么事?(紧盯着父亲)

老格拉戈列耶夫　(停顿之后)你来干吗?

小格拉戈列耶夫　你在这里坐着,而那边人们在找你！你去
吧!那边有人找你!

老格拉戈列耶夫　那边是谁在找我?

小格拉戈列耶夫　是人!

老格拉戈列耶夫　我知道是人……(站起)安娜·彼得洛芙娜,
不管您怎么想,我反正不放弃您！也许有一天您理解了
我,您就会改口的!我们还会见面的……(走进屋去)

十七

安娜·彼得洛芙娜和小格拉戈列耶夫。

小格拉戈列耶夫　（坐在旁边)老狐狸！蠢驴！谁也没有叫他！我是骗骗他！

安娜　当您有了头脑,您就会为父亲痛骂自己的！

小格拉戈列耶夫　您在开玩笑……我干吗来……就为两个字……行还是不行？

安娜　这是什么意思？

小格拉戈列耶夫　（笑)好像是不明白？行还是不行？

安娜　我真不明白！

小格拉戈列耶夫　您现在就能明白……有金子的帮助,什么都能明白……如果是"行",那么我心中的大元帅,您是否可以把手伸进我的口袋里去,把我的装着父亲的钱的钱包掏出来？……(亮出旁边的口袋)

安娜　倒真坦率……说这样的话是要挨耳光的！

小格拉戈列耶夫　接受漂亮女人的耳光是件愉快的事……先是打耳光,然后说"行"……

安娜　（站起)拿起您的帽子,立即给我滚开！

小格拉戈列耶夫　（站起)到哪去？

安娜　哪都行！走开,别再在这里露面！

小格拉戈列耶夫　唉……干吗生气？我不走,安娜·彼得洛芙娜！

安娜　那我去叫人把您轰走！(走进屋去)

小格拉戈列耶夫　多爱生气！我没有说什么特别的……我说什么了？没有必要生气……(跟在她后边走)

十八

　　普拉东诺夫和索菲娅·叶戈洛芙娜从屋子里走
出来。

普拉东诺夫　　在学校里我直到今天还是个没有找到自己的应
　　有位置的人,而教师的位置……这就是自从我们分手之后
　　发生的情况!……(两人坐下)不说别的人,我到底给自己
　　做了些什么? 我在自己身上播种了什么,培植了什么? 而
　　现在! 啊嘿! 可怕的丑陋……可怕的! 罪恶在我的周围
　　游荡,它玷污了大地,它吞噬着我的精神上的兄弟,而我在
　　一边袖手旁观,像是从事了一项繁重的劳动之后,坐着,看
　　着,沉默着……我今年二十七岁,到了三十岁我将还是这
　　样——我看不到会有什么变化! ——然后是饱食终日,麻
　　木不仁,对于一切精神上的东西都心灰意懒,而那就是死
　　亡!! 生活完蛋了! 一想到这个死亡,我的头发就会竖起
　　来! (停顿)怎么才能奋起,索菲娅·叶戈洛芙娜? (停顿)
　　您不说话,不知道……您难道能知道吗? 索菲娅·叶戈洛
　　芙娜,我不为自己惋惜。我就算了! 但您是怎么啦? 您的
　　纯洁的心灵,您的诚恳,您的真实,您的勇气都到哪里去
　　了? 您的健康呢? 您把它丢到哪里去了? 索菲娅·叶戈
　　洛芙娜! 您一年到头无所事事,把别人的手磨出老茧,欣
　　赏别人的痛苦,而居然能没有恻隐之心……这是堕落!
　　　〔索菲娅·叶戈洛芙娜站起。

普拉东诺夫 （让她坐下）这是最后的话了,忍耐一下! 是什么让您变成一个懒散的、夸夸其谈的女人? 是谁教会您说谎? 而您以前曾经是个多么好的人呵! 听我说! 我马上放开您! 让我把话说完! 索菲娅·叶戈洛芙娜,您曾经多么好,多么杰出! 亲爱的,也许还不晚,索菲娅·叶戈洛芙娜,也许您还能站起来! 您好好想想! 鼓起您的全部力量,为了上帝,您奋起吧! （抓住她的手）亲爱的,您坦白地告诉我,为了我们从前的爱情,是什么迫使您嫁给了这个人? 这个婚姻对您有什么吸引力?

索菲娅 他是个好人……

普拉东诺夫 您不要说连您自己都不相信的话!

索菲娅 （站起）他是我的丈夫,我请您……

普拉东诺夫 不管他怎么样,而我要讲真话! 请坐下! （让她坐下）您为什么不选择一个劳动者,一个受难者? 为什么您不选择另外的一个什么人做丈夫,而是选择了这个负债累累、无所事事的小人?……

索菲娅 别说了! 别大声说话! 有人来了……

　　　　〔客人们走过。

普拉东诺夫 别管他们! 就让他们听见好了! （轻声）原谅我的放肆……但我爱过您! 我那时爱您甚于爱世上的一切,所以现在您对于我还是珍贵的……我曾经怎样地爱过您这些头发,这双手,这个面孔……您为什么要擦粉,索菲娅·叶戈洛芙娜? 别这样! 啊嗯! 您要是遇上另外一个人,您很快会站起来的,而在这里您只会越陷越深! 可怜的索菲娅……要是我这个不幸的人有力量,我就把您连同

103

我一起从这个泥潭中拔出来……（停顿）生活！我们为什么不能像我们所应该的那样生活?!

索菲娅 （站起，用手掩脸）让我安宁一点！

〔屋里有喧哗声。

索菲娅 您走开！（向屋子走去）

普拉东诺夫 （跟着她）把手放开！这样就行！您不走吧？不走？索菲娅，让我们做朋友！您不走吧？我们还能谈话？走吗？

〔屋里的喧哗声更响，听得到楼梯上的脚步奔跑声。

索菲娅 是的。

普拉东诺夫 我亲爱的，让我们做朋友吧……我们干吗要成仇人？等等……我再说句话……

〔沃依尼采夫从屋里跑出，几个客人跟在他身后。

十九

上一场的人物。沃依尼采夫和客人们，然后是安娜·彼得洛芙娜和特里列茨基。

沃依尼采夫 （跑上）啊……最重要的人物在这里！咱们去放烟火！（大声）雅可夫，快到河边去！（向索菲娅·叶戈洛基娜）索菲娅，你没有改变主意吧？

普拉东诺夫 她不走了，就留在这里……

沃依尼采夫 是吗？这就太好了！米哈依尔·瓦西里耶维奇，让我握住您的手。（握普拉东诺夫的手）我一直相信你的

口才！咱们去放烟火！（与客人们一起走向舞台的深处）

普拉东诺夫 （沉默之后）是啊，是这么回事，索菲娅·叶戈洛芙娜……

沃依尼采夫的声音 妈妈，您在哪？普拉东诺夫！（停顿）

普拉东诺夫 我去，见鬼……（大声）谢尔盖·帕甫洛维奇，等一等，没有我在场先别点烟火！兄弟，让雅可夫到我这里来，拿气球！（跑向花园）

安娜 （从屋里跑出）等一等！谢尔盖，等一等，人还没有到齐！先放炮！（向索菲娅）索菲娅，走！怎么情绪不好？

　　〔普拉东诺夫的声音："女士们，到这边来！没有新歌，咱们唱个老歌！"

安娜 我来了，我亲爱的！（跑）

　　〔普拉东诺夫的声音："谁和我坐一条船？索菲娅·叶戈洛芙娜，你愿意和我一起上船吗？"

索菲娅 去还是不去？（想）

特里列茨基 （上）嗨！你们在哪？（唱）我来了，我来了！（盯视着索菲娅·叶戈洛芙娜）

索菲娅 您需要什么？

特里列茨基 什么也不需要……

索菲娅 那请您走开！我今天不想谈话，也不想听人说话……

特里列茨基 知道，知道……（停顿）我真想用手指摸摸您的额头：您额头里装着什么？真想！……倒不是想侮辱您，而是想做出个漂亮的姿势……

索菲娅 小丑！（转过身去）不是喜剧演员，而是小丑！

特里列茨基 是的……小丑……我就是凭自己的小丑表演在

105

将军夫人这里混口饭吃……是的……还有口袋里的钱……而一旦我让人讨厌了,我就会被他们从这里赶走。我说的不错吧?而且,不仅我一个人这么说……当你们到格拉戈列耶夫家做客的时候,你们也这么说,格拉戈列耶夫算是我们这个时代的共济会会员了……

索菲娅 好,好……非常高兴,有人转告了您……这么说,现在您也知道了,我是能够把小丑和幽默的人区分开来的!如果您当演员,您能成为顶楼观众的宠儿,但池座的观众会嘘您的……我也要嘘您……

特里列茨基 说得非常机智……值得称赞……我有幸向您鞠躬致敬!(鞠躬)再会了!倒是想再和您聊聊,但……不好意思,被你打败了!(走向花园深处)

索菲娅 (跺脚)下流坏!他不知道我对他是什么看法!他是个空虚的小人!

　　〔普拉东诺夫的声音:"谁和我上船?"

索菲娅 哎……该来的躲不开!(大声)我就来!(跑)

二十

　　　　老格拉戈列耶夫和小格拉戈列耶夫从屋子里山来。

老格拉戈列耶夫 你在说谎!你在说谎,坏孩子!

小格拉戈列耶夫 说什么蠢话?我干吗说谎?如果不相信,你问问她自己好了!你一走开,我就在这张长椅上和她说了

106

几句,抱了抱她,亲了亲她……她先开口要三千卢布,我还了价,最后说是一千卢布!你就给我一千卢布!

老格拉戈列耶夫　基里尔,这关系到一个女人的名誉!不要玷污这个名誉,她是神圣的!住嘴!

小格拉戈列耶夫　我用我的名誉保证!不相信?我用一切最神圣的东西保证!给我一千卢布!我马上给她这一千……

老格拉戈列耶夫　真可怕……你在撒谎!她在跟你这个傻瓜开玩笑!

小格拉戈列耶夫　但是……我抱她了!这有什么奇怪的?现在所有的女人都这样!别相信她们的贞操!我知道她们!而你还想结婚!(大笑)

老格拉戈列耶夫　基里尔,看在上帝分上!你知道什么叫诬蔑吗?

小格拉戈列耶夫　给一千卢布!我当你面交给她!就在这张长椅上,我拥抱了她,吻了她,和她做了交易……我保证!你还需要什么?我把你赶走就是为了和她做交易!他不相信我能征服女人!给她两千卢布,她就是你的!我知道女人,老兄!

老格拉戈列耶夫　(从口袋里取出钱包,扔在地上)给你!

　　〔小格拉戈列耶夫拾起钱包,数钱。

沃依尼采夫的声音　我开始啦!妈妈,放炮吧!特里列茨基,钻到亭子里去!谁踩上盒子了?是您?

特里列茨基的声音　我钻进去,见鬼!(笑)这是谁?把布格罗夫压上了!我踩到布格罗夫的头上了!火柴在哪?

小格拉戈列耶夫　(旁白)我报仇了!(叫喊)乌拉!(跑走)

特里列茨基的声音　谁在那里大声叫喊？揍他一顿！

沃依尼采夫的声音　开始吗？

老格拉戈列耶夫　（抱住自己的头）我的上帝！放荡！丑恶！我为她祈祷！上帝，原谅她！（坐在长椅上，用手掩脸）

沃依尼采夫的声音　谁拿绳子啦？妈妈，您怎么不害臊？我的绳子在哪？

安娜·彼得洛芙娜的声音　在这儿，马虎鬼！

　　〔老格拉戈列耶夫从长椅上跌下来。

安娜·彼得洛芙娜的声音　您？您是谁？别在这惹人讨厌！（叫喊）这边来！这边来！

　　〔索菲娅·叶戈洛芙娜跑上。

二十一

　　索菲娅·叶戈洛芙娜一人。

索菲娅　（脸色苍白，头发蓬乱）受不了啦！这超出了我的承受力！（抱住胸脯）这是我的毁灭还是……我的幸福！这里好闷！……他或者是个凶手，或者……是个新生活的使者！我向你致敬……我向你祝福，新生活！决定了！

沃依尼采夫的声音　（大声）小心！

　　〔烟火。

第 二 景

树林。林中小路。林中小路的起端,左侧是所学校。顺着通向远方的林中小路,延伸着一条铁路路基,路基在学校附近向右转弯。几根电线杆。夜晚。

一

沙萨坐在打开的窗子旁,奥辛普背上挂着猎枪,站在窗前。

奥辛普 这是怎么发生的? 很简单……我顺着离这儿不远的交叉口走,看到她站在木桩上,撩起了裙子用牛蒡叶从小河里舀水。舀一把喝一口,舀一把喝一口,然后用水把头发弄湿……我走下去,走到她跟前,瞧着她……她不搭理我,心想,你是个庄稼汉,是个傻瓜,在这种场合我干吗理睬你? 我对她说:"太太,您是想喝冷水?""跟你有什么关系? 从哪来回哪去!"她说这话时没有瞧我一眼……我挺狼狈的……我为自己是个庄稼汉感到害臊和委屈……"傻瓜,瞧着我干吗? 从来没有见过人怎么的?"她这才紧紧盯着我看了……"是不是喜欢上我了?"她说。我说:"非常喜欢! 太太,您是这样心肠好,这样迷人,这样漂亮……我从没有见过像您这样漂亮的……我们的乡村美女玛尼卡,乡村警察的女儿,与你一比简直是丑八怪……你多么温柔!

能吻您一下,就是死在这里也值!"她笑了……"怎么的?
你想吻就吻吧!"我一听这话,浑身发热。我走到她跟前,
轻轻地搂住她的肩膀,使劲地吻了她那个地方,脸颊和脖
子……

沙萨 (笑)她有什么反应?

奥辛普 "咴,现在滚你的吧! 回去好好洗洗,别再混水摸鱼!"
我就走了。

沙萨 她多么勇敢!(给奥辛普一盘汤)给你,吃吧! 找个地方
坐下!

奥辛普 不必,我站着就行……阿历克山德拉·伊凡诺芙娜,
非常感谢您的好意! 以后我会报答您的这番好意的……

沙萨 把帽子摘了……戴着帽子吃东西不好。你应该一边祈
祷一边吃饭!

奥辛普 (脱下帽子)我已经好久不祈祷了……(吃)从那次见
到她以后,我好像中了魔了……您相信吗? 吃不下饭,睡
不好觉……她总是在我眼前晃……我一闭上眼睛,她就会
出现在我眼前……我头脑里被这种感情填满了! 我痛苦
得差一点投河,真想把将军杀了……而将军夫人守寡之
后,我开始完成所有她交给我做的工作……替她打沙鸡,
捉鹌鹑,替她用多种颜色的涂料油刷亭子……有一次我还
给她送去了一只狼……我满足她的一切要求……她要我
干什么,我就干什么……她要是命令我把自己吃了,我就
把自己吃了……这种感情,你拿它没有办法……

沙萨 是的……当年我爱上米哈依尔·瓦西里耶维奇的时候,
我还不知道他也爱我,那时我也非常痛苦的……有几次我

甚至请求上帝让我死了吧……

奥辛普　您瞧……这样的感情……(喝完盘里的汤)还能给点汤吗？(递过盘子)

沙萨　(走开,过一会带了小锅又出现在窗口)汤没有了,土豆想吃吗？是用鹅油煎过的……

奥辛普　谢谢……(端起小锅吃起来)吃饱了！我是那样地走来走去,像是中了魔似的……阿历克山德拉·伊凡诺芙娜……我走啊,走啊……想的还是这个……去年复活节之后我给她送去了一只兔子……我说:"尊敬的夫人,您看我给您送个什么动物来了！"她拿在手里,看了看后问我:"奥辛普,人家说你是强盗,对吗？"我说:"这是千真万确。人家不会白白这么说的……"一激动,我把一切都给她说了……她说:"得把你挽救过来。你去吧,步行到基辅,再从基辅到莫斯科,再从莫斯科到特罗伊茨圣城,再从特罗伊茨圣城到新耶路撒冷,然后回家。这样过去一年你就会脱胎换骨。"我就假装有残疾的样子,背上背包就去了基辅……但是不行！改了点,但没有全改……这土豆真棒！走到哈尔科夫时,和一伙人联系上了,把带去的钱喝酒喝光了,打了一仗,就回家了。连护照都丢了……(停顿)现在她什么也不收我的了……生气了……

沙萨　奥辛普,你为什么不去教堂？

奥辛普　我倒想去,但不行……人家会笑我的……他们会以为我是去忏悔的！再说白天到教堂去也很可怕,人家会把我揍死的。

沙萨　但你为什么要欺侮穷人呢？

奥辛普　为什么不欺侮他们呢？阿历克山德拉·伊凡诺芙娜，这种事您理解不了！您不必去谈论愚蠢的事。您理解不了。而米哈依尔·瓦西里耶维奇难道谁也不欺侮？

沙萨　谁也不欺侮！他如果得罪了哪一个人，那完全是无意的。他是个善良的人！

奥辛普　我承认，我最尊敬的就是他……将军的儿子谢尔盖·帕甫雷奇是个愚蠢的人；您的兄弟也不聪明，尽管他是个医生，而在米哈依尔·瓦西里耶维奇身上有很多聪明的才能！他有官职吗？

沙萨　那怎么的？他是十四等文官！

奥辛普　真的？(停顿)好样的！那么他官职也有了……好样的！他的善良不够……在他看来所有的人都是蠢人，都是小人……能这样吗？如果我是个好人，我就不这样做……我就会给这些蠢人、小人和骗子一点温暖……他们是最不幸的人，您要知道！需要可怜可怜他们……他的善良不够，不够……他不骄傲，与大家无拘无束，但善良不够……您不理解……非常感谢！要是一辈子能吃到这样的土豆就好了……(递过去小锅)谢谢……

沙萨　不必谢的。

奥辛普　(叹气)您真是个好女人，阿历克山德拉·伊凡诺芙娜！您为什么每次都请我吃饭？阿历克山德拉·伊凡诺芙娜，您心里要是有一丁点的坏念头呢？纯洁的女人！(笑)我头一次见到这样的女人……神圣的阿历克山德拉，请您为我们这些有罪的人向上帝祈祷吧！(鞠躬)神圣的阿历克山德拉，高兴吧！

沙萨 米哈依尔·瓦西里耶维奇要来。

奥辛普 您骗人……他现在正和一个年轻的小姐讨论温柔的情感方面的事……他是一个英俊的男人！如果他愿意,他能征服所有的女人……还是个爱说漂亮话的男人……(笑)总向将军夫人献殷勤……但夫人架子大,不看看他是个漂亮男人……他是想,可能她……

沙萨 你已经在说多余的话了……我不喜欢这个……你走吧!

奥辛普 我这就走……您早就该睡觉了……可能是等您丈夫?

沙萨 是的……

奥辛普 好妻子! 可能,普拉东诺夫给自己找这样的妻子,要打着灯笼找上十年……终于找到了……(鞠躬)阿历克山德拉·伊凡诺芙娜,再见了! 晚安!

沙萨 (打哈欠)你走吧!

奥辛普 我走……(走)回家去……我的家的地板是大地,天空是天花板,而墙和屋顶不知在哪里……上帝诅咒谁,谁就住在这个屋子里……这屋子很大,但头没有地方搁……但有个好处,住这个屋子不用交地租……(站住)阿历克山德拉·伊凡诺芙娜,晚安! 请来做客! 到森林里来! 您问起奥辛普,每一只鸟儿和蜥蜴都能认得我! 您看,树墩在放光! 好像死人要从棺材站起来……再看另外一个树墩! 我的妈妈对我说过,在能够放光的树墩下面埋着有罪的人,而树墩放光是为了有人祈祷……将来我上面的树墩也会放光的……我也是有罪的人……再看第三个树墩! 我们这个世界上的罪人真多! (离去,过两分钟他吹起了口哨)

113

沙萨 （拿着蜡烛和书从学校里出来）米沙怎么还不来……（坐下）他要把身体搞垮的……除了损害健康之外,嬉玩不会给人带来什么……我想睡了……我读到哪了?（读）"是重新宣扬人类的这些伟大的永恒真理、这些自由的不朽原则的时候了,我们父辈的精英们正是这些真理与原则的信仰者,而不幸的是我们都背弃了它们。"这是什么意思?（想）我不明白……为什么不能写得让大家都能明白? 还有……噢……把序言跳过去……（读）《扎赫尔·马佐赫》……多么可笑的姓名! 马佐赫……这大概不是俄罗斯人……（打哈欠,读）《愉快的冬夜》……这也可以跳过去……是段描写……（翻书页,读）"很难断定,究竟是谁在弹琴奏乐……由男人的铁一般的手指拨出的强劲的琴声又被像是女人的美丽的小口吹出的柔和的笛声所取代,然而沉寂了下来……"嘘……有人过来了……（停顿）这是米沙的脚步声……（吹熄蜡烛）终于来了……（站起,大声喊）啊呜! 一,二,一,二! 向左,向右,向左向右! 向左! 向左!

　　［普拉东诺夫上。

三

　　沙萨和普拉东诺夫。

普拉东诺夫 （上）气气你：向右！向右！再说,亲爱的,不必向右,也不必向左！对于喝醉了酒的人来说,既没有右,也没有左；他只知道向前,向后,歪倒……

沙萨 喝醉了酒的,请到这边来坐下！我来给你表演一下什么叫歪倒！请坐！（扑倒在普拉东诺夫怀里）

普拉东诺夫 坐下……（坐下）你为什么不睡觉,我的小毛虫?

沙萨 不想……（坐在他旁边）他们很晚才放你走！

普拉东诺夫 是的,很晚……客车走过了?

沙萨 还没有。一个小时前货车走过了。

普拉东诺夫 这么说还没有到两点。你早回来了?

沙萨 我十点钟就到家了……我回到家,柯里卡拼命在哭……我没有打招呼就离开了,他们会原谅我的吧……我走之后跳舞了吗?

普拉东诺夫 也跳舞了,也吃饭了,也打架了……你知道吗,你不在场时这发生了什么? 老格拉戈列耶夫挨打了!

沙萨 你说什么?!

普拉东诺夫 是的……你的兄弟给他放了血,唱了哀歌……

沙萨 为什么这样? 他怎么啦? 他看上去很健康……

普拉东诺夫 轻轻的一击……这是他的大幸,但却是被他称为驴驹的儿子的不幸……拉回家去了……没有一天晚上不出乱子的! 这就是我们的命运!

沙萨 我能想象,安娜·彼得洛芙娜和索菲娅·叶戈洛芙娜会怎么担惊受怕! 索菲娅·叶戈洛芙娜是多好的一个人! 我难得见到这样的好女人……她身上有一种特别的……（停顿）

普拉东诺夫 阿嚏！愚蠢,渺小……

沙萨 什么?

普拉东诺夫 我干什么了?!(用手掩脸)可耻!

沙萨 你干什么了?

普拉东诺夫 干什么了? 没有什么好的! 我什么时候做过事后不感到羞愧的事?

沙萨 (旁白)可怜的,喝醉了!(向他)咱们睡觉去!

普拉东诺夫 从来没有这样丑陋过! 以后还能尊重自己吗? 再没有比失去对自己的尊重更大的不幸了! 我的上帝! 在我身上没有什么可以把它抓住的东西,没有什么值得尊敬与爱的东西!(停顿)你爱我……我不明白! 这么说,你从我身上找到了什么可以爱的东西? 你爱我?

沙萨 这算什么问题! 我可以不爱你吗?

普拉东诺夫 我知道,但你可以指出一条我的值得你爱的好处! 指出你所以爱我的优点来!

沙萨 嗨……我为什么爱你? 米沙,今天真奇怪! 你是我丈夫我怎么能不爱你?

普拉东诺夫 就因为我是你丈夫才爱我?

沙萨 我不理解你。

普拉东诺夫 你不理解?(笑)你啊,真是我的傻大姐! 你为什么不是只苍蝇? 你要是只苍蝇,凭你的智慧,能当一只最聪明的苍蝇!(吻她的额头)如果你理解了我,如果你不是这样的迷糊,你将怎么样? 如果凭你的智慧知道了我没有什么值得你爱的,你还会感到有女人的幸福吗? 我亲爱的,如果你想爱我,就不要想了解我!(吻她的手)我亲爱

116

的！因为你的迷糊，我也感到幸福！我像大家一样，有家庭……有家庭……

沙萨 （笑）怪人！

普拉东诺夫 我亲爱的！傻乎乎的小女人！我不把你看成妻子，我要把你放在桌子上的玻璃罩里供起来！我们怎么把尼科里卡生到这个世界上来了？不要生尼科里卡，而是可以给你用面团捏几个小兵，我亲爱的！

沙萨 米沙，你在说蠢话！

普拉东诺夫 但愿上帝让你继续不明白吧！不要明白！但愿地球压在鲸鱼身上，而鲸鱼托在铁叉上！沙萨，如果没有你们，我们到哪去找永久的妻子？（想吻她）

沙萨 （不让）滚开！（生气）如果我这么蠢，你干吗要娶我？你可以找一个聪明的！我没有强迫你！

普拉东诺夫 （大笑）你也会生气？活见鬼！这倒是一大发现……哪个方面的？我亲爱的，整个的大发现！你也会生气？你不开玩笑？

沙萨 （站起）去睡觉！如果不喝酒，就不会有发现！醉鬼！还是个教师呢！你不是教师，而是无情无义的人！去睡觉！（打他的背，走进学校）

四

　　普拉东诺夫独自一人。

普拉东诺夫 我当真醉了？不可能，我喝了不多……但，头脑不完全正常……(停顿)而我和索菲娅说话的时候,我……醉了吗?(思索)没有,没有醉!不幸,我那时候没有醉!没有醉!可诅咒的我的清醒!(跳起)我责备了她的不幸的丈夫什么?我为什么要在她面前给他抹黑?我的良心不能原谅这个!我在她跟前,像个孩子似的夸夸其谈,装腔作势……(刺激自己)"你为什么不嫁给一个劳动者,一个受难者?"她为什么非得嫁给一个劳动者,一个受难者?你这个狂人,为什么要说些连你自己也不相信的东西?啊嘿!……她相信了……她听了一个傻瓜的梦呓,垂下了自己的眼睛!不幸的她,情绪低落了,萎靡不振了……这一切是多么愚蠢,多么渺小,多么不合理!一切都令人厌恶……(笑)执迷不悟的人!人们嘲笑执迷不悟的商人,嘲笑得很厉害……有透着眼泪的笑,有透着笑的眼泪……但有谁嘲笑我吗?什么时候?可笑!不受贿,不偷窃,不打妻子,思想纯真,但……是个坏蛋!可爱的坏蛋!不一般的坏蛋!……得走……我要向督学请求另一个工作岗位……我今天就给城里写信……

〔小维格罗维奇上。

五

普拉东诺夫和小维格罗维奇。

小维格罗维奇 (上场)嗯……学校,这学校里永远睡着那个长不大的天才……他现在是照例在睡觉,还是照例在骂人?

（见到普拉东诺夫）他在，这个空虚的，爱吵闹的人……既不在睡觉也不在骂人……很不正常……（向他）还没有睡？

普拉东诺夫　那还用问！您站在这里干什么？请允许我祝您晚安！

小维格罗维奇　我现在就走。您一个人耽着？（环顾四周）您感觉到自己是自然之王？在这个美好的夜晚……

普拉东诺夫　您回家去？

小维格罗维奇　是的……父亲走了，我不得不步行。您在自我陶醉？难道不是这样？喝过香槟酒后，在酒劲的余味中审视自己是件很愉快的事！可以坐您旁边吗？

普拉东诺夫　可以。

小维格罗维奇　谢谢。（坐下）我喜欢感谢。坐在这里，坐在这些台阶上，感到自己是完全的主人，是多么舒服！普拉东诺夫，你的女友在哪里？要知道，为了让这大自然的天籁，这山雀的歌唱变成天堂，还需要爱情的呢喃！这个迷人的夜晚还需要亲爱的女人的火热的呼吸，才可以使您的两颊幸福地燃烧起来！大自然母亲的细语还需要加进爱情的言语……还需要女人！！您惊奇地瞧着我……哈—哈！我不是在用自己的语言说话？是的，这不是我的语言……我要清醒过来，就常常为这个语言害臊……不过，为什么我就不能说点有诗意的话呢？嗯……谁禁止我？

普拉东诺夫　没有什么人。

小维格罗维奇　或许，这个上帝的语言不符合我的身份和体型？我的脸孔没有诗意？

普拉东诺夫　没有诗意……

119

小维格罗维奇　没有诗意……嗯……非常高兴。所有的犹太人的面孔都缺乏诗意。大自然开了个玩笑,没有给我们犹太人有诗意的面孔!我们习惯于按照面孔来评价人,就因为我们有这样一副尊容,就否定我们身上有任何的诗意……人们说,犹太人里头没有诗人。

普拉东诺夫　谁说的?

小维格罗维奇　都这么说……而这是多么恶毒的诬蔑!

普拉东诺夫　别找碴了!谁这么说的?

小维格罗维奇　都这么说,但我们犹太人里头有多少真正的诗人!不是普希金们,不是莱蒙托夫们,而是真正的诗人!阿乌艾尔,巴赫,海涅,歌德……

普拉东诺夫　歌德是德国人。

小维格罗维奇　是犹太人!

普拉东诺夫　是德国人!

小维格罗维奇　犹太人!我知道我在说什么!

普拉东诺夫　我也知道我在说什么。但就算您说得对!跟一个半吊子的犹太人知识分子很难争论。

小维格罗维奇　是很难……(停顿)就算没有诗人,有什么了不起!有诗人,很好,没有诗人,更好!诗人作为一个情绪化的人,大多数是寄生虫,个人主义者……歌德,尽管是个诗人,但他难道给过德国的穷人一块面包?

普拉东诺夫　老调子!年轻人,够了!歌德没有从德国的穷人那里拿过一块面包!这是重要的……还有,当诗人要比什么也不是的人好!好一千万倍!好吧,咱们别说了……让那块您对它毫无认识的面包得到安宁,让那些凭您的干枯的心灵无法理解的诗人得到安宁,还让被您叨扰的我得到安宁!

小维格罗维奇　我不再来打扰您高贵的心!我也不拉掉您的热被窝……您睡好了!(停顿)看看天空!是啊……这里很好,很安宁,这里尽是树木……没有饱食终日的人……是的,树木不是在为我低声细语……月亮也不是像注视普拉东诺夫那么亲切地注视着我……它冷冷地看着我……好像是在说,你不是我们的人……你走吧,离开这个天堂,到自己的犹太人的小店里去……唉,这都是扯淡……我说多了……够了!……

普拉东诺夫　够了……年轻人,回家去!坐的时间越长,说得越多……而为了这些废话,就像您自己说的,您会脸红的!回去吧!

小维格罗维奇　我想说!(笑)我现在是个诗人!

普拉东诺夫　谁不为自己的青春悔悟,谁就不是诗人!您为青春苦恼吧,做个青年人!真可笑,这愚蠢,但这反倒有人情味!

小维格罗维奇　是呵……多么愚蠢!普拉东诺夫,您是个大怪人!你们这里的人都是怪人……你们可以生活在洪水灭世之后的诺亚时代……将军夫人也是个怪人,沃依尼采夫也是怪人……不过,从肉体的角度看,将军夫人很漂亮……她有一双多么聪明的眼睛!她的手指多么好看!……胸脯,脖子都很美……(停顿)为什么?我难道不如您?哪怕一生能享受一次呢!如果这个想法强烈地作用于我的……脊髓,那么这样的陶醉能把我完全融化,如果她现在能在这些树木中间出现,并且用她那透明的手指来召唤我!……别用这样的眼光来看我,我现在是个愚蠢的小孩……但有谁敢于禁止我哪怕现在当一回蠢人呢?现在我怀着科学的目的当一个照您看来是幸福的蠢人……我很幸福……关别人什么事?嗯……

普拉东诺夫 但……(瞅着他的手链)

小维格罗维奇 而且,个人幸福是个人主义!

普拉东诺夫 噢!个人幸福是个人主义,那么个人的不幸就是善行了!您头脑里有多少糊涂想法!多好的手链!多好的链穗!多么光亮!

小维格罗维奇 您对这手链感兴趣?!(笑)这个玩意儿,这个闪光吸引着您。(摇头)当您在用几乎像是诗的语言对我进行教育的几分钟里,您能赞美黄金!把这手链拿去!把它扔了!(摘下手链扔到一边)

普拉东诺夫 声音很响!单凭这响声就可断定这手链很重!

小维格罗维奇 金子的沉重不仅仅是它的分量!您很幸福,您可以坐在这些肮脏的台阶上!在这里您感受不到这个肮脏的金子的全部重量!噢,这些金手链是我的金手铐!

普拉东诺夫 这手铐不是牢不可破的!我们的父辈把它们喝酒喝掉了!

小维格罗维奇 在这个月光下有多少不幸的人,有多少挨饿的人,有多少喝醉酒的人!什么时候几百万播种很多而一无所获的人才不再挨饿?什么时候,我问您?普拉东诺夫,您为什么不回答我?

普拉东诺夫 别烦我!您行行好吧!我不喜欢没完没了地响

个不停的钟！请原谅，但请您别烦我！我要睡觉！

小维格罗维奇　我是钟？嗯……您才是钟……

普拉东诺夫　我是钟，您也是钟，区别在于，我自己在自己心里敲钟，而在您心里敲钟的是别人……晚安！（站起）晚安！

　　〔学校的钟敲了两下。

小维格罗维奇　已经是两点了……这个时候是该睡觉了，但我睡不着……失眠，香槟酒，激动……不正常的生活，因为这个不正常的生活，我的身体垮了……（站起）我的胸部已经开始痛了……晚安！我不把手伸给您，并以此而自豪。您不配握我的手……

普拉东诺夫　多愚蠢！我无所谓。

小维格罗维奇　我想，我们的谈话以及我的……胡言乱语，除了我俩之外，谁也没有听见，也不会听见……（走向舞台深处，又回来）

普拉东诺夫　您还要什么？

小维格罗维奇　这儿有我的一个手链……

普拉东诺夫　这就是您的手链！（用脚踢手链）还没有忘记！您听着，您能否行行好，把这个手链捐赠给我的一个朋友，他就属于您说的那种播种很多而一无所获的人！这根手链可以供养他和他的家庭整整一年！……允许我转交给他？

小维格罗维奇　不行……倒是想给，但不能给！这是礼物，纪念品……

普拉东诺夫　是的，是的……您滚吧！

小维格罗维奇　（拾起手链）别这样！

〔走到舞台深处,他很疲乏,坐在铁道的路基上,用双手掩住了脸。

普拉东诺夫　庸俗!做一个青年人但同时不能养成光明磊落的个性!这是一个多么深重的堕落!(坐下)我们多么讨厌那样一类人,在这一类人身上我们能看得见哪怕一丁点自己的不干净的过去!我曾经也有点像这样的人……嘿嘿!

〔听见马蹄声。

六

　　普拉东诺夫,安娜·彼得洛芙娜穿着骑马的服装,手执马鞭上。

普拉东诺夫　是将军夫人!

安娜　我怎么能见到他?敲门?(见到普拉东诺夫)您在这里?真巧!我知道您还没有睡觉……现在能睡觉吗?为了睡觉上帝安排了冬天……好人儿,晚上好!(伸手)呀?您怎么啦?伸手!

〔普拉东诺夫伸手。

安娜　您没有喝醉?

普拉东诺夫　鬼知道!或是清醒,或是喝醉,像个最痛苦的醉鬼……您是怎的?放肆地玩耍,尊敬的梦游人?

安娜　(坐在旁边)嗯……(停顿)是啊,亲爱的米哈依尔·瓦西里耶维奇!(唱)多少幸福,多少痛苦……(笑)多么神奇的

124

大眼睛！够了,别害怕,朋友！

普拉东诺夫　我也不害怕……至少是不为自己害怕……（停顿）我看,您是想做些无聊的事……

安娜　老了……

普拉东诺夫　对老太婆是可以原谅的……因为愚蠢……但您算什么老太婆？您还年轻,像夏天的六月。您还来日方长。

安娜　我现在就需要生活,而不是来日……而我年轻,普拉东诺夫,非常年轻！我感到,这青春像一阵清风穿过我的身体！非常年轻……清凉！（停顿）

普拉东诺夫　（跳起）我既不想理解,也不想猜测,也不想假设……什么也不想！您走吧！您把我当作不明事理的人好了,您走吧！求您了！嗯……为什么这样看我？您……您想想看！

安娜　我已经想过……

普拉东诺夫　您再好好想想,骄傲的、聪明的、美丽的女人！您为什么来了?！啊嘿……

安娜　我亲爱的,我不是走来的,而是骑了马来的！

普拉东诺夫　这么聪明,这么美丽,这么青春……来找我?！不相信我的眼睛,不相信我的耳朵……您是来打胜仗、攻碉堡的！您不必为胜利而来……我很弱,非常弱！您要明白！

安娜　（站起,走向他）过分谦虚甚于骄傲自大……米哈依尔,怎么办？应该想个办法结束它？您自己也同意……

普拉东诺夫　我不去结束什么,因为我没有开始什么！

安娜 哎……讨厌的哲学！你不为说谎而害臊？在这样的夜晚，在这样的天空下……说谎？如果你愿意，你可以在秋天说谎，在泥泞里说谎，而不是现在，不是在这里……有人听着你，看着你……怪人，你朝头顶上看看！（停顿）你看，星星在闪烁，因为你说谎……得了，我亲爱的！做个好人，这一切多么美好！不要用自己的小气来破坏这个宁静……把心里的小鬼赶掉！（用一只手拥抱他）我爱你胜过爱其他任何一个男人，你爱我胜过爱其他任何一个女人……我们只要得到一个爱情，其他的折磨你的问题让别人去解决……（吻他）我们只要得到一个爱情……

普拉东诺夫 奥德修斯可以让鸟身美女为他唱歌，但我不是奥德修斯王，鸟身美女！（拥抱她）如果我能给你幸福多好！你多么美丽！但我给不了你幸福！你的命运和其他的投进我的怀抱的女人的命运会是一样的……我会让你变成一个不幸的女人！

安娜 你把自己说的过分了！你难道这样可怕，唐璜？（笑）在月光下你多么漂亮！美极了！

普拉东诺夫 我知道我自己！只有那些没有我存在的浪漫故事才有美好的结局……

安娜 咱们坐下……到这里来……（坐在铁道路基上）哲学家，你还有什么可说的？

普拉东诺夫 如果我是一个正直的人，我就会离开你……我今天预感到了这个，预见到了……为什么我这个坏蛋，不走开？

安娜 米哈依尔，把心里的小鬼赶走！别扫兴……要知道来找你的是女人而不是野兽……脸上有汗,眼里有泪……真是的! 如果你不喜欢,那我走……愿意吗? 我走,这样一切照旧……行吗? (笑)傻瓜! 捉住我,拉住我,抓住我! 你还要什么? 像抽烟似的抽干净,切成小块榨干……做个人! (拉他)可笑!

普拉东诺夫 但你难道是我的? 难道你是为我预备的? (吻她的手)去找别的男人吧,我亲爱的……去找一个值得你爱的人……

安娜 啊嗯……你别乱说一气了! 要知道事情非常简单:一个女人到了你身边,这个女人爱你,你也爱这个女人……天气也好……还有什么比这更简单的? 干吗需要这些哲学、政治? 难道你想显示一下自己?

普拉东诺夫 嗯……(站起)但如果你来是为了随便玩玩,寻寻开心的,那怎么办? 要知道我不适合扮演临时的角色……我不允许玩弄自己! 你不要想拿几个小钱打发我! ……为了玩玩,我很贵……(抱住自己的头)我尊敬你,爱你,结果同时……又是渺小、庸俗、俗人的游戏!

安娜 (走近他)你爱我,尊敬我,你,不得安宁的灵魂,为什么你不与我来个痛快,而说这些脏话? 为什么要这个“如果”? 我爱你……我已经对你说了,你自己也知道,我爱你……你还需要什么? 我要安静……(将他的头放在自己的怀里)安静……普拉东诺夫,你要明白! 我要休息……忘掉这一切,其他的我什么也不需要……你不明白……你不明白,生活对于我来说是何等沉重,而我……想生活!

127

普拉东诺夫　我无法给你安静！

安娜　只要不高谈阔论就有办法！……生活吧！一切都在生活，一切都在流动……四周都是生活……让我们也生活！明天解决问题，而今天，在这个夜晚，生活，生活……生活，米哈依尔！（停顿）我干吗在你面前说这些？（笑）真是的！我在痛苦，而他在使性子！

普拉东诺夫　（抓住她的手）你听好……这是最后一次……我像个正派人对你说……你走吧！最后一次！你走吧！

安娜　真的吗？（笑）你不在开玩笑？……兄弟，你在犯傻！现在我不会放过你！（扑向他的怀里）你听到了吗？我最后一次说：我不放过你！生活！哈—哈—哈，你想躲开什么，怪人？你是我的！现在说说你的哲学大道理吧！

普拉东诺夫　再说一遍……像个正派人……

安娜　敬酒不吃吃罚酒……如果你爱，你就爱，不要装傻瓜！哈—哈—哈……胜利的钟声响起来了……到我这里来！（把一块黑布罩住他头）到我这边来！

普拉东诺夫　到你那边去？（笑）你是个空虚的女人！你不想要好的结果……你会哭的！我不会做你的丈夫，因为我看不懂你，而又不想玩世不恭……咱们看，谁将玩谁……让我们看……你会哭鼻子的……咱们走，怎么的？

安娜　（笑）咱们走！（拉住他的手）等一下……有人来了。我们躲到树后边去……（躲在树后）有个人穿着礼服，不像是庄稼汉，你为什么不去报纸上写社论？你会写得很好的……不开玩笑。

　　　［特里列茨基上。

128

七

上一场的人物和特里列茨基。

特里列茨基 (走向学校,敲窗子)沙萨! 妹妹! 沙舒尔卡!

沙萨 (开窗)谁在这里? 柯里亚,是你? 你想要什么?

特里列茨基 你还没有睡觉? 好妹妹,你放我进来住一夜吧!

沙萨 可以……

特里列茨基 把我安排在教室里……这样米沙就不知道我在你们这里留宿,他的那套哲学不能让我入睡! 我头晕得厉害……眼睛看到的都是重影……我站在一个窗子前,而我觉得有两个窗子。从哪个窗子爬进去? 麻烦事! 很好,我还没有结婚! 要是我结了婚,我就会以为我有两个老婆……什么都要变成两个! 你有两个脖子两个头! 还有……在那边,小河旁边砍掉的那棵橡树附近,知道吗? 我擤了鼻涕,掏手绢的时候,掉了四十卢布……小妹妹,明天一早你去把它捡起来……找一找,钱归你自己……

沙萨 天一亮木匠们就会把它们捡到……你这人多马虎,柯里亚! 噢! 差点忘了……商店老板的老婆来过,她请你尽快到他们家去一趟……她的丈夫突然病了……头痛得厉害……你快走吧!

特里列茨基 不要管他们! 我顾不得……我自己的头也在痛,肚子也在痛……(爬窗子)闪开……

沙萨 快爬进来! 你的腿碰到我了……(关窗)

普拉东诺夫 还有谁往这边走！

安娜 站住。

普拉东诺夫 别拉住我……如果我想走，就走！这是谁？

安娜 彼特林和谢尔博克。

　　〔彼特林和谢尔博克上。他们没有穿外套，摇摆着身子。彼特林戴顶黑色礼帽，谢尔博克戴顶灰色礼帽。

八

　　小维格罗维奇在舞台深处，普拉东诺夫，安娜·彼得洛芙娜，彼特林和谢尔博克。

彼特林 万岁，彼特林，法学硕士！乌拉！路在何方？咱们上哪去？这是什么？（笑）巴维尔，这里是学校！这是教傻瓜忘掉上帝和欺骗老百姓的地方！我们到这里来了……嗯……是这样……这里……兄弟……他叫什么？——普拉东诺夫，这个有文化的人住在这里……巴维尔，现在普拉东诺夫在哪？你说说看法，不要害臊！他是在和将军夫人唱二重唱吧？噢嘿，上帝，随你便……（喊）格拉戈列耶夫是傻瓜！将军夫人愚弄了他，他得中风了！

谢尔博克 格拉辛姆，我想回家……想睡觉！别管他们！

彼特林 巴维尔，咱们的外套上哪去了？咱们上车站站长那里去过夜，但外套没有……（笑）姑娘们把我们的外套脱掉了？你啊，骑士，骑士！……姑娘们把咱们的外套给脱了……（叹气）哎，巴维尔……你喝香槟酒了吗？也

130

许,你现在醉了？你喝了谁的酒？你喝了我的酒……你现在喝的是我的酒,吃的也是我的……将军夫人身上穿的衣服也是我的,谢尔盖脚上穿的袜子也是我的……全都是我的！我把一切都转交给他们了！皮鞋匠自己的鞋后跟是歪的……全给他们了,全花在他们身上了,但我得到什么？你问,我得到了什么？嘲弄和羞辱……是的……仆人去餐桌上斟酒故意漏掉我,而将军夫人也忘恩负义……

普拉东诺夫 我受不了啦！

安娜 等一等……他们马上就走！这个彼特林真是个畜生！多会撒谎！而这个老糊涂居然相信……

彼特林 犹太人得到更多尊重……犹太人在床头,而我们在脚跟头……这为什么？因为犹太人给的钱多……而在额头写有宿命的话：公开拍卖！

谢尔博克 这是涅克拉索夫的诗句……听说,涅克拉索夫死了……

彼特林 行了！以后一个戈比都不给！听到了吗？一个戈比都不给！就让老头子在坟墓里生气好了……就让他在那里跟……掘墓人打交道！完了！我要出具拒付期票的证书！明天就办！我要让那个不地道的女人丢脸！

谢尔博克 她是伯爵夫人,男爵！她有一副将军夫人的脸！而我……是草民一个……就让杜尼娅来安慰安慰我……这条路多糟糕！要有条带电线杆的公路就好了……还有铃铛……叮当,叮当,叮当……

　　［谢尔博克和彼特林下。

131

九

上一场的人物少了彼特林和谢尔博克。

安娜 （从树后走出）他们走了？

普拉东诺夫 他们走了……

安娜 （抓住他的肩）咱们走？

普拉东诺夫 咱们走！我去,但你要知道我是多么不想走！……不是我要到你那里去,而是一个小鬼现在敲着我的后脑勺说:去吧,去吧! 你要明白! 我的良心不能接受你的爱情,是因为我的良心深信你在犯一个不可挽回的错误……

沙萨 （站在窗前）米沙,米沙! 你在哪?

普拉东诺夫 见鬼!

沙萨 （在窗前）啊嘿……我看到你了……你和谁在一起? （笑）安娜·彼得洛芙娜! 我好不容易把您认出来了! 您一身黑! 您穿什么衣服了? 您好!

安娜 您好,阿历克山德拉·伊凡诺夫娜!

沙萨 您穿了骑马服? 这么说您在骑马? 好得很! 夜晚这么美好! 米沙,咱们一起去!

安娜 阿历克山德拉·伊凡诺夫娜,我已经骑够了……我现在回家……

沙萨 这样当然好……米沙,回房间! ……我现在不知道该怎么办! 柯里亚的情况不好……

普拉东诺夫　哪个柯里亚？

沙萨　哥哥尼古拉……大概是喝酒喝多了……进来吧！安娜·彼得洛芙娜,您也请进！我到地窖里去拿点酸奶……咱们喝上一杯……冷酸奶！

安娜　谢谢您……我现在就回家……（向普拉东诺夫）你来……我等你……

沙萨　要不然我就去地窖了……米沙,回来！（隐去）

普拉东诺夫　完全忘了她的存在……她相信,她多相信?! 走吧……我把她安顿好睡觉再来……

安娜　快点……

普拉东诺夫　差点出乱子！暂时再见……（向学校走去）

十

　　安娜·彼得洛芙娜,小维格罗维奇,然后是奥辛普。

安娜　意想不到的事……我也完全忘记了她的存在……（停顿）我说……再说,他也不是第一次欺骗这个可怜的姑娘！……哎……罪过就罪过了！只有一个上帝知道！不是第一次了……欺骗！他在那边安顿她睡觉,我先在这里等着！……能拖一个小时吧,如果不是更多……

小维格罗维奇　（走向她）安娜·彼特洛芙娜……（跪倒在她面前）安娜·彼得洛芙娜……（抓住她的手）安娜！

安娜　这是谁？这是您？（向他俯下身去）这是谁？您,伊萨克·阿勃拉莫维奇？是您？您怎么啦？

小维格罗维奇　安娜！（吻她手）

安娜　走开！这样不好！您是男人！

小维格罗维奇　安娜！

安娜　别缠我！滚开！（推他的肩）

小维格罗维奇　（倒在地上）唷！愚蠢……愚蠢！

奥辛普　（上）小丑！这是您，尊敬的夫人？（鞠躬）您怎么到我
　　们这块神圣的土地上来的？

安娜　这是你，奥辛普？你好！偷看来着？当密探？（拉住他
　　的下巴）全看见了？

奥辛普　全看见了。

安娜　你为什么面孔刷白？啊？（笑）你爱上我了？奥辛普？

奥辛普　随您怎么说……

安娜　爱上了？

奥辛普　我不理解您……（哭）我把您当成圣女……您如果命
　　令我钻火堆我就钻火堆……

安娜　你为什么不去基辅？

奥辛普　我去基辅干吗？我把您当成圣女……对我来说世上
　　没有比您更神圣的人……

安娜　行了，傻瓜……再给我打兔子……我还会接受……咳，再
　　见了……明天来找我，我给你钱：你坐火车去基辅……行吗？
　　再见……你不敢动我的普拉东诺夫一个手指！听到了吗？

奥辛普　您现在不能对我下命令了……

安娜　瞧您说的！是不是您要命令我进修道院？这叫什么
　　事！……咳，咳……哭起来了……你是小孩怎么的？够

134

了……他到我这边来,你就开枪!……

奥辛普 朝他开枪?

安娜 不,朝天开枪……奥辛普,再见了! 枪开响一点! 你开
枪吗?

奥辛普 我开枪。

安娜 这就对了……

奥辛普 但他不会到您那儿去的……他现在和妻子在一起。

安娜 瞎扯……再见了,你这个坏蛋!

　　〔跑下。

十一

奥辛普和小维格罗维奇。

奥辛普 （用帽子击打地面,哭）完了! 全完了!

小维格罗维奇 （躺着）他在说什么?

奥辛普 我看见了所有的情景,也听到了! 眼睛都胀裂了,好
像有人用粗大的锤子在我耳边敲打! 我全听到了! 如果
要把他撕成碎片,怎么能不把他杀了……（坐在土埂上背
对着小学校）应该把他杀了……

小维格罗维奇 他在说什么? 杀死谁?

十二

上一场的人物,普拉东诺夫和特里列茨基。

普拉东诺夫 （把特里列茨基赶出学校）滚！马上就到店老板那里去！走！

特里列茨基 （伸懒腰）我宁愿让你明天用大棍子打我，也不愿意你今天把我叫醒！

普拉东诺夫 尼古拉，你是个混蛋，你知道吗？

特里列茨基 有什么办法？我生来就是这样呢？

普拉东诺夫 要是店老板死了呢？

特里列茨基 如果他死了，那么祝他在天国安息，而如果他还在继续为生存而斗争，那么你没有必要说这些可怕的话……我不到店老板那里去！我要睡觉！

普拉东诺夫 你走，畜生，你走！（推他）我不让你睡！你是怎么回事？你是什么人？为什么你无所事事？为什么你在这里好吃好喝过舒服日子而什么也不干？

特里列茨基 要教训我……你有什么权力……小子！

普拉东诺夫 你告诉我，你算是什么东西？这多可怕！你为什么活着？你为什么不搞科学？你为什么不继续自己的学业？你为什么不研究科学，畜生？

特里列茨基 关于这个有趣的问题，到了我不想睡觉的时候再讨论，而现在还是让我去睡觉……（搔痒）要知道！无缘无故，就叫我起来，就骂我混蛋！嗯……做人的规矩……狗把这些规矩都吃了！

普拉东诺夫 奇怪的家伙，你为哪个上帝服务？你是个什么人？不，我们都没有出息！

特里列茨基 听我说，米哈依尔·瓦西里耶维奇，谁给了你权利用你的粗爪子捅进别人的心窝里去？你的无礼超出了

136

所有限度,兄弟!

普拉东诺夫 除了地上的苔藓之外,我们什么也没有收获! 我们是没落了的人群! 我们分文不值! (哭)没有一个人可以让我的眼睛得到休息! 一切是那样的庸俗、肮脏、丑陋……尼古拉,滚开吧! 走吧!

特里列茨基 (耸肩)你在哭? (停顿)我到店老板那里去! 听到了吗? 我去!

普拉东诺夫 随你便!

特里列茨基 我去! 现在就走……

普拉东诺夫 (跺脚)快滚!

特里列茨基 好……米沙,你去睡吧! 不必激动! 再见了! (走,又停下)临别赠言……告诉所有的宣传家,其中也包括你自己,让他们的宣传词能和宣传家们自己的行为挂起钩来……如果你自己的眼睛不能在自己身上得到休息,那么就不能要求我能让你的眼睛得到休息。顺便说说,你的眼睛在月光下非常好看! 它们像绿色的玻璃在闪烁……还有什么……与你没有必要说……得把你痛打一顿,让你粉身碎骨,为了这个姑娘和你断交……向你说些你从来没有听到的话! 但……我不会! 我是个不好的决斗者! 这是你的幸福! ……(停顿)再见! (下)

十三

普拉东诺夫,小维格罗维奇和奥辛普。

137

普拉东诺夫 （抱住自己的头）不是我一个人这样，所有的人都是这样！所有的人！人在哪，我的天？我是什么人！别到她那里去！她不是你的！这是别人的！伤害了她的生活，永远伤害了！从这里走开！不！我要在她身边，我要生活在这里，我要喝醉酒，我要骂大街……堕落的人，愚蠢的人，醉酒的人……永远是喝醉的！愚蠢的母亲和醉鬼父亲生下来的！父亲……母亲！父亲……噢，让你们的枯骨在那里不得安宁吧，就像你们当年怎样喝醉了酒愚蠢地折腾出我这可怜的生命！（停顿）不……我说什么了？上帝宽容……天国……（碰到躺着的小维格罗维奇）这是谁？

小维格罗维奇 （爬起来跪着）野蛮的，丑恶的，可耻的夜晚！

普拉东诺夫 啊……走吧，去用你父亲的良心换来的墨水把这个野蛮的夜晚写进你愚蠢的日记！滚开！

小维格罗维奇 是的……我会记下的！（离去）

普拉东诺夫 他在这儿干吗？偷听？（向奥辛普）你是谁？你为什么在这儿，自由的射击手？也在偷听？从这里滚开！或者站住……去把维格罗维奇追上，把他的金链子摘下来！

奥辛普 什么金链子？

普拉东诺夫 他胸前挂一个很大的金链子！去追上他，把链子摘下来！快！（跺脚）快，否则追不上了！他现在像个疯子一样向村里面跑！

奥辛普 而您到将军夫人那儿去？

普拉东诺夫 快走，混蛋！不要打他，把金链子摘下来就行！走！站着干吗？跑！

[奥辛普跑下。

普拉东诺夫　（沉默之后）走……走还是不走？（叹气）走……去哼唱那支很长的但实际上很枯燥乏味的歌……我本来以为,我是身披坚实的铠甲的！而实际上呢？女人一句话,我就燃烧了起来……别人面对的是世界性的问题,而我面对的是女人！一生都是女人！恺撒大帝面对的是卢比孔河,我面对的是女人……空虚好女色的人！如果我随波逐流,不做反抗了,也就无所谓了,但我偏偏有所反抗呵！软弱,非常软弱！

沙萨　（在窗口）米沙,你在这里？

普拉东诺夫　在这里,我的可怜的宝贝！

沙萨　进屋来！

普拉东诺夫　不,沙萨！我想在露天躺一会。我头痛。睡吧,我的天使！

沙萨　晚安！（关窗）

普拉东诺夫　欺骗一个无限信任你的人是很痛苦的！我满身是汗,脸上红了……我去！（走）

[卡嘉和雅可夫迎着他走来。

十四

普拉东诺夫,卡嘉和雅可夫。

卡嘉　（向雅可夫）你在这等着……我马上回来……只是我要把书拿上……别走啊！（迎着普拉东诺夫走去）

普拉东诺夫　（见到卡嘉）是你？你要什么？

卡嘉　（吓了一跳）啊嘿……这是您？我正要找您。

普拉东诺夫　卡嘉，这是你？从夫人开始到女仆结束，都是夜间的鸟！你要什么！

卡嘉　（轻声）夫人派我给您送信。

普拉东诺夫　什么？

卡嘉　夫人派我给您送信！

普拉东诺夫　你撒什么谎？什么夫人？

卡嘉　（轻声）索菲娅·叶戈洛芙娜……

普拉东诺夫　什么？你发疯了？用凉水给自己冲一冲！从这儿滚开！

卡嘉　（递过信）信在这里！

普拉东诺夫　（夺过信）信……信……什么信？不能明天送来？（打开信封）我怎么读这封信？

卡嘉　夫人请您尽快读……

普拉东诺夫　（燃亮一根火柴）见鬼了！（读）"我走出第一步。来，我们一起来走。我复活了。来把我取走。你的我。"鬼知道……像份电报！"在第四根电线杆附近的亭子里等到四点钟。喝醉酒的丈夫跟小格拉戈列耶夫去打猎了。你的索。"岂有此理！（向卡嘉）你瞧什么？

卡嘉　我有眼睛我怎么不能瞧？

普拉东诺夫　把眼睛挖了！这是给我的信？

卡嘉　给您的……

普拉东诺夫　骗人！滚开！

卡嘉　是。

140

［卡嘉和雅可夫离去。

十五

普拉东诺夫独自一人。

普拉东诺夫　（沉默之后）这就是后果……闹到这个地步了！
伤害了一个女人，一个活生生的人，无缘无故……可恶的
舌头！事情到了这一步……现在该怎么办？你这个聪明
的头脑，想想招！现在痛骂自己，撕扯头发……（思索）离
开！马上离开，直到世界末日也不在这里露面！离开这里
远走高飞，严格控制自己！即使过苦日子，也要比陷在这
个是非之地好！（停顿）我走……但……索菲娅难道真的
爱我？是吗？（笑）为什么？在这个世界上什么都是迷混
不清！（停顿）奇怪……这个美丽的，大理石般的长一头秀
发的女人会爱我这个穷光蛋？难道她真爱？不可思议！
（点燃火柴，又读信）是的……爱我？索菲娅？（大笑）爱？
（抓住自己的胸膛）幸福！要知道这是幸福！这是新生活，
有新的面孔，新的道具！我去！到第四根电线杆旁边的亭
子里去！等我，我的索菲娅！你原来是我的，将来还是我
的！（走又停下）不能去！（返回）把家庭毁了？（叫喊）沙
萨，我进屋来！开门！（抓住自己的头）我不去，我不
去……我不去！（停顿）我去！（走）走吧，打碎吧，践踏
吧，亵渎吧……

　　　［与沃依尼采夫和小格拉戈列耶夫相遇。

141

十六

普拉东诺夫,沃依尼采夫和小格拉戈列耶夫。

沃依尼采夫和小格拉戈列耶夫肩背猎枪上。

沃依尼采夫 是他! 是他!(拥抱普拉东诺夫)哎? 咱们打猎去!

普拉东诺夫 不……别忙!

沃依尼采夫 朋友,你急着去哪?(笑)醉了,我醉了! 我平生第一次醉了! 我的上帝,我多么幸福! 我的朋友!(拥抱普拉东诺夫)咱们走? 她让我……她命令我给她打点野味……

小格拉戈列耶夫 咱们快走! 快天亮了……

沃依尼采夫 你知道我们想做什么? 这个想法难道不英明? 我们想演哈姆雷特! 真的! 我们搞这样的戏,谁也想不到,鬼也受不了!(大笑)你面色这么苍白……你也喝了?

普拉东诺夫 就算……醉了。

沃依尼采夫 别忙……我的想法! 明天就开始画布景! 我演哈姆雷特,索菲娅演奥菲里娅,你演克劳狄斯,特里列茨基演霍拉旭……我多么幸福! 我满意了! 莎士比亚,索菲娅,你和妈妈! 此外什么也不需要了! 当然,还有格林卡。其他就没有了! 我的哈姆雷特……你的行为可以使贞节蒙污,是美德得到了伪善的名称!(笑)在哪方面不像哈姆雷特?

普拉东诺夫 (挣扎出来,跑)下流坯!(跑下)

142

沃依尼采夫　学鸟叫！醉了！傲慢！（笑）我们的朋友怎么样？

小格拉戈列耶夫　酒精烧的……咱们走！

沃依尼采夫　咱们走……你也能成为我的朋友的，如果不走……奥菲利娅！噢，村中女神，在你的神圣的祈祷中记住我的罪过吧！①

〔两人走下。

〔听得到火车的声音。

十七

奥辛普，然后是沙萨。

奥辛普　（拿着金链子跑上）他在哪？（环顾）他在哪？他走了？他不在了？（吹口哨）米哈依尔·瓦西里耶维奇！啊呜！（停顿）没有人？（跑到窗前，敲窗）米哈依尔·瓦西里耶维奇！米哈依尔·瓦西里耶维奇！（打碎一块玻璃）

沙萨　（在窗口）谁在这里？

奥辛普　叫一下米哈依尔·瓦西里耶维奇！快点！

沙萨　发生什么事了？他不在房间！

奥辛普　（叫喊）不在？那么，他到将军夫人那里去了！将军夫人到过这里，叫他来着！全完了，阿历克山德拉·伊凡诺芙娜！他到将军夫人那里去了，这个该死的！

沙萨　你在说谎！

---

① 这是《哈姆雷特》第三幕第四场里的一句台词。

奥辛普 上帝惩罚我好了,上将军夫人那里去了! 我全听到了,全看到了! 他们在这里拥抱接吻来着……

沙萨 你在说谎!

奥辛普 如果我说谎,让我的父母进不了天堂! 到将军夫人那里去了! 从妻子身边走开了! 阿历克山德拉·伊凡诺芙娜,去追! 不,不……全完了! 您现在是个不幸的人!(从肩上取下猎枪)她最后一次命令我,我也最后一次执行!(往天空打枪)让她去迎接他!(把枪扔在地上)阿历克山德拉·伊凡诺芙娜,我要杀了他!(跳过土埝坐在树桩上)阿历克山德拉·伊凡诺芙娜,别担心……别担心……我杀了他,您不要怀疑……

〔见到火光。

沙萨 (穿着睡衣出来,头发蓬乱)他走了……骗了我……(大哭)我完了……上帝,杀了我吧,在这之后……

〔口哨声。

沙萨 我趴到火车下……我不想活了……(躺在铁轨上)骗了我……圣母,杀了我吧!(停顿)上帝,请原谅……(叫喊)柯里亚!(跪起来)儿子! 救救我吧! 救救我吧! 看,火车来了! ……救救我吧!

〔奥辛普跃向沙萨。

沙萨 (倒在轨道上)啊嘿……

奥辛普 (抱起她走向学校)我杀了他……别担心!

〔火车通过。

——幕落

第 三 幕

　　学校的一个房间。左右两边都有门，一个摆有器皿的柜子，一个五斗柜，一架老式钢琴，几把椅子，一个漆布沙发，一把吉他，等等，杂乱无章。

—

　　索菲娅·叶戈洛芙娜和普拉东诺夫。

　　普拉东诺夫睡在沙发上，在窗子旁，面孔被一顶草帽遮住。

索菲娅　（叫醒普拉东诺夫）普拉东诺夫！米哈依尔，瓦西里耶维奇！（推他）醒醒！米沙！（把盖在他脸上的帽子取走）能把这样的脏帽子放在脸上吗？唷，这个人怎么不讲卫生！领扣掉了，敞着胸膛睡觉，没有洗脸，穿着脏的衬衣……米沙！对你讲话呢！起来！

普拉东诺夫　啊！

索菲娅　醒醒！

普拉东诺夫　睡一会……好……

索菲娅 别磨蹭了,快起来!

普拉东诺夫 这是谁?(坐起)这是索菲娅?

索菲娅 (把表放到他面前)你看看!

普拉东诺夫 好的……(躺下)

索菲娅 普拉东诺夫!

普拉东诺夫 呐,你要干什么?(坐起)呐?

索菲娅 您看看表!

普拉东诺夫 这是怎么回事?索菲娅,你又出怪招了!

索菲娅 是的,我又出怪招了。米哈依尔·瓦西里耶维奇!请看看表!现在几点了?

普拉东诺夫 七点半钟。

索菲娅 七点半……你忘了我们怎么约定的?

普拉东诺夫 什么约定?索菲娅,你说明白点!我今天既不想开玩笑也不想猜无聊的哑谜!

索菲娅 什么约定?你忘了?你怎么啦?你的眼睛红了,你疲惫不堪,你是病了?(停顿)我们的约定:今天六点钟我们两人到木房……忘了?六点钟已经过了……

普拉东诺夫 还有呢?

索菲娅 (坐在旁边)你不害臊?你为什么不来?你作过承诺的……

普拉东诺夫 如果我没有睡着,我会履行诺言的……你也看到了我在睡觉吧?你在纠缠什么?

索菲娅 (摇头)你真不地道!你恶狠狠地看我干吗?你至少对我不地道……你想想……你哪怕有一两次准时来和我幽会的?你有多少次自食其言!

146

普拉东诺夫　听到这个很高兴！

索菲娅　普拉东诺夫,这不聪明,也不体面！你为什么不能像以前我们在一起的时候那样的高尚、聪明和单纯？为什么要有这些下流的做派,它们与那个拯救过我的精神生活的人是不相配的。你在我跟前表现得不成体统……没有温柔的眼神,没有甜蜜的话语,没有一句爱情的表白！到你这儿来,你身上散发着酒气,穿着不像样子,不梳头,言语粗鲁……

普拉东诺夫　(跳起来,在舞台上走动)你又来了！

索菲娅　你醉了？

普拉东诺夫　这关你什么事？

索菲娅　真不错！(哭)

普拉东诺夫　女人！！

索菲娅　别跟我谈女人！你一天要谈一千次女人！烦透了！(站起)你要怎么对付我？你要把我害死？我被你折腾成病人了！因为你的德性,我整天整夜地胸痛！你难道没有发现？你不想知道这个？你憎恨我！如果你爱我,你就不会这样对待我的！我不是普普通通的姑娘,不是没有教养的女人！我不允许有谁……(坐下)看在上帝分上！(哭)

普拉东诺夫　够了！

索菲娅　你为什么要害死我？那晚幽会之后才过了三个星期,我就瘦得像根细劈柴了！你答应给我的幸福在哪里？你的这些出格的行为会有什么结果？你好好想想,你这个聪明正派的人！想想！普拉东诺夫,现在还不晚！现在就想……就坐在这个椅子上,把什么都抛到脑后,就想一个问题：你怎么对待我？

普拉东诺夫　我不会想。（停顿）你倒可以想想！（走近她）你想想！我让你失去了家庭，失去了安宁，失去了前途……为什么？我就像一个你的最凶恶的敌人抢劫了你！我能给你什么？我用什么来补偿你作出的牺牲？这个不合法的纽带是你的不幸，你的毁灭！（坐下）

索菲娅　我和你好了，而你把这个关系称为不合法的纽带！

普拉东诺夫　哎……现在不是挑剔用词的时候！你对这种关系有自己的看法，我对这种关系也有自己的看法……我把你害了，这就是全部问题！而且不仅害了你一个……你等着，当你丈夫知道之后，还不知道他会搞出点什么名堂！

索菲娅　你怕他给你闹些什么不愉快？

普拉东诺夫　这我不怕……我是怕我们把他杀了……

索菲娅　如果你知道我们会置他于死地，你这个胆小鬼当初为什么来找我？

普拉东诺夫　请你别这么……激动！你这个调调打动不了我……而你为什么……（挥一挥手）和你说话就是让你流泪……

索菲娅　是的，是的……与你交往之前，我从来不哭！你害怕吧，发抖吧！他已经知道了！

普拉东诺夫　什么？

索菲娅　他已经知道了。

普拉东诺夫　（站起）他？！

索菲娅　他……我今天早上和他说明白了……

普拉东诺夫　开玩笑……

索菲娅 脸白了?! 得恨你,而不是爱你! 我发疯了……我不知道,我为什么……为什么要爱你? 他已经知道了! (抖动他的衣袖)你发抖吧! 他全都知道了! 我向你发誓,他全都知道了! 发抖吧!

普拉东诺夫 不可能! 这不可能! (停顿)

索菲娅 他全都知道……需要做这个吗?

普拉东诺夫 你为什么发抖? 你是怎么跟他说的? 你对他说了什么?

索菲娅 我对他说,我已经……我不能……

普拉东诺夫 他呢?

索菲娅 他像你一样……害怕了! 而你现在的面孔多难看!

普拉东诺夫 他说了什么?

索菲娅 一开始他以为我在开玩笑,但当他知道这是真的之后,他脸色惨白,走路摇摆,痛哭流涕,开始跪在地上爬……他的面孔像你现在的面孔一样的难看!

普拉东诺夫 小妖精,你干什么?! (抓住自己的脑袋)你要害死他! 而你竟然能这样冷静地谈论这一切? 你害死了他! 你……提到了我吗?

索菲娅 提到了……能不提吗?

普拉东诺夫 他什么反应?

索菲娅 普拉东诺夫,你害羞吧! 你不知道你在说什么! 依你的想法,不必说?

普拉东诺夫 不必! (头朝下躺在沙发上)

索菲娅 正派人,你在说什么?

普拉东诺夫 不会比杀人更正派! 我们要了他的命,他哭了,跪在地上爬了……啊嘿!(跳起)不幸的人!如果不是你,他到死也不知道我们的关系!

索菲娅 我一定要对他说!我是个诚实的女人!

普拉东诺夫 你知道你这一说带来了什么后果吗?你永远和你丈夫分开了!

索菲娅 是的,永远分了……还能有另外的结果吗?普拉东诺夫,你开始说话不要脸了!

普拉东诺夫 永远分开……如果我们分了手你该怎么办?而我们很快会分手的!你首先会清醒起来!你首先会睁开眼睛,把我甩了!(挥手)索菲娅,你想怎么做就怎么做吧!你比我诚实比我聪明,你把这些麻烦都揽到自己身上吧!你行动吧,你说吧!如果可以,你就让我站起来,让我复活!但是要快点,看在上帝的分上,否则我会发疯的!

索菲娅 我们明天就离开这里。

普拉东诺夫 是的,是的,我们走……只是要快一点!

索菲娅 得把你从这里带走……我给母亲写信说到了你,我们去投奔母亲……

普拉东诺夫 投奔谁都行!按你的想法做!

索菲娅 米沙!要知道,这是新生活……你要明白这个!……米沙,你听我的!一切都按我的意思办!我的头脑比你清楚!我亲爱的,请拥抱我!我让你站起来!我把你领到一个地方去,那里有更多的阳光,那里没有这种污秽,这种灰尘,这种懒惰,这种肮脏的衬衫……我要把你变成一个人……我给你幸福!你要明白……我要把你变成一个会劳作的人!米沙,我们将做一个人!我们将吃我们自己的

150

面包,我们将流汗,我们手上会起老茧……(把头偎在他胸前)我要工作……

普拉东诺夫　你在哪里工作？就是有些比你还要强的女人,现在也只能像倒伏下来的麦捆,无所作为！你不会工作,再者你能做什么？索菲娅,我们现在的情况是,现实地考虑问题较有益,而不要用幻想来安慰自己……当然也说不定。

索菲娅　你瞧好吧！有的女人跟我不一样,但我比她们强……米沙,相信我！我给你照亮道路！你把我复活了,我的整个生命都将是对你的报答……明天我们走吗？走？我去收拾收拾……你也收拾收拾……十点钟到那间房子,把自己的东西带上……来吗？

普拉东诺夫　我来。

索菲娅　向我保证,你一定会来！

普拉东诺夫　啊……我已经说了！

索菲娅　向我保证！

普拉东诺夫　保证……我向上帝发誓……我们一起离开这里！

索菲娅　(笑)我相信,我相信！最好早点到……我十点钟以前肯定到……晚上就开路！米沙,让我们重新开始生活！傻子,你不知道自己的幸福！要知道这是我们的幸福,我们的生活！……明天你就成为另一个人,崭新的新人！我们会呼吸新的空气,新的血液会在我们的血管里流动……(大笑)旧的人,让开路吧！给你手！你捏住它！(给手)

　　〔普拉东诺夫吻她的手。

索菲娅　来啊,我的笨手笨脚的人！我会等你的……别忧

151

伤……暂时再会！我会收拾得很快的！……（吻他）

普拉东诺夫　再见……是十一点还是十点？

索菲娅　十点……最好再早一点！再见！上路衣服穿得体面一些……（笑）钱我有……路费和饭费……再见！我去收拾……高兴一点！十点钟等你！（跑下）

二

普拉东诺夫一人。

普拉东诺夫　（沉默之后）不是幻想……听过一百遍了……（停顿）给他和沙萨写封信……让他们哭，让他们原谅和忘记！……沃依尼采夫卡花园，再会了！一切都再会了！还有沙萨和将军夫人……（打开柜子）明天我就是个新人了……什么样的新人！把衬衣装在哪里？我没有手提箱……（倒酒）学校，再见了！（喝）再见了我的孩子们！你们的不好的但善良的米哈依尔·瓦西里耶维奇要消失了！我现在喝酒？为什么？以后不再喝酒了……这是最后一次……坐下来给沙萨写信……（躺在沙发上）索菲娅真诚地相信……傻乎乎的信徒……将军夫人，你笑吧！要知道，将军夫人会笑的呵！会大笑的！……是的！好像她来了封信……在哪？（从窗台上拿到信）那个野蛮的夜晚之后的第一百封信，如果不是第二百封信的话……（读）"普拉东诺夫，你不回答我的信，你这个不礼貌的、残酷的笨蛋！如果这封信也石沉大海，您也不露面，那我就到您

152

那边去,见你的鬼! 等了您整整一天。愚蠢,普拉东诺夫!可以设想,您为那个夜晚感到羞耻。如果这样,就把它忘了! 谢尔盖和索菲娅表现得非常不好——蜜月已经完结了。这都是因为他们身边没有一个能夸夸其谈的人。而您是个夸夸其谈的人,再见!"(停顿)而这个字写得不错!很认真,很大胆……逗号,句号,标点符号都对……能正确地书写的女人是个少有的现象……

　　[马尔科上。

普拉东诺夫　得给她写封信,否则她就来了……(见到马尔科)显灵了……

三

　　普拉东诺夫和马尔科。

普拉东诺夫　欢迎光临! 找谁? (坐起)

马尔科　大人……(从包里取出传票)给大人送传票……

普拉东诺夫　啊……很高兴。什么传票? 谁派你来的?

马尔科　伊凡·安德烈伊奇,调解法官派我来的。

普拉东诺夫　嗯……调解法官派来的? 他要我干什么? 拿过来! (接过传票)我不明白……是请我赴洗礼宴吗? 老的罪人像蝗虫一样贪吃! (读)"作为污辱五等文官之女玛丽雅·叶菲莫芙娜·格列科娃的被告"(笑)啊嘿,活见鬼!真棒! 见鬼! 什么时候审理这个案子? 后天? 我到庭……跟老头说一声,我到庭……真的,真聪明! 这姑娘

153

真行！早该这么办了！

马尔科 请签字！

普拉东诺夫 签字？可以……兄弟，你真可怕，像只遭了枪击的野鸭！

马尔科 完全不像……

普拉东诺夫 （坐在椅子上）那像谁？

马尔科 像圣像……

普拉东诺夫 尼古拉一世时代的？

马尔科 是的……塞瓦斯托波尔战役之后我退役了……除了服役之外我还在战地医院躺了四年……是上士……我是炮兵……

普拉东诺夫 是这样……炮好吗？

马尔科 口径很大……

普拉东诺夫 可以用铅笔签名吗？

马尔科 可以……收到此传票。名字、父名和姓。

普拉东诺夫 （站起）拿好，签了五次了。你的调解法官怎么样？还在玩牌？

马尔科 是的。

普拉东诺夫 从早上五点玩到晚上五点？

马尔科 是的。

普拉东诺夫 他的金链子还没有输掉？

马尔科 还没有。

普拉东诺夫 你跟他说……算了，什么也别对他说……赌债一般是不还的……这个傻瓜，玩牌欠债，而自己还有一大群孩子……这个姑娘可真有两下子！我没有想到，完全没有想到！谁是证人？还给谁发了传票？

马尔科 （翻拾传票，读）"医生，尼古拉·伊凡诺维奇·特里列茨基先生……"

普拉东诺夫 特里列茨基？（笑）要玩把戏了！还有谁？

马尔科 （读）"基里尔·波尔菲里耶维奇·格拉戈列耶夫先生，阿尔封斯·伊凡诺维奇·什利弗捷尔先生，退休骑兵少尉马克辛姆·叶戈雷奇·阿利乌托夫先生，五等文官之子中学生伊凡·塔里耶先生，圣彼得堡太学学士先生……"

普拉东诺夫 上面写的是"太学"？

马尔科 不是……

普拉东诺夫 那你干吗这么读？

马尔科 缺文化……（念）"大学学士谢尔盖·帕甫洛维奇……帕甫洛维奇·沃依尼采夫，圣彼得堡大……太学学士之妻索菲娅·叶戈洛芙娜·沃伊尼采娃女士，哈尔科夫太学学生伊萨克·阿勃拉莫维奇·维格罗维奇先生。"完了！

普拉东诺夫 嗯……这是后天，而明天就得走……可惜。我能想象那天开庭的情景……嗯……真糟糕！给她点满足呢……（在舞台上来回走）真糟糕……

马尔科 您赏点茶钱吧……

普拉东诺夫 什么？

马尔科 赏点茶钱……我走了六里地呢……

普拉东诺夫 茶钱？没有必要……我说什么了？好的，我亲爱的！我不给你茶钱，但我可以给你点茶……这对我更方便，对你更清醒……（从柜子里取出一个茶叶筒）你过来看

155

看……是好茶,浓茶……尽管不是四十度的,但是浓的……给你装在哪?

马尔科 (撑开口袋)放吧……

普拉东诺夫 直接放在口袋里?不会变臭了?

马尔科 放吧,放吧……不必怀疑……

普拉东诺夫 (放茶叶)够了?

马尔科 非常感谢……

普拉东诺夫 你这个老头……我喜欢你们这些老兵!……你们是人民的灵魂!……但在你们中间有时也能碰到很可怕的人……

马尔科 什么样的人都有……只有上帝没有过失……再会!

普拉东诺夫 等一等……马上……(坐下来在传票上写)那时我吻你是因为……因为很烦躁,也不知道我想要什么,现在我可以像吻一个神圣的东西那样来吻你了。我承认,我对你不真诚。我对所有的人都不真诚。很遗憾,我们不能在法庭上见面。明天我要永远离开这儿。祝您幸福,愿您能公正地对待我!不要原谅我!(向马尔科)你知道格列科娃住哪?

马尔科 知道,如果蹚了河过去,离这儿十二里地。

普拉东诺夫 是的……在日尔科沃村……把这封信交给她,你就能得到二个卢布。直接交给她……不要回信……她给你信你不要拿……你今天就送去……现在……先送信去,然后再分发传票。(在舞台上踱步)

马尔科 明白。

普拉东诺夫 还有什么?有了!你跟所有的人说,我向格列科

156

娃请求原谅了,但她不原谅我。

马尔科　明白,再见!

普拉东诺夫　再见,朋友! 祝你健康!

　　［马尔科离去。

四

　　普拉东诺夫一人。

普拉东诺夫　和格列科娃算是恩断义绝了……她会把我在全省之内搞臭的……该是这样……生平第一次被女人惩罚……(躺在沙发上)你祸害她们,而她们还扑向你的怀里……比如,索菲娅……(用手遮住脸)原先很自由,像风一样,而现在躺在这里,幻想……爱情……我爱,你爱,他爱……搞上了……把她毁了,满足了自己……(叹气)可怜的沃依尼采夫夫妇! 而沙萨呢? 可怜的姑娘! 她没有我怎么生活? 她会枯萎,会死掉……她感觉到了事实的真相,就走了,带着孩子,走了,连一句话都没留下……是那个可怕的夜晚之后走的……和她告别一下就好了……

安娜　(在窗口)可以进来吗? 哎! 房里有什么人吗?

普拉东诺夫　安娜,彼得洛芙娜! (跳起)将军夫人! 对她说什么! 她为什么要到这里来? (整整仪容)

安娜　(在窗口)可以进来吗? 我要进来! 听到了吗?

普拉东诺夫　她来了! 怎么能不让她进来? (梳头)怎么把她打发走? 趁她没有进来先喝点酒……(很快打开柜子)见

157

鬼……我不明白！（快速喝酒）如果她还什么都不知道，那就好，要是她知道了呢？我脸红了……

五

普拉东诺夫和安娜·彼得洛芙娜。

安娜·彼得洛芙娜进门。普拉东诺夫慢慢地关上柜门。

安娜 您好！您好！

普拉东诺夫 关不上……（停顿）

安娜 您！您好！

普拉东诺夫 哎嘿……这是您，安娜·彼得洛芙娜？对不起，我没有看到……关不上……真奇怪……（掉下钥匙又捡起来）

安娜 您请到我这边来！别去折腾柜子了！别管它了！

普拉东诺夫 （走近她）您好……

安娜 您为什么不看着我？

普拉东诺夫 不好意思。（吻她的手）

安娜 什么不好意思？

普拉东诺夫 一切……

安娜 嗯……又勾引什么人了？

普拉东诺夫 差不多……

安娜 你这个普拉东诺夫！勾引了谁呢？

普拉东诺夫 我不说……

安娜 让我们坐下……

　　　〔两人坐在沙发上。

安娜 我们能打听到的,年轻人,我们能打听到的……为什么对我不好意思? 要知道我早就知道了您的罪恶的灵魂……

普拉东诺夫 您别问,安娜·彼得洛芙娜! 我今天的情绪不适合回答对自己的探问。如果您愿意,您就说,但不要问!

安娜 好吧! 信收到了吗?

普拉东诺夫 收到了。

安娜 为什么不来?

普拉东诺夫 我不行。

安娜 为什么不行?

普拉东诺夫 就是不行。

安娜 骄傲了?

普拉东诺夫 不是。我有什么好骄傲的? 看在上帝分上,别问了!

安娜 让我来回答,米哈依尔·瓦西里耶维奇! 您坐好! 您为什么最近三个星期不到我们那儿去?

普拉东诺夫 我病了。

安娜 撒谎!

普拉东诺夫 我撒谎。安娜·彼得洛芙娜,您别问!

安娜 您身上怎么有酒味! 这是怎么回事,普拉东诺夫? 您是怎么啦? 您像什么了? 眼睛是红的,脸色那么难看……您那么脏,房间里那么脏……看看您的周围,多不像话! 您怎么啦? 您喝酒了?

普拉东诺夫 喝得很多!

安娜 嗯……去年的故事重演……去勾引了个女人,直到秋天

159

还像个可怜虫样的,现在是这样……唐璜和可怜的胆小鬼共存于一身,别喝酒了!

普拉东诺夫 不了……

安娜 是真话?再说,为什么要拿真话来让您受累?(站起)您的酒呢?(普拉东诺夫指指柜子)米沙,您要为自己的胆小感到害臊!您的性格在哪里?(打开柜子)而柜子是乱成一团糟!阿历克山德拉·伊凡诺芙娜要回来,非得收拾您不可!您希望老婆回来吗?

普拉东诺夫 我只希望一点:别问我问题,眼睛也别这么盯着我的脸。

安娜 哪个瓶里有酒?

普拉东诺夫 所有的瓶里都有酒。

安娜 在所有这五个瓶子里?啊!你真是个酒鬼!您的柜子里全是酒!应该让阿历克山德拉·伊凡诺芙娜回来看看……您向她解释……我不是个可怕的竞争者……我不想让你们离婚……(打开酒瓶)酒倒是挺香的……让我们喝一杯!愿意吗?现在我们喝点酒,以后就不喝了!

〔普拉东诺夫走向柜子,拿好酒杯!

普拉东诺夫 (倒酒)喝!我不再倒了。(喝酒)

安娜 而现在我来喝……(倒酒)为坏人的健康!(喝酒)您是个坏人!好酒!您有好口味……(给他酒瓶)拿好!拿过来!(两人走到窗台)您与您的好酒告别!(瞧着窗外)倒酒……咱们再喝一次,好吗?咱们喝?

普拉东诺夫 随您便……

安娜 (倒酒)喝吧……

普拉东诺夫　（喝）为您的健康！愿上帝给您幸福！

安娜　（倒酒并喝酒）寂寞了吧？我们坐下……把酒瓶暂时放下……

　　　　〔两人坐下。

安娜　寂寞了？

普拉东诺夫　每时每刻。

安娜　那为什么不到我那里去？

普拉东诺夫　您别问了！我什么也不对您说，并不是因为我不愿意和你开诚布公，而是因为，我可怜您的耳朵！我要完蛋，彻底完蛋，我亲爱的！良心的折磨，郁闷，忧郁，痛苦，一句话！您来了，我还轻松一些。

安娜　您瘦了，难看了……我不能忍受这些浪漫主义的人物！您要把自己变成一个什么人，普拉东诺夫？您要扮演什么小说的人物？忧郁，苦闷，激情的冲突，吞吞吐吐的爱情……唉！您应该像个人样！要像个人那样地活着，蠢人！您为什么要像个天之骄子似的，不能像普通人那样地呼吸，那样地生活？

普拉东诺夫　这说起来轻松……做什么呢？

安娜　一个男人活着而不知道他该做什么！奇怪得很！他该做什么？！让我来给您回答您的问题，尽管这是个不值得回答的世俗问题！

普拉东诺夫　您什么也回答不了……

安娜　首先，像人那样地生活，也就是要别喝酒，常洗脸，常找我；第二，对您所拥有的感到心满意足……先生，您在犯傻！您的教师的职业还不能让您满足？（站起）现在就到我那里去!

普拉东诺夫 怎么的?（站起）到您那里去? 不,不……

安娜 咱们走! 您去见见人,谈谈话,骂骂人……

普拉东诺夫 不,不……不要命令我!

安娜 为什么?

普拉东诺夫 我做不到,就是这样!

安娜 您做得到! 戴上你的帽子,咱们走!

普拉东诺夫 我做不到,安娜·彼得洛芙娜! 说什么也不行! 我不会离开一步!

安娜 您做得到!（给他戴帽子）你在犯傻,普拉东诺夫兄弟,你在开玩笑!（拉他的手）呶? 一、二! ……普拉东诺夫,开步向前走!（停顿）别这样,米沙! 走吧!

普拉东诺夫 不行!

安娜 这么固执。像头壮牛! 开始迈步,呶! 一、二……米沙,亲爱的,可爱的……

普拉东诺夫 （挣脱出来）我不走,安娜·彼得洛芙娜!

安娜 那我们围绕着学校走走!

普拉东诺夫 为什么纠缠我? 我已经说了我不走! 我想留在家里,请您让我做我愿意做的事!（停顿）我不走!

安娜 好……普拉东诺夫,这样好了……我借点钱给您,您离开这儿随便到哪里去耽上一月,两月……

普拉东诺夫 到哪去?

安娜 到莫斯科,到圣彼得堡……去吗? 米沙,你去吧! 您现在最需要出去散散心! 兜兜风,见见世面,看看戏,换换新鲜空气,散散心……我给您钱,还有信……你愿意的话,我

162

和你一块去？愿意吗？去旅行旅行,玩耍玩耍……再回到这里我们就焕然一新了……

普拉东诺夫 这个想法很美妙,不幸的是,它无法实现……安娜·彼得洛芙娜,我明天就离开这里,但不是和您一块离开!

安娜 随您便……去哪?

普拉东诺夫 我去……(停顿)我走了,再不回这里来……

安娜 无所谓……(喝瓶里的酒)

普拉东诺夫 不是无所谓,我亲爱的! 我要走了,永远离开这里!!

安娜 为什么,怪人?

普拉东诺夫 别问! 真的,永远离开! 我要离开这里……请原谅! 别问! 您什么也不会从我这里知道……

安娜 胡说!

普拉东诺夫 今天我们见面了……我将永远隐匿……(抓住她的手,然后抓住她的肩)请您忘了傻瓜、蠢驴、坏蛋普拉东诺夫! 他要钻入地下,消失掉……可能,再过几十年我们又能重逢,那时我们会像老年人那样为这些青春岁月欢笑或哭泣,而现在……见鬼去吧! (吻她的手)

安娜 喝吧! (给他倒酒)醉鬼可以胡说八道……

普拉东诺夫 (喝酒)我不会醉的……我会记住的,我的好仙女! ……永远不会忘记! 笑吧,开放的、头脑清醒的女人! 明天我要从这里走开,跑着离开,连自己也不知道走向何方,走向新生活! 我知道这新生活意味着什么!

安娜 这一切都很好! 但您身上究竟发生了什么?

普拉东诺夫 什么！我……您以后会知道的！我的朋友,当您为我的行为感到可怕的时候,请别痛骂我！您要记住,我几乎已经受到了惩罚……与您永远的分别甚于惩罚……您笑什么？相信我！我说的是真话,请您相信！心里这么痛苦,这么可耻,我等于把自己扼杀！

安娜 (含着眼泪)我还以为您能干出什么可怕的事来……您至少会给我写信吧？

普拉东诺夫 我不敢给您写信,您自己也不想读到我的信！毫无疑问是永别了……请您原谅！

安娜 嗯……普拉东诺夫,您没有我会完蛋的！(揉额头)我稍稍有点醉了……咱们一起走吧！

普拉东诺夫 不,明天您就全知道了……(把脸朝向窗外)

安娜 您需要钱吗？

普拉东诺夫 不……

安娜 我不能帮助您吗？

普拉东诺夫 我不知道,今天给我送张您的照片来……(转过身去)您走吧,安娜·彼得洛芙娜,要不我不知道会干出什么事来！我要大哭,我要自残……您走吧！我不能留在这里！我是用俄语跟您说话！您还等什么？我应该走,您应该理解这一点！您为什么这样瞧我！您为什么摆出这副面孔？

安娜 再会吧……(递过手去)我们还会见面的……

普拉东诺夫 不……(吻手)没有必要……您走吧,我亲爱的……(吻手)再会了……让我留下……(用她的手遮住自己的脸)

安娜 亲爱的,您萎靡不振了……呶?放开我的手……再见了!让我们在分别的时候再喝一杯?(倒酒)……一路顺风,然后是一路幸福!

　　　〔普拉东诺夫喝酒。

安娜 留下来多好,普拉东诺夫!啊!(倒酒,喝酒)好好地活着好了……会有什么犯罪行为?在沃依尼采夫卡庄园能容忍这种行为吗?(停顿)再倒一杯苦酒?

普拉东诺夫 倒吧。

安娜 (倒酒)喝吧,我亲爱的……哎嘿,见了鬼!

普拉东诺夫 (喝酒)祝您幸福!自己好好活着……没有我也行……

安娜 喝吧……(倒酒)喝也死,不喝也死,那还是喝了死……(喝酒)我是酒鬼,普拉东诺夫……啊?再倒点?不要了……舌头都不能动了,到那时用什么说话?(坐下)做个有修养的女人是最糟糕的了……有修养的女人但无所事事……我算是什么人,我为什么活着?(停顿)不由自主地成了没有道德的女人……我是个没有道德的女人,普拉东诺夫……(笑)是吗?明明我爱你,可能因为我是个没有道德的人……(撞额头)我会完蛋的……这样的人总是要完蛋的……我是能到什么地方去当教授和校长的……我要是当个外交官,我会把整个政界闹个底朝天……有修养的女人,但又无所事事。说明,不需要这样的人……牛,马,狗都是需要的,但像我这样的人不需要,多余的人……是吗?您为什么不说话?

普拉东诺夫 我们两人都生活得不好……

165

安娜　要是有孩子也好……你喜欢孩子吗？（站起）留下吧，亲爱的！留下吗？可以好好地生活！……快乐，友好……你要走，我怎么办？我要休息……米沙！我需要休息！我想做个……妻子……母亲……（停顿）别不说话！说呀！留下来？要知道……你爱我的，怪人？你爱吗？

普拉东诺夫　（瞧着窗子）如果我留下不走，我就把自己打死。

安娜　普拉东诺夫，你爱我的呀？

普拉东诺夫　谁不会爱您？

安娜　你爱我，我爱你，你还需要什么？也许你发疯了……你还需要什么？为什么晚上不来？（停顿）你留下吗？

普拉东诺夫　求求您走吧！您在折磨我！

安娜　（给他手）那……既然这样……就祝你一切都好……

普拉东诺夫　您走吧，要不我把什么都说了，而如果我把什么都说了，我就会打死我自己。

安娜　我把手递给您了……您没有看到？我晚上再来看你一下……

普拉东诺夫　不必！我自己去和您告别！我自己到您那里去……不，我不会再到你那里去！你再也见不到我了，我也再见不到你了！你自己也不想再见到我！永远绝交！新的生活……（拥抱她和吻她）最后一次……（把她推到门口）别了！走吧，祝你幸福！（用门闩把门关上）

安娜　（在门外）我向上帝发誓，我们还会见面的！

普拉东诺夫　不！别了！（把手指捂住耳朵）我什么也听不见！别说了，你走吧！我已经把耳朵堵上了！

安娜　我走！我派谢尔盖来看你，我敢说，你不会走的，如果要

走,那也是跟我一起走！再见了！（停顿）

六

普拉东诺夫一人。

普拉东诺夫　她走了？（走到门前,倾听）她走了……或许她还
没有走？（打开房间）她可是个女妖……（看门外）她走
了……（躺到沙发上）再见了,可爱的女人！……（叹息）
我以后再也见不到她了……她走了……她其实还可以再
待五分钟的……（停顿）这倒不坏！我去请求索菲娅把行
期后延两星期,而自己先跟将军夫人走！好……两个星
期……就两个星期！索菲娅会答应的……可以先到母亲
那儿住下……去求求她……啊？……现在我将先和将军
夫人出走,让索菲娅去休息一下……积聚一点精力……我
也总不会永远出走！

〔敲门声。

普拉东诺夫　我走！决定了！很好……

〔敲门声。

普拉东诺夫　谁在敲门？将军夫人？谁在那里？

〔敲门声。

普拉东诺夫　这是您？（站起）我不放您进来！（走向房门）这
是她吗？

〔敲门声。

普拉东诺夫　在笑呢,好像……（笑）是她……应该放她进

167

来……（开门）啊嘿！

〔奥辛普上。

七

普拉东诺夫和奥辛普。

普拉东诺夫　怎么回事？你，见鬼！来干什么？

奥辛普　您好，米哈依尔·瓦西里耶维奇！

普拉东诺夫　你说什么？你这么一位重要人物的来访是因为什么，因为谁？快说！然后见鬼去！

奥辛普　我坐下……（坐下）

普拉东诺夫　可以！（停顿）是你吗，奥辛普？你怎么啦？你一脸的杀气和灾难！你怎么搞的？你脸色苍白，骨瘦如柴……你生病了？

奥辛普　你脸上也有杀气和灾难……您怎么搞的？我是见鬼了，您呢？

普拉东诺夫　我不认得鬼……我自己对付自己……（碰他肩）全是骨头。

奥辛普　您的脂肪在哪？米哈依尔·瓦西里耶维奇，您病了？因为行为端正？

普拉东诺夫　（坐在他旁边）干吗来？

奥辛普　来告别……

普拉东诺夫　难道你要离开这里？

奥辛普　我不离开这里，而是您要离开这里。

168

普拉东诺夫　原来这样！你是怎么知道的？

奥辛普　怎么会不知道！

普拉东诺夫　我不离开这里，你白来了。

奥辛普　您要走的……

普拉东诺夫　你什么都知道，什么都与你有关系……你啊，奥辛普，是妖怪。亲爱的，我是要走。你说对了。

奥辛普　您瞧，我是知道，我甚至知道您要往哪儿去！

普拉东诺夫　是吗？你真是个人物……而我自己也不知道。你是神仙，完全是神仙！那好，你说我要去哪？

奥辛普　您想知道吗？

普拉东诺夫　得了吧！真有意思！到哪儿去呢？

奥辛普　到阴间去。

普拉东诺夫　好远！(停顿)莫非你是送我去阴间的人？

奥辛普　正是。通行证我给您带来了。

普拉东诺夫　很好！……嗯……这么说，你是来杀死我的？

奥辛普　正是……

普拉东诺夫　(冒火)正是……多么无耻，见鬼！他来要送我到阴间去……嗯……你是自己想来杀死我还是受了什么人的指使？

奥辛普　(拿出一些票子)瞧……这是维格罗维奇给的，他让我把您废了！(撕掉钞票)

普拉东诺夫　嗯……是老维格罗维奇？

奥辛普　就是他……

普拉东诺夫　你干吗把钞票撕了？想表现一下自己的大度，是吗？

169

奥辛普 我不会表现大度,我撕掉钞票,是为了不让您误以为我杀您是为了钱。

〔普拉东诺夫站起,在舞台上踱步。

奥辛普 您害怕了,米哈依尔·瓦西里耶维奇?可怕?(笑)您跑吧,叫喊吧! 我不站在门口,我不把住门,留着出口,您叫人来,说奥辛普来杀人了! 我来杀您……您不相信?(停顿)

普拉东诺夫 (走向奥辛普,瞧着他)奇怪!(停顿)你笑什么?蠢货!(打他的手)别笑! 跟你说话! 住嘴! 我把你吊起来! 我把你揍扁了,海盗!(迅速离开他)得了……你别让我生气……我不能生气……我很痛苦。

奥辛普 因为我是个坏人,您打我耳光好了!

普拉东诺夫 没有问题!(走近奥辛普,打他耳光)怎么? 身子摇晃了? 你等着,要是几百根棍子敲打你的空虚的脑袋,看你还摇晃不摇晃! 你想想,麻子费尔卡是怎么死的?

奥辛普 狗有狗的死法。

普拉东诺夫 你这个人多么可恶,畜生! 我要把你揍扁了,坏蛋! 你为什么要祸害人,卑鄙的灵魂,像病菌,像鬼火? 他能给你什么? 唔……坏蛋!!(打他耳光)卑鄙! 我要把你……我要把你……(迅速离开奥辛普)滚开!

奥辛普 用唾沫吐我的眼睛,因为我是个坏人!

普拉东诺夫 我舍不得自己的唾沫!

奥辛普 (站起)你敢这么说?

普拉东诺夫 滚开,否则我把你骂得狗血淋头!

奥辛普 你不敢! 您也不是个好人!

普拉东诺夫　你还这么跟我说话？（走近他）你是来杀死我的吧？你杀吧！我就在这里！你杀啊！

奥辛普　普拉东诺夫先生，我一直尊敬您，把您当成一个高尚的人！可现在……杀了您很可怜，但应该……您很坏。今天为什么有个年轻的夫人来找您？

普拉东诺夫　（抓住他的胸）你杀啊！你杀啊！

奥辛普　而后来将军夫人为什么又来了？这么说，您欺骗了将军夫人？而您的妻子在哪里？她们三个中哪一个是你真正爱的？啊？做了这种事情之后您还不是个坏人？（迅速把他摔倒，两个人一起倒在地上）

普拉东诺夫　滚开！我杀了你，而不是你杀我！我比你更有力气！（搏斗）轻点！

奥辛普　您转过身去！别拧我手！手没有过错，为什么要拧它！还这样！您会到阴间去的，到了那里代我向沃依尼采夫将军问个好！

普拉东诺夫　放开！

奥辛普　（从腰间取出一把刀）轻点！我杀了您！您有力量！您是大人物！您不想死？不属于你的你就别去动！

普拉东诺夫　（大叫）呼！别，别……手！

奥辛普　您不想死？您现在就进天堂……

普拉东诺夫　坏东西，只是别刺我背，朝我胸口来！手！奥辛普，放开！妻子，儿子……这是刀在闪光？嗯，可恶的仇恨！

　　〔沙萨跑上。

八

上一场的人物和沙萨。

沙萨 （跑上）怎么啦！（大叫）（跑向搏斗着的两个人,倒在他们的身上）你们在干什么？

奥辛普 这是谁？阿历克山德拉·伊凡诺芙娜？（跳起）让他活着！（向沙萨）给您刀,（给刀）当着你的面我不杀他……让他活着！以后再杀他！他跑不掉！（从窗子跳出）

普拉东诺夫 （沉默之后）见鬼……沙萨！这是你吧？（呻吟）

沙萨 他没有把你打伤？能站起来吗？快!

普拉东诺夫 我不知道……这坏蛋是用钢铸成的……拉我一把！（站起）别害怕,我亲爱的……我好好的,他只是打了我……

沙萨 这个人多可耻！我对你说过别惹他!

普拉东诺夫 沙发在哪？你看什么？你的背叛者还活着!你难道没有看到？（躺在沙发上）谢谢你来了,否则你就要当寡妇,我就是死者!

沙萨 睡在枕头上!（给他头下放枕头）这样多好!哪都不痛？（停顿）你为什么闭着眼睛？

普拉东诺夫 不,不……我就这样……你来了,沙萨？我的宝贝来了!（吻她手）

沙萨 我们的柯里亚真病了!

普拉东诺夫 他怎么啦？

沙萨 咳嗽,发烧,斑疹……两个晚上没有睡觉了,老嚷嚷……不吃不喝……（哭）他病得很重,米沙! 我为他担惊受怕! ……我多害怕! 晚上做噩梦……

普拉东诺夫 你兄弟干什么了? 他是医生啊!

沙萨 他? 难道能指望得到他的同情? 四天前他来了一下,转了转就走了,我向他问柯里亚的病情,他不理不睬……还说我是个傻瓜……

普拉东诺夫 这又是一个不干正经事的年轻人! 他对自己也不负责任! 他自己生病也不治。

沙萨 怎么办?

普拉东诺夫 希望……你现在住在父亲那里?

沙萨 是的。

普拉东诺夫 他怎么样?

沙萨 还好,在房里踱步,抽烟,他也想来看你,我回到那里,他看我神色恍惚的样子就猜到我……我和你的关系……柯里亚怎么办?

普拉东诺夫 别担心,沙萨!

沙萨 怎么能不担心? 孩子死了,我们怎么办?

普拉东诺夫 是的……上帝不会从你手里把我们的孩子带走的! 为什么上帝要惩罚你? 难道是因为你嫁给了一个游手好闲的人?（停顿）沙萨,你把我的小孩子保护好! 你替我把他保护好,我向你发誓,我将来会把他培养成一个人! 他的每一个前进的脚步都将成为你的骄傲! 要知道他也是普拉东诺夫! 试试把他的姓改了……作为一个人,我很渺小,但作为一个父亲,我很伟大! 别为他的命运担忧!

173

噢,手(呻吟)我的手好痛……这个强盗出手挺重的……怎么办,(看自己的手)都红了……见鬼! 沙萨……你和儿子会很幸福的! 笑吧,我的金子! 而你现在在哭? 你哭什么? 嗯……别哭,沙萨!(抱她的头)你来了……而你为什么走? 别哭。小鬼! 为什么哭? 要知道,我喜欢你……非常喜欢! 我的过错很大,但又有什么办法? 需要原谅……噢……

沙萨　私情结束了。

普拉东诺夫　私情? 这是什么意思,小女人?

沙萨　还没有结束?

普拉东诺夫　怎么对你说呢? 私情倒没什么,但有点奇怪的乱弹琴……别为这个乱弹琴太不好意思! 如果它还没有结束,但也快……结束了!

沙萨　什么时候结束?

普拉东诺夫　很快了! 沙萨,我们很快会一切照旧! 让这一切都过去吧! 我已筋疲力尽……你不要相信这种纽结的牢固性,我就不相信! 它结得不牢……她头一个会冷却热情,她头一个会嘲笑这个纽结。她带着眼泪注视的东西,我只能笑着看……她和我不般配……(停顿)你要相信我! 索菲娅很快就不是你的竞争对手……你怎么啦,沙萨?

　　〔沙萨站起身来,摇晃着身子。

普拉东诺夫　沙萨!

沙萨　你……你是和索菲娅,而不是和将军夫人?

普拉东诺夫　你这是头一次听说?

沙萨　和索菲娅? ……卑鄙……下流……

普拉东诺夫 你怎么啦？你脸色苍白,摇摇晃晃……(呻吟)沙萨,你别折磨我！我手还痛着呢,而你又这样……难道这……这对你来说是新闻？你第一次听到？那你那时为什么离家出走？难道不是因为索菲娅?

沙萨 和将军的夫人也就算了,但你是和别人的老婆！卑鄙,犯罪……我没想到你这么卑鄙！上帝会惩罚你的,你这个不讲道德的人。(走向门口)

普拉东诺夫 (沉默之后)愤怒了！你上哪?

沙萨 (停在门口)上帝给点幸福……

普拉东诺夫 给谁?

沙萨 给您和索菲娅。

普拉东诺夫 愚蠢的小说看多了,沙萨！我对于你还是"你":我们有孩子,我……毕竟还是你丈夫！第二,我不需要幸福！沙萨,你留下吧！你要走……也许,永远不回来了?

沙萨 我受不了啦！嘿嘿,我的上帝,我的上帝……

普拉东诺夫 你受不住了?

沙萨 我的上帝……这难道是真的?(用手捧着太阳穴,坐下)我……我不知道应怎么做……

普拉东诺夫 你受不住了?(走近她)你的决断……留下来吧！傻瓜,你干吗哭闹?(停顿)哎呀,沙萨,沙萨……我的罪过很大,但难道就不能原谅?

沙萨 你自己原谅了自己?

普拉东诺夫 哲学问题！(吻她的头)你留下吧……我已经忏悔了！要知道没有了你,就剩白酒,污泥,还有辛酸之泪……我受够了！你可以作为一个看护妇而不是作为我

175

的妻子留下来！女人，你们是些奇怪的人！沙萨，你也是奇怪的人！如果你能施舍奥辛普这样的坏蛋，能对小猪小狗爱护备至，能对自己的敌人们高唱赞歌，为什么就不能给自己的忏悔了的丈夫扔块面包？为什么你要像个刽子手出现？沙萨，留下吧！（拥抱她）我不能没有保姆！我是坏蛋，我夺了朋友之妻，我是索菲娅的情人，甚至还是将军夫人的情人，我一夫多妻，从家庭伦理的角度我是个混蛋……你仇恨吧，愤怒吧！但有谁像我那样爱你？谁能像我那样高地评价你？你还能给谁烧午饭，给谁的汤里加盐？你有权走……公正需要这个，但是……（抱起她）谁能这么抱你？你离开了我能行吗？

沙萨 我受不了啦！放开我！我完蛋了！你在开玩笑，而我要完蛋！（挣脱开）你知道这不是玩笑吗？别了！我不能跟你一起生活！现在所有的人都会认为你是卑鄙的人！我需要这个吗！（哭）

普拉东诺夫 走吧，上帝保护你！（吻她的头，躺在沙发上）我理解……

沙萨 你破坏了我们的家庭……原来我们的生活很幸福，很安宁……世上没有比我们更幸福的人……（坐下）米沙，你干了什么？（站起）你干了些什么？现在你无法挽回了……我是完蛋了……（哭）

普拉东诺夫 你走吧，上帝保佑你！

沙萨 别了！你再也看不到我了！别来找我们……父亲会把柯里亚送到你那里去的……上帝宽恕了你，我也宽恕！你毁坏了我们的生活！

普拉东诺夫 你要走？

沙萨 走……好了……（看了普拉东诺夫一会，然后离去）

九

　　普拉东诺夫一人，然后出现沃依尼采夫。

普拉东诺夫 瞧这新生活是为谁开始的！痛心！！我什么都失去了……我要发疯！我的上帝！沙萨，小孩子一个，她也敢放肆，还有他……基于什么神圣的原则居然也敢指责我！可恶的环境！（躺在沙发上）

　　〔沃依尼采夫进门，停在门口。

普拉东诺夫 （沉默之后）这已经是结局了，或者还仅仅是一出喜剧的开始？（见到沃依尼采夫，闭着眼发出打鼾声）

沃依尼采夫 （走近普拉东诺夫）普拉东诺夫！（停顿）你还没睡……从你的面孔就能看出你没有睡……（坐在他旁边）我不以为你……可以睡觉……

　　〔普拉东诺夫坐起。

沃依尼采夫 （站起，看着窗外）你把我毁了……这个你知道吗？（停顿）谢谢……我怎么啦？上帝保佑你……算了，活该如此……（哭）

　　〔普拉东诺夫站起，慢慢走到房间的另一角落。

沃依尼采夫 命运曾经给我一个礼物……这也被夺去了！他光有自己的智慧，自己的面貌，自己的心灵还不够……他还要需要我的幸福！把我的幸福夺去了……而我？我？

177

我什么也……是的……我是个有病的人,愚钝的人,意志薄弱的人,被上帝欺侮的人……无所事事的人,迷信的人……朋友把我毁了!

普拉东诺夫　走开!

沃依尼采夫　现在就走……我是来向你挑战决斗的,结果说了这一通……我走。(停顿)我完全失去了?

普拉东诺夫　是的

沃依尼采夫　(吹口哨)这样……当然……

普拉东诺夫　走开!我求你了!走开!

沃依尼采夫　马上……我来这儿做什么?(向房门走去)我在这儿无事可做……(停顿)把她还给我,普拉东诺夫!行行好吧!她可是我的啊!普拉东诺夫!你没有她也可以很幸福!救救我,亲爱的!啊!还给我!(大哭)她可是我的啊!我的!你明白吗?

普拉东诺夫　(走向沙发)你走吧……我会自杀的……我对你说良心话!

沃依尼采夫　别……上帝保佑您!(挥一挥手,走下。)

普拉东诺夫　(抱住自己的头)噢,不幸的人,可怜的人!我的上帝!我诅咒这颗被上帝留下的脑袋!(哭)坏蛋,不要和别人打交道!我是别人的不幸,别人是我的不幸!不要和别人打交道!打啊,打啊,但怎么也打不死!处处都藏有杀手,盯着你想下手!杀吧!(捶打自己的胸膛)来杀吧,趁我自己还没有把自己杀了!(跑向房门口)不要打我的胸膛!他们把我的胸膛撕碎了!(大叫)沙萨!沙萨!看在上帝的分上!(打开门)

178

［老格拉戈列耶夫上。

十

普拉东诺夫,老格拉戈列耶夫,然后出现小格拉
戈列耶夫。

老格拉戈列耶夫 （包着头,拄着手杖上)您在家,米哈依尔·
瓦西里耶维奇！很高兴……我打扰您了……不过我不会
耽误您很久,我马上就离开……给您提一个问题,您回答
了,我就走。米哈依尔·瓦西里耶维奇,您怎么啦？您脸
色苍白,走路不稳,浑身发抖……你这是怎么啦?

普拉东诺夫 我怎么了？啊？我喝醉了……我醉了……头晕
了……

老格拉戈列耶夫 （旁白)我问问！清醒的人心里亮着,喝醉酒
的舌头上亮着。(向他)我的问题有点奇怪,甚至可能有点
愚蠢,但您一定得回答。米哈依尔·瓦西里耶维奇！这问
题对于我说来是个重要的问题！就算我的问题在您看来
是奇怪的、愚蠢的,甚至可能是侮辱性的,但,看在上帝分
上……给我答案！我现在处在一个可怕的处境里！我们
共同熟悉的那一位……您对她很了解……我认为她是个
美的人……安娜·彼得洛芙娜·沃依尼采娃……(抱住普
拉东诺夫)您别倒下,看在上帝的分上！

普拉东诺夫 您走开！我一直认为您是个……愚蠢的老头！

老格拉戈列耶夫 您是她的朋友,您了解她,就像了解自己的

179

五个指头……有人向我污蔑她了,或者是……给我打开了眼睛……米哈依尔·瓦西里耶维奇,她是个诚实的女人吗? 她……她……她有权做个诚实的男人的妻子吗?(停顿)我不知道该怎么归纳我的问题……请理解我,看在上帝分上! 有人对我说,她……

普拉东诺夫 在这个世界上,一切都是卑鄙的、下流的、肮脏的! 一切……卑鄙……下流……(失去知觉地跌倒在地上)

小格拉戈列耶夫 (上)你在这干吗? 我想不到!

老格拉戈列耶夫 一切都卑鄙,肮脏,下流……一切,这说明其中也包括她……

小格拉戈列耶夫 (看着普拉东诺夫)父亲,普拉东诺夫怎么啦!

老格拉戈列耶夫 可恶的醉鬼……是啊,卑鄙,肮脏……这是深刻的、无情的、重要的真理!(停顿)咱们去巴黎!

小格拉戈列耶夫 什么? 去巴黎? 为什么去巴黎?(笑)

老格拉戈列耶夫 像这个人一样地倒下吧!(指指普拉东诺夫)

小格拉戈列耶夫 倒下……在巴黎倒下?

老格拉戈列耶夫 咱们到另外一个地盘去寻找幸福! 够了! 不要再为自己演戏了,不要再用理想来欺骗自己了! 从今以后,再也没有信仰,再也没有爱情,也没有别的人! 咱们走!

小格拉戈列耶夫 去巴黎!

老格拉戈列耶夫 是的……如果犯罪,那也到外国去犯,而不

180

要在自己的国土上！趁现在还没有烂掉，重新像新人那样的生活吧！儿子，当个老师！咱们去巴黎！

小格拉戈列耶夫 这可真不错，父亲！你教会了我念书，而我要教您如何生活！咱们走！

　　　两人走下。

　　　　　　　　　　　　　　　　　　　——幕落

第 四 幕

　　已故沃依尼采夫将军的书房,两个门。古色古香的家具,波斯地毯,花,墙壁挂满了枪支,刀剑(高加索的手工),等等。家族的照片,作家克雷洛夫、普希金和果戈理的半身塑像,摆有鸟类标本的架子。书柜,在柜子上摆着烟嘴、枪筒和其他的匣子、棍子。一张书桌。书桌上堆放着文件、照片、小塑像和武器。早晨。

一

索菲娅·叶戈洛芙娜和卡嘉上。

索菲娅　您不要激动! 请说清楚一点!

卡嘉　夫人,事情不太妙! 门窗都打开着,房里乱七八糟……门上的锁拧断了……事情不太妙,夫人! 我们家那只母鸡像公鸡一样打鸣,这是有原因的!

索菲娅　您是怎么想的?

卡嘉　夫人,我什么也不想。我能想什么? 我只知道发生了什么事……或是米哈依尔·瓦西里耶维奇已经走了,或者是已经自杀了……夫人,他是急性子! 我了解他两年了……

索菲娅　不……你到村里去了吗?

卡嘉　去了……哪都没有……我在那里蹓跶了足足四个小时……

　　(坐下)怎么办? 怎么办呢? (停顿)您确信他不在这里? 您确信?

卡嘉　夫人,我不知道……事情不太妙……怪不得我,心里不舒服! 夫人,你放弃了吧! 这是罪过! (哭)老爷谢尔盖·帕甫洛维奇怪可怜的……本来是个美男子,现在成啥样子了! 两天工夫就垮了,精神都失常了。好好的先生不见了……米哈依尔·瓦西里耶维奇也可怜……本来是个最快活的人,他的快活让人不得安宁,可现在他像一个死人……夫人,放弃吧!

索菲娅　放弃什么?

卡嘉　放弃爱情呗。爱情有啥用? 只有耻辱,您也怪可怜的,您现在成什么样子了? 瘦了,不吃,不喝,不睡,就是咳嗽……

索菲娅　卡嘉,您走吧! 也许,他已经在学校。

卡嘉　马上……(停顿)您就躺下睡吧。

索菲娅　卡嘉,您走吧! 您走了吗?

卡嘉　(旁白)你不是农民出身。(带着哭腔,小声地)我上哪去,夫人?

索菲娅　我要睡觉。我一夜没有合眼,别这么大声嚷嚷! 离开这里!

卡嘉 遵命……您不必这么折磨自己！……您还是回自己房间去睡觉！（离去）

二

索菲娅·叶戈洛芙娜,然后出现沃依尼采夫。

索菲娅 可怕！昨天作了保证,说好十点钟到小房子来,但他没有来……我等他到天亮……这还是保证！这是爱情,这是我们的私奔！……他不爱我！

沃依尼采夫 （上）我要睡觉……可能,我怎么也能睡一会……（见到索菲娅）您……在我这里？在我的书房？

索菲娅 我在这里？（环视）是的……我突然间来到这里,连自己也没有想到……（走向门口）

沃依尼采夫 等一等！

索菲娅 （站住）怎么了？

沃依尼采夫 请给我两分钟的时间……你可以在这里耽搁两三分钟吗？

索菲娅 您说吧！您想说什么？

沃依尼采夫 是的……（停顿）我们在这房里不感到彼此陌生的时间已经过去了……

索菲娅 过去了。

沃依尼采夫 原谅我说了多余的话,你要离开这？

索菲娅 是的。

沃依尼采夫 噢……很快？

索菲娅　今天。

沃依尼采夫　和他一起走？

索菲娅　是的。

沃依尼采夫　祝你们幸福！（停顿）制造幸福的好材料！膨胀起来的肉欲和别人的不幸……别人的不幸常常能成为另一个什么人的幸福！再见，这是老话……新的谎言比老的真话更吸引人……上帝保佑你们！好自为之！

索菲娅　您说些什么。

沃依尼采夫　我难道没有说？嗷……我想说什么……我希望我在你面前完全是清白的，不欠您什么，所以我请您原谅我昨天的行为……我昨天晚上对您说了过激的话，很粗鲁……请你原谅……你原谅吗？

索菲娅　我原谅。（想走）

沃依尼采夫　您等一下，我还没有说完！我还要说点什么。（叹息）索菲娅，我疯了！我承受不了这个可怕的打击……我疯了，但暂时我还全都明白……在我的头脑里，在一片迷雾之中，在一团灰色的、沉重的乱麻之中，还存在着一小块光明的天地，我靠着它能理解一切……要是这一小块光明的天地也离开了我，那么……我就彻底完蛋……我什么都明白……（停顿）我现在是站在我的书房里，这间房里曾生活过我的父亲，沃依尼采夫少将阁下，乔治十字勋章获得者，一个光荣而卓越的人！人们在他身上看到的仅仅是污点……见到他怎么打人，但别人是怎么打他的，谁也不想看到……（指着索菲娅）这是我的前任妻子……

　　〔索菲娅想走。

185

沃依尼采夫 等一等！让我说完！我说得很愚蠢，但请您听好！这是最后一次呀！

索菲娅 您已经把什么都说了……您还能讲什么？需要分手了……还需要说些什么？我知道我应该怎么看待自己……

沃依尼采夫 我能说什么？噢噢，索菲娅，索菲娅！你什么也不知道！什么也不知道，否则你不会这么傲慢地看着我！在我心灵里发生的，简直是可怕！（在她面前跪下）索菲娅，你干了什么？你要把你自己和我推到哪里去？看在上帝分上，发发善心吧！我要死了，我要发疯！跟我留下吧！我能把一切都忘掉，已经对一切都原谅了……我要做你的奴仆，我要爱你……我要把你爱得比以往更厉害！我要给你幸福！你在我身边会像天使一样幸福！他不会给你幸福的！你会把自己毁了，也把他毁了！索菲娅，你在毁普拉东诺夫！……我知道强扭的瓜不甜，但你还是留下来吧！你会重新快乐的，你不会这么面色苍白，这么不幸！我会重新成为一个人，他……普拉东诺夫会常来我们这里做客！这是乌托邦的幻想，但……你还是留下来吧！把过去找回来，趁现在还不晚！普拉东诺夫会答应的……我了解他……他不爱你，而是这样……你给了他，他就要了……（站起）你在哭？

索菲娅 （站起）您别把这眼泪记在自己的账上！可能，普拉东诺夫会同意……让他同意好了！（强烈地）你们都是卑鄙的人！普拉东诺夫在哪？

沃依尼采夫 我不知道他在哪。

索菲娅　别纠缠我！我憎恨您！滚开！普拉东诺夫在哪？卑鄙的人……他在哪？我憎恨您！

沃依尼采夫　为什么？

索菲娅　他在哪？

沃依尼采夫　我给了他钱，他答应我离开这里，如果他履行了自己的承诺，那么他已经走了。

索菲娅　您收买了他？您撒什么谎？

沃依尼采夫　我给了他一千卢布，他拒绝了您。不，我在说谎！这都是我在说谎！您别相信我，看在上帝的分上！这个可恶的普拉东诺夫还在这里活着！您去把他找来，去和他接吻！……我没有收买他！你难道……他难道会幸福？而这是我的妻子，我的索菲娅……这都意味着什么？而在这之前我甚至不相信！您跟他是柏拉图式的爱？还没有发展到……玩真的？

索菲娅　我是他的妻子，情妇，您还要什么！（想走）干吗拉住我？我没有时间听这些乱七八糟的……

沃依尼采夫　等一等，索菲娅！你是他的情妇？何苦这样？你说得这么勇敢。（拉住她的手）你能够这样？你能够这样？

索菲娅　别拉住我！（下）

三

沃依尼采夫和安娜·彼得洛芙娜。

安娜·彼得洛芙娜进门，眼睛看着窗外。

沃依尼采夫 （挥手）完了！（停顿）那里发生了什么？

安娜 农民把奥辛普打死了。

沃依尼采夫 已经死了？

安娜 是的……在那个井口边……你看到了吗？就在那边！

沃依尼采夫 （看窗外）怎么的？他活该。（停顿）

安娜 儿子，你听到新闻了吗？听说普拉东诺夫失踪了……你读到信了吗？

沃依尼采夫 读到了。

安娜 咱们的庄园完了！你高兴吗？漂走了……上帝给的，上帝又拿走了……这就是吹嘘得很厉害的商业魔术！而这全因为我们相信了格拉戈列耶夫……他原来答应要买下庄园的，但他没有在拍卖会上露面……他的仆人说他到巴黎去了……这混蛋，老了还开这玩笑！要不是他，我们可以慢慢把利息给付了，就太太平平地在这过日子……（叹息）在这个世界上，不能相信敌人，连同朋友也不能相信！

沃依尼采夫 是的，不应该相信朋友！

安娜 哦，庄园主，你该怎么办？你上哪去！上帝把庄园给了你的祖宗，又从你的手里夺走了……你现在一无所有……

沃依尼采夫 我反正一样……

安娜 不是反正一样。你吃什么？我们坐下……（两人坐下）你这么情绪低落……怎么办？和这个庄园分手太可惜了，但又有什么办法呢，我亲爱的？无法挽回……这，命该如此……做个聪明人，谢尔盖！首要的是保持冷静。

沃依尼采夫 妈妈，您不要在我身上费心！人家是怎么议论我的！您自己也不得安宁……您先安慰自己，然后再来安

188

慰我。

安娜 哦……别说女人的事……女人总是不重要的……首要的是冷静！你失去了原来拥有的,但重要的不是过去,而是未来,你整个的生活已在前边,美好的劳动生活！你为什么要悲伤？到学校去,开始工作……你是好样的。文学爱好者,性格很好,不干坏事,有思想,文静,已婚……如果你愿意,你会大有前途的！你是个聪明的孩子！但不要和妻子吵架……谢尔盖,你为什么不对我说话？你心里有病,你不说话……你们之间发生着什么？

沃依尼采夫 不是发生着什么,而是已经发生完了。

安娜 什么呢？可能是秘密？

沃依尼采夫 (叹息)妈妈,可怕的不幸笼罩在我们的家里！我为什么到现在还没有告诉您？我不知道,还寄以希望,而且也羞于启齿……我自己也是昨天才知道……而庄园我不在乎！

安娜 (笑)你把我吓了一跳！她是生气了？

沃依尼采夫 您还笑！等等您就笑不出来了！(停顿)她背叛了我……我荣幸地作自我介绍,我是戴绿帽子的丈夫！

安娜 说什么蠢话,谢尔盖！这是多么愚蠢的想象！说这种可怕的事情,说之前也不想想！你真是个怪人！你有时说些瞎话真是不堪入耳！戴绿帽子的丈夫……说明你根本不知道这个词的含义……

沃依尼采夫 我知道,妈妈！不是理论上,而是实际上已经知道了！

安娜 不要污蔑自己的妻子,怪人！

沃依尼采夫 我起誓！（停顿）

安娜 奇怪……你在说些不可能发生的事情。你胡说八道！不可能！在这里，在沃依尼采夫庄园？

沃依尼采夫 是的，在这里，在您的可恶的沃依尼采夫庄园！

安娜 嗯……在这里，在这个可恶的沃依尼采夫庄园，谁能想到在你的贵族的脑袋上戴了个绿帽子？谁也不可能！难道是小格拉戈列耶夫？不会，格拉戈列耶夫已经不来我们这里做客……这里谁也配不上索菲娅，亲爱的，你吃醋吃得很愚蠢！

沃依尼采夫 普拉东诺夫！

安娜 普拉东诺夫怎么啦？

沃依尼采夫 是他。

安娜 （跳起）可以说蠢话，但像你刚刚说出来的蠢话……简直是胡说八道！！需要知道点分寸！不可饶恕的愚蠢！

沃依尼采夫 如果您不相信，您去问问她，您去问问她本人！我自己也不愿意相信，但她今天就要走，离开我！需要相信！他和她一起走！您现在难道还没有发现，我现在像一只死猫似的生存在这个世界上！我要完蛋了！

安娜 这不可能，谢尔盖！这是你孩子般的想象的结果！相信我！什么也没有发生！

沃依尼采夫 相信我，她今天要离开这里！相信我，在最近的两天她不停地对我说，她是他的情妇！她自己说的！发生了不可相信，但又不得不相信的事情！这超出我们的愿望，我们也无力回天！

安娜 我想起来了，我想起来了……现在我全都想起来了……

190

给我把椅子,谢尔盖! 不,不需要……原来是这样!
嗯……等等,等等,让我好好回想一下。(停顿)

　　[布格罗夫上。

四

　　安娜·彼得洛芙娜,沃依尼采夫和布格罗夫。

布格罗夫　　(上)你们好! 星期天好! 你们都很好!

安娜　　是的,是的……这真可怕……

布格罗夫　　下着雨,但挺热……(擦额头)唔……吵嘴了,不耐
　　烦了……还好吗? (停顿)我到你们这里来是因为昨天开
　　了个拍卖会,这你们也知道了……而这桩事儿,你们也多
　　少知道。(笑)对于你们,当然是有触动的,感到受了委屈
　　的,但我……你们不要生我的气! 不是我买了你们的庄
　　园! 是阿勃拉姆·阿勃拉莫维奇买下的,他用了我的名
　　字……

沃依尼采夫　　(使劲摇铃)这都见鬼去吧……

布格罗夫　　是的……你们别这么想……不是我……只是用了
　　我的名字! (坐下)

　　　　[雅可夫上。

沃依尼采夫　　(向雅可夫)我对你这个坏家伙吩咐过多少次了,
　　(咳嗽)不报上名不能放任何人进来! 得狠狠揍你们这些
　　畜生! (把铃铛扔在桌子上)滚开! 坏蛋! ……(阳台上
　　踱步)

191

〔雅可夫耸耸肩,走了。

布格罗夫 （咳嗽)只是用了我的名字……阿勃拉姆·阿勃拉莫维奇让我转告,你们还是可以放心住下去,哪怕是住到圣诞节……当然还是会有些变动,但这不会妨碍你们……如果出现什么情况,你们可以搬到厢房里去……房间很多,也很暖和……他还让我问问,你们还愿不愿意把矿山卖给我,当然是用我的名字。你们的煤矿,安娜·彼得洛芙娜……你们现在愿意出售吗？我们可以给个好价钱……

安娜 不……我们不把矿山卖给任何人！你们给我什么？几个小钱？让这几个小钱把你们卡死！

布格罗夫 阿勃拉姆·阿勃拉莫维奇还让我转告,如果您安娜·彼得洛芙娜,不准备把自己的矿山作为扣除谢尔盖和已故巴维尔·伊凡诺维奇的债务的方式卖给他,他就开拒付期票的证明……我也开这个拒付的证明……嘿,嘿……您也知道,友谊归友谊,但钱是另外一码事……商业！这是个难办的事。我从彼特林那儿买了你的期票……

沃依尼采夫 我不允许任何人打我继母的庄园的主意！是她的庄园,不是我的！……

布格罗夫 可能,他们舍不得了！

沃依尼采夫 我没有工夫和您说话！……哎……(挥手)您想怎么干就怎么干吧！

安娜 季莫菲·戈尔杰耶维奇！请原谅……请原谅……请您走吧！

192

布格罗夫　好的……（站起）你们也别太不安,可以在这里住到
　　圣诞节。明天或者后天我还会来的,祝你们健康!（走开）

安娜　明天我们从这里走开! 是的,现在想起来了……普拉东
　　诺夫……这就是他要逃跑的理由!

沃依尼采夫　让他们想怎么干就怎么干吧! 让他们把所有都
　　夺走吧! 我已经没有妻子了,我什么也不需要了! 妈妈,
　　我没有妻子了!

安娜　是啊,你再也没有妻子了……他在这个萎靡不振的索菲
　　娅身上找到了什么? 他在这个姑娘身上找到了什么? 他
　　能在她身上找到什么? 这些愚蠢的男子多没有眼力,他们
　　能被任何女人吸引……你这个丈夫,是怎么搞的,你的眼
　　睛在哪? 爱哭鼻子的孩子! 直到从他的鼻子底下揪出妻
　　子才开始诉苦! 这也叫男人! 你是个孩子! 让你们这些
　　傻孩子结婚像是开玩笑! 无论是你,还是普拉东诺夫,都
　　是不中用的人! 都是不可救药的!

沃依尼采夫　现在什么也帮不了啦,你来也帮不了忙。她已经
　　不是我的,他也不是您的,这还有什么好说的? 妈妈,别说
　　了! 不要数落我的不是了!

安娜　那怎么办? 总得做点什么吧! 需要救助!

沃依尼采夫　救助谁? 只有我一个人需要救助……他们目前
　　还都幸福。（叹息）

安娜　你这是什么逻辑! 不是你,而是他们需要救助! 普拉东
　　诺夫不爱她! 你知道这个吗? 他诱惑了她,就像你当年诱
　　惑了那个愚蠢的法国女人! 他不爱她! 你相信我! 她对
　　你说什么了? 你怎么不说话?

沃依尼采夫 他对我说,她是他的情妇。

安娜 她是他的傻姑娘!而不是情妇!住嘴!也许,事情还可以挽回……普拉东诺夫能够仅仅因为一个接吻或者一次握手就虚张声势……他们还没有到那一步!我坚信这一点……

沃依尼采夫 到那一步了?

安娜 你什么也不明白。

 〔格列科娃上。

五

  沃依尼采夫,安娜·彼得洛芙娜,格列科娃。

格列科娃 (上)你们在这里!你们好!(把手伸给安娜·彼得洛芙娜)您好,谢尔盖·帕甫洛维奇!请原谅,我好像妨碍了你们……不速之客坏过……坏过……这句话怎么说的?坏过鞑靼佬,对了……但我来这儿只耽一会……你们简直不能想象!(笑)安娜·彼得洛芙娜,我现在就给您看样东西……对不起,谢尔盖·帕甫洛维奇,我们要说点悄悄话……(把安娜·彼得洛芙娜引到一边)您读吧……(给她一张纸)这是我昨天收到的……您读吧!

安娜 (眼睛溜了一下纸片)啊……

格列科娃 您知道吗,我告到法院去了……(把头靠着她的胸膛)安娜·彼得洛芙娜,您差人去把他叫来!让他来!

安娜 您这是要干什么?

194

格列科娃　我要看看他现在是一副什么嘴脸……他面孔上会有什么表现？去差人把他叫来！我求您了！我想对他说两句话……您不知道我干了什么！我干了什么！谢尔盖·帕甫洛维奇，您别听！（轻声）我去找了校长……根据我的要求他们把米哈依尔·瓦西里耶维奇调到另一个地方去……我干什么啦！（哭）去把他叫来！……谁知道他会写这封信?！啊嘿，如果我能早知道！我的上帝……我痛苦！

安娜　我亲爱的，您先到图书室去！我等一会去找您，我们再好好聊聊……

格列科娃　到图书室？好的……那您差人去把他叫来吗？有了这封信之后，他现在是一副什么嘴脸？您读完了？我把它藏起来！（藏好信）我亲爱的……我求您了！我先去……但您要派人把他叫来！谢尔盖·帕甫洛维奇，您别听！安娜·彼得洛芙娜，咱们让谁去？我亲爱的，派人去请他！

安娜　好的……您走吧！

格列科娃　好的……（迅速吻她）我亲爱的，您别生我的气！我……我很痛苦！我无法想象！谢尔盖·帕甫洛维奇，我走了！你们继续你们的谈话吧！（下）

安娜　我现在什么都明白了……你别激动！可能，你的家庭还能拯救……可怕的故事！谁能想到?！我现在和索菲娅谈谈！我要好好问她……你错了，还犯傻……不，（用手遮脸）不，不……

沃依尼采夫　不！我没有错！

安娜 但我还是要跟她谈谈……我也要去跟他谈谈……

沃依尼采夫 您去谈好了！不过没有什么用！（坐在桌子后）咱们离开这里吧！没有希望！能够抓住的稻草也没有……

安娜 我现在把一切都弄明白了……而你坐着哭鼻子！去睡吧，男人！索菲娅在哪？

沃依尼采夫 大概在自己的房里……

〔安娜·彼得洛芙娜走下。

六

沃依尼采夫，然后出现普拉东诺夫。

沃依尼采夫 巨大的痛苦！这要拖几天？明天，后天，一个星期，一月，一年……痛苦没有尽头！需要开枪自杀。

普拉东诺夫 （手缠着绷带上）他坐着……在哭……大概……（停顿）心平气和一点，我的可怜的朋友！（走向沃依尼采夫）看在上帝分上，听我说！我不是来为自己辩护的……不是由我，也不是由你来评判我……我来这里不是为自己，而是为了……兄弟般地请求你……仇恨我、蔑视我好了，你愿意怎么想我就怎么想我，但不要……自杀！我不是说手枪，而是……一般地说……你身体虚弱……痛苦会把你击倒……我不想再活！……我把自己杀了，而不是你把自己杀了！你希望我死吗？你希望我不再活在这世上？（停顿）

196

沃依尼采夫　我什么也不想。

　　　[安娜·彼得洛芙娜上。

七

　　沃依尼采夫,普拉东诺夫和安娜·彼得洛芙娜。

安娜　他在这里?!（慢慢地走近普拉东诺夫）普拉东诺夫,这
　　是真的?

普拉东诺夫　真的。

安娜　他还敢……还敢这么冷静地说! 真的……卑鄙的
　　人……您知道这很卑鄙吗?

普拉东诺夫　您不能说得更客气一点吗? 我什么也不知道!
　　从这件事里我只知道一点,那就是我从来没有希望给他带
　　来他现在所承受的痛苦的千分之一!

安娜　除此之外,朋友,您应该知道朋友妻不可欺的道理!（大
　　声）您不爱她! 您是感到无聊了!

沃依尼采夫　妈妈,问问他,他干吗到这里来?

安娜　卑鄙! 玩耍别人是卑鄙的! 他们像您一样是活生生的
　　人,聪明的人!

沃依尼采夫　（跳起）到这里来了! 大胆妄为! 您为什么到这
　　里来? 我知道您为什么要来,但您不要用您那一番大话来
　　让我们吃惊!

普拉东诺夫　"我们"是指谁?

沃依尼采夫　我现在已经知道这些大话的价值! 您别来打扰

197

我！如果您来是想用您的夸夸其谈来赎您的罪过，那么请您明白，花言巧语是洗刷不了罪过的！

普拉东诺夫　就像花言巧语不能洗刷罪过一样，大喊大叫和怒气冲天也不能证明罪过，但我大概已经说过了，我要自杀。

沃依尼采夫　不要这样洗刷自己的罪过！不用言辞，现在我不相信言辞！我憎恶您的言辞！您看看俄国人是如何洗刷自己的罪过的！（指指窗外）

普拉东诺夫　那边有什么？

沃依尼采夫　井边就躺着一个洗刷自己罪过的人！

普拉东诺夫　看到了……谢尔盖·帕甫洛维奇，那您为什么这样高谈阔论？要知道，您现在大概是很痛苦……您整个都在痛苦之中，但与此同时您又尽情表现？这是怎么造成的？是由于不真诚，还是……由于愚蠢？

沃依尼采夫　（坐下）妈妈，您问问他，他为什么要来这里？

安娜　普拉东诺夫，您想在这里得到什么？

普拉东诺夫　您自己可以问，为什么要麻烦妈妈？什么都完了！妻子走了，全都完了，什么也没有了！索菲娅，美丽得像五月的蓝天，是遮住了其他一切理想的理想！没有女人的男人，就像没有蒸汽的机器！生活完蛋了，蒸汽散尽了！全都完蛋了！包括荣誉、人的尊严、贵族气质，全都完了，末日到了！

沃依尼采夫　我不听，您让我安静一下！

普拉东诺夫　那当然，沃依尼采夫，别侮辱我！我到这里来不是让人侮辱我！你的不幸也没有给你糟蹋我的权利！我是个人，你要像对待人那样地对待我。你很不幸，但你的不幸与你走后给我带来的不幸相比,简直不值一提! 沃依尼采夫,你走后的那个夜晚是个可怕的夜晚! 我向你们起誓,两位慈善家,你们的不幸不及我的一丁点痛苦!

安娜 这很可能,但谁对您的那个夜晚,您的痛苦感兴趣?

普拉东诺夫 您也不感兴趣?

安娜 请您相信,我们不感兴趣!

普拉东诺夫 是吗? 安娜·彼得洛芙娜,不要撒谎! (叹气)可能,您也有道理……可能……但在哪里可以找到人? 到谁那里去? (用手遮脸)人在哪里? 他们不理解! 谁能理解? 愚蠢、残酷、无情无义……

沃依尼采夫 不,我理解! 我理解! 先生,我过去的朋友,这种假装出来的可怜相与您不配! 我理解您! 您是个狡猾的坏蛋! 这就是您!

普拉东诺夫 傻瓜,我原谅你这句话! 爱惜自己,别再说了! (向安娜·彼得洛芙娜)受刺激的女人,您在这里耽着干什么? 好奇? 这里与您无关! 这里不需要证人!

安娜 这里也没有您的事! 您可以……滚开! 厚颜无耻! 干了坏事,毁了人家,然后又来诉说自己的痛苦! 外交官! 不过……请原谅我! 如果您不再想听我说什么,您可以走! 多谢了!

沃依尼采夫 (跳起)他需要我什么,我不明白! 你要什么? 你等我什么? 我不明白?

普拉东诺夫 我看出来,您是不明白……有苦不去找人而是到小酒店去的人是对的! (走向门口)很遗憾我和你们说了

话,我感到了屈辱……我错误地把你们当作正派人……而你们是……野蛮人,不开化的粗人……(忽然关门,离去)

安娜 (搓手)多么可恶……你赶紧把他叫住,对他说……对他说……

沃依尼采夫 对他说什么?

安娜 你知道说些什么……谢尔盖,你快跑! 我求你了! 他是带着很好的感情来的,你应该理解他,而你却对他这么残酷,快跑,我亲爱的!

沃依尼采夫 我不行! 饶了我吧!

安娜 但要知道不是他一个人有错! 谢尔盖,都有错! 谁都有冲动,但谁也没有力量……快跑! 去对他说些和解的话! 你去向他显示,你是个人! 看在上帝分上……怎么的! 哦! 快跑!

沃依尼采夫 我要发疯了……

安娜 你发疯好了,你别侮辱人! 啊嘿……你跑呵,看在上帝分上! (哭)谢尔盖!

沃依尼采夫 妈妈,别折腾我!

安娜 我自己去……我为什么自己不跑去? 我自己……

普拉东诺夫 (上)啊嘿! (坐在沙发上)

　　　[沃依尼采夫站起。

安娜 (旁白)他怎么啦? (停顿)

普拉东诺夫 手痛……我饿,像一只饿坏了的狗……我冷……发烧……我痛! 你们要明白,我痛! 我的生活完蛋了! 你们需要我什么? 你们还需要什么? 这个可恶的夜晚你们还嫌不够。

沃依尼采夫　（走向普拉东诺夫）米哈依尔·瓦西里耶维奇,我们互相原谅吧……我……但您应该理解我的处境……我们友好地分手吧……（停顿）我原谅了……真的,我原谅了! 如果我能忘记这一切,我将特别幸福! 我们互不干扰吧!

普拉东诺夫　是的。（停顿）不,散架了……机器坏了。非常想睡觉,眼睛睁不开了,但怎么也睡不着……我妥协了,我请求原谅,我错了,我沉默了……你们按你们知道的去做,你们按你们知道的去想……

　　　〔沃依尼采夫从普拉东诺夫身边走开,坐到桌子旁。

普拉东诺夫　我不从这里走开,哪怕你们把房子烧了! 谁对我的存在感到不快,他可以从这个房里走开……（想躺下）给我点什么热的东西……没有吃饭,躲起来了……我不回家去……外边下雨……我就在这里睡。

安娜　（走向普拉东诺夫）米哈依尔·瓦西里耶维奇,回家去! 我派人把您需要的东西送去。（摇动他的肩膀）走吧! 回家去!

普拉东诺夫　谁对我的存在感到不快,他可以从这个房间里出去……给点水我喝! 我想喝水。

　　　〔安娜·彼得洛芙娜递给他长颈瓶。

普拉东诺夫　（从长颈瓶里喝水）我病了……完全病了,可爱的女人!

安娜　回家去! ……（把手搁在他的额头上）头很烫……回家去吧。我派特里列茨基看您去。

普拉东诺夫　（轻声）情况不好,阁下! 不好……不好……

201

安娜 与我有什么关系？回去！我请求您回去！您无论如何得回家去！您听到了吗？

〔索菲娅·叶戈洛芙娜上。

八

上一场人物和索菲娅。

索菲娅 （上）劳驾把您的钱拿回去！这叫什么宽宏大量？……我大概已经对您说过了……（看到普拉东诺夫）您……在这里？您为什么到这里来？（停顿）奇怪……您在这里干什么？

普拉东诺夫 我？

索菲娅 是的，您！

安娜 谢尔盖，咱们出去！

〔出去，过了几秒钟又蹑手蹑脚地回来，坐在角落里。

普拉东诺夫 一切都结束了，索菲娅！

索菲娅 这是说？

普拉东诺夫 是，这是说……我们以后再谈吧。

索菲娅 米哈依尔·瓦西里耶维奇！这"一切"是什么意思？

普拉东诺夫 我什么都不需要了，无论是爱还是恨，我只需要您给我安静！我请求……甚至不想再说……发生的事已经够我受的了……

索菲娅 他在说什么？

普拉东诺夫 我说已经够了。我不需要新的生活。旧的生活

202

还不知道该怎安排……我什么也不需要了!

索菲娅 （耸肩）我不明白……

普拉东诺夫 您不明白?纽结打开了,就是这样!

索菲娅 您不想去了?

普拉东诺夫 不需要脸色发白,索菲娅……应该是,叶戈洛
芙娜!

索菲娅 您要耍无赖?

普拉东诺夫 很显然……

索菲娅 您是无赖!（哭）

普拉东诺夫 我知道……听过一百次了……以后再谈吧……
没有见证人。

〔索菲娅痛哭。

普拉东诺夫 您还是回自己房里去吧! 在不幸中最多余的是
眼泪……该发生的发生了……在自然界有法则,而在我们
的生活中有逻辑……按照逻辑便发生了……（停顿）

索菲娅 （哭）与我有什么关系? 与我的生活有什么关系? 这
个生活被您夺去了,您精疲力竭了? 这与我有什么关系?
您不再爱我了?

普拉东诺夫 想点什么办法来宽慰宽慰自己吧……哪怕是想
到,比如,这件丢脸的事可以作为您的未来生活的教训?

索菲娅 不是教训,而是毁灭! 您还敢说这个? 卑鄙!

普拉东诺夫 为什么哭? 这一切都让我……反感!（大声喊
叫）我病了!

索菲娅 他发过誓,他请求来着,他首先主动的,而现在到这里
来了! 我让您反感了? 您只需要我两个星期? 我憎恨您!

203

我不想见到他！滚！（哭得更厉害）

安娜　普拉东诺夫！

普拉东诺夫　啊？

安娜　您走吧！

　　　　〔普拉东诺夫站起，慢慢地向房门走去。

索菲娅　等一等……别走！您……真的？您，可能，不太清楚……您坐下，再想想！（抓住他的肩膀）

普拉东诺夫　我已经坐过了，也想过了。您不要管我，索菲娅·叶戈洛芙娜！我不是您的人！我早就已经腐烂，我的灵魂早就变成了一副骨头架子，已经再也没有可能把我复活！把我埋葬得远一点，不要让它污染了空气！最后一次相信我吧！

索菲娅　（搓手）我能做点什么呢？我该怎么办？您想想！我要死了！我忍受不了这个卑鄙！我活不过五分钟了！您是怎么对待我的？（歇斯底里）

沃依尼采夫　（走向索菲娅）索菲娅！

安娜　上帝知道这是怎么回事！索菲娅，你安静一下！谢尔盖，拿水来！

沃依尼采夫　索菲娅！别把自己毁了……别这样！（向普拉东诺夫）米哈依尔·瓦西里耶维奇，您还在这里等什么？看在上帝分上，您走吧！

安娜　索菲娅，别这样！够了！

普拉东诺夫　（走近索菲娅）哦，怎么啦？唉……（迅速走开）愚蠢！

索菲娅　离我远一点！所有的人！我不需要你们的帮助！（向

安娜·彼得洛芙娜)您走开！我恨您！我知道我这一切都是因为谁！您要得报应的！

安娜　嘘……不要说粗话。

索菲娅　如果您不给他施加您的荒唐的影响,他不会伤害我的！（哭）走开！（向沃依尼采夫）您……您也给我走开！

　　［沃依尼采夫走开,坐到桌子旁,把头置于两手之上。

安娜　（向普拉东诺夫）对您说了,您快从这里出去吧！今天您是个奇怪的白痴！您还需要什么？

普拉东诺夫　（戳耳朵）我上哪里？我被冻僵了……（走向门口）让魔鬼早点把我捉了走吧……

　　［特里列茨基上。

九

　　上一场的人物和特里列茨基。

特里列茨基　（在门口）我要给你点厉害看看,你连自己人也认不出！

　　［雅可夫的声音："老爷这么吩咐的……"

特里列茨基　你去跟你的老爷接吻吧！他也是你这样的笨蛋！（进屋）难道这里也没有他？（倒在沙发上）真可怕！……这……这……这……（跳起）唷！（向普拉东诺夫）悲剧演员,悲剧快演完了！快演完了！

普拉东诺夫　你要什么？

特里列茨基　你在这里逍遥？不幸的人,你在哪里闲逛？你怎么不感到羞耻，不感到罪过？还在这里高谈阔论？你在传道吧？

普拉东诺夫　尼古拉，说点人话吧！你怎么啦？

特里列茨基　这是野蛮！（坐下，用手掩脸）不幸，多么不幸！谁能想到？

普拉东诺夫　发生什么事了？

特里列茨基　发生什么事了？你还不知道？这与你无关？你没有时间？

安娜　尼古拉·伊凡诺维奇！

普拉东诺夫　是沙萨吗？尼古拉，快说！这还不够！她怎么啦！

特里列茨基　服火柴头自杀了。

普拉东诺夫　你说什么？

特里列茨基　（大叫）服火柴头自杀了！（跳起）给你，你读吧！读吧！（把一张纸条放到他眼前）读吧，哲学家！

普拉东诺夫　（读）"自杀者是不该被人悼念的，但你们悼念我吧。我是在痛苦中结束自己的生命的。米沙，爱柯里亚和我的兄弟吧，就像我爱你一样，别抛弃父亲，按法则生活，柯里亚，上帝保佑你，我用母爱祝福你，原谅有罪过的女人，米沙的五斗柜的钥匙放在绸裙里……"我的金子！有罪过的女人！她是有罪过的女人！这还不够！（抓住自己头发）她服毒自杀了……（停顿）沙萨服毒自杀了……但在哪？听我说！我要去找她！（撤掉手上的绷带）我……我要把她复活！

特里列茨基　（脸朝下地躺在沙发上）在复活她之前，就不该把

206

她害死！

普拉东诺夫 害死……你为什么说这个字眼？难道是我害死了她？难道……难道我希望她死？（哭）服毒自杀……这还不够，为了拿车轮子从我身上碾过去，像碾一条狗那样！如果这是惩罚，那么……（挥拳）这是残酷的，不道德的惩罚！不，这已经超出我的忍受力！超出了！为了什么？好了，我有罪，卑鄙……但我毕竟还活着！（停顿）现在大家看着我！看着我！喜欢吗？

特里列茨基 （跳起）是的，是的，是的……现在我们都来哭……而且，眼睛就是潮湿的……得好好揍你一顿！快戴上帽子！咱们走！丈夫！好丈夫！随随便便地把女人害了！弄到什么地步了！而这些人把他留在这里！他们爱他！一个与众不同的人，一个有趣的人，脸上带着高兴的忧伤！带着过去残留的美貌！咱们走吧！你去看看你干了什么，你这个有趣的与众不同的人！

普拉东诺夫 别说话……别说话……不需要言辞！

特里列茨基 你这个残酷的人，不幸的是我今天一早就回了一趟家，如果我不及时发现，该发生什么？她就死了！你明白这个还是不明白？除了最普通的事物外，你通常全都明白！唔，我那时要把你收拾了就好了！我就看不到你这副可怜的嘴脸了！如果你少说点罪孽的话，多听听别人说话，就不会有这个不幸！我要是她，就绝不会要像你这样的聪明人！咱们走！

沃依尼采夫 您别嚷嚷！啊嘿……烦死了……

特里列茨基 咱们走！

207

普拉东诺夫　等等……你说,她……没有死?

特里列茨基　你希望她死?

普拉东诺夫　(叫喊)她没有死!我怎么也不明白……她没有死?(拥抱特里列茨基)活着!(笑)活着!

安娜　我不明白!……特里列茨基,您说得明白一点,今天所有的人都很愚蠢!这封信意味着什么?

特里列茨基　她写了这封信……如果不是我,她就死定了……而现在她病得很重!我不知道,她的器官是否经受得住……哦,让她死了算了……你离我远一点,求求你了!

普拉东诺夫　你把我吓坏了!我的上帝!她现在还活着!这么说,你阻止了她的死亡?我亲爱的!(吻特里列茨基)亲爱的!(笑)过去我不相信医学,但现在我连你都相信!她现在怎么样?很虚弱?有病?但我们能让她好起来!

特里列茨基　她还能挺得住!

普拉东诺夫　挺得住!她挺不住,我能挺得住!你为什么一开始不说她还活着?安娜·彼得洛芙娜!亲爱的女人!来杯冷水,我很幸福!先生们,原谅我!安娜·彼得洛芙娜!……我要疯了!……(吻安娜·彼得洛芙娜的手)沙萨活着……来,水,水……我亲爱的!

　　〔安娜·彼得洛芙娜拿着空的长颈瓶出去,几秒钟后带着水回来。

普拉东诺夫　(向特里列茨基)我们去看她!让她站起来,站起来!从古希腊名医希波克拉底到特里列茨基,整个医学都翻了个底朝天!全给翻转过来了!难道不正是像她这样

208

的人应该活在这个世界上？咱们走！但，不⋯⋯等一等，头晕了⋯⋯我病得很厉害⋯⋯等一等⋯⋯(坐在沙发上)休息一下咱们再走⋯⋯她很虚弱？

特里列茨基 很虚弱⋯⋯他高兴了！他为什么高兴，我不知道！

安娜 我也害怕了，话得说清楚一点！喝吧！(给普拉东诺夫水)

普拉东诺夫 (贪婪地喝水)谢谢，善良的女人！我是坏蛋，不一般的坏蛋！(向特里列茨基)坐在我旁边！(特里列茨基坐下)你也受苦了⋯⋯朋友，谢谢你，她拿了很多火柴头？

特里列茨基 足够她到另一个世界去的。

普拉东诺夫 唷，感谢上帝，手痛⋯⋯再给我喝点。尼古拉，我自己也病得不轻！脑袋勉强立在肩膀上⋯⋯弄不好就垮了⋯⋯我大概是得了热病。身穿军大衣头戴尖帽子的士兵们在我的眼前晃动⋯⋯周围都是黄的和绿的颜色⋯⋯给我来点硫磺吧⋯⋯

特里列茨基 给你来点白酒吧！

普拉东诺夫 (笑)说笑话，说笑话⋯⋯我有时觉得你的笑话挺好笑，你是我的妻弟还是我的妻兄？我的上帝，我真是病了！你难以想象我病得多么厉害！

　　[特里列茨基给他号脉。

安娜 (轻声对特里列茨基)您把他带走，尼古拉·伊凡诺维奇！我今天会到你们那里去的，我要跟阿历克山德拉·伊凡诺芙娜好好谈谈。她怎么会想这么来惊吓我们？不危险？

特里列茨基 暂时还不好说什么，服毒自杀未遂，但总还

209

是……灾难!

普拉东诺夫 你给她吃什么药了?

特里列茨基 给了该给她的。(站起)咱们走?

普拉东诺夫 你给了将军夫人什么?

特里列茨基 你瞎说……咱们走!

普拉东诺夫 咱们走……(站起)谢尔盖·帕甫洛维奇! 算了! (坐下)难过个什么? 像是有人从地球上偷走了太阳! 你还算是曾经学过哲学的呢! 当个苏格拉底吧! 啊? 谢尔盖·帕甫洛维奇!(轻声)但是,我自己也不知道我在说什么……

特里列茨基 (把手放在他头上)你就病着吧! 为了洗刷你良心上的污点,你不妨生生病!

安娜 普拉东诺夫,您走吧! 差人到城里去请别的医生……不妨会诊一下……我自己也会差人去请的,您不要担心……好好宽慰宽慰阿历克山德拉·伊凡诺芙娜!

普拉东诺夫 安娜·彼得洛芙娜,您胸脯上爬着一架小钢琴! 可笑!(笑)可笑! 坐下,尼古拉,弹个什么曲子! ……(笑)可笑! 我病了,尼古拉……我严肃地说……不开玩笑……咱们走!

　　〔伊凡·伊凡诺维奇上。

十

　　上一场的人物和伊凡·伊凡诺维奇。

210

伊凡　（披头散发,穿着睡袍)我的沙萨!（哭)

特里列茨基　这还不够瞧的,你还要哭! 走开! 你跑来干什么?

伊凡　她要死了! 她想忏悔! 我怕,我怕……啊嘿,我真害怕!（走近普拉东诺夫)米沙! 我求求你了! 亲爱的,聪明的,正直的好人! 你去对她说你爱她! 丢开你的那些肮脏的浪漫史吧! 我跪下来求求你了! 她要死了! 我就她这样一个女儿……一个! 她要死了……我也要完蛋了! 没有悔悟地死去! 你去告诉她说你爱她,你把她当作自己的妻子! 为了上帝你要安慰安慰她! 米沙! 谎话有时也能解救人……上帝会看到你是对的,行行好了! 看在上帝分上,你给我这个老头一点施舍! 上帝会百倍地报答你的! 我全身发抖,因为恐慌而发抖!

普拉东诺夫　这位退休上校喝醉了?（笑)我们把沙萨治活了,完了我们一起喝酒! 啊嘿,我多想喝酒!

伊凡　咱们走,好心的人……正直的人! 你只要对她说两句话,她就得救了! 当精神上出了毛病,医药是拯救不了的!

特里列茨基　爸爸,过来一下!（拉住父亲的衣袖往外走)谁告诉你她要死了? 你怎么想出来的? 完全不可怕! 你在那个房间等一等。现在我们和他一起去看沙萨。你就这个样子闯到别人家来,你应该感到难为情!

伊凡　（向安娜·彼得洛芙娜)安娜,您有罪过! 上帝不会饶恕你的! 她是青年人,没有经验……

特里列茨基　（把他拉向另一个房间)到那边去等!（向普拉东诺夫)您想走吗?

211

普拉东诺夫 我病了……病得不轻,尼古拉!

特里列茨基 想不想走,我问您?

普拉东诺夫 (站起)少说话……不怕嘴干了? 咱们走……我好像没有戴帽子来……(坐下)找找我的帽子!

索菲娅 他应该预见到这个。我不假思索地交给了他……我知道我毁了丈夫,但我……为了他不惜一切! (站起,走近普拉东诺夫)您是怎么对待我的? (哭)

特里列茨基 (抱住自己的头)麻烦了! (在舞台上踱步)

安娜 索菲娅,平静一下! 现在不是时候……他正病着。

索菲娅 能像这样侮辱整个人的生命吗? 这符合人性吗? (坐在普拉东诺夫身边)要知道我的全部生活都完蛋了……我现在都活不了啦……救救我,普拉东诺夫! 现在还不晚! 普拉东诺夫,还不晚! (停顿)

安娜 (哭泣)索菲娅……您想干什么? 您还有机会……他现在能对您说什么? 难道您没有听到……没有听到?

索菲娅 普拉东诺夫……再一次请求您……(恸哭)行吗?

　　　　[普拉东诺夫走开。

索菲娅 不要这样……这样不好……(跪下)普拉东诺夫!

安娜 索菲娅,这已经过分了! 您不能这样做! 谁也不必……下跪……(扶起她,让她坐下)您……女人!

索菲娅 (哭)请您告诉他……请您说服他……

安娜 您要理智起来……应该……坚强……您是女人! 哪……够了! 回自己的房间吧。(停顿)走吧,躺到床上去……(向特里列茨基)尼古拉·伊凡诺维奇! 怎么办?

特里列茨基 关于这个可以问我亲爱的米沙! (在舞台上

踱步)

安娜 咱们把她送到床上！谢尔盖！尼古拉·伊凡诺维奇！来帮帮我，好吗！

〔沃依尼采夫站起，走向索菲娅。

特里列茨基 咱们送她走，你给点镇静剂。

安娜 我自己也想吃点镇静药……（向沃依尼采夫）谢尔盖，拿点男子汉的样子出来！至少你不能倒下！我也不比你好过，但是，我还能挺得住……索菲娅，咱们走！遇到了这样的日子……

〔众人扶着索菲娅走。

安娜 坚强一点，谢尔盖！让我们像个人的样子！

沃依尼采夫 妈妈，我尽量，我挺得住……

特里列茨基 谢尔盖兄弟，不要悲伤！我们好歹能挺过来的！你不是头一个，也不是最后一个！

沃依尼采夫 我尽可能……是的，我尽可能……

〔他们下场。

十一

普拉东诺夫，然后格列科娃上。

普拉东诺夫 （独自一人）尼古拉，给我烟和水！（环顾）他们走了？该走了……（停顿）我毁灭了软弱的、无辜的女人……如果我用另外一种方式毁灭她们，比方是在狂热的激情之下，是用西班牙的方式，那么还不算遗憾，而我是用俄国的

213

方式毁灭了她们,有点愚蠢……(在眼前挥手)飞来飞去的苍蝇……云彩……我大概在说梦话……我被压垮了,压扁了,揉皱了……莫非早就失去自我了?(用手掩脸)可耻,非常可耻……为这耻辱而痛苦!(站起)本来很饿,很冷,筋疲力尽了,走投无路了,然后来到这里……他们给了我温暖的角落,给我衣服穿,给我体贴……我是这么回报的!但我病了……不妙……得打死自己了……(走向桌子)挑选吧,整个一个武器库……(拿一把手枪)哈姆雷特害怕做梦……我害怕……生活!如果我还活着,将会发生什么?耻辱难忍……(把手枪对准太阳穴)戏演完了!又少一个聪明的畜生!上帝,饶恕我的罪过!(停顿)哪?这么说,现在就死……现在,手痛得厉害……(停顿)没有力量!!(把手枪放到桌子上)想活……(坐在沙发上)想活下去……(格列科娃上)来点水……特里列茨基在哪?(看格列科娃)这是谁?啊……啊……(笑)最凶恶的敌人……咱们明天上法院?(停顿)

格列科娃　但有了那封信之后,我们就已经不是敌人了。

普拉东诺夫　这一样,有水吗?

格列科娃　您要水?您怎么啦?

普拉东诺夫　病了……我要得热病……我喜欢这个,很聪明,但如果您与我完全没有联系,那就更聪明了……我想自杀……(笑)没有成功……本能……自己的智慧,自己的本性……您眼尖!您是个聪明的女人吧!(吻她的手)手有点冷……您听我说……您愿意听我说吗?

格列科娃　愿意,愿意……

214

普拉东诺夫　把我领到您家去吧！我病了,想喝水,很痛苦,无法忍受！我想睡觉,但没有睡觉的地方……把我哪怕安置在板棚里,只要有块地方,有水还有……有点金鸡纳霜药,就这样！（伸过手）

格列科娃　咱们走！我很愿意！您可以住在我那里,住多久都可以……您还不知道我做了什么！咱们走！

普拉东诺夫　谢谢,聪明的姑娘,香烟、凉水和床铺！外边下雨吗？

格列科娃　下雨。

普拉东诺夫　只好冒雨前往了……我们不打官司了。和平！（瞧着她）我在说梦话？

格列科娃　完全不是,咱们走！我的马车带篷的。

普拉东诺夫　好姑娘……你怎么脸红了？我不招惹你,我吻吻你的冰冷的手……（吻她的手,把她拥进自己的怀里）

格列科娃　（坐在他膝盖上）不……不要这样……（站起）咱们走……您的面孔很怪……放开手！

普拉东诺夫　病了。（站起）我们走……给我脸颊……（吻她的脸颊）没有别的用意,我不能够……不过,这是鸡毛蒜皮的事,咱们走,玛丽雅·叶菲莫芙娜！快一点！瞧……我曾经想用这把手枪自杀……来,面颊……（吻她的面颊）我在说梦话,但我看得见您的面孔……我爱所有的人！所有的人！我也爱您……对于我来说,人比什么都宝贵……我不想得罪任何人,但我得罪了……所有的人……（吻她的手）

格列科娃　我全明白了……我理解您的处境……索菲娅……是吗？

普拉东诺夫　索菲娅,奇奇娅,米米娅,玛丽雅……你们人很多……我全爱……上大学的时候,也常去剧场广场……对风尘女子说过好话……别人在剧院,而我在广场……我曾经把一个叫拉伊莎的妓女赎出来……我和几个大学生积攒了三百卢布还把另一个妓女赎出来了……把她的信给您看看?

格列科娃　您怎么啦?

普拉东诺夫　您以为我发疯了? 不,是这样……梦呓……您去问问特里列茨基(抓住她的肩膀),大家也都爱我……所有的人! 有时你出言不逊,但……他们照样爱……比如,我得罪了格列科娃,把她推到桌子上了,但……她还是爱,您,就是格列科娃本人……不好意思……

格列科娃　您哪里痛?

普拉东诺夫　普拉东诺夫在痛。您是爱我的吧? 您爱吗? 坦率地……我什么也不想……您只是告诉我,您爱吗?

格列科娃　爱……(把头埋在他怀里)爱……

普拉东诺夫　(吻她的头)都爱……等到身体好了,我再腐化……先把好话说了,而现在该腐化……

格列科娃　对我反正一样……我什么也不需要……仅仅是你……一个人。我不想知道其他的人! 你对我做什么都可以……仅仅是你一个人!(哭)

普拉东诺夫　我理解那个挖去自己眼睛的俄狄浦斯王了! 我多么卑鄙,又是多么深切地知道自己的卑鄙! 请离开我! 不值得的……我是病人。(松开拥抱)我现在走……请原谅我,玛丽雅·叶菲莫芙娜! 我要发疯了! 特里列茨基在哪？

　　⌈索菲娅·叶戈洛芙娜上。

十二

　　上一场的人物和索菲亚·叶戈洛芙娜。

　　索菲娅走近桌子，在桌子上翻找东西。

格列科娃　（抓住普拉东诺夫的手）啊……（停顿）

　　⌈索菲娅拿起手枪，朝普拉东诺夫开枪，没有射中。

格列科娃　（站在普拉东诺夫和索菲娅之间）您干什么?!（大叫）来人啊！快来人啊！

索菲娅　您放开……

　　⌈绕过格列科娃，用枪口顶着普拉东诺夫的胸膛射击。

普拉东诺夫　您等一等，您等一等……为什么会是这样？（倒下）

　　⌈安娜·彼得洛芙娜，伊凡·伊凡诺维奇，特里列茨基和沃依尼采夫跑上。

十三

　　上一场的人物，安娜·彼得洛芙娜，特里列茨基，沃依尼采夫，后来还有仆人和马尔科。

安娜　（从索菲娅手中夺过手枪，把她推倒在沙发）普拉东诺

217

夫！（俯身向普拉东诺夫）

　　　　［沃依尼采夫用手掩脸，身子转向房门。

特里列茨基　（俯身向普拉东诺夫，迅速地解开他的礼服）米哈依尔·瓦西里耶维奇？你听得到吗？（停顿）

安娜　看在上帝的分上，普拉东诺夫！米沙……米沙！快点，特里列茨基……

特里列茨基　（大声）来点水！

格列科娃　（给他长颈瓶）救救他！他能救他！（在舞台上踱步）

　　　　［特里列茨基喝水，把长瓶子放到一边。

伊凡　（抱住自己的头）要知道，是他自己说要死的？咯，真死了！真死了！（跪下）万能的上帝！死了……死了……

　　　　［雅可夫，瓦西里，卡嘉和厨师跑上。

马尔科　（上）调解法庭……（停顿）

安娜　普拉东诺夫！

　　　　［普拉东诺夫稍稍坐起，用眼睛扫视大家。

安娜　普拉东诺夫……这没有什么……喝点水！

普拉东诺夫　（指指马尔科）给他三个卢布！（躺下，死去）

安娜　谢尔盖，坚强一点！全都会过去的，尼古拉·伊凡诺维奇……一切都会过去的……坚强一点……

卡嘉　（跪在安娜·彼得洛芙娜脚边）都是我不好！我把纸条拿来了！我贪钱了，夫人！饶恕我这个罪人吧！

安娜　镇定一点……为什么惊慌失措？他不过是……还有治……

特里列茨基　（大叫）他死了！

218

安娜 不，不……

〔格列科娃坐在桌子边，看字条，痛苦地哭泣。

伊凡 安息吧……死了……死了……

特里列茨基 生命是一个戈比！米沙，永别了！你的戈比消失了！你们还看个什么？自己打死了自己！全都散伙了！（哭）现在我们和谁一起为你的亡灵喝酒！噢，傻瓜！我们没有能保护好普拉东诺夫！（站起）父亲，你去告诉沙萨，让她也死吧！（摇晃着身子，走向沃依尼采夫）你怎么啦？哎嘿！（拥抱沃依尼采夫）普拉东诺夫死了！（哭泣）

沃依尼采夫 尼古拉，怎么办？

特里列茨基 把死人埋好，把活人治好！

安娜 （慢慢站起，走向索菲娅）索菲娅，平静一下！（哭）您干了什么？尼古拉·伊凡诺维奇，什么也不要对阿历克山德拉·伊凡诺芙娜说！我自己来对她说！（走向普拉东诺夫，跪在他的面前）普拉东诺夫！我的生命！我不相信！要知道，你还没有死？（抓起他的手）我的生命！

特里列茨基 谢尔盖，干正事儿！咱们帮帮你的妻子，然后……

沃依尼采夫 是的，是的，是的……（走向索菲娅）

伊凡 上帝忘了……因为罪过，因为我的罪过……为什么犯了罪，老丑角？我杀害了生灵，我酗酒，说下流话……上帝忍耐不了啦，给了一个打击。

——幕落

林　　妖

四幕喜剧
一八八九年

人　物

亚历山大·弗拉基米洛维奇·谢列勃里雅可夫——退休教授。

叶莲娜·安德列耶芙娜——谢列勃里雅可夫的夫人,三十七岁。

索菲娅·亚历山德洛芙娜(索尼娅)——谢列勃里雅可夫前妻的女儿,二十岁。

玛丽雅·瓦西里耶芙娜·沃依尼茨卡娅——一个三等文官的遗孀,谢列勃里雅可夫前妻的母亲。

叶戈尔·彼特洛维奇·沃依尼茨基——玛丽雅·瓦西里耶芙娜的儿子。

列奥尼德·斯捷潘诺维奇·日尔屠欣——没有结业的工艺师,一个很富有的人。

尤丽娅·斯捷潘诺芙娜(尤丽娅)——日尔屠欣的妹妹,十八岁。

伊凡·伊凡诺维奇·奥尔洛夫斯基——地主。

费德尔·伊凡诺维奇——奥尔洛夫斯基的儿子。

米哈依尔·列沃维奇·赫鲁舒夫——地主,大学医学系的毕业生。

伊里亚·伊里依奇·德雅金

瓦西里——日尔屠欣的仆人。

谢苗——磨场的工人。

第　一　幕

　　日尔屠欣家庄园的花园。带凉台的房子,在房前的场地上放着两张桌子:摆上餐具的大桌子是吃饭用的,另一张小一点的桌子提供小吃。此刻已是下午三点钟。

一

　　日尔屠欣和尤丽娅从房子里出来。

尤丽娅　你最好穿一件灰色的上衣。这一件对你不合适。

日尔屠欣　一个样,无所谓。

尤丽娅　列涅契卡,你为什么这样忧郁?难道在生日这天也能这样?你多不听话!(把头埋在日尔屠欣怀里)

日尔屠欣　少一点浪漫,好吗?

尤丽娅　(含泪)列涅契卡!

日尔屠欣　这些酸溜溜的吻,这些含情脉脉的眼神,还有我根本不需要的表套,都没有意思。你最好还是满足我的请求!你为什么不给谢列勃里雅可夫家写信?

尤丽娅　列涅契卡，我写过了！

日尔屠欣　写给谁了？

尤丽娅　写给索尼娅了，我请她务必今天中午一点之前到我们这里来。真的，我写了！

日尔屠欣　但现在已经两点多钟了，可他们还没有来。随他们去吧！不来也罢！这些都可以不去管他，反正没有什么好结果的……留下的只有屈辱、恶心的感觉，其他就什么也没有了……她对我一点不感兴趣。我不漂亮，干干巴巴的，我身上没一点浪漫的东西，如果她嫁给我，那也是有另外的打算……为了钱！

尤丽娅　不漂亮……你不了解自己。

日尔屠欣　我好像是个瞎子！胡子是从脖子上长起来的，与众不同……胡须又是鬼知道……还有鼻子……

尤丽娅　你干吗托着腮帮子！

日尔屠欣　眼睛下边又痛起来了。

尤丽娅　是啊，有点肿了。让我来吻一下，肿块就不见了。

日尔屠欣　愚蠢！

〔奥尔洛夫斯基和沃依尼茨基上。

二

上一场的人物，奥尔洛夫斯基和沃依尼茨基。

奥尔洛夫斯基　小姐，我们什么时候吃饭？已经两点多钟了！

尤丽娅　谢列勃里雅可夫一家还没有来呢！

奥尔洛夫斯基　要等到什么时候？我想吃。叶戈尔·彼特洛维奇也想吃。

日尔屠欣　（向沃依尼茨基）你们的人来吗？

沃依尼茨基　我出门的时候，叶莲娜·安德列耶芙娜正在穿衣服。

日尔屠欣　这么说，他们会来的。

沃依尼茨基　这可说不定。万一我们的将军又犯了痛风病或是又发起小脾气，他们就来不了啦！

日尔屠欣　这样的话咱们就开饭。有什么好等的！（大声）伊里亚·伊里依奇！谢尔盖·尼科季梅奇！

　　〔德雅金等两三个客人上。

三

　　上一场的人物，德雅金和客人们。

日尔屠欣　大家吃吧，请用。（站在摆小吃的桌子旁）谢列勃里雅可夫一家没有来，费德尔·伊凡内奇没有到，林妖也没有来……他们把我们忘了。

尤丽娅　教父，您要酒吗？

奥尔洛夫斯基　少来点，这就够了。

德雅金　（把餐巾缠在颈部）尤丽娅·斯捷潘诺芙娜，你们家的产业搞得真不错！不管是走在你们的田野里，还是在你们花园的树荫下散步，还是看着这张餐桌，我到处能见到您那双神奇的手的力量。为您的健康干杯！

226

尤丽娅 烦心事太多,伊里亚·伊里依奇! 比如,昨天纳扎尔没有把火鸡赶进鸡棚里去,火鸡在花园的露水里过了夜,结果今天有五只火鸡死了。

德雅金 这可不行。火鸡很娇气。

沃依尼茨基 (向德雅金)麻糕,给我切点火腿肉!

德雅金 甘愿效劳,很好的火腿,这是《一千零一夜》里的一绝。(切火腿)我给你严格按照艺术的法则来切。贝多芬和莎士比亚不会这么切。不过是刀有点钝。(磨刀)

日尔屠欣 (跳起)唔! ……别这样,麻糕! 我受不了这个!

奥尔洛夫斯基 叶戈尔·彼特洛维奇,您看看你们家出什么事了?

沃依尼茨基 没有出什么事呀。

奥尔洛夫斯基 有什么新情况?

沃依尼茨基 没有新情况,一切照旧。去年怎么样,今年还是怎么样。我的老妈妈,还一个劲儿地谈论妇女解放。她一只眼睛瞅着坟墓,另一只眼睛在聪明人写的书本里寻觅新生活的曙光。

奥尔洛夫斯基 那沙萨呢?

沃依尼茨基 很遗憾! 蛾子还没有把教授吞吃掉,他还是从早到晚坐在书房里写作,"开动脑筋,皱起眉头,我们写诗,我们写诗,我们去任何地方也听不到喝彩,无论是对于自己还是对于诗。"可怜的纸张! 索尼娅还是在读那些聪明的书,写那些聪明的日记。

奥尔洛夫斯基 你是我亲爱的,我的灵魂……

沃依尼茨基 照我的观察能力,我能写小说。想到个情节马上

227

就写到纸上。这位退休的教授,名不符实的老家伙,老面包干……痛风、关节炎、偏头痛、肝病,等等……像奥赛罗一样的嫉妒,他不得不住在前妻的庄园里,因为城里他住不起,他永远埋怨自己的不幸,其实他够幸福的了。

奥尔洛夫斯基 是这样!

沃依尼茨基 当然啰!倒是想想他有多走运!我们先不说他是一个在教堂里朗读《圣经》的教士的儿子,后来是一所宗教学校的学生,获得了学位和教席,成了教授大人,当了乘龙快婿,还有其他,等等。这还并不重要,但你想想这样一个情况,一个整整二十五年一直做艺术讲座、写艺术论文的人,对艺术一无所知。整整二十五年,他学着别人的腔调,大谈现实主义、自然主义和其他无用的学问,二十五年讲一些、写一些聪明人早已知道而蠢人根本不感兴趣的话题,这就是说,他整整讲了二十五年的无聊的废话,然而他又取得了那么大的成功!获得了那么高的知名度!这是凭什么,为什么?根据什么法律?

奥尔洛夫斯基 (笑)嫉妒,嫉妒!

沃依尼茨基 是的,我是在嫉妒!他多能讨女人的欢心!没有一个唐璜比他更能诱惑女人!他的第一任妻子,就是我的姐姐,温柔可爱、纯洁得像这片蓝天,高尚而富有同情心,她的追求者比他的学生人数还多。可是她却爱上了他,就像纯洁的天使爱着和自己同样纯洁的天使一样。我的母亲,他的岳母,直到现在还崇拜着他,他直到现在还让她感到敬畏。他的第二任妻子,是个聪明的美人——你已经见过她,嫁给了他这么个老头,将自己的青春、美貌、自由和体面全都奉献给了他⋯⋯这是凭什么,为什么?要知道她是一个多么有才华的演员!她钢琴演奏得多奇妙!

奥尔洛夫斯基 总的来说,是个有才华的家庭,难得的家庭。

日尔屠欣 是的,以前,索菲娅・亚历山德洛芙娜有非常好的嗓子。很出色的女高音。这样的女高音就是在彼得堡也听不到,但是,你们知道吗,她唱高音的时候有点发紧,太遗憾了!给我高音!给我高音!啊嘿,要是这些高音拿得下,我用脑袋担保,她会前途无量,你们明白吗⋯⋯对不起,先生们,我要和尤丽娅说两句话。(把尤丽娅拉到一边)骑马去找他们。写清楚,如果他们不能马上来,那么来吃午饭也好。(轻声)不要丢我的脸,信写得要有点文采⋯⋯"来"这个字用旧体字书写⋯⋯(大声地、亲热地)我的朋友,劳驾了。

尤丽娅 好的。(下)

德雅金 教授夫人我无缘一睹风采,但我听说她不仅有内在的美,而且还有外在的美。

奥尔洛夫斯基 是的,她是个奇妙的夫人。

日尔屠欣 她忠于自己的教授吗?

沃依尼茨基 可惜,忠实于他。

日尔屠欣 为什么可惜?

沃依尼茨基 因为这种忠实是彻头彻尾的虚假。在这种忠实里,有很多的矫情,却没有半点逻辑。背叛令你厌恶的丈夫老头——这是不道德的;竭力扼杀自己的青春和天然的情感——反倒不是不道德的。见鬼了,这里的逻辑何在?

德雅金 (哭腔)舒尔仁卡,我不赞成你刚才说的话。事情明摆着的……我甚至在浑身发抖……先生们,我没有口才,说不出漂亮的话来,但请允许我用平白的语言说几句心里话……先生,一个背叛自己的妻子或丈夫的人,是一个不忠诚的人,他也可能背叛自己的祖国!

沃依尼茨基　住嘴!

德雅金　舒尔仁卡……伊凡·伊凡内奇,列涅契卡,我亲爱的朋友们,请你们关注一下我的多变的命运。这不是秘密,谁都知道,因为我其貌不扬,我的妻子在与我结婚的第二天就与自己的相好私奔了。

沃依尼茨基　她做得好。

德雅金　先生们,听我说! 在这个变故之后,我也没有违背自己的职责。我到今天还爱她,还忠实于她,而且尽我所能地接济她。我立下遗嘱把自己的财产归她与情夫所生的孩子。我没有违背职责,我感到骄傲。我自豪! 我没有得到幸福,但我却有了自豪。而她呢? 在自然法则的影响下,她的青春已经过去,她的美貌已经消失,她的情人也已经死去。她如今还有什么呢? (坐下)我严肃地跟你们说,而你们却笑。

奥尔洛夫斯基　你是个善良的人,你的心肠好,但你说得太多了,还挥动胳膊……

　　〔从屋子里走出费德尔·伊凡诺维奇,他身穿一件腰间打褶的细呢上衣,脚蹬一双高筒皮靴,胸间挂有勋章和一根粗重的带表坠的金链子,手指上戴着贵重的宝石戒指。

四

上一场的人物和费德尔·伊凡诺维奇。

费德尔·伊凡诺维奇　伙计们,你们好!

奥尔洛夫斯基　(快乐地)亲爱的费佳,我的儿子!

费德尔·伊凡诺维奇　(向日尔屠欣)祝你生日好……长成大人物……(向所有的人问好)父亲! 麻糕,你好! 祝你们胃口好,面包和盐都在眼前。

日尔屠欣　你去哪儿逛了? 到得这么迟可不好。

费德尔·伊凡诺维奇　天热! 得喝点白酒。谢列勃里雅可夫一家人还没有来?

日尔屠欣　还没有来。

费德尔·伊凡诺维奇　嗯……那么尤丽娅在哪儿?

日尔屠欣　我不知道她上哪去了,该上蛋糕了。我去叫她。

　　(下)

奥尔洛夫斯基　我们的列涅契卡,这位过生日的人,今天好像情绪不佳。脸阴沉沉的。

沃依尼茨基　是个畜生。

奥尔洛夫斯基　神经出问题了,没有办法……

沃依尼茨基　自尊心太强,所以神经才出问题。您试着当他的面说这个青鱼很好吃,他马上就会生气。为什么你们不夸夸他本人呢? 算是个正派的蠢货。他来了。

　　〔日尔屠欣和尤丽娅上。

231

五

上一场的人物,日尔屠欣和尤丽娅。

尤丽娅　你好,费佳!(和费德尔·伊凡诺维奇接吻)吃吧,亲爱的。(向伊凡·伊凡诺维奇)教父,您看,我今天给列涅契卡送了件什么礼物!(展示表套)

奥尔洛夫斯基　我的杜辛卡,表套!什么玩意……

尤丽娅　一根金线就值八个半卢布。您看看它的边儿,珍珠,珍珠,珍珠……再看这几个字:列奥尼德·日尔屠欣。这是用丝线织的"我爱的人,我赠此物"……

德雅金　让我瞧瞧!真棒!

费德尔·伊凡诺维奇　你们算了吧!尤丽娅,最好上点香槟酒!

尤丽娅　费佳,这要到晚上!

费德尔·伊凡诺维奇　哎,还要等到晚上!现在就喝!不然我走。真的,我走,酒在哪里?我自己去拿。

尤丽娅　费佳,你总是把家里的东西弄得乱七八糟。(向瓦西里)瓦西里,给你钥匙!香槟酒在地窖里,放在角落里的筐子里的,在装葡萄干的口袋旁边。注意别打碎了什么东西!

费德尔·伊凡诺维奇　瓦西里,来三瓶!

尤丽娅　费佳,你将来不会是个好管家的……(给每个人蛋糕)先生们,吃吧,多吃点……午饭还早,要到六点……你不会

232

有出息的,费佳……你是个不中用的人。

费德尔·伊凡诺维奇 咦,教训起人来了!

沃依尼茨基 大概有人来了……你们听到了吗?

日尔屠欣 是的……这是谢列勃里雅可夫他们……终于来了!

瓦西里 谢列勃里雅可夫先生到!

尤丽娅 (喊叫)索涅契卡! (跑出去)

沃依尼茨基 (唱咏叹调)各位去迎接,咱们去迎接……(下)

费德尔·伊凡诺维奇 瞧那个高兴样!

日尔屠欣 人怎么这样缺乏分寸! 和教授夫人住在一起,又不能掩盖这个。

费德尔·伊凡诺维奇 谁?

日尔屠欣 舒尔仁,你不在的时候,他刚刚把教授夫人捧上了天,甚至有点不像话。

费德尔·伊凡诺维奇 你怎么知道他和她住在一起?

日尔屠欣 我又不是瞎子……全市的人都在议论这个……

费德尔·伊凡诺维奇 胡说。现在谁也不和她住在一起,而不久的将来我要去和她住……你明白吗? 我!

六

上一场的人物,谢列勃里雅可夫、玛丽雅·瓦西里耶芙娜。沃依尼茨基手挽着叶莲娜·安德列耶芙娜、索尼娅和尤丽娅上场。

尤丽娅 (吻索尼娅)亲爱的! 亲爱的!

奥尔洛夫斯基 （迎向前去）沙萨,你好,亲爱的,你好! (和教授接吻)身体好吗? 感谢上帝!

谢列勃里雅可夫 你呢,老兄? 你不错,好样的! 很高兴见到你。早来了?

奥尔洛夫斯基 星期五来的。（向玛丽雅·瓦西里耶芙娜）玛丽雅·瓦西里耶芙娜! 您生活得怎么样? （吻她的手）

玛丽雅·瓦西里耶芙娜 我亲爱的。（吻他的头）

索尼娅 教父!

奥尔洛夫斯基 索尼娅,我亲爱的,（吻索尼娅）我的宝贝……

索尼娅 面孔还是那么的善良、伤感和甜美……

奥尔洛夫斯基 你长大了,变漂亮了,变成熟了,我的宝贝……

索尼娅 哎,您的情况怎么样? 身体好吗?

奥尔洛夫斯基 好极了!

索尼娅 好样的,教父! （向费德尔·伊凡诺维奇）唷,把最重要的人物忽略了。（和他接吻）晒黑了,长高了……像个大蜘蛛!

尤丽娅 亲爱的!

奥尔洛夫斯基 （向谢列勃里雅可夫）老兄,生活得怎么样?

谢列勃里雅可夫 平平常常……你怎么样?

奥尔洛夫斯基 我还有什么操心事? 庄园给儿子了,把女儿嫁给了好人家,现在世界上没有比我更自由的人了。我就玩玩呗!

德雅金 （向谢列勃里雅可夫）阁下迟到了。蛋糕不那么热了。请允许我自我介绍:伊里亚·伊里依奇·德雅金,或者像有些人根据我麻脸的特征,非常机敏地给了个雅号:麻糕。

谢列勃里雅可夫　很高兴。

德雅金　夫人！小姐！(向叶莲娜·安德列耶芙娜和索尼娅鞠躬)这里都是我的朋友,阁下,我曾经有一份很大的家产,但由于家庭的原因,或者像文化界的说法,由于与编辑部无关的原因,我把我那部分家产送给了我的亲兄弟,他不幸地丢掉了七万卢布的公款。我的职业是开发自然资源。我向我的朋友林妖租了个磨坊,我强迫巨浪来转动磨坊的轮子。

沃依尼茨基　麻糕,住嘴！

德雅金　在那些点缀我们祖国地平线的科学巨子面前,我总是顶礼膜拜的。(鞠躬)请原谅我的冒昧,我盼望有机会拜访阁下,向您请教科学的最新成就,让我得到心灵的安慰。

谢列勃里雅可夫　欢迎。很高兴。

索尼娅　哎,教父,您说说,冬天您在哪儿过的？您到哪儿去了？

奥尔洛夫斯基　在格蒙登待过,在巴黎待过,在尼斯待过,在……

索尼娅　好！您是个幸福的人！

奥尔洛夫斯基　秋天跟我一起去！你愿意吗？

索尼娅　(唱)"没有必要别诱惑我……"

费德尔·伊凡诺维奇　吃饭的时候别唱歌,否则你丈夫的妻子要变傻的。

德雅金　现在来鸟瞰这个桌子是挺有趣的,多么漂亮的花束！是和谐、美丽、深刻文化的结合……

费德尔·伊凡诺维奇　多么漂亮的舌头！鬼知道是怎么回事！

你说起话来,就像有个刨子在你背上移动……(笑)

奥尔洛夫斯基 (向索尼娅)你,我亲爱的,还没嫁人……

沃依尼茨基 请问,她能嫁给谁? 洪堡已经死了,爱迪生在美国,拉萨尔也死了……前几天我在桌子上找到了她的日记瞧,是什么样的日记! 我打开日记读到:"不,我永远也不谈恋爱……爱情——这是我对于异性对象的自私的吸引……"五花八门,应有尽有! 还有哲学上的先验论……呸! 你这是从哪儿学来的?

索尼娅 舒尔仁舅舅,应该由别人而不是你来嘲笑我。

沃依尼茨基 你生气了?

索尼娅 如果你再多说一句,那么我们两个中有一个人得回家去,我或是你……

沃依尼茨基 是啊,瞧您这脾气,我给您添点菜……(向索尼娅)哎,给我手! (吻她的手)和平与和谐……我再也不说了。

七

上一场的人物和赫鲁舒夫。

赫鲁舒夫 (走进屋子)我为什么不是个画家? 多么好的群像!

奥尔洛夫斯基 (高兴地)米沙!

赫鲁舒夫 生日好! 尤丽娅,你好,你今天真漂亮! 教父! (和奥尔洛夫斯基亲吻)索菲娅·亚历山德洛芙娜……(向所有的人问好)

日尔屠欣 咦！怎么来得这么晚？你在哪？

赫鲁舒夫 在病人那儿。

尤丽娅 蛋糕早凉了。

赫鲁舒夫 没有关系,尤丽娅,我吃凉的。我坐在哪？

索尼娅 坐这边来……(让赫鲁舒夫坐在旁边)

赫鲁舒夫 今天天气真好,我的胃口也特好……等一等,我要喝酒……(喝酒)生日好！我吃蛋糕……尤丽娅,吻吻这块蛋糕,这会更好吃……

尤丽娅 (吻蛋糕)谢谢,教父生活得怎么样？很久没有见到您啦。

奥尔洛夫斯基 是的,好久没有见了。我出了趟国。

赫鲁舒夫 听说了,听说了……真羡慕您,费德尔,你的生活怎么样？

费德尔·伊凡诺维奇 还好,您的祈祷,可以像柱子一样让我们依靠……

赫鲁舒夫 你的工作呢？

费德尔·伊凡诺维奇 倒不必诉苦,活着。只是,我的兄弟,老外出。挺烦人的。从这儿到高加索,从高加索到这儿,然后又从这儿到高加索——没完没了,疲于奔命。要知道,我那边有两处庄园！

赫鲁舒夫 我知道。

费德尔·伊凡诺维奇 我在经营殖民地,捕捉毒蜘蛛和蝎子,事情总的来说还算不错,但有关"心中的激情"方面,还是老样子。

赫鲁舒夫 当然,也爱着什么人？

费德尔·伊凡诺维奇　林妖,为了这个应该喝酒。(喝)先生们,永远不要去爱结了婚的女人!真的,宁可肩部受伤,腿部穿孔,像你的忠实的仆人一样,也要比爱结了婚的女人强……我多么的不幸,简直……

索尼娅　没有希望?

费德尔·伊凡诺维奇　得了吧!没有希望……在这个世界上,不存在没有希望的;没有希望、不幸的爱情,啊嘿,这全都是瞎说,只要你想要……我想要我的枪别打不响,它就一定不卡壳。我想要女士爱我,她就会爱我。索尼娅,就是这样。如果我看中了哪个女人,那她跳出我的手心就会比跳到月亮上去还难。

索尼娅　不过,你是个多么可怕的人!

费德尔·伊凡诺维奇　从我这儿跑不掉!跑不掉!我跟她没有说上三句话,但她已经在我手心里……是的……我只是对她说:"夫人,每当您看着窗外的时候,就应该想起我,我要这样……"这就是说,她每天要想我一千次。除此之外,我每天用书信向她轰炸。

叶莲娜·安德列耶芙娜　书信,这是最不可能的方法。女人接到了信但可以不读。

费德尔·伊凡诺维奇　您这么想?嗯……我已经在这世上活了二十五年,我还没有见过一个有勇气不拆信的神奇女人。

奥尔洛夫斯基　(欣赏着儿子)怎么样?我的儿子,美男子!要知道我年轻时也是这样。完全一样!只是没有打过仗,而喝酒,花钱如流水——可怕的事情!

费德尔·伊凡诺维奇　米沙,我爱她,真爱她……她只要愿意,我可以给她一切……我可以把她带到高加索去,住到山里去,我们的日子会过得甜甜蜜蜜……叶莲娜·安德列耶芙娜,我可以像一只忠实的小狗那样地保护她,她对于我来说,就如同我们的首席贵族所唱的那样:"我忠实的朋友,你将是世界的女王。"哎嘿,她不知道自己的幸福!

赫鲁舒夫　这位幸福的女士是谁?

费德尔·伊凡诺维奇　知道得太多,就老得快呀……好了,不说这个了,现在说另一个话题,记得十年前,列奥尼德还是个中学生,我们也在这一天聚会庆祝过,从这儿回家坐在马车上,右边坐着索尼娅,左边坐着尤丽娅,她们两个都拉着我的胡子,先生们,让我们为我的年轻时代的朋友——索尼娅和尤丽娅干杯!

德雅金　(笑)这太好了!这太好了!

费德尔·伊凡诺维奇　战争之后,有一次我和一个土耳其军官一起在特拉宾桑喝酒……他问我……

德雅金　(打断费德尔·伊凡诺维奇的话)先生们,让我们为友谊干杯!友谊万岁!

费德尔·伊凡诺维奇　打住,打住,打住!索尼娅,请注意!我打赌,我在这桌子上放三百卢布!早饭过后去玩门球。我打赌,我能一次通过所有的球门并打个来回。

索尼娅　我和你打赌,不过我没有三百卢布。

费德尔·伊凡诺维奇　如果你输,给我唱四十首歌。

索尼娅　我同意。

德雅金　这太好了!这太好了!

叶莲娜·安德列耶芙娜 （看着天空)这是一只什么鸟在飞?

日尔屠欣 这是苍鹰。

费德尔·伊凡诺维奇 先生们,为苍鹰干杯!

〔索尼娅哈哈大笑。

奥尔洛夫斯基 哎,吃了笑药啦! 你怎么啦?

〔赫鲁舒夫咯咯大笑。

奥尔洛夫斯基 你是怎么啦?

玛丽雅·瓦西里耶芙娜 索丽娅,这样不体面!

赫鲁舒夫 唷嘿,罪过,先生们,我马上停止,马上……

奥尔洛夫斯基 这叫傻笑。

沃依尼茨基 他们两人只需要用手指一指,马上就笑,索尼娅!
（指一个手指)哎,就这样……

赫鲁舒夫 算了! （看表)哎,吃也吃了,喝也喝了,要懂规矩,
该走了。

索尼娅 这是上哪去?

赫鲁舒夫 去看病人,我的医生的职业让我烦透了,就像没有
爱情的老婆,就像没有尽头的冬天……

谢列勃里雅可夫 不过,要知道医生是您的职业,是工作……

沃依尼茨基 （嘲讽地)他还有另外一个职业,他在自己的土地
上挖泥煤。

谢列勃里雅可夫 什么?

沃依尼茨基 泥煤,有个工程师清清楚楚地计算过,在他的土
地下藏着七十二万吨泥煤。这不是闹着玩的。

赫鲁舒夫 我挖煤不是为了钱。

沃依尼茨基 那为了什么挖它?

赫鲁舒夫 为了你们再也不砍森林。

沃依尼茨基 为什么不能砍森林？如果听了您的,这森林的存在仅仅是为了供小伙子和姑娘到那里面去呼朋引友的。

赫鲁舒夫 我从来没有这样说过。

沃依尼茨基 到今天为止,所有我从您那儿听到的保护森林的言辞,都是陈旧的、轻率的和偏激的,请您原谅。我不是毫无根据地做判断,我几乎能背出您所有的,对于森林的辩护词……(抬高声调,配以手势,像是在摹仿赫鲁舒夫)你们,噢,人们,你们在毁灭森林,而森林可以美化大地,森林可以教会人懂得什么是美,在他心中唤起神圣的情感,森林可以使严酷的气候变得温和,在气候温和的国家,跟自然作斗争不太费力,因此那里的人的性格也更温和,更可爱。在那里,人长得漂亮、灵巧、反应敏捷,他们的谈吐很优雅。他们的动作很协调。他们的科学和艺术很繁荣,他们的哲学不阴暗,他们对待妇女的态度充满着关怀,诸如此类,不一而足……这一切都很可爱,但一点都不可信,所以请允许我继续用劈柴生炉子,用树木盖板棚。

赫鲁舒夫 出于需要的伐木是可以的,但该是停止毁灭森林的时候了。所有的俄罗斯森林在斧头下呻吟,几十亿树木遭到毁灭,野兽和鸟类也要失去栖身之地,河流在涸竭,美丽的风景将永远消失,而这全因为懒惰的人不肯弯一弯腰,从地底下掘取燃料,只有丧失理智的野人,(用手指指树木)才会在自己的火炉里把这美丽烧掉,才会去毁灭我们无法再造的东西。人是富于理智和创造力的,理应去增加他们需要的财富,然而,到现在为止,人没有去创造,反而

241

去破坏。森林越来越少,河流涸竭,野兽绝迹,气候恶化,土地一天天地变得贫瘠和难看。您现在用嘲讽的眼神看着我,我所说的一切在您看来是很陈旧的,没有意义的,但当我走在那些被我从伐木的斧头下救出的农村的森林,或者当我听到由我亲手栽种的树林发出美妙的音响的时候,我便意识到,气候似乎也受到我的支配了,而如果一千年之后人们将幸福,那么在这幸福中也有我一份微小的贡献。当我栽下一棵白桦树,然后看到它怎样地慢慢变绿,怎样地在风中摆动,我的心就充满着自豪,因为我意识到,我是在帮助上帝创造世界。

费德尔·伊凡诺维奇 (打断赫鲁舒夫的话)林妖,为你的健康干杯!

沃依尼茨基 这一切都很好,但如果我们看问题不是从通俗文学的角度,而是从科学的角度,那么……

索尼娅 舒尔仁舅舅,你的舌头长锈了,住嘴!

赫鲁舒夫 真的,叶戈尔·彼特洛维奇,我们不再说这个了,我求您了。

沃依尼茨基 随你便。

玛丽雅·瓦西里耶芙娜 啊,嘿!

索尼娅 外婆您怎么啦?

玛丽雅·瓦西里耶芙娜 (向谢列勃里雅可夫)亚历山大,我忘了告诉您了……记性太坏了……今天我收到了帕甫尔·阿历克谢耶维奇从哈尔科夫寄来的信……他向您致敬……

谢列勃里雅可夫 谢谢,很高兴。

242

玛丽雅·瓦西里耶芙娜 他寄来了一本新的小册子,请我给您看。

谢列勃里雅可夫 有趣吗?

玛丽雅·瓦西里耶芙娜 有趣,但有点奇怪。他驳斥了他七年前自己卫护的主张,这在我们这个时代是非常非常典型的,人从来没有像在今天那么轻率地改变自己的信仰,这太可怕了!

沃依尼茨基 这一点也不可怕,妈妈,喝您的茶。

玛丽雅·瓦西里耶芙娜 但我想说话!

沃依尼茨基 但我们关于流派和阵营已经说了五十年。该打住了。

玛丽雅·瓦西里耶芙娜 你为什么不高兴听我说话?请原谅,舒尔仁,但这一年来你变化得这么大,我完全认不清你了……你从前可是个有理想的人,是一个闪光的人……

沃依尼茨基 嗯!是的!我曾经是个闪光的人,但没有给任何人带来过一线光明,请允许我站起身来,我曾经是个闪光的人……再没有比这更恶毒的玩笑了!我今年四十七岁,直到去年之前,我像您一样,故意地力图用各种抽象的哲学和烦琐哲学蒙住自己的眼睛,看不到真正的生活,心里还以为做得不错……而现在,如果您能知道,我真觉得自己是个大傻瓜,我那么愚蠢地浪费了大好时光,不然的话,我现在上了年纪无法得到的东西早就享受到了!

谢列勃里雅可夫 等一等。你,舒尔仁,好像是在指责自己过去的信仰。但有错的不是信仰而是你自己。你忘记了,信仰本身是空洞的。需要的是行动。

243

沃依尼茨基　行动？不是每个人都能成为一台永远转动的书写机器的。

谢列勃里雅可夫　你这话什么意思？

沃依尼茨基　没有什么意思。咱们不说这个了。我们现在不是在自己家里。

玛丽雅·瓦西里耶芙娜　记性太坏了……亚历山大，我忘了提醒您早饭之前服药了。药倒带来了，但忘了提醒。

谢列勃里雅可夫　不必要。

玛丽雅·瓦西里耶芙娜　亚历山大，要知道您有病，您病得很重！

谢列勃里雅可夫　为什么一个劲儿地说这个？老了，有病，老了，有病……就听这个！（向日尔屠欣)列奥尼德·斯捷潘内奇，请让我回房间吧。这里有点热，还有蚊子咬。

日尔屠欣　请便。早饭结束了。

谢列勃里雅可夫　谢谢您。（进屋)

　　　　〔玛丽雅·瓦西里耶芙娜跟着进屋。

尤丽娅　（向日尔屠欣)跟教授进屋！不合适！

日尔屠欣　（向尤丽娅)让他见鬼去吧！（离去)

德雅金　（向尤丽娅·斯捷潘诺芙娜)请允许我向您表示衷心的感谢。（吻她的手)

尤丽娅　不必客气，伊里亚·伊里依奇，您吃得很少……

　　　　〔众人向尤丽娅表示谢意。

尤丽娅　不必客气，先生们！你们吃得都很少！

费德尔·伊凡诺维奇　先生们，现在我们干什么？现在我们去玩门球并打赌……然后呢？

尤丽娅 然后吃午饭。

费德尔·伊凡诺维奇 然后呢？

赫鲁舒夫 然后到我那儿去。晚上我在湖畔组织一次垂钓活动。

费德尔·伊凡诺维奇 真好！

德雅金 这真好。

索尼娅 先生们……这么说，现在我们去打门球……然后早一点在尤丽娅这里吃午饭，到七点钟的时候再去林妖……不，是去米哈依尔·列沃维奇家。很好，咱们走，尤丽娅，去拿球去。

〔尤丽娅进屋。

费德尔·伊凡诺维奇 瓦西里，把葡萄酒送到门球场去！我们要为球赛的优胜者干杯。哎，爸爸，咱们去玩这高尚的游戏。

奥尔洛夫斯基 等一等，孩子，我得跟教授坐上五分钟，否则不礼貌。需要遵守礼节。你先替我玩一会儿，我很快就来……（进屋）

德雅金 我现在去去洗耳恭听大学问家亚历山大·弗拉基米洛维奇的高论，预先感受那最高的精神享受……

沃依尼茨基 麻糕，你招人讨厌。你走吧。

费德尔·伊凡诺维奇 （走向花园，唱歌）我忠实的朋友，你将是世界的女王……（下）

赫鲁舒夫 我现在也得溜走。（向沃依尼茨基）叶戈尔·彼特洛维奇，我请求您，以后再也别跟我谈论森林和医学。不知为什么，每当您说起这个话题，过后我就一整天心里不自在，

245

好像我在一个不干净的盘子里吃了饭。再会了。（下）

八

叶莲娜·安德列耶芙娜和沃依尼茨基。

沃依尼茨基　狭隘的人。讲点蠢话倒无所谓，但我不喜欢人们
　　拿腔拿调地说。

叶莲娜·安德列耶芙娜　而您，舒尔仁，又不成体统了！有必
　　要跟玛丽雅·瓦西里耶芙娜和亚历山大争吵吗？有必要
　　说"永动的书写机器"吗？这多不好！

沃依尼茨基　但如果我憎恶他呢？

叶莲娜·安德列耶芙娜　没有必要憎恨亚历山大，他和大家一
　　样……

　　　　〔索尼娅和尤丽娅走过，他们拿着球和球棒去花园。

沃依尼茨基　如果您能看到自己的面孔，自己的举止……您生
　　活得多么懒散！哎嘿，多么的懒散！

叶莲娜·安德列耶芙娜　哎嘿，又是懒散，又是无聊！

　　　　〔静场。

叶莲娜·安德列耶芙娜　所有的人都当着我的面骂我的丈夫，
　　毫不顾忌我的在场，所有的人都可怜我：她有一个年老的
　　丈夫，她是不幸的女人！所有的人，甚至很善良的人，也希
　　望我离开亚历山大……这种对于我的怜悯，所有这些怜悯
　　的眼神和遗憾的叹息都是指向这一点。就像刚才林妖说
　　的，你们都在丧失理智地毁坏森林，很快大地将变成荒漠。

你们同样地在丧失理智地毁坏人,由于你们的过失,大地上将不再存在忠诚、纯洁和自我牺牲的精神。为什么你们不能坦然地看待一个并不属于你们的女人?因为真像这个林妖所说的,在你们身上都有一种破坏的本能,对于森林,对于鸟类,对于女人,对于你们的同类,你们都没有怜悯之心。

沃依尼茨基　我不爱听这种高谈阔论!

叶莲娜·安德列耶芙娜　告诉这个费德尔·伊凡内奇,我讨厌他的厚颜无耻,这令人反感,看着我的眼睛,当着大家的面,说自己爱上某个有夫之妇——真滑稽!

　〔花园里传出"好球!好球!"的声音。

叶莲娜·安德列耶芙娜　不过这个林妖很可爱!他常来我们家,因为我有点羞愧,所以一次也没有好好跟他说过话,给他一点安慰。他一定以为我是个很凶的、很高傲的女人,舒尔仁,我们之所以成为好朋友,也许是因为我们都是非常沉闷的、乏味的人!沉闷的人!别这样看我,我不喜欢这样。

沃依尼茨基　如果我爱您,我难道不能用另一种眼光来看您?您是我的幸福,我的生命,我的青春!我知道我获取您同样的感情的可能性很小,等于零,我也没有这样的奢望,只是请允许我能看着您,听到您的声音……

九

　上一场的人物和谢列勃里雅可夫。

谢列勃里雅可夫 （在窗口）叶莲娜，你在哪？

叶莲娜·安德列耶芙娜 在这里。

谢列勃里雅可夫 来和我们一起坐坐，亲爱的……（在窗口
消失）

　　　〔叶莲娜·安德列耶芙娜走向屋子。

沃依尼茨基 （跟在叶莲娜·安德列耶芙娜后边）请允许我倾
诉自己的爱情，请您别把我赶走，对于我来说，这是最大的
幸福。

　　　　　　　　　　　　　　　　　　——幕落

第 二 幕

谢列勃里雅可夫家的餐厅,摆放着家具,屋子中间有张餐桌,夜里一点多钟,听到有巡夜人在花园里打更。

一

谢列勃里雅可夫坐在敞开的窗前的一把转椅上,他在打盹,叶莲娜·安德列耶芙娜坐在他旁边,也在打盹。

谢列勃里雅可夫　(醒来)谁在这里? 是索尼娅?

叶莲娜·安德列耶芙娜　是我……

谢列勃里雅可夫　是你,叶莲娜……痛得要命!

叶莲娜·安德列耶芙娜　你的毯子掉下来了……(把谢列勃里雅可夫的腿重新用毯子盖上)亚历山大,我来把窗子关上。

谢列勃里雅可夫　不要,我闷得慌,我刚刚睡着了,梦见我的一条左腿是别人的,我是疼醒的。不,这不是痛风,这是关节炎。现在几点?

叶莲娜·安德列耶芙娜　一点二十分。

　　〔静场。

谢列勃里雅可夫　早晨你去找找巴丘什可夫的书,记得我们家里有他的书……但为什么我呼吸这么困难?

叶莲娜·安德列耶芙娜　你累了。两个晚上都失眠。

谢列勃里雅可夫　听说,当年屠格涅夫因为痛风病而发展成心绞痛,我担心我也会这样,讨厌的年老体弱。讨厌极了,我年纪大了,连自己都讨厌自己,你们所有的人,大概也都讨厌我。

叶莲娜·安德列耶芙娜　真没有意思!（坐得离谢列勃里雅可夫远一点）

谢列勃里雅可夫　当然,你有道理,我还没有糊涂,我理解,你年轻、健康、漂亮,你想享受生活,而我一个老头,快要进坟墓了,怎么的? 难道我不明白? 当然,很愚蠢的是,我现在还活着,但你们可以稍稍耐心一些,我很快就会把你们全都解放的,我活不了几天了。

叶莲娜·安德列耶芙娜　我受不了啦,沙萨,如果因为这些失眠之夜,我理应获得奖赏,那么我只请求一点,别说了! 看在上帝分上,别说了,其他我一无所求。

谢列勃里雅可夫　好像是因为我,你们都受不了啦,烦闷死啦,青春被毁灭啦,独有我一个人享受着生活而且心满意足,当然是这样!

叶莲娜·安德列耶芙娜　别说了! 你在折磨我!

谢列勃里雅可夫　我折磨了所有的人,当然是这样!

叶莲娜·安德列耶芙娜　（含着眼泪）我忍受不了啦! 你需要

250

什么,你倒是说啊!

谢列勃里雅可夫　什么也不需要。

叶莲娜·安德列耶芙娜　那么别说了,我请求你了。

谢列勃里雅可夫　真是奇怪,要是舒尔仁或是那位老神经病——玛丽雅·瓦西里耶芙娜发表议论,全都好好听着,而只要我一开口说话,那么全都愁眉苦脸了,甚至我的说话声音也讨厌,好了,就算我是个让人讨厌的人,我自私,我专横,但难道我甚至到了老年的时候还没有表现一点自私的权利吗? 难道我没有这个权利? 我的生活曾是很艰苦的。我和伊凡·伊凡内奇曾是大学同学。你去问问他。他吃喝玩乐,常去找茨冈女人,是给我物质帮助的恩人,而我那时候在租金低廉的脏屋子里,日日夜夜劳作,像一头牛,忍饥挨饿,也为靠别人救济而苦恼。后来我到了海德堡,但没有见到海德堡;到了巴黎,但没有见过巴黎。成天坐在四堵墙里工作,而谋得了教席之后,我一生都为科学服务,真可谓忠心耿耿,直到现在,我要问,做了这一切之后,难道我没有安享晚年的权利? 没有得到大家的关心的权利?

叶莲娜·安德列耶芙娜　谁也不会剥夺你的这些权利。

　　〔风吹得窗子发出声响。

叶莲娜·安德列耶芙娜　起风了,我去把窗子关上。(关窗)马上就要下雨。谁也不会剥夺你的这些权利。

　　〔静场。巡夜人在花园里打更唱歌。

谢列勃里雅可夫　我一生都为科学服务,我对自己的书房,自己的课堂,自己的那些可敬的同事,都已经习惯了,突然间不知为什么我来到了这个鬼地方,每天都要见到一些没有教养的人,听到一些不文明的言语。我要生活,我喜欢成功,我喜欢名声、喝彩,而这里简直像是在过流放生活。我无时无刻不在追怀过去,注视别人的成功,害怕死亡……我受不了啦! 而且还有人因为我的年老而不肯体谅我!

叶莲娜·安德列耶芙娜 忍耐一下,再过五六年,我也老了。

〔索尼娅上。

二

上一场的人物和索尼娅。

索尼娅 我不知道医生为什么这么久还不来,我对斯捷潘说要是他碰不到乡村医生,就去找林妖。

谢列勃里雅可夫 你的林妖对我有什么用? 他的医学知识就相当于我的天文知识。

索尼娅 为了治你的痛风病,他不可能把整整一个医学系都请到这里来。

谢列勃里雅可夫 我不想和这个不学无术的人打交道。

索尼娅 随你便。(坐下)我无所谓。

谢列勃里雅可夫 现在几点了?

叶莲娜·安德列耶芙娜 一点多钟。

谢列勃里雅可夫 好闷哪……索尼娅,把桌上那瓶药给我拿来!

索尼娅 马上拿给你。(给谢列勃里雅可夫药水)

谢列勃里雅可夫 （生气）哎嘿，不是这个！什么事都求不了你们！

索尼娅 请你别耍性子。也许有人喜欢，但我受不了！我不喜欢这个。

谢列勃里雅可夫 这个姑娘的脾气真不好。你生什么气？

索尼娅 你为什么用这种不幸的腔调说话？有人会以为你当真是个不幸的人。而在地球上像你这么幸福的人不多。

谢列勃里雅可夫 当然喽！我非常非常幸福！

索尼娅 当然，很幸福……而如果犯了痛风病，你也知道，到了早晨病情就会缓解。你嚷嚷个什么？有这么严重！

　　　［沃依尼茨基穿着睡衣、拿着蜡烛上。

三

　　　上一场的人物和沃依尼茨基。

沃依尼茨基 快来暴风雨了。

　　　［闪电。

沃依尼茨基 瞧！叶莲娜·安德列耶芙娜，你们睡觉去吧，我来替换你们。

谢列勃里雅可夫 （恐惧地）不，不！别让我单独地跟他在一起！不！他的谈话会把我折磨苦的！

沃依尼茨基 但应该让她们休息一下！她们已经有两个晚上没有睡好觉了。

谢列勃里雅可夫 让她们去睡觉好了，但你也离开这里。我求

求你了。看在我俩过去的交情上，你别固执。以后我们
再谈。

沃依尼茨基　我们过去的交情……这，我要承认，对我来说是
新闻。

叶莲娜·安德列耶芙娜　舒尔仁，你别说了。

谢列勃里雅可夫　亲爱的，别让我单独跟他在一起！他的谈话
会把我折磨苦的。

沃依尼茨基　这甚至有点可笑。

〔赫鲁舒夫在幕后的声音："他的餐厅？在这里？劳
驾，让人把我的马安顿好！"

沃依尼茨基　医生来了。

〔赫鲁舒夫上。

四

上一场的人物和赫鲁舒夫。

赫鲁舒夫　这是什么天气？雨赶着我，我好容易躲开了它。你
们好。

谢列勃里雅可夫　对不起，打扰您了。我并不想麻烦您的。

赫鲁舒夫　算了，没有什么大不了的事！亚历山大·弗拉基米
洛维奇，您是怎么搞的？您怎么好意思生病？这可不好！
您怎么啦？

谢列勃里雅可夫　为什么医生都用这种居高临下的语调说话？

赫鲁舒夫　（笑）您的观察力一般。（亲切地）咱们到床上去。

在这躺着您会不舒服,在床上既温暖又安稳,咱们走……我在那儿仔细听听……一切都会好的。

叶莲娜·安德列耶芙娜　　沙萨,听话,走。

赫鲁舒夫　　如果您走路腿疼,我们抬您走。

谢列勃里雅可夫　　没有关系,我能行……我走……(站起)总是时时打扰您。

　　〔赫鲁舒夫和索尼娅扶着谢列勃里雅可夫的手。

谢列勃里雅可夫　　再说我也不大相信……药。你们扶着我干吗?我自己能行。(与赫鲁舒夫和索尼娅一起下)

五

叶莲娜·安德列耶芙娜和沃依尼茨基。

叶莲娜·安德列耶芙娜　　他把我折磨苦了,我都快支持不住了。

沃依尼茨基　　他折磨您,而我呢,自己折磨自己,我已经第三个晚上不能入眠了。

叶莲娜·安德列耶芙娜　　这所房子不安宁。您的母亲除了自己的小册子和教授之外,憎恶其他的一切,她不信任我,她害怕您;索尼娅恨她爸爸,也不跟我说话;您憎恨我丈夫,公开地对自己的母亲表示不敬。而我也难过得控制不了自己啦,今天我自己已经哭了二十次。一句话,这是一场所有的人反对所有的人的战争,请问,这场战争有什么意义,它会产生什么后果?

255

沃依尼茨基　何必说得这么严重!

叶莲娜·安德列耶芙娜　这所房子不安宁,您,舒尔仁,是个有文化有智慧的人,大概您应该明白,世界不是毁于大火,不是毁于强盗之手,而是毁于人与人之间的憎恶和仇恨,毁于所有这一切渺小的纷争,那些把我们的家庭看成是知识分子之家的人,看不到这一点。请帮助我让大家和睦相处吧! 我一个人无能为力。

沃依尼茨基　那您先把您自己和我和睦起来! 我亲爱的……
(吻她的手)

叶莲娜·安德列耶芙娜　别!(抽出手来)走开!

沃依尼茨基　马上就要来一场大雨,大自然里的一切都会精神抖擞起来,呼吸也变得更轻快,但只有我一个人,是不会被这场雷雨抖擞起精神来的。无论是白天,还是黑夜,有一个想法,就像一个小鬼压迫着我,我的生活无可挽回地丧失了,我没有过去,我的过去愚蠢地耗费在区区小事上,而我的现在又荒唐得可怕,这就是我的生命,我的爱情。我拿它们怎么办? 我该如何对待它们? 我的感情白白地消失了,就像一道阳光消失在坑里一样,我要完蛋啦……

叶莲娜·安德列耶芙娜　当您跟我说起爱情,我一下子变傻了,不知道说什么好,请原谅,我不能对您说什么。(欲走)晚安!

沃依尼茨基　(拦住叶莲娜·安德列耶芙娜的去路)要是您知道,在同一所房子里,在我的身边,另一个生命——您的生命,也在毁灭着。这个想法是多么使我痛苦! 您在期待什么? 是哪一种可恶的哲学在妨碍着您? 您要明白,最高的道德不是给自己的青春戴上镣铐,和尽力在自己心中扑灭生活的热望……

叶莲娜·安德列耶芙娜 （凝视着沃依尼茨基）舒尔仁,您醉了!

沃依尼茨基 可能,可能……

叶莲娜·安德列耶芙娜 费德尔·伊凡诺维奇在您那儿?

沃依尼茨基 他在我房里睡觉,可能,可能,一切都有可能。

叶莲娜·安德列耶芙娜 你们今天纵饮作乐了? 为什么?

沃依尼茨基 总要有点过日子的样子……叶莲娜,别妨碍我。

叶莲娜·安德列耶芙娜 以前您从不喝酒,也从不这样滔滔不绝地说话,去睡吧! 我和您在一起挺乏味的,告诉您的朋友费德尔·伊凡诺维奇,如果他继续让我讨厌,我会采取措施的,您走吧!

沃依尼茨基 （吻叶莲娜·安德列耶芙娜的手）我亲爱的……美丽的人儿!

〔赫鲁舒夫上。

六

上一场的人物和赫鲁舒夫。

赫鲁舒夫 叶莲娜·安德列耶芙娜,亚历山大·弗拉基米洛维奇请您去。

叶莲娜·安德列耶芙娜 （挣脱出手来）马上去!（下）

赫鲁舒夫 （向沃依尼茨基）您没有神圣的东西! 您和刚刚走

257

出去的这位可爱的夫人应该想到，她的丈夫曾经是您的亲姐姐的丈夫，而且还有一个年轻的姑娘，跟你们住在一个屋檐下，全县的人都在议论你们的暧昧关系。多么不知羞耻！（去看病人）

沃依尼茨基　（独自一人）她走啦……

　　〔静场。

沃依尼茨基　十年前，我在死去的姐姐那儿见过她，她那时二十七岁，而我三十七岁，我为什么那时候没有爱上她，没有向她求爱呢？要知道这是很可能的啊，要不她现在就是我的妻子了……一定的……现在我们两人就会一起被这雷雨惊醒，她会害怕雷电，我会把她抱在怀里，轻声说："别怕，我在这儿。"嘿！多美妙的想法。想想我都要笑起来……但，我的上帝，我的头脑糊涂了……我为什么老了？她为什么不能理解我？她的言辞，她的懒散，她的关于世界末日的那些没有道理的想法，都让我气愤……

　　〔静场。

沃依尼茨基　我为什么生来就傻？我多么羡慕这个爱玩闹的费德尔，或这个粗鲁的林妖！他们不做作，很真诚，有点粗鲁……他们不知道这种讨厌的吞吞吐吐……

　　〔费德尔·伊凡诺维奇上，他裹着毛毯。

七

　　沃依尼茨基和费德尔·伊凡诺维奇。

258

费德尔·伊凡诺维奇 （在门口）您一个人在这里？没有女人？（进来）雷雨把我惊醒了,雨很大。现在几点钟？

沃依尼茨基 鬼知道！

费德尔·伊凡诺维奇 我好像听到了叶莲娜·安德列耶芙娜的声音。

沃依尼茨基 她刚才在这里。

费德尔·伊凡诺维奇 一个富贵的女人！（端详桌上的玻璃瓶）这是什么？薄荷药？（吃）是啊！一个富贵的女人⋯⋯教授病了？

沃依尼茨基 病了。

费德尔·伊凡诺维奇 我不理解这样的存在,听说,古希腊人把有病体弱的小孩从勃朗峰上推到山谷下。像这样的就该这么处理！

沃依尼茨基 （生气地）不是从勃朗峰,而是从塔尔佩斯克山岩,多么无知！

费德尔·伊凡诺维奇 唉,从山岩就从山岩⋯⋯这有什么了不起？你今天怎么这样伤心？怜悯教授吗？

沃依尼茨基 别纠缠我。

　　　〔静场。

费德尔·伊凡诺维奇 也许是爱上了教授夫人了？

沃依尼茨基 她是我朋友。

费德尔·伊凡诺维奇 已经？

沃依尼茨基 "已经"是什么意思？

费德尔·伊凡诺维奇 女人成为男人的朋友必须经过以下几个阶段,先是熟人,然后是情妇,再后来才是朋友。

259

沃依尼茨基　庸俗哲学！

费德尔·伊凡诺维奇　为了这个得喝点酒，走，我好像还有一瓶甜酒，咱们喝。天一亮，就到我家去，"兴"吗？我有个伙计叫卢卡，他永远不说"行"，而是说"兴"。他是个可怕的骗子……那么"兴"吗？（见到进来的索尼娅）我的天，请原谅，我没有系领带。（匆匆下）

八

　　沃依尼茨基和索尼娅。

索尼娅　而你，舒尔仁舅舅，你又和费德尔一起喝酒了，还坐了三驾马车玩耍，一对志同道合的朋友。但他本来就是个酒鬼，而你犯得着吗？这和你这把年纪不相称。

沃依尼茨基　年纪在这里没有意义，没有了真正的生活，人就只好生活在幻梦中，这总比什么也没有强。

索尼娅　干草我们都收割下来了，格拉西姆今天说，干草都要被雨水泡烂了，而你还在做梦，（一惊）舅舅你眼睛里有眼泪！

沃依尼茨基　什么眼泪，什么也没有……胡说……你现在看着我，神情像你死去的妈妈一样。我亲爱的……（贪婪地吻着索尼娅的手和面孔）我的姐姐……我可爱的姐姐……你在哪里？如果你能知道，哎嘿，如果你能知道！

索尼娅　什么？舅舅，知道什么？

沃依尼茨基　很痛苦，不好受……没什么……

〔赫鲁舒夫上。

沃依尼茨基 过去了……没什么……我就走……(离去)

九

索尼娅和赫鲁舒夫。

赫鲁舒夫 您父亲完全不想听我说的话。我对他说他得的是
痛风,而他说是关节炎;我请他卧床,他要坐着。(拿起帽
子)神经病。

索尼娅 他被惯坏了。放下您的帽子,等雨停了再走。想吃点
什么吗?

赫鲁舒夫 好吧,拿来吧。

索尼娅 我喜欢在晚上吃点东西。在碗柜里好像还有点什么
吃的……(在碗柜里找)他难道需要医生? 他是需要在他
旁边坐上一打女人,让女人们瞧着他的眼睛,说:"教授!"
吃点干酪吧……

赫鲁舒夫 不能用这种腔调说自己的父亲,我同意。他是一个
性格不好的人,但如果把他和别的人比较,那么所有这些
舒尔仁舅舅和伊凡·伊凡内奇都比不上他一个小拇指。

索尼娅 这不知是一瓶什么酒。我和您说的不是父亲,而是大
人物。父亲我喜欢,但我讨厌那些虚情假意的大人物。

〔两人坐下。

索尼娅 这雨下的!

〔闪电。

261

索尼娅　您瞧！

赫鲁舒夫　雷雨从旁边过去了,这里只擦到了它的边。

索尼娅　(倒酒)喝吧。

赫鲁舒夫　祝您活到一百岁。(喝)

索尼娅　因为他们晚上麻烦了您,您生我的气?

赫鲁舒夫　恰好相反,如果您不来请我,那么我可能现在还在睡觉,而醒着看见您要远比在梦中见到您愉快。

索尼娅　那您为什么在面孔上有生气的表情?

赫鲁舒夫　这是因为我生气,这里没有旁人,可以把话说开,索菲娅·亚历山德洛芙娜,我真想现在把您从这里带走,我不能呼吸你们家的空气,我以为,连空气也在毒害着您,您的父亲就关心自己的书和自己的痛风病,还有这个舒尔仁舅舅,还有您的继母……

索尼娅　继母怎么啦?

赫鲁舒夫　不能把什么都说了……不能！我的仙女,我对人有很多不理解的地方,人身上的一切都应该是美丽的,无论是面孔,还是衣裳,还是心灵,还是思想……我常常能看到美丽的面孔,和同样美丽的衣裳,我为这美丽高兴得头晕目眩,但心灵和思想呢——我的上帝！在美丽的外壳下有时隐藏着如此黑暗的心灵,是任何白色的涂料都抹不掉的……请原谅我,我很激动……要知道您对于我来说是多么珍贵……

索尼娅　(掉了刀)掉了……

赫鲁舒夫　(捡起)没有关系……

　　〔静场。

262

赫鲁舒夫 常有这样的事,当一个人深夜里走在树林子里,如果在那个时候看到了远处的灯火,那么他就不会感觉到疲乏,也不会顾及黑暗,甚至感觉不到扫到你面孔上的树枝。我从早工作到深夜,无论是冬天还是夏天,都不知道休息,我与不理解我的人搏斗,有时痛苦得无法忍受……好了,现在我终于找到了我的灯火。我说我爱您胜过爱世上的一切,这绝不是夸口。爱情不是我生活中的一切……爱情是我的奖赏!我的好人儿,对于一个工作着的、斗争着的、痛苦着的人来说,再没有比这更高的奖赏……

索尼娅 (激动地)对不起……米哈依尔·列沃维奇,有个问题。

赫鲁舒夫 什么?您快说……

索尼娅 您看……您常来我们家,我有时也和家里的人到您那儿去做客,您要承认,您无论如何不能原谅自己……

赫鲁舒夫 这怎么讲?

索尼娅 我想说,您的民主主义的感情会因为您与我们的交往而蒙尘。我是个贵族小姐,叶莲娜·安德列耶芙娜是贵族夫人,我们穿戴很时髦,而您是个民主派……

赫鲁舒夫 咳……咳……咱们不谈这个……不是时候!

索尼娅 主要是,您自己挖掘泥煤,植树造林……这有点奇怪,一句话,您是个民粹派……

赫鲁舒夫 民主派,民粹派……索尼娅·亚历山德洛芙娜,关于这个难道是可以用严肃的口气,甚至颤抖着声音来说的?

索尼娅 是的,是的,这是严肃的,非常非常严肃的。

263

赫鲁舒夫　不,不……

索尼娅　我请您相信,我向您发誓好了,如果,比如说,我有个妹妹,而您看上了她,向她求了婚,那么您会永远不能原谅自己的,您会不好意思见您的医生同事和女医生,您感到不好意思,是因为您爱上了一个贵族小姐,她既没有上过大学,穿戴又时髦,我知道得很清楚……从您的眼神,我就看出这是真的! 总而言之,您的这些森林、泥煤、刺绣的衬衣——都是装样子的,是虚假的,如此而已。

赫鲁舒夫　为什么? 我的孩子,您为什么侮辱我? 是吗? 我是个傻瓜,我应该想到,俗话说得好,不是自己的雪橇不要往上坐! 再见了!(走向门口)

索尼娅　再见! ……请原谅,我刚才太生硬了。

赫鲁舒夫　(回来)如果您知道,你们这里是多么让人憋气! 这里对每一个人都斜眼相视,并把他们看成民粹派分子,神经病人,牛皮大王,什么都可能是,唯独不是人! "噢,这是,神经病人!"——听了就高兴。"这是牛皮大王!"——听了就满意,好像是他们发现了新大陆! 而当他们不理解我,不知道该在我的额头上贴什么标签的时候,就说:"这是个古怪的人,古怪的人!"您才二十岁,但您已经像您的父亲和舒尔仁舅舅一样的衰老和谨小慎微,如果您请我来医治您的痛风病,我也不会感到奇怪。不能这样生活! 不管我怎么样,您应该平易地直视着我,没有杂念,没有先人之见,在我身上首先发现我是个人,否则在您和别人的关系中您永远找不到宁静。再会了! 您记住我的话,带着您这样狡猾的、怀疑的眼睛,您永远不会爱!

索尼娅 这不是真的!

赫鲁舒夫 这是真的!

索尼娅 这不是真的! 我要故意气气您了,我爱! 我爱,我痛苦,痛苦! 别纠缠我! 请您走开,求求您了……少来我们这里……少来……

赫鲁舒夫 我告辞了!(离去)

索尼娅 (独自一人)他发火了,千万不要有像他这样的性格。

　　[静场。

索尼娅 他说得很好,但谁能向我保证他不是牛皮大王! 他常常想和你说的仅仅是森林,他种树……这很好,但要知道这很有可能是神经有毛病……(用手掩脸)我什么也不明白! (哭)他学的是医学系,但干的完全不是医学上的事……这一切都那么古怪,古怪……上帝,帮助我想想这一切吧!

　　[叶莲娜・安德列耶芙娜上。

十

　　索尼娅和叶莲娜・安德列耶芙娜。

叶莲娜・安德列耶芙娜 (开窗)雷雨过去了! 空气多好! 林妖在哪儿?

索尼娅 他走了。

　　[静场。

叶莲娜・安德列耶芙娜 索尼娅!

265

索尼娅　什么？

叶莲娜·安德列耶芙娜　你要跟我闹别扭闹到几时？我们谁也没有对不起谁的地方，为什么我们要彼此作对？够了……

索尼娅　我自己也想……（拥抱她）亲爱的！

叶莲娜·安德列耶芙娜　好极了……

　　　　〔两人都很感动。

索尼娅　爸爸还睡着？

叶莲娜·安德列耶芙娜　不，他坐在客厅里，我们已经有整整一个月彼此不说话了，天知道这是因为什么，该结束了……（看着餐桌）这是怎么回事？

索尼娅　林妖吃晚饭来着。

叶莲娜·安德列耶芙娜　有葡萄酒……我们喝杯感情酒吧。

索尼娅　好呀！

叶莲娜·安德列耶芙娜　……从一个杯子里喝……（倒酒）这样更好。那么现在可以你我相称了？

索尼娅　对。

　　　　〔两人喝酒，亲吻。

索尼娅　我早就想与你和解了，但总不好意思……（哭）

叶莲娜·安德列耶芙娜　你为什么哭了？

索尼娅　没有什么，我就是这样。

叶莲娜·安德列耶芙娜　唉，别哭了，别哭了……（哭）这是个怪女人，因为你，我自己也哭了。

　　　　〔静场。

叶莲娜·安德列耶芙娜　你生我气，一定是因为你认为我嫁给你爸爸是另有所图,如果你相信誓言,那我就向你发誓,我嫁给他是因为爱他。他作为一个学者,一个名人,我被他吸引了。这个爱情不是真正的,是矫情的,但我那时可认为这爱情是真正的。我没有过错。而打从我们结婚之后,你就用你那狡猾而怀疑的眼睛来折磨我……

索尼娅　好了,讲和了,讲和了!忘记这一切。我今天已经第二次听说我有狡猾而怀疑的眼睛。

叶莲娜·安德列耶芙娜　别这样狡猾地看我,这与你不相称。应该相信别人,否则无法生活。

索尼娅　受惊的乌鸦连草也怕。我常常感到失望。

叶莲娜·安德列耶芙娜　对谁失望?你父亲是个真正的好人,是个干活的人。如果他真很幸福,那么他也因为忙于工作而发现不了自己的幸福。我既不对你父亲,也不对你故意使坏。你的舒尔仁舅舅是个非常善良的、真正的人,但他又是个不幸的、心怀不满的人……你不相信谁?

　　〔静场。

索尼娅　像个朋友那样对我说句良心话……你幸福吗?

叶莲娜·安德列耶芙娜　不。

索尼娅　这我也知道。还有一个问题,你坦白说,你是否希望自己有一个年轻的丈夫?

叶莲娜·安德列耶芙娜　你还是个孩子,当然,是想的!(笑)呶,你再问点什么吧,问吧……

索尼娅　你喜欢林妖吗?

叶莲娜·安德列耶芙娜　是的,很喜欢。

索尼娅　(笑)我样子一定很傻……是吗?你看他已经走了,但我还能听到他的嗓音和脚步声,我望着黑黑的窗子——我觉得那里有他的面孔。让我把话说完……但我不能放大声音来说,我感到难为情,到我房间里去吧,我们在那里再聊,你觉得我傻吗？承认吧……他是个好人？

叶莲娜·安德列耶芙娜 很好很好的人……

索尼娅 我觉得他的森林、泥煤都是很古怪的,我不理解。

叶莲娜·安德列耶芙娜 但问题难道是在森林？我亲爱的,你要明白,这是才华！而你知道什么叫才华吗？是勇气,自由思想,大刀阔斧的气魄……他栽上一棵树或是挖出几百斤泥煤,已经想到一千年之后将是如何,已经意识到人类的幸福。这样的人很珍贵,应该爱他们。让上帝赐福给你们。你们两人都是纯洁的、勇敢的、正直的人。他任性,你多虑、聪明……你们可以很好地互补……(站起)而我是个乏味的次要人物……无论是在音乐上,在丈夫的家里,在情人的怀里,一句话,在一切场合里,我都是个次要人物。说实在的,索尼娅,如果认真想想,我是个非常非常不幸的人!(激动地来回走动)在这个世界上没有我的幸福! 没有! 你笑什么？

索尼娅 (捂着脸,笑)我多么幸福,我多么幸福!

叶莲娜·安德列耶芙娜 (搓手)真的,我多么不幸。

索尼娅 我幸福……幸福,

叶莲娜·安德列耶芙娜 我想弹琴。我想现在弹奏个什么曲子。

索尼娅 弹吧。(拥抱她)我睡不着了……弹吧!

叶莲娜·安德列耶芙娜 你爸爸睡不好觉。他病着的时候,不爱听音乐。你去问问,如果他不反对,我就弹……你去。

索尼娅　我去。(离去)

　　　　[花园里更夫在打更。

叶莲娜·安德列耶芙娜　我好久没有弹琴了,我要一边弹,一
　　边哭,哭得像个傻女人。(看窗外)叶菲姆,这是你在打更?

更夫的声音　是我!

叶莲娜·安德列耶芙娜　别打了,老爷身体不舒服。

更夫的声音　我马上走!(吹着口哨)哎嘿,小狗茹契卡! 茹
　　契卡!

　　　　[静场。

索尼娅　(回来)不让弹!

——幕落

269

第 三 幕

　　谢列勃里雅可夫家的客厅,三个门:一个右边,一个左边,一个居中。白天。听到幕后叶莲娜·安德列耶芙娜在弹钢琴,她弹的是《叶甫根尼·奥涅金》中决斗前的咏叹调。

一

　　奥尔洛夫斯基,沃依尼茨基和费德尔·伊凡诺维奇。

　　费德尔穿着黑色西服,高帽在手中。

沃依尼茨基　(听着音乐)这是她在弹,叶莲娜·安德列耶芙娜……我爱听的曲子。

　　〔幕后的音乐中止了。

沃依尼茨基　是啊……好曲子……大概,我们这里从来没有这样寂寞过……

费德尔·伊凡诺维奇　我的好朋友,你还没有遇到过真正的寂寞。当我在塞尔维亚当志愿兵的时候,那才真叫寂寞! 炎

270

热、郁闷、肮脏,酒醉之后的头痛……我记得有一次坐在一个简陋的小棚子里,和我在一起的有上尉卡什基纳齐……该聊的都聊过了,没有地方可去,没有事情可做,酒也不想喝了……恶心,你知道吗,简直想上吊!我们坐着,像两条眼镜蛇,大眼瞪小眼……他看着我,我看着他……我看着他,他看着我……我们彼此看着,不知道这是为了什么……我们坐了一个小时,又坐了一个小时,我们一直眼对眼地看着。突然间他无缘无故地跳了起来,拿起一个木块朝我砸来……真有你的……我,当然掏出自己的木块回敬了他,这下子咔嚓咔嚓乱成了一团,好不容易把我们拉开了,后来我倒没事,而上尉卡什基纳齐直到今天脸上还留着一块疤。你们看人有的时候会无聊到什么程度……

奥尔洛夫斯基 是的,常有这样的事。

〔索尼娅上。

二

上一场的人物和索尼娅。

索尼娅 (旁白)我找不到自己的位置……(一边走一边笑)

奥尔洛夫斯基 小姐,你上哪儿?跟我们坐一会儿。

索尼娅 费佳,过来一下……(把费德尔·伊凡诺维奇拉到一边)过来……

费德尔·伊凡诺维奇 你要干什么?你为什么满面春风?

索尼娅 费佳,你答应完成任务!

费德尔·伊凡诺维奇 什么事？

索尼娅 到林妖那里去一趟。

费德尔·伊凡诺维奇 为什么？

索尼娅 你就是去一趟……问问他，为什么好长时间没有到我们这里来……已经有两个星期了。

费德尔·伊凡诺维奇 脸红了！害臊了！天呀，索尼娅爱上了！

所有的人 害臊了！害臊了！

　　〔索尼娅捂着脸跑开了。

费德尔·伊凡诺维奇 像影子一样，从一个房间走到另一个房间，找不到自己的位置。她爱上林妖了。

奥尔洛夫斯基 好姑娘……我喜欢。费佳，我很想让你娶了她——更好的未婚妻你很难找到，是啊，这么说，这是上帝的旨意……而我曾经是怎样地陶醉过的！我到你家去，你有年轻的妻子，有家庭的气氛，茶炊正烧着……

费德尔·伊凡诺维奇 我在这方面很无知。如果什么时候想结婚，我就娶尤丽娅。至少，她很小，从一切的罪恶中永远要选择最小的。而且她是个好管家婆……（敲一下自己的额头）好主意！

奥尔洛夫斯基 怎么啦！

费德尔·伊凡诺维奇 咱们喝香槟酒！

沃依尼茨基 还早，而且太热……等一等……

奥尔洛夫斯基 （欣赏地）我的儿子……美男子……想喝香槟酒，我亲爱的……

　　〔叶莲娜·安德列耶芙娜上。

272

三

上一场的人物和叶莲娜·安德列耶芙娜。

叶莲娜·安德列耶芙娜穿过舞台。

沃依尼茨基　你们欣赏欣赏吧！（她走着）懒洋洋地走着,很可爱！很可爱！

叶莲娜·安德列耶芙娜　舒尔仁,别这样,没有您的唠叨也寂寞。

沃依尼茨基　（挡住叶莲娜·安德列耶芙娜的去路）天才,唉,您像不像演员？冷漠、懒惰、糊涂⋯⋯有那样的德性,甚至看着都觉得恶心⋯⋯

叶莲娜·安德列耶芙娜　您别看好了⋯⋯放开我⋯⋯

沃依尼茨基　干吗烦闷？（活泼地）我亲爱的,做一个聪明的女人吧！在你的血管里流着美人鱼的血,那就做一次美人鱼！

叶莲娜·安德列耶芙娜　放开我！

沃依尼茨基　一辈子里哪怕有一次露露本性,一头扎进深渊,去疯狂地爱上一个水神⋯⋯

费德尔·伊凡诺维奇　扑通一声,和他一起一头扎进深渊,让教授先生和我们都只好望洋兴叹！

沃依尼茨基　美人鱼,啊！要爱就爱！

叶莲娜·安德列耶芙娜　你们要指教我什么？好像我没有你们就不知道该怎么生活！如果我有坚强的意志,我就要像一只自由的鸟儿,飞得离你们远远的,远远地离开你们的昏昏欲睡的面孔,远远地离开你们的乏味的谈话,忘记了还有你们这些人生活在这个世界上,那时谁也不敢再来教训我。但我没有坚强的意志。我胆小、羞涩,我以为,如果我背叛了丈夫,那么所有的妻子都会效法我,把她们的丈夫抛弃,这样上帝会惩罚我,良心会折磨我,否则我会让你们看看,什么叫自由地生活!(离去)

奥尔洛夫斯基 美人儿!

沃依尼茨基 看样子,我开始蔑视这个女人了!像小姑娘一样地害臊,但发表起议论来像个老资格的诵经士!酸!酸!

奥尔洛夫斯基 算了,算了……教授现在在哪儿?

沃依尼茨基 在自己书房里,在写东西。

奥尔洛夫斯基 他写信叫我来,说有事商量,您知道是什么事情?

沃依尼茨基 他什么事情也没有。写点毫无意义的东西,不断地埋怨和吃醋,如此而已。

　　[日尔屠欣和尤丽娅从左门上。

四

　　上一场的人物,日尔屠欣和尤丽娅。

日尔屠欣 先生们,你们好。(问好)

尤丽娅 教父,您好!(接吻)费佳,你好!(接吻)叶戈尔·彼特洛维奇,您好!(接吻)

日尔屠欣 亚历山大·弗拉基米洛维奇在家吗？

奥尔洛夫斯基 在家。在书房里坐着。

日尔屠欣 得去找他。他写信给我，说是有什么事……（下）

尤丽娅 叶戈尔·彼特洛维奇，您昨天收到了按您的订单送去的大麦了吗？

沃依尼茨基 收到了，谢谢。该付您多少钱？今年春天我们还从您那儿拿了什么……记不得了……我们应该清一下账。我就不能容忍把账目搞乱。

尤丽娅 今年春天你们拿了八担黑麦，叶戈尔·彼特洛维奇，还有两头小母牛，一头小公牛，你们村里还派人来拿过黄油。

沃依尼茨基 一共该付您多少钱？

尤丽娅 我怎么说得出来？叶戈尔·彼特洛维奇，不看账本我说不出数目来。

沃依尼茨基 如果需要，我现在就去给您把账本拿来……（离开，又很快带着账本回来）

奥尔洛夫斯基 姑娘，你兄弟身体好吗？

尤丽娅 很好。教父，您从哪儿买了这领带？

奥尔洛夫斯基 在城里，在基尔皮契夫那里。

尤丽娅 好领带。应该也给列奥尼德买一条这样的。

沃依尼茨基 给您账本。

　　〔尤丽娅坐下，用手指弹着账本。

奥尔洛夫斯基 上帝给列奥尼德派了一个多好的女管家！那洋娃娃似的胖小子，难得一见，而你看看，这姑娘是怎么工作的！真有你的！

费德尔·伊凡诺维奇 是啊，他只是托着腮帮子溜达。一个游

275

手好闲的人……

奥尔洛夫斯基 我可爱的穿肥袍的小姐……要知道她是穿肥袍的。星期五我去集市,就看见她穿着肥袍在大车旁走动……

尤丽娅 瞧您把我搅乱了。

沃依尼茨基 先生们,咱们换个地方吧,到大厅里去。我在这也耽腻了……(打哈欠)

奥尔洛夫斯基 到大厅去就到大厅……我反正一样。

〔他们走进左边的门。

尤丽娅 (独自一人)费佳打扮得怪模怪样……父母亲没有管教好……全省没有比他更漂亮的男人,很聪明,很富有,但没有出息……什么也不懂……(用手指弹账本)

〔索尼娅上。

五

尤丽娅和索尼娅。

索尼娅 尤丽娅,您在我们这里?我还不知道……

尤丽娅 (接吻)亲爱的!

索尼娅 您在干什么?算账?您多会管家,看着都羡慕……尤丽娅,您为什么不嫁人?

尤丽娅 这样……有人来向我求过婚,我拒绝了。好的未婚夫不会向我求婚的!(叹息)不会的!

索尼娅 为什么呢?

尤丽娅　我是个没有文化的姑娘。我上到小学二年级就退学了!

索尼娅　为什么呢,尤丽娅?

尤丽娅　因为笨。(索尼娅笑)您笑什么,索尼娅?

索尼娅　我的头脑有点奇怪……尤丽娅,我今天是这么的幸福,这么的幸福,甚至觉得因为幸福而寂寞……我找不到自己的位置……唉,让我们来说点什么……您爱过吗?

〔尤丽娅肯定地点头。

索尼娅　是吗? 他有意思吗?

〔尤丽娅与索尼娅耳语。

索尼娅　爱上谁? 是费德尔·伊凡诺维奇吗?

尤丽娅　(肯定地点头)您呢?

索尼娅　我也是……但我没有爱上费德尔·伊凡诺维奇。(笑)唉,再说点什么。

尤丽娅　索尼娅,我早就想和您谈谈。

索尼娅　好吧。

尤丽娅　我想向您做解释。您看,我从来心里都对您好……我有很多认识的姑娘,但您是其中最出色的……如果您对我说:"尤丽娅,给我十匹马,或者,两百只羊!"我会慷慨答应的……为了您我不吝惜任何东西……

索尼娅　尤丽娅,您怎么不好意思?

尤丽娅　我难为情……我……我心里对您好。所有的姑娘中您最出色……您不傲慢……您的印花布真好!

索尼娅　关于印花布以后再说……您说吧……

尤丽娅　(激动地)我不知道,理智一些该怎么说……请允许我

建议您……得到幸福……也就是……也就是……请您嫁
给我哥哥。(捂住脸)

索尼娅 (站起)咱们不说这个。尤丽娅……别的,别的……

[叶莲娜·安德列耶芙娜上。

六

上一场的人物和叶莲娜·安德列耶芙娜。

叶莲娜·安德列耶芙娜 真是没有地方去。奥尔洛夫斯基和
舒尔仁两人在这里川流不息,不管你到哪里,总能碰到他
们,真有点烦。他们在这里干什么? 到别处去走走也好。

尤丽娅 (含泪)叶莲娜·安德列耶芙娜。(想与她接吻)

叶莲娜·安德列耶芙娜 尤丽娅,您好。请原谅,我不喜欢接
吻。索尼娅,父亲在干什么? (静场)你为什么不回答? 我
问你,父亲在干什么? (静场)索尼娅,你为什么不回答?

索尼娅 您想知道? 您过来……(将叶莲娜·安德列耶芙娜引
向一边)我说……我今天的心里太干净了,我不想和您说
话,也不想再继续隐瞒下去。您拿好! (给她一封信)这是
我在花园里捡到的。尤丽娅,咱们走! (与尤丽娅一起走
进左边的门)

七

叶莲娜·安德列耶芙娜,然后是费德尔·伊凡诺

278

维奇。

叶莲娜·安德列耶芙娜 （独自一人）这算什么？舒尔仁给我
的信！我有什么过错？噢,说得这么尖锐！……她的心里
太干净了,甚至不和我说话……我的上帝,这样侮辱
我……头都晕了,我现在就要倒下……

费德尔·伊凡诺维奇 （从左门上,穿过舞台）您怎么一见到我
就哆嗦？（静场）嗯……（从叶莲娜·安德列耶芙娜手中拿
过那封信,将它撕成碎片）这些您全都不用操心。您应该
仅仅想到我。

　　〔静场。

叶莲娜·安德列耶芙娜 这是什么意思？

费德尔·伊凡诺维奇 这就是说,如果我看上了谁,谁就休想
从我手心里逃掉。

叶莲娜·安德列耶芙娜 不,这说明您既愚蠢又无耻。

费德尔·伊凡诺维奇 今天晚上七点半钟您一定得去花园里
的小桥边等我……呃？其他的我就不再对您说了……这
么说,我的天使,咱们七点半钟见。（想抓叶莲娜·安德列
耶芙娜的手）

　　〔叶莲娜·安德列耶芙娜给费德尔·伊凡诺维奇一个
耳光。

费德尔·伊凡诺维奇 说过头了……

叶莲娜·安德列耶芙娜 滚开！

费德尔·伊凡诺维奇 遵命……（走开又回来）我很受感
动……让我们好好商量。您瞧……我在这个世界上经历

得多了,我甚至两次吃过金鱼的耳朵⋯⋯只是我还没有坐在气球上飞过,还没有勾引过教授的妻子⋯⋯

叶莲娜·安德列耶芙娜　您走吧⋯⋯

费德尔·伊凡诺维奇　我现在就走⋯⋯我什么都经历过⋯⋯而因为这个我受够了罪。我说这些是为了说明这样一个意思,如果你什么时候需要一个朋友或一条忠诚的狗,就请您来找我⋯⋯我很受感动⋯⋯

叶莲娜·安德列耶芙娜　我什么狗都不需要⋯⋯您走吧。

费德尔·伊凡诺维奇　遵命⋯⋯(受感动)不管怎么说,我受了感动⋯⋯当然,受了感动⋯⋯是的⋯⋯(犹豫不决地离去)

叶莲娜·安德列耶芙娜　(独自一人)头疼了⋯⋯每天晚上都做噩梦,预感到会有什么可怕的事⋯⋯但是,这多么可耻!青年人一起成长一起受教育,互相以"你"相称,常常拥抱接吻,他们应该生活在和平与和谐之中,但可能很快他们就要互相吞食⋯⋯林妖挽救着森林,但无人来挽救人。

(向左边的门走去,见到迎面走来的日尔屠欣和尤丽娅后,从中门下场)

八

日尔屠欣和尤丽娅。

尤丽娅　列奥尼德,我和你多么不幸,啊嘿,多么不幸!

日尔屠欣　谁让你去跟她说的?未被邀请的媒婆!你给我把事情全搞坏了!她会想,我自己不会说话⋯⋯这多么庸俗！我给你说过一千次,这事要从长计议。除了屈辱和这些厚颜无耻的暗示,什么也得不到……那老头子大概猜到我爱索尼娅,他已经在利用我的感情！他想让我买下他的庄园。

尤丽娅　他要多少钱?

日尔屠欣　嘘！……他们来了！……

　　　〔从左边的门走出谢列勃里雅可夫,奥尔洛夫斯基和玛丽雅·瓦西里耶芙娜,她一边走一边在读一本小册子。

九

奥尔洛夫斯基　我也有病,头疼了两天啦,身体不舒服……

谢列勃里雅可夫　其他人在哪儿? 我不喜欢这新房子,像个迷宫。二十六个大房间,四通八达,谁也找不到谁。(按铃)请把叶戈尔·彼特洛维奇和叶莲娜·安德列耶芙娜请到这里来。

日尔屠欣　尤丽娅,这里没有你的事,你去找一下叶戈尔·彼特洛维奇和叶莲娜·安德列耶芙娜。

　　　〔尤丽娅下。

谢列勃里雅可夫　疾病还可以忍受,不能让我容忍的,是我现在的情绪。我有这样一种感觉,好像我已经死了,或者是从地球上跌到了另外一个什么星球。

奥尔洛夫斯基　这要从哪个角度看……

玛丽雅·瓦西里耶芙娜　(边读)给我支铅笔……又有矛盾了！应该记下来。

奥尔洛夫斯基　给您,老太太!(给玛丽雅·瓦西里耶芙娜铅笔并吻她的手)

　　[沃依尼茨基上。

十

　　上一场的人物,沃依尼茨基,然后是叶莲娜·安德列耶芙娜。

沃依尼茨基　您需要我?

谢列勃里雅可夫　是的,舒尔仁。

沃依尼茨基　您需要我做什么?

谢列勃里雅可夫　您……您生什么气?

　　[静场。

谢列勃里雅可夫　如果我在你面前有什么过错,那么请原谅。

沃依尼茨基　别来这一套。有事说事……你需要什么?

　　[叶莲娜·安德列耶芙娜上。

谢列勃里雅可夫　好,叶莲娜也来了,先生太太们,请坐下。

　　[静场。

谢列勃里雅可夫　诸位先生,我请你们来是为了向你们宣布一个消息,钦差人臣要到我们这里来。不过,把笑话搁到一边去。事情很严肃。先生太太们,我把你们召集来是为了向你们请求帮助和征求意见,因为我知道你们一向对我很好,所以我相信肯定能得到你们的帮助。我是一个做学问的书生,远离实际生活,没有在行的人指导不行。所以我请你,伊凡·伊凡内奇,请您,列奥尼德·斯捷潘内奇,还有请你,舒尔仁……正如一句拉丁文格言所说:一个夜晚等待着所有的人。意思是说,我们都在上帝下边生活,我老了,也有病,所以我认为,该是整顿一下自己财产关系的时候了,既然这些财产关系与我家庭有关。我的生活已经结束,我不关心自己了,但我有一个年轻的妻子,一个还是姑娘的女儿。她们已经不能再在农村生活。

叶莲娜·安德列耶芙娜 我反正一样。

谢列勃里雅可夫 我们生来不是为了过乡村生活的。但我们从这个庄园得到的收入不够我们在城里的开支。前天我卖了四千卢布的森林,但这是非常措施,不能每年都采取。需要找到一些办法,使得我们可以经常得到一项多少算得固定的收入。我想到了一个这样的办法,而且荣幸地提出来供你们讨论。不说细节,只说要点。我们这处庄园的收入,平均每年只有二分利息。我建议把它卖了。如果我们把这笔款子变成股票,那我们可以有四分到五分的利息,我还估计,几千卢布的余额足够我们在芬兰买一座不大的别墅……

沃依尼茨基 等一等……我好像听错了。你再把你的话重复一遍……

谢列勃里雅可夫 把钱变成股票,余下的在芬兰买别墅……

沃依尼茨基 不是芬兰……你还说了其他什么。

谢列勃里雅可夫 我建议卖掉庄园。

沃依尼茨基 就是这样……你要卖掉庄园……这很好,这个想法很妙……那你准备把我和老妈妈往哪儿安排?

283

谢列勃里雅可夫　这我们到时还要讨论……不要急……

沃依尼茨基　等一等……很显然，在这之前我头脑一直糊涂着，到现在为止，我愚蠢地认为，这座庄园是属于索尼娅的。我的死去了的父亲购置了这座庄园，是为我姐姐作陪嫁的。到现在为止，我还很幼稚，认为我们的法律不是土耳其的法律，我认为，姐姐的这份产业是应该由索尼娅来继承的。

谢列勃里雅可夫　当然，庄园属于索尼娅。有谁反对？没有索尼娅的同意我不会变卖它的。而且我这样做也是为索尼娅好。

沃依尼茨基　不可理解，不可理解！要么是我疯了……要么是……

玛丽雅·瓦西里耶芙娜　舒尔仁，不要和教授作对。什么好什么不好，他知道得比我们多。

沃依尼茨基　不，给我点水……（喝水）说吧，你想说什么就说！

谢列勃里雅可夫　我不明白你为什么这样激动，舒尔仁？我没有说我的方案是最理想的。如果大家都认为它不好，我也不坚持。

　　〔德雅金上，他穿着礼服，手戴白色手套，头顶宽边礼帽。

十一

　　上一场的人物和德雅金。

德雅金 我荣幸地向你们致敬。请原谅,我胆敢不经通报就闯了进来。我有错,但值得原谅,因为前厅没有一个仆人。

谢列勃里雅可夫 (不好意思地)很高兴……请……

德雅金 (奉承地)先生!夫人!我来到贵府有两个目的。一是来登门拜访,向你们表示敬意,二来是邀请你们找一个好日子到我的领地来作一次旅游。我住在水磨坊,是向我们的朋友林妖租来的。这是一个幽静的、富有诗意的地球一角,这里晚上能听到美人鱼的跳动,而白天……

沃依尼茨基 麻糕,你别插嘴,我们在说事……等一等,(向谢列勃里雅可夫)你可以问问他,这座庄园是从他叔叔手里买下的。

谢列勃里雅可夫 我为什么要问呢?有什么必要?

沃依尼茨基 这庄园当时是用九万五千卢布买下的。父亲仅仅支付了七万,欠了两万五千卢布的债。现在听我说……如果不是我为了我深爱的姐姐的利益,放弃了自己应得的遗产,这座庄园是买不下来的。除此之外,我像牛马那样地在这里劳作了十年,而且偿还了债务。

奥尔洛夫斯基 我亲爱的,您想要什么?

沃依尼茨基 这座庄园之所以能偿还债务而没有破产,全靠我的辛苦,现在我老了,就想把我从这里赶走!

谢列勃里雅可夫 我不明白你想要达到什么?

沃依尼茨基 这座庄园我管理了二十五年,劳作了一十五年,像一个最忠实的仆人给你按时寄钱,而这二十五年来你没有向我说过一句感谢的话,从我年轻的时候起,一直到了现在,我从您手里只能领到五百卢布的年薪——这也算钱！而你一次也没有想到哪怕是给我增加一个卢布也好！

谢列勃里雅可夫　舒尔仁,我怎么能知道？我是个没有实践经验的人,我什么也不懂。你可以给自己加薪,加多少都行。

沃依尼茨基　我为什么没有偷窃？为什么你不因为我没有偷窃而瞧不起我？要是这样的话现在也不至于是个穷光蛋了！

玛丽雅·瓦西里耶芙娜　(严厉地)舒尔仁!

德雅金　(不安地)舒尔仁,别这样,别这样……我都发抖了……为什么要把关系搞坏？(吻沃依尼茨基)别这样。

沃依尼茨基　二十五年来,我和妈妈就这样像田鼠似的封闭在这堵墙壁里。我们所有的思想和感情仅仅属于你一个人。白天我们谈论着你,谈论着你的工作,为你感到自豪,怀着敬意呼唤你的名字;晚上我们把时间都消耗在阅读那些现在我深恶痛绝的书籍和杂志上!

德雅金　别这样,舒尔仁,别这样……我受不了啦……

谢列勃里雅可夫　我不知道你需要什么?

沃依尼茨基　在我们的眼睛里,你曾经是至高无上的,我们把你写的文章读得倒背如流……但我现在真正把眼睛睁开了,我全都看清了! 你谈论艺术,但对艺术全然无知! 你的所有我曾经为之倾倒的著作,分文不值!

谢列勃里雅可夫　先生太太们! 你们让他住嘴吧! 要不我要走了!

叶莲娜·安德列耶芙娜　舒尔仁,我要求您住嘴! 听到了吗?

沃依尼茨基　我要说! (挡住谢列勃里雅可夫的去路)等一下,我还没有说完! 你毁坏了我的生活! 我没有真正地生活过！由于你的过错,我丧失了我生命中最美好的年华！你是我最可恶的敌人！

德雅金 我受不了啦……受不了啦……我到另一间房里去。（非常激动地从右边的门下）

谢列勃里雅可夫 你需要我做什么？你有什么权力用这种口吻跟我说话？小人一个！如果庄园是你的,那你就把它拿走,我不需要它！

日尔屠欣 （旁白)哎,麻烦大了！……我走！(离去）

叶莲娜·安德列耶芙娜 如果您不住嘴,我现在就离开这个地狱！(大叫)我再也不能忍受了！

沃依尼茨基 我的生活完结了！我有天赋,有智慧,有胆量……如果我有正常的生活,那么我有可能成为叔本华、陀思妥耶夫斯基这样的人物……我控制不住自己！我要发疯了……妈妈,我绝望了,妈妈！

玛丽雅·瓦西里耶芙娜 听教授的话！

沃依尼茨基 妈妈,我怎么办？您不必说！我自己知道该怎么办！(向谢列勃里雅可夫)你会记得我的！(走进中间一个门）

〔玛丽雅·瓦西里耶芙娜跟沃依尼茨基下。

谢列勃里雅可夫 先生太太们,怎么会弄成这个样子？把这个疯子从我身边赶走！

奥尔洛夫斯基 没有什么,没有什么,沙萨,让他的灵魂平静下来。你也不要这么激动。

谢列勃里雅可夫 我不能与他生活在同一个屋檐下！他的住房,(指指中间的门)几乎与我紧挨着……让他搬到厢房

287

去,搬到林子里去,或者我从这里搬走,反正不能和他住在
一个房子里……

叶莲娜·安德列耶芙娜 （向丈夫）如果再这样继续下去的话,
我就走!

谢列勃里雅可夫 啊嘿,别吓我,好吗!

叶莲娜·安德列耶芙娜 我不是吓你,但你们好像在一起串通
好了,要把我的生活变成地狱……我要走……

谢列勃里雅可夫 所有人都知道你年轻,我老,你住在这里是
你委屈自己了……

叶莲娜·安德列耶芙娜 你再说,再说……

奥尔洛夫斯基 唉,唉,唉……我的朋友们……

〔赫鲁舒夫快步上。

十二

上一场的人物和赫鲁舒夫。

赫鲁舒夫 （激动地）很高兴,能在家里碰到您,亚历山大·弗
拉基米洛维奇……请原谅,可能我来得不是时候,对您有
所干扰……但问题不在这里。您好……

谢列勃里雅可夫 您需要什么?

赫鲁舒夫 请原谅,我很激动,这是因为我刚刚骑了快马……
亚历山大·弗拉基米洛维奇,我听说,您前天把自己的森
林卖给了库兹涅佐夫,供他采伐。如果这是真的而不是谣
传,那么我请您别这样做。

叶莲娜·安德列耶芙娜 米哈依尔·列沃维奇,我丈夫现在没有谈这类事的心情。咱们到花园去。

赫鲁舒夫 而我现在需要说!

叶莲娜·安德列耶芙娜 您瞧着办……我受不了了……(下)

赫鲁舒夫 请允许我去找库兹涅佐夫,告诉他说您改变主意了……行吗? 您允许吗? 砍掉上千棵树,把它们毁灭掉,仅仅为了两三千卢布,为了女人的衣衫和香水……毁灭这片森林,为了将来让我们的后代骂我们是野蛮人! 如果,您这样一位学者、一位名人都要干出这样残酷的事情,那么学历比您低很多的人,应该干些什么? 这是多么可怕!

奥尔洛夫斯基 米沙,以后再谈这个。

谢列勃里雅可夫 伊凡·伊凡诺维奇,咱们走,这没完没了的。

赫鲁舒夫 (挡住谢列勃里雅可夫的去路)如果是这样,那么教授……您等一等,三个月后我拿到了钱,我来买下您的森林。

奥尔洛夫斯基 请原谅,米沙,这甚至有点奇怪……好了,就算你是个理想人物……我们可以向你顶礼膜拜,(鞠躬)但为什么要闹得不愉快?

赫鲁舒夫 (冲动地)教父! 这世界上很多善人总让我觉得可疑! 他们之所以成为善人是因为他们是冷漠的人!

奥尔洛夫斯基 我亲爱的,你是来吵架的……这不好! 思想归思想,但兄弟,还应该有这个……(指指心)我亲爱的,没有这个东西,你所有的森林和泥煤都分文不值……不要生气,但你还年轻,太年轻!

谢列勃里雅可夫 (严厉地)下一次不经通报别进我的家门,我

289

也请您不要让我看到您的神经病大发作！你们都想让我失去忍耐,你们的目的达到了……请您离开我！您的所有的森林、泥煤在我看来,是梦呓和神经病,这就是我的看法！伊凡·伊凡诺维奇,咱们走！（下）

奥尔洛夫斯基 （跟着谢列勃里雅可夫)沙萨,这过分了……为什么这样尖锐？（下）

赫鲁舒夫 （独自一人,沉默之后)梦呓,神经病……这么说,按照一个著名学者、教授的看法,我是个疯子……我在阁下的权威面前低头,我现在就回家去剃个光头。不,发疯的地球还负载着你们！（快步走向右边的门)

　　〔索尼娅从左边的门进来,她在整个第十二场戏中站在门口偷听。

十三

　　赫鲁舒夫和索尼娅。

索尼娅 （追上赫鲁舒夫)等一等……我全听到了……您说呀……您快说,否则我忍不住要自己开始说了！

赫鲁舒夫 索菲娅·亚历山德洛芙娜,我已经把我想说的都说了。我恳求您父亲对森林手下留情,我是对的,但他侮辱了我,说我是疯子……我是疯子！

索尼娅 够了,够了……

赫鲁舒夫 是啊,那些用学问的外衣掩盖自己铁石心肠的人倒不是疯子,那些把自己的冷漠当作深刻的智慧的人倒不是疯子,那些嫁给老头子的人倒不是疯子,她们嫁给老头是为了公开地欺骗他们,为了给自己用砍伐森林赚得的金钱买时髦衣裳!

索尼娅 您听我说,听我说,(拉赫鲁舒夫的手)让我对您说……

赫鲁舒夫 我们的交往结束了。对于您来说,我是个陌生人,您关于自己的看法我也知道,我在这里无事可做了。别了,很遗憾,在我曾经十分珍视的我们短暂的相识之后,我的记忆里仅仅留下了您父亲的痛风病以及您对于我的民主思想的议论……但我在这方面没有过错……不是我……

　　[索尼娅哭泣着,用手掩脸,快步从左边的门离去。

赫鲁舒夫 我一不小心在这儿产生了爱的感情,这对于我来说是个教训! 从这个地窖里逃跑吧! (走向右边的门)

　　[叶莲娜·安德列耶芙娜从左边的门出来。

十四

赫鲁舒夫和叶莲娜·安德列耶芙娜。

叶莲娜·安德列耶芙娜 您还在这里? 等一等……刚刚伊凡·伊凡诺维奇对我说,我丈夫对您态度很不好……请您原谅,他今天心情不好,他没有理解您……至于我,我的灵魂是属于您的,米哈依尔·列沃维奇! 请相信我的敬仰之情的真诚,我深表同情,深受感动,请允许我,衷心地向

291

您表示我的友谊。(伸出两只手来)

赫鲁舒夫 （厌恶地）离我远一点……我鄙视你的友谊!
（离去）

叶莲娜·安德列耶芙娜 （独自一人,痛苦地）为什么? 为什么?

　　　　[舞台后传来枪声。

十五

　　叶莲娜·安德列耶芙娜,玛丽雅·瓦西里耶芙娜,索尼娅,谢列勃里雅可夫,奥尔洛夫斯基和日尔屠欣。

　　玛丽雅·瓦西里耶芙娜摇摇晃晃地从中间的门出来,大叫一声,昏倒在地。索尼娅走上台又跑进中间的门。

谢列勃里雅可夫 怎么回事?

奥尔洛夫斯基 怎么回事?

日尔屠欣 怎么回事?

　　　　[听得见索尼娅的叫喊声。

索尼娅 （冲回来)舒尔仁舅舅开枪自杀了!

　　　　[索尼娅、奥尔洛夫斯基,谢列勃里雅可夫和日尔屠欣跑进中间的门。

叶莲娜·安德列耶芙娜 （痛哭)为什么? 为什么?

　　　　[在右边的门口出现德雅金。

十六

叶莲娜·安德列耶芙娜,玛丽雅·瓦西里耶芙娜
和德雅金。

德雅金　(在门口)怎么回事?

叶莲娜·安德列耶芙娜　(向德雅金)请您把我带走!把我抛
　　进深渊,把我杀了,但我不能再留在这里。快,我求您了!

　　(与德雅金下)

——幕落

第 四 幕

　　磨坊旁的森林和屋子,这是德雅金向赫鲁舒夫租来的。

一

　　叶莲娜·安德列耶芙娜和德雅金坐在窗下的长椅上。

叶莲娜·安德列耶芙娜　亲爱的伊里亚·伊里依奇,明天您再到邮局去看看。

德雅金　一定的。

叶莲娜·安德列耶芙娜　再等三天。如果再等不到哥哥的回信,我就向您借钱自己去莫斯科,我不能老住在您的磨坊里啊。

德雅金　那当然……

　　〔静场。

德雅金　尊敬的夫人,我不敢开导您,但您的所有这些让我到邮局去寄发的书信、电报,对不起,都是徒劳的。不管您的哥哥给您什么样的回信,您总归是要回到您丈夫身边的。

叶莲娜·安德列耶芙娜　我不回去……伊里亚·伊里依奇,这需要讨论讨论。我不爱丈夫。我所爱的年轻人,从头到尾都对我不公正。为什么要回去?您说这是责任……这我知道得很清楚,但我再说一遍,需要讨论讨论……

　　[静场。

德雅金　是这样……伟大的俄国诗人罗蒙诺索夫逃出阿尔汉格尔斯克省,在莫斯科找到了自己的命运女神。这从他那方面说,自然是很崇高的……而您为什么跑?如果说句心里话,哪里也没有您的幸福……就像在笼子里耽着的金丝雀,只能看到别人的幸福,而自己在笼子里耽一辈子。

叶莲娜·安德列耶芙娜　可能我不是金丝雀,而是一只自由的麻雀!

德雅金　哎!尊贵的夫人,根据飞行的姿态就能对鸟做出判断……在这两个星期的时间里,换了另一个女人,早已到十几个城市旅游过,并把所有的人都蒙在鼓里,而您倒好,只是跑到了这个磨坊,而且自己的心里还七上八下……得了!您再在我这里住一段时间,心态平和了,就回丈夫那儿去。(倾听)有人坐马车来了。(站起)

叶莲娜·安德列耶芙娜　我走。

德雅金　我不敢再叨扰您。我回磨坊去再睡一会儿……今天我起得特别早。

叶莲娜·安德列耶芙娜　您醒过来之后再来,我们一起喝茶。

　　(走进屋去)

德雅金　(独自一人)如果我生活在文化界,那可能有人会把我

295

画一幅漫画登在杂志上去,再加一句讽刺性的题词。得了吧,我这样一个上了年岁的人,而且其貌不扬,居然还能把一位著名教授的年轻妻子领来! 这真妙!(离去)

二

　　谢苗拎着水桶与尤丽娅上。

尤丽娅　谢苗,你好! 伊里亚·伊里依奇在家吗?

谢苗　在家,上磨坊去了。

尤丽娅　你去叫他一下。

谢苗　马上去。

尤丽娅　(独自一人)肯定还在睡觉……(坐在窗下的长椅上叹息)有的人睡觉,有的人散步,而我成天东跑西颠。(更深的叹息)上帝,天底下有像麻糕这么笨的人吗? 我现在从他的粮仓旁走过,看到有只小黑猪从门里出来……假如有别人家的猪群把他的麻袋撕开了就有好戏看了……

　　　[德雅金上。

三

　　尤丽娅和德雅金。

德雅金　(正穿上衣)是您,尤丽娅·斯捷潘诺芙娜? 对不起,我没有穿好衣服……想美美地睡一觉。

296

尤丽娅　您好！

德雅金　请原谅，我不能把您请进屋去……房里没有收拾，很乱……如果方便，请到磨坊去……

尤丽娅　我就在这里坐一下。伊里亚·伊里依奇，我来找您是谈一件事。为了娱乐娱乐，列奥尼德和教授今天想到您磨坊来搞次野餐，喝喝茶……

德雅金　很荣幸。

尤丽娅　我是来通报……他们很快就到。您安排一下，让他们在这里放一张桌子，桌上还得有茶炊……您吩咐一下谢苗，让他从我的马车上取下装食物的篮子。

德雅金　这可以。

　　　　〔静场。

德雅金　怎么样？你们那边怎么样？

尤丽娅　不好，伊里亚·伊里依奇……您相信吗，一大堆的操心事，我甚至累病了。您知道吗，教授和索尼娅现在住在我们家！

德雅金　我知道。

尤丽娅　自从叶戈尔·彼特洛维奇自杀之后，他们不能再住在自己家里……他们害怕，白天还好，一到晚上，大家聚到一间房里坐着直到天明。都害怕。怕在夜里叶戈尔·彼特洛维奇会出现……

德雅金　这是迷信……他们还想起叶莲娜·安德列耶芙娜吗？

尤丽娅　当然，都还想起她。

　　　　〔静场。

尤丽娅　突然走了！

297

德雅金　是啊,是个值得阿依瓦佐夫斯基[①]描绘的故事……突然间走了。

尤丽娅　现在也不知道她在哪儿……也可能远走高飞了,也可能,因为绝望……

德雅金　尤丽娅·斯捷潘诺芙娜,上帝是慈悲的! 一切都会好的。

　　　　　〔赫鲁舒夫上,拿着一个纸夹和一个画图用的工具匣。

四

　　　　上一场的人物和赫鲁舒夫。

赫鲁舒夫　哎! 谁在这里? 谢苗!

德雅金　看这边!

赫鲁舒夫　啊! ……尤丽娅,您好!

尤丽娅　米哈依尔·列沃维奇,您好!

赫鲁舒夫　我,伊里亚·伊里依奇,又到你这里来工作了。家里坐不住。吩咐他们像昨天一样在树底下放上铁桌子,再关照他们拿两盏灯来,天开始黑了……

德雅金　遵命。(下)

赫鲁舒夫　尤丽娅,生活过得怎样?

尤丽娅　平平常常……

　　　　　〔静场。

---

①　阿依瓦佐夫斯基(1817—1900),俄国画家。

赫鲁舒夫 谢列勃里雅可夫一家在你们那儿住？

尤丽娅 是的。

赫鲁舒夫 嗯……那你们的列奥尼德在干什么？

尤丽娅 在家耽着……都因为索尼娅……

赫鲁舒夫 当然！

　　　〔静场。

赫鲁舒夫 他娶上她就好了。

尤丽娅 那怎么样呢？（叹息）上帝保佑！他是个有教养的好人，她也受过良好的家庭教育……我一直希望她……

赫鲁舒夫 她糊涂……

尤丽娅 哎，别这样说。

赫鲁舒夫 您的列奥尼德也是个聪明人……总的来说，你们都是精选出来的。都是聪明人！

尤丽娅 看来您今天还没有吃午饭。

赫鲁舒夫 为什么您这样想？

尤丽娅 您好像有气。

　　　〔德雅金和谢苗上，两人抬一张不大的桌子。

五

　　　上一场的人物，德雅金和谢苗。

德雅金 米沙，你有审美的眼光，给自己找到了美丽的工作环境。这是一片绿洲！这是绿洲！你想象一下，这周围都是棕榈树，尤丽娅是温顺的扁角鹿，你是狮子，我是老虎。

赫鲁舒夫 你是个好人,热心肠的人,伊里亚·伊里依奇,但你为什么有这样的做派?说的话是甜腻腻的,脚跟碰着脚跟,肩膀抽搐着……如果有外人看到,会以为你不是人,而是天晓得什么……遗憾……

德雅金 这是说,我生来如此……天命。

赫鲁舒夫 唉,天命。别来这一套。(在桌子上固定好图纸)我今天在你这里过夜。

德雅金 非常高兴……你,米沙生气了,但我心里极其高兴!好像有只小鸟在我胸膛里唱歌。

赫鲁舒夫 你高兴吧。

　　〔静场。

赫鲁舒夫 你胸膛里有只小鸟,而我胸膛里有只癞蛤蟆,丢脸的事不计其数!希曼斯基把自己的森林卖了供人采伐……这是第一! 叶莲娜·安德列耶芙娜从丈夫身边跑走了,现在谁也不知道她在什么地方,这是第二! 我感到自己每天都在患得患失,变得渺小……这是第三! 昨天我想对你说的,但说不出口,没有勇气。你可以向我祝贺。叶戈尔·彼特洛维奇死后留下一本日记。这本日记最初落到了伊凡·伊凡内奇手里,我在他那儿读了十遍……

尤丽娅 我们也读了。

赫鲁舒夫 舒尔仁与叶莲娜·安德列耶芙娜之间的浪漫史惊动了全家,现在证明是肮脏的谣言……我当时相信了这个谣言,跟别人一起散布了谣言,憎恨了,鄙视了,侮辱了他们。

德雅金　这当然不好。

赫鲁舒夫　尤丽娅，我轻信的第一个人，就是你的哥哥！我也有问题！我相信了我并不尊重的你的哥哥，而没有相信那个在我的面前作出自我牺牲的女人。我相信恶甚于相信善，我只能看到我鼻子底下的东西。而这说明，我像大家一样的没有才气。

德雅金　（向尤丽娅）咱们走，到磨坊去。就让他在这里工作，而咱们去游玩。咱们走……米沙，干你的吧。（与尤丽娅一起下）

赫鲁舒夫　（独自一人，往小碟里放颜料）有一天晚上我看到他用脸贴在她手上。他在日记里详细记录了那个夜晚发生的事，记录了我是怎么到那里去的，我对他说了什么话。他引用了我的话，并且说我是个愚蠢的人和狭隘的人。

　　　　〔静场。

赫鲁舒夫　太浓了……得淡一点。然后他骂了索尼娅，因为她爱上我了……她从没有爱我……搞了个墨点……（用刀刮纸）甚至如果其中也有点道理，那也没有必要再去想它。愚蠢地开始，愚蠢地结束……

　　　　〔谢苗和一个工人抬来一张大桌子。

赫鲁舒夫　你们这是怎么回事？干什么？

谢苗　伊里亚·伊里依奇吩咐的。日尔屠欣家的人要来喝茶。

赫鲁舒夫　非常感谢，这么说，不能继续工作了……把东西收拾好回家去。

　　　　〔日尔屠欣和索尼娅挽着胳臂上。

301

六

赫鲁舒夫、日尔屠欣和索尼娅。

日尔屠欣　（唱）"神秘的力量无意间把我引向忧郁的河
　　岸⋯⋯"

赫鲁舒夫　那边是谁？啊！（赶紧收拾画图用的工具匣）

日尔屠欣　亲爱的索尼娅，还有一个问题⋯⋯您记得吗？有一
　　次过生日您在我们家里吃了早饭。您要承认，您那时看到
　　我的外貌哈哈大笑起来。

索尼娅　得了，列奥尼德·斯捷潘内奇，能够这么说吗？我是
　　无缘无故地哈哈大笑了。

日尔屠欣　（看见赫鲁舒夫）啊，我看到谁了！你在这里？
　　你好？

赫鲁舒夫　您好。

日尔屠欣　你在工作？很好⋯⋯麻糕在哪儿？

赫鲁舒夫　那边⋯⋯

日尔屠欣　那边是哪里？

赫鲁舒夫　我好像是说清了⋯⋯那边，磨坊。

日尔屠欣　我去叫他。（一边走一唱）"无意间把我引向忧郁的
　　河岸⋯⋯"（下）

索尼娅　您好⋯⋯

赫鲁舒夫　您好。

　　〔静场。

索尼娅　您在画什么？

赫鲁舒夫　这个……没有意思。

索尼娅　这是规划？

赫鲁舒夫　不,这是我们的森林分布图,我绘制的。

　　　　〔静场。

赫鲁舒夫　唉,您怎样？幸福吗？

索尼娅　现在,米哈依尔·列沃维奇,不是想幸福的时候。

赫鲁舒夫　那么想什么呢？

索尼娅　我们的痛苦就在于我们对幸福想得太多……

赫鲁舒夫　是这样。

　　　　〔静场。

索尼娅　没有苦哪有甜,痛苦教育了我。米哈依尔·列沃维
　　奇,应该忘记自己的幸福而仅仅想到别人的幸福,应该让
　　整个的生活都由一连串的牺牲来组成。

赫鲁舒夫　是这样……

　　　　〔静场。

赫鲁舒夫　玛丽雅·瓦西里耶芙娜的儿子开枪自杀了,但她
　　还在小册子里寻找矛盾;您遭遇了不幸,但您还在满足
　　自己的自尊心;您在拼命扭曲自己的生活,心里还认为
　　这像是在作出牺牲……谁也没有心……您没有,我也没
　　有……做的都不是需要做的,一切都化为灰烬……我现
　　在,并不想妨碍您和日尔屠欣。您为什么哭？我并不想
　　这样。

索尼娅　没有关系,没有关系……（擦眼泪）

　　　　〔尤丽娅、德雅金和日尔屠欣上。

七

上一场的人物，尤丽娅，日尔屠欣，然后是谢列勃里雅可夫和奥尔洛夫斯基。

谢列勃里雅可夫的声音：啊嘿！先生太太，你们在哪儿？

索尼娅　（喊）爸爸！在这里！

德雅金　茶炊拿来了！太好了！（和尤丽娅一起在桌子旁张罗）

〔谢列勃里雅可夫和奥尔洛夫斯基上。

索尼娅　爸爸，到这里来！

谢列勃里雅可夫　看到了，看到了……

日尔屠欣　（大声）先生太太，我宣布会议开始！麻糕，打开酒瓶！

赫鲁舒夫　（向谢列勃里雅可夫）教授，让我们忘记发生在我们之间的不愉快！（伸出手来）我请您原谅……

谢列勃里雅可夫　谢谢。很高兴。请您也原谅。那次发生冲突之后的第二天我好好想了想这过程，想到了我们的谈话，我感到非常不愉快……让我们做个朋友吧。（握着他的手向桌子走去）

奥尔洛夫斯基　早就应该如此。不好的和平也要比好的吵架好。

德雅金　阁下，我很幸福，您能光临我的绿洲。非常高兴！

谢列勃里雅可夫　谢谢,尊敬的先生。这里真很美。就是个
　　　绿洲。

奥尔洛夫斯基　沙萨,你喜欢大自然?

谢列勃里雅可夫　喜欢。

　　　〔静场。

谢列勃里雅可夫　先生们,咱们别沉默,得说话。在我们的处
　　　境下,这是最好的。应该直视不幸。我看得比你们开,是
　　　因为我比你们更不幸。

尤丽娅　先生们,我不放糖,你们就着果酱喝。

德雅金　(在客人们身边周旋)我多高兴,我多高兴!

谢列勃里雅可夫　米哈依尔·列沃维奇,最近一段时间,我经
　　　受了那么多的事情,我也反思了很多,我觉得我可以写一
　　　本,写一本关于应该如何生活的书来教育后代。活到老,
　　　学到老。而不幸教育了我们。

　　　〔索尼娅哆嗦了一下。

日尔屠欣　您哆嗦个什么?

索尼娅　有人叫喊了一声。

德雅金　这是农民在河里捕鱼。

　　　〔静场。

日尔屠欣　先生太太们,我们说好了的,今天这个夜晚要过得
　　　就像什么事情也没有发生过似的……否则空气有点紧
　　　张……

德雅金　阁下,我对科学不仅是崇拜,甚至怀有一种亲切的感
　　　情。我的兄弟格里戈利·伊里依奇妻子的兄弟,您可能认
　　　识,康士坦丁·加甫雷奇·诺沃谢洛夫,曾经是外国文学

的硕士。

谢列勃里雅可夫　我不认得。

〔静场。

尤丽娅　明天正好是叶戈尔·彼特洛维奇死去的第十五天。

赫鲁舒夫　尤丽娅，我们不说这个。

谢列勃里雅可夫　有点精神，精神！

〔静场。

日尔屠欣　总还是觉得空气有点紧张……

谢列勃里雅可夫　大自然是不允许空缺的。它让我失去了两个亲近的人，为了填补这个损失，它很快给我派来了新的朋友。列奥尼德·斯捷潘诺维奇，为您的健康干杯！

日尔屠欣　谢谢您，亲爱的亚历山大·弗拉基米洛维奇！首先让我为您的卓有成效的科研工作干杯。请您播种理智的、善良的、永恒的种子。请您播种！诚实的俄罗斯人民会对您说声谢谢！

谢列勃里雅可夫　我珍惜您的祝福。我衷心希望我们的友好关系很快会变得更加紧密。

〔费德尔·伊凡诺维奇上。

八

上一场的人物和费德尔·伊凡诺维奇。

费德尔·伊凡诺维奇　谁呀！野餐！

奥尔洛夫斯基　我的孩子……美男子！

费德尔·伊凡诺维奇 你们好。（与索尼娅和尤丽娅接吻）

奥尔洛夫斯基 两个星期不照面。在哪儿？见到了什么？

费德尔·伊凡诺维奇 刚刚到列娜那里去了一趟，那边说您在这里，我就来了。

奥尔洛夫斯基 在哪儿鬼混？

费德尔·伊凡诺维奇 三个晚上没有睡觉⋯⋯昨天，父亲，我打牌输了五千卢布。喝酒了，玩牌了，到城里去了五次⋯⋯变傻了。

奥尔洛夫斯基 好样的！这么说，现在您刚喝了酒？

费德尔·伊凡诺维奇 一点没有醉，尤丽娅。给我来点儿茶，只是要柠檬的，酸一点⋯⋯舒尔仁怎样？无缘无故就往额头上来了一枪！而且拿的是什么枪——来复枪！就不能拿斯密特-维松式手枪！

赫鲁舒夫 畜生，你给我住嘴！

费德尔·伊凡诺维奇 畜生，只是有胡子的。（摸自己的胡子）这一把胡子就值⋯⋯我是畜生，是傻瓜，是流氓，但我只要愿意，任何一个未婚妻都会跟我走。索尼娅，嫁给我吧！（向赫鲁舒夫）请原谅⋯⋯对不起⋯⋯

赫鲁舒夫 别装蒜。

尤丽娅 费佳，你是个不可救药的人！全省也找不出第二个像你这样的醉鬼和花花公子。人们甚至都不好意思看你。人不像人，鬼不像鬼——干脆是惩罚！

费德尔·伊凡诺维奇 哎，装出一副可怜相！到这边来挨着我坐⋯⋯这样，我到你那儿去住两个星期⋯⋯得歇歇。（吻尤丽娅）

尤丽娅　我为你感到羞耻。你应该对年老的父亲有所安慰，结果你还是让他丢脸。没有意义的生活，其他什么也没有。

费德尔·伊凡诺维奇　不喝酒了！完了！（给自己倒果子露酒）这是李子露，还是樱桃露？

尤丽娅　别喝呀，别喝呀。

费德尔·伊凡诺维奇　喝一杯可以。（喝）林妖，我给你两匹马和一支猎枪。我到尤丽娅那里去住……在她那儿住两个星期。

赫鲁舒夫　你得到禁闭营去住。

尤丽娅　喝呀，喝茶！

德雅金　费佳，你就着面包干喝。

奥尔洛夫斯基　（向谢列勃里雅可夫）沙萨兄弟，我在四十岁之前，过的也是像我的费德尔一样的生活。有一次我数了一下，我把多少妇女变成了不幸的人，数啊数，数到七十个就不往下数了。沙萨兄弟，一当我满了四十岁，我就突然之间感觉什么东西把我触动了。苦恼，到处都找不到自己的位置，一句话，心里空虚，完蛋了，我东转转，西转转，也读书，也工作，也旅游——但无济于事。后来有一次我到我死去的干亲家，英明的德米特里公爵家去做客。酒也喝了，饭也吃了……午饭过后为了不睡午觉，我们在院子里玩起了打靶。周围聚了不少人。而我们的麻糕也在其中。

德雅金　我在场……我记得。

奥尔洛夫斯基　苦恼啊，先生们知道吗！我忍不住了。我的眼泪突然间从眼睛里涌了出来，我摇晃着身子，在院子里大声喊道："我的朋友们，善良的人们，看在上帝分上，请原谅

308

我吧!"在这个时候,我心里开始觉得清净、甜美和温暖,从此以后,我成了全县最幸福的人。你也应该这样做才对。

谢列勃里雅可夫 什么?

　　[天空出现火光。

奥尔洛夫斯基 照我那样做。应该缴械投降。

谢列勃里雅可夫 这是庸俗哲学的样本。你建议我请求原谅。为什么?还是让人来请求我原谅吧!

索尼娅 爸爸,要知道我们都有过错!

谢列勃里雅可夫 是吗?先生们,很明显,现在你们都在想我和妻子的关系。难道你们认为我有错?这甚至可笑。是她违背了自己的职责,在生活很艰难的时刻离开了我⋯⋯

赫鲁舒夫 亚历山大·弗拉基米洛维奇,您听我说⋯⋯您当了二十五年教授,为科学服务,我种树行医,如果我们不宽容我们为之服务的人,我们的工作还有什么意义呢?我们一方面为人们服务,一方面又毫无人性地互相伤害。比方说,您和我为了拯救舒尔仁究竟做了些什么?您的被我们大家都侮辱过的妻子在哪儿?您的安宁在哪儿?您女儿的安宁在哪儿?一切都毁灭了。先生太太们,你们叫我林妖,但不仅我一个,在你们所有人的心里都藏着一个林妖,你们所有的人都在黑暗的森林里游荡,凭着感觉生活。你们的智慧、知识和情感,只够毁坏自己和别人的生活。

　　[叶莲娜·安德列耶芙娜从屋子里走出,坐在窗下的长椅上。

九

上一场的人物和叶莲娜·安德列耶芙娜。

赫鲁舒夫　我认为自己是一个有思想的、有人道精神的人，但
　　与此同时我不肯原谅人们的很小的过错，我相信谣言，和
　　别人一起污蔑他人，比如，当您的妻子真诚地向我表示友
　　谊，我却居高临下地斥责她说："离我远一点！我鄙视您的
　　友谊！"我就是这样一个人，在我心里藏着一个林妖，我渺
　　小，平庸，盲目，但您，教授，也不是雄鹰！而与此同时，全
　　县上下，所有的妇女都把我看成是个英雄，是个先进的人
　　物，您则闻名全俄罗斯。而如果像我这样的人，也被认真
　　地当作英雄，如果像您这样的人，也居然真正出了名，那就
　　意味着，山中无老虎，猴子当大王，意味着没有真正的英
　　雄，没有天才，没有能把我们从黑暗的森林里引领出来的
　　人，没有能把被我们破坏的东西加以修复的人，没有真正
　　有权享受崇高荣誉的雄鹰……

谢列勃里雅可夫　对不起……我到这里来不是为了与您争吵
　　和捍卫自己享受荣誉的权利。

日尔屠欣　真的，米沙，放下这个话题。

赫鲁舒夫　我现在就说完，说完我就走。是的，我渺小，但您，
　　教授，也不是雄鹰！舒尔仁渺小，他没有找到比往自己的
　　额头打枪更聪明的做法。全都渺小！至于妇女……

叶莲娜·安德列耶芙娜　（打断他的话）至于妇女，那么她们也

渺小。(走向桌子)叶莲娜·安德列耶芙娜离开了自己的丈夫。你们会想,她在争取自己的自由?不要担心……她回来了……(坐在桌旁)她已经回来了。

　　[众人惊愕。

德雅金　(笑)这太好了!先生,不要命令惩罚,命令说话!阁下,我拐走了您的妻子,就像从前有个帕里斯拐走了美女海伦![①] 我!尽管麻脸的帕里斯是不存在的,但朋友霍拉旭[②],在世上有很多事情是我们智者们做梦也想不到的!

赫鲁舒夫　我什么也不明白……这是您,叶莲娜·安德列耶芙娜?

叶莲娜·安德列耶芙娜　这两个星期我住在伊里亚·伊里依奇这里……你们为什么都这样看我!呶,你们好……我坐在窗下什么都听到了。(拥抱索尼娅)让我们讲和。亲爱的姑娘,你好……和平和和睦!

德雅金　(搓手)这太好了!

叶莲娜·安德列耶芙娜　(向赫鲁舒夫)米哈依尔·列沃维奇。(伸过手去)不念旧恶,你们好,费德尔·伊凡诺维奇……尤丽娅……

奥尔洛夫斯基　我亲爱的,好样的教授夫人,美女……她回来了,她又到我们这里来了……

叶莲娜·安德列耶芙娜　我想念你们了。亚历山大,你好!(向谢列勃里雅可夫伸过手来,丈夫不理)亚历山大!

---

① 特洛伊王之子帕里斯因拐走斯巴达王之妻海伦而引发特洛伊战争。
② 霍拉旭是莎剧《哈姆雷特》里的一个人物,这句话是哈姆雷特对霍拉旭说的一句台词。

311

谢列勃里雅可夫 您违背了您的职责。

叶莲娜·安德列耶芙娜 亚历山大！

谢列勃里雅可夫 我承认，我很高兴见到您，也想和您说话，但不是在这里，而是在家里……（离开桌子）

奥尔洛夫斯基 沙萨！

　　〔静场。

叶莲娜·安德列耶芙娜 这样……这么说，亚历山大，我们的问题解决起来很简单：什么也不解决，咳，就这样吧！我是个次要人物，我的幸福是金丝鸟式的幸福，女人的幸福……一辈子蹲在家里不出门，吃、喝、睡，还每天听人家对你说痛风病，说自己的权利和贡献。为什么你们低下了头，像是不好意思了？让我们喝点甜酒，好吗？啊嘿！

德雅金 一切都会过去的，一切都会变好的，一切都会平安无事的。

费德尔·伊凡诺维奇 （激动地走向谢列勃里雅可夫）我受了感动……我请求您，您去安慰安慰自己的妻子，对她哪怕说上一句好话，说上一句高尚的人说的良心话，我会一辈子当您的忠实的仆人，奉送您我最好的三驾马车。

谢列勃里雅可夫 我谢谢了，但，请原谅，我不理解您……

费德尔·伊凡诺维奇 嗯……您不理解……我有一次打猎回来，看见一只猫头鹰坐在树上……我朝它开一枪，用细砂弹打的！它坐着……我又用九号子弹朝它打了一枪……它还坐着……什么也动不了它。它坐着，眨着眼睛。

谢列勃里雅可夫 您这是说什么呀！

费德尔·伊凡诺维奇 说猫头鹰。（走回桌子）

312

奥尔洛夫斯基 （倾听）先生太太们……小声点……好像什么地方在敲警钟……

费德尔·伊凡诺维奇 （见到火光）噢！噢！噢！看看天空！多亮的火光。

奥尔洛夫斯基 我们坐在这里，都没有看见！

德雅金 真巧。

费德尔·伊凡诺维奇 哎！这像彩灯！这是在阿历克谢耶夫斯基村附近。

赫鲁舒夫 不，阿历克谢耶夫斯基村还要靠右边……这可能是在新彼特洛夫斯克。

尤丽娅 多可怕！我就怕火光！

赫鲁舒夫 当然是在新彼特洛夫斯克。

德雅金 （叫喊）谢苗，跑到堤岸上去，看看是烧了什么，可以看得见的！

谢苗 （叫喊）这是捷利别耶夫森林在烧。

德雅金 什么？

谢苗 捷利别耶夫森林！

德雅金 森林……

　　〔长时间的静场。

赫鲁舒夫 我得到那边去……到火灾现场去。再见了……请原谅，我今天说话很尖锐，这是因为我从来没有像今天这样感到心里压抑……我心里很沉重……但这不是不幸……应该像一个人那样坚定地站稳脚跟。我不会开枪自杀的，我也不会跳到磨坊的车轮下……就算我现在不是个英雄！我会长起雄鹰的翅膀，不管是火灾还是野鬼都吓

313

不倒我！就让森林烧掉好了,我会栽种出新的森林！别人不喜欢我好了,但我喜欢别人!（快步离去）

叶莲娜·安德列耶芙娜 他是好样的。

奥尔洛夫斯基 是啊……"别人不喜欢我好了,但我喜欢别人。"这怎么理解!

索尼娅 把我从这里带走吧……我想回家……

谢列勃里雅可夫 是的,该走了,这里太潮湿。我的毛毯和大衣在什么地方……

日尔屠欣 毛毯在车上,大衣在这里。（把大衣递给谢列勃里雅可夫）

索尼娅 （非常激动)把我从这里带走吧,带走……

日尔屠欣 我可以为您效劳……

索尼娅 不,我跟教父走,教父,带着我一起走……

奥尔洛夫斯基 我亲爱的,咱们走,咱们走。（帮索尼娅穿衣服）

日尔屠欣 （旁白)鬼知道……除了卑鄙和屈辱什么也没有。

　　　　〔费德尔·伊凡诺维奇和尤丽娅把餐具和餐巾往筐里放。

谢列勃里雅可夫 左脚的脚掌痛……应该是关节炎……又要整夜睡不着了。

叶莲娜·安德列耶芙娜 （给丈夫系大衣扣)亲爱的伊里亚·伊里依奇,把我的帽子和斗篷从屋里拿出来!

德雅金 马上!（从屋里取出帽子和斗篷）

奥尔洛夫斯基 我亲爱的,这火光吓着你了! 别怕,它变小了。火灾会扑灭的……

尤丽娅 半罐果酱剩下来了……咴,让伊里亚·伊里依奇把它吃了。(向日尔屠欣)列奥尼德,拿着筐子。

叶莲娜·安德列耶芙娜 我准备好了。(向丈夫)咴,骑士长的石像①,带着我到那二十六个凄凉的房间里去吧! 这就是我的命!

谢列勃里雅可夫 骑士长的石像,我要嘲笑一下这个比喻,但脚痛妨碍了我。(向所有人)先生太太们,再见了! 谢谢你们的款待,谢谢这个友好的聚会……很好的晚会,很好的茶水……一切都很好,但请原谅,只有你们的一样东西我不能接受,是你们的庸俗哲学,你们对生活的态度。先生太太们,应该工作。这样不行! 应该工作……再见了。(与妻子下)

费德尔·伊凡诺维奇 咱们走,长舌妇!(向父亲)父亲,再见。(与尤丽娅下)

日尔屠欣 (拎着筐子,跟着他们)好沉的筐子,活见鬼……现在我讨厌这些野餐了。(走下,舞台后的喊声)阿历克谢,备马!

十

奥尔洛夫斯基,索尼娅和德雅金。

奥尔洛夫斯基 (向索尼娅)咴,怎么的,准备好了? 咱们

---

① 典出唐璜传说,骑士长的石像最终压死了登徒子唐璜。

走……(和索尼娅走)

德雅金 （旁白）谁也不跟我告别……这太好了！（熄灭蜡烛）

奥尔洛夫斯基 （向索尼娅）你怎么啦？

索尼娅 我不能走，教父……没有力量！教父，我绝望了……我绝望了！我非常痛苦！

奥尔洛夫斯基 （焦急地）怎么啦？亲爱的，美人儿……

索尼娅 咱们别走……在这里再待一会儿。

奥尔洛夫斯基 一会儿说走，一会儿说留下……不明白您……

索尼娅 我今天在这里失去了自己的幸福……我受不了……啊嘿，教父，我为什么不死了！（拥抱他）啊嘿，如果能知道，如果能知道！

奥尔洛夫斯基 给你点水喝，咱们去坐下……走……

德雅金 这是怎么回事？索菲娅·亚历山德洛芙娜……我受不了啦，我浑身发抖……（含着眼泪）我不能看到这个……我的孩子……

索尼娅 伊里亚·伊里依奇，我亲爱的，把我拉到火灾现场去！我求求您了！

奥尔洛夫斯基 你为什么要去火灾现场？你去那儿能干什么？

索尼娅 我求您了，拉我去吧，否则我就自己走去。我绝望了……教父，我很痛苦，非常痛苦。把我拉到火灾现场去吧。

　　〔赫鲁舒夫大快步上。

十一

上一场的人物和赫鲁舒夫。

赫鲁舒夫 （叫喊）伊里亚·伊里依奇！

德雅金 我在这里，你要什么？

赫鲁舒夫 我不能步行去，给我马。

索尼娅 （知道是赫鲁舒夫来了，高兴地叫起来）米哈依尔·列沃维奇？（走向他）米哈依尔·列沃维奇！（向奥尔洛夫斯基）教父！您走吧，我要和他谈谈。（向赫鲁舒夫）我现在是另外的一个人了……我只是想要知道心里话……除了心里话，什么也不需要。我爱，我爱您……我爱……

奥尔洛夫斯基 真想不到。（笑）

德雅金 这太好了！

索尼娅 （向奥尔洛夫斯基）教父，您走吧。（向赫鲁舒夫）是的，是的，只需要知道心里话，其他的什么也不要……您说啊，您说啊……我已经说了……

赫鲁舒夫 （拥抱着她）我亲爱的！

索尼娅 教父，您别走……当你向我表示感情的时候，我总是被喜悦所激动，但我那时被偏见束缚着，它阻碍我向你说心里话，阻碍我父亲向叶莲娜微笑。现在我自由了……

奥尔洛夫斯基 （笑）总算有了共同语言。你们上岸了！我荣幸地向你们祝贺。（深深一鞠躬）啊嘿，你们这些淘气鬼！互相扯后襟耽误了多少时间！

德雅金 （拥抱赫鲁舒夫）米沙，亲爱的，你多让我高兴！米沙！

奥尔洛夫斯基 （拥抱索尼娅并吻她）亲爱的，我的金丝雀……我的教女……

317

〔索尼娅笑。

奥尔洛夫斯基　咦,瞧她笑得多痛快!

赫鲁舒夫　我怎么也不能清醒过来……让我再和她聊聊……别妨碍我们……求你们了,你们走开吧……

〔费德尔·伊凡诺维奇和尤丽娅上。

十二

上一场的人物,费德尔·伊凡诺维奇和尤丽娅。

尤丽娅　费佳,你在说谎! 你全在说谎!

奥尔洛夫斯基　哟! 孩子们,小声点! 我的小强盗来了。咱们藏起来,快点!

〔奥尔洛夫斯基,德雅金,赫鲁舒夫和索尼娅躲藏起来。

费德尔·伊凡诺维奇　我忘拿了自己的鞭子和手套。

尤丽娅　你在骗人!

费德尔·伊凡诺维奇　咦,这个麻糕真是个傻瓜! 到现在还不收拾餐桌! 会有人把茶炊偷去的……啊嘿,麻糕啊麻糕,年纪一大把了,智慧还不如孩子!

德雅金　(旁白)非常感谢。

尤丽娅　我们过来的时候,好像有什么人在笑……

费德尔·伊凡诺维奇　这是女人在洗澡……(捡起手套)谁的手套……索尼娅的……今天索尼娅很反常。她爱上林妖了。她狂热地爱上了他,而他看不出来。

318

尤丽娅 （生气地）我们这是上哪儿去?

费德尔·伊凡诺维奇 到堤岸上去……到那儿去玩玩……全
县再也没有比这更好的地方了……美!

奥尔洛夫斯基 （旁白）我的儿子! 美男子! 美……

尤丽娅 我现在听到了谁的说话声音?

费德尔·伊凡诺维奇 这里很美啊,林妖在这里出没,美人鱼
在树林上坐着……叔叔! （在尤丽娅的肩上敲打了一下）

尤丽娅 我不是叔叔。

费德尔·伊凡诺维奇 让我们平心静气地讨论一下。尤丽娅,
你听我说。我曾经从火与水和战斗的号角中间走过……
我已经三十五岁,我除了在塞尔维亚服役时的中尉军衔和
俄国预备役军士之外,没有任何称号。我在天地间游
荡……我需要改变一下生活方式,而你知道吗……你明
白吗? 现在我头脑里出现了这样的幻想,如果我结婚,我
的生活就会出现一个转折……你嫁给我吧,啊? 我不需要
更好的……

尤丽娅 （害羞地）嗯……你……首先你得改邪归正,费佳。

费德尔·伊凡诺维奇 唉,又不是吉卜赛人! 你就直说吧!

尤丽娅 我不好意思……（环视）等等,要是有人闯进来呢? 要
是有人偷听呢……麻糕好像在窗口看着。

费德尔·伊凡诺维奇 没有任何人。

尤丽娅 （搂住她的脖子）费佳!

　　[索尼娅大笑,奥尔洛夫斯基,德雅金和赫鲁舒夫大
笑,他们鼓着掌,喊道:"好! 好!"

费德尔·伊凡诺维奇 唷! 好吓人! 你们从哪冒出来的?

索尼娅　尤丽娅,祝贺你! 我也这样! 我也这样!

　　〔索尼娅和尤丽娅欢笑,接吻,嬉闹。

德雅金　这太好了! 这太好了!

　　　　　　　　　　　　　　　　　　——幕落

从《林妖》到《万尼亚舅舅》

契诃夫给这个剧本起了"林妖"的剧名,是因为本剧主人公——赫鲁舒夫医生有个"林妖"的外号,而到剧本快结尾的时候,赫鲁舒夫还有一段点题的台词:"先生太太们,你们叫我林妖,但不仅我一个,在你们所有人的心里都藏着一个林妖,你们所有的人都在黑暗的森林里游荡,凭着感觉生活。你们的智慧、知识和情感,只够毁坏自己和别人的生活。"

《林妖》构思于一八八八年。契诃夫当初着眼于戏剧的文学性,说:"如果这个剧本具有文学的意义,我就心满意足了。"(见一八八八年十月二十四日信)一八八九年写成《林妖》之后,他又把这个剧本定位为"长篇小说式的喜剧"。(见一八八九年九月三十日信)戏剧界的有关人士读过这个剧本之后,也有"像戏剧小说,而不是戏剧作品"的批评意见。一八八九年底契诃夫把这个剧本交给一家私营剧院,首演在一八八九年十二月二十七日。剧本公演之后,反应平平,契诃夫就把《林妖》搁置了起来。大概过了七八年之后,契诃夫痛下决心,对《林妖》进行了大刀阔斧的修改,不仅重写了第四幕,还删去了几个人物,改变了几个人物的姓名,剧名也成了《万尼亚舅舅》。所以,契诃夫的研究者得到一个共识:《林妖》是《万尼亚舅舅》的前身,把《林妖》与《万尼亚舅舅》进行对比研究,也成了研究契诃夫戏剧的一个内容。

现在先来看一下，《林妖》与《万尼亚舅舅》的异同：

《林妖》里谢列勃里雅可夫教授，教授夫人叶莲娜·安德列耶芙娜，教授前妻的女儿索尼娅，以及教授前妻母亲玛丽雅·瓦西里耶芙娜的姓名都原封不动地留在了《万尼亚舅舅》里。《林妖》里的沃依尼茨基，在《万尼亚舅舅》里保留了这个姓，但改了名和父名，而《林妖》里的赫鲁舒夫医生到《万尼亚舅舅》里成了阿斯特罗夫医生。但阿斯特罗夫医生和赫鲁舒夫医生所持的信念是一致的。"人身上的一切都应该是美丽的，无论是面孔，还是衣裳，还是心灵，还是思想。"这句名言，在《林妖》里是通过赫鲁舒夫医生之口说出，在《万尼亚舅舅》中则通过阿斯特罗夫医生之口说出。更能说明问题的是，《林妖》里赫鲁舒夫一段关于森林的长篇独白，被契诃夫完全搬用到了《万尼亚舅舅》的阿斯特罗夫医生的独白里——

"所有的俄罗斯森林在斧头下呻吟，几十亿树木遭到毁灭，野兽和鸟类也要失去栖身之地，河流在涸竭，美丽的风景将永远消失，而这全因为懒惰的人不肯弯一弯腰，从地底下掘取燃料。只有丧失理智的野人，才会在自己的火炉里把这美丽烧掉，才会去毁灭我们无法再造的东西。人是富于理智和创造力的，理应去增加他们需要的财富，然而，到现在为止，人没有去创造，反而去破坏。森林越来越少，河流涸竭，野兽绝迹，气候恶化，土地一天天地变得贫瘠和难看。您现在用嘲讽的眼神看着我，我所说的一切在您看来是很陈旧的，没有意义的。但当我走过那些被我从伐木的斧头下救出的农村的森林，或者当我听到由我亲手栽种的树林发出美妙的音响的时候，我便意识到，气候似乎也受到我的支配了,而如果一千年之后人们将幸福,那么在这幸福中也有我一份微小的贡献。当我栽下一棵白桦树,然后看到它怎样地慢慢变绿,怎样地在风中摆动,我的心就充满着自豪,因为我意识到,我是在帮助上帝创造世界。"

契诃夫把这一大段独白移植到《万尼亚舅舅》之后,只是删去了独白的最后一句——"因为我意识到,我是在帮助上帝创造世界。"

这段写于一八八九年的呼吁保卫大自然的长篇独白,也可能是我们能够读到的最早的由作家发出的保护生态环境的呼唤,而那些区别于日常生活用语的抒情台词的运用,也是契诃夫有意识地加强戏剧的文学性的一种手法,我们在《林妖》之后契诃夫的所有多幕剧作品中,都可能找到这样的文学性很强的抒情独白。

两个剧本第二幕的结尾也完全一样,而这个结尾是深得评论家们赞赏的。

从《林妖》到《万尼亚舅舅》的一个重要变化,是强化了在《林妖》中已见端倪而在《万尼亚舅舅》中变得越加明晰的"为偶像白白牺牲青春"的题旨。《林妖》里的沃依尼茨基有一段感叹自己青春虚度的独白:"马上就要来一场大雨,大自然里的一切都会精神抖擞起来,呼吸也变得更轻快。但只有我一个人,是不会被这场雷雨抖擞起精神来的。无论是白天,还是黑夜,有一个想法,就像一个小鬼压迫着我,我的生活无可挽回地丧失了,我没有过去,我的过去愚蠢地耗费在区区小事上,而我的现在又荒唐得可怕。"《万尼亚舅舅》里保留了这段原有台词,但又进一步加写了一段沃依尼茨基直接抨击谢列勃里雅可夫的台词："我受了多大的欺骗！我曾经把这个教授，这个痛风病患者奉若神明，为他像牛一样地劳作过！……我曾经为他，为他的科学成就感到骄傲，我陶醉在他的事业里！他所写的一切，所说的一切，我都以为是天才的……上帝，可现在呢？现在他退休了，现在他生活的结局一目了然：他没有留下一页著作，他是无名之辈，他等于零！是个肥皂泡！而我受骗了……"

由于有了这样的意义上的深化，契诃夫也在人物关系、戏剧情节和戏剧冲突的走向上随之作了变动：把一直钟情于索尼娅的赫鲁舒夫医生改成知道索尼娅对自己有意但不想报以相同感情的阿斯特罗夫医生。把沃依尼茨基在《林妖》第三幕结尾的自杀身死，改为沃依尼茨基的枪击教授未遂。这样也导致了第四幕的完全重写，把《林妖》第四幕的"有情人终成眷属"的喜剧性结局，改为《万尼亚舅舅》的沃依尼茨基继续为教授效力的痛苦无奈。而正是由于这样的不把人与环境的悲剧性轻易消解的坚持，使得《万尼亚舅舅》从思想性到艺术性都有了质的进步。我把《林妖》翻译出来的动机，除了完成把所有契诃夫剧作都译介出来的夙愿之外，是想让中国的剧作家们了解到契诃夫在一百年前提供的一个很有启发性的戏剧经验——把一个普通的戏剧佳作修改成非凡的戏剧杰作的戏剧经验。

《林妖》也没有被人遗忘。俄罗斯出版的规模较大的《契诃夫文集》都收有此剧，也不时能看到它被搬上舞台的信息。

安·巴·契诃夫在
莫斯科艺术剧院[*]

康·谢·斯坦尼斯拉夫斯基

我和安东·巴甫洛维奇·契诃夫是在什么时候什么地方认识的，已经记不起了。大约是在一八……年吧。[①]

在我们认识的第一个时期，也就是在艺术剧院建立以前，我有时在正式宴会和庆祝会上，在剧院里遇到过他。

这些相遇除了三次以外，其余在我的记忆中已不留下一点痕迹了。

在莫斯科阿·谢·苏沃林的书店里相遇的情景，我还记忆犹新。

店主当时是契诃夫的出版人，他站在房间中央，严厉斥责某人。一位戴黑色大礼帽、穿灰色胶布雨衣的不认识的先生十分恭敬地站在一旁，手里拿着刚买的一包书，安东·巴甫洛维奇则靠在柜台上，浏览着手边那些书的装帧，有时说几句简短的话打断阿·谢·苏沃林的斥责，引起了哄堂大笑。

穿胶布雨衣的那位先生样子非常可笑。他哈哈大笑，乐而忘形，把那包书扔到了柜台上，当他的神情渐渐严肃起来的时候，又若无其事地把它取了回来。

安东·巴甫洛维奇也对我招呼了一声，开了一个亲切的玩笑，但我当时并不欣赏他的幽默。

我难以表白，我那时对安东·巴甫洛维奇很少有好感。

我觉得他傲慢不逊，还有点儿狡黠，是因为他那脑袋向后仰的姿势使他看起来这种样子吧——然而，这是由于他近视造成的：这样一来他从夹鼻眼镜看东西方便多了。是他那居高临下望着谈话人的习惯，或是那种时刻扶正夹鼻眼镜的匆忙的姿态，使他在我眼里变得傲慢不逊、毫无诚意。但是,实际上这一切都出于他那讨人喜欢的腼腆,那时我还不能察觉到这一点。

另一次回忆起来历历在目的意义不大的相遇,是在莫斯科柯尔什剧院,在一次为文学家筹集基金而举行的音乐文学晚会上。②

我第一次在真正的剧院登场,在真正的观众面前演出,因此非常注重自己的外表。

我故意不把大衣放在后台,像演员们通常做的那样,而把它放在池座的走廊里。我指望在这里,在我准备使他们大吃一惊的观众的好奇的目光下穿上它。

实际上却不是这样。我不得不急忙离开,以免让人发现。

就在这紧要的时刻,我遇见了安东·巴甫洛维奇。他径直朝我走来,亲切地对我说:

"听说您演我的剧本《蠢货》③演得好极了。听我说,您演下去吧。我一定来看,然后写评论。"

沉默了一会儿,他补充说:

"我可以得到稿费的。"

他又沉吟了一下,最后说:

"一卢布二十五戈比。"

应该承认,我当时感到委屈,为什么他对我刚才扮演的角色不赞扬一番。

如今我想起这几句话来不由得大为感动。

看来,安东·巴甫洛维奇在我刚刚演出失败之后,想开玩笑来鼓励我。

和安东·巴甫洛维奇认识初期的第三次也是最后一次的相遇,还保留在我的记忆中:地点是在一家著名杂志的狭小、拥挤的编辑

---

* 本文选自《同时代人回忆契诃夫》(广西师范大学出版社2016年5月版)。
① 斯坦尼斯拉夫斯基和契诃夫认识大约是在1888年11月3日的莫斯科艺术文学协会开幕式上。
② 这次相遇大约在1895年。
③ 契诃夫的独幕剧《蠢货》(又译《熊》)曾于1895年4月在艺术文学协会上演出。

室里。

室内有许多不认识的人。

满屋子烟雾腾腾。

当时一位有名的建筑师，安·巴·契诃夫的朋友，在给大家看人民宫、茶室和剧院大厦的建造计划。[①] 我就自己的专业怯生生地提出和他相反的看法。

大家都正襟危坐地听着，安东·巴甫洛维奇却在房间里踱来踱去，逗大家发笑，坦白地说，妨碍了所有人。那天晚上，他显得特别愉快活跃：心胸开朗，精神饱满，脸色红润，不时微笑。

当时我不明白是什么使他如此兴高采烈的。

现在我知道了。

他高兴的是莫斯科将出现新的美好的事业。由于一线光芒将照射到下层人的身上，他感到幸福。后来在他一生中，凡是一切使人类生活美好的事业都使他喜不自胜。

"你们听吧！这件事妙极了。"在这种场合他总是这样说，同时脸上浮现出孩子般纯洁的笑容，这使他变得年轻了。

在我的回忆中，我和安东·巴甫洛维奇认识的第二个时期要珍贵得多。

一八九七年春天，"莫斯科大众艺术剧院"诞生了。

股东们是费了九牛二虎之力才征集起来的，因为人们难以预料这项新事业会获得成功。

安东·巴甫洛维奇首先响应，入了股。他对我们准备工作的一切细节都感兴趣，要我们经常给他写信，谈得详细点。

他一心向往着莫斯科，但是病魔缠住了他，使他不能离开雅尔塔。他把雅尔塔叫作鬼岛，将自己比作德雷福斯。[②]

---

① 这次会见是 1897 年 2 月 16 日在《俄国思想》编辑部，那天晚上在这里讨论建筑师费·奥·舍赫捷尔为"人民宫"大厦所作的设计，该大厦是由慈善界人士筹建的。

② 参阅 1898 年 12 月 8 日契诃夫给艺术剧院演员们的答谢电，后者在第一次演出《海鸥》后曾致电祝贺（二十卷，第 318 页）。

自然，他最关心的是未来剧院的剧目。

他无论如何不同意上演他的《海鸥》。自从《海鸥》在圣彼得堡演出失败以后，它已成了他的弱不禁风的、因而也钟爱的产儿。

然而，一八〔九八〕年八月，《海鸥》已经列入剧目中。我不知道，弗·伊·聂米洛维奇-丹钦科是如何解决这件事的。①

我到哈尔科夫省去写舞台演出设计了。②

这是一项困难的任务，因为连自己也感到惭愧，我对剧本并不理解。只是在工作的时候，自己不知不觉地领会它，不由得喜欢它。契诃夫的剧本就有这样的特性。你被它的魅力吸引住了，还想闻它的芳香。

我很快从信中获悉，安东·巴甫洛维奇忍耐不住，终于到莫斯科来了。他这次来多半是为了观看《海鸥》的排练，当时排练已经开始了。他非常焦急不安。等我回来，他已经不在莫斯科。气候恶劣，他不得不回雅尔塔去。《海鸥》的排练暂告停止。

我一回来，正值艺术剧院成立以来最初几个月和开幕后出现的令人惊慌的日子。

剧院的情况不佳。除了《费奥多尔·伊凡诺维奇》③卖座率较高以外，没有剧目能吸引观众了。一切希望都寄托在豪普特曼④的《汉乃蕾》

---

① 弗·伊·聂米洛维奇-丹钦科在 1898 年 4 月 25 日给契诃夫的信中，劝说他准予上演《海鸥》，信中写道："我决心在《伊万诺夫》和《海鸥》里显示出生活和人类灵魂的在我看来是惊人的形象。后者特别吸引我，我也准备尽一切力量，保证体现在剧本每个人物中的这些潜在的悲剧通过巧妙的、不随俗的、极其认真的演出，也一定会吸引观众。也许，演出的戏不会赢得热烈的掌声，但是，那种打破陈规，给舞台带来清新空气和才能的真正演出，就是艺术的胜利——我一定保证做到。等待着您的允诺。"

契诃夫没有答应，推托说，他"不想也无力忍受戏剧带来的激动不安，这使他感到万分痛苦"（见弗·伊·聂米洛维奇-丹钦科：《往事回忆》）。在弗·伊·聂米洛维奇-丹钦科提出第二次请求之后，才答应上演。他于 1898 年 5 月 20 日写给契诃夫的信中说："假使你不答应，那么你就害了我，因为《海鸥》是吸引我这个导演的唯一的现代剧本，而你是给我们拥有标准剧目的剧院提供很大利益的唯一的现代作家。"

② 1898 年夏天，斯坦尼斯拉夫斯基去哈尔科夫省休养，在那里写了《海鸥》的舞台设计和演出的导演计划，并将一部分寄到《海鸥》正在那里排练的普希金诺。

③ 《费奥多尔·伊凡诺维奇》是阿·康·托尔斯泰的五幕悲剧。1898 年 10 月 14 日莫斯科艺术剧院开幕时首先上演该剧。

④ Gerhart Hauptmann(1862—1946)，德国剧作家。《汉乃蕾》是剧名《汉乃蕾升天记》的简称。——译者注

上,可是,莫斯科大主教弗拉基米尔认为它违反书刊检查条例,把它从剧目中取消了。

我们的情况已处于危急关头,何况对《海鸥》也不能寄托物质上的希望。

大家知道,剧院的命运取决于演出的成败。

但这还是小事。问题要严重得多。在演出前夕,一次不那么成功的彩排刚刚结束,安东·巴甫洛维奇的妹妹玛丽娅·巴甫洛夫娜·契诃娃到剧院来了。

从雅尔塔传来的坏消息,使她焦急如焚。

她一想到在病人当前的情况下《海鸥》会遭到第二次失败,便不由得胆战心惊,因此她不同意采取冒险行动。

我们也觉得害怕,甚至打算取消上演,这样一来,等于关闭剧院。

要对亲手创办的事业加以宣判,并且使剧团挨饿,这不是一件容易做到的事。

那些股东呢?他们会说什么?我们对他们承担的义务是十分明显的。

第二天①八点钟帷幕拉开了。观众寥寥可数。我不知道第一幕是怎样演出的,只记得从所有演员的身上都发出缬草药酒味。我记得,在扎烈奇娜雅念独白的时候,我觉得很害怕,背向观众坐在黑暗中,同时不易察觉地轻轻按住神经质地抖动的腿。

看来,我们要失败了。帷幕在死一般的寂静中拉上了。演员们恐惧地紧靠在一起,倾听观众的动静。

死一般的寂静。

工匠们从后台探出头来,他们也在倾听。

寂静无声。

有人哭起来了。克尼碧尔克制住自己,没有失声痛哭。我们默默地向后台走去。

这当儿,观众中爆发出一片掌声和喊叫声。声浪直向帷幕冲来。

---

① 艺术剧院是在 1898 年 12 月 17 日首次上演《海鸥》的。

5

后来据说，我们当时站在舞台上，身子半侧对着观众，大家都是一副可怕的脸色，谁都没有意会到向剧场两边的观众鞠躬答谢，有的人甚至还坐着，显然，我们弄不清楚眼前发生的情况。

在观众中获得了巨大的成功，在台上则是名副其实的复活节。大家互相吻着祝贺，连拥到后台来的外人也不例外。有人歇斯底里地打着滚。许多人，连我也在内，大喜若狂，兴奋得跳起了怪诞的舞蹈。

临末，观众要求拍电报给作者致意。[①]

从这天晚上起，我们大家和安东·巴甫洛维奇建立了几乎是亲戚的关系。

第一个戏剧季节结束了，春天来临，树木发青了。

安东·巴甫洛维奇跟随着燕子，也迁到北方来了。

他住在妹妹的小小住所里，在小德米特罗夫卡大街杰格佳尔胡同，是希什科夫的房子。

房间中央摆着一只极普通的桌子，桌上同样放着墨水池、钢笔、铅笔，还有一张软沙发，几把椅子，一只装满书和笔记本的箱子——总之，都是必需的用品，没有一件多余的东西。他在旅行期间临时布置的书房总是这样的。

随着时间的过去，房间里增添了年轻画家画的几张素描，这些画总是富有才华，属于新的流派，风格朴素。它们的题材大多是极朴素的——具有列维坦风格的俄罗斯风景画：白桦、小溪、田野、地主的宅邸等等。

安东·巴甫洛维奇不喜欢画框，因此这些画通常总是用图钉钉在墙上的。

书桌上很快就出现了薄薄的本子，它们为数很多。安东·巴甫洛维奇当时正忙于校订最早写的、自己几乎忘记了的小短篇，他准备交给出版人马尔克斯出版一个新的短篇小说集。他重读这些作品，和善地

[①] 这天晚上，弗·伊·聂米洛维奇-丹钦科致电契诃夫："《海鸥》演出刚结束。很成功。第一幕就吸引观众，以后几幕接连获得成功。多次谢幕。"

哈哈大笑,这时候他那浑厚的男中音响彻了整个小小的住所。

隔壁房间里摆着一只茶炊,经常咝咝作响,茶桌周围,访客像万花筒一样变换着。一些人走了,另一些人来了。

经常到这里来坐得很久的有已故画家列维坦,诗人蒲宁,弗·伊·聂米洛维奇-丹钦科,我们剧院的演员维什涅夫斯基,苏列尔日茨基和别的许多人。

在这些人中间,照例有一个谁都不认识的男人或女人,总是默默地坐在那里。这个人或者是崇拜者,或者是从西伯利亚来的文学家,要不就是庄园的邻居,中学的同学,连主人自己也记不起的儿时的朋友。

这位先生使大家都感到拘束,尤其是安东·巴甫洛维奇本人。但他尽量运用自己争取到的权利:从客人那里溜走。这时候,从紧闭的房门后面传来他的咳嗽声和均匀的脚步声。大家对这种避不见客习惯了,并且知道,如果聚会的人适合安东·巴甫洛维奇的兴味,他多半会出来,甚至跟他们坐在一起,从夹鼻眼镜后面凝视着这位默默不语的不速之客。

他本人不能不接待这位客人,或者哪怕暗示一下,他坐得太久了。不仅如此,当别人为他这样应酬的时候,安东·巴甫洛维奇就会生气;虽然有人成功地对付这种客人,他也会高兴得莞尔一笑。如果那个不相识的人坐得太久,安东·巴甫洛维奇通常把书房门打开一点,招呼一个亲近的人过去。

“听我说,”他紧紧关上门,恳切地对那个人低声说,“您对他说,我不认识他,我从来没有在中学念过书。我知道他口袋里藏着一部中篇小说,他会留下来吃午饭,然后读他的小说……这样是不成的。听我说……”

这时候,响起了安东·巴甫洛维奇并不爱听的门铃声,他便很快坐到沙发上,安静地坐着,竭力不咳嗽一声。住所里的一切都静下来,客人们也不再出声,或者躲到屋角去,免得门一打开,新来的客人以为住所里还有人。

听到了玛丽娅·巴甫洛夫娜裙子的窸窣声,随后是门链哗啷一声和两个人的谈话声:

"忙着吗?"不相识的人大声说。

长时间的间歇。

"啊!"他有点领会了。

又是一阵沉默。接着传来了断断续续的说话声。

"……从外地来的——只要谈两分钟。"

"好吧,我一定转告。"玛丽娅·巴甫洛夫娜回答。

"篇幅不多的短篇小说……剧本……"不相识的人竭力说服对方。

"再见。"玛丽娅·巴甫洛夫娜告别说。

"致以深切的……深切的敬意……希望得到权威性的意见……"

"好吧,我一定转告。"玛丽娅·巴甫洛夫娜重复说。

"对有才能的年轻人的支持……一定会作出有教益的鼓励……"

"一定转告。再见。"玛丽娅·巴甫洛夫娜更加客气地告别说。

"呀,对不起!"话音未落,就听见一包东西落到了地上,稿纸发出沙沙声,接着是穿胶皮套鞋的声音,又是"再见! 衷心的深深敬意……十二万分感谢……深刻的……内心满怀感激之忱……"。

最后,门砰的一声关上了。玛丽娅·巴甫洛夫娜把散乱的手稿连同扯断的绳子放到了书桌上。

"告诉他们,我不再写东西了……不需要写了……"安东·巴甫洛维奇望着手稿说。

虽然如此,安东·巴甫洛维奇不仅看了全部手稿,而且还给送手稿来的人逐个作了答复。

在《海鸥》演出获得成功以后,有好几年①他不在,别以为我们重逢的场面是令人感动的。安东·巴甫洛维奇比平常更有力地握了握我的手,亲切地莞尔一笑——仅此而已。安东·巴甫洛维奇不喜欢流露感情,我呢,倒觉得有此需要,因为我已成了他的才能的热烈崇拜者。我已经难以像以前那样平平常常地对待他,而在有名望的作家面前,我不免感到自惭形秽。我很想装得比我的天赋更高大、更聪慧,便字斟句

---

① 这里可能是斯坦尼斯拉夫斯基手稿中的笔误:不是几年,而是几个月。

8

酌,竭力谈论重要的事情,样子倒很像一个精神变态的女人当着被崇拜的人的面那样。安东·巴甫洛维奇发觉了这点,显得局促不安。许多年以后,我还不能建立普通的关系,而安东·巴甫洛维奇在和所有人交往中却保持着这种关系。

除此以外,这次见面,他身上发生的不可避免的变化留给我的印象,我是无法加以隐瞒的。病魔残酷地折磨他。也许我的脸色使安东·巴甫洛维奇吓了一跳,我们两人待在一起感到很难受。

幸而聂米洛维奇-丹钦科很快就来了,我们商谈起正事来。事情是这样的:我们想获得他的剧本《万尼亚舅舅》的上演权。

"听我说,何必这样呢,不必了……我可不是剧作家啊。"安东·巴甫洛维奇推托说。

更糟糕的是,皇家小剧院也在为这件事奔走张罗。① 阿·伊·尤任坚决维护自己剧院的利益,他在不断进行活动。

如果我们两家剧院中有一家遭到拒绝,一定会委屈得痛苦不堪,为了避免发生这种情况,安东·巴甫洛维奇想出各种理由,既不把剧本交给这个剧院,也不交给那个剧院上演。

"我还得修改剧本。"他对尤任说,对我们则加以说服:

"我还不了解你们的剧院。我必须看看你们演得怎样。"

偶然的机会帮了我们的忙。皇家剧院的一位官员邀请安东·巴甫洛维奇进行磋商。如果那官员能亲自屈尊来访安东·巴甫洛维奇,当然会更恰当些。

谈话一开始就非常使人纳罕。那官员首先向著名的作家问道:

"您干什么工作?"

"写作。"安东·巴甫洛维奇感到惊异,回答说。

"那就是,当然我是知道的……不过……您在写什么?"那官员前言不搭后语地说。

安东·巴甫洛维奇伸手去拿帽子,准备走了。

于是,那位大人更加狼狈地急忙把谈话转入了正题。事情原来是

——————————

① 契诃夫的剧本《万尼亚舅舅》于1899年3月1日由莫斯科小剧院接受上演。

这样,剧目委员会审阅了《万尼亚舅舅》,不同意第三幕出现的开枪射击。终场的部分必须改写。会议记录中大致写上了下列难以解释的理由:用手枪射击大学教授,那位获得学位的人物,是不被准许的。①

这以后安东·巴甫洛维奇告辞了,临行前要求把这份妙不可言的记录副本寄给他。他曾把这份副本给我们看,脸上露出难以掩饰的愤怒。

经过这次带戏剧性的可笑事件,问题自然而然地解决了。但安东·巴甫洛维奇还是坚持说:

"我还不了解你们的剧院。"

这是耍花招。他只不过想观看我们演出的《海鸥》。于是,我们答应为他演出。②

由于没有固定的场所,我们的剧院暂时只能安顿在尼基京剧院,这是一家一向没有什么观众的剧院。所有的道具都运到了那里。

剧院显得肮脏、潮湿、光线不好、空空荡荡,再加上运来的道具,看来是不会使演员和他们唯一的观众发生兴趣的。然而,这次演出倒使安东·巴甫洛维奇感到高兴。大概,他在不得已居住雅尔塔期间,已渴望观看演出了。

他怀着近乎孩子般的高兴心情在台上走来走去,并且走遍了演员的肮脏的化妆室。他喜欢的不仅是剧院的演出,而且还有它的后台活动。

他对演出是中意的,但也指责几个角色。其中包括我扮演的特里果林。

"您演得很出色啊,"他说,"不过不是我创造的人物,我没有写过这样的人物。"

---

① 指会议记录中的一项,上面写道:"对教授的才能感到绝望,对他的尤礼感到愤怒,不能作为对他开枪射击的充分理由,观众甚至可以怀疑,万尼亚舅舅的行为和醉酒有关,作者不知何故经常以此表现万尼亚舅舅和阿斯特罗夫。"

② 为契诃夫所作的非公开演出是在 1899 年 5 月 1 日。契诃夫不满意妮娜·扎烈奇娜雅和特里果林这两个角色的扮演者(同年 5 月 9 日给高尔基的信)。过了几天,5 月 15 日契诃夫在给巴·费·约尔丹诺夫的信中谈到了自己对这次演出的总的印象:"在莫斯科,艺术剧院为我演出了我的《海鸥》。演得很了不起。"

"这是怎么一回事?"我问道。

"他穿的是方格裤和破皮鞋。"

这就是安东·巴甫洛维奇对我刺刺不休的追问的全部说明。

"穿的是方格裤,而且是这样抽雪茄烟……"他不熟练地用手势作解释。

我从他那里再没有得到什么意见了。

他总是这样表达自己的意见:简短而形象化。

这些意见使人感到惊异,并且深深印入脑海中。安东·巴甫洛维奇好像在出字谜,在你猜中以前,是无法把它摆脱的。

过了六年,在第二次上演《海鸥》时,①我才猜出这个字谜。

确实,我为什么把特里果林演成漂亮的花花公子,穿着白裤子和同样颜色的洗海水浴用的便鞋? 难道是因为人们都爱慕他? 难道这件西服对俄国文学家来说是典型的吗? 问题当然不在于方格裤、破皮鞋和雪茄烟。妮娜·扎烈奇娜雅读了特里果林的许多动人的但空洞的短篇小说,她爱慕的不是他,而是少女的幻想,这就是受伤的海鸥的悲剧。这就是生活的嘲笑和粗野。一个外省姑娘初恋时既不会注意方格裤,也不会注意破皮鞋和气味难闻的雪茄烟。这种生活的反常现象要很久以后,在生活遇到挫折,遭受一切牺牲,恋爱成为习惯时才能认识到。需要新的幻想,因为要生活下去——妮娜却到信仰中探求它们了。

然而,我却演得离了谱。

他对其中一个角色的指责,几乎到了毫不留情的地步。② 很难想象一个特别温和的人会如此毫不留情。安东·巴甫洛维奇要求立刻更换角色。他丝毫不加原谅,以停止继续上演作威胁。

在谈到别的角色时,他用亲切的玩笑指出演出的缺点,但是,一涉及演得不成功的角色,安东·巴甫洛维奇马上改变声调,无情地给予沉重的打击:

"听我说,这样是不行的。您是在从事一项严肃的工作。"他说。

---

① 《海鸥》在艺术剧院再度上演是在 1905 年。

② 指玛·柳·罗克萨诺娃扮演的妮娜·扎烈奇娜雅。

这就是他毫不留情的原因。

这些话也说明了他对我们剧院的态度。他既不说恭维话,也不作详细的评论和鼓励。

整个春天,由于气候暖和,安东·巴甫洛维奇一直待在莫斯科,每天都来看我们排练。

他并不注意我们的工作。他不过想处在艺术的氛围中,和愉快的演员们聊聊。他喜欢剧院,但不能容忍它低级庸俗。这些低级庸俗使他病态地蜷缩起身子,或者离开它们出现的地方。

"对不起,我要回去了,有人在等我。"就这样他回到家里,坐在沙发上思忖。

过了几天,安东·巴甫洛维奇像起了反射作用似的说了一句出乎大家意料的话,它准确地刻画出他感到侮辱的低级庸俗。

"我原……则上表示抗议。"有一次他突然说,并且不住地哈哈大笑。他想起了一个非纯粹血统的俄罗斯人的冗长得无法形容的演说,他谈到俄罗斯乡村的诗歌,在演说中引用过这句话。

我们当然抓住每个机会谈到《万尼亚舅舅》,但安东·巴甫洛维奇对我们提的问题回答得很简短:

"全部都写在那里了。"

可是,有一次他说得很明确。有人谈起在外省看到《万尼亚舅舅》演出的情况。在那里,主要角色往往被演成破落的地主,穿擦了油的靴子和农夫的衬衫。在舞台上总是把俄国地主扮演成这样的。

天啊,这种庸俗对安东·巴甫洛维奇起了什么影响!

"听我说,这样是不行的。我在剧本中写的是,他系着非常漂亮的领带。非常漂亮!你们要记住,地主比你我都穿得讲究。"

这里问题不在于领带,而在于剧本的主要思想。天生有才的阿斯特罗夫和温文尔雅的万尼亚舅舅在穷乡僻壤沉沦下去,而教授这个蠢人却在彼得堡坐享清福,和自己类似的人物统治着俄罗斯。这就是作者有关领带的潜在的导演说明。

1899 年《万尼亚舅舅》在我们剧院演出,获得了巨大的成功。演出结束后，观众要求"给契诃夫拍电报致敬！"。

从写的信来看，安东·巴甫洛维奇整个冬天都向往着到莫斯科来。现在他衷心怀念着我们的剧院，如果不算专门为他演出的那场《海鸥》，他还一次也没有看过剧院的演出。

他开始构思为我们写一个剧本。

"但是，为了这一点必须看看你们剧院的演出。"他在信中反复说。

后来才知道医生禁止他春天到莫斯科来，我们明白了他的暗示，便决定整个剧团带着全部布景道具到雅尔塔去。

一九〇〇年四月的一天，全团人员带着眷属连同演出四个戏所需要的道具布景从莫斯科出发到塞瓦斯托波尔去。[①] 随同我们前往的有几个热烈崇拜契诃夫和我们剧院的观众，还有著名的评论家谢·瓦·瓦西里耶夫（弗廖罗夫）。他此行目的是专门详细了解我们演出的情况。

这是一次民族大迁移。在这次旅行中，我特别记得生平第一次和妻子分别的亚·罗·阿尔乔姆。在旅途中，他又挑选亚·列·维什涅夫斯基"妻子"，在这段时间里维什涅夫斯基成了他的动力，他的意志。快到塞瓦斯托波尔的时候，阿尔乔姆问大家，那里有没有出租马车，是否要步行上山等等。

经常有这样的情况，只要维什涅夫斯基好久不在他身边，阿尔乔姆便派人去找他。老头子整个旅途中一谈就是死，情绪十分阴郁。

当驶近塞瓦斯托波尔的时候，开始出现了隧道、悬崖和风景秀丽的地方，全团人员都纷纷来到车厢小平台上。情绪阴郁的阿尔乔姆也在维什涅夫斯基的卫护下，上路后第一次出来了。维什涅夫斯基生来富有热情，他安慰阿尔乔姆："不，萨沙，你不会死的！你何必要死呢！瞧，海鸥，大海，悬崖，——不，你不会死，萨沙！"

而阿尔乔姆作为一个艺术家，在悬崖、大海、火车驶过的美丽如画

---

① 1900 年 4 月 10 日艺术剧院到克里米亚去，在塞瓦斯托波尔和雅尔塔演四出戏：契诃夫的《海鸥》和《万尼亚舅舅》，豪普特曼的《孤独者》和易卜生的《海达·加布勒》。

的曲折海滨的感染下,活跃起来了。他用熊熊燃烧似的眼睛眺望着周围的景色,突然他把头一摆,不怀好意地转向维什涅夫斯基诡谲地说:

"我还是死了吧!我还有什么希望呢!"

然后懊恼地转过身来添加说:

"瞧,我在胡思乱想些什么!"

克里米亚没精打采地迎接我们。从海上刮来一阵冷风,天空乌云密布,旅馆里生了火炉,我们仍然冷得要命。

剧院入冬以来就将门用木板钉上了,暴风雨刮走了我们贴的海报,这些海报本来就没人看一看。

我们心情沮丧极了。

可是,瞧,太阳出来了,大海绽开了笑容,我们也乐开了。

来了一些人,拆下了钉的木板,敞开了门。我们走了进去。那里冷得像地窖里一样。这是名副其实的地下室。就是一星期内也不能使气味消散,但两三天后我们就得演出了。我们更为安东·巴甫洛维奇的身体担心,在这种发霉味的空气中他怎么能待下去。我们的太太整天在为他挑选座位:哪里坐起来更合适,哪里可以避风。我们一批人越来越经常地聚集在剧院附近,于是剧院四周生活沸腾起来了。我们都怀着节日的愉快心情——春天来临了,大家换上了新的上衣、帽子,一切都显得生气勃勃,而我们大家都以自己是演员而喜不自胜。同时我们也竭力做到举止庄重——这可不是一个不起眼的戏班子,而是首都的剧团。

最后,来了一位服饰华丽的夫人。她自称是当地的贵族,契诃夫的朋友,要求每场演出都订一个按字母排列的包厢。观众们跟在她后面走向售票处,已公布的四场演出的票子很快就卖完了。

大家等待契诃夫的到来。这时候,请假去雅尔塔的奥·列·克尼碧尔没有给我们来信,这使我们焦急如焚。复活节前的星期六她带着一个令人伤心的消息回来了,说安东·巴甫洛维奇生病了,恐怕不能到塞瓦斯托波尔来。

这消息使大家很沮丧。从她那里我们还了解到,雅尔塔暖和得多(这是从那里经常来的消息),安东·巴甫洛维奇是位非常的人物,几乎俄罗斯文学界的所有代表人物,像高尔基、马明-西比里亚克、斯塔纽科维奇、蒲宁、叶尔帕季耶夫斯基、奈焦诺夫、斯基塔列茨,都在那里。

这使我们更焦急不安了。这一天大家都去买了甜乳渣糕和圆柱形甜面包,准备在异乡迎接开斋节。

午夜教堂的钟声不像莫斯科的那样,唱诗也不像那样,而甜乳渣糕和圆柱形甜面包则带有土耳其糖果的气味。

阿尔乔姆把塞瓦斯托波尔批评得一无是处,并且打定主意只能在故乡迎接复活节。但是,另一方面,开斋后在海滨的漫步和早春清晨的空气,使我们忘记了北方。黎明的景色是如此美好,我们唱起了茨冈歌曲,在大海的喧哗声中朗诵诗作。

第二天,我们急不可耐地等待着安东·巴甫洛维奇搭乘的那艘轮船抵达。我们终于看到了他,他最后一个从船上休息室里出来,面色苍白、消瘦。安东·巴甫洛维奇咳得很厉害。他的眼睛忧郁而带有病容,但竭力装出亲切的笑容。

我真想哭起来。

我们的摄影爱好者在轮船的搭板上为他照了相;这帧相片中的情景写进了他当时正在构思的剧本中(《三姊妹》)。

大家不拘礼节,纷纷提出了他的健康问题。

"很好。我完全健康。"安东·巴甫洛维奇回答。

他不仅不喜欢外人,而且也不喜欢至亲好友关心他的健康。他自己呢,不论身体多么不舒服,从来没有抱怨过。

他很快就到旅馆去了,直到第二天我们不再去打扰他。他住在韦特策尔,不和我们住在一起(我们住在基斯特)。大概他害怕住得靠近海滨吧。

第二天,即复活节的星期一,我们的巡回演出开始了。我们面临着双重的考验:安东·巴甫洛维奇和新的观众。

整整一天是在激动和奔忙中度过的。

我在剧院里只偶尔看到安东·巴甫洛维奇。他是来看自己的包厢,同时担心两个问题:是否把他和观众隔开,"贵夫人"的座位在哪里。

不管严寒凛冽,他仍穿着薄大衣。大家多次对他提到这一点,但他还是简短地回答:

"听我说! 我很健康!"

剧院里寒气逼人,因为到处是裂缝,又没有取暖设备。化妆室里点了煤油灯取暖,但风把暖气吹走了。

晚上,我们都挤在一间小化妆室里化妆,用身体散发的热量使室内暖和起来,而爱好打扮的女士们穿的是薄纱外衣,她们只得跑到邻近的旅馆里,在那里取暖,换衣服。

八点钟,一阵尖锐的手摇铃声招呼观众进场观看《万尼亚舅舅》的首次演出。

剧本的作者坐在经理厢座里,躲在弗·伊·聂米洛维奇-丹钦科和他妻子的背后,他那黑糊糊的身影使我们十分激动。

观众对第一幕反应冷淡。剧终时观众热烈欢呼,演出获得了成功。他们要求和作者见面。他感到左右为难,但还是登上了舞台。

第二天,过度兴奋的阿尔乔姆卧病在床,没有来排练。安东·巴甫洛维奇非常喜欢替人看病,他一听到这件事,就因为有了病人而高兴起来。何况这个病人又是他向来十分喜爱的阿尔乔姆。他和季霍米罗夫马上到病人的住所去。我们一直跟在后面探问,想知道安东·巴甫洛维奇怎样给阿尔乔姆看病。有意思的是,安东·巴甫洛维奇在去病人住所的路上,弯到家里拿了一把小锤子和一个小管子。

"听我说,没有这些工具,我是无法看病的。"他关心地说。

他在阿尔乔姆身上这里听听,那里敲敲,摆弄了好半天,然后断定说,一般这是用不着诊治的。他给了他一块薄荷糖,说:

"听我说,把它吃下去!"

诊治就此结束,因为第二天阿尔乔姆便恢复了健康。

安东·巴甫洛维奇喜欢在排练时前来,但是,由于剧院里太冷,他只能偶尔来看看,大部分时间坐在剧院前面那个阳光普照的广场上,那里是演员平时晒太阳的地方。他和他们愉快地聊天,不断地说:

"听我说，你们的剧院啊，真是件妙事，是非常出色的事。"

这是安东·巴甫洛维奇在那时说的所谓口头禅。

通常总是这样：他坐在广场上，神情显得活跃、愉快，跟男演员或女演员闲聊，特别是跟克尼碧尔和安德烈耶娃，他当时在追求她们——一碰到机会就大骂雅尔塔。这时候听起来带有悲伤的调子了。

"这个海在冬天黑得像墨水一样……"

有时候，他会突然说几句话来抒发苦闷和忧郁。

我记得他就在这里和剧院的木匠待了几小时，教他"学"蟋蟀叫。

"蟋蟀是这样叫的，"他一边说一边比画，"随后停顿几秒钟，又'曜—曜'叫起来。"

有一位先生总在固定时间到广场上来，谈论文学方面的一些情况，压根儿是没有价值的。于是，安东·巴甫洛维奇马上悄悄地离开了。

第二天演出的《孤独者》给他产生了十分强烈的印象，他在演出后说：

"这是一个多么美妙的剧本啊！"

他说，剧院在生活中一般是很重要的，因此一定要为剧院写作剧本。

就我记忆所及，他是在《孤独者》演出后第一次谈到这些话的。

在广场上的谈话中，他曾提到《万尼亚舅舅》，交口赞扬参加该剧演出的全体演员，对我只提了一个意见，那是最后一场有关阿斯特罗夫的：

"听我说，他一定要吹口哨。万尼亚舅舅呜呜咽咽哭的时候，他一定要吹口哨。"

我当时抱着率直的人生观，怎么也不能同意这种说法——这个人在如此富于戏剧性的地方怎么能吹口哨。

他总是在演出开始前很早就来了。他喜欢到舞台上看看怎样安放布景。幕间休息时他跑到化妆室去和演员闲聊。他一直非常关心剧院的琐事，比如说，怎样把布景放下来，怎样照明。人们当着他的面谈到这些事情时，他总是站在那里微笑着。

在演出《海达·加布勒》的时候，他常常趁幕间休息跑到化妆室来，一直到下一场开始还坐在那儿。这使我们感到困窘。我们认为,如果他再不急于回到观众厅去,那就是说不喜欢这场演出。而当我们问他这件事的时候,他完全出乎我们预料地说:

"听我说,易卜生不是个戏剧家!"

在塞瓦斯托波尔,安东·巴甫洛维奇没有看到《海鸥》的演出——他是在以前看到的,而这时天气起了变化,时常有暴风雨,他的健康更差了,不能不离开这里。

《海鸥》是在十分恶劣的条件下演出的。狂风大作,以致每个侧面布景都要由一个工匠来扶着,以免被风刮倒在观众身上。从海上时刻传来轮船的警报笛声和汽笛的鸣叫。风吹过舞台,我们穿的外衣都被刮了起来。下雨了。

这时候还出了这样一件事。舞台上无论如何需要灯光,而这只有把市立公园一半的灯关掉才能办到。要放弃这个有效的方法看来怎么也不可能了。在这关键性的时刻,弗拉基米尔·伊凡诺维奇·聂米洛维奇-丹钦科吩咐干脆把市立公园一半的灯熄了。

《海鸥》的演出获得了巨大的成功。演出结束后,门口聚集了一大群观众。我手里撑着伞刚刚走到台阶上,就有人抓住了我,好像是一些中学生。但是他们没能制服我。当时我的处境确实是够可怜的:那些中学生喊叫着,把我的一条腿抬了起来,由于他们拖着我向前跑,我的另一条腿只能一步步地跳着,而手里的那把伞早已飞得不知去向了,大雨瓢泼似的浇在身上,连说明一下都不可能,因为大家都在高喊"乌拉"。妻子跟在我后面奔跑,担心我被弄成残废。幸而他们不久就筋疲力尽,放开了我,就这样我拖着两腿走到了旅馆门口。但是,他们在门口还想要些花招,把我拦在肮脏的台阶上。

看门人走了出来,替我把全身擦干净,那些上气不接下气的中学生还久久显出激奋的样子,议论着为什么事情会弄成这样。

塞瓦斯托波尔的所有大人物我们都认识了,在去雅尔塔之前,各方面给我们打来电话:"西北风,东北风,有风浪,没有风浪。"所有的海员都说,一切情况良好,在阿伊-托多尔附近才有风浪,这里是海湾,我们将在平静的海面上航行。

但结果是什么海湾也没有,我们被颠簸得那么厉害,至今还不能忘却。

我们一路上弄得狼狈不堪。我们当中许多人带了妻子和儿女。有些塞瓦斯托波尔人和我们一起到雅尔塔去。奶妈、侍女、孩子、布景道具——一切都混杂在一起待在轮船的甲板上。一群观众聚集在雅尔塔的码头上,他们身穿讲究的衣服,手捧鲜花,海面上却风雪交加——总之,一片混乱。

这时候我们心头不禁涌上了一种新的感觉,觉得观众承认了我们。接着而来的是欢乐,对新环境感到不自在,受到初次欢迎的困窘。

我们刚到雅尔塔,还来不及安排好旅馆房间,洗洗脸,熟悉一下环境,我就在迎接维什涅夫斯基了。他快步跑来,大喜过望,大声说着什么,忘乎所以地喊道:

"我刚刚和高尔基认识了——那么动人心魄啊!他已打定主意给我们写剧本!还没有看见我们,就⋯⋯"

第二天早晨,我们第一件事就是到剧院去。那里在拆墙,打扫,洗刷——一句话,大家都在起劲干活。在舞台上,在刨屑和尘土飞扬中走来走去的有拿手杖的阿·马·高尔基,还有蒲宁、米罗柳鲍夫、马明-西比里亚克、叶尔帕季耶夫斯基、弗拉基米尔·伊凡诺维奇·聂米洛维奇-丹钦科⋯⋯

参观了舞台,大伙儿就往市立公园早餐。整个凉台一下子挤满了我们的演员,我们把全部公园占据了。在单独的一张小桌旁坐着斯坦纽科维奇——他不知为什么没有和大伙儿在一起。

从那里出来,大家一起到安东·巴甫洛维奇家里去,有的人步行,有的人乘坐能容纳六个人的轻便马车。

在安东·巴甫洛维奇家里,总是摆好着台面,或者吃早餐,或者喝茶。房屋还没有修好,但房屋周围已有一片花木扶疏的花圃,这是他刚刚移栽过来的。

安东·巴甫洛维奇神情异常活跃,完全是另一种样子,好像死而复生似的。他使人想起——这一印象深印在我的脑海中——所整个冬天门窗紧闭或钉死的房屋。春天来临了,有人突然打开了门窗,所有的房间豁然明亮,绽开了笑脸,闪耀着光辉。他背着手一直从这个地方走到那个地方,时时扶一扶夹鼻眼镜。他一会儿出现在摆满新书和杂志的凉台上,一会儿脸上带着不会消失的微笑来到花园里,一会儿到院子里。有时候他躲到了自己的书房里,那显然是在休息了。

一些人来了,一些人走了。一次早餐刚结束,又来一次。玛丽娅·巴甫洛夫娜跑来跑去忙得不可开交,奥尔迦·列昂纳尔多夫娜作为忠实的女友或未来的主妇,卷起袖子精力充沛地帮助料理家务。

在房间的一角,有人在争论文学问题,而在花园里,有人像小学生那样在比赛丢石子,看谁丢得远;在第三堆人群里,伊·阿·蒲宁以非凡的才能在表演什么;哪里有蒲宁,哪里总有安东·巴甫洛维奇,他站在那里,大笑得透不过气来。即使在安东·巴甫洛维奇情绪好的时候,也没有任何人会像蒲宁那样引得他发笑。

高尔基是我注意的中心人物,他的魅力立刻吸引了我。他那不寻常的身躯和脸孔,发"O"的口音,兴奋时伸出拳头指指点点的不同一般的姿势,那明朗的孩子气的微笑,那不时显露出凄切的动人的脸,那引人发笑的或者坚强有力、娓娓动听的形象化语言,都流露出一种内心的柔和与和谐,尽管他背点驼,但他的身形却具有独特的塑造性和外形美,我往往突然发现自己在欣赏他的神态或姿势。

而他那常常注视着安东·巴甫洛维奇的倾慕的目光,听到安东·巴甫洛维奇的一点声音时就浮现出微笑的脸,以及听到他说俏皮话时响起的友善的笑声,不知怎么使我们接近起来,对主人产生了共同的好感。

安东·巴甫洛维奇一向喜欢谈当时最吸引他注意的事情。这时候他带着孩子般的天真神情从这一个人走到那一个人跟前,重复说着同一句话:客人中有哪一位看过我们的戏。

"这可是一件妙不可言的事啊!您一定要为这家剧院写剧本。"

接着他不知疲倦地说《孤独者》这个剧本是多么精彩。

高尔基讲述自己流浪生活的故事,马明-西比里亚克那种异乎寻常、别开生面的幽默有时达到了戏谑的地步,蒲宁说着文雅的笑话,安东·巴甫洛维奇会出乎意料地接着别人的话说几句,莫斯克温一针见血地说俏皮话——这一切形成了一种气氛,把所有人都结合在艺术家的大家庭中了。大家有一个共同的想法:应该到雅尔塔去聚会,甚至谈到了为此建造住所的事。总之,春天,大海,欢快,青春,诗歌,艺术——这就是我们当时的气氛。

在安东·巴甫洛维奇的家里,几乎每天都重复出现这样的白天和晚上。

在剧院的售票处聚集着各种身份的观众,包括两个首都的衣饰豪华的贵妇人和男伴,从俄国各外省城市来的教师和职员,当地的居民和害肺结核的病人,他们在忧郁的冬天还不忘记艺术的存在。

第一次演出后,收到了不少礼物和纪念品等。尽管在剧情达到悲惨的地方,市立公园的弦乐队竟给我们响亮地伴奏起波兰舞曲或进行曲,演出还是获得很大的成功。

在市立公园的凉台附近,进行了一场有关新艺术流派和新文学的热烈争论。一些人,甚至是著名的作家,不懂得写现实艺术的最基本的东西,另一些人则完全走到了相反的方向,渴望在舞台上看到不值得演出的东西。不管怎样,这次演出引起了非常激烈的争论,因此达到了目的。在场观看的所有文学家似乎突然想起了还有剧院存在,于是有的人暗自、有的人公开表现出想写剧本的愿望。

演出时使安东·巴甫洛维奇感到为难的是,必须应观众的邀请登台,几乎每天要接受他们的欢呼。他因此有时突然出其不意地离开剧院,于是就不得不上台宣布作者不在剧院里。在大部分情况下,他不过躲到后台,从一个化妆室踱到另一个化妆室,尽情享受着舞台生活的乐趣,体验着它带来的兴奋、激动、成败和使人更敏锐地感受生活的紧张不安。

每天早晨,大伙儿都聚集在海滨,我一直形影不离地跟着阿·马·高尔基,在散步时他谈到那个未来剧本各种情节的构思。他的孩子马克西姆卡血气方刚,常常做出一些意料不到的玩意儿,打断了我们的谈话。

在我们逗留雅尔塔期间,还有一件事深印在我的脑际。有一次,我白天到安东·巴甫洛维奇那里去,看到他声势汹汹,脾气暴躁,头发蓬乱;总之,我从未见过他这副模样。直到他平静下来,才说了下面的事。他是非常敬重妈妈的,现在妈妈终于准备到剧院去看《万尼亚舅舅》了。对老太太来说,这是一个意义特别重大的日子,因为她去看的是安托沙写的剧本。她一早就开始张罗忙碌了。老太太翻箱倒柜,在箱底找到了一件老式绸衣,准备穿了去看盛大的演出。这个计划偶然泄露了,安东·巴甫洛维奇为此甚为激动。这使他想象到这样的情景:儿子写剧本,妈妈却穿着绸衣坐在包厢里看戏。这种令人感伤的情景使他如此惴惴不安,竟想到莫斯科去,免得参与其事。

晚上,大家有时候在"俄罗斯"旅馆的一个单独套间里聚会,有人在弹钢琴,弹得很幼稚,仿佛刚学会似的,虽然如此,高尔基会顿时感动得流泪。

有一次,不知怎么高尔基高兴起来,谈了他准备写的那个剧本的情节。旅店,恶臭,板床,漫长的寂寞的冬天。人们由于恐惧都变得凶狠了,失去了耐心和希望,在忍无可忍时,便互相折磨,大发议论。每个人竭力想在别人面前显出他他自己还是一个人。一个曾经当过堂倌的人大肆夸耀那不值一文的纸硬胸,这是他以前过豪华生活时唯一留下的东西。一个旅店住客为了捉弄他,偷偷地拿走了这个纸硬胸,把它撕成了两半。堂倌发现了撕碎的硬胸,由此引起了一场争吵和灾祸。他陷入了悲观绝望中,因为随着这个硬胸的失去,他中断了和以前生活的任何联系。谩骂和争吵继续到深夜,突然传来一个消息,说警察快要来巡查,这时方才停止。大家都急忙准备恭候警察的到来,每个人奔来奔去把自己珍贵的或败坏自己名誉的东西藏起来,然后各自躺到板床上假装睡着。警察进来了。一个身份不明的人被带到警察局去了,板床上的人仍然睡着,只有一个笃信上帝的老人在寂静中爬下炉台,从布袋里取出蜡烛头,点着了,开始虔诚地祷告。一个鞑靼人从板床上探出头来说:

"替我祷告吧!"

第一幕就到此结束。

下面几幕只是谈了个提纲,因而难以弄清楚。最后的一幕是春天,阳光,旅店的住客在垦地。疲惫不堪的人们来到喜气洋洋的大自然中,似乎显得活跃了。甚至在大自然的影响下,人们好像彼此亲热起来。这就是阿·马·高尔基对我说的有关剧本的一切,至今还留在我的记忆中。

剧团结束了这次演出,特地在法尼·卡尔洛夫娜·塔塔里诺娃家宽敞的楼顶平台上举行丰盛的早餐,以作告别。我记得那气候炎热的一天,那装饰得像过节一样的遮棚,那在远处闪耀着光芒的大海。这里有剧团的全体人员,有可以说以契诃夫和高尔基为首的来到这里的整个文学界人士,还有他们的妻子和孩子。

我记得那像南方阳光一样热烈、激情的讲话,讲话中洋溢着希望,无穷尽的希望。

我们在雅尔塔的停留就是以在露天下举行的这一美妙的节日作为结束的。

第二年我们演出了《雪姑娘》①、《斯多克芒医生》②《三姊妹》和《当我们死而复醒时》③。

戏剧季节一开始,安东·巴甫洛维奇就常常给这个或那个人写信。他要求大家告诉他有关剧院的生活情况。他写的寥寥数行的信和他那经常的不为我们察觉的关心,对剧院起了很大的影响。只有现在,在他去世以后,我们才觉得它是多么珍贵。

他对一切细节都感兴趣,当然,特别是剧院的剧目。我们一直怂恿他为我们写剧本。从他的来信中,我们知道他正在创作一个取材于军队生活的剧本,从信里还了解到一个团队从哪里调到哪里。可是,要从这些简短的、不连贯的词句中猜到剧本的情节,却是不可能的。他写的信和他写的作品一样,是轻易不多花笔墨的。这些不连贯的词句,这些片断的创作思想,只有到后来我们了解了整个剧本,才知道它们的真实意义。

---

① 奥斯特洛夫斯基的剧本。1900 年 9 月 14 日在艺术剧院首次演出。
② 易卜生的剧本。又译《人民公敌》。1900 年 10 月 24 日在艺术剧院首次演出。
③ 易卜生的剧本。1900 年 10 月 28 日在艺术剧院首次演出。

也许他没有写好，也许相反，他早已写好，但不愿过早脱手，把剧本搁在书桌里，千方百计拖延寄出这个剧本的时间。作为一种托词，他对我们断言，世界上有多少出色的剧本，还说"应该上演豪普特曼的剧本，应该请豪普特曼再写一个"，至于他自己可不是剧作家，等等，等等。

这些托词使我们非常失望，于是我们写信去恳求，请他尽快把剧本寄来，以拯救剧院等等。我们当时不知道，我们这是在强迫一位大艺术家写作。

最后，寄来了一幕或两幕用熟悉的清秀笔迹写的剧本。我们如饥似渴地读完了，但是，正像一切真正的舞台作品经常发生的情况一样，它主要的美在读时是不会显露出来的。只根据手头的两幕剧本，既不可能制作布景的模型，分配角色，也不可能进行不管什么样的舞台准备工作。于是，我们不惜花费最大精力来获得另外的两幕。我们是经过一番努力才得到的。

最后，安东·巴甫洛维奇不仅同意寄来剧本，而且亲自送来了。[1]

他本人从来不念自己的剧本。他参加剧院的朗读多少有点困窘和激动。当开始朗读并请他说明情况的时候，他非常不好意思地拒绝了，说：

"听我说，我知道的一切都写在那里了。"

确实，他从来不善于评论自己的剧本，总是满怀兴趣地，甚至惊异地倾听别人的意见。最使他惊讶的，而且直到去世不能信服的意见是，认为他的《三姊妹》和后来的《樱桃园》是描写俄国生活的沉痛的正剧。[2]他深信不疑地说，这是快乐的喜剧，几乎是通俗喜剧。我不记得，他有没有像在这次聚会上第一次听到对他剧本的反应那样，如此激昂地坚持过别的意见。

当然，我们趁作者在场的机会，想听到一些我们所需要的详情细

---

①　契诃夫于 1900 年 10 月 24 日来到莫斯科，一直住到 12 月 11 日，他几乎参加了当时正在进行的《三姊妹》的全部排练。

②　参阅安·巴·契诃夫给玛·巴·莉莉娜（阿列克谢耶娃）1903 年 9 月 15 日的信。——康·谢·斯坦尼斯拉夫斯基注。契诃夫写完《樱桃园》后，曾给玛·巴·莉莉娜一封信，谈到《樱桃园》："我写的不是正剧，而是喜剧，有些地方甚至是通俗喜剧，我担心弗拉基米尔·伊凡诺维奇[聂米洛维奇-丹钦科]不了解我的意图。"

节。但是,就是在这里他的回答也很简短。我们当时似乎觉得他的答复是不清楚的、难以理解的,后来才认清这些意见具有异乎寻常的形象性,并且发现它们对他和他的作品都有典型意义。

在准备工作开始的时候,安东·巴甫洛维奇坚持要我们务必邀请他认识的一位将军。[①] 他要求剧本的军事生活方面每个细节都能达到真实。而安东·巴甫洛维奇本人,却像一个局外人那样,似乎与事情毫无关系,从旁观察我们的工作。

他对我们的工作,对我们了解普洛佐罗夫[②]家的内部情况,没有给予帮助。可以看出来,他熟悉这所房屋,看见过它,但根本没有注意房间、家具、陈设和其他一切东西——总之,他只是感到每个房间的气氛,而没有注意房屋的墙壁。

文学家就是这样体验周围的生活的。可是,对导演来说,这就太少了,因为导演必须明确地勾勒和选定一切细节。

现在才明白,为什么当布景师和导演的目标与安东·巴甫洛维奇的构思相一致的时候,他会和善地笑起来。他久久地看着布景的模型,端详着各个细微部分,和善地哈哈大笑。

必须养成一种从布景可以判断剧情的发展从而了解全剧的习惯。这种纯粹戏剧的、舞台的敏感是他固有的,因为安东·巴甫洛维奇天生就是一个有演剧风味的人。他喜爱、理解和体会戏剧——当然,这是指优秀的戏剧。他十分喜欢重复讲他年轻时演出各个戏剧的故事,以及在业余演出的尝试中所闹的各种笑话。他喜欢排练和演出时的不安情绪,喜欢舞台上匠人们的工作,喜欢倾听舞台生活和舞台技术设备方面的琐事,但他特别关心的是舞台上真实的音响效果。

他对整个剧本的命运感到不安,但最使他担心的是第三幕大火时后台怎样发警报。他想把外省那种叮叮当当的钟声表演给我们看。一有合适的机会,他就向我们当中的一个人走来,竭力用手势、节奏和姿势来激起外省警报的撕裂人心的情绪。

---

① 指维·阿·彼得罗夫上校。
② 剧本《三姊妹》中的人物。——译者注

他差不多每次都来看自己剧本的排练,但偶尔才慎重地、几乎胆怯地表示自己的意见。只有一件事他特别坚持:他担心这个戏演得像《万尼亚舅舅》那样,把外省的生活过分夸大和漫画化,担心把军人演成为一般的、马刺叮叮作响的虚有其表的戏剧人物,而要演成普通的、讨人喜欢的和优雅的人,他们穿的是破旧的制服,而不是戏里的制服,没有任何舞台上所表演的军人的姿势,不耸肩,也不粗暴,等等。

"这些都不存在了,"他特别热烈地肯定说,"军人们已经起了变化,他们变得文明了。他们中有许多人甚至开始明白,在和平时期他们应当把文化带到遥远的穷乡僻壤去。"

谈到这一点,他更坚决地说,当时军界人士知道这个剧本写的是他们的日常生活,多少有点焦急地在等待上演。

排练是在安东·巴甫洛维奇介绍来的那位将军的参加下进行的。他和剧院相处得那么亲密无间,而且与排练的剧本的命运深深结合在一起,以致常常忘记自己的真正使命,反而更多地担心这个或那个演员不适合角色,或者个别地方演得不恰当。

安东·巴甫洛维奇看过剧院上演的全部剧目,提出了简短的意见,这些意见总是使我们反复考虑其突然提出的意义,从未立刻领会,只有经过一段时间才能体会。举例说,我在上面提到的《万尼亚舅舅》最后一幕阿斯特罗夫在悲伤的气氛中吹口哨就是这样。

安东·巴甫洛维奇甚至来不及等到《三姊妹》彩排就离开了,原因是他的健康渐渐恶化,使他不能不去南方疗养,于是他便到尼斯去了。[①]

从那里我们收到过几封便函,有的指出舞台上应该这样,有的谈到在某句台词后面应该加上一句。例如,寄来过一封便函,上面写着:"巴尔扎克在贝切夫结婚了。"

另一次他突然寄来一小段场景。他寄来的**这些字字珠玑般修改过的部分,经过排练,竟异乎寻常地使剧情生动起来,促使演员真实地体**

[①] 契诃夫于 1900 年 12 月 11 日到尼斯去,他从那里写信来要求修改《三姊妹》第三、四两幕。在从国外给克尼碧尔、斯坦尼斯拉夫斯基和维什涅夫斯基的信中,曾提到对剧本的个别意见。

26

验到角色的心情。

他从国外寄来的便函中还有这样的吩咐。在《三姊妹》第四幕中，意气消沉的安德烈在和费拉彭特谈话时（因为谁也不愿再和他交谈）给他讲述，从一个意志消沉的外省人看来妻子是什么。本来这是长达两页的精彩的独白。突然我们收到一封便函，上面写道，这段独白必须删去，用九个字代替：

"妻子不过是妻子罢了！"

如果更深入地思索一下，在这短短的句子里包含着那有两页之长的独白所包含的一切。这一点安东·巴甫洛维奇是很有特征的，他的作品总是言语简洁，内容丰富。在他的每个词里都隐含着一系列各个方面的情绪和思想，他不把这些形之于笔墨，而让读者自然而然地去思索。

尽管我演出已有许多次，但每次演出，没有不在早已熟悉的台词中和不止一次体会过的角色的情感中发现新的东西，其原因就在于此。对善于思索和敏感的演员来说，契诃夫作品的深度是无可计量的。

《三姊妹》首次上演①的前一天，安东·巴甫洛维奇就离开了我们早已知道他的住址的那个城市，不知道到哪里去了；这样一来，他就不会获悉有关演出的任何消息。仅从这件事情就可以看出他的心情是多么激动。

剧本获得成功与否，还在未定之天。

第一幕结束后，响起了雷鸣般的欢呼声，演员谢幕约有十二次之多。第二幕只谢幕一次。第三幕只有几个人稀稀落落地鼓掌，演员无法谢幕。第四幕谢幕一次。

在这种情况下，只能非常勉强地拍电报给安东·巴甫洛维奇，告诉他剧本演出获得"很大成功"。

第一次演出后过了三年，观众才逐渐欣赏这部了不起作品的全部的美，像作者所希望的那样，他们时而发笑，时而沉默。每一幕都带来了辉煌的成功。

----

① 《三姊妹》首次上演是在 1901 年 1 月 31 日。

报刊也久久不了解这个剧本。

在莫斯科演出的那年,这个戏才不过上演了几次,随后就到彼得堡演出了。大家在那里也等待安东·巴甫洛维奇的到来,但恶劣的气候和他的健康状况使他无法成行。

回到莫斯科以后,剧院重新安排下一季度的准备工作。安东·巴甫洛维奇来了。这时候剧团里开始传说契诃夫和克尼碧尔可能结婚。确实,常常遇到他们在一起。

有一天,安东·巴甫洛维奇请维什涅夫斯基安排一次宴会,并邀请自己的亲属,不知为什么也邀请克尼碧尔的亲属。大家按时赴宴,只是不见安东·巴甫洛维奇和奥尔迦·列昂纳多夫娜。大家等待着,感到惶惑不安,最后得到消息说,安东·巴甫洛维奇和奥尔迦·列昂纳尔多夫娜到教堂去举行婚礼,从教堂将径直前往车站,到萨马拉去喝酸牛奶。

他安排这次宴会,是为了把所有那些可能在婚礼上亲密地开玩笑的人集合在一起,免得出现一般婚礼上的喧闹。婚礼的豪华排场本来是并不怎么适合安东·巴甫洛维奇的兴味的。他们在路上给维什涅夫斯基拍了个电报。

第二年安东·巴甫洛维奇打算秋天住在莫斯科,只是到最冷的月份再到雅尔塔去。秋天他真的来了,住在这里。[①] 这一段时期的情况我不知怎么记得不那么清楚。我只能作片断的回忆。

举例说,我记得安东·巴甫洛维奇来看我们排练《野鸭》[②],好像索然无味的样子。他不喜欢易卜生。有时候他说:

"听我说,易卜生不了解生活。生活里不是这样的。"

在这个剧里,安东·巴甫洛维奇看到阿尔乔姆的演出,不能不露出笑容,总是说:

"我也要为他写个剧本。他一定要坐在河畔钓鱼⋯⋯"

他马上构思起来,添加说:

---

① 契诃夫待在莫斯科的时间是 1901 年 9 月 17 日至 10 月 24 日。
② 易卜生的剧本。1901 年 9 月 19 日在艺术剧院首次上演。

"……维什涅夫斯基就在附近的浴场里洗澡,拍打着水,并且大声谈话……"[1]

由于这种联想,他自己不禁哈哈大笑。

在一次排练时,我们再三要求他再写一个剧本,他便对未来剧本的情节作了一些暗示。

他仿佛觉得有一扇敞开的窗户,一枝盛开粉白色花朵的樱桃从花园伸进房间来。阿尔乔姆扮作一个仆人,后来又无缘无故成了管家。他的主人,有时他觉得好像是女主人,手头总是缺钱,在告贷无门的时候她就向自己的仆人或管家求援,后者不知怎么积攒了相当多的一笔钱。

后来出现了一伙打弹子的人。其中一个是狂热的爱好者。他缺一只手,非常开心,精力充沛,总是大喊大叫。契诃夫好像觉得这个角色是维什涅夫斯基扮演的。随后出现一所林中房屋,接着又变成了弹子房。然而,他提供的一些展示未来剧本的线索还是无法使我们获得任何明确的概念。于是我们更加起劲地催促他把剧本写出来。

他不喜欢易卜生,却那么喜欢豪普特曼。当时我们正在排练《米夏埃·克拉默》[2],安东·巴甫洛维奇十分注意这些排练。

在我的记忆中,还保留着他的一个很典型的特点,即对事物的印象反应得直率而单纯。

在《米夏埃·克拉默》彩排进行到第二幕的时候,我站在舞台上,有时候就听到他的笑声。但是,由于舞台上出现的剧情并不引起观众这样的情绪,而安东·巴甫洛维奇的意见我当然是十分重视的,因此这种笑声使我大惑不解。此外,在这一幕演出的中间,安东·巴甫洛维奇几次站起来,在中央通道上很快地走来走去,还是不住地笑着。这更使演员困惑了。

这一幕结束后,我来到观众中间,想了解安东·巴甫洛维奇采取这

<hr>

① 维什涅夫斯基这时住在萨杜诺夫斯基澡堂的房子里,每天都洗澡。安东·巴甫洛维奇说这句玩笑话由来于此。——康·谢·斯坦尼斯拉夫斯基注

② 豪普特曼的剧本。第一次上演是在1901年10月27日。

种态度的原因,我看到他容光焕发,还是兴奋地在中央通道上跑来跑去。

我问他看后的印象。他非常高兴。

"这是多么好呀!"他说,"精彩极了,知道吗,精彩极了!"

原来他是由于高兴而笑的。只有反应最直率的观众才会笑成这样。

我想起了农民,他们由于体会到艺术的真实而在剧中最不适合的地方发笑。

"这是多么像啊!"在这种场合他们常常这样说。

在这个季度里他观看了《三姊妹》,对演出表示十分满意。不过,按照他的意见,第三幕警报的音响我们没有取得成功。他决定亲自来调整这种音响效果。显然,他想亲自和工人一起动手,给他们导演一下,并参加后台工作。当然我们派给了他几个工人。

在排练的那天,他乘车来到剧院,还有一辆马车上装满了各式各样的锅、盆和洋铁罐。他亲自把这些工具分给工人,显得神情激动,然后告诉每个人怎样敲打,说时不好意思起来。他几次来回于观众厅和舞台之间,但不知怎么一点没有结果。

演出的日期到了,契诃夫怀着激动的心情等待着自己安排的音响效果。警报响得令人难以置信。这是一种难听的杂乱声——不管三七二十一用力敲打,这样一来,观众就听不见对白了。

在安东·巴甫洛维奇坐的经理厢座的旁边响起了骂声,起初是针对警报声,接着针对起剧本和作者来了。安东·巴甫洛维奇听到了这些谈论,几次调换座位,越来越往进深处坐,最后,干脆离开厢座,到我的化妆室来谦逊地和我坐在一起。

"您怎么啦,安东·巴甫洛维奇,不看演出了吗?"我问道。

"是啊,听我说,那边有人在骂街……使人很不痛快……"

就这样整个晚上他一直坐在我的化妆室里。

安东·巴甫洛维奇喜欢在演出开始前来到剧院,坐在正进行化妆的演员对面,观察化妆怎样改变一个人的面貌。他默默地、聚精会神地望着。遇到演员脸部的化妆正好符合他扮演的角色时,安东·巴甫洛维奇便会一下子高兴起来,舒展开浑厚的男低音哈哈大笑,随后又默不作声,凝神地注视着。照我看,安东·巴甫洛维奇是一个出色的观相家。有一次,我的一个亲近的朋友到化妆室来看我,他为人乐观愉快,在自己这伙人中被认为有点放荡不羁。

安东·巴甫洛维奇一直注视着他,板起面孔坐在一旁,没有参加我们的谈话。

等到这位先生一走,安东·巴甫洛维奇那晚上不止一次到我这里来,提起有关这位先生的各式各样的问题,当我问他为什么这样注意他的时候,安东·巴甫洛维奇对我说:

"听我说,他将来会自杀的。"

我觉得这样的联想非常可笑。过了几年,当我获悉这个人真的服毒自尽时,我惊异地记起了这个联想。

一般总是这样:我到安东·巴甫洛维奇家里去,坐上一会儿聊聊天。他总是坐在那只软沙发上,不时咳嗽,偶尔抬起头,从夹鼻眼镜里望望我的脸。

我自己似乎也很高兴。一到安东·巴甫洛维奇家里,我便会忘却在到他这里来以前发生的所有不愉快的事件。可是,当只有我们两人在一起的时候,他会利用机会,突然问道:

"听我说!您今天的脸色叫人纳闷。您出了什么事?"

在人们称他为悲观主义者,而把他的主人公叫作神经衰弱者的时候,安东·巴甫洛维奇最感到委屈。当时有一些评论家在文章里挖苦地找他的岔子,他偶尔看到了,就用手指弹着报纸说:

"您去告诉他,他(评论家)应当进行水疗……他也是神经衰弱者,我们大家都是神经衰弱者。"

随后他常常在房间里走来走去,咳嗽着,虽然露出微笑,但带有痛苦的痕迹,他加重声音重复说了几遍:

"悲观主义者!"

其实,安东·巴甫洛维奇是对未来最乐观的人,而我对于未来,只是偶尔意识到罢了。他精神饱满,经常乐观地、满怀信心地描绘我们俄罗斯生活的美好未来。而对于当前的一切,他就是不弄虚作假,不害怕真实情况。那些称他为悲观主义的人自己首先不是消极对待,就是竭力抨击当前的一切,特别是抨击安东·巴甫洛维奇生活过的八十和九十年代。姑且不论给他带来无比痛苦的重病,他在雅尔塔的孤独生活,只要一想起他那经常乐观愉快的、对周围充满兴趣的面容,也未必能从这些形象中找到悲观主义者的特征。

就在一九○一年的春天,剧院到彼得堡去巡回演出。安东·巴甫洛维奇在这以前已经到雅尔塔去了。他很想和我们一起去,但医生不允许他离开雅尔塔。我们当时在帕纳耶夫剧院演出,我还记得,大家都非常担心当局不准我们上演高尔基的《小市民》。

在演出季节开始以前,曾特地为审查演过一次《小市民》。这次演出,光临观看的有显赫的公爵、部长和图书审查机关的各级官员等。他们有权决定这个剧本能否上演。我们演得尽可能掌握分寸,还自己作了一些删节。

剧本终于批准上演了。审查委员会只命令勾去一句:

"……在商人罗马诺夫的家里……"

排练结束后,大家对扮演捷捷列夫这个角色的 Б[1] 很感兴趣。Б加入我们剧团前是个歌手,不知怎么薪金很低,他仅仅是为了脱离合唱团才来的。他身材魁梧,有着主教似的低音。几年来他默默无闻,自从扮演十分适合他个性的捷捷列夫这一角色后,就名噪一时。

我记得,高尔基当时对他称道不止,而安东·巴甫洛维奇却坚决说:

"听我说,他是不适合你们剧院的。"

排练后他被领到观众厅里来了。上流社会的女士们交口赞赏这位才子,她们认为他漂亮、聪明、有魅力。而这位才子立刻觉得如鱼得水,自高自大极了。为了炫耀自己,他用傲慢的低音对一位上流社会人

---

① 即尼·阿·巴拉诺夫。

士说：

"啊呀，对不起，我认不出你了。"

第一次演出开始了。① 台下藏匿着十几名武装警察。观众厅里许多座位上坐的都是秘密警察，总之，剧院处在武装戒备之下。

幸而没有发生特别的事件。演出获得了巨大的成功。

第二天，报纸刊载了赞扬的评论，Б穿着大礼服到剧院来了。当时待在办公室里的那位审查官要求介绍和Б认识。

介绍时照例寒暄了一番，接着出现了短暂的间歇，随后Б忽然抱怨彼得堡的报纸太少了。

"住在巴黎或伦敦有多么好啊——据说那里每天出的报纸有六十种之多……"

就这样他幼稚地说漏了嘴，这说明他是多么喜欢读那捧场的文章。

第二次演出时，奥·列·克尼碧尔生病了。病势很危急，需要施大手术，大家把病人放在担架上用急救马车送往医院。

在雅尔塔和彼得堡之间电报往来频繁。病人的情况多少要瞒过生病的安东·巴甫洛维奇。看来他焦急如焚，而他拍来的那些忐忑不安、关心备至的电报，明显地表现出他的异常柔和、体贴的心曲。然而，尽管他急于要来彼得堡，大家还是不让他离开雅尔塔。

巡回演出结束了，克尼碧尔仍不能离开这里。剧团的人员都分散走了。过了一两个星期，克尼碧尔也由人陪送到了雅尔塔。手术做得不好，她在那里又发病了，卧床不起。安东·巴甫洛维奇家里的餐室改成了病人的卧房，安东·巴甫洛维奇像一位最娴静的助理护士一样护理着她。

每天晚上，他坐在隔壁房间里，重读自己那些篇幅不大的短篇小说，准备出一本集子。有几篇他已完全忘记了，他反复读着，发现它们写得又机智又可笑，不禁放开嗓子大笑。

当我缠着他，请他写新剧本的时候，他说：

_____

① 《小市民》于1902年3月26日在彼得堡首次演出。

"啊,是的,是的⋯⋯"说着掏出一张小纸片,上面写满了密密麻麻的小字。

在这些忧心忡忡、惴惴不安的日子里,安东·巴甫洛维奇依然没有放弃离开雅尔塔移居莫斯科的想法。我们面对面详细地谈论剧院的生活,以此来度过漫长之夜。他那么关心莫斯科的生活,甚至问起莫斯科的建设情况。必须告诉他在什么地方,在哪个地区盖了房子,是哪种形式,谁在建造,几层楼,等等。这时候他面露微笑,有时断定说:

"听我说,这有多精彩啊!"

一切文化设施和公用事业都使他感到高兴。

然而,作为一个医生,安东·巴甫洛维奇似乎缺少先见之明,因为这时他决定带着妻子到莫斯科来,而她显然是远远不适宜这样旅行的。

他们到来时,适逢我们戏剧学校春季考试。考试是在一所专用的楼房里进行,这是萨·季·莫罗佐夫专为我们排练在博热多姆卡建造的。这里的舞台大小与我们以前的几乎相同,有一个小小的观众厅。

在抵达的那天,安东·巴甫洛维奇和妻子就匆忙赶到这里。第二天奥尔迦·列昂纳尔多夫娜又生病了。病势非常严重,有生命危险,大家甚至认为没有希望了。安东·巴甫洛维奇日夜不离病人,亲自为她做热敷等。我们轮班到他家里去看护,这倒不是为了病人,因为就算我们不去看护,对她也安排得很舒适了,而且医生也不准我们到她那里去,我们这样做更多的是为了安东·巴甫洛维奇本人,好在精神上给他支持。

在这些折磨人的日子里,有一天病人的情况特别危险。所有的至亲好友都聚集在一起,商量请哪一位著名的医生诊治。每个人都坚持自己的意见,在这种场合下这是常有的事。在提出的医生当中,有一位由于职业道德上的不良行为玷污了自己的名声。

安东·巴甫洛维奇听到他的名字,十分坚决地说,如果邀请这位医生,那他将永远离开这里到美洲去。

"听我说,我也是医生,"他说,"为这件事会把我从医生中除名的⋯⋯"

在屋里进行谈话的时候,著名的戏剧活动家吉利亚罗夫斯基、我和我们剧院的一位演员在街上抽烟，因为在安东·巴甫洛维奇家里，我们是从来不抽烟的。在他家的对面，靠近啤酒店，停着一辆伊韦尔教堂的马车。① 我们的谈话转到了年轻的生命可能会结束上。这使吉利亚罗夫斯基激动得热泪盈眶。为了使自己平静下来，他看来在想办法摆脱这种处境。突然，他不戴帽子，穿过大街，走进酒店，然后坐到伊韦尔教堂的马车里喝了一瓶啤酒，给了伊韦尔教堂马车的车夫三个卢布，要他沿林荫道驶去。茫然失措的车夫抖动缰绳赶马，于是马车沉重地颠簸一下上了路，沿着林荫道驶去。吉利亚罗夫斯基从那里向我们招手致意。这就是安东·巴甫洛维奇常常喜欢谈起的那位吉利亚罗夫斯基。

当我们对安东·巴甫洛维奇讲到这件事的时候，他哈哈大笑起来。

安东·巴甫洛维奇很喜欢讲吉利亚罗夫斯基开的一次玩笑。

事情发生在混乱时期，那时常常有人扔炸弹，警察全部出动戒备。有一次，安东·巴甫洛维奇和吉利亚罗夫斯基乘车驶过特韦尔街。吉利亚罗夫斯基手里拿着用纸包的南瓜和黄瓜。马车从警察旁边驶过时，他叫车夫停车，招呼警察过来，脸上露出严肃而认真的神情，把包好的南瓜递给他。警察接了过去。等到车夫把马车赶远了，吉利亚罗夫斯基好像警告似的朝警察喊道：

"炸弹！"

开玩笑的人乘着豪华的马车沿特韦尔街疾驶远去。茫然失措的警察吓得不敢动一动，站在街心，手里小心翼翼地拿着包好的南瓜。

"我一直回头看，"安东·巴甫洛维奇说，"我想看他后来怎么样，但始终没有看到。"

暑假来临了，大家纷纷离开，而病人仍未好转，她的病势还有危险。

直到现在，尽管我和安东·巴甫洛维奇结交已久，但我并不觉得可以和他随便相处，不能随便地对待他。我总觉得，在我面前的是一位有名之士。竭力使自己显得比原来聪明些，这种不自然的神色想必使安东·巴甫洛维奇感到难堪了。他就是喜欢以平易的态度待人。我妻子立刻和他建立了这种平易的关系，她总觉得和他在一起要比和我在一

---

① 这种马车是供伊韦尔教堂专门向各家载送伊韦尔圣母像，以供祈祷。

起无拘无束些。要描述他们两人的谈话，以及这种轻松随便的闲谈怎样使生来就毫不拘束的、纯朴的安东·巴甫洛维奇快活起来，那是不可能的。

只有在这些漫长的日子里，当我和安东·巴甫洛维奇一起坐在病人隔壁的房间里的时候，我才第一次发现我们之间这种纯朴的关系。在这段时间里，我们更加接近了，安东·巴甫洛维奇有时向我提出隐藏在内心深处的请求，显得那么一丝不苟。举例说，他知道我会注射砷制剂——我曾对他夸口说自己对这种手术很高明——就请我给他做皮下注射。

他一边观察我做准备工作，一边赞许地微笑着，可能他已经相信我手术高明、经验丰富了。但问题在于，我只习惯于使用尖利的新针头，而这次注射的针头却使用得相当久了。

他转过身去背对着我，我就开始给他注射。用钝了的针怎么也扎不破皮肤。我一下胆怯起来，但无论如何不承认自己手法不灵巧，更加使劲扎针，这显然扎痛了他。安东·巴甫洛维奇甚至没有颤抖一下，只是急促地咳嗽一声，我还记得，这声咳嗽使我痛心极了。这以后我心慌意乱，想法摆脱这种狼狈的处境。但始终想不出合适的办法。

我用针头抵住肌肉，把注射器稍稍向一侧倾斜，好让他有扎进去的感觉，然后干脆把所有注射液射到了体外，连他的内衣都弄湿了。

注射结束了，我不好意思地把注射器放回原处。安东·巴甫洛维奇转过脸来，带着和蔼的神情说：

"好极了！"

然而，他再也不向我提出这种请求了，虽然我们事先已讲好，我将一直给他注射。

当时我们的谈话大部分是有关我们新建剧院的事，它坐落在卡梅尔斯基胡同。由于他离不开病人，我们就把设计规划、图纸等带去给他看。

在妻子患病期间，安东·巴甫洛维奇自己也耗尽了精力，身体衰弱了。他们住在萨杜诺夫斯基澡堂的房子里，窗户对着胡同，六月的空气坏极了，污浊而又窒闷，但没有地方可去。大家都分散走了，只有我、妻子和维什涅夫斯基留下来和他相处。但我走的日子也到了，必须离开这里去做水疗，以便在演出季节开始前把疗程做完。这样一来，可怜的安东·巴甫洛维奇注定要一个人留在这里。维什涅夫斯基真诚地依恋着他，决定留下来陪伴。于是我和全家就到国外去了。

在这期间，安东·巴甫洛维奇的唯一乐趣是去"阿克瓦里乌姆"①看一个非常灵巧的杂技演员的表演。只要病人情况好转，可以让她独自留在家里，他有时就去观看。最后，大约在六月底，我们得到消息说，虽然奥尔迦·列昂纳尔多夫娜可以出门，但要让她移居雅尔塔那是不可能的。同时安东·巴甫洛维奇在莫斯科也生病了。

我们向他建议，请他和生病的妻子以及维什涅夫斯基一起搬到我母亲庄园的一所侧房里去。我们夏天常在那里避暑。那里离莫斯科不远，在雅罗斯拉夫铁路线塔拉索夫卡车站，阿列克谢耶娃·柳比莫夫卡庄园。

不久，安东·巴甫洛维奇就带着生病的妻子、善良的妹妹和维什涅夫斯基搬到那里去了。

他们在那里的生活情况，我仅能从短篇小说中知道一些。

《樱桃园》

我有幸从一旁观看契诃夫创作剧本《樱桃园》的全部过程。有一次，我们的演员阿尔乔姆和安东·巴甫洛维奇谈到了钓鱼，他表演了怎样把虫子挂在钓钩上，怎样把钓鱼竿甩出去，让线和钓钩沉入水底，或者带着浮子漂在水面。这些场面和其他类似的场面被这位富于才华、无与伦比的演员表演得出神入化，契诃夫看了不胜惋惜，因为剧院里的广大观众却看不到这些表演。这以后不久，我们的另一位演员在河里洗澡，契诃夫在场看见了，马上作出了决定：

---

① 莫斯科的夏季公园剧场，有各种户外娱乐表演。

"听我说，应该让阿尔乔姆在我的剧中钓鱼，而 И①就在旁边浴场里洗澡，他在那里拍打水面，大喊大叫，阿尔乔姆对他大为生气，因为他把鱼都吓跑了。"

安东·巴甫洛维奇想象着这样一个场面：一个人在浴场旁边钓鱼，另一个人在浴场洗澡，也就是在舞台后面。几天以后，安东·巴甫洛维奇对我们郑重地说明，那个洗澡人一只手臂截去了，尽管这样，他还是发狂地爱好用独臂打弹子。那个钓鱼人原来是仆人，一个积攒钱的老头。

过了一些时候，契诃夫的脑海中浮现出地主的一座古老房屋里的一扇窗户，从窗口伸进房间来一些枝条，后来枝条上盛开了洁白的花朵。随后，在契诃夫想象中出现的这座房屋里搬进了一位贵妇人。

"不过你们没有这样的演员。听我说！需要一个特殊的老太婆，"契诃夫想象着说，"她总是跑到老仆人那里向他借钱……"

在老太婆周围出现了一个兄弟，或者是叔父——一位缺一只手臂的老爷，十足的弹子迷。这个老少年离开了仆人就不能生活。有一次，仆人没有给老爷准备好裤子就外出了，老爷只得在床上躺了一整天……

现在我们才知道，哪些构思完整地保留在剧本里，哪些舍弃得不留丝毫痕迹，哪些留下了一部分。

一九〇二年夏天，安东·巴甫洛维奇准备写剧本《樱桃园》的时候，他和妻子——我们剧院的演员奥尔迦·列昂纳尔多夫娜·克尼碧尔-契诃娃住在我们的房子里，住在我母亲的柳比莫夫卡庄园里。在我们附近的邻居家里，住着一个英国女人，她是家庭教师，长得又小又瘦，梳着两条少女似的长辫，穿的却是男式西服。凭着这种混合的装束，一下子是不容易辨别她的性别、出身和年龄的。她和安东·巴甫洛维奇亲密无间，如同手足；作家很喜欢她。他们每天见面，彼此谈些无谓的琐事。举例说，契诃夫肯定地告诉英国女人，他年轻时是土耳其人，曾有

---

① 即亚·列·维什涅夫斯基。

过妻妾,还说什么他就要回祖国去,一旦当上巴夏①,就写信请她到自己家里去。仿佛是为了感谢,那个灵活的英国女人像体操家一样跳上了安东·巴甫洛维奇的肩膀,坐在肩上,代他向所有过路人问好,也就是脱下他戴的礼帽,挥动帽子,像喜剧里的丑角那样,嘴里说着似通非通的俄语:

"乃(您)好!乃(您)好!乃(您)好!"

同时她让契诃夫低下头去表示问候。

看过《樱桃园》的人,都知道这个独创的人物是夏洛蒂的原型。

我读着剧本,立刻明白了一切,便把自己大喜过望的心情写信告诉契诃夫。他是多么激动啊!他竭力说服我,夏洛蒂应该是德国人,一定是瘦长身材,就像女演员穆拉托娃那样,完全不像作为夏洛蒂原型的那个英国女人。

叶比霍多夫②这个人物是根据许多形象创造的。基本的特点取自一个管事人,他在别墅里侍候安东·巴甫洛维奇。契诃夫经常和他闲谈,开导他应该学习,成为一个有文化有教养的人。为了成为这样的人,叶比霍多夫的原型首先给自己买了一条红领带,并且想学习法文。我不知道,安东·巴甫洛维奇怎样把一个管事人发展成为相当肥胖、已经不年轻的叶比霍多夫的形象,他在剧本的第一版里就是把他写成这样的。

可是,我们没有体型合适的演员,同时又不能不让安东·巴甫洛维奇所喜爱的有才华的演员伊·米·莫斯克温在剧中担任一个角色,当时他很年轻,长得又瘦,于是就把这个角色分配给他担任。年轻的演员在这个角色上发挥了自己的本领,并且把自己在第一次"白菜会"③上的即兴演说也利用上了。关于这个游艺会的情况,下面还要谈到。我们

---

① 旧时土耳其和埃及的高级军政长官的称号。——译者注

② 斯坦尼斯拉夫斯基认为:叶比霍多夫这一形象,是基于对管事人叶戈尔的观察而创造的,他是个极不灵活和倒霉的人,部分来自在"阿克瓦里乌姆"看了杂技演出的印象。契诃夫很爱看这种表演。在表演中,这个杂技演员滑稽突梯地扮演一个不走运的人物,连声说"二十二个不幸"。

③ 莫斯科艺术剧院传统的同事间举行的一种游艺会,会上演出幽默的节目。第一次"白菜会"是 1903 年 12 月 31 日为迎接元旦而举行的。

原以为安东·巴甫洛维奇会因任意改动而大发脾气,但他看了竟哈哈大笑。排练结束后,他对莫斯克温说:

"我恰巧也想写这些东西。听我说,这妙极了!"

我记得契诃夫按照莫斯克温所创造的一切补充了这个角色。

大学生特罗费莫夫^①这个人物也是以当时住在柳比莫夫卡的一个人作为原型而塑造的。

一九〇三年秋天,安东·巴甫洛维奇身患重病,却来到了莫斯科。^②然而,这并没有妨碍他参加他的新剧本的全部排练。这个剧本的最后名称,他当时怎么也确定不下来。

有一天晚上,契诃夫来电话,说有事请我到他那里去一趟。我搁下工作,急忙赶往,看见他虽然病魔缠身,还是神情活跃。看来,他要把正事放到最后才谈,好像孩子吃美味的馅饼那样。这时候,大家照例坐在茶桌旁说说笑笑,因为有契诃夫在的地方,是不会出现寂寞的。喝完茶,安东·巴甫洛维奇领我到了书房里,关上门,坐到平常坐的那张沙发一角上,让我坐在他的对面,几次三番说服我,要我更换新剧中的一些演员。照他的意见,他们不适合演出,"不过他们是很好的演员,"他急忙说,以缓和自己的评判。

我知道这些话仅仅是转入谈正事的前奏,也就没有争辩。最后我们谈到了正事。契诃夫停顿了一下,竭力使自己的神情严肃些。但是他没有做到——得意洋洋的微笑流露出内心的喜悦。

"听我说,我给这个剧本取了一个很好的名称,好极了!"他凝视着我说。

"什么名称?"我焦急地问道。

"樱桃园(Вйшнёвый сад)。"说完他愉快地大笑起来。

---

① 1914年斯坦尼斯拉夫斯基回忆起特罗费莫夫的原型时写道:"他是一个女仆的儿子,在庄园的账房间里做事。安东·巴甫洛维奇劝他放弃这项工作,准备参加中学毕业考试,升入大学,说他将来一定会成为教授。这个青年真的听从了契诃夫的劝告,开始学习,通过中学毕业考试,升入大学。可能将来有一天会成为教授的。顺便提一下,这个青年的一些特点,他那不灵活的动作,他那头发脱落的乡绅似的阴沉外貌,后来都被契诃夫写进彼嘉·特罗费莫夫的形象中了。"

② 契诃夫是在1903年12月5日抵达莫斯科的。

我不明白他高兴的原因，也没有发现这个名称有什么特殊的意义。但是，为了不让安东·巴甫洛维奇懊恼，我不得不装出样子，表示他取的名称给我留下了印象。这个剧本的新名称怎么会使他如此激动呢？我小心翼翼地问他，但又碰到了契诃夫不善于谈自己创作这一奇怪的特点。安东·巴甫洛维奇不作解释，只是用各种方法，用抑扬顿挫的声调和音色重复同一句话：

"樱桃园。听我说，这是很好的名称！樱桃园。樱桃！"

从这番话我只能领会到，这里谈的是一种美妙的、宠爱的事物：这名称包含的美无法用言语表达，只能从安东·巴甫洛维奇的声调来意会。我谨慎地把这一点暗示给他：我的意见使他感到不快，激动的微笑从他脸上消失了，我们的谈话变得不顺利了，出现了难堪的沉默。

这次见面以后过了几天或一个星期……有一次在演出时他到我的化妆室来，激动地微笑着坐到我的桌旁。契诃夫喜欢看我们准备上场演出。他注意地观察我们化妆，从他面部的表情可以看出我们脸上抹的油彩是否恰到好处。

"听我说，不是樱桃园，而是樱桃（儿）园。"他作了解释，哈哈大笑起来。

起初我甚至不明白说的是什么，可是，安东·巴甫洛维奇津津乐道这个剧本的名称，在"樱桃（儿）"一词中着重发柔和的"ё"音，好像力图以此来亲切地对待往昔美好的、而现在已没有用的生活；在自己的剧本里，他是含泪摧毁这种生活的。这一次我才了解其中微妙的涵义："樱桃园"是可以获得盈利的、带有营业性的果园。现在也需要这样的果园。但"樱桃（儿）园"不会带来盈利，它孤芳自赏，在盛开的洁白的花朵中保持着往昔贵族生活的诗情画意。这样的花园是为了满足怪癖，为了使娇生惯养的审美家大饱眼福而栽培、开花的。毁灭它会使人感到惋惜，但是应该这样做，因为国家经济发展的进程要求这样。

这一次排练《樱桃园》，和以前一样，不得不想方设法探听安东·巴甫洛维奇对剧本的意见和建议。他的答复像字谜一样，但非得把它猜出不可，因为契诃夫为了摆脱导演的纠缠，会突然跑开。排练时安东·巴甫洛维奇总是谦逊地坐在最后几排，如果有人看到他，是不会相信这就是剧作者的。不论我们怎样请他坐到导演席上，总是毫无用处。如果你请他坐过来了，他就发笑。你不明白他笑的原因：是因为他成了导演，坐到了重要的席位上，还是他认为导演席本身是多此一举，或者他在想办法怎样哄骗我们，好躲回到自己的座位上。

"我都写下来了，"他当时说，"我不是导演，我是医生啊。"

如果把契诃夫对排练的态度与其他作家的态度比较一下，你会为这位伟大人物的虚怀若谷和其他那些远为不及的作家的极度自负感到惊异。例如，有一位作家，我向他建议缩短剧本中一段冗长虚饰、过尚词藻的独白，他带着受委屈的懊恼声调对我说：

"您缩短吧，但不要忘记，您要对历史负责！"

相反，当我们大胆地向安东·巴甫洛维奇建议删去整整一场戏（《樱桃园》第二幕末）的时候，他的神情变得十分忧郁，由于我们当时给他带来的痛苦，他的脸色发白了，但他考虑了一下，恢复了常态，答道：

"那就删去吧！"①

他再也没有就这方面对我们责备过。

我不再描述《樱桃园》演出的情况了，这个剧我们在莫斯科、欧洲和美洲曾上演许多次。我只回忆一下该剧演出前后发生的事件和情况。

要演好这个剧是不容易的；它非常难演也是不足为奇的。它的美蕴藏在难以察觉的、内涵深沉的风格中。要想感受它，必须像拨开花蕾，使花瓣绽放那样。但是，这只能自然而然地发生，不能强制，否则会把娇嫩的花朵摧折，它便枯萎了。

在我所描述的那个时期里，我们的内在技艺和促使演员感受创作精神的能力依然是很粗浅的。我们还不能准确地确定深入作品的神秘莫测的进程。为了帮助演员，触发他们的满含激情的回忆，在他们心灵中唤起创作的灵感，我们运用道具、灯光和音响来启发他们的想象。有

---

① 《樱桃园》首次演出后，契诃夫修改了第二幕。略去这一幕的开头——安尼雅和特罗费莫夫有关去雅罗斯拉夫的谈话，删去了这一幕的结尾——夏洛蒂和费尔斯的谈话；这一幕的开头添加了夏洛蒂谈自己童年的一段；在开头的一场插入了叶比霍多夫的"残酷的罗曼史"；在叶比霍多夫短暂的哑场时，增加了后台的吉他伴奏。从1904年2月中旬起开始演出这个剧的修改本。

时候这样做起了作用，于是我们便习惯于滥用灯光和音响的舞台效果。

"听我说!"有一次契诃夫对人说，但说得使我也能听到，"我一定要再写一个剧本，开始是这样的：'多么美妙，多么寂静! 听不见鸟叫、犬吠、布谷鸟的咕咕声、枭鸟的啼鸣、夜莺的鸣啭，也听不见钟声、铃铛声和蟋蟀的嘤嘤叫声。'"

当然，这番话是针对我说的。

自从我们演出契诃夫的剧本以来，首次上演适逢他在莫斯科，这还是第一次。这使我想起，趁此机会为爱戴的诗人举行一次庆祝会。① 契诃夫固执己见，仍然反对，威胁说，他将留在家里，不到剧院来。但是，这件事太吸引我们了，我们坚持举行。而且首次上演的那天正好是安东·巴甫洛维奇的命名日（一月三十日下午五时）。

离规定的日期已经近了，必须考虑如何庆祝和向安东·巴甫洛维奇赠送什么纪念品。这真是一个难题! 我跑遍了所有的古玩店，希望在那里能物色到一些东西，但是，除了一件珍贵、瑰丽的刺绣品以外，什么也没有买到。由于没有更好的礼物，只得把这件刺绣品装饰在花环上，就这样送给了他。

"至少是送了一件艺术品。"我想。

然而，由于赠送珍贵的礼物，我受到了安东·巴甫洛维奇的责备。

"听我说，这可是一件珍品，应当把它收藏在博物馆里。"纪念会开过后他责备我。

"那您教教我们，安东·巴甫洛维奇，应该送什么礼物呢?"我为自己辩护。

"送捕鼠器，"他想了想认真地回答，"听我说，应当消灭老鼠，"说到这儿他自己哈哈大笑起来，"瞧，画家科罗文送给我一件绝妙的礼物! 妙极了!"

"什么礼物啊?"我颇感兴趣地问道。

"钓鱼竿。"

---

① 1904 年是契诃夫开始文学活动的二十五周年。

就是送给契诃夫的其他礼物，他也并不满意，有些甚至庸俗得使他大为生气。

"听我说，不能把一支银笔和古老的墨水台送给作家。"

"那应该送什么呢?"

"应该送灌肠器。听我说，我是医生嘛。或者送袜子。我妻子不照顾我。她是演员。我只能穿破袜子。我对她说，听我说，亲爱的，我的袜子露出右脚趾了。她说，那你把它穿到左脚上。我呢，却不会这样做!"安东·巴甫洛维奇开玩笑说，又快活地哈哈大笑。

可是，在纪念会上，他并不那么快活，仿佛预感到不久将离开人世似的。第三幕之后，他站在舞台的前部，脸色死一般的苍白、消瘦。当人们向他祝贺、赠送礼物的时候，他止不住咳嗽起来，我们感到难过，心都揪紧了。观众厅里有人对他大声招呼，要他坐下来。可是，契诃夫双眉紧锁，一直站到拖沓、乏味的纪念会结束。后来他在作品里善意地嘲笑了这次纪念会。不过，当时他忍不住露出微笑。有一位文学家开始发表演说，几乎是利用加耶夫在第一幕对古老的柜子所致的贺词:

"亲爱的和非常尊敬的……(文学家把'柜子'换上了安东·巴甫洛维奇的名字)，我祝贺您……"，等等。

安东·巴甫洛维奇对我——加耶夫的扮演者——瞟了一眼，嘴唇掠过一丝狡黠的微笑。

纪念会开得隆重庄严，但给人留下的印象却是沉重的。会上笼罩着一种葬礼的气氛。每个人心里都郁郁寡欢。

演出只获得一般的成功，我们归咎于不善于在第一次演出就将剧本中最重要、最美好和最珍贵的东西显示出来。

安东·巴甫洛维奇就这样没有看到自己最后一个散发芬芳的剧本获得真正的成功，与世长辞了。

后来，演出成功了，我们剧团的许多演员在剧中又一次显示出巨大的才华。首先是演主角拉涅夫斯卡娅的奥·列·克尼碧尔，莫斯克温演的叶比霍多夫，卡恰洛夫演的特罗费莫夫，列昂尼多夫演的罗巴辛，格里布宁演的皮希克，阿尔乔姆演的费尔斯，穆拉托娃演的夏洛蒂。我演的加耶夫这个角色也获得了成功，并且在排练时由于第四幕最后结尾的退场而得到安东·巴甫洛维奇本人的赞扬。

一九〇四年春天来到了。安东·巴甫洛维奇的健康越来越恶化。胃部出现令人不安的症状,有点像肠结核。经过医生会诊,要契诃夫去巴登维勒疗养。开始准备出国了。我们大家,包括我在内,都想最后和安东·巴甫洛维奇多会晤几次。可是,他的健康状况不容许他时常接见我们。不过,虽然病魔缠身,他仍然相当乐观。他非常关心当时正在勤奋排练的梅特林克的剧本。① 必须让他了解工作的情况,给他看道具模型,对他解释场面设计。

他自己在构思另一个完全是新格调的剧本。确实,他设想的剧本的情节似乎不是契诃夫式的。你们自己判断一下吧:两个朋友,两个年轻人,爱上了同一个女人。共同的爱情和妒忌产生了复杂的相互关系。结局是他们两人都到北极探险去了。最后一幕的布景是一艘被冰封住的大船。在剧本的末尾,两位朋友看见一个白色的幻影在雪地上闪过。显然,这是那个被爱恋的女人的影子或灵魂,她已经在遥远的国内死去了。

这就是从安东·巴甫洛维奇那里所能了解的有关新构思的剧本的一切情况。

据奥·列·克尼碧尔-契诃娃说,旅居国外期间,安东·巴甫洛维奇对欧洲的文化生活颇为欣赏。在巴登维勒,他坐在住宅的小阳台上,注视着对面邮局的一切活动。人们把表达自己各种想法的信函从四面八方送到这里来,从这里又把这些信函分送到各地。

"这太好啦!"他大声说。

一九〇四年夏天从巴登维勒传来了安东·巴甫洛维奇逝世的噩耗。

"我要死了。"②这是安东·巴甫洛维奇弥留时说的最后一句话。他

---

① 演出的是梅特林克的短剧:《盲人》、《不速之客》和《室内》。1904年10月2日在艺术剧院首次上演。

② 原文为德语。——译者注

的逝世是高尚、宁静和肃穆的。

契诃夫与世长辞了,他去世以后,在祖国,在欧洲和美洲更加受到爱戴。然而,他虽然获得了成就和声望,仍然有许多方面不为人理解,被估计不足。我想谈谈对他的一些看法,以此代替悼念。

直到现在,还有这样的意见,认为契诃夫是描写平凡生活、描写愚昧无知的人的诗人,他的剧本是俄罗斯生活悲痛的一页,是我国精神上苟且偷生的见证。心怀不满扼杀了一切创举,心灰意懒把精力消耗殆尽,随心所欲地发挥斯拉夫民族世代相传的哀伤。这就是他的戏剧创作的基调。

可是,为什么对契诃夫的这一评价与我对死者的了解和回忆如此大相径庭呢?我看见他大多是精神饱满、笑容满面,很少是愁眉苦脸,尽管这是在他病势沉重期间。病魔缠身的契诃夫待在哪里,哪里经常是笑声盈耳,妙语如珠,诙谐戏谑,甚至到了淘气的地步。谁能比他更会引人发笑,或者面孔一板说蠢话呢?谁能比他更憎恨不学无术、粗野言行、无病呻吟、造谣诽谤、小市民习气和整天喝茶混日子呢?谁能比他更渴望生活和文化,不论它们表现在什么事物和以怎样的形式表现?一切新的有益的创举,从刚刚成立的学术协会到新建剧院、图书馆和博物馆的计划,对他来说,都是真正重要的大事。甚至一般的生活福利设施也会使他万分激动。举例说,有一次我对他谈起,莫斯科红门附近拆除了一所破旧的二层楼房,在那里正在造一座高楼大厦,他听了孩子般地高兴起来。隔了很久,安东·巴甫洛维奇还怀着狂喜的心情对来访者谈到这件事:他那么锲而不舍地在一切事物中探索着未来俄罗斯文明和全人类文明的先声,不仅在精神方面,甚至在物质方面。

他的剧本也是这样:在八十和九十年代一片悲观绝望的气氛中,这些剧本不时点燃起明亮的理想之火,并且使人振奋地预言两百年、三百年或一千年以后的生活情况,为了这种生活我们大家现在就必须作出努力;预言新的科学发明,凭借这种发明就可以在天空飞行,还预言第六感官的发现。

你们是否注意到,在演出契诃夫的剧本时,观众厅里常常会爆发出一片笑声，而且是那么响亮、那么快活，这样的笑声，我们在其他演出中能听到吗？契诃夫当时所写的通俗喜剧，其中包含的笑料不亚于滑稽突梯的丑角的表演。

那他的书信怎么样呢？当我读这些书信的时候，当时没有忽略那种普遍存在的忧郁情绪。但是，透过这种情绪，那妙语如珠的谈吐，引人发笑的比喻，无比诙谐的描述，宛如夜空中欢快地眨眼的星星那样闪耀着光芒。有时候竟达到戏谑胡闹的地步，犹如生来不知忧愁的快活人和幽默家的那种奇谈和笑料。这些都是安托沙·契洪捷所全神贯注的，到后来，也是病魔缠身、备受折磨的契诃夫所全神贯注的。

一个健康的人感到自己精神饱满，心情愉快，这是自然而正常的。但是，一个病人，明知自己就要被死神夺去生命（契诃夫可是医生啊），像囚犯一样被禁锢在他所憎恨的地方，远离亲友，看不到前途的一线光明，而他仍然会欢声笑语，内心充满光辉的理想和对未来的信念，关切地为后代积累文化财富，这样的乐观精神和生命力应该认为是无与伦比、至高无上的。

我还无法理解，为什么有人认为契诃夫对我们时代来说已经过时了，为什么有意见说他不能理解革命和革命所创造的新生活？

当然，契诃夫所处的时代，就其社会情绪来说，距当前的时代和革命培养的新的一代，是极其遥远的，否定这种说法当然十分可笑。在许多方面两者甚至根本互相对立。现代的革命的俄国充满了积极性和精力，它摧毁了旧的生活制度，建立了新的制度，它不接受，甚至不理解八十年代的消极怠惰的风气和萎靡不振、持观望态度的懒散情绪，这也是显而易见的。

那时候，在窒息人的停滞的气氛中，不可能有革命上涨的基础。只能在地下，在地窖里准备和积聚力量，以便给敌人以沉重的打击。先进人物的工作只在于为社会情绪作准备，使人相信新的思想，并且说明旧生活已摇摇欲坠。而契诃夫是与这些进行准备工作的人一致行动的。他像许多人一样善于描写这种无法忍受的停滞气氛，并且嘲笑由此产生的庸俗生活。

时间在前进。永远注视着前方的契诃夫不能踏步不前。相反，他以进化论的观点来看待生活和时代。

由于气氛越来越紧张，革命逐渐接近，契诃夫的态度越来越坚决了。有些人认为他像自己小说中描写的许多人那样缺乏意志、优柔寡断，这是错误的。我已经说过，他不止一次以坚定、明确和果敢使我们感到惊异。

"真可怕！但没有它是不行的。让日本人来推动我们前进吧！"当俄国弥漫着火药味的时候，他激动地对我说，但态度坚决，充满信心。

当革命还处在萌芽，社会上依然盛行花天酒地的生活的时候，他在上世纪末和本世纪初的文学界中第一个预感到革命是不可避免的。他第一个敲响了警钟。不是他，那又是谁在开始砍伐那美丽的、欣欣向荣的樱桃园，意识到它的时代已经过去，旧的生活注定永远毁灭？

一个在很久以前能预感到今天发生的事情的人，也一定会接受他预言过的一切……

（杨骅　译）

题解：

康斯坦丁·谢尔盖耶维奇·斯坦尼斯拉夫斯基（阿列克谢耶夫）（1863—1938），演员与导演，莫斯科艺术剧院的创建人和领导人之一。苏联人民演员。在契诃夫的剧作中扮演下列角色：《海鸥》中的特里果林，《万尼亚舅舅》中的阿斯特罗夫，《三姊妹》中的威尔什宁，《樱桃园》中的加耶夫，《伊万诺夫》中的沙别尔斯基。1899年起开始与契诃夫通信。

本文根据刊载在《莫斯科艺术剧院一九四三年年鉴》（1945年莫斯科版）的原作付排，其中《樱桃园》一章（不是全文），根据康·谢·斯坦尼斯拉夫斯基《我的艺术生活》（1936年科学院版）排印。

当契诃夫出声笑的时候，便真正沉浸在笑的乐趣中，快活极了。我还没有遇见过一个能像他这样「精神上」——我姑且用这个词儿——笑着的人。

——阿·马·高尔基

人身上的一切都应该是美丽的，无论是面孔，还是衣裳，还是心灵，还是思想。

——《万尼亚舅舅》

闲散的生活是没有一点高贵之处的。

——《万尼亚舅舅》

如果你手里执掌着家里的钥匙，就把它们一起丢到井里去，走开吧，要自由，要像风那样的自由！

——《樱桃园》

在他的脸容上最引人注目的是他双目中那种纯粹俄罗斯式的细致入微、敏锐严峻的观察事物的表情。他不能容忍崇尚浮奢和多愁善感的调子，他仿佛为冷峻的嘲讽所控制，满意地感到自己身上戴着坚不可摧的锁子甲。——伊·叶·列宾

一旦找到了契诃夫剧本中存在着的活的、永恒的东西，那么以后不管你把你的人物演多少次，他永远不会失去韵味，你每次都会从他身上发掘出某种新的、以前未曾利用过的东西。

——奥·列·克尼碧尔—契诃娃

他一生中有过热烈的、「浪漫主义的」、盲目的爱情吗？我想是没有的。而这是一件十分耐人寻味的事。——伊·阿·布宁

出太阳的时候，即使在坟地里也是愉快的。一个人如果有希望，即使到了老年也是幸福的。——《伊凡诺夫》

所以我才对人们的不公正感到诧异啊。他们为什么不以爱还爱，

却用虚伪来回答真实呢？——《伊凡诺夫》

在和撒旦，一切物质力量之主的一场残酷的斗争中，我会战胜……而宇宙的自由将会开始统治一切。——《海鸥》

你应当知道你为什么要写作。因为，如果你顺着这条风景怡人的道路，毫无目的地走下去，你一定要迷路，而你的才能也一定会把你葬送掉。——《海鸥》

《万尼亚舅舅》的演出并不很顺利。契诃夫写的戏剧是很难演的，因为光是本身是好演员，而且能够以娴熟的演技扮演自己的角色是不够的。必须热爱契诃夫的剧本，对它深有体会，要善于和剧中时代的整个生活氛围融为一体，而最主要的是像契诃夫那样地热爱人，以剧中人物的生活为自己的生活。——奥·列·克尼碧尔—契诃娃

《海鸥》是一部异常真实的作品，……那时候这样的少女是很多的。她们挣脱了黯淡的生活，从偏僻的地方跑出来，找到了工作，甚至可以把自己整个「贡献」给它；热情地、温存地为「它」——激起她幻想的才华，作出牺牲。当我们这里女权还受到粗暴限制的时候，戏剧学校里已经充满了从外省来的这样的少女。

——弗·伊·聂米罗维奇—丹钦科

每当想到我们是怎样纪念契诃夫的，我就会想起他的这句话：

「我们都是猪，知道吗！」——米·康·列尔乌辛

当一个人深夜里走在树林子里，如果在那个时候看到了远处的灯火，那么他就不会感觉到疲乏，也不会顾及黑暗，甚至感觉不到扫到面孔上的树枝。——《林妖》

在你们所有人的心里都藏着一个林妖，你们所有的人都在黑暗的森林里游荡……你们的智慧、知识和情感，只够毁坏自己和别人的生活。——《林妖》

回忆契诃夫这样一个人是有益的，这会使你立刻恢复勇气来生活，而且生活中会重新出现明确的意义。人是世界的轴。有人说，那么他的恶习，他的缺点呢？我们大家都像饥饿者一样缺少对人的爱，而饥者易为食，即使是烤坏的面包，吃起来也是香的。——阿·马·高尔基

我们的痛苦就在于我们对幸福想得太多。——《林妖》

远远离开，然后，在什么地方停住，在田里，静静地站着像一棵树，像一根柱子，像一家园子的纸扎人，在光天化日之下，一整夜望着头上亮晶晶的静静的月亮。——《论烟草有害》

契诃夫的那一章还没有结束，人们还没有很好地把它读完，还没有探索出它的本质，就过早地合上了书。让大家重新打开，把它读完吧。——康·谢·斯坦尼斯拉夫斯基

契诃夫是散文中的普希金!

——列·尼·托尔斯泰

没有比所谓平凡的生存竞争更无聊、更缺乏诗意的了，它使人失去生活的欢乐，迫得人冷漠无情。

——安·巴·契诃夫

即使有一个不怎么样的剧院也好啊，起码有剧团演出。没有剧院，就像没有亲密的朋友。

生活中出现了空白！就像生活在一个没有色彩的地方！——安·巴·契诃夫

他有一种到处发现庸俗、使庸俗显露原形的妙法，这种妙法只有对人生提出高度要求的人才能掌握，只有那种想看到人们变得单纯、美好、和谐的强烈愿望才会产生。

对于庸俗，他永远是一位严厉无情的法官。——阿·马·高尔基

契诃夫戏剧全集

Антон Павлович Чехов

安东·巴甫洛维奇·契诃夫

焦菊隐 译

伊凡诺夫

海鸥

上海译文出版社

目　录

导言/童道明 ⋯⋯⋯⋯⋯⋯⋯⋯⋯⋯ I

伊凡诺夫 ⋯⋯⋯⋯⋯⋯⋯⋯⋯⋯ 1

海鸥 ⋯⋯⋯⋯⋯⋯⋯⋯⋯⋯ 103

契诃夫与其《海鸥》 ⋯⋯⋯⋯⋯⋯ 185

导　言

童道明

一

安东·契诃夫(一八六〇——一九〇四)既是个小说家又是个戏剧家。

列夫·托尔斯泰对契诃夫的小说创作推崇备至,称他是"散文中的普希金",认为就短篇小说创作的成就而言,十九世纪的俄国作家中没有一个可以与契诃夫抗衡的。

但托翁对契诃夫的剧作评价极低。一九〇一年的一天,契诃夫去探望到克里米亚养病的托尔斯泰。临别时,大文豪对契诃夫说:"莎士比亚的戏写得不好,而您写得更糟!"

然而一个世纪过后,恰恰是当年不入托尔斯泰法眼的莎士比亚和契诃夫,成了当今世界两位最令人瞩目的经典戏剧作家。二十世纪下半叶最有威望的大戏剧家彼得·布鲁克的导演代表作便是莎士比亚的《哈姆雷特》和契诃夫的《樱桃园》。

二

在十九世纪末看低契诃夫戏剧的不单是托尔斯泰一人。当时的戏剧评论界普遍不接受这位剧坛新人。一八九六年十

月十七日《海鸥》在彼得堡皇家剧院首演失败之后,当时最有名望的剧评家库格尔写文章对此剧作了毁灭性的批评:"契诃夫先生是小说家出身,他有一个致命的误解,他认为小说笔法也可以堂而皇之地进入神圣的戏剧领地。由于有了这个致命的误解,这个原本就不及格的剧本,便变得不可救药了。"

当然还得承认库格尔的眼力,他在《海鸥》中看出了契诃夫的"小说笔法",以为这样就破坏了传统的戏剧规则,于是把它打入了另册。而契诃夫的戏剧革新也的确包含有戏剧散文化的诉求。他在创作《海鸥》时给友人写了两封信。一封信写于一八九五年十月二十一日:

> 您可以想象,我在写部剧本……我写得不无兴味,尽管毫不顾及舞台规则。是部喜剧,有三个女角,六个男角,四幕剧,有风景(湖上景色);剧中有许多关于文学的谈话,动作很少,五普特爱情。

另一封信写于同年十一月二十一日:

> 剧本写完了。强劲地开头,柔弱地结尾。违背所有戏剧法规。写得像部小说。

《海鸥》对当时欧洲戏剧传统的"戏剧法规"的冒犯,显而易见。在第一封信中指出《海鸥》是"四幕剧",就违背了分幕的"戏剧法规"。

我们知道,传统的欧洲戏剧的分幕一般都采取奇数结构,即分五幕或三幕。奇数分幕结构的剧本易于获得高潮居中的戏剧性效果。契诃夫背离奇数结构的编剧传统，把他所有的多幕剧都写成四幕剧，这正好反映了他不想像其他的剧作家那样去刻意追求戏剧的高潮点，而是把舞台上的戏剧事件"平凡化"与"生活化"。契诃夫开了"散文化戏剧"的先河。

在十九世纪末的俄罗斯，能够认识到契诃夫戏剧美质的戏剧家，只有正在和斯坦尼斯拉夫斯基一起筹建莫斯科艺术剧院的聂米洛维奇-丹钦科。他于一八九八年四月二十五日，给苦闷中的契诃夫写了封信，表达了要排演《海鸥》的愿望：

> 戏剧观众还不知道你。应该让一个有艺术趣味、懂得你的剧作的美质的文学家（他同时又是个出色的导演）表现你。我以为我自己就是这样的人选。我抱定了揭示《伊凡诺夫》和《海鸥》中的对于生活和人的灵魂的奇妙展现的目标。《海鸥》尤其吸引我，我可以完全担保，只要是精巧的、不落俗套的制作精良的演出，每个剧中人物的内在的悲剧就会震撼戏剧观众。

丹钦科的这封信没有得到契诃夫的积极回应。丹钦科便于几天之后的五月十二日又发出一信，用近于哀求的口吻对契诃夫说："如果你不给，那会置我于死地，因为《海鸥》是唯一一部吸引着作为导演的我的现代剧。"契诃夫终于被丹钦科的诚恳所打动。

这样就有了在世界戏剧演出史上留下光辉一页的舞台演出——一八九八年十二月十七日莫斯科艺术剧院《海鸥》首演。

斯坦尼斯拉夫斯基后来在总结他们的成功经验时说:"那些总要企图去表演或表现契诃夫的剧本的人是错误的。必须存在于,即生活、生存于他的剧本中。"

丹钦科后来在回忆录里详细记述了这场具有历史意义的演出的盛况。他下了"新剧院从此诞生"的断语。后来,一只展翅飞翔的海鸥成了莫斯科艺术剧院的院徽。丹钦科解释说:"绣在我们剧院幕布上的'海鸥'院徽,象征着我们的创作源泉。"

一个演出造就了一家剧院,也拯救了一个剧作家,这在世界演出史上也是极为罕见的。

三

在丹钦科和斯坦尼斯拉夫斯基之后,高尔基深化了对于契诃夫戏剧革新的美学意义的认识。

一八九八年年尾,高尔基给契诃夫写信,说起了他对于契诃夫戏剧的划时代意义的认识:"《万尼亚舅舅》和《海鸥》是新的戏剧艺术,在这里,现实主义提高到了激动人心和深思熟虑的象征……别人的剧本不可能把人从现实生活抽象到哲学概括,而您的剧本做得到。"

高尔基一语破的,揭示了契诃夫戏剧创新的一个重要特点:契诃夫把传统戏剧的那个封闭世界打开了。契诃夫不仅把戏剧与散文(即小说)以及抒情诗之间的樊篱打破,同样的,也拓宽戏剧现实主义的内涵与外延。他把十九世纪末刚刚露头的自然主义和象征主义与现实主义嫁接。也就是说,契诃夫把他那个时代的艺术现代主义的精华吸纳到了自己的现实主

义的艺术机体内,从而实现了对于现实主义的超越。而这种超越,也帮助契诃夫戏剧"可能把人的现实生活抽象到哲学的概括"。

于是我们就能知道《海鸥》第一幕的戏中戏里妮娜这一段独白的意义:"我只知道要和一切的物质之父的魔鬼进行一场顽强的殊死搏斗……只有在取得这个胜利之后,物质与精神才能结合在美妙的和谐之中。"

只要物质与精神结合在美妙的和谐之中的境界,仍旧是人们心中的希望,契诃夫戏剧就永远能保持新鲜的现代感。契诃夫戏剧之所以能让现代文明世界的人们感到亲切,就是因为这些早已解决了温饱问题的现代人,可以理解契诃夫戏剧人物的精神追求和精神痛苦。

四

小说家契诃夫早已名震遐迩,但作为戏剧家的契诃夫得到世界公认,却是在他去世半个世纪之后。

一九五〇年五月十一日,尤奈斯库的《秃头歌女》在巴黎夜游人剧场演出,揭开了"荒诞派"戏剧的序幕,一九五二年贝克特的《等待戈多》的问世,更是标志着这一现代戏剧流派的崛起。而戏剧专家们在探索西方现代戏剧的艺术特征时,发现它们与传统欧洲戏剧的一个重要区别,就是在这些现代戏剧中没有"正面人物"与"反面人物"之分,支撑这些戏剧的行动展开的不是"人与人之间的冲突",而是这一群人与包围着这一群人的社会环境的冲突。

而当学者们寻根溯源,力图追溯这样新型的戏剧冲突的源

头时,便找到了契诃夫戏剧。

的确是这样。契诃夫不仅对艺术具有现代精神的认识,他对生活的认识同样具有现代精神。他不愿意用绝对化的眼光看待人与事,他扬弃非黑即白的简单化判断,因此,他的戏剧人物也无法用传统的"正面人物"或"反面人物"加以分割,诚如他自己所说的,在他的剧本里"既没有一个天使,也没有一个魔鬼"。

这样,到了纪念契诃夫诞生一百周年的一九六〇年,我们从俄罗斯出版的《戏剧》杂志编辑部文章里,读到了如此掷地有声的断语:"实际上,只是到了现在,我们才真正意识到,契诃夫对于俄罗斯,对于整个二十世纪意味着什么。"而理由之一也恰恰是:"在世界上,契诃夫首先创造了剧中人物彼此之间几乎不发生斗争的戏剧。"

然而,契诃夫的无往而不可爱的乐观主义,又与充满绝望感的荒诞派戏剧拉开了距离。

《万尼亚舅舅》里的索尼娅最后劝慰悲痛中的万尼亚舅舅说:"我们会听见天使的歌唱,我们会看见布满钻石的天空……"

《三姊妹》结尾时,大姐拥抱着两个妹妹说:"我们要活下去! 军乐奏得这么快乐,这么愉快,仿佛再过不久我们就会知道我们为什么活着,为什么痛苦……"

《樱桃园》里的青年主人公也期望着在俄罗斯出现更加美丽的樱桃园……

而荒诞派戏剧家贝克特式的"等待"是遥遥无期的"等待"。他的剧中人物对时间概念,采取一种揶揄的态度。波卓向弗拉基米尔发怒说:"你干吗老是用那混账的时间来折磨我?"

也就是在二十世纪中期，在戏剧家们越来越承认契诃夫的现代戏剧的拓荒人地位的同时，契诃夫戏剧跨出俄罗斯的国门，走向了世界。而首先在西方世界震撼观众的，竟是契诃夫的戏剧处女作《没有父亲的人》（即《普拉东诺夫》）。在一九五七年，法国和比利时的导演先后将它搬上舞台，从此契诃夫戏剧在世界舞台上进入了上演次数最多的经典剧作之列。

与此同时，契诃夫戏剧在俄罗斯也时来运转。在过去，演出契诃夫戏剧乃是莫斯科艺术剧院的专利，从二十世纪六十年代起，俄罗斯的每家著名话剧院的保留剧目中，几乎都有契诃夫的剧作。

五

中国读者对契诃夫的这部戏剧处女作比较陌生，所以不妨在这里多说几句。

这部处女作，实际上也是少作。契诃夫是在十八九岁时把它写出来的，那时他还是个中学生。剧本写在笔记本上，但直到契诃夫去世十九年后的一九二三年才被发现。原稿无剧名，因听说契诃夫曾写过一个名叫"没有父亲的人"的剧，于是就用它为新发现的剧本命名。但二十世纪五十年代后西欧诸国竞相上演此剧时，大都以此剧的主人公普拉东诺夫的名字来命名。

那时的欧洲导演对此剧感兴趣，是因为对普拉东诺夫这个戏剧人物感兴趣，认为他就是"当代的哈姆雷特"，这个人物的精神痛苦很容易在西方世界的年轻人那里得到共鸣。

剧中的普拉东诺夫也说起过自己与哈姆雷特的"异同"："哈姆雷特害怕做梦，我害怕生活。"

普拉东诺夫是个中学教员，但他在周围世界找不到可以交心的对象，在自己身上也找不到可以献身的力量。于是他只好叹息说："我们为什么不能像我们所应该的那样生活。"如果我们读完《没有父亲的人》之后再读《伊凡诺夫》，就能同意这样一个观点：普拉东诺夫是伊凡诺夫的前身。

中国第一个对《没有父亲的人》感兴趣的导演是王晓鹰。他于二〇〇四年以"普拉东诺夫"的剧名将此剧搬上了舞台。主演是果静林。我问他普拉东诺夫的哪一句台词最让他震撼，他说是"普拉东诺夫在痛"这一句。这一句台词出现在全剧快结束的第四幕第十一场：

格列科娃　　您哪里痛？
普拉东诺夫　普拉东诺夫在痛……

我记得当年翻译到这句台词的时候，我觉得自己的心也在隐隐作痛。

《林妖》也是个较为陌生的剧本。契诃夫是如何把《林妖》改写成《万尼亚舅舅》的，可参阅作为附录收入《没有父亲的人·林妖》一书的短文《从〈林妖〉到〈万尼亚舅舅〉》。

六

哪一部契诃夫剧作最好？肯定会众说纷纭。但如果问：哪一部契诃夫剧作演出最多？答案便很明确：是他的绝命作《樱桃园》。《樱桃园》是世上少有的一部从它诞生直到今天每年都有演出记录的经典剧目。在十月革命后的苏维埃时代，契

诃夫的剧作里也只有《樱桃园》有幸每年都有机会与观众见面。为什么？因为它最适合作社会学评论。试看它的戏剧情节：

为了挽救一座即将被拍卖的樱桃园，它的女主人从巴黎回到俄罗斯故乡，一个商人建议这位女贵族把樱桃园改造成别墅楼出租。女贵族不听，樱桃园易主。而从拍卖会上拍得这座樱桃园的正是那位建议把它砍伐掉后改建成别墅楼的商人。擅长社会学批评的批评家们随即作出了对于此剧的价值判断：从樱桃园的易主与消失，反映了十九世纪末二十世纪初俄国社会的阶级变动——新兴的资产阶级取代了没落的地主贵族阶级。

但半个世纪之后，当全世界的不同民族的观众蜂拥进入各自国家的剧场观看《樱桃园》，难道他们是因为对于一个遥远国度十九世纪末的阶级变动发生了兴趣？显然不是的。

二〇〇五年的一天，我到北京电影学院表演系讲契诃夫，讲到《樱桃园》时，我说起了北京的老城墙，说起了当年为倒塌的老城墙哭泣的梁思成。我说"樱桃园"是个象征，象征那些尽管古旧但毕竟美丽的事物。《樱桃园》写出了世纪之交人类的困惑。因为在历史发展的过程中，人们不得不与一些古旧而美丽的事物告别。回家之后，我便写了一篇散文《惜别樱桃园》，文章最后写道：

> 在这日新月异的世纪之交，我们好像每天都在迎接新的"别墅楼"的拔地而起，同时也每天都在目睹"樱桃园"的就地消失。我们好像每天都能隐隐听到令我们忧喜参半、悲喜交加，令我们心潮澎湃，也令我们心灵怅惘的"伐木的斧头声"。我们无法逆历史潮流，保留住一座座注定要消

失的"樱桃园"。但我们可以把消失了的、消失着的、将要消失的"樱桃园",保留在我们的记忆里,只要它确确实实值得我们记忆。大到巍峨的北京城墙,小到被曹禺写进《北京人》的发出"孜妞妞、孜妞妞"的声响的曾为"北平独有"的单轮小水车。

谢谢契诃夫。他的《樱桃园》同时给予我们以心灵的震动与慰藉;他让我们知道,哪怕是朦朦胧胧地知道,为什么站在新世纪门槛前的我们,心中会有这种甜蜜与苦涩同在的复杂感受;他启发我们将要和各种各样复杂的、冷冰冰的现代电脑打交道的现代人,要懂得多情善感,要懂得在复杂的、热乎乎的感情世界中徜徉,要懂得惜别"樱桃园"。

七

一九三八年,斯坦尼斯拉夫斯基去世。一九四〇年,聂米洛维奇-丹钦科接过战友的导演棒,重排《三姊妹》,头一次对契诃夫戏剧的"种子",即"主题"作了阐述。要言不烦,他就说了这么一句:"对于美好生活的渴望。"

丹钦科的这句"导演阐述",影响深远。一九九一年,莫斯科艺术剧院艺术总监叶甫列莫夫到北京人民艺术剧院来排演《海鸥》,就用"对于另一种生活的渴望"这句显然脱胎于"丹钦科名言"的话,来概括《海鸥》的主题。

至于如何解释"海鸥"的象征意义,叶甫列莫夫以为妮娜象征着飞翔着的"海鸥",而特里勃列夫则象征着夭折了的"海鸥"。这是一种比较流行的解读。但今年六月初中央戏剧学院

表演系二〇一一级的学生演了一出让人耳目一新的《海鸥》，导演是来自圣彼得堡的伊凡诺娃。她在《导演的话》里，对"海鸥"的象征意义作了全新的解读："在为这出戏工作的过程中我突然发现——那只'海鸥'存在于剧中的每一个人物身上，'海鸥'在等待，在呐喊，在跃跃欲试……"

契诃夫戏剧也容许多元解读的。

那么再听听更有人生哲理意味的彼得·布鲁克的解读：

> 在契诃夫的作品中，死亡无处不在——对于这个他知道得很清楚——但在这死亡的存在里没有任何令人讨厌的因素。死亡的感觉与生命的渴望并行不悖。他笔下的人物具有感受每一个独特的生命瞬间的能力，以及要把每一个生命瞬间充分享用的需求。就像在伟大的悲剧里一样，这里有生与死的和谐结合。

契诃夫创作《樱桃园》的时候，身体已经十分虚弱，他是在日复一日的顽强书写中，寻找生命的律动。《樱桃园》最后费尔斯说的那句台词"生命就要完结了，可我好像还没有生活过"，难道不也是表达了契诃夫本人对于生命的眷恋？

丹钦科强调了契诃夫的乐观主义，彼得·布鲁克强调了契诃夫的生命意识。但无论是契诃夫的乐观主义还是生命意识，都能打动世世代代的观众的心。

八

现在该说一说中国戏剧家对于契诃夫戏剧的接受了。

首先值得一提的,当然是一九三〇年上海辛酉剧社演出了《文舅舅》(《万尼亚舅舅》),主演是袁牧之。距此十四年后,才有中国青年艺术剧院由孙维世执导的《万尼亚舅舅》的辉煌演出。

但上世纪三十年代最让人感奋的,还是曹禺对契诃夫戏剧美质的天才发现。我们今天读曹禺一九三五年在《〈日出〉跋》里写下的这段文字,还感佩不已:

> 我记起几年前着了迷,沉醉于契诃夫深邃艰深的艺术里,一颗沉重的心怎样为他的戏感动着。读毕了《三姊妹》,我合上眼,眼前展开那一幅秋天的忧郁。玛夏、哀林娜、奥尔加那三个有大眼睛的姐妹,悲哀地倚在一起,眼里浮起湿润的忧愁,静静地听着窗外远远奏着欢乐的进行曲……我的眼渐为浮起的泪水模糊起来成了一片,再也抬不起头来。然而在这出伟大的戏里没有一点张牙舞爪的穿插,走进走出,是活人,有灵魂的活人。不见一段惊心动魄的场面,结构很平淡,剧情人物也没有什么起伏生展,却那样抓牢了我的魂魄。我几乎停住了气息,一直昏迷在那悲哀的氛围里。我想再拜一个伟大的老师,低首下气地做一个低劣的学徒。

在江安的国立剧专的讲坛上,曹禺对于契诃夫戏剧的讲解,造就了一批具有心理现实主义思维的戏剧人。

一九五七年,不为人知的中国广播剧团演出了一部轰动京城的《北京人》,导演是曹禺在国立剧专的得意门生蔡骧。很多年之后我向蔡骧先生讨教他排演《北京人》的心得。他说:“要

排演《北京人》，就得想到，曹禺是在学习了契诃夫的戏剧艺术之后写作了《北京人》。"蔡先生也是契诃夫戏剧的爱好者。我相信，蔡骧先生是通过曹禺走近和认识了契诃夫，就像焦菊隐先生一再说的他是通过契诃夫认识了斯坦尼斯拉夫斯基：

> 我的导演工作道路的开始是独特的：不是因为斯坦尼斯拉夫斯基才约略懂得了契诃夫，而是因为契诃夫才约略懂得了斯坦尼斯拉夫斯基。[①]

就在焦菊隐在重庆翻译契诃夫几个多幕剧的时候，在上世纪四十年代的天津，两个刚刚登上戏剧舞台的青年人——黄宗江和于是之却被契诃夫的独幕剧《天鹅之歌》深深感动。于是之读过《天鹅之歌》后说"这个戏写出了演员的辛酸与风骨"，而黄宗江写了篇名为《空台赋》的散文，为契诃夫这部独幕剧叫好。他们两位一直有登台演出这个独幕剧的想法，但终于没有实现。二〇一二年九月，北京人艺在纪念中国小剧场运动三十周年之际，由濮存昕和何冰两人来演出了《天鹅之歌》，之后何冰还演出了独角戏《论烟草的害处》。但在中国演出次数最多的契诃夫独幕剧还是《熊》和《求婚》。

九

回想十年前的二〇〇四年，这年是契诃夫逝世一百周年。刚刚成立不久的中国国家话剧院，破天荒地在中国举办了以

[①] 引自《契诃夫戏剧集·译后记》，上海译文出版社1980年版。

"永远的契诃夫"为口号的国际戏剧节。王晓鹰导演的《普拉东诺夫》《没有父亲的人》为开幕戏,林兆华导演的《樱桃园》为闭幕戏。

刚刚宣布国际戏剧节开幕的时候,有些记者还发出疑问:契诃夫不是小说家吗?怎么会有契诃夫戏剧节呢?但当戏剧节成功举办之后,这样的疑问就不再有了。

在戏剧节举办过后不久,我和王晓鹰导演应邀到北京图书馆作讲座。主持人说了一句很让我感动的开场白:

> 五十年前,我们请汝老先生在这里讲契诃夫的小说,今天我们请童道明先生和王晓鹰先生在这里讲契诃夫的戏剧。

今年是契诃夫逝世一百一十周年。上海译文出版社破天荒地在中国出版了《契诃夫戏剧全集》。抚今追昔,我们能想起在上世纪四十年代,焦菊隐和李健吾这两位可敬的戏剧前辈,是怎样地怀抱着普罗米修斯式的献身精神,完成了他们的皇皇译著;与此同时,我们也深信,《契诃夫戏剧全集》的出版,能让更多更多的人认识到:契诃夫不仅是个伟大的小说家,也是一个伟大的戏剧家。

二〇一四年六月十六日
于北京

伊 凡 诺 夫

四 幕 正 剧

一八八七年

人　物

伊凡诺夫，尼古拉·阿列克塞耶维奇——乡民事务评议会常务
　　委员。

安娜·彼特罗夫娜（安妞塔）——他的妻，受洗礼和结婚以前，
　　名叫萨拉·阿勃拉姆松。

沙别尔斯基，玛特维·谢苗诺维奇（玛秋沙）——伯爵，伊凡诺
　　夫的舅舅。

列别捷夫，巴维尔·基里利奇（巴沙）——地方自治会议主席。

齐娜伊达·萨维什娜（久久什卡）——他的妻。

萨沙——他们的女儿，二十岁。

里沃夫，叶甫盖尼·康斯坦丁诺维奇——地方自治会议的青年
　　医生。

巴巴金娜，玛尔法·叶戈罗夫娜——地主寡妇，一个富商的
　　女儿。

科西赫，德米特里·尼基季奇——税吏。

鲍尔金，米哈伊尔·米哈伊洛维奇（米沙）——伊凡诺夫的远亲
　　和产业管理人。

阿夫多季雅·纳扎罗夫娜——没有固定职业的老妇。

叶戈鲁什卡——列别捷夫家的食客。

第一客人。

第二客人。

第三客人。

3

第四客人。

彼得——伊凡诺夫的男仆。

加夫里拉——列别捷夫家的男仆。

客人们——男，女。

男仆们。

故事发生在中俄罗斯的某一地区。

第三幕和第四幕之间相隔约一年。

第 一 幕

伊凡诺夫庄院的花园。左方，带凉台的房子正面，开着一扇窗子。凉台前，一片宽阔的半圆形空场，两条园径，一条和房子成直角，另一条通向右方，都从空场通到花园。凉台的右方，是些花园座位和桌子。一张桌子上，点着一盏油灯。临近黄昏。幕开时，房子里有钢琴和大提琴二重奏的声音。

一

伊凡诺夫和鲍尔金上。

伊凡诺夫坐在一张桌子旁边读书。鲍尔金穿着长筒靴，拿着一支枪，出现在花园远处的一头——微微有点醉意；看见了伊凡诺夫，用脚尖向他走来，等走到他的面前，就举起枪来直对着他的脸瞄准。

伊凡诺夫 （看见了鲍尔金，吓得跳起来）米沙，你这是干什么？……你吓了我一跳……我心里烦成这样，你还来跟我开这种无味的玩笑……（坐下）他吓了我，自己还高兴呢……

鲍尔金 （笑）好啦，好啦……对不住，对不住。（坐在他身旁）我下次再不这样啦，真的再不啦……（摘下帽子）我热。你相信吗，我的亲爱的朋友，三个钟头我一口气差不多跑了十八里①呀！……不信就摸摸我的心，跳得多厉害！……

伊凡诺夫 （读着书）好，就摸……

鲍尔金 不行，马上就摸。（拉过伊凡诺夫的手来，放在自己的胸口上）你听见了吗？突突—突突—突突的……这表明我有心脏病，你知道。我可能忽然就死了，说不定哪会儿。我说，如果我死了，你会难过吗？

伊凡诺夫 我正在看书呢……待会儿再……

鲍尔金 不行，不开玩笑，我死了你会难过吗？尼古拉·阿列克塞耶维奇，我死了你会难过吗？

伊凡诺夫 不要纠缠不休了！

鲍尔金 我亲爱的伙计，一定得告诉我，你难过不难过？

伊凡诺夫 我难过的是你这浑身的伏特加味儿。米沙，这叫人恶心！

鲍尔金 （笑）我有酒味儿吗？多么奇怪呀！……不过这也没有什么可奇怪的，说真的。在普列斯尼基，我遇见了那个检察官，我得承认，我们每人都干了有八杯的样子。喝酒对人有害，实在是。我说，这对人有害，是不是？是呢，还是不是呢？

---

① 此处指俄里，下同。——译者

6

伊凡诺夫 这真叫人受不了……你得明白,你这简直是发疯……

鲍尔金 好啦,好啦……我对不住,我对不住……上帝祝福你;清清静静地坐着吧……(站起来,走开)多古怪的人哪;连话都不能跟他们谈!(走回来)啊,对啦,我差一点儿忘了……给我八十二个卢布。

伊凡诺夫 什么八十二个卢布?

鲍尔金 明天付给雇工的啊。

伊凡诺夫 我还没有拿到钱呢。

鲍尔金 非常感谢!(模仿着)我还没有拿到钱呢……可是雇工应当给工钱,不应当给吗?

伊凡诺夫 我不知道。我今天没有钱。等到下月一号我领了薪水吧。

鲍尔金 跟这种人说话可真叫好!……雇工们可不能等到一号有钱才来呀;他们明天早晨就来!……

伊凡诺夫 那,我可有什么办法呢?你可以割断我的喉咙,可以把我切成碎块儿……你这种习气多么讨人厌啊,总是在我看书或写东西的时候,或者……来打搅我。

鲍尔金 我问你,雇工该给钱不该?可是跟你说又有什么用呢!(摇手)他还是个乡下绅士呢——该死的,还是一个地主呢!……最新式的耕种方法……三千亩地,可口袋里没有一个钱!……有酒窖子,可没有开瓶塞的钻子……我明天就把那三匹马卖掉!卖!我把燕麦已经卖了青,现在我就去卖黑麦!(在台上大步子来回走)你以为我会犹豫吗?嗯?不,那你可就想错了人啦……

7

二

人物同上,沙别尔斯基(在幕后)和安娜·彼特罗
夫娜上。

房子里,沙别尔斯基的声音:"跟你一块演奏可真
困难……你跟塞了馅的梭鱼一样,没耳朵,再说,你的
指法也真可怕!"

安娜·彼特罗夫娜 (出现在开着的窗口前)刚才是谁在这儿
说话?是你吗,米沙?你为什么这样跑来跑去呀?

鲍尔金 光是你的 Nicolas - voilà①,就足够把人逼得什么事都
干得出来啦!

安娜·彼特罗夫娜 我说,米沙,叫人弄点干草来,铺在棒球场
上吧。

鲍尔金 (用手向她一挥)请不要打搅我……

安娜·彼特罗夫娜 哎呀!这叫怎么一个说话的样子
呀!……这种口气,和你不相称。如果你想叫女人们爱
你,你就永远也不要对她们发脾气,或者搭那么大的架子。
(向她丈夫)尼古拉,咱们到干草堆上翻斤斗玩去吧!

伊凡诺夫 站在打开的窗口,对你的身体不好,安妞塔。请到
里边去……(喊)舅舅,关上窗子。

_____

① 法语,这个尼古拉。——译者

〔窗子关上。

鲍尔金 不要忘记,两天以后,你得付给列别捷夫利息。

伊凡诺夫 我记得。今天我就要到列别捷夫家去,请他等一
等。(看表)

鲍尔金 你什么时候去?

伊凡诺夫 这就去。

鲍尔金 (热切地)等一会儿!我相信今天确实是萨沙的生
日……啧—啧—啧……可我怎么给忘了呢……什么记性
呀!(四下里跳跃)我也去——我也去。(歌唱似地说了一
句)我也去……我去洗个澡,好好嚼它几口纸烟,嗅上三滴
阿莫尼亚水,不管什么事我就会有精神再去干它一下
了……尼古拉·阿列克塞耶维奇,亲爱的呀,我的可爱的
人呀,我心上的天使呀,你总是苦闷,总是抱怨,总是无精
打采的,可是,你就半点儿也不知道,咱们两个人要是合起
手儿来,能做出多大的事业呀!无论什么事情,我都准备
为你去干……你愿不愿意我为了你去娶玛尔夫莎·巴巴
金娜呀?这个寡妇的财产,一半归你……不,不是一半,全
部,全部归你!

伊凡诺夫 这些无聊的胡话,千万打住吧。

鲍尔金 说正经的,这不是胡话!你让我娶玛尔夫莎吗?她陪
过来的财产,咱们一人一半……可是你看,我为什么跟你
说这个呢?好像你会了解似的。(模仿着)"这些无聊的胡
话,千万打住吧。"你是一个可爱的人,一个聪明人,只是你
一点儿也没有那种味儿,你知道,一点也没有那种劲
儿……咱们得好好干一下,叫他们羡慕得要命……你是

9

个疯子,如果你是个正常的人,你就能够一年弄到一百万。比如说吧,我此刻如果有两千三百个卢布,半个月以后,我就能有两万。这你不信吗?你管这也叫无聊的胡话吗?不是啊,这可不是无聊的胡话……不信你给我两千三百个卢布,一个星期以后,我准给你弄来两万。河对岸奥甫夏诺夫正要出卖一块地皮,和我们正面对面,要两千三百卢布。那块地皮咱们要是买下来,河的两边可就都是咱们的啦,如果河两岸都是咱们的呢,你明白,咱们当然就有权利把河给拦上一道坝,咱没有这权利吗?咱们就宣扬出去,说要盖一座磨坊,只要咱们一叫大家知道咱要拦上水坝啦,那么,住在下游的人,马上就都得轰动起来,那咱们可就要说啦——Kommen sie hier①,你们要是不愿意有这道坝,你们就出钱吧。你明白吗?扎列夫工厂,准得给咱们五千,科罗尔科夫准是三千,修道院准是五千……

伊凡诺夫　这都是满嘴胡话,米沙……如果你不想和我吵起来,这些计划你就自个儿留着用吧。

鲍尔金　(坐在桌子上)当然喽!……我早知道准是这样!……你自己什么也不干,可也不许我干。

三

人物同上,沙别尔斯基和里沃夫上。

---

① 德语,你们到这儿来。——译者

沙别尔斯基 （正和里沃夫走出房子）医生们和律师们恰恰一样;唯一的区别就是,律师只抢你的钱,可是医生呢,又抢你的钱,又害你的命……我说的可不是在座的。（坐在长凳子上）都是些走江湖的,投机取巧的啊……也许,在阿尔卡吉亚①,常例里边或许有几个例外,但是啊……我这一辈子里头,在医生身上花去的就有两万左右,可是我从来没有遇见过一个医生,叫我觉着他不是一个领了执照的骗子的。

鲍尔金 （向伊凡诺夫）是嘛,你自己什么也不干,可什么也不叫我干。所以咱们才没钱啦……

沙别尔斯基 我再说一遍,我说的可不是在座的……也许有例外,虽然实在是……（打呵欠）

伊凡诺夫 （合上书）你觉得怎样,大夫?

里沃夫 （回头望望窗子）还是我早晨跟你说的:她必须立刻到克里米亚去。（在台上来回踱着）

沙别尔斯基 （咯咯地笑）克里米亚! 米沙,你和我为什么不打定主意当个医生去呢? 这多么容易呀……每逢昂戈夫人②和奥菲利娅③因为没事做而发起喘来,咳嗽起来,你马上拿过一张纸来,按着你那行当的规矩,开上这么一个药方就得了:第一,要个年轻的大夫,再呢,到克里米亚旅行

---

① 阿尔卡吉亚是古希腊的一个地区,风景优美,古代诗人把它描写成为一个幸福的理想之乡。——译者
② 昂戈夫人是十八世纪末叶法国民间所创造出来的一个典型的暴发户人物,契诃夫在此处所引用的,恐怕是克莱尔维勒、西罗丹和维克托·科南所写的三幕轻歌剧《昂戈夫人的女儿》里的人物。——译者
③ 奥菲利娅,莎士比亚所写的《哈姆莱特》里的人物。——译者

一趟,在克里米亚找个鞑靼向导①……

伊凡诺夫 (向沙别尔斯基)咳,住嘴吧! 你怎么这样没完没了哇! (向里沃夫)要到克里米亚去,得有钱。即使我真能想得出办法,她也绝对不肯去。

里沃夫 肯,她肯去。

〔停顿。

鲍尔金 我说,大夫,安娜·彼特罗夫娜真的病得非到克里米亚去不可吗?

里沃夫 (回头看窗子)是的,她是肺痨。

鲍尔金 哟! ……这可真糟! ……我早就觉得她那样子好像活不长了。

里沃夫 但是……声音不要这么高……她在屋子里会听见的。

〔停顿。

鲍尔金 (叹着气)这样的生活啊……人的生活就像野地里长得漂漂亮亮的一朵花;来了一只山羊,把它吃了,那么,这朵花就算没有了。

沙别尔斯基 什么都是荒谬、荒谬、荒谬的啊……(打呵欠)荒谬和骗局。

〔停顿。

鲍尔金 听我说,先生们,我一直在教尼古拉·阿列克塞耶维奇怎样去弄钱。我刚才还给他想了一个堂皇的计划呢,只是他跟往常一样,总是泼冷水。劝不动他……你们就看看

---

① 旧俄的贵族地主和资产阶级的女人,时常到克里米亚休养,并且大多数都在那里和鞑靼向导们鬼混。——译者

12

他的样子吧：伤感、忧郁、消沉、神经衰弱、垂头丧气……

沙别尔斯基 （站起来，伸懒腰）你给谁都想过计划，你这个天才；每个人你都教给他怎样去生活，你似乎也可以在我身上试一回呀……给我上一课，你这个有智谋的人，给我指出一条出路吧……

鲍尔金 （站起来）我洗澡去……再见了，先生们。（向伯爵）你能走的路子多得很……我如果处在你的地位，不出一个星期，准能进两万。（走）

沙别尔斯基 （跟上他）用什么办法呢？喂，教教我。

鲍尔金 用不着教。很简单。（走回来）尼古拉·阿列克塞耶维奇，给我一个卢布！

　　　〔伊凡诺夫一句话没有说，把钱给他。

　　merci①！（向伯爵）你手里的王牌还多得很哪。

沙别尔斯基 （跟上他）那么，这些王牌都是些什么呢？

鲍尔金 我如果处在你的地位，不出一个星期，即使不往多处打吧，也准能进三万。（和伯爵下）

伊凡诺夫 （停顿一下之后）多余的人，多余的话，非得回答不可的无聊问题——这一切，都叫我厌烦得非常不舒服啊，大夫。因此我逐渐变得好发脾气、急躁、粗暴了，连自己也都不知道怎么这样庸俗了。我成天不断地头疼；我睡不着觉，耳鸣……然而又没有法子把这一切摆脱掉……我简直一点办法也没有哇……

里沃夫 我要跟你郑重其事地谈一谈，尼古拉·阿列克塞耶

_____

① 法语，谢谢。——译者

维奇。

伊凡诺夫　谈什么？

里沃夫　关于安娜·彼特罗夫娜。（坐下）她不肯到克里米亚去，可是跟你一块儿去，她会肯的。

伊凡诺夫　（沉思）一块儿去，我们就必须有那笔费用。而且，那么长的一个假，我也请不下来。今年的休假，我早已度过了……

里沃夫　好，情形就算是这样吧。那么，再谈另外一点。治疗肺痨，最重要的条件，是要心情绝对平静，可是你的太太从来没有得到过一会儿的安静。你对她的态度使她一刻也不能平静。原谅我，我有点儿激动，所以我要坦白地跟你说说。你的行为是在要她的命啊。

　　〔停顿。

尼古拉·阿列克塞耶维奇，不要再叫我对你保持这种印象了吧！

伊凡诺夫　这话都对，十分对……我早料到我是非常有罪的，然而，我的思想完全混乱了，我的灵魂被一种惰力给麻痹了，因此，我没有能力来了解我自己。无论是别人或者是我自己，我都不了解……（看着窗子）我们的话可能会让人家听见的，咱们去散散步吧。（他们站起来）我很想把整个经过，从头对你讲讲，我亲爱的朋友，不过，话太长啦，又那么复杂，说到明天早晨我也说不完哪。（他们走开）安妞塔是一个不平凡的、少有的女人……为了我，她改变了她的宗教，抛开了她的父母，放弃了财产，而且，倘若我要求她再多牺牲一百样，她也会连眼都不眨地马上去做。然而我

14

呢,我没有一点不平凡之处,我没有牺牲过一样。不过,这是一个很长的故事啦……整个的要点,是,亲爱的大夫啊,(迟疑)是……总而言之吧,结果,都是因为,结婚的时候,我是热情地爱她的,我也发过誓,要永远爱她;可是……过了五年,她还爱我,而我……(一个绝望的手势)你刚刚告诉我,说她不久就要死,我既没有感到疼爱,也没有感到惋惜,却只感到一种空虚和疲倦……如果有人从外表上看我,我的神色一定是叫人害怕的。我自己也不明白我的灵魂是怎么啦。(他们沿着园径走下)

四

沙别尔斯基上,接着,安娜·彼特罗夫娜上。

沙别尔斯基 (笑着)说实在的,这个流氓可不平常,他是一个天才,一个专家!我们应当给他立起个铜像来。各种各样的现代坏招儿,全都混合在他一个人身上了:律师的,医生的,小商人的和会计员的。(坐在凉台最下一层台阶上)可是我相信他还是绝没有毕过什么业!这就是他这么叫人吃惊的地方啦……如果他再吸收过点儿文化和学问,那他准会成为多么有天才的一个大流氓呀!"你能一个星期的工夫弄到两万,"他说。"你手里还有一张王牌中的王牌哪,"他说,"你的头衔哪。"(笑)"哪一个有陪嫁的姑娘都会嫁给你……"

〔安娜·彼特罗夫娜打开窗子,往下望。

"你要我给你跟玛尔夫莎做媒吗?"他说。Qui est ce que c'est^① 玛尔夫莎?哈,就是那个像洗衣婆的巴拉巴尔金娜……巴巴卡尔金娜……

安娜·彼特罗夫娜　是你吗,伯爵?

沙别尔斯基　什么事?

　　〔安娜·彼特罗夫娜大笑。

　　(学着犹太人的口音)有什么可笑的?

安娜·彼特罗夫娜　我想起你说过的一句话来了。你还记得吗,你吃晚饭的时候说过:"一个叫人饶了的贼,一匹马……"是怎么说的来着?

沙别尔斯基　一个受了洗礼的犹太人,一个叫人饶了的贼,一匹治好了病的马——价钱都一样。

安娜·彼特罗夫娜　(笑)你就连说一句最平常的笑话,都得不怀好意。你是一个不怀好心的人。(认真地)不开玩笑,伯爵,你是很不怀好心的。你总是骂人,发牢骚。你认为什么人都是流氓、无赖。老实跟我说说,你可说过谁一句好话?

沙别尔斯基　为什么要这样对证审问呀?

安娜·彼特罗夫娜　咱们在一所房子里住了五年啦,我从来也没有听见过你平平静静地、不带一点恶意和嘲笑地谈别人。人家有什么对不起你的地方呀? 你真的把自己想象得比谁都好吗?

沙别尔斯基　我一点也没有这种想法。我是一个恶棍,一只长

---

① 法语,是谁啊。——译者

16

着天灵盖的猪;我是 mauvais ton①,一个老无赖,和别人一样。我总是骂我自己。我是谁呀?我是个什么人呀?我阔过,自由过,相当幸福过,可是现在呢……我是一个食客,一个寄人篱下的人,一个丢了体面的小丑啦。我愤恨不平,我藐视一切,这样,别人就嘲笑起我来啦;等我再嘲笑他们,他们又向着我悲伤地摇摇头说,这个老东西神经错乱啦……而更多的时候,他们连听都不想听我的话,连理都不理我……

安娜·彼特罗夫娜 (轻轻地)它又吱吱地叫了。

沙别尔斯基 谁叫?

安娜·彼特罗夫娜 猫头鹰。它每天晚上叫。

沙别尔斯基 由它叫去。再坏也不过是现在这个样子罢了。(伸懒腰)啊,我亲爱的萨拉呀,我要是能赢上十万或者二十万卢布,我就会做出一两样事情来叫你看看!这儿你就再也见不着我啦。我就会躲开这个藏身的小窟窿啦,就会躲开这份布施的面包啦……直到我的末日我也不会再到这儿来啦……

安娜·彼特罗夫娜 你真要赢一大笔钱的话,那你都要干些什么呢?

沙别尔斯基 (思索了一会)我先要到莫斯科,去听听那些吉卜赛人卖的唱。然后……然后我就要动身到巴黎去。我就在那儿租一层房子,到俄国教堂去……

安娜·彼特罗夫娜 还干些什么呢?

---

① 法语,下流人。——译者

沙别尔斯基　我就整天坐在我太太的坟头上想。我要在那儿一直坐到死。我太太是葬在巴黎的……

　　　〔停顿。

安娜·彼特罗夫娜　那可烦闷得有多可怕呀！我们再来一段二重奏好吗？

沙别尔斯基　好哇，去把乐谱找好吧。

五

　　　沙别尔斯基、伊凡诺夫和里沃夫上。

伊凡诺夫　（和里沃夫从园径上走过来）你是去年才得到学位的，我亲爱的朋友，你还正在年轻力壮的时候，而我是三十五岁的人了。所以我有权利向你进一点忠告。不要娶犹太女人，不要娶个有精神病的，也不要娶个女学究，而要选择一个平凡的、暗淡的、没有鲜明色彩或者过多的才华的。说实在的，要按照传统的方式建立你的整个生活。背景越暗淡，越单调，就越好，我亲爱的孩子。不要光凭自己一个人去和千万人对抗，不要向风车挑战，不要拿头往墙上撞……但愿上帝叫你避免各式各样的科学耕种法、惊人的学派、热衷的演讲吧……把自己关在你自己的壳里，尽上帝给你安排好的那一点点微小的职责……那要安乐得多，幸福得多，也正当得多。然而，我所经历过来的这种生活，它可是多么倦人啊！啊，多么倦人啊！……有多少错误，有多少不公平的和荒谬的遭遇呀……（看见沙别尔斯

18

基,激怒地)你总是碍别人的事,舅舅,你从来不让人安安静静地谈谈话!

沙别尔斯基 （哭声）咳,我真该死啊,哪儿也没有我藏身的地方啊!（跳起来,走进房子)

伊凡诺夫 （向他后影喊)哎呀,我对不住!（向里沃夫)我为什么伤他的心呢？是啊,我一定是精神错乱啦。我应当给我自己想点办法,我真应当……

里沃夫 （激动中)尼古拉·阿列克塞耶维奇,我仔细听了你所说的话,可是……可是原谅我,我要坦白地说说,一点也不拐弯抹角。先不说你的谈话,光是你的声音,你的声调,就充满了那么一种没有灵魂的自私,那么一种冰冷的无情……有一个跟你极亲近的人,因为爱你,现在快要死去了,她的日子有限了,可是你……你居然能够不爱她,居然能到处走来走去,给人忠告,还自以为……我不知道怎样形容你,因为我没有说话的天资,然而……然而你使我非常反感!

伊凡诺夫 也许是,也许是……你是个局外人,也许能够看得更清楚些……很可能你是了解我的……我敢说我是非常有罪的,非常……(倾听)我好像听见马车的声音了。我得去做准备了……(走到房子那里,站住)你不喜欢我,大夫,也不掩饰你的不喜欢。我真相信你有一副好心肠……(走进去)

里沃夫 （一个人)我这个可恨的弱点啊!我又错过了一个机会,没有把我应当说的话说出来……我一跟他谈话,就不能冷静!我一开口,刚说头一个字,这儿(指自己的胸口)就觉得那么窒息,那么难受,于是我的舌头就粘在喉咙上了。我恨这个达尔丢夫^①,这个傲慢的流氓,我恨他……看他,现在要出去了……他那可怜的太太,唯一的幸福就是要他守在身边,她靠着他才能活着,她哀求他花一个晚上陪陪她,可是他……他不肯! 我待在家里觉得闷气,觉得郁抑,对不起。他如果在家里哪怕只待一个晚上,准会郁抑得把自己脑子都打碎的。可怜的家伙……他必须有自由,好去干一件新的卑鄙勾当……哈,我知道你每天晚上到那个列别捷夫家里去是为了什么! 我知道。

六

　　伊凡诺夫,戴着帽子,穿着外衣,和安娜·彼特罗夫娜、沙别尔斯基同上。

沙别尔斯基 　(正和安娜·彼特罗夫娜、伊凡诺夫走出来)真的,尼古拉,这可绝对不人道啊! 你每天晚上出去,把我们孤零零地留在家里。厌烦得我们一到八点钟就上床睡觉了。这可怕呀,这一点也不是生活! 为什么你能去,我们就不能去呢? 为什么?

安娜·彼特罗夫娜 　让他去吧! 让他出去吧,让他……

伊凡诺夫 　(向他的妻)你生着病怎么能出门呢? 你病了,太阳

---

① 　达尔丢夫,莫里哀喜剧里的人物,伪君子。——译者

20

一落山,你就不应当出去了……不信你问问大夫。你不是一个小孩子啦,安妞塔,你应当懂事……(向沙别尔斯基)可你要到那儿去干什么呢?

沙别尔斯基 我呀,我情愿下地狱,到鳄鱼嘴里去,就是不要叫我待在这儿,我闷死了! 我闷得发昏! 谁都讨厌我。你把我丢在家里,本来是为了不叫她一个人闷气,可我只有骂她,使她苦闷!

安娜·彼特罗夫娜 让他去吧,伯爵,让他去吧! 他既然出去快活,就让他出去吧。

伊凡诺夫 安妞塔,你为什么这样说呢? 你知道我出去不是为了找快活的! 我必须去谈谈那笔债务。

安娜·彼特罗夫娜 我不知道你为什么要这样解释? 去吧! 没有人留住你!

伊凡诺夫 喂,我们不要吵吧! 那不需要吧?

沙别尔斯基 (哭声)尼古拉,亲爱的孩子,我请求你,带我去吧! 我要到那儿去看看那些恶棍和混蛋,那也许能叫我开开心! 复活节以后,我一直就哪儿也没有去过!

伊凡诺夫 (烦躁地)咳,好啦,去吧! 你们多么叫我厌恶呀!

沙别尔斯基 去? 哈,merci,merci……

　　(欢欢喜喜地挽住他的胳膊,把他领到一旁)我可以戴你那顶草帽吗?

伊凡诺夫 可以,只是快着点!

　　〔伯爵跑进房子。

你们个个都多么叫我厌恶啊! 可是,哎呀,我这说的叫什么话呀? 安妞塔,我对你说话的样子,是不可饶恕的。我以前从来没有这样过。好啦,回头见吧,安妞塔,我得在一点钟左右回来。

安娜·彼特罗夫娜 科里亚,亲爱的,留在家里吧!

伊凡诺夫 （情感激动地）我的可爱的,我可怜的不幸福的亲人,我求求你,不要阻止我晚上出门吧。我出去是残忍的,没道理的,但是,就让我没道理吧! 我在家里郁闷得难堪哪! 太阳一下山,我立刻就叫痛苦压倒了。多么大的痛苦啊! 不要问我这是为什么。我自己也不知道。我发誓,我不知道! 家里,是痛苦;我就到列别捷夫家去,到了那儿,更加痛苦;我就再回来,家里还是痛苦,就一直这样痛苦到天明……这简直是绝望啊!

安娜·彼特罗夫娜 科里亚……你留下来好不好? 咱们就像从前那样谈谈……咱们就一块儿吃晚饭;咱们就读读书……那个好抱怨的老头子和我,为你学会了很多二重奏了……（抱住他）留下来吧!

　　　［停顿。

我不明白你。像这样的情形,已经整整有一年了。你为什么变了呀?

伊凡诺夫 我不知道,我不知道……

安娜·彼特罗夫娜 你又为什么不愿意让我晚上跟你出去呢?

伊凡诺夫 你如果想知道,我就告诉你。说出来恐怕是够残忍的,但是,最好还是说明白了吧……我每一感到烦闷,我……我就开始不爱你了。每逢这种时候,我甚至怕看见你。简单地说吧,我必须躲开这个家。

安娜·彼特罗夫娜 烦闷! 我明白了,我明白了……你知道那

22

是因为什么吗,科里亚?试着唱一唱,笑一笑,生生气,像你从前那样……留在家里吧,咱们来大笑啊,喝家里造的酒啊,那咱们立刻就能把你的烦闷赶走啦。我来给你唱好吗?要不然,咱们坐在你的书房里,像从前那个样子,坐在黑地里,由你把你的烦闷说给我听……你的眼里充满了多少痛苦啊!我要盯着它们看,我要哭,那咱们两个人就都会觉得舒服多了……(笑,同时又哭)不然,科里亚,可会是什么原因呢?是花朵每逢春天又开了,而愉快一去不再来了吗?是吗?那么,去吧,去吧……

伊凡诺夫 替我祈祷吧,①安妞塔!(慢慢往前走,又停下来沉思)不行,我不能。(下)

安娜·彼特罗夫娜 去吧……(坐在桌边)

里沃夫 (在台上踱来踱去)安娜·彼特罗夫娜,你得定下一个规矩,一到钟打六下,立刻进去,一直在屋子里待到天明。黄昏时候的寒凉,对你是不好的。

安娜·彼特罗夫娜 是,先生!

里沃夫 你这是什么意思?我是在严肃地说话啊。

安娜·彼特罗夫娜 可我不愿意严肃。(咳嗽)

里沃夫 是不是,你看,你已经咳嗽起来了。

七

里沃夫、安娜·彼特罗夫娜和沙别尔斯基上。

---

① 这里契诃夫是引用哈姆莱特对奥菲利娅所说的话,意思是:我不爱你了。——译者

23

沙别尔斯基 （戴着帽子,穿着外衣走出来)尼古拉呢? 马车在
　　那儿了吗? （急忙走过来,吻安娜·彼特罗夫娜的手)晚
　　安,我的美人! （做着鬼脸)Gewalt①! （学着犹太人的口
　　音)原谅我吗? （急忙下)

里沃夫 这个小丑!

　　　　［停顿;远远地,手风琴声。

安娜·彼特罗夫娜 多么沉闷啊! 马车夫们和厨子们都弄起一
　　个跳舞会来了,而我……我似乎是被遗弃了。叶甫盖尼·
　　康斯坦丁诺维奇,为什么这样跑来跑去呀? 过来,坐下!

里沃夫 我坐不安宁。

　　　　［停顿。

安娜·彼特罗夫娜 他们正在厨房里奏着《绿雀歌》呢。（唱)
　　"绿雀啊,绿雀啊,你到哪里去了啊? 在小山底下喝伏特加
　　去了吗?"

　　　　［停顿。

　　大夫,你有父母吗?

里沃夫 我的父亲死了,母亲还在。

安娜·彼特罗夫娜 你想念你的母亲吗?

里沃夫 我没有时间想念她。

安娜·彼特罗夫娜 （笑)花朵每逢春天又开了,愉快一去不再
　　来。这是谁对我说过的? 让我想想……我相信就是尼古
　　拉他自己。（倾听)那只猫头鹰又在吱吱地叫了!

----

① 德语,无礼啦。——译者

里沃夫 就由它叫去吧。

安娜·彼特罗夫娜 我在想,大夫,命运对我不公平啊。好多人也许并不比我好,却都幸福,而且他们的幸福是没有付过一点代价就得到的。我却付出了一切,绝对的一切!这是多么大的代价呀!为什么要我付出高得这么可怕的利息呢?……我的善良的朋友,你对我说话是极其谨慎的——你是这样的谨慎,生怕把实情告诉给我;可是你以为我不知道我得的是什么病吗?我知道得很清楚。不过讲这个是叫人心烦的。(带着犹太人口音)请原谅!你会讲笑话吗?

里沃夫 不会。

安娜·彼特罗夫娜 尼古拉会讲。所以我才对人们的不公正感到诧异啊。他们为什么不以爱还爱,却用虚伪来回答真实呢?告诉我,我的父母要恨我到几时呢?他们住的地方,离这里有六十里,可是无论日夜,甚至在我的梦中,我都感觉到他们的恨意。可是你叫我怎样去了解尼古拉的烦闷呢?他说只是在晚上、当他被烦闷压倒的时候不爱我。那我了解,也能体谅。然而,就请想象一下,如果他有一天竟完全厌倦了我,那会怎么样啊!自然,那不可能,但是——如果他真是那样呢?不,不,这我连想都不应当去想。(唱)"绿雀啊,绿雀啊,你到哪儿去了啊?……"(一惊)我的脑子里起的是多么可怕的念头啊!你还没有结婚,大夫,所以有许多事情你是不能理解的……

里沃夫 你说你对别人感到诧异……(坐在她旁边)不,我……我诧异的倒是——我诧异的倒是你!来,解释解释,叫我明白明白，像你这么一个聪明、正派、几乎是一个圣徒的人，居然随便任人无耻地欺骗，被人拉进这个猫头鹰的窝里来，这是怎么回事呀？你为什么待在这儿？你和这个冷酷的、没有灵魂的……又有什么共同之处呢？不过我们抛开你的丈夫不谈吧！你和这些庸俗的、空虚的环境，又有什么共同之处呢？啊，奇怪呀！……那个永不住嘴地抱怨的、执拗的、疯疯癫癫的伯爵，那个面貌可憎的恶棍米沙——世上顶大的一个流氓……你待在这里，为的是什么呢？对我解释解释。你是怎么到这儿来的呢？

安娜·彼特罗夫娜　（笑）这恰恰是他有一阵时常说的话呀。一个字都不差……不过他的眼睛大一些，一激动地谈起什么事情来，眼光就像煤火那样发出光芒……说下去吧，说下去！

里沃夫　（站起来，用手一挥）要我说什么呢？进去！

安娜·彼特罗夫娜　你说尼古拉是这个、是那个，这样、那样。你怎么了解他呀？你以为你半年就能够了解一个人吗？他是一个出色的人，大夫，我可惜的是，你没有在两三年以前就认识他。现在他是烦闷的、忧郁的，他不讲话，什么事也不干；可是在往日啊……他是多么迷人呀！我头一眼就爱上了他。（笑）我用眼　看，捕鼠机就砰的一声扣卜了！他说"来吧"……我就割断了一切，你知道，就像一个人用剪子剪掉枯树叶子似的；我就跟着他来了。现在，可就不同了。现在，他到列别捷夫家里去跟别的女人们散心，而我……却坐在这个花园里，听着猫头鹰叫……

〔更夫的打更声。

　　你有弟兄吗,大夫?

里沃夫　没有。

　　〔安娜·彼特罗夫娜突然啜泣起来。

　　咳,这是怎么啦? 怎么回事啊?

安娜·彼特罗夫娜　(站起来)我忍不住了,大夫……我
　　要到……

里沃夫　到哪儿?

安娜·彼特罗夫娜　他去的那儿……我要去。你去叫人把马
　　给套上。(跑进屋子)

里沃夫　不行,我应当绝对拒绝在这种情形下医疗一个病人!
　　他们分文不给我还不够,同时还要把我的灵魂都给搅乱
　　了! ……不行,我拒绝! 这我受不了……(走进屋子)

　　　　　　　　　　　　　　　　　　　——幕落

第 二 幕

列别捷夫家的一间会客室；一道门，面对观众，通花园；左右各有门。华丽的旧式家具。七星吊灯，七星灯台，画——都用粗布罩着。

一

齐娜伊达·萨维什娜，科西赫，阿夫多季雅·纳扎罗夫娜，叶戈鲁什卡，加夫里拉，一个女仆，作客的老太太们，青年们和巴巴金娜。

齐娜伊达·萨维什娜坐在沙发上。老太太们坐在她两旁的圈椅上，青年客人们坐在普通椅子上。背景处，靠近通往花园的路口，大家正在那里打纸牌：其中有科西赫，阿夫多季雅·纳扎罗大娜和叶戈鲁什卡。加夫里拉站在右门旁；一个女仆托着一盘糖果，在四下里转。整幕都有客人穿过舞台，从花园到右门，来来回回地走过。巴巴金娜由右门上，向齐娜伊达·萨维什娜走去。

齐娜伊达 （愉快地）我亲爱的玛尔法·叶戈罗夫娜！

巴巴金娜 你好吗,萨维什娜? 我真荣幸,能够来祝贺你的生日。(接吻)上帝赐给……

齐娜伊达 谢谢你,亲爱的,我真高兴……怎么样,你好吗?

巴巴金娜 实在好,多谢你。(靠着她坐在沙发上)你们都好呀,年轻的人们!

　　［客人们站起来,鞠躬。

第一客人 （笑）年轻的人们! ……那你就老了吗,这么说?

巴巴金娜 （叹一口气）咳,我准知道我不能再说自己年轻啦……

第一客人 （恭恭敬敬地笑着）绝不说假话,你还要怎么样呢? 看上去你不像是孀居的;随便哪个小姑娘,都得差你几分。

　　［加夫里拉把茶递给巴巴金娜。

齐娜伊达 （向加夫里拉）你怎么这样敬茶呀? 拿点果子酱来。酸莓子的或者什么的。

巴巴金娜 请不要费事啦。多谢多谢了……

　　［停顿。

第一客人 你的马车是打木什基诺走的吗,玛尔法·叶戈罗夫娜?

巴巴金娜 不是,是打扎伊米舍走的。这条路比那条好走些。

第一客人 当然喽。

科西赫 黑桃二。

叶戈鲁什卡 帕斯。

阿夫多季雅 帕斯。

第二客人 帕斯。

29

巴巴金娜 奖券已经涨得吓人啦,齐娜伊达·萨维什娜,亲爱
的。这都没听见说过:第一期抽签的,值到二百七十了,
第二期的也将近二百五十了。以前从来没有涨到这么高
过……

齐娜伊达 (叹息着)这对于手里买得多的人,倒是桩好事情。

巴巴金娜 可不要那么说,亲爱的。价钱虽然这么高,可是把
钱放在那上头也并不合算。光是保险费就能把你逼疯了。

齐娜伊达 也许是这样;不过究竟啊,我的亲爱的,买了总是有
希望的……(叹气)上帝是可怜人的。

第三客人 依我看,mesdames①,我认为如今的年月,有资本是
不合算的。投资吧,只能分到很小的红利,把钱放在商业
里呢,又极端冒险。依我看,mesdames,现下手里有资本
的人,他所担的风险,要大过一个……

巴巴金娜 (叹息着)这是实话!

　　　　[第一客人打呵欠。

在太太们面前,难道可以打呵欠吗?

第一客人 对不住,mesdames,我这是不当心。

　　　　[齐娜伊达·萨维什娜站起来,由右门下。

　　　　[长时间停顿。

叶戈鲁什卡 方块二。

阿夫多季雅 帕斯。

第二客人 帕斯。

科西赫 帕斯。

---

① 法语,太太们。——译者

巴巴金娜 （向旁边自语）哎呀，这够多么闷人哪！

二

　　齐娜伊达·萨维什娜和列别捷夫上。

齐娜伊达 （由右门走出，轻轻地）你一个人死待在那儿干什么！好像是个演女主角的似的！来陪着客人们坐坐。（坐在自己原来的地方）

列别捷夫 （打呵欠）哎呀，哎呀！（看见了巴巴金娜）哎哟怎么，是杨梅加奶酪来啦！是酒馅儿的糖来啦啊！（握手）你的玉体好吗？

巴巴金娜 很好，多谢多谢啦。

列别捷夫 那可得谢天谢地啦！（坐下）对啦，对啦……加夫里拉！

　　　〔加夫里拉递给他一玻璃杯伏特加和一大杯白水；他把伏特加喝干，然后吮白水。

第一客人 祝你非常健康！

列别捷夫 还非常健康呢！……我只要不整个儿回老家，就应当感谢啦。（向他的妻）久久什卡，女寿星老呢？

科西赫 （抱怨地）我倒想知道知道，咱们老不赢，这到底是怎么回事。（跳起来）咱们为什么每回都输哇？真把我给整个剥光啦！

阿夫多季雅 （跳起来，怒冲冲地）为什么，就因为，你如果不会打牌，我的好男子汉，你顶好就不必多这把手儿。你有什么权利出人家正等着要的牌呢？所以你手里有爱斯还照样倒霉！

　　　　（两个人都从牌桌那里向台口这边跑）

科西赫　（哭声）你们听听……你们知道，我手里有方块爱斯、K 和 Q，另外还有八张方块、一张黑桃爱斯和一个小点儿的红桃。天晓得为什么，她就不肯喊满贯，我只好叫了个无将啦……

阿夫多季雅　是我叫的无将！……你接着又叫了个无将二……

科西赫　你这话叫人讨厌！……对不起……你手里有……我手里有……你手里有……（向列别捷夫）你就想想看，巴维尔·基里利奇……我手里有方块爱斯、K 和 Q，另外还有八张方块……

列别捷夫　（用两只手指堵住两耳）如果你不介意的话，请让我清静清静吧……

阿夫多季雅　（喊叫）是我叫的无将！

科西赫　（粗暴地）下次我要是再坐下来跟这个好发脾气的凶老婆子一块儿打牌，就叫我下地狱，丢体面！（急急走进花园。第二客人跟着他走去。叶戈鲁什卡一个人留在牌桌旁边）

阿夫多季雅　哼！我浑身都冒了火啦……一个好发脾气的……你自己才是个好发脾气的呢！

巴巴金娜　你也是一个急性子哪，老奶奶……

阿夫多季雅　（看见巴巴金娜，扬起两只手）我的快乐，我的美人！原来她在这儿啦，可我瞎得都没有看见！……我的亲

32

爱的……(吻她的肩,坐在她身旁)多么高兴啊!让我看看你,我的白天鹅!……你可把我迷昏啦。

列别捷夫 你的话说得都不是地方……你给她找个丈夫,要强得多……

阿夫多季雅 我一定要给她找到一个!我要不把她,还有萨沙嫁出去,我这份罪孽的老骨头,就怎么也不放进棺材去!……我怎么也不!……(叹息)只是啊,这些丈夫,可往哪儿找去呢?你看看我们这些个年轻的,坐在那儿,翎毛都竖起来啦,就像雨地里的小公鸡似的!

第三客人 这是一种不适当的比喻。依我的看法,mesdames,如果现今的男青年都宁愿过独身生活的话,那就应该从,姑且这么说吧,从社会情况上去找它的理由……

列别捷夫 得啦,得啦,不要高谈哲学啦!……我不喜欢这个……

三

人物同上,萨沙上。

萨沙 (走到她父亲面前)天气这么晴朗,可是你们都在这儿坐在这个闷不通风的屋子里。

齐娜伊达 萨申卡,你没有看见玛尔法·叶戈罗夫娜在这儿吗?

萨沙 对不住。(走到巴巴金娜面前,握手)

巴巴金娜 你可骄傲起来啦,萨沙。你一次也不去看看我。

（吻她）我祝贺你，亲爱的……

萨沙 谢谢你。（坐在她父亲身旁）

列别捷夫 是呀，阿夫多季雅·纳扎罗夫娜，现下的青年们，可真难办哪。连一个像样儿的伴郎都还找不出来呢，就更不提丈夫了。现下这些年轻的——我可没有开罪在座诸位的意思啊，——都够多么软弱、多么萎靡呀，叫人一点办法都没有哇！上帝救救他们吧！……他们不会谈话，他们不会跳舞，他们不会喝酒……

阿夫多季雅 哼，要是有机会，他们可会喝呢。

列别捷夫 光会喝算不了什么了不起的事——就连一匹马也会喝喝呢……要紧的是得喝得有派头儿。我们当年，白天总是整天跟功课拼命，可只要黄昏一到，我们就出去到处去跑啦，像个陀螺似的到处转，一直转到天亮……我们跳舞，哄年轻姑娘们喜欢，还要好好地喝它一顿酒。我们或者闲扯，或者大谈哲学，总要谈得舌头没了劲儿……可是现下这些年轻的呀……（摇摇手）我可看不出他们是怎么一种人来……既不给上帝供圣蜡，又不对魔鬼许愿。咱这一带，只有一个聪明懂事的小伙子，可惜他已经结婚啦，（叹气）可是我想他脑筋也开始耗尽啦……

巴巴金娜 这个人是谁呀？

列别捷夫 尼古拉沙·伊凡诺夫。

巴巴金娜 是呀，他这个人是可爱啊。（做了一个鬼脸）可就是不幸福！……

齐娜伊达 他可怎么能幸福得了呢，我的亲爱的？（叹气）他走错了多大的一步啊，这个可怜的人！他娶他那个犹太女

34

人,原本指望着,可怜的人哪！指望着她的父母会给她陪过堆成山的金子来的;可是结果完全不是那么一回事……自从她一改信了教,她的父母就把她抛弃了——他们把她赶了出来……所以他分文也没有得到。现在他后悔了,可是太晚了……

萨沙 母亲,这不是实情。

巴巴金娜 (性急地)萨沙! 不是实情? 可这是谁都知道的。要不是为了钱,他干吗偏偏要娶一个犹太女人? 俄国姑娘多得很,不是吗? 他做了件错事啊,亲爱的,他做了件错事……(急切地)还有,我说,看她现在叫他埋怨得多厉害呀! 这简直太滑稽啦。他只要一回家,马上就责备上她啦:"你的父母把我骗了! 滚出我的房子去!"可叫她到哪儿去呀? 她的父母不会收容她;她本来可以去当女仆哇,可惜她从来就没有受过这样的教养,什么事也不会做……他往下对她就越来越坏,直弄到由伯爵来照看她。要不是伯爵,他老早就把她给折磨死了……

阿夫多季雅 有时候他还把她关在地窖里,叫她吃大蒜呢……她就吃呀,吃呀,一直给吃病了。(笑)

萨沙 父亲,这是谣传,你知道!

列别捷夫 这又有什么关系呢? 她们高兴讲就随她们乱讲得啦……(喊)加夫里拉!

　　〔加夫里拉递给他伏特加和白水。

齐娜伊达 要不怎么他就败了家了呢,这个可怜的人哪! 他的光景很坏,我的亲爱的……要不是鲍尔金照管着他那片产业,他和他的犹太女人早就没得吃了。(叹气)咱们为他可

35

糟蹋过多少哇,我的亲爱的……只有上帝知道咱们糟蹋了多少! 你相信吗,亲爱的,这三年以来,他已经欠下我们九千卢布了!

巴巴金娜 (吃惊)九千!

齐娜伊达 是呀……都是我这个可爱的巴申卡拿了主意借给他的呀。他从来不懂得谁可以借给他钱,谁不能借。我先不提本钱啦——为那个烦恼也没有用,——可是他至少也得按期付利息呀。

萨沙 (性急地)母亲,这话你已经说过几千遍了!

齐娜伊达 这和你有什么关系? 你为什么袒护他?

萨沙 (站起来)你怎么有脸这样谈一个没有哪样对不起你的人呢? 请问,他哪样事对不起你过?

第三客人 亚历山德拉·巴甫洛夫娜,请允许我说两句话吧。我尊敬尼古拉·阿列克塞耶维奇,也永远认为尊敬他是一种荣幸……但是,要 entre nous① 呢,我认为,他是一个投机取巧的人。

萨沙 好哇,我为你的意见向你道贺。

第三客人 为了证实我的看法,我请求允许我提出以下的事实,这是他的随员或者所谓向导鲍尔金向我报告的。两年以前,在闹牛瘟的时候,他买了牛,给它们保了险……

齐娜伊达 是的,是的,是的! 我记得那回事情。我也听人家说过。

第三客人 给它们保了险——注意底下啊,——然后让牲口传

---

① 法语,咱们关上门说。——译者

上牛瘟,弄到了那笔保险费。

萨沙 咳,这全是胡说八道!没有人买了牛,也没有人给它们传上病!那全是鲍尔金想出来的主意,并且到处去吹嘘的。后来伊凡诺夫知道了,鲍尔金求饶求了半个月,他才饶了他。伊凡诺夫可指责的地方,只是他的软弱,没有决心把那个鲍尔金踢出去,再有可指责的地方,就是他过分相信别人!他的财产全给人家分掉、抢光了;个个都利用他那种慷慨大方的空计划,来捞他的钱。

列别捷夫 萨沙,你这个性如烈火的小孩子,住嘴吧!

萨沙 那他们为什么说这种胡话呢?多么无聊——多么讨厌!伊凡诺夫,伊凡诺夫,伊凡诺夫——你们就不谈别的。(走到门口,转回来)我真惊讶!(向青年客人们)你们的耐性,确确实实叫我惊讶,先生们!你们像这样安安静静地坐着不累吗?把空气都给弄得沉闷了!千万说点话吧;叫年轻的小姐们也感到点兴趣吧;稍微活动活动吧!喂,如果你们除了伊凡诺夫就没有别的题目可谈,那就笑笑呀,唱唱呀,跳跳舞或是什么的呀……

列别捷夫 (笑着)骂他们,好好地骂骂他们!

萨沙 喂,我说,给我做点什么吧!如果你们不喜欢跳舞,不喜欢笑,不喜欢唱,如果那全叫你们厌烦,我就请你们,求你们,只求你们一辈子里来一次——就算是为了好奇吧,——说一点叫我们惊奇或者叫我们开心的话;大大地费一点苦心,个个儿都想点诙谐的和有才气的话吧;说一说,即使是粗俗的或者是下流的话,只要有趣,新鲜!或者,大家都做一点小事情,无论多么小都行,只要叫人觉得

37

恰恰是值得做的,只要能叫年轻的小姐们,看着你们,会一辈子只有一次地喊出一声"哎呀"来!你们确实希望招人喜欢吧,不吗?那么,你们为什么不想办法来招人喜欢呢?啊!我的朋友们,你们都是废物——你们都是废物,无论哪一个……就连苍蝇看见你们都会闷死,连油灯都要开始冒烟……你们都是废物,无论哪一个……这话我早就向你们说过一千遍了,我将来还要不断地说。

四

　　人物同上,伊凡诺夫和沙别尔斯基由右门上。

沙别尔斯基　是谁在这儿讲道啦?是你呀,萨沙?(笑,和她握手)长命百岁,我的天使。愿上帝准你尽量活下去,可是死了就再不要投生啦……

齐娜伊达　(欣喜地)尼古拉·阿列克塞耶维奇!伯爵!

列别捷夫　嘿!我说这是谁呀?……是伯爵呀!(走去迎他)

沙别尔斯基　(看见齐娜伊达·萨维什娜和巴巴金娜,向她们张开两只胳膊)两个富翁坐在一张沙发上!……真叫奇观啊!(握手。向齐娜伊达·萨维什娜)你好呀,久久什卡!(向巴巴金娜)你好呀,肉团子!

齐娜伊达　你来了我很高兴。你真是一个稀客呀,伯爵!(喊)加夫里拉,茶!请坐下。(站起,由右门下,即刻又回来;显出很担忧的样子)

　　〔萨沙坐回原地。伊凡诺夫沉默着向每个人行礼。

38

列别捷夫 （向沙别尔斯基）你是打哪儿掉下来的？是什么东西把你给送来的？这是万万没有想到的事！（吻他）伯爵，你是一个流氓啊！这算是一个有身份的人的行为吗？（拉着他的手，走向脚光）你为什么从来不来看看我们？你是生了气啦，还是怎么着？

沙别尔斯基 我可怎么来看你呢？骑根手杖来？我没有马，尼古拉又不带着我；他叫我和萨拉留在家里，给她做伴。派你的马去接我呀，那我就来啦……

列别捷夫 （摇摇手）那可好！马还没等我使唤，久久什卡早就先蹦起来了。我亲爱的朋友，我的亲爱的，你知道谁也没有你在我心上亲近哪！老辈当中，除了你我，可就再没有剩下一个人啦！你叫我想起我当年的悲愁，想起我那样白白地放过了的美丽青春……不开玩笑，我心里想哭啊！（吻伯爵）

沙别尔斯基 过去的事就算啦，过去的事就算啦！你身上这味道像从酒窖里跑出来似的……

列别捷夫 我亲爱的朋友，你想象不到我有多么想念我的老朋友们哪！我真恨不得上吊啊，我可太苦啦。（轻声地）因为久久什卡那种一钱如命，她把什么体面人都给赶跑，就剩下些野人啦，这儿你不是都看见了吗……都是些什么杜特金呀布特金呀的。喂，喝茶呀！

〔加夫里拉送茶给沙别尔斯基。

齐娜伊达 （焦急地向加夫里拉）你这是怎么啦？拿点果子酱来……酸莓子的，或是什么的……

沙别尔斯基 （大笑。向伊凡诺夫）怎么样，我跟你说得对不

39

对？（向列别捷夫）我在路上跟他打赌，说我们一到了这儿，久久什卡准是拿酸莓子酱招待我们……

齐娜伊达　你还是那么欢喜嘲笑别人呀，伯爵。（坐下）

列别捷夫　她做了两大桶酸莓子酱，你说她可怎么打发它呢？

沙别尔斯基　（坐在桌子旁边）你还在积攒金钱呀，久久什卡，不是吗？我想你到现在已经是一个百万富翁了吧，嗯？

齐娜伊达　（叹了一口气）是呀，外人看起来，仿佛我们比谁都阔，可是我们的钱能打哪儿来呢？那都是胡扯……

沙别尔斯基　得啦，得啦！那我们全知道！……我们知道你在弄钱上不是一把精明手儿……（向列别捷夫）巴沙，说老实话，你们存了一百万没有？

列别捷夫　我不知道。问久久什卡吧……

沙别尔斯基　（向巴巴金娜）还有我们的肉团子呢，不久也会存到一百万啦。她越来越丰满、越漂亮啦——不是论天儿的，是论钟点儿的！这就是钱多的好处啦……

巴巴金娜　我非常感谢，伯爵大人，但是我不喜欢被人揶揄、挖苦。

沙别尔斯基　我亲爱的富翁啊，你认为这是挖苦吗？这只是从心里发出来的一个呼声啊。因为满腔是热情，嘴才动的……我对你和久久什卡的情感，是没有限度的。（开心地）真叫人神往啊，真叫人神魂颠倒呀！我无论看着你们哪一个，都不能不动心啊！

齐娜伊达　你还是和从前一模一样。（向叶戈鲁什卡）叶戈鲁什卡，把蜡烛吹灭了！我们既然不打牌，为什么要白点着呢？

　　　〔叶戈鲁什卡一惊；吹灭了蜡烛，坐下。

尼古拉·阿列克塞耶维奇,你的太太怎么样啊?

伊凡诺夫 她病得很重。医生今天告诉我们,说确实是肺痨。

齐娜伊达 真的? 多可惜! (叹息一声)我们都非常喜欢她。

沙别尔斯基 胡说,胡说,胡说! ……完全没有肺痨:那全是
骗钱的方子——庸医的把戏。那位有学问的先生,愿意在
这家多待待,所以他才证明那是肺痨。他万幸的是,做丈
夫的并不嫉妒。(伊凡诺夫做了一个不耐烦的手势)至于
萨拉本人呢,她所说的每一个字,所做的每一件事,我都不
信任。我一辈子不信任医生、律师,或者女人。都是胡说,
胡说,都是骗人的方子和手腕!

列别捷夫 (向沙别尔斯基)你这个人特别,玛特维! ……你装
成一个愤世嫉俗的样子,就跟一个小丑穿戴着那身花衣裳
花帽子似的,到处玩弄。你是一个跟谁都没有两样的人,
可是你每谈起话来,那股乖张劲儿,就好像你的舌头上起
了一个水泡,或者消化不良似的……

沙别尔斯基 这么说,你是要我去吻那些无赖、流氓,还是怎
么着?

列别捷夫 你在哪儿看见有那么些无赖和流氓啊?

沙别尔斯基 自然,我指的不是在座的,不过……

列别捷夫 看你不过不过的又来了不是……这全是装模作样。

沙别尔斯基 装模作样? ……像你这样没有一点人生哲学,倒
不错。

列别捷夫 我能有什么人生哲学呢? 我坐在这儿,随便哪会儿
都会死。这就是我的人生哲学。你和我呀,老伙计,要谈
人生哲学可太晚啦。太晚了,说实在的呀! (喊)加夫

里拉！

沙别尔斯基　你这么喊加夫里拉，可喊得太多了……你的鼻子已经像个红菜头了。

列别捷夫　（喝酒）没关系，我的老朋友……这又不是我结婚的日子。

齐娜伊达　里沃夫大夫好久没有来看我们了。他把我们整个给丢在脑袋后头啦。

萨沙　这个讨厌鬼，这个正人君子的活神像啊。他连要一杯水喝，或者抽一口香烟，都必须把他那个与众不同的正经展览一下。如果他随便走两步路，或者谈几句话，他的脸上也永远得贴着一个标签："我是一个正经人。"他叫我厌恶。

沙别尔斯基　他是个刚愎自用、心地狭小的人。他每迈一步，都要像个鹦鹉似地喊：（模仿着）"给正经人让开路啊！"他以为自己确是杜勃罗留波夫①第二呢。如果有谁不像他那样喊，就是个流氓。他的见解深刻得惊人。有哪个农民要是过得还舒服，活得还像个人样，他就是一个流氓和盘剥别人的人。我要是穿一件丝绒上衣，并且由一个仆人给我穿，那么，我就是一个流氓和一个奴隶主。他的正义简直多得要把他胀爆啦。在他的眼里，没有一样事情是足够好的。我确实怕他……怕他，实在怕！他随时都会出于责任感，给你脸上来一巴掌，或者说你是个流氓。

伊凡诺夫　他叫我非常厌恶，但是，我同时又喜欢他；他是那么诚恳。

---

①　杜勃罗留波夫（1836—1861），俄国十九世纪批评家。——译者

沙别尔斯基　好漂亮的诚恳啊！他昨天晚上走到我的面前,无缘无故地,开口就是:"你叫我大大地反感,伯爵!"我非常感谢啊！而且他还不是随随便便说的,是从原则上来的:他的声音发颤,他的眼睛闪光,他浑身发抖……叫他那无聊的正派下地狱去吧！他可以觉得我可恨、讨人厌;那是很自然的事……那我能了解,可是,为什么要直对着我的脸说出来呢? 我这个人确实要不得,可无论如何我的头发已经灰白啦……这种愚蠢的、无情的正经！没慈悲心。

列别捷夫　得啦,得啦,得啦！……你自己也年轻过,所以也就能体谅啦。

沙别尔斯基　不错,我年轻过,也糊涂过:我年轻的时候,演过恰茨基①。我告发过无赖和恶棍,但是我一辈子也没有直对着别人的脸,说他是个贼,或者在一个被处绞刑的人的屋子里大谈绞刑架。我是规规矩矩教养大了的。可是你那位脑筋迟钝的大夫呢,如果命运赐给他一个机会,叫他为了原则和人间的伟大理想,当着大家打我一巴掌,或者狠狠地向我心窝上打一拳的话,他一定好像上了七重天,一定会自以为在完成什么了不起的使命呢。

列别捷夫　年轻人总是喜欢逞能的。我有一个叔叔,是一个黑格尔派……他总是请来满满一屋子客人,和他们喝酒,像这样往椅子上一站,就开口啦:"你们都愚昧无知！你们都是黑暗势力！现在是一个新生活的黎明了,"等等,等等,等等……他总是向他们紧说,说个没完。

---

① 格里鲍耶陀夫(1795—1829)剧本《聪明误》里的人物。——译者

萨沙 那些客人可怎么样呢？

列别捷夫 咳，不怎么样啊……他们就听着，照旧喝酒。可别说，有一次，我可向他提出决斗来啦……嘿，跟我的亲叔叔哇，那是因为讨论培根引起的。我记得，要是我记得对的话，我就坐在玛特维现在坐的这个地方，我的叔叔和盖拉辛姆·尼里奇仿佛就站在那儿，就是尼古拉那个地方……那么，盖拉辛姆·尼里奇，对不起，他就提出那个问题来啦，说……

五

　　人物同上，鲍尔金，打扮得漂漂亮亮，手里提着一个纸包，低唱着，蹦跳着，由右门上。一片称赞的嗡嗡声。

年轻的姑娘们 米哈伊尔·米哈伊洛维奇！

列别捷夫 米歇尔·米歇里奇！我的耳朵告诉我说……

沙别尔斯基 社交界的灵魂啊！

鲍尔金 我来啦！（跑向萨沙）高贵的小姐！我冒昧到胆敢在你这样一朵稀奇的花朵的生日，来给宇宙万物道喜……为了表示我的赤诚，可以让我斗胆向你呈上（把纸包给她）一些我亲自发明制造的花炮和焰火作为献礼吗？但愿它们把今夜照得通明，就像你照亮了黑暗之王国的黑暗一样。

（演戏似地鞠躬）

萨沙 谢谢你……

列别捷夫 （笑着，向伊凡诺夫）你怎么不把这个犹大摆脱开呢？

鲍尔金 （向列别捷夫）向巴维尔·基里利奇致敬！（向伊凡诺夫）向我的主人致敬！（唱）Nicolas, voilà①，嘿嘿哟。（向全体在座的人转了一圈）最尊贵的齐娜伊达·萨维什娜！神圣的玛尔法·叶戈罗夫娜……最前辈的阿夫多季雅·纳扎罗夫娜……最显赫的伯爵……

沙别尔斯基 （笑）真是社交界的灵魂……只要他一到，空气就轻快些啦。你们感觉到吗？

鲍尔金 吓，累死我了……我相信我刚才把每个人都问候到了吧。好啦，有什么好听的新闻吗，太太先生们？没有什么特别的新闻可以给我们解瞌睡的吗？（突然向齐娜伊达·萨维什娜）我说，妈妈……我刚才上这儿来，走在半路上……（向加夫里拉）给我点茶，加夫里拉，可不要酸莓子酱！（向齐娜伊达·萨维什娜）我上这儿来，走到半路上，看见农民们正在河岸上剥你那些垂杨柳的树皮呢。你为什么不把它们卖给商人哪？

列别捷夫 （向伊凡诺夫）你为什么不把这个犹大摆脱开呀？

齐娜伊达 （惊愕）这话不假，我就从来没有想到过！

鲍尔金 （用两只胳膊做体操）我不做做体操就过不下去……有什么特别又特别的事情叫我做的吗，妈妈？玛尔法·叶戈罗夫娜，我确是精神饱满得很哪……兴奋得要疯啦！（唱）"我又看到你了，我的爱……"

齐娜伊达 来点什么玩意儿吧，我们都闷了。

鲍尔金 真是的！你们为什么都这样闷闷不乐呀？你们坐在

---

① 法语，尼古拉，见礼啦。——译者

45

那儿,都像陪审官似的!……让咱们弄点玩意儿。你们喜欢什么? 团体游戏? 藏戒指? 摸瞎子? 跳舞? 放花炮?

年轻的姑娘们 (拍手)花炮! 花炮! (跑进花园)

萨沙 (向伊凡诺夫)今天晚上你为什么这样不高兴?

伊凡诺夫 我头疼,萨沙,我心里也烦闷……

萨沙 咱们到客厅去。(他们向右门走去;大家都到花园里去了,只留下齐娜伊达·萨维什娜和列别捷夫)

齐娜伊达 这才算有点儿年轻人的样子呢——他来了没有多一会儿,就叫大家都打起精神来了。(把大灯的灯火捻低)他们都到花园里去了,这工夫就不必白白糟蹋蜡烛啦。(把蜡烛都吹灭)

列别捷夫 (跟在她身后)久久什卡,我们应当给客人们弄点东西吃吃啊……

齐娜伊达 瞧瞧,这是多少蜡烛呀……无怪别人都认为咱们有钱呢。(吹灭蜡烛)

列别捷夫 (跟在她身后)久久什卡,你应当给他们一点东西吃……他们都是年轻人,这些可怜的东西啊,我敢说他们都饿啦……久久什卡……

齐娜伊达 伯爵这杯茶都没有喝完。简直糟蹋糖!(向左门走下)

列别捷夫 嘿!(走进花园)

六

伊凡诺夫和萨沙由右门上。

萨沙　他们都到花园里去了。

伊凡诺夫　情形就是这个样子,萨沙。在从前,我做很多的工作,想很多的事情,也从来不累;现在我什么也不做,什么也不想,可是我的身体和灵魂都是疲倦的。我的良心从黑夜痛到白天,我觉得自己非常有罪,然而确实在哪方面犯了罪呢,我又不知道。此外,又是我太太的病,又是没有钱,又是无穷无尽的吵骂和教训,又是不必要的谈话,又是那个鲍尔金……我已经觉得我那个家是可憎恨的了,生活在家里比忍受苦刑还要难过。我坦白告诉你吧,萨沙,就连跟我那个爱我的太太在一起,我都已经忍受不了了。你是我的老朋友,不会因为我说老实话就怪罪我。我找你来本是为了散散心的,可是,到了这里,我心里依然烦闷,我现在又渴望着回去了。原谅我吧,我这就得溜走了。

萨沙　尼古拉·阿列克塞耶维奇,我了解你。你的不幸是因为你孤单。你应当有一个被你所爱而又了解你的人待在你身边。只有爱才能使你振作起来。

伊凡诺夫　那又会怎么样啊,萨沙!像我这样一个不幸的、卑鄙的老头子,再去恋爱,就等于落水的人想抓住一根草啊!但愿上帝保佑我,不要叫我陷进这样的灾难吧!不,我的聪明的小朋友,我需要的不是恋爱。我极其郑重地告诉你,我能够忍受一切——痛苦、神经衰弱、破产、太太的死亡、未老先衰、寂寞——但是,我对自己的貌视,却使我受不了。我一想到,我这样一个强壮健康的人,不知道为什么,竟会变成了一个哈姆莱特或者一

个曼夫瑞德①或者一个稻草人,就羞愧得要死。世上有一
些可怜虫,他们被人称为哈姆莱特或者是稻草人,还很扬
扬得意,然而,这对于我却是一种侮辱! 这伤害我的自尊,
这叫我受羞耻的折磨,叫我痛苦……

萨沙 (含着眼泪,戏谑地)尼古拉·阿列克塞耶维奇,咱们逃
到美洲去吧。

伊凡诺夫 我连走到这道门那儿去都懒得动,你却说什么到美
洲去了……(他们走到通花园的门口)自然,萨沙,你在这
里是不舒服的。我看着你周围的这些人,一想到他们中间
又有哪一个配叫你嫁的,我就打起寒战来。唯一的希望,
也只有等一个偶然经过这里的军官或是学生,把你带走
了……

七

> 齐娜伊达·萨维什娜拿着一缸子果子酱,由左
门上。

伊凡诺夫 原谅我,萨沙,我随后就去……

> 〔萨沙走进花园。

> 齐娜伊达·萨维什娜,我是来请你赏个脸的。

齐娜伊达 什么事呀,尼古拉·阿列克塞耶维奇?

伊凡诺夫 (迟疑)这个,你明白,事情是这样的,借你那笔钱的

---

① 曼夫瑞德是拜伦诗剧里的一个人物。——译者

48

利息,后天就到期了。如果你能答应我稍迟一些时候,或者把这笔利息加到本钱上去,那可真叫我感激极了。我目前一个钱也没有……

齐娜伊达 （大吃一惊)尼古拉·阿列克塞耶维奇,那怎么行呢? 这可不是办正事的道理! 不行,这种事情可不要想。发发慈悲,不要使我苦恼吧,我的困难已经够多了……

伊凡诺夫 我对不住,我对不住……(走进花园)

齐娜伊达 哎呀,他把我的心都翻腾乱啦! 我浑身都哆嗦起来啦……浑身都哆嗦起来啦……(由右门下)

八

科西赫由左门上。

科西赫 （横穿过舞台)我手里有方块爱斯、K、Q,另外还有八张方块,一张黑桃爱斯,只有一张……一张小点子的红桃,可她就不肯叫一个小满贯,简直糟透了……(由右门下)

九

阿夫多季雅·纳扎罗夫娜和第一客人由花园上。

阿夫多季雅 我恨不得把她撕个粉碎,我恨不得把她撕个粉碎,这个老吝啬鬼! 这不是开玩笑吗。我从五点钟就在这儿坐着,可她连一点儿走了味儿的青鱼都没给吃! ……这

49

真算是个人家!……这真是个待人的法子!

第一客人　我闷得恨不得跑过去拿头往墙上撞!他们都真算是人啊,上帝可怜可怜我们吧!多么饿,多么闷气啊;这已经足够叫一个人像头狼那么嚎,要动手去抓人吃啦。

阿夫多季雅　不要看我已经造了这么多的孽啦,也还是恨不得把她撕个粉粉碎!

第一客人　我是来喝口酒的,老太婆,喝完我就回家!我不要你那些够格的年轻姑娘们。中饭以后连一杯酒都没有喝过,谁还能见鬼去想爱情呀?

阿夫多季雅　咱们自己找点东西去……

第一客人　嘘—嘘!小声点!我相信饭厅的碗橱里有伏特加。咱们去抓住叶戈鲁什卡……嘘—嘘!(他们由右门下)

十

安娜·彼特罗夫娜和里沃夫由右门上。

安娜·彼特罗夫娜　不要紧,他们会高兴见我们的。这儿没人。他们一定是在花园里。

里沃夫　我奇怪你为什么把我领到这个鹰窠里来?这不是你或者我该来的地方。正经人应当躲着这种空气!

安娜·彼特罗夫娜　听我说,正经人先生!陪着一位太太出门,一路上不谈别的,只谈他自己的正经,可是没有礼貌的!他也许是正经,可是说出来,哪怕只说一点点呢,也是叫人讨厌的。你永远不要跟女人们谈你自己的美德,要叫

50

她们自己看出来。我的尼古拉当初在你这个年纪上,在女人们面前,只是唱唱歌,讲讲故事,可是女人们都能清清楚楚地看得见他是怎样一种人。

里沃夫　啊,不要跟我提你的尼古拉吧。我完完全全了解他!

安娜·彼特罗夫娜　你是一个善良的人,然而你什么事情也不懂。咱们到花园里去吧。他从来没有用过这类词句,像什么"我是正经的! 我在这种空气里可闷死啦! 鹰呀! 狼窝呀! 鳄鱼呀!"他说话从来不沾动物园的边儿,他气极了的时候,我也只听见他说,"哎呀,我今天多么没有道理呀!"或者"安妞塔,我替那个人难过!"他从前是这个样子,而你呢⋯⋯(他们下)

十一

阿夫多季雅·纳扎罗夫娜和第一客人由左门上。

第一客人　不在饭厅里,那一定是在食料室里了。我们一定得找叶戈鲁什卡问问。咱们穿过会客室走吧。

阿夫多季雅　看我不把她撕个粉碎!(他们由右门下)

十二

巴巴金娜和鲍尔金从花园跑着上,笑着;沙别尔斯基疾步追他们,也大笑着,搓着两手。

巴巴金娜 多么没趣啊！（笑）真没趣！大家坐在那儿，走来走去的，都直勾勾地像吞了一把火钳似的；把我都给闷僵了。（四下里跳跳蹦蹦）我可得叫这两条腿轻松一下啦！

　　〔鲍尔金搂住她的腰，吻她的脸颊。

沙别尔斯基 （笑，捻着手指头作响）真见鬼啦！（清了一下喉咙）其实呀……

巴巴金娜 放开手，把你的胳膊拿开，你这个不知害臊的人，还不知道叫伯爵怎么想呢！走开！……

鲍尔金 我的灵魂的天使啊，我心上的明珠啊！……（吻她）千万借给我两千三百个卢布吧！……

巴巴金娜 不—不—不……你喜欢怎么说，你就怎么说，可是提到钱呢，没有，谢谢啦……没有，没有，没有！咳，两只胳膊都拿开！

沙别尔斯基 （在他们旁边细步走着）这个小肉团子……真有她迷人的地方……

鲍尔金 （庄重起来）好吧，咱们谈谈正经的吧。咱们正正经经地，把事情直截了当地讨论讨论吧。给我一个痛快的回答，不许带一点花样或者狡猾：愿意还是不愿意？听着。（指着伯爵）他需要钱，一年至少三万卢布。你需要一个丈夫。你愿意当一个伯爵夫人吗？

沙别尔斯基 （笑）真是无耻得惊人！

鲍尔金 你愿意当一个伯爵夫人吗？愿意还是不愿意？

巴巴金娜 （激动地）就想想你说的是什么话吧，米沙，可真是的！这种事情，可不能就这样潦潦草草地办啊……如果伯爵愿意这么办，那他可以自个儿去……可我实在不知道怎么办,像这么突然的就……

鲍尔金 得啦,得啦,别装模作样啦! 这是一件正经事……你倒是愿意不愿意啊?

沙别尔斯基 (笑着,搓着手)愿意啦? 真的,嗯? 活该啦,这种肮脏的手段。为什么不要一要呢? 怎么样? 肉团子哟! (吻她的脸颊)真迷人啊! 我的心肝宝贝!

巴巴金娜 等一会儿,等一会儿……你们把我的心整个儿给翻腾乱了……走开,走开……不,不要走! ……

鲍尔金 快着点! 愿意还是不愿意? 我们没有时间白糟蹋啦……

巴巴金娜 我告诉你怎么办吧,伯爵。你来我这儿做两三天客……你会觉得我那儿痛快,不像这一家。明天来吧……(向鲍尔金)不对吧,你是开玩笑的,不是吗?

鲍尔金 (怒)好像谁还在正经事情上开玩笑似的!

巴巴金娜 等一会儿,等一会儿……哎呀,我觉得头晕! 我觉得头晕! 伯爵夫人……我要晕过去啦……我要倒下去啦……(鲍尔金和伯爵都笑着,每人挽住她一只胳膊,同时吻着她的脸,把她由右门挽下)

十三

伊凡诺夫和萨沙由花园跑上。

伊凡诺夫 (绝望地抓着自己的头)不能这样! 不要这么说,不要,萨沙! ……啊,不要!

53

萨沙 （心神迷乱）我爱你爱得发疯……没有你,生活就没了意义,没了愉快,没了幸福! 你是我的一切! ……

伊凡诺夫 这有什么好处,这有什么好处啊? 我的上帝! 我不明白! 萨沙,不要这么说! ……

萨沙 我小时候,你就是我唯一的愉快;我那时候爱你和你的灵魂,就如同爱我自己一样,可是现在……我爱你,尼古拉·阿列克塞耶维奇! ……你就是走到天涯海角,我也要跟着你去,如果你想进坟墓,我也跟你去,只求看在上帝的份上快着一点吧,不然我可要闷死了……

伊凡诺夫 （突然发出快活的笑声）这是怎么一回事呀? 这样说来,是生活重新开始了吗,萨沙,是吗? ……我的幸福! （把她拉到怀里）我的青春,我的光明! ……

　　〔安娜·彼特罗夫娜由花园上,看见她的丈夫和萨沙,站住,僵在那里。

这样说来,我还是要活下去喽? 是吗? 是要重新干一番事业喽?

　　〔吻。吻后,伊凡诺夫和萨沙都回头,看见了安娜·彼特罗夫娜,伊凡诺夫恐怖。

萨拉!

——幕落

第 三 幕

伊凡诺夫的书房。一张写字桌上,凌乱地放着文件、书籍、公事信封、零碎的东西和几支手枪;文件旁边,一盏油灯,一个细颈的瓶子装着伏特加,一盘青鱼,几块面包和黄瓜。

墙上是:地图,图画,枪械,手枪,镰刀,鞭子,等等。中午。

一

沙别尔斯基、列别捷夫、鲍尔金和彼得。沙别尔斯基和列别捷夫坐在书桌旁边,鲍尔金在舞台中央,骑着一把椅子。彼得站在门口。

列别捷夫 法国的政策,是清楚、明确的……法国人知道自己需要什么。他们唯一需要的,只是把那些吃腊肠的人给剥了皮,可是德国的情形就完全不一样了。德国眼睛里的沙子,除了法国以外,还多得很呢……

沙别尔斯基 胡说! ……我的想法是这样,德国人胆小怕事,法国人也胆小怕事。他们只能冲着对方偷偷地伸舌头。相信我吧,情形不会发展得超过这种程度。他们打不起来。

鲍尔金 依我看,就不需要打仗。所有这些军备呀,会议呀,开支呀,都有什么用处?听我说,如果是我的话,我用什么办法吧。我就把全国的狗都搜罗来,给它们注射上大大一剂巴斯德病菌,再把它们放到敌国去。所有的敌人就会在一个月以内得上疯狗病。

列别捷夫 (笑)他的脑袋看上去不大,可是里边的好主意,就有大海里的鱼那么多。

沙别尔斯基 他是个好主意专家呀!

列别捷夫 但愿上帝保佑你吧,你真叫我们开心,米哈伊尔·米哈伊洛维奇。(止住笑)我们只顾聊天,伏特加可怎么样啦?Repetatur①!(斟满三酒杯)祝我们自己的健康!(他们喝酒,又稍稍吃一点东西)啊,我的好熏青鱼呀,是下酒菜里边最好吃的。

沙别尔斯基 不,黄瓜是最好吃的……学者们从开天辟地那一天起,就一直忙着思索,可是他们始终没有想出一样比腌黄瓜再好吃的东西来。(向彼得)彼得,去,再拿点黄瓜来,再告诉厨子给我们煎四个葱饼,趁热拿来。

　　〔彼得下。

列别捷夫 鱼子酱下酒也不坏。不过你得会吃……你得拿四分之一磅榨干了的鱼子酱,两棵嫩葱,用橄榄油搅在一

―――――――――――――

① 德语,再干一杯。——译者

起……浮面再稍许滴上一小滴柠檬汁，你知道。美呀！光是那股味道就香得叫人发晕啦。

鲍尔金 喝完伏特加来一盘煎小鲤鱼，味道也好。只是得懂得怎样煎法。得把它们刮干净了，滚上筛细了的干面包渣，一直煎酥了，煎得一见了牙就碎……嘎吱嘎吱的……

沙别尔斯基 昨天我们在巴巴金娜家里吃了一盘好菜——鲜菌。

列别捷夫 我敢说……

沙别尔斯基 可那是用一种特别方法做的。你们知道，用的是葱和桂花叶子，还有各式各样的佐料。盘子盖刚一打开，就冒出一股热气，一种味道……真香啊！

列别捷夫 得啦，你们觉得怎么样啊？Repetatur！先生们。（他们喝酒）祝我们自己非常健康！（看看自己的表）我怕我不能再等尼古拉了。我得走了。你说你在巴巴金娜家里吃了鲜菌，可是我们家连一个鲜菌还没有看见呢。就请你告诉告诉我们，你到底为什么这样常到玛尔法家里去？

沙别尔斯基 （向鲍尔金点点头）嘿，她要我娶她呀。

列别捷夫 结婚哪？喂，我说你多大了？

沙别尔斯基 六十二。

列别捷夫 倒刚刚是结婚的好年纪。玛尔法也刚刚配得上你。

鲍尔金 他想的不是玛尔法，而是玛尔法的卢布。

列别捷夫 别的什么都行！玛尔法的卢布呀！往下瞧吧，总得叫你抹眼泪，准是空盼一场！

鲍尔金 等他结了婚，把口袋塞满了以后，你就明白那是不是空盼一场！你就得羡慕他的好运啦。

沙别尔斯基 你知道他可真认真哪。这个天才,还相信我会听他的话去娶她呢。

鲍尔金 嘿,那当然喽! 你不是也这么相信吗?

沙别尔斯基 你疯了……我什么时候相信的? 哼!

鲍尔金 谢谢你……多多地谢谢你! 原来你是想要我呀? 一会儿说我要娶,一会儿又说我不愿意娶……到底叫谁弄得清楚你的主意呀? 可是我已经答应人家了! 这么说,你是不娶她的了?

沙别尔斯基 (耸着两肩)他可真认真哪! 这个了不起的人啊!

鲍尔金 (大怒)既然这样,你又为什么要把一个体面女人搅得神魂颠倒呢? 她为了想当一个伯爵夫人,想得都发了疯,睡不着觉,也吃不下东西去啦……这难道是个开玩笑的事情呀? 这算正派吗?

沙别尔斯基 (捻着手指作响)啊,我要是真去要要这种肮脏手段,又怎么样呢? 为什么呀? 只为了恶作剧吗? 那我就去做呀! 我说实话吧……那可真算热闹啦!

二

　　　里沃夫上。

列别捷夫 大夫,向你致最虔诚的敬礼啦! (把手伸给里沃夫,唱)大夫啊,救救我吧,先生啊,我怕死可怕得要命啊!

里沃夫 尼古拉·阿列克塞耶维奇还没有回来吗?

列别捷夫 可不是没有吗,我已经等他一个多钟头了。

〔里沃夫不耐烦地在台上大步走来走去。

我说,我亲爱的朋友,安娜·彼特罗夫娜怎么样啦?

里沃夫 她病得很重。

列别捷夫 (叹气)我能去问候问候她吗?

里沃夫 不行,请不要去。我相信她睡着了……

〔停顿。

列别捷夫 她是一个可爱温柔的女人。(叹息)萨沙生日那天,她晕倒在我们家里的时候,我看了看她的脸,那时候我就看出她活不长久了,可怜的孩子。我当时不知道她是为什么晕倒的。我跑过去看她,她躺在那儿,脸白得像个死人,尼古拉跪在她旁边,脸也和她一样白,萨沙也流着眼泪。过后有那么一个星期光景,萨沙和我都还东奔西走的,仿佛掉了魂儿似的。

沙别尔斯基 (向里沃夫)告诉我,尊贵的科学信徒,据说胸部有病的太太们,要有一个青年医生时时来看她,就可以治好,这是哪个饱学的先贤发现的呀? 这可是个伟大的发现呀,伟大! 他应当属于哪类呢:是对症治疗的医生呢,还是添病治疗的医生呢?

〔里沃夫想要回答,但又做了一个藐视的手势,走开了。

瞪我的这一眼可有多么大的气呀……

列别捷夫 谁叫你乱嚼舌头呢? 你为什么侮辱他呢?

沙别尔斯基 (激怒地)可他又为什么要说谎话呢? 肺痨呀,没有希望呀,她要死啦呀……全是谎话! 我受不了!

列别捷夫 你为什么认为他是在说谎话呢?

沙别尔斯基　（站起来，四下里走着）一个活生生的人，突然会无缘无故地死去，这种说法我可不相信。咱们丢开这个题目吧！

<h1 style="text-align:center">三</h1>

科西赫跑着上。

科西赫　（喘不过气来）尼古拉·阿列克塞耶维奇在家吗？早安！（迅速地和每个人握手）他在家吗？

鲍尔金　不在，他出去了。

科西赫　（喝了一杯伏特加，又匆匆忙忙地吃了几口东西）我还得走……我忙……我累死了……我站都快站不住了……

列别捷夫　你是从哪儿撞进来的？

科西赫　从巴拉巴诺夫家来的……我们打温特①打了一整夜，刚刚才完……把我都给刮光了……那个巴拉巴诺夫赌得可真像个补鞋匠！（哭声）你们听我说吧：我一直出红桃……（向鲍尔金说，鲍尔金跳着躲开了）他先出方块，我又出红桃；他又出方块……这么一来，我就没有赢。我手里有梅花爱斯、Q 和另外五张梅花，还有黑桃爱斯、十和另外两张黑桃……

列别捷夫　（用手指头堵上两只耳朵）饶了我吧，求求你，饶了我吧！

---

① 一种牌戏。——译者

科西赫 （向伯爵)你明白吗：我手里是梅花爱斯、Q和另外五张梅花,黑桃爱斯、十和另外两张黑桃……

沙别尔斯基 （用手推开他)走开,我不愿意听你的!

科西赫 可是忽然间就碰上那么个坏运气：我的黑桃爱斯,在头一圈儿就叫人拿王牌给打掉了。

沙别尔斯基 （从桌上抄起一支手枪)走开,要不我就打了!……

科西赫 （挥着手)下地狱的……难道就没有一个好说句话的人吗？就像住在澳洲一样：没有共同的利害,没有同情……他们把全部心思都下在自个儿的身上了……可我也得走啦……时候到了。(抓起自己的帽子)时间是宝贵的。(和列别捷夫握手)帕斯!(大笑声)

　　[科西赫走出,在门口和阿夫多季雅·纳扎罗夫娜撞个满怀。

四

阿夫多季雅 （尖叫)你这该死的! 把我都要撞翻啦!

全体 哈哈! 到哪里都有她一份!

阿夫多季雅 原来他们都在这儿,我在这房子里还到处都找遍了呢。早安! 我的漂亮的小鹰,正吃个痛快啦? (向他们行礼)

列别捷夫 你是干什么来的？

阿夫多季雅 正经事,我的老爷子。(向伯爵)跟你有关的正经事,大人。(鞠躬)我是受人之托来向你致意和请安的……

61

我那个漂亮的小娃娃吩咐我,叫我告诉你,如果你今天晚上不去看她,她可要把眼泪都哭干啦。"把他领到一边儿,我的亲爱的,"她说,"把这话偷偷跟他咬着耳朵说。"可是何必偷偷的呢？我们这儿都是老朋友啦。况且,这又不是去偷鸡,咱们的目的,是为了完成一个两相心爱、两相情愿的合法婚姻啊。别看我是一个有罪孽的女人,我从来不沾一滴酒,可是既然碰上这种机会,我可要喝上它一杯呢！

列别捷夫 我也要喝一杯。(把几个杯子都斟满)我说你呀,老乌鸦,好像再也没有你这么不见老的了。我刚认识你的时候,三十年前,你已经就是个老太婆了。

阿夫多季雅 年岁,我已经数不上来了……我葬过两个丈夫,还很想再嫁第三个,可是没有陪嫁就没有人愿意娶我了。我生过八个孩子……(端起酒杯来)好啦,咱们顺着上帝的意思,已经做起来一件好事啦,但愿上帝准咱们把它成全了吧！他们准会活得长,过得兴旺,我们看着他们,自己心里也会快活。但愿上帝给他们爱和慈悲吧！(喝酒)这伏特加好厉害呀！

沙别尔斯基 (笑着,向列别捷夫)但是,你知道,最稀奇的事情是他们当真以为我……这真有趣！(站起来)你以为怎么样,巴沙,我当真要耍一回这种卑鄙手段吗？恶作剧一番……就这么来一下；喂,老狗,要吃吗……巴沙,要不要来这么一下？

列别捷夫 你说的是糊涂话,伯爵。现在是我们想到伸腿闭眼的时候了；为了玛尔法和卢布,咱们的年月老早就已经过去了……咱们的日子已经完了。

沙别尔斯基　不,我要干一干——我说实在话,我要干!

　　〔伊凡诺夫和里沃夫上。

五

里沃夫　我请求你给我匀出五分钟来。

列别捷夫　尼古拉沙!(走到伊凡诺夫面前,吻他)早安,我亲爱的孩子。我等了你可有好大一个钟头了。

阿夫多季雅　(鞠躬)早安,老爷子。

伊凡诺夫　(苦恼地)先生们,你们又把我的书房变成酒馆了!……我请求过你们大家和每一个人,求了有一千次了,请你们不要这样……(走到桌边)看,是不是,你们把伏特加酒到我的文件上了……这儿还有面包渣子和黄瓜头儿……这真叫人讨厌!

列别捷夫　我对不住,尼古拉沙,我对不住……原谅我们吧。我要和你谈谈,亲爱的孩子,谈一件非常重要的事情……

鲍尔金　我也要谈谈。

里沃夫　尼古拉·阿列克塞耶维奇,我可以跟你说一句话吗?

伊凡诺夫　(指着列别捷夫)你看他也要找我谈话呢。稍微等一会儿吧,你们可以等会儿再来……(向列别捷夫)什么事?

列别捷夫　先生们,我要谈一点心里话。请……

　　〔伯爵和阿夫多季雅·纳扎罗夫娜走出,鲍尔金跟在他们后边,里沃夫最后下。

伊凡诺夫　巴沙,你自己高兴喝多少就喝多少——这本是你的

63

一个毛病;但是我请求你不要带上我舅舅。他以前从来不喝酒。这对于他没有好处。

列别捷夫 （大吃一惊）哎呀,我可不知道他不会喝……我甚至都没有注意到……

伊凡诺夫 说一句不该说的话,这个老小孩儿如果死了,对于你没有一点关系,对于我可就有影响了……你要谈的是什么呀?

　　　　〔停顿。

列别捷夫 你知道,我亲爱的朋友……我真不懂得怎么样开口才能把话说得不太难为情……尼古拉沙,我觉得惭愧,我脸红,我没法子叫自己把话说出口来,但是,我亲爱的孩子,请你设身处地替我想一想吧——认清楚我是一个身不由己的人,是一个奴隶,一个乞丐……原谅我吧……

伊凡诺夫 什么事呢?

列别捷夫 我的太太派我来……请赏个脸吧——给点交情,把利息付给她吧!你真不会相信她是怎样不住地骂我,逼我,折磨我的呀!发发慈悲,千万把她的事情了结了吧!……

伊凡诺夫 巴沙,你知道我目前刚好没有钱啊。

列别捷夫 我知道,我知道;可是我又有什么办法呢?她不肯等。如果她告了你,萨沙和我还怎么能抬得起头来见你呢?

伊凡诺夫 我自己感到惭愧,巴沙,我真想钻到地下去;但是……但是钱、我可往哪儿去弄呢?告诉我,往哪儿去弄呢?唯一的办法,只有等到秋天我卖了谷子。

64

列别捷夫　（喊）她不肯等啊！

　　〔停顿。

伊凡诺夫　你的地位是不愉快的，困难的，而我的地位呢，还要
　　坏得多。（走来走去地想着）也想不出一个计划来……没
　　有一样东西好卖的了……

列别捷夫　你到米尔巴赫那里去；他欠你一万六千呢，你知道。

　　〔伊凡诺夫绝望地摇摇手。

　　我告诉你怎么办吧，尼古拉沙……我知道你又得骂起
　　来……但是，赏给我这老醉鬼一个脸吧……跟你说句够
　　朋友的话吧……可得拿我当个朋友看哪……咱们都当过
　　学生，都曾经是自由主义者……咱们有过共同的理想和兴
　　趣……咱们都在莫斯科念过书……alma mater①……（掏
　　出皮夹子来）我这儿有一笔秘密的积蓄，家里谁也不知道。
　　让我借给你吧……（把钱掏出来，放在桌上）放下你的骄
　　傲，像个朋友似的看待这件事吧……我还要你还呢——说
　　真话，我要你还的。

　　〔停顿。

　　拿去吧，在桌上啦，一万一千。你今天就去找她，把钱亲手
　　交给她……拿去，齐娜伊达·萨维什娜，叫钱噎死你！只
　　是你得记住，上帝保佑你，可不要露出一点钱是打我这儿
　　出的痕迹，不然我可就得叫那个老酸莓子酱给厉厉害害
　　地骂一顿了。（直瞪着伊凡诺夫的脸看）哈！没关系，不
　　要上心里去！（迅速从桌上把钱拿起来，装进自己的口

————————————
①　拉丁语，母校。——译者

袋)不要上心里去!我刚才是逗着玩儿的……求你千万
原谅我吧!

　　[停顿。

你心里难过啦?

　　[伊凡诺夫做了一个绝望的手势。

是啊,这实在是一件难事啊……(叹气)你赶上了一个困苦
艰难的日子啦。一个人就好比一个铜茶炉,老朋友。不能
永远放在架子上冷着呀——有时候人们也要往里边放放
红炭的……这个比喻不怎么恰当,可是我也想不出什么更
好的来了……(叹气)困难能够激励人的精神。我并不替
你难过,尼古拉沙——总有一天,你会摆脱你的困难,情形
会变好的;但是我心里气的、不痛快的是那些人……我倒
想知道知道,这些谣言都是从哪儿造出来的!咱们这个地
方,到处都传遍关于你的谣言,而且传得那样厉害,总有一
天会叫法院检察官把你给传去的……说你是一个谋杀者,
一个放高利贷的,一个强盗……

伊凡诺夫　那没有一点关系,有关系的是我的头疼。

列别捷夫　那都是因为你的脑筋动得太多啦。

伊凡诺夫　我是一点脑筋也不动的。

列别捷夫　你就给它什么事情都来个活该得啦,尼古拉沙,到
　　我们那儿玩去。萨沙喜欢你;她了解你,也赏识你。她是
　　个善良可爱的小东西,尼古拉沙。她既不像她父亲,也不
　　像她母亲,却像一个过路的生人……有时候我看着她,连
　　我自己都不能相信,像我这么一个大鼻子的老醉鬼,居然
　　能有这样一个珍珠宝贝。到我们家去;你可以跟她谈点知

66

识上的问题,那对你也是个愉快的事情。她的天性是诚实的、诚恳的……

〔停顿。

伊凡诺夫　巴沙,我亲爱的朋友啊,让我一个人待着吧。

列别捷夫　我了解,我了解……(匆忙地看看自己的表)我了解。(吻伊凡诺夫)再见吧。我得去参加一个学校的献礼会。(走到门口,停住)她是一个聪明的女孩子……昨天,她跟我谈到那些闲言闲语。(大笑)她说出了一句箴言:"父亲,"她说,"萤火虫在夜间放出光亮,只是为了叫夜鸟们把它看得更清楚,吃得更方便罢了;而好人的存在呢,也只是为了给流言和诽谤供给资料而已。"这你觉得怎么样?一个天才啊!一个乔治·桑!

伊凡诺夫　巴沙!(拦住他)你说我这是什么缘故啊?

列别捷夫　这话我自己还想问问你呢,可是,跟你说实话,我并不愿意问。我不知道,亲爱的朋友!一方面,我觉得你被各种各样的不幸给压扁了;另一方面呢,我知道你又不是那种人,那种会叫……你不是能叫困难给制服了的一个人。这里边有点什么别的原因,尼古拉沙,可究竟是什么原因呢,我不知道。

伊凡诺夫　我自己也不知道。我想那要不就是……咳,不对!

〔停顿。

你明白,我想说的是这个:我从前有一个雇工,名叫谢苗——你记得他的。在打谷子的时候,有一天,他想叫女孩子们看看他有多么强壮,就扛起了两口袋黑麦,结果把自己压出疝气病来了。过了不久他就死了。在我看来,我

也把我自己压坏了。中学，大学，接着是经营我的地产，作
计划，办学校……我的信仰跟别人不同，我的结婚也跟别
人不同。从前我是狂热的，我敢冒险，我的钱顺手往外抛，
这你都是知道的。我比整个这一带的任何一个人，幸福尝
得都多，痛苦也尝得都多。这一切，对于我都像那种麦子
口袋呀，巴沙……我也扛起了一副重担，把我的背给压断
了。二十岁的时候，我们是英雄——我们什么事情都敢
做，我们什么事情都能做；等到三十岁，我们就已经精疲力
竭，毫无用处了。为什么那么容易衰败，你可怎么解释它
呀，告诉告诉我？但是，也许不是这种原因，虽然……不是
的，不是的！……你走吧，巴沙，上帝保佑你；我的话太使
你厌烦了。

列别捷夫　（急切地）你知道这是怎么回事吗，老朋友？这是你
的环境毁了你呀。

伊凡诺夫　咳，这话无聊，巴沙，也陈腐了。快去吧！

列别捷夫　是的，这话当然无聊。我自己现在也明白这是无聊
的了。我走啦！我走啦！（下）

六

伊凡诺夫　（一个人）我是一个卑鄙的，没有价值的坏人。只有
像巴沙那么卑鄙、意气消沉的人，才能喜欢我、尊敬我。我
有多么瞧不起我自己呀，我的上帝！我有多么恨我自己的
声音、恨我的脚步、恨我这两只手、恨我这身衣裳、恨我的
思想啊！难道这不荒谬吗？难道这不可耻吗？——不到

一年以前,我还是强壮的,健康的,我还是精力充沛的,我还是不知疲倦和满怀热情的,我还是用同样这双手在工作,我的话还能说得连无知无识的人们都感动得掉泪,我还能见到悲惨的现象就哭,看见不公平的现象就激起愤怒。我还能懂得灵感的意义,当我从日落到天明、坐在自己的写字桌前,或者用幻梦来陶醉自己灵魂的时候,我还能感觉到宁静长夜的魅力和诗意。那时候,我有信念,我能像注视着我母亲的眼睛一般地注视着未来……但是,现在呢,啊,我的上帝呀!我已经精疲力竭了,我已经没有信念了,我无所事事地消磨着日日和夜夜。我的脑子,我的手,我的脚,都不听我使唤。我的产业正在倾荡着,森林正被斧子砍伐着。(哭)我的土地,像一个被遗弃的孩子似地望着我。我没有什么可希望的,我也没有什么可后悔的;我的灵魂,一想到明天就害怕得发抖……再看一看我对待萨拉的情形吧!我发过誓,说要永远爱她,我答应过她,说要给她幸福,我在她的眼前,展开过一个连她自己在梦中都没有想象过的未来。她相信了我。五年的工夫啊,我眼看着她被她的牺牲重重地压得憔悴下去,眼看着她和良心挣扎得疲惫不堪,然而,上帝是在头顶上的,她的眼睛里从来没有闪过一次怀疑的神色,嘴里没有吐过一个字的怨言!然而,我现在却不再爱她了……怎么会这样呢?什么原因呢?为了什么事呢?这我都不了解。现在,她正在病着;她的岁月有限了,而我呢,就像一个最下贱的小偷一样,躲着她那苍白的脸,躲着她那凹陷的胸部,躲着她那双恳求着的眼睛。可耻啊,可耻!

69

〔停顿。

萨沙,一个女孩子,被我的不幸感动了。她跟我说,在我这个岁数上,她爱我;我于是沉醉了,忘却了世上的一切,就好像被音乐迷住了似地,喊叫着"一个新生命呀! 幸福!"到了第二天,我对那个新生命和那个幸福,就又像对魔鬼一样的不相信了……我这是怎么一回事呀? 我叫我自己堕落到怎么一种程度了啊? 我这种意志薄弱是怎么来的呀? 我的神经上出了什么毛病了呢? 只要我生着病的太太一冒犯了我的虚荣心,或者,只要一个仆人一惹得我不高兴,或者,只要我的枪一不发火,我就粗暴起来,发起狠来,不像我自己了。

〔停顿。

我不明白,我不明白! 我恨不得开枪自杀,给它一个了结啊!

里沃夫 (上)我得跟你讲讲清楚,尼古拉·阿列克塞耶维奇。

伊凡诺夫 如果我们每天都得把事情讲清楚,那是任何一个人都受不了的呀。

里沃夫 你愿意听我说吗?

伊凡诺夫 我每天都听见你说的,然而,我照旧弄不清楚你到底要我怎么样。

里沃夫 我说得很清楚,很明确,除去没有心肝的人,没有人听不懂我的话。

伊凡诺夫 说我的太太要死啦——这我知道;说我对她是非常有罪的,这我也知道。说你是一个正直的、高尚的人,这我也知道! 你还有什么**再**要我懂的呢?

70

里沃夫 人性的残酷,使我厌恶……一个女人要死了。她有她所爱的父母,愿意在临死的时候看一看他们;他们很知道她不久就要死了,也很知道她仍然爱他们,然而,这种该死的残忍心哪!他们似乎是要用他们宗教的铁石心肠来使人惊讶似的——竟照旧坚持着咒骂她!你呢,你是她为你而牺牲了一切的那个人——牺牲了她的家,牺牲了她良心上的平静;然而,你竟用一点没有掩饰的方法,怀着一点也不掩饰的企图,每天到他们列别捷夫家里去!……

伊凡诺夫 哎呀,我有两个星期没到那儿去了……

里沃夫 (不听他的话)对于像你这样的人,说话必须坦白,不用拐弯抹角,如果你不高兴听,你就不听好了!我一向惯于有什么说什么……她的死会给你方便,会给你开辟一条重新进行冒险的道路;就算是这样吧,然而你总可以等待一下吧?如果你不用你那种公然的讥刺态度,一个劲儿地折磨她,叫她自自然然地死去,列别捷夫家的那个女孩子和她的陪嫁,你当然也不会失掉吧?即使不在现在,那么,在一两年以后,你也总会成功的吧,你这个出色的伪君子,也总会照样很容易地使她发狂,并且弄到她的钱的吧?……你为什么这样迫不及待呢?你为什么要你的太太现在就死,不肯忍耐到一个月或者一年以后呢?……

伊凡诺夫 这真叫人痛苦极啦!……如果你以为一个人能够无限度地忍耐下去,那你就不是一个很好的医生了。不回报你的这些侮辱,在我已经必须做出非常大的努力了。

里沃夫 算了吧,你想欺骗谁呀?摘下你的面具吧!

伊凡诺夫 你这个聪明人,要稍许想一想!你以为世上再也没

71

有比了解我更容易的事了吗？我娶安娜，为的是她的财产……人家没有让我得到。我错打了主意，所以现在我就要摆脱她，好去另娶一个姑娘，弄到她的钱，是吗？多么简单啊！人就是这样简单、这样毫不复杂的一种机器呀？……不，大夫，我们每一个人的心里，都有那么多的轮盘、螺丝和操纵杆，因此我们相互之间，就不能只从头一次的印象上，或者只从两三个表面的特征上去下结论呀。我不了解你，你不了解我，我们也不了解我们自己。一个人可以是一个好医生，同时却也可以绝对不懂得人性。不要太自信啊，一定要明白这一点。

里沃夫 你真以为你自己是这样难于被人看穿，而我是这样没有脑筋，以致连流氓和正人君子都分不出来吗？

伊凡诺夫 我们绝对不会取得一致，这是显然的。我最后一次问你一个问题，请回答我，不要带任何序言：你到底要我怎么样？你要达到什么目的？（激怒地）我是在跟谁这么荣幸地谈着话呢——是我的审判官呢，还是我太太的医生呢？

里沃夫 我是一个医生，然而作为一个医生，我坚决要求你改正你的行为。你的行为在杀害着安娜·彼特罗夫娜。

伊凡诺夫 然而我应该怎么办呢？怎么办？你既然比我自己还了解我，就明确地告诉我吧，我该怎么办？

里沃夫 至少你总不能这样毫无顾忌。

伊凡诺夫 啊，我的上帝呀！你知道你在说什么吗？（喝水）让我安静一下吧。我的罪孽是深重的：我必须到上帝面前去领罪；但是没有人授权给你，叫你每天来折磨我……

72

里沃夫 那么又是谁授权给你,叫你来凌辱我的正义感呢?你在折磨着、毒害着我的灵魂。我没有来到这个地方以前,我也承认无知的、疯狂的、没有理性的人确是存在的,然而我绝对不曾相信,世上居然还有故意地、自觉地、甘心情愿选择一条罪恶途径的罪人……我尊敬人,爱人,但是,自从认识了你……

伊凡诺夫 你这话我早就听见过了。

〔萨沙穿着骑服上。

里沃夫 哼,你听见过?(看见萨沙)现在,我可相信了——我们相互之间,确实是很了解的呀!(耸耸肩,走出)

七

伊凡诺夫 (带着惊骇)萨沙,是你吗?

萨沙 是的,是我。你好吗?没有想到吧?你为什么这么久不去看我们呀?

伊凡诺夫 萨沙,我恳求你,这可不聪明呀!你到这儿来,对我的太太可能发生可怕的影响。

萨沙 她不会看见我。我是从小路上来的。我这就走。我不放心:你好吗?为什么你这一阵子总没有去呀?

伊凡诺夫 我的太太痛苦成这个样子;她差不多快死了,可是你还到这儿来。萨沙,萨沙,这是没有头脑的,不近人情的!

萨沙 没有办法呀。你有半个月不去看我们了,我的信,你一封也没有回答。我担忧得要死。我想,你在家里一定是痛苦得不得了,生了病,要死了。我没有好好地睡过一夜。我这就走……无论怎么样,告诉我,你好吗?

伊凡诺夫 不好。我折磨着我自己,人们也在没完没了地折磨着我……我简直支持不了! 现在你又来给我找麻烦! 这一切是多么病态的、不正常的呀! 我觉得自己是多么罪过呀,萨沙,我是多么罪过呀!……

萨沙 你多么喜欢说些怕人的、悲惨的话呀! 原来你是有罪的呀?……是吗? 有罪? 那么,告诉我,是什么罪?

伊凡诺夫 我不知道,我不知道……

萨沙 这不叫回答。每一个有罪的人都应当知道他自己犯的是什么罪。你造过假钞票还是怎么啦?

伊凡诺夫 这是傻话。

萨沙 你有罪,是因为对你太太变了心了吗? 也许是这样;但是人是管不住自己的情感的,你并没有存心要改变你的情感。你有罪,是因为她看见了我对你说我爱你吗? 你没有罪,你并没有想叫她看见呀……

伊凡诺夫 (打断她的话)如此等等,爱呀,由于爱呀,管不住自己的情感呀——这些都是些陈词滥调、老套子的话,没有用处……

萨沙 和你谈话真是没有味道。(看图画)那条狗画得多好哇。那是写生的吗?

伊凡诺夫 是。而且咱们的恋爱故事,整个都是滥调子的、老套子的:男的灰心丧气,陷入绝望了,女的当场出现,充满了力量和勇气——伸出一只援救的手来。这在小说里是美的,听起来也很美,只是在现实生活里呀……

萨沙 在现实生活里也一样。

伊凡诺夫 我知道你对生活的了解有多么浅薄！我的呜咽引起你的虔诚的敬畏,你幻想着在我身上发现第二个哈姆莱特,但是,从我的心里看呢,我的病态和病态所造成的一切其他情况,只能供人作揶揄的好材料罢了,没有一点别的用处！这种稀奇古怪,你应当嘲笑它,然而,你却喊起了"救命啊!"却要救我,却要做出点英勇的事迹来！啊,我今天对自己怎么这样生气呀！我觉得这种神经紧张,在逼着我做出点什么事情来……或者我得打碎一点东西,或者得……

萨沙 一点不错,一点不错,你恰恰应该那么做。砸破点东西吧,打碎点东西吧,或者扯起喉咙来喊喊吧。你生我的气了;我真糊涂呀,为什么想起要到这儿来呢。好啦,生气吧,向我喊叫吧,跺脚吧！怎么样？发脾气吧!

　　〔停顿。

　　怎么样啊？

伊凡诺夫 一个可笑的女孩子！

萨沙 好极啦！我相信你是在笑了！仁慈点吧,发发慈悲,再笑一笑吧!

伊凡诺夫 (笑)我已经注意到了,每当你在救我和忠告我的时候,你的脸总是变得非常、非常天真的,你的眼睛总是睁得像注视着一颗流星时那么大。等一会儿,你的肩上有灰尘。(把她肩上的灰尘掸下来)一个天真的男人是一个傻子,但是你们女人,却有天真起来的艺术,所以你们的天真是甜蜜的,自然的,温暖的,不像它本来那么愚蠢的样子。

75

然而，你们女人都有一种习性，这不是很古怪吗——如果一个男人是强壮的、健康的、高兴的，你们就不闻不问，但是，等他一开始迅速地走了下坡路，一放出悲哀的声音来，你们就扑到他身上去了！难道做一个强壮的、勇敢的男人的太太，反不如做那么一种流泪的失败者的护士吗？

萨沙　是的，不如。

伊凡诺夫　那为什么呢？（笑）达尔文可一点也不知道这些，不然他准要骂你们一顿的！你们是在毁灭人种啊。多蒙你们的美意，不久，所生下来的，就都只是些哭哭啼啼的神经病患者了。

萨沙　男人们不了解的事情多着呢。任何一个女孩子，宁愿要一个失败的男人，不要一个成功的男人，因为，每个女人都渴望着主动地去爱……你了解吗，主动地？男人只要一专心在他的工作里，那么，爱情对于他，就退到很次要的地位上去了。和他的太太谈谈话，和她一起在花园里散散步，一起快活地消遣消遣，在她坟头上哭哭——男人所需要的，只是这些。然而爱情对于我们，就是生命。我爱你，这意思就是说，我在梦想着我怎样把你的苦恼治好，我怎样跟你到天涯海角去。你走上坡路，我也走上坡路；如果你陷落到深渊里，我也陷落到深渊里。我认为，比如说，熬一整夜给你抄文件，或者，整夜守着你，不叫有谁惊醒你，或者，跟着你走一百里路，那就是一种伟大的幸福！我记得三年以前，有一次，在打谷子的时候，你来看我们，你满身灰尘，被太阳晒得黑黑的，你疲乏极了，要水喝。等我把那杯水递给你，你已经躺在沙发上睡着了，睡得像个死人似的。你睡了十二个小时,我也就在门口站了十二个小时,守卫着,提防有人走进来。那我可觉得多么幸福啊!情形越困难,爱情就越深,就是说,越叫人感觉到强烈的爱,你明白吗?

伊凡诺夫 主动的爱……哼。中了邪了,少女的哲学呀。不然,也许就是理应如此了……(耸肩)这只有魔鬼才知道!(高兴地)萨沙,说真话,我是一个正派人!……想想这个:我说话总是喜欢把事情概括起来的,但是,我一辈子从来没有说过"我们的女人是堕落的",或者说过"走入歧途的女人"。我对她们一向是感激的,绝没有别的!绝没有别的!我的善良的小姑娘,你多么招人喜欢哪!而我又是个多么可笑的蠢货呀!我叫好人厌恶,我成天成天的什么事情也不做,只有诉苦。(笑)呜—呜!呜—呜的!(迅速地走开)不过,千万走吧,萨沙!我们可忘记了……

萨沙 是的,我该走了。再见吧!我怕你那位医生的正义感会叫他告诉安娜·彼特罗夫娜,说我来了。听我说:立刻到你太太那儿去,坐在她旁边,坐在她旁边……如果你在她旁边非得坐上一年不可,就在她旁边坐一年……如果要坐上十年——那就坐上十年。尽你的责任吧。痛悔吧,求她原谅吧,哭吧——只有这样才是对的。而且,最重要的是,不要放弃你的工作。

伊凡诺夫 我仿佛觉得受毒害的那种感觉又来了!又来了!

萨沙 好啦,上帝保佑你!你完全不需要替我着想。如果你每半个月给我写一行字,那就对我很好了。我会给你写信的……

〔鲍尔金在门口探头。

八

鲍尔金　尼古拉·阿列克塞耶维奇,我可以进来吗?（看见萨
沙）对不住,我没有看见你……（走进）Bongjour①!（鞠躬）

萨沙　（慌乱）你好吗?

鲍尔金　你长得更丰满、更漂亮啦。

萨沙　（向伊凡诺夫）我这就走,尼古拉·阿列克塞耶维奇……
我走啦。（下）

鲍尔金　多好的美景呀! 我是来找散文的,无意中却发现了
诗……（唱）“你像只小鸟在黎明出现……”

〔伊凡诺夫激动地在舞台上走来走去。

（坐下）她身上有一种什么东西,你知道,Nicolas（尼古
拉）,和别的女孩子不一样。不是吗? 这种东西很特
别……是属于幻想的……（叹气）事实上,她是咱们全乡
下最有钱的一个对象啦,不过她的母亲是个辣萝卜,弄
得没有人愿意跟她打交道。等她母亲死了,什么就都归
萨沙了,只是,在那个日子以前,她母亲只能给她好可怜
的一万卢布,加上几副铁板熨斗和夹煤的钳子,就连这,
也还得跪下去跟她哀求呢。（在口袋里乱摸）我要抽抽
De-los-mahoros②。你不想来一支吗?（递过他的雪茄盒

---

① 法语,日安。——译者
② 一种菲律宾雪茄。——译者

78

子)这烟不错……值得抽抽。

伊凡诺夫 （走到鲍尔金面前,愤怒得喘不过气来)马上从我家滚出去,不要再迈进一步! 马上!

〔鲍尔金站起来,雪茄落在地下。

滚出去! 马上!

鲍尔金 Nicolas(尼古拉),怎么啦? 你为什么生气呀?

伊凡诺夫 为什么? 你这些雪茄是哪儿来的? 你以为我不知道你每天把那个老头子往哪儿带,不知道你是什么存心吗?

鲍尔金 （耸着两肩)可那跟你又有什么关系呢?

伊凡诺夫 你这个恶棍! 你在这一带宣扬遍了的那些卑鄙的计划,都当着别人的面把我的名誉给污辱了! 你我不是一类的人,所以我请你马上离开我的家! （大步走来走去)

鲍尔金 我知道,你说这些话都是因为你受了刺激了,所以我不跟你生气。你愿意怎么侮辱我,就怎么侮辱吧。（拾起雪茄来)不过,是该摆脱掉你那种忧郁的时候了。你不是一个小学生……

伊凡诺夫 我刚才跟你说什么来着? （浑身颤抖着)你跟我开玩笑吗?

〔安娜·彼特罗夫娜上。

九

鲍尔金 好啦,安娜·彼特罗夫娜来啦……我走啦。（下)

〔伊凡诺夫在桌子那里停住脚步,低头站着。

〔停顿。

安娜·彼特罗夫娜　（停顿一会儿之后）她刚才干什么来了？

　　　〔停顿。

　　我问你,她干什么来了？

伊凡诺夫　不要问我,安妞塔……

　　　〔停顿。

　　我是非常有罪的。随便你想出什么方法来惩罚我吧,我都
　　会忍受,只是……不要盘问我……我经不起谈话。

安娜·彼特罗夫娜　（怒冲冲地）她到这里干什么来了？

　　　〔停顿。

　　哈,原来你就是这个样子的呀！现在我懂得你了。我到底
　　明白你是怎么一种人了。无耻,下贱……你还记得吗,你
　　到我那儿去,跟我撒了一个谎,说你爱我……我相信你；
　　我抛弃了我的父母和我的宗教,跟你来了……你对我说了
　　许多关于真理、善良和你的高贵计划的谎话。我每一个字
　　都相信了……

伊凡诺夫　安妞塔,我从来没有跟你说过一句谎话。

安娜·彼特罗夫娜　我跟你过了五年。我一直是郁抑的、有病
　　的,但是我一直爱着你,连一会儿也没有离开过你……你
　　一直是我的偶像……可是你一直就用极无耻的手段欺骗
　　我……

伊凡诺夫　安妞塔,不要说不合事实的话。我做了些错事,是
　　的,但是我一辈子从来没有说过一句谎话……你可不能责
　　备我这一点……

安娜·彼特罗夫娜　现在我全明白了……你娶我,是以为我父

母会饶恕我,会给我钱……你当初所希望的就是这个……

伊凡诺夫 啊,我的上帝呀! 安妞塔,你是这样来试验我的耐性的吗……(哭)

安娜·彼特罗夫娜 住嘴! 当你看见钱没有到手,你就着手去布置新的罗网了……现在我全想起来了,也全明白了。(哭)你从来没有爱过我,也从来没有对我忠实过……从来没有!

伊凡诺夫 萨拉,这不是实话! 你愿意说什么就说什么吧,只是不要用瞎话来侮辱我。

安娜·彼特罗夫娜 下贱的、无耻的人! ……你欠了列别捷夫家的债,现在你想要赖掉这笔债,就尽力想把他的女儿弄得发狂,像当初欺骗我那样去欺骗她。这难道不是实话?

伊凡诺夫 (气得发喘地)发发慈悲,住嘴吧! 我可要管不住自己啦……我要气死了,我……我可会说出伤害你的话来的……

安娜·彼特罗夫娜 你一直在无耻地欺骗人,不只是我一个。你把什么不名誉的事情都推在鲍尔金身上,可是,现在我可知道该谁负责了。

伊凡诺夫 萨拉,别吵了! 走开,不然我可会说出点什么话来的! 我心里可直想对你说些可怕的、侮辱的话啊……(喊)住嘴,你这犹太女人!

安娜·彼特罗夫娜 我非说不可……你把我欺骗得太久了,我必须说说……

伊凡诺夫 这么说,你是不肯住嘴喽。(强制着自己)发发慈悲吧……

81

安娜·彼特罗夫娜　现在你去吧,去欺骗那个萨沙吧!……

伊凡诺夫　哼,让我告诉你吧,你……你就要死啦……医生告诉我,说你就要死啦……

安娜·彼特罗夫娜　(坐下,低声)他这是什么时候说的?

　　　　　〔停顿。

伊凡诺夫　(两手抓住头)我简直是个禽兽啊!我的上帝,简直是个禽兽啊!(啜泣)

——幕落

第 四 幕

第三幕和第四幕之间,相隔约一年。

列别捷夫家的一间会客厅。一道拱门,把前厅和后厅分开;左右有门。旧铜器,家庭照片。一切陈设都充满了节日的气氛。一架钢琴;上边放着一把小提琴;旁边立着一把大提琴。整幕都有穿得像参加舞会的客人们横穿着舞台走过去。

一

里沃夫 (上,看自己的表)四点钟过了。我想这正是行祈祷礼的时候……他们给她祝福,然后送她到教堂去结婚。这就是美德和正义的胜利呀!他想抢萨拉的钱,没有成功;他把她折磨得进了坟墓,现在他又找到了另外一个。他也要对她演一回戏,直演到抢光了她,然后把她像萨拉那样送进坟墓去。一出传统的刮钱把戏……

〔停顿。

他现在活在极乐的七重天上；他会快乐地活到老年，直到临死良心也不会感到惭愧。不行，我要揭穿你！等我把你那该死的假面具撕掉，大家都晓得你是怎样一种东西的时候，会叫你从七重天上一直栽到地狱的最深处，连魔鬼都拉不出你来！我是一个正直的人；我有责任干涉你，有责任把他们的瞎眼睛打开。我要尽我的责任，然后，明天我就永远离开这个可憎的地区！（默想）然而我可怎么做呢？和列别捷夫一家人去谈，等于浪费时间。向他提出决斗吗？大闹一场吗？我的上帝呀，我像一个小学生那样的错乱了，完全失去想主意的能力了！我可怎么办呢？决斗吗？

二

科西赫 （上，愉快地向里沃夫）昨天我叫了一个梅花小满贯，本想弄个大满贯的。可惜又叫那个巴拉巴诺夫整个给破坏了！我们打着。我说"无将"，他说"帕斯"。我叫过了梅花二，他就叫"帕斯"。我接着又叫方块二……梅花三……可你会相信吗——你能想得到吗！——等我叫过了小满贯，他还是怎样也不出他的爱斯！如果他出了爱斯呢——这个恶棍！——我准会叫一个无将的大满贯啊……

里沃夫 对不起，我不打纸牌，所以我不能领略你的兴致。祈祷礼快举行了吧？

科西赫 应该快了。大家正在劝久久什卡呢……她像头牛犊子似的那么嚷：她难过的是丢了这笔陪嫁。

里沃夫 不是为丢了女儿吗？

84

科西赫 是为了陪嫁。此外，这门亲事也叫她苦恼。他这一招赘到家里来，那么，他欠下她的钱，也就不会还啦。你总不能去告自己的亲女婿不是。

三

　　巴巴金娜盛装上，带着一副尊严的神气，从里沃夫和科西赫的身边横穿过去；科西赫用拳头堵着嘴笑；她转回头来。

巴巴金娜 多愚蠢！

　　〔科西赫用一只手指触了触她的腰，笑。

　　你这个粗人！（下）

科西赫 （笑）这个糊涂女人简直是整个神魂颠倒啦！在她想着法儿弄到一个头衔以前，她和哪个女人都一样，现在呢，你可就接近不得她了。（模仿着她）"你这个粗人！"

里沃夫 （激动地）喂，老老实实地告诉我，你对伊凡诺夫是怎么个看法？

科西赫 他不行啊。他打起牌来就像个鞋匠似的。让我来告诉你去年四旬斋的时候是怎么个情形吧。我们都坐下打牌啦——伯爵，鲍尔金，他和我——我正打……

里沃夫 （打断他的话）他是个好人吗？

科西赫 他？他是个骗子！他诡计多端；他可是见过世面的……伯爵和他——他们真正是一对儿。他们的鼻子才尖呢，闻得出来哪儿有什么东西可以下手。他在那个犹太女人身上栽了一脚,没想到失败了,现在可就看上久久什卡的钱袋啦。我赌什么都可以,一年以内,他要不把久久什卡弄个精光,叫我的灵魂下地狱。他准得收拾了久久什卡,伯爵也准得收拾了那个寡妇。他们准得把钱抓到手,往后自个儿痛痛快快地活下去。大夫,你今天脸色为什么这么白呀? 你的样儿有点不对呀。

里沃夫　咳,没什么! 昨天我有点喝多了。

四

　　列别捷夫和萨沙上。

列别捷夫　咱们可以在这儿谈谈。(向里沃夫和科西赫)你们可以找那些太太去,你们两位好战的人。我们要谈点私房话。

科西赫　(走过萨沙身旁的时候,用力捻手指头作响)好一张画儿! 王牌 Q。

列别捷夫　快滚开,你这野人,快滚开!

　　〔里沃夫和科西赫下。

　　坐下,萨沙;对了,坐下……(坐下,往四下看看)专心地,拿出足够的诚意来听我说。是这个样子:是你母亲叫我跟你这么谈谈的……你明白,这话我自己可不想说:这是你母亲的命令。

萨沙　爸爸,就请干脆说吧!

列别捷夫　你这回结婚,给你一万五千卢布。以后……可记住

86

了,以后就不许再谈钱的事啦! 等一会儿,先别说话! 底下好听的还多着呢。你的这一份儿是一万五千,但是,既然尼古拉·阿列克塞耶维奇还欠着你母亲九千,那就得从你的陪嫁里扣去……嗯,除此以外呢……

萨沙 你告诉我这个,是什么用意呢?

列别捷夫 你母亲叫我告诉你的。

萨沙 让我安静点吧! 你哪怕有一点点尊重我或者尊重你自己的心思,都不会来跟我这样说话的。我不需要你们的陪嫁! 我没有向你们要过,现在也不要!

列别捷夫 你为什么一张嘴就冲起我来啦? 果戈理的书里边,那两只老鼠见了面不高兴,还要鼻子先嗤嗤两声,跟着就走开了呢,你可好,鼻气儿一声都没出,一张嘴就跟我冲起来了。

萨沙 让我安静点吧! 不要你们拿半文钱都计较的话来侮辱我的耳朵!

列别捷夫 (动起火来)吓! 你们个个都这种样子,真要逼得我去谋害人,或者用把刀子扎死我自己啦! 一个嘛,从早晨嚷到夜里,一直埋怨着,骂着,自个儿的分文都计算着,另一个嘛,又是这么聪明,这么通人情,这么独立自主——都该下地狱的! ——她连自己的父亲都不能了解! 我侮辱了她的耳朵啦! 你可知道我没到这儿来侮辱你的耳朵以前,在那儿(指着门外)先就已经叫人给撕成碎块儿、切成零段儿啦。她不能了解啊! 她的神魂颠倒啦,她整个发了昏啦……你们都是混账的东西! (走到门口,又站住)我不喜欢这个——你的一切我都不喜欢!

萨沙 你不喜欢什么呀?

87

列别捷夫　我不喜欢一切———一切!

萨沙　什么一切呀?

列别捷夫　你以为我会坐下来告诉告诉你吗? 这件事情就没有一点儿地方叫我喜欢的,看着你这门亲事,我就受不了! (走到萨沙面前,抚爱地)原谅我吧,萨沙,也许你这桩婚姻完全是聪明的、正当的、高尚的、满合乎高超的原则,但是,这里边可有一样整个不对劲儿的东西——整个不对劲儿! 你这桩婚姻,不像一般人的婚姻。你年轻、活泼、纯洁得像一杯白水,而且美丽,而他呢,他是一个鳏夫,很衰老颓唐啦,我不了解他,上帝保佑这个人吧! (吻他的女儿)萨沙,原谅我,可这里边儿是有点不大妥当的东西。别人讲了好多闲话呢。讲他那个萨拉死的情形,还讲他马上就忙着娶你的情形……(突然)可是你看,我简直成了个老太婆啦——成了老太婆啦! 我像条旧布裙子那么女人味儿啦。不要听我的。除了你自己的,谁也不要听。

萨沙　爸爸,我自己也觉得这里边有点不对头的地方……有——有! 你只要知道我的心有多么沉重就好了! 重得不能忍受了! 我没脸承认,也怕承认。亲爱的爸爸,看在上帝的份上,一定要帮助我,叫我勇敢起来吧……教教我怎么办。

列别捷夫　什么事呀? 什么事呀?

萨沙　我害怕,我从来没有这样怕过。(往四下里看)我觉得我不了解他,而且永远也不会。自从我和他订了婚,他脸上就没有过一次笑容,也从来没有正眼看过我一次。他满嘴是抱怨的话,后悔的话,浑身发抖,显得好像做错了什么

88

事……我厌倦极了。我甚至有时候一阵阵地觉得我……觉得我并不是像该爱他的那样爱他。他一到我们这儿来，或者一和我谈话，我就厌烦了。这些都是什么意思呢，爸爸？我害怕。

列别捷夫　我的亲爱的,我的独养女儿,听你老父亲的话。跟他解除婚约吧。

萨沙　(变色)你说什么?

列别捷夫　是的,一点也不错,萨沙。是会传成笑话,引得四乡邻近,到处都是闲言闲语的。可是情愿忍受这些闲言闲语,总比整个毁了你一辈子强啊。

萨沙　不要谈这些了,爸爸。我不愿意听。我应当和我的这些阴暗的想法斗争。他是一个完美的人,他不幸,他被人误解。我要爱他;我要了解他;我要叫他站起来;我要尽我的义务。这是决定了的!

列别捷夫　这不是义务,而是神经病。

萨沙　够了。我已经把我自己对自己都不肯承认的话说给你听了。不要告诉任何人。让咱们把它忘了吧。

列别捷夫　我简直弄不清楚是怎么回事。要嘛,就是我老糊涂啦,要嘛,就是你们都太聪明啦。无论是哪一样吧,反正我是一点儿也不能明白;我要明白,我是畜生。

五

沙别尔斯基　(上)叫你们个个都下地狱吧。这真叫人恶心啊。
列别捷夫　你又怎么啦?

沙别尔斯基　没怎么。正经地说吧,不管闹成什么样儿,我也一定要耍一回这种肮脏的、卑鄙的手段,叫你们也跟我一样地忍不住。我也要耍一回。一定啦!我已经告诉鲍尔金啦,叫他宣布我今天订婚。(大笑)既然个个都是流氓,我就也要当个流氓。

列别捷夫　咳,你真叫我讨厌哪!你知道为什么吗,玛特维?你照这样说下去,会说得叫——原谅我这么说吧,会说得叫人把你抓进疯人院里去。

沙别尔斯基　难道疯人院比随便什么院更坏吗?你如果愿意,你今天就可以把我送进去;我无所谓。没有人不是卑鄙的、渺小的、浅薄的、迟钝的。我也厌恶我自己;我不能相信自己一个字……

列别捷夫　我告诉你怎么办吧,玛特维,你应当在嘴里放点粗麻,点上一根火柴,然后,就往外吐烟吧。或者,最好是拿起你的帽子回家去。这儿在行婚礼;每个人都在找乐儿,可你像个乌鸦似的乱呱呱。是的,真正是……

　　〔沙别尔斯基趴在钢琴上,啜泣。

哎呀呀!玛特维!伯爵!你是怎么啦?玛秋沙,我的亲爱的……我的天使……我得罪你了吗?得啦,你得原谅像我这样一个老东西啊……原谅一个醉鬼吧……喝点水吧。

沙别尔斯基　不要。(抬起头来)

列别捷夫　你为什么哭呀?

沙别尔斯基　咳,没什么!……

列别捷夫　你瞧你,玛秋沙,别说瞎话啦。是什么原因?

沙别尔斯基　我无意中看见了这把大提琴……就想起那个可

怜的小犹太女人来了……

列别捷夫 唉！你真算选了一个好时辰来想念她啊！愿她在天堂上快乐，永远平安吧！但是现在不是追念她的时候。

沙别尔斯基 我们当初总是在一起演奏二重奏……她是一个了不起的、少有的女人啊！

〔萨沙号啕大哭。

列别捷夫 你可又怎么啦？打住吧！哎呀，两个人都嚷起来啦！我—我……你们至少总可以找个别的地方去吧，这儿会叫人看见的。

沙别尔斯基 巴沙，出太阳的时候，即使在坟地里也是愉快的。一个人如果有希望，即使到了老年也是幸福的。但是我没有什么可希望的了，连一点希望也没有啊！

列别捷夫 是的，你的情况是不很如意的……你没有孩子，没有钱，没有工作……咳，可这有什么办法呢。（向萨沙）你怎么啦？

沙别尔斯基 巴沙，给我点钱。等咱们到另外那个世界里再结账吧。我要到巴黎去，看看我太太的坟。在我的好日子里，我送出去过很多；把我的财产送掉了一半，所以我有权利向别人要。何况，我是向一个朋友要……

列别捷夫 （慌张）我亲爱的伙计，我连一个小钱也没有哇！但是好吧，好吧！这意思是说，我什么也不能许下，但是你明白……很好，很好！……（向旁边自语）他们要把我折磨死啦。

六

巴巴金娜 （上）我的陪伴儿哪儿去啦？伯爵，你怎么能把我一个人儿丢在那儿呀？啊，可恶的男人！（用扇子轻轻打伯爵的手）

沙别尔斯基 （缩回手去）不要打搅我！我恨你！

巴巴金娜 （惊愕）什么？……嗯？……

沙别尔斯基 走开！

巴巴金娜 （颓唐地坐在一张椅子上）啊！……（哭）

齐娜伊达 （进来，哭着）有人到了……我相信那是伴郎。该是行祈祷礼的时候了。（大哭）

萨沙 （央求地）妈妈！

列别捷夫 好哇，大家都嚎起来啦！好一段四重奏啊！打住吧，你们把这个地方弄得多么丧气！玛特维……玛尔法·叶戈罗夫娜！……得啦，不然我自己可也要哭啦啊……（哭）哎呀！

齐娜伊达 好啦，你既然不顾念你的母亲，你既然不听话……我就顺着你的意思，我给你祝福。

〔伊凡诺夫穿着燕尾服，戴着手套，上。

七

列别捷夫 得，这就更热闹啦！什么事？

萨沙 你怎么来啦？

伊凡诺夫　我对不住。我可以单独和萨沙谈谈吗？

列别捷夫　在婚礼以前跑到新娘子这儿来，这是不合规矩的！你该到教堂里去了！

伊凡诺夫　巴沙，我求你……

　　〔列别捷夫耸耸肩；他，齐娜伊达·萨维什娜，沙别尔斯基和巴巴金娜，下。

八

萨沙　（严厉地）你有什么事？

伊凡诺夫　我愤怒得喘不过气来了，但是我还能冷冷静静地说话。听着！我刚才为了行婚礼，去穿衣裳。我照照镜子，看见我的两鬓已经发白了……萨沙，这不行啊！趁着还来得及，我们应当叫这出无意义的滑稽戏打住……你年轻、纯洁，你有你的前途，而我呢……

萨沙　这全是老一套。我已经听过一千遍了，听得都头疼了！到教堂去！不要叫大家尽等着。

伊凡诺夫　我要立刻回家去，你告诉你家的人，说婚礼不举行了。对他们解释解释。我们糊涂得够长久的了。我扮演过哈姆莱特，你扮演过一个高贵的小姐，就到此为止吧。

萨沙　（勃然大怒）你这话是什么意思？我不要听。

伊凡诺夫　可是我要说，还要再说。

萨沙　你是干什么来的？你的哭声简直变成嘲笑声了。

伊凡诺夫　不，我现在并没有哭。嘲笑吗？是的，我是在嘲笑。如果我能够再加一千倍严厉地嘲笑嘲笑我自己，使得全世界耻笑，我也愿意那么做。我在镜子里看着我自己，良心上就像有一颗子弹爆炸了似的！我耻笑我自己，把我羞得几乎要发疯。（笑）什么忧郁呀！高贵的悲哀呀！神秘的愁苦呀！所差的只是我该再写写诗啦……当太阳灿烂地照耀着大地的时候，当蚂蚁都拖拉着它的小小的家当而自满自足的时候，却要我去呜咽，痛哭，给别人痛苦，承认自己的生命力已经永远消失，承认我已经衰老、只是在苟延岁月，承认我已经由着自己弱点的摆布、堕落到极可憎的冰冷无情的程度——要我承认这一切，哈，不行，谢谢吧！要我眼看着有些人把你当作骗子，有些人为你惋惜，还有些人伸出援救的手来，而另外一些人——最使人难堪的是——带着敬意来听你的长叹，把你当作先知，等着你给他们带来新的福音……不行，感谢上帝，我还有自尊心，还有良心呢！我刚才到这儿来的时候，我耻笑我自己，觉得就是那些鸟，那些树，也都在耻笑我啊……

萨沙　这不是愤怒，这是疯狂。

伊凡诺夫　你以为是这样吗？不，我没有疯。现在我看见了事情的本来面目，我的神志清楚得和你的良心一样。我们相爱着，但是我们永远也不该结婚！我可以随我自己怎么喜欢，去发狂言、去忧郁好了，但是我没有权利去毁灭别人。去年，我用我的呜咽摧残了我太太的性命。你和我订婚以后，你就不会笑了，也老下去了五岁。你的父亲，本来把生活里的一切都看得清清楚楚的，可是现在，由于我的好心，也不能了解别人了。我无论是去参加一个聚会，或者去拜访朋友，或者去打猎，我无论到哪儿，都带去我的烦闷、抑郁和对自己的不满。等一等,不要打断我的话! 我说话是粗暴的、野蛮的,但是,原谅我,我愤怒得喘不过气来了,我没有办法不这样说话了。我从来不诬蔑生活或是詈骂生活,可是我如今既然已经变成了一个老牢骚鬼,就不自觉地、错误地詈骂起生活来了,发起命运不平的怨言来了,那么,凡是听见我的话的人,就会被我这种厌恶生活的态度所传染,也詈骂起生活来了。可我这是一种什么态度啊! 仿佛我活着就是为了给大自然一点好处似的! 叫我下地狱吧!

萨沙　等一会儿……从你刚刚所说的话里,可以推论出来,你对于发牢骚、发怨言已经感到厌倦了,也就是说,应该开始一种新的生活了! ……这可也是一个好现象啊……

伊凡诺夫　我看不出是什么好现象,谈谈新生活又有什么用处呢? 我什么全完了,没有一点希望了。该是我们两个人都得认清楚这一点的时候了。哼,一种新生活!

萨沙　尼古拉,打起你的精神来! 你怎么会认为自己什么全完了呢? 这可是一种玩世不恭的态度啊! 不,我不想再说,也不想再听了……到教堂去!

伊凡诺夫　我什么全完了!

萨沙　不要这样喊,客人们会听见的!

伊凡诺夫　如果一个受过教育的、健康的、而不是愚昧的人,为了某种并非表面的原因而恸哭,而往下坡滚去,他只有一直不停地滚下去,没有办法可以救他! 你看,我到哪儿去求救呢? 用什么办法? 我不能喝酒——喝酒我就头痛;我连歪诗也不会写;我又不能崇拜自己精神的懒惰,认为这里边有什么高超的东西。懒惰就是懒惰,脆弱就是脆弱——我不能给它们换个好听的名字。我全完了,全完了——谈它也没有用处啊!(往四下里看)我们的话可能会被人打断的。听着!如果你爱我,就帮助我吧。马上,就在此刻,跟我解除婚约吧。赶快!……

萨沙　啊,尼古拉,你得知道你把我弄得多么疲惫不堪哪!我的灵魂有多么厌倦啊!你是一个善良的、聪明的人;你就自己判断一下吧,你怎么能给我加上这么多的负担呢?每天都出新的问题,一个问题比一个问题困难……我要的是主动的爱,可现在却成了殉道了!

伊凡诺夫　可是等你做成了我的太太,问题还会复杂得多。解除它吧!你必须了解:这不是爱,而是你的诚实天性里的顽固性在你心里起着作用。你给自己立下过一个目标,要不顾一切,用牺牲来叫我重新做人,来救我。你由于想到自己在做着一件不平凡的事情而高兴……现在呢,你已经在准备后退了,只是被一种假的感情阻碍着。一定要了解这一点啊!

萨沙　多么古怪、多么错乱的逻辑啊!哼,我能跟你断绝吗?我怎么能跟你断绝啊?你既没有母亲,又没有姊妹,也没有朋友……你已经破产,你的庄园都叫人抢光了,谁都在造你的谣言……

伊凡诺夫　我真糊涂,不该来找你……我应该按照我的打算去做……

　　　[列别捷夫上。

九

萨沙 （向她父亲跑去)咳呀,爸爸! 他撞到这儿来,像疯了似的,在折磨我! 他坚持要我解除婚约;说他不愿意毁掉我的一生。告诉他,说我不接受他这种慷慨。我做的事情,自己并不糊涂。

列别捷夫 我简直弄不清楚是怎么一回事……什么慷慨呀?

伊凡诺夫 婚礼不举行了!

萨沙 必须举行! 爸爸,告诉他,必须举行!

列别捷夫 等一会,等一会! ……你为什么不愿意娶她啦?

伊凡诺夫 我已经跟她解释过了,可是她不理。

列别捷夫 不,你不要跟她解释,要跟我解释呀,要解释得叫我懂得你的意思! 啊,尼古拉·阿列克塞耶维奇,让上帝给你裁判去吧! 你把那么一大堆乱七八糟的事儿,带到我们的生活里来,弄得我仿佛住在一间古玩陈列所里似的:我往周围看看,什么我也看不懂啊……这简直是一种刑罚呀……一个老头子,对你可有什么办法呢? 跟你去决斗还是怎么着呀?

伊凡诺夫 不需要决斗。所需要的,只是你的肩膀上得长个脑袋,还得懂俄国话。

萨沙 （激动地在舞台上走来走去)这可怕,可怕! 简直像一个孩子……

列别捷夫 现在是毫无办法啦,很简单。听着,尼古拉! 在你看,你这一切似乎都是聪明的、精明的,也合乎一切

心理学原理的,然而在我看来,这似乎是个笑话和不幸
啦。最后听我这个老头子一次话吧! 这是我对你的忠
告:让你的头脑冷静一下! 像别人那样,把事情看得
简单一点! 人世间一切事情都是简单的。天花板是白
的,靴子是黑的,糖是甜的。你爱萨沙,她也爱你。如
果你爱她,你就留下;你不爱她,你就走;咱们用不着小
题大做。嘿,这够多么简单哪! 你们两个人都健康、聪
明、道德,感谢上帝,也都有饭吃,有衣服穿……你还要
什么呢? 你没钱吗? 好像那有多大关系似的……钱不
能给人幸福啊……自然,我懂得……你的产业已经押
出去了,你没有钱付利息,可是我是一个做父亲的呀,
我懂得……她的母亲,随便她愿意怎么办就怎么办吧,
哼,这个女人呀;如果她不肯给钱,她不必给。萨沙说
她不要陪嫁。这都是些原则,叔本华[①]……那都是废
话……我在银行里有一万私房。(四下望望)这家里可谁
也不能让他们知道……奶奶的钱……这也给你们……拿
去,可只有一个条件:给玛特维两千……

〔客人们聚在后厅里。

伊凡诺夫 巴沙,用不着说了。我要照着我的良心所吩咐的
去做。

萨沙 我也要照着我的良心所吩咐的去做。随你喜欢怎么说,
你就怎么说吧,反正我不放你走。我去叫妈妈。(下)

---

① 叔本华(1788—1860),德国唯心主义哲学家,唯意志论者。——译者

十

列别捷夫　我简直一点也听不懂啊……

伊凡诺夫　听着,可怜的朋友……我不是要跟你说我是什么样的人——正经或者是个骗子,健康或者是个疯子。那没法子叫你了解。我从前一直是年轻的、热心的、诚恳的,而且不是个傻瓜;我爱过,恨过,也信过神,不像别人似的;我希望过,一个人做过十个人的事;我斗过风车,我拿脑袋撞过墙;也不估计自己的力量,也不考虑,也一点不懂得什么叫作生活,就担负起一副能压折我的腰、累坏我的腿的重担子;我在我的青年时代,急忙忙地把自己的一切用尽;我狂热过,我苦熬苦修过,辛辛苦苦地工作过,我不懂得节制精力。可是你告诉告诉我,我能够不这样干吗?我们人太少,你知道,而要做的事情又是那么多呀,那么多!我的上帝!有多少哇!可是,看看我所奋斗过来的生活,反过头来给我的报偿可又是多么残酷啊!我累坏了。在三十岁上,我忽然清醒了,可是我已经老了,迟钝了,精疲力竭了,紧张过度了,衰败了,头脑也昏沉了,灵魂也懦弱了,没了信心,没了爱,生活没了目的,我就像个影子似地徘徊在人群里,不知道我自己是个什么样的人,不知道我为什么活着,不知道我需要什么……因此,我认为爱是鬼话,温柔是叫人恶心的;认为工作没有意义;认为歌唱和热衷的言语是庸俗的、陈腐的。我无论到什么地方,也都带着苦恼、冷彻骨髓的烦闷、不满和对于生活的厌倦……我全完了,没有一点希望了！在你面前站着的是一个在三十五岁上就意志消沉、幻想破灭、被自己丝毫没有结果的努力压垮的人；他内心受着羞愧的煎熬，他嘲笑着自己的软弱无能……啊，我的自尊心有多么不服气啊，我的愤怒简直叫我喘不过气来啦！（站不稳）你看，我把我自己弄成什么样子了哇！我简直头晕啦……我站不住了。玛特维在哪儿？让他送我回去。

[后厅的声音："伴郎来啦！"

十一

沙别尔斯基 （上）穿着一身破旧的、借来的礼服……没有手套……为了这个，挨了多少嘲笑的眼色，多少愚蠢的诽谤、庸俗的鬼脸呀！……讨人厌的小人们！

[鲍尔金拿着一束鲜花，穿着晚礼服，戴着作为伴郎标志的一朵花。

鲍尔金 哎哟！他跑到哪儿去啦？（向伊凡诺夫）大家在教堂等了你这么老半天，可你还在这儿卖弄你的见解呢。他真是个喜剧演员！他可真是个喜剧演员！你不能和你的新娘子一块儿到教堂去，得分开去，跟我去，等我从教堂回来，再接新娘子。你难道连这个都不懂吗？他可真是个喜剧演员！

里沃夫 （上，向伊凡诺夫）哈，你原来在这儿啦？（高声）尼古拉·阿列克塞耶维奇·伊凡诺夫，我在大家的面前宣布，你是一个流氓！

100

伊凡诺夫 （冷冷地）我很感谢你。

　　　　［全体骚动。

鲍尔金 （向里沃夫）先生,这是可耻的! 我要求和你决斗!

里沃夫 鲍尔金先生,岂只是和你动武,就是和你说一句话,我都认为有失我的身份! 不过,伊凡诺夫先生无论什么时候如果愿意,却是可以得到满足的。

沙别尔斯基 先生,我来跟你斗斗!

萨沙 （向里沃夫）你为什么侮辱他? 为了什么? 先生们,请你们叫他告诉告诉我,他为什么这样。

里沃夫 亚历山德拉·巴甫洛夫娜,我侮辱他不是没有根据的。我是作为一个正直的人,到这里来打开你的眼睛的,所以我请你听我说说。

萨沙 你还能说些什么呢? 说你是个正直的人? 那全世界早已经知道了! 你顶好凭你的良心跟我说说,你是不是了解你自己吧? 刚才,你是作为一个正直的人到这里来的,可是进门就破口向他说了一顿几乎可以置我于死地的侮辱话。而以前呢,你一直像个影子似的到处跟着他,毁灭他的生活,你却认为你是在尽你的责任,认为你是一个正直的人。你干预了他的私生活,污辱了他的名誉,非难了他;只要你一有时间,就把匿名信像雨点似地往我这里和所有他的朋友那里送——就在你做这些事情的时候,你却自以为是一个光明正大的人。你,一个医生,就连他的生着病的太太都不肯饶过,你用你的猜疑叫她一刻也不能平静,你却认为那是正当的。你无论做出什么狂暴的行为,无论做出怎样残酷的卑劣行为,却永远相信你自己是一个光明正大的和前进的人!

伊凡诺夫 （大笑着）这不是一场婚礼,而是一场辩论! 好哇,
好哇!

萨沙 （向里沃夫）那么现在就稍稍想一想吧:你了解不了解
你自己? 没有头脑、没有心肝的人!（拉着伊凡诺夫的手）
咱们走,尼古拉! 爸爸,走!

伊凡诺夫 到哪儿去? 等一会儿,我来把这一切给结束一下
吧! 我的青春在我的心里觉醒了,我的旧我振作起来了!
（掏出手枪来）

萨沙 （尖叫）我知道他想要干什么! 尼古拉,我求你!

伊凡诺夫 我已经在下坡路上滚得够久了,现在得停止了! 该
是知道什么时候得告别的时候了! 往后站! 多谢啦,
萨沙!

萨沙 （尖叫）尼古拉,我求求你呀! 拉住他!

伊凡诺夫 别管我!（跑到一边,开枪自杀）

——幕落

海 鸥

四 幕 喜 剧

一八九六年

人　物

阿尔卡基娜,伊琳娜·尼古拉耶夫娜,随夫姓特里波列娃——
　女演员。

特里波列夫,康斯坦丁·加夫里洛维奇(科斯佳)——阿尔卡基
　娜的儿子。

索林,彼得·尼古拉耶维奇(彼得鲁沙)——阿尔卡基娜的
　哥哥。

扎烈奇娜雅,妮娜·米哈伊洛夫娜——一个富有的地主的
　女儿。

沙姆拉耶夫,伊利亚·阿法纳西耶维奇——退伍的陆军中尉,
　索林家里的管家。

波琳娜·安德烈耶夫娜——他的妻。

玛莎(玛丽雅·伊利尼奇娜)——他们的女儿。

特里果林,鲍里斯·阿列克塞耶维奇——作家。

多尔恩,叶甫盖尼·谢尔盖耶维奇——医生。

麦德维坚科,谢苗·谢苗诺维奇——小学教员。

雅科夫——工人。

一个厨子。

一个女仆。

故事发生在索林的庄园里。

第三幕和第四幕之间,时间相隔两年。

第 一 幕

索林庄园里的花园一角。一条宽阔的园径,通向花园深处的湖泊。面对着观众,一座草草搭成的业余舞台,横断着这条园径,把湖水全部遮住。舞台两旁是些丛林。

几张长凳,一张小桌子。

太阳刚刚西下。闭着的幕后,是雅科夫和其他工人。咳嗽声,锤击声。

幕开时,玛莎和麦德维坚科正散步回来,由左方上。

麦德维坚科 你为什么总是穿着黑衣裳?

玛莎 我给我的生活挂孝啊。我很不幸。

麦德维坚科 这是为什么?(沉默)我不懂……你身体很好,你的父亲虽然没有很多财产,可也还富足。我的生活比你困难多了。我一个月只进二十三个卢布,还要在里边扣去养老金。就是这种情形我也还不挂孝呢。(他们坐下)

玛莎 金钱并不就是幸福。一个人即使贫穷也能幸福。

麦德维坚科 理论上是对的,而事实是这样:我得用我那二十三个卢布,养活我的母亲、我的两个姊妹和我的小弟弟。总得吃饱喝足呀!总得有茶有糖呀!也还得有烟草呀!你就拿这点钱去应付应付看吧。

玛莎 (向舞台看了一眼)表演快开始了。

麦德维坚科 对了。表演的是扎烈奇娜雅。剧本是康斯坦丁·加夫里洛维奇写的。他们在恋爱,他们的灵魂也要在今天晚上共同创造一个艺术形象的努力中结合起来了。可是你我的灵魂呢,却没有可以接触之点。我爱你,由于苦恼,我在家里坐不住。我每天来回走十二里路,跑来看你,而我所遇到的只是你那种表示无能为力的冷淡。这是很可以理解的。我没有财产,家里人口又多……谁也不会嫁给一个连自己都没得吃的男人啊。

玛莎 胡说!(闻鼻烟)你的爱情叫我感动,可是我不能回报,很简单。(向他递过烟盒去)请。

麦德维坚科 谢谢,我不喜欢这个。

　　〔停顿。

玛莎 天气真闷!今天夜里准会有一场暴风雨。你只是高谈哲学,要不然就是钱。听你讲起来,贫穷仿佛是痛苦里面最大的痛苦啦。而我认为就是穿着破衣裳、去讨饭,都要好到万倍,总比……而且,你也不能理解……

　　〔索林和特里波列夫由右方上。

索林 (拄着一根手杖)我呀,你知道,住在乡下我可真不舒服,而且,我一辈子也习惯不了。昨天晚上,我十点钟就躺下了,睡到今天早晨九点钟,我一醒,就觉得睡得太多了,脑子仿佛粘在天灵盖上。(笑)吃完中饭,我不知怎么的又睡着了,我做着噩梦,浑身像散了架一样。归根结底……

特里波列夫　一点不错,你天生是该住在城里的。(看见玛莎和麦德维坚科)先生女士们,开幕以前,会去请你们。现在可不能待在这儿。我请你们离开这儿。

索林　(向玛莎)玛丽雅·伊利尼奇娜,好不好请你费心跟你父亲说说,请他叫人把那条整天咆哮的狗,给解开链子……我妹妹又整整一夜没能合上眼。

玛莎　你自己跟他说去吧,我呀,我受不了。不要叫我去。(向麦德维坚科)咱们走!

麦德维坚科　(向特里波列夫)那么,开戏以前你可得通知我们啊。

　　　〔玛莎和麦德维坚科下。

索林　这么说,那条狗照样得整夜地咆哮了。就瞧瞧吧!我在乡下从来没有过得称心过。从前,我赶上有好多次二十八天的休假,都是到这儿来,想好好地休息一下的。可是一到这里,种种的烦恼就烦得我恨不得马上跑开。(笑)我每一次都是离开这儿最高兴……可是现在呢,我退休了,说真的,我没有哪儿可去了。不管你愿意不愿意,反正得住在这儿啦……

雅科夫　(向特里波列夫)康斯坦丁·加夫里洛维奇,我们洗个澡去。

特里波列夫　好,只是十分钟就得回来盯着。(看看表)快开幕了。

雅科夫　好吧。(下)

特里波列夫　(把舞台打量了一下)这个舞台真不算坏!前幕,第一道边幕,第二道边幕,再后边,是空的。没有布景。可

以一眼望到湖上和天边。我们要在准八点半开幕,那时候
月亮刚上来。

索林　好极了。

特里波列夫　如果扎烈奇娜雅迟到了,一切效果可就毫无问题
都要被破坏了。这时候她应该到了呀。她的父亲和她的
后母把她监视得太紧,所以,她要从她家里跑出来,就跟在
监狱里那么困难。(整整他舅舅的领结)你的头发和胡子
都是乱蓬蓬的,实在应该找人给你剪剪了……

索林　(用手理理胡子)这正是我的生活的悲剧呀。在我年轻
的时候,我的外表看来也像个整天喝得醉醺醺的人。我在
女人身上,从来没有成功过。(坐下)我妹妹为什么心情不
好哇?

特里波列夫　为什么?她不高兴啦。(坐在索林旁边)她嫉妒。
你看她这不是已经反对起我,反对起这次表演,反对起我
这个剧本来了吗,只因为演戏的不是她,而是扎烈奇娜雅。
我这个剧本,她连看都没有看,就已经讨厌了。

索林　(笑着)得啦,你这是打哪儿看出来的呀?……

特里波列夫　她一想到,连在这么一个小小的剧场里,受人欢
呼的将是扎烈奇娜雅,而不是她,就已经生气了。(看表)
我这个母亲呀,真是一个古怪的心理病例啊!毫无问题,
她有才气,聪明,读一本小说能够读得落泪,能够背诵涅克
拉索夫的全部诗篇,伺候病人也温柔得像一个天使;只是
你可得好好当心,千万不要在她的面前称赞杜丝①!嘿!

---

① 意大利十九世纪末的著名女演员。——译者

那呀，喝！你们只能夸奖她，只能谈她；你们应当为她在《茶花女》或者在《生活的醉意》①里那种谁也比不上的表演而欢呼，而惊叹。然而，她既然在这乡下找不到这种陶醉，于是厌倦了，恼怒了，就把我们都看成了仇人了，觉得这些责任都该由我们来承担。而且，她是迷信的，她永远不同时点三支蜡烛，②她怕十三这个数目字。她是吝啬的。我确实知道她有七万卢布，存在敖德萨一家银行里。可是你试试看向她借一次钱，她准得哭穷。

索林 这是你脑子里装着个成见，觉得你母亲不喜欢你的剧本，所以你才烦恼，就是这么回事。放心吧，你母亲爱你。

特里波列夫 （撕着花瓣③）爱我，不爱；爱我，不爱；爱我，不爱。（笑）你看，我母亲不爱我。啊！她要生活，要爱，要穿鲜艳的上衣。我已经二十五岁了，我经常提醒她，说她已经不年轻了。可是，我不在她面前，她只有三十二岁；在我面前，她就是四十三了，这也就是她恨我的原因。她也知道我是反对目前这样的戏剧的。她却爱它，她认为她是在给人类、给神圣的艺术服务。可是我呢，我觉得，现代的舞台，只是一种例行公事和一种格式。幕一拉开，脚光一亮，在一间缺一面墙的屋子里，这些伟大的人才，这些神圣艺术的祭司们，就都给我们表演起人是怎样吃、怎样喝、怎样恋爱、怎样走路、又怎样穿上衣来了；当他们从那些庸俗的

---

① 俄罗斯作家马尔凯维奇的作品。——译者
② 旧俄风俗，人死后，头前点两支蜡烛，脚下点一支。所以同时点三支蜡烛，是死亡的象征。——译者
③ 旧俄风俗，占算未可知的事情用以自慰时，撕一朵花的花瓣，每撕一瓣，更替地说一次是与否，看花朵上剩下最后一瓣落在什么话上，以断吉凶。——译者

画面和语言里,拼着命要挤出一点点浅薄的、谁都晓得的说教来,这种说教,也只能适合家庭生活罢了;一千种不同的情形,他们只是永远演给我一种东西看,永远是那一种东西,永远还是那一种东西;——我一看见这些,就像莫泊桑躲开那座庸俗得把他的脑子都搅乱了的巴黎铁塔一样,拔腿就逃了。

索林　然而咱们没有戏剧也不行啊。

特里波列夫　应当寻求另外一些形式。如果找不到新的形式,那么,倒不如什么也没有好些。(看表)我爱我的母亲,我很爱她。可是她过的是一种荒谬的生活,她只跟那个小说家缠在一起,报纸上总是出现她的名字,人家议论纷纷——这都叫我难受。有时候,我觉得心里头有一个普通人的自私心在说话;我甚至因为我母亲竟是一个著名的女演员而感到遗憾,我觉得如果她是一个普通女人,我会幸福得多。你说说,舅舅,还有比我这种处境更绝望更违背常情的吗?你设想一下,我母亲接待着各种各样的名流、演员、作家,而我呢,我是他们当中唯一的一个不算是什么人,允许我跟他们待在一起,只因为我是她的儿子。我是谁呢?我是个什么样的人呢?一个像编辑们所常说的他们"无法负责"的情况,逼得我在三年级上离开了大学。我什么才干也没有,我一个小钱也没有,而且,根据我的护照,我不过是个基辅的乡下人①。因为,我父亲虽然

---

① 直译是"资产阶级"。在封建社会,居住在城市的富裕居民(最初都是地主,后来包括小资产阶级和自由职业者),凡不是贵族,或者在政治上、社会上没有地位的,都被官方列为"乡下人"。——译者

是个出名的演员，但他也是个基辅的乡下人。因此，她客厅里的那些演员和作家，每逢对我肯于垂青的时候，我就觉得他们只是在打量我有多么不足道——我猜得出他们思想深处想的是什么，我感到受侮辱的痛苦……

索林　顺便问一声，这个小说家是个什么样的人哪，请问？好个古怪的人！他总是默不作声的。

特里波列夫　他是一个聪明、简单、有一点忧郁的人；你知道，很文雅。他还没有四十岁，可是已经出了名，而且够富足的啦……至于他的作品，那……我可怎么对你说呢？漂亮，有才气……只是……读过了托尔斯泰和左拉的作品，我想谁也不愿意再看一点点特里果林的小说了。

索林　我呀，你知道，我喜欢文人。当年，我有一阵热情地想望着两样事：结婚和成为作家。可是我哪一样也没有成功。是的，说真的，即使做一个小小的文学家，也够多乐呀。

特里波列夫　（倾听）我听见脚步声啦。（抱住他的舅舅）没有她我活不下去……就连她的脚步声音，我都爱听……哈，我可真幸福啊。（急忙向着上场的妮娜·扎烈奇娜雅走去）我的仙女，我的梦啊……

妮娜　（激动地）我没有来晚吧？……没有，是吧？……

特里波列夫　（吻她的两手）哪儿晚呀，没有，没有……

妮娜　我一整天都急得要命！我怕我父亲把我绊住……可是他和我后母出去了。刚才天色发红，月亮上来了。所以我就紧打我那几匹马，叫它们快跑！（笑）可是现在我满意了。（用力握索林的手）

索林　（笑着）你的眼睛，我看是哭过了吧？……嘿！嘿！这可就不乖啦!

妮娜　没有什么……你看我喘得多厉害。半点钟以后我就得走,咱们得快着点。不能多待,不可能,不要叫我多耽搁,我求你。我父亲不知道我在这儿。

特里波列夫　真的,是该开始了。应当把大家都叫来了。

索林　让我去吧,我这就去。(向右方走去,唱)"两个投弹兵,回到了法兰西……"①(往四下里看看)有一回,我就像你们听见的这样唱,一个副检察官②跟我说:"您的声音真有力量,大人……"说完,他思索了一下,添了一句:"可就是……难听。"(笑,下)

妮娜　我的父亲和他的女人不准我到这儿来。他们说你们全是些行为放荡的人……他们怕我当上演员。可是我自己觉得像只海鸥似的叫这片湖水给吸引着……你已经占据了我的整个心房了。(往四下里望)

特里波列夫　这儿只有咱们两个。

妮娜　我觉得那儿有个人……

特里波列夫　没有,一个人也没有。(接吻)

妮娜　这叫什么树呀?

特里波列夫　榆树。

妮娜　它的颜色为什么这么深哪?

特里波列夫　这是晚上啦,一切东西就都显得昏暗了。不要那

---

① 海涅的诗《两个投弹兵》。——译者
② 旧俄司法部附设的检举顾问会,里边有检察官、副检察官和高级检察官。索林已经做到高级检察官,当时的名义是实职国家顾问;按照彼得大帝的官职表,相当于陆军少将和海军少将。——译者

113

么早就走吧,我求你。

妮娜　不可能。

特里波列夫　妮娜! 我到你们家去怎么样? 我要整夜都站在花园里,看着你的窗口。

妮娜　不行。打更的会看见你。还有宝贝,它跟你不太熟,会吠起来的。

特里波列夫　我爱你。

妮娜　嘘……

　　　　〔脚步声。

特里波列夫　那是谁? 雅科夫啊,是你吗?

雅科夫　(舞台后)对啦,是我。

特里波列夫　你们都在自己位子上准备着吧。时候到了。月亮上来了吗?

雅科夫　对啦,上来啦。

特里波列夫　你们预备好酒精了吗? 还有硫磺呢? 那对红眼睛出现的时候,应当有一股硫磺味。(向妮娜)来吧,一切都齐全了。你有点心慌吗? ……

妮娜　是的,慌得很。倒不是因为你母亲,我不怕她,可是特里果林在这儿……我在他面前演戏觉得又害怕又难为情……这么一个著名的作家……他年纪轻吗?

特里波列夫　是的。

妮娜　他写的小说妙极了!

特里波列夫　(冷冷地)这我不知道,我没有读过。

妮娜　你的剧本很难演。人物都没有生活。

特里波列夫　人物没有生活! 表现生活,不应该照着生活的样

114

子,也不该照着你觉得它应该怎样的样子,而应当照着它在我们梦想中的那个样子……

妮娜 你的剧本缺少动作,全是台词。还有,我觉得,剧本里总应当有些爱情……*(他们走到舞台后边去)*

　　〔波琳娜·安德烈耶夫娜和多尔恩上。

波琳娜·安德烈耶夫娜 空气潮湿起来了,回去穿上你的套鞋吧。

多尔恩 我太热。

波琳娜·安德烈耶夫娜 你就不注意自己的身体。这简直是固执。你自己是个医生,你应当知道潮湿对你没有一点好处,可是你偏要叫我痛苦;昨天,你就成心在凉台上待了一整夜……

多尔恩 *(低唱着)*"不要说他的青春已经毁掉。"①

波琳娜·安德烈耶夫娜 你和伊琳娜·尼古拉耶夫娜谈得那么入神,把你谈得连……连天气凉下来都不觉得了。承认吧,你喜欢她……

多尔恩 我五十五岁了。

波琳娜·安德烈耶夫娜 那有什么关系!在一个男人,这还不算老。你还显得很年轻,照样儿招女人们喜欢。

多尔恩 你可要我怎么样呢?

波琳娜·安德烈耶夫娜 你们男人都一模一样,都是永远准备着趴在一个女演员脚底下的。没别的!

_____

① 涅克拉索夫的诗《他分担了沉重的苦难……》里的句子。——译者

多尔恩 (低唱)"你看我,又来啦,来到你的面前。"①如果社会上喜欢艺术家,而且对待他们和对待,比如说,和对待商人不同,那是很自然的事情。这属于理想主义。

波琳娜·安德烈耶夫娜 女人们总是对你钟情,总是想嫁给你。那也是理想主义吗?

多尔恩 (耸耸肩)可是呢? 我承认,她们对我一向都表示好感。她们爱我,最主要的是因为我有熟练的医术。十年或者十五年以前,全省里边,我是唯一的一个像样的产科医生,你还记得吗? 而且,我一向是个规矩人。

波琳娜·安德烈耶夫娜 (拉起他的手)我的亲爱的!

多尔恩 当心。有人来了。

　　　　〔阿尔卡基娜挽着索林的手,特里果林、沙姆拉耶夫、麦德维坚科和玛莎同上。

沙姆拉耶夫 一八七三年,她在波尔达瓦博览会上演得可妙极啦! 那真是了不起! 嘿! 你看她演的! 还有,你碰巧能告诉告诉我,那个演滑稽角色的恰金,就是巴维尔·谢苗诺维奇,他现在在什么地方啦? 他演的那个拉斯普留耶夫②,演得真是盖世无双啊,甚至比萨多夫斯基③还高一筹呢,这我敢跟你说,高贵的夫人。他如今在什么地方啦?

阿尔卡基娜 你总是关心洪水以前的古代人物。我怎么知道呢?(坐下)

---

① 克拉斯诺夫《短句集》里的句子。——译者
② 俄国剧作家苏赫沃—科比林的剧本《克列琴斯基的婚礼》里的一个滑稽角色。——译者
③ 莫斯科的名演员。——译者

116

沙姆拉耶夫 （叹息着）帕什卡·恰金啊！如今再也看不见像他那样的演员了！舞台正在衰落着呀,伊琳娜·尼古拉耶夫娜！再也看不见咱们当年那些粗壮的橡树了,如今剩下的全是些残桩子啦。

多尔恩 今天伟大的人才确是稀少了,这倒是实话,然而,从另外一方面看呢,一般演员的水平,却是大大地提高了。

沙姆拉耶夫 我不能同意你的话。再说,这是一个趣味问题呀。De gustibus aut bene, aut nihil①。

　　［特里波列夫由舞台后边走出。

阿尔卡基娜 （向她的儿子）怎么样啊,我亲爱的孩子,就要开始了吗?

特里波列夫 等一会儿。请你稍微忍耐一下。

阿尔卡基娜 （背诵《哈姆莱特》的一段台词）"啊,我的儿子!你叫我的眼睛看到了我的灵魂深处,我看见它流满了污血、生遍了致命的脓疮。我完了!"②

特里波列夫 （同剧的台词）"你为什么向淫邪屈膝,为什么到罪恶的渊薮里去寻求爱情?"③

　　［号声从舞台后边响起。

　　先生女士们! 开始了! 注意!

---

① 拉丁语,趣味各有高低。——译者
② 《哈姆莱特》中这段台词应是:"啊,哈姆莱特! 不要说下去了! 你使我的眼睛看见了我自己灵魂的深处,看见我灵魂里那些洗拭不去的黑色的污点。"后两句是阿尔卡基娜改的。——编者
③ 哈姆莱特回答他母亲的话是:"嘿,生活在汗臭垢腻的眠床上,让淫邪熏没了心窍,在污秽的猪圈里调情弄爱——"英译本由于特里波列夫引用的这段台词与原文不符,便参考乔治·考尔德伦的英译本改为:"让我扭你的心;你的心倘不是铁石打成的……"这段台词,现根据契诃夫原著俄文本译出。——编者

117

[停顿。

我开始。（用一根小木棍轻轻敲着，很高的声音）啊！你们，在苍茫的夜色里盘旋于湖上的这些可敬的古老阴影啊，催我们入睡吧，使我们在梦中得以见到二十万年以后的情景吧。

索林　二十万年以后，那可就什么都没有了哇。

特里波列夫　好了，那就让他们把这种什么都没有的情景，给我们表现出来吧！

阿尔卡基娜　就算是这样吧。我们现在睡觉吧。

[幕启。湖上的景色。月亮悬挂在天边，反映在水里；妮娜·扎烈奇娜雅，周身白色的衣裳，坐在一块巨大的石头上。

妮娜　人，狮子，鹰和鹧鸪，长着犄角的鹿，鹅，蜘蛛，居住在水中的无言的鱼，海盘车，和一切肉眼所看不见的生灵——总之，一切生命，一切，一切，都在完成它们凄惨的变化历程之后绝迹了……到现在，大地已经有千万年不再负荷着任何一个活的东西了，可怜的月亮徒然点着它的明灯。草地上，清晨不再扬起鹭鸶的长鸣，菩提树里再也听不见小金虫的低吟了。只有寒冷、空虚、凄凉。

[停顿。

所有生灵的肉体都已经化成了尘埃；都已经被那个永恒的物质力量变成了石头、水和浮云；它们的灵魂，都融合在一起，化成了一个。这个宇宙的灵魂，就是我……我啊……我觉得亚历山大大帝，恺撒和莎士比亚，拿破仑和最后一只蚂蚁的灵魂，都集中在我的身上。人类的理性和禽兽的

118

本能,在我的身上结为一体了。我记得一切,一切,一切,这些生灵的每一个生命都重新在我身上活着。

　　〔磷火出现。

阿尔卡基娜　(极小的声音)有点颓废派的味道。

特里波列夫　(请求地,带着指责的神色)妈妈!

妮娜　我孤独啊。每隔一百年,我才张嘴说话一次,可是,我的声音在空漠中凄凉地回响着,没有人听……而你们呢,惨白的火光啊,也不听听我的声音……沼泽里的腐水,靠近黎明时分,就把你们分娩出来,你们于是没有思想地、没有意志地、没有生命的脉搏地一直漂泊到黄昏。那个不朽的物质力量之父,撒旦,生怕你们重新获得生命,立刻就对你们,像对顽石和流水一样,不断地进行着原子的点化,于是,你们就永无休止地变化着。整个的宇宙里,除了精神,没有一样是固定的,不变的。

　　〔停顿。

我,就像被投进空虚而深邃的井里的一个俘虏一般,不知道自己到了什么地方,也不知道会遭遇到什么。但是,只有一件事情我是很清楚的,就是,在和撒旦,一切物质力量之主的一场残酷的斗争中,我会战胜,而且,在我胜利以后,物质和精神将会融化成为完美和谐的一体,而宇宙的自由将会开始统治一切。但是那个情景的实现,只能是一点一点的,必须经过千千万万年,等到月亮、灿烂的天狼星和大地都化成尘埃以后啊……在那以前,一切将只有恐怖……

　　〔停顿;湖上出现了两个红点。

看,我的劲敌,撒旦走来了！我看见它的眼睛了,紫红的,
怕人啊……

阿尔卡基娜 有硫磺的味道。是需要这样的吗?

特里波列夫 是。

阿尔卡基娜 (笑着)哈,是为了制造舞台效果的。

特里波列夫 妈妈!

妮娜 使它悲哀的,是人不存在了……

波琳娜·安德烈耶夫娜 (向多尔恩)你怎么把帽子摘下来啦?
戴上,要不你会着凉的。

阿尔卡基娜 大夫是在向撒旦,那个永恒物质之父脱帽致
敬呢。

特里波列夫 (激怒,很高的声音)算了! 够了! 闭幕!

阿尔卡基娜 你为了什么生气呀?

特里波列夫 够了! 闭幕! 闭幕,听见了没有! (跺脚)闭幕!

　　　　[幕落。

一百个对不住! 是我忘记了,只有几个选民才有写剧本和
上台表演的权利。我破坏了这个特权! ……我呢……
我……(还想说些话,却只做了几个失望的手势,就从左
方下)

阿尔卡基娜 他这是怎么啦?

索林 哎呀,伊琳娜,我的朋友呀,可不能这样对待一个年轻人
的自尊心哪。

阿尔卡基娜 可我并没有对他说什么呀!

索林 你伤了他的心。

阿尔卡基娜 是他自己事先告诉我,说这全是闹着玩儿的,所

以我才把他这个戏当作开玩笑的。

索林　不错是不错,可……

阿尔卡基娜　可是现在呢,仿佛他又觉着自己写的是一个具有伟大价值的作品啦! 嘿,你们就瞧瞧! 难道这种表演,这种熏死人的硫磺,就不算是开玩笑,而算是示威啦……毫无疑问,他是想教教我们该当怎样写,该当怎样演。说实话,这种办法可讨厌哪。随你们想怎么说都行,反正我觉得像这种接连不断的攻击和揶揄,结果会叫谁也忍耐不住的! 简直是一个逞强任性的孩子,满脑子都是自尊心。

索林　他本想叫你高兴的。

阿尔卡基娜　真的吗? 那他为什么不选一个普通的剧本,却勉强我们听这种颓废派的呓语呀? 如果只是为了笑一笑,那我也很愿意听听,然而,他不是自以为是在给艺术创立新形式、创立一个新纪元吗? 这一点也谈不上新形式。我倒认为这是一种很坏的倾向。

特里果林　无论谁,都得容他按照自己的意思和自己的能力写呀。

阿尔卡基娜　就让他按照他的意思和他的能力写去好啦,只有一样,他可不要来打搅我呀。

多尔恩　雷神啊,你发起雷霆来啦。

阿尔卡基娜　我是个女人,不是个雷神。(点起一支香烟)我不是生气,我是看见一个青年人用这么愚蠢的方法来消磨他的时间,确确实实感到痛心。我并没有想要伤他的心。

麦德维坚科　没有一个人有理由把精神和物质分开,因为精神本身可能就是许多物质原子的一个组合体。(向特里果

121

林,热切地)你知道,恐怕应当创作一个描写我们小学教员生活的剧本,把它演一演;我们的生活可太苦啦,真的呀!

阿尔卡基娜　完全对,只是咱们别再谈什么剧本呀原子呀。夜色多么美呀。有人在唱歌。你们听见了吗?

　　　　　〔大家倾听。

唱得多好哇!

波琳娜·安德烈耶夫娜　这是从对岸传过来的。

　　　　　〔停顿。

阿尔卡基娜　(向特里果林)你坐到我旁边来。十年或者十五年以前,这片湖水上边,差不多每夜都缭绕着音乐和歌声;湖边有六座大庄园。永远是笑声、嘈杂声、枪声,还有,情侣呀,没有完的情侣……那个时候,这六座庄园的偶像,那位主角,(用手指着多尔恩)让我很荣幸地向你们介绍介绍吧,就是这儿这位叶甫盖尼·谢尔盖耶维奇医生。他今天还很漂亮,但是,在那个时候,他是令人倾倒的。咳,我有些后悔起来了。我为什么要伤我可怜孩子的心呢? 我心里觉着不安。(叫)科斯佳,我的孩子啊! 科斯佳!

玛莎　我找他去。

阿尔卡基娜　就请费心吧,亲爱的。

玛莎　(向左方走去)喂,康斯坦丁·加夫里洛维奇! 喂!(下)

妮娜　(从舞台后边出来)一定是到这儿打住啦,我可以出来了。你好呀!(拥抱阿尔卡基娜和波琳娜·安德烈耶夫娜)

索林　好哇! 好哇!

阿尔卡基娜　好哇! 好哇! 我们欣赏过了! 有这么一副容貌和这么美妙的声音,绝不可以长久埋没在乡下,那可是犯罪呀。你确实有才能。你听见我的话了吗？你应当演戏！

妮娜 啊！那是我的梦想啊。(叹一口气)然而这是永远不会实现的。

阿尔卡基娜 谁说得定呢？请允许我给你介绍介绍吧：特里果林,鲍里斯·阿列克塞耶维奇。

妮娜 啊,我真幸运……(局促)你的作品我都读过……

阿尔卡基娜 (叫妮娜坐在她身旁)不要拘束,我的乖孩子。他虽是一位名人,心地却很单纯。你看,连他自己都害羞了呢。

多尔恩 我想现在该把大幕拉开了吧。再这样下去可受不了了。

沙姆拉耶夫 (高声)雅科夫,把大幕拉开吧!

　　　　[幕启。

妮娜 (向特里果林)这出戏可奇怪,你不觉得吗？

特里果林 我一个字也不懂。但是我很高兴地看了下去。你演得那么富于感情。而且布景也很美。

　　　　[停顿。

这片湖水里,鱼一定很多的。

妮娜 是的。

特里果林 我爱钓鱼。我认为在太阳落山的时候,一个人坐在水边,凝视着浮子,那种乐趣,是再也没有比那更大的了。

妮娜 当然了,但我觉得,一个尝过创作愉快的人,一定不会感到有别的愉快的。

阿尔卡基娜 (笑着)别说了。谁一恭维他,就把他弄得很窘。

沙姆拉耶夫 我记得有一次在莫斯科的歌剧院里,那个著名的西尔瓦一开始就唱了个低音。好像有谁成心安排好了似的,有一个低音歌手,是圣西诺德圣诗班的一个唱圣诗的也正来看戏。你们想想看,我们可有多么吃惊吧!忽然从顶高的楼座里,冒出一声"好哇,西尔瓦!"整整低了八度……就像这样,你们听(用低音):"好哇,西尔瓦!"……全场的人都听楞了。

  [停顿。

多尔恩 一个天使飞过去了。

妮娜 我可得走了。再见。

阿尔卡基娜 怎么?为什么这么早走呀?我们不放你走。

妮娜 爸爸等着我呢。

阿尔卡基娜 他还是那么讨厌哪……(她们拥抱)可是,这也没有办法呀。你走了,这可真可惜。

妮娜 你不知道我走开了自己有多么难受啊!

阿尔卡基娜 你应当找一个人送你回去呀,我的亲爱的。

妮娜 (惊慌)啊!不要,不要!

索林 (恳求地)不要走吧!

妮娜 我不能不走,彼得·尼古拉耶维奇。

索林 再待一个钟头,你再走。不要走,真的,可说……

妮娜 (思索着,眼泪汪汪地)不行啊!(握握他的手,迅速走下)

阿尔卡基娜 真正是一个可怜的女孩子啊。听说她已故的母亲临死的时候,把她所有的财产,一笔很大的财产,都送给她丈夫了,一个子儿也没剩。可是现在呢,这个孩子什么也没有了,因为她父亲把所有的财产又都送给他这个续弦太太了。这真没廉耻。

多尔恩 是的,她那位好爸爸,说句公平话,是一个地道的大流氓。

索林 (搓着有点冷的手)我们也该走了吧? 天气又潮湿起来了。我的脚又疼了。

阿尔卡基娜 你那两只脚哇,得说是木头做的,用力气拖都拖不动。咱们走吧,不幸的老头子。(挽着他的一只胳膊)

沙姆拉耶夫 (把胳膊伸给他的太太)太太?

索林 这条狗又嚎起来了。(向沙姆拉耶夫)伊利亚·阿法纳西耶维奇,我求你,叫人把它放开了吧。

沙姆拉耶夫 不行,彼得·尼古拉耶维奇,我怕小偷会钻进粮仓去。我那儿放着黍子。(向走在他身旁的麦德维坚科)是的,整整低了八度:"好哇,西尔瓦!"可是,他还不是一个职业的声乐家,不过是一个普通唱诗班的罢了。

麦德维坚科 他们赚多少钱哪,那些唱圣诗的?

　　　[除多尔恩外,全下。

多尔恩 (一个人)我不知道,也许我是完全外行,也许是我头脑错乱,但是,我确确实实喜欢这个剧本。这里边有些东西。在那个女孩子讲到她的寂寞,后来又等到魔鬼带着那两只红眼睛出现的时候,我就觉得手都感动得发颤了。这是清新的,天真的。我觉得这个来的人就是他……我打心里想对他说许多好听的话。

特里波列夫 (上)大家全走了。

多尔恩 我还在呢。

特里波列夫 那个小玛莎在花园里到处找我。多么叫人受不了!

125

多尔恩 康斯坦丁·加夫里洛维奇,我非常喜欢你的剧本。它有某种奇特的东西,我虽然没有听完,但是印象依然是很强的。你有才能,你应当继续努力下去。

[特里波列夫热烈地握他的手,狂热地拥抱他。

看你多么神经质啊!他眼泪都要流出来了……刚才我想跟他说什么来着?你的题材是从抽象世界里选出来的,你做得很对,因为一个艺术作品,应当是一个伟大思想的表现。只有严肃的东西,才是美的东西。但是你的脸色怎么这样苍白呀!

特里波列夫 这样说,你是认为我应当坚持下去了?

多尔恩 是的……但是只应当去表现重要的和不朽的东西。你知道我以往的生活,是多种多样的,我有鉴别力。我很满足了。但是,如果能够叫我感受到艺术家在创作时的那种鼓舞着他的力量,我认为我会藐视我的物质生活,藐视一切与它有关的东西。我会抛开这个世界,去追求更高的高度。

特里波列夫 请你原谅,扎烈奇娜雅呢?

多尔恩 不但如此。一切艺术作品,都应当含有一个鲜明的、十分明确的思想。你应当知道你为什么要写作。因为,如果你顺着这条风景怡人的道路,毫无目的地走下去,你一定要迷路,而你的才能也一定会把你葬送掉。

特里波列夫 (不耐烦)扎烈奇娜雅到哪儿去啦?

多尔恩 她回家了。

特里波列夫 (心乱了)那可怎么办呢?我要见她……绝对要……我要到她那儿找她去……

[玛莎上。

多尔恩　(向特里波列夫)镇静一下,我的朋友。

特里波列夫　我无论如何也要去。必须去。

玛莎　康斯坦丁·加夫里洛维奇,到房子里去。你的母亲等着你呢。她很不放心你。

特里波列夫　告诉她我已经出去啦。还有,我求求你们大家,都不要缠着我! 让我一个人安静点吧! 你紧跟着我干什么呢!

多尔恩　得啦,得啦,我的孩子……瞧瞧……你说的这叫什么话!

特里波列夫　(含着眼泪)再见了,医生。还要谢谢你……(下)

多尔恩　(叹一口气)青年啊,青年啊!

玛莎　人们一没有什么再可以说的时候,就都咕噜着:青年啊,青年啊……(闻鼻烟)

多尔恩　(把她的鼻烟盒拿过来,扔到丛林里去)这真讨厌。

　　　　[停顿。

　　　　他们好像在房子里弹起琴来了。咱们去吧。

玛莎　等一等。

多尔恩　什么事?

玛莎　我想再跟你说一说……我很想告诉你……(激动)我不爱我的父亲……可是我对你有一种父女之情。我的整个灵魂都觉着你跟我很亲……帮助我。帮助我,不然我会做出糊涂事来的,我会毁灭我的生命,我会糟蹋它的……我再也支持不下去了……

多尔恩　我能帮你什么忙呢?

127

玛莎 我痛苦。没有人、没有人知道我有多么痛苦啊！（把头轻轻地倚在多尔恩的胸上）我爱康斯坦丁。

多尔恩 怎么个个都是神经病呢！怎么到处都是恋爱呢……啊，迷人的湖水啊！（温柔地）可是这件事我能帮什么忙呢，我的孩子？你说，我能帮什么忙呢？

——幕落

第　二　幕

　　　　棒球场。紧后边，靠右是一座带宽大凉台的房子。左边一个湖。湖水反映出灿烂的阳光。花坛。中午。热天。游戏场旁边，一棵老菩提树下，阿尔卡基娜，多尔恩和玛莎坐在一张长凳上。多尔恩的膝上放着一本打开的书。

阿尔卡基娜　（向玛莎）来，咱们站起来。（她们站起来）咱们并肩站。你二十二岁，我差不多大你一倍。叶甫盖尼·谢尔盖耶维奇呀，我们两个人谁显得年轻些？

多尔恩　你呀，当然喽。

阿尔卡基娜　你听见了吗？……这是为什么呢？因为我工作，我用感情，我永远活动，而你呢，你老待在一个地方，你不去生活……还有，我照例绝不操心未来。我永远也不想到老，也不想到死。该怎么样，谁也逃不过。

玛莎　可我呢，我总觉得自己已经生下来很久很久了。我拖着我的生命往前走，就像拖着一条无尽的铁链子似的……我时常没有一点点活下去的欲望。（坐下）当然，这是糊涂话。应该振作一下，把这些都给摆脱掉。

多尔恩　（低唱着）"把我的表白告诉她，把我的誓言转给她……"

阿尔卡基娜　而且，我还像一个英国人那么注重仪表。我永远叫自己整整齐齐的，就像大家常说的，无论是梳妆，无论是打扮，永远 comme il faut①。我每逢出门，哪怕是只走到花园里来，你也永远看不见我穿着 négligé② 或者没有梳头。能够叫我保持年轻的，就是因为我从来不让我自己成为一个不整洁的女人，从来不像别的女人那么马马虎虎。（两手叉着腰，在游戏场上走来走去）你看我，看上去像只小鸡那么活泼；我还能演十五岁的小姑娘！

多尔恩　得啦，我得往下念啦。（拿起他的书）我们刚才念到了粮商和老鼠……

阿尔卡基娜　和老鼠，对了。念吧。（坐下）不，把书递给我，该我念念了。（接过书来，找他们刚才念到的地方）和老鼠……我找到了……（读）"实在的，时髦人物娇惯着小说家，把他们引到自己家里来，就和粮商在他的仓库里养老鼠一样的危险。然而这却很风行。所以，当一个女人挑选了一个作家，想要据为己有的时候，她就用恭维、赔小心和宠爱来围剿他……"这呀，在法国才是这样子呢，在咱们这儿，可没有固定的程序。一般来说，一个女人在俘虏一个作家之前，她已经是疯狂地爱上他了，我请你相信这一点。不必费事找太远的例子，就比如，拿特里果林和我来说

---

① 法语，照应该的样子。——译者
② 法语，睡衣。——译者

吧……

　　[索林拄着他的手杖上。妮娜走在他身旁；麦德维坚科在他们身后推来一把空轮椅。

索林　（用一种对小孩子说话的口气）怎么样？满意了吧？咱们今天高兴啊，说真的。（向他妹妹）看咱这多高兴！父亲和后母到特维尔去了，咱们现在有三整天自由的日子。

妮娜　（坐在阿尔卡基娜旁边，拥抱她）我多幸福啊！现在我整个是你的了。

索林　（坐在椅子上）她今天真美呀！

阿尔卡基娜　打扮得又漂亮，又有趣……真是个可爱的小姑娘。（吻她）可是我们不要对她称赞得太多了，免得给她招来不幸①……鲍里斯·阿列克塞耶维奇哪儿去啦？

妮娜　他正在游泳池那儿钓鱼呢。

阿尔卡基娜　他怎么钓不厌！（正想继续读下去）

妮娜　你读的什么？

阿尔卡基娜　莫泊桑的，《在水上》，我的乖孩子。（给她读了几行）底下的就没趣味，也不真实了。（合上书）我心里很不安。告诉我，我的儿子是怎么啦？他为什么这样忧愁，心绪这样坏？他在湖上待了好些天，我几乎见不着他。

玛莎　他心里苦恼。（向妮娜，羞怯地）请你把他写的剧本读几句给我听好吗？

妮娜　（耸耸肩）你想听吗？那多么沉闷哪！

玛莎　（抑制着自己的兴奋）他自己读起什么东西的时候，他的

---

①　旧俄风俗，对人称赞或恭维过多，会给对方招来不幸的事情。——译者

眼睛里就发出光芒,他的脸色就变白了。他的声音美丽而忧郁,他的风度像一个诗人。

　　　　〔索林的鼾声。

多尔恩　晚安!

阿尔卡基娜　彼得鲁沙!

索林　啊?

阿尔卡基娜　你睡着了吗?

索林　一点也没那么回事。

　　　　〔停顿。

阿尔卡基娜　你不好好治病,哥哥,这不对呀。

索林　我倒很愿意吃点什么药补补呢!可是医生不叫吃嘛。

多尔恩　六十岁还吃补药哇!

索林　人就是到了六十岁,也还想活呢!

多尔恩　(生气)那好啊!那你就吃点缬草酊好啦!

阿尔卡基娜　我觉得他要是到温泉去去会有好处的。

多尔恩　哈!他可以去⋯⋯也可以不去。

阿尔卡基娜　这话可叫人怎么理解呢?

多尔恩　没有什么不能理解的。这话十分清楚。

　　　　〔停顿。

麦德维坚科　彼得·尼古拉耶维奇应该把烟戒了。

索林　糊涂话。

多尔恩　这不是糊涂话。酒和烟都能乱人的本性。抽完一支雪茄,或是喝完一杯伏特加,你就再也不是彼得·尼古拉耶维奇,而是彼得·尼古拉耶维奇加上另外一个人了。你的那个自己给蒸发了,你对你自己也就觉得像对一个第三

132

者了。

索林 （笑着）你说倒是很可以这么说。你是真正生活过来了的,可我呢?我在司法部当了二十八年差,我还没有生活过呢,说真的,我什么经验也还都没有呢,所以,如果我是这么样地想要活一活,那是很自然的事。你什么都够了,什么都无所谓了,所以你才有心情高谈哲学;可是我呢,我要生活,所以我才没有白葡萄酒绝不吃饭,所以我才抽雪茄,诸如此类,道理很简单!

多尔恩 我们应当严肃对待生活。但是,六十岁还要吃补药,还后悔没有充分利用青春,这呀,请你原谅我,这是轻佻。

玛莎 （站起来）是去吃午饭的时候了,我想。（迈着懒散的、迟缓的脚步）我的腿都麻木了……（下）

多尔恩 她准得在吃午饭以前灌下两小杯去。

索林 可怜的女孩子,她没有幸福啊。

多尔恩 这是些无聊的话,大人。

索林 你这样议论,就像一个什么都不缺少的人。

阿尔卡基娜 啊!哎呀,还有什么比乡下这种微微的忧郁味道更倦人的吗?这么热,又这么静,谁也没有事做,都在高谈哲学来消磨时光……跟你们在一块儿倒是挺有趣的,朋友们,听着你们说话,也是一种快乐,但是……在自己的旅馆里读自己角色的台词,可要舒服得多了!

妮娜 （兴奋地）真的。这我能够理解!

索林 当然喽,在城里要舒服得多。自己有自己的办公室,谁也不能乱撞进去,除非叫一个听差先通报;还有电话……还有,街上还跑着散雇车子,还有诸如此类的……

多尔恩　（低唱着）"把我的表白告诉她，把我的誓言转给
　　她……"

　　　　　［沙姆拉耶夫上，波琳娜·安德烈耶夫娜跟着上。

沙姆拉耶夫　大家全在这儿啦。都好呀，我的朋友们。（吻阿
　　尔卡基娜的手，随后又吻妮娜的手）很高兴看见你们健康。
　　（向阿尔卡基娜）我的太太跟我说，你想跟她今天一块儿进
　　城去。真的吗？

阿尔卡基娜　是的。

沙姆拉耶夫　嗯……很好哇。可是你怎么去法呢，亲爱的夫
　　人？今天所有的工人都在忙着搬运黑麦。我能给你什么
　　马呢，请你跟我说说？

阿尔卡基娜　什么马？我怎么知道呢，我？

索林　我们有套车的马呀。

沙姆拉耶夫　（发急起来）套车的马？可我上哪儿去找马轭子
　　呢？我上哪儿去找呢！这真古怪！这真不可理解！亲爱
　　的夫人！请你原谅我吧，我向你的天才致敬，我也准备为
　　你牺牲十年寿命，马，可就是不能给你！

阿尔卡基娜　然而我要是非走不可呢？无论怎么说，这事可算
　　新鲜啦！

沙姆拉耶夫　亲爱的夫人！你不懂运庄稼是怎么个情形啊！

阿尔卡基娜　（很生气）又是那老一套！既然是这样，我今天就
　　回莫斯科。派人到村子里去给我租几匹马来，要不我就走
　　到车站去！

沙姆拉耶夫　（也生起气来）既然是这样，我就辞职！你另找一
　　个管家的去吧！（下）

阿尔卡基娜 每年夏天总是这套故事,没有一年我到这儿不受侮辱!我以后再也不到这儿来了!(向游泳池的方向、左边下,过了一会,看见她走进房子里。特里果林带着钓鱼竿和一个鱼桶,跟在她后边)

索林 (大怒)简直是个无赖!太不成体统啦!我可再也忍不住了。叫他们马上把所有的马都牵来!

妮娜 (向波琳娜·安德烈耶夫娜)伊琳娜·尼古拉耶夫娜,这么伟大的一位女演员,连她这一点小事都拒绝呀!无论她的什么愿望,哪怕是一个任性的主意呢,难道不比你们运庄稼重要得多?这是绝对不可相信的事!

波琳娜·安德烈耶夫娜 (懊丧)可我有什么办法呢,我?我能怎么办呢?请你设身处地替我想想吧。

索林 (向妮娜)咱们去找我妹妹去⋯⋯咱们都去恳求她放弃她的决定。同意吗?(望着沙姆拉耶夫下去的那一边)这叫人受不了!真正是一个暴君!

妮娜 (不叫他站起来)不要,不要⋯⋯我们推着你走⋯⋯

〔妮娜和麦德维坚科推那把轮椅。

这真可怕!⋯⋯

索林 是呀,是呀,这真可怕⋯⋯但是不能由他就这样一走了事,我要跟他去说两句。

〔他们下,剩下多尔恩和波琳娜·安德烈耶夫娜。

多尔恩 个个都这么招人讨厌啊。说实话,你的丈夫真该被人赶出去,然而情形一定会是另外一种样子:这个老太婆似的彼得·尼古拉耶维奇和他的妹妹,结果准还要向他道歉。你等着看吧!

波琳娜·安德烈耶夫娜 他连套车的马也都送到田地里去了！这个人啊，你天天得跟他闹误会。你真不知道这叫我多么痛苦啊。我要病了，你看我浑身抖得多厉害……他的粗暴叫我头晕。(恳求地)叶甫盖尼，我的亲爱的，我的爱，把我带走吧……日子一天天地过去，我们都不年轻啦。啊，至少在我们没有死以前，不要再躲躲藏藏的，再说着谎话了……

　　〔停顿。

多尔恩 我五十五岁了，重新生活一遍可太晚了。

波琳娜·安德烈耶夫娜 我知道你为什么拒绝。除了我以外，你还有别的亲近的女人。你不能把她们都接到你家去呀。我懂得。原谅我这样招你讨厌吧。

　　〔妮娜出现在房子附近，她采着花朵。

多尔恩 这是哪儿的话，看你说的。

波琳娜·安德烈耶夫娜 嫉妒心缠得我好痛苦。当然喽，你是医生，你不能避免女人。我懂得……

多尔恩 (向走近了的妮娜)那边的情形怎么样啊？

妮娜 伊琳娜·尼古拉耶夫娜哭了。彼得·尼古拉耶维奇的气喘病又发作了。

多尔恩 (站起)我去，给他们缬草酊吃，两个人都得吃吃……

妮娜 (把花递给他)这是给你的。

多尔恩 多谢。(向着房子走去)

波琳娜·安德烈耶夫娜 (跟在他身旁)多么好看的花呀！(走到房子附近，声音低下去)把这些花给我！给我！(多尔恩递给她，她把那些花弄坏，然后丢掉；两个人走进房子)

136

妮娜　（一个人）看见一个著名的女艺术家哭,特别是为了这么一点小事,可真有点奇怪。可是,一个伟大作家,受读者的崇拜,报纸上每天都谈到他,到处卖他的照片,作品被人翻译成许多种外国文字,这样一个作家,却把整天的时间都消磨在钓鱼上,等到钓上两条鲦鱼来,就高兴得很,这不更奇怪吗?我原以为名人都是骄傲的、不能接近的;原以为他们是瞧不起一般人的;原以为他们要用他们的声望和他们响亮的名字,来向那些把出身和财产看得高于一切的俗人报复的。可是,我却看见他们在哭,拿鱼竿去钓鱼,打牌,跟别人一样地笑,一样地生气……

特里波列夫　（上,没有戴帽子,提着一支枪和一只打死的海鸥）你一个人在这儿?

妮娜　一个人。

　　　　　〔特里波列夫把海鸥放在她的脚下。

　　　　你这是什么意思?

特里波列夫　我做了这么一件没脸的事,竟打死了这只海鸥。我把它献在你的脚下。

妮娜　你这是怎么啦?（拿起那只海鸥来,仔细看）

特里波列夫　（停顿一下之后）我不久就会照着这个样子打死自己的。

妮娜　我简直认不出你来啦。

特里波列夫　对了,这是从我认不出你的那个时候起的。你对我的态度已经变了,你的眼神是冰冷的,我在你面前使你不自如。

妮娜　你近来性情暴躁了,说的话也都不可理解,尽用些象征。

这只海鸥无疑也一定是一个象征了，但是，请你原谅我吧，这我可不懂……（把海鸥放在长凳子上）我太单纯了，不能了解你。

特里波列夫 这是从那天晚上、我那个剧本失败得那么惨的时候起的。那是一件女人们不能原谅的事情。我把什么都烧了，一块小纸片也不剩。你真不知道我有多么不幸啊！你的冷淡是可怕的，不可相信的。这就如同我从昏睡中醒过来，突然发现这片湖水已经干了或者已经渗进地下去了。你刚刚说，你太单纯，不能了解我。哎！这并不太复杂呀！人家不喜欢我的剧本；你瞧不起我的才能，你已经把我看成和别的许多人一样平凡、没有价值的人了……（跺脚）这我太明白了，这我太明白了！我觉得我的脑子里像有一颗钉子似的，这个该死的东西啊！还有，我的虚荣心也在喝着我的血，像个吸血鬼似的在吸干我的血，也叫它下地狱去吧……（看见读着一本书向前走来的特里果林）来的这才是一个真正的天才呢；他像哈姆莱特那样走路，他也拿着一本书。（嘲笑）"是些字，字，字……"①这个太阳还没有照到你的身上来呢，可你已经笑了，你的眼睛已经融化在它的光芒里了。我不愿意妨碍你们。（赶快走下）

特里果林 （记着笔记）她闻鼻烟，喝伏特加……永远穿黑衣服……小学教员爱上了她……

妮娜 你好呀，鲍里斯·阿列克塞耶维奇。

---

① 《哈姆莱特》里的台词。——译者

特里果林 好呀,妮娜·米哈伊洛夫娜。一种意外的情况使我们似乎非得今天离开这儿不可了。很可能咱们从此就再也不能会面了。我很觉得惋惜。我从前不常有机会遇到年轻的姑娘们,年轻的、可爱的;而且一个人在十八九岁的年纪上是怎样一种感觉,我也都忘记了,剩下的只是一些模糊的概念了。所以,我的小说里所描写的少女,一般都是不真实的。我真想变成你,哪怕只有一个小时也好,总也可以领会领会你在想什么,你整个是怎样的一个人。

妮娜 可我还真想变成你呢!

特里果林 那为什么?

妮娜 好领会领会成为你这样一个著名的天才作家,是怎么一种感觉呀。成名给人怎样一种感觉呢?成名叫你都感觉到什么呀?

特里果林 感觉到什么吗?什么也不感觉,毫无疑问。这我还从来没有想到过呢。(想了一想)两者必居其一:不是你把我的名声想得过大了,就是我对它毫无感觉。

妮娜 人家在报纸上谈到你的时候呢?

特里果林 如果是些恭维的话,我就高兴;如果是批评我的呢,我心里就不痛快一两天。

妮娜 这真了不起呀!你可不知道我有多么羡慕你呀!人的命运多么不同啊!有些人的生活是单调的、暗淡的,几乎拖都拖不下去;他们都一样,都是不幸的。又有些人呢,比如像你吧——这是一百万人里才有一个的,——就享受着一个有趣的、光明的、充满了意义的……生活。你真幸福……

特里果林 幸福,我吗?(耸肩)哼……你谈到名望,谈到幸福,谈到光明的、有趣的生活。可是，对于我，所有这些美丽的字句，就像是——请原谅我用这样一个名词吧——果子酱，对我毫无意义。你太年轻，太善良。

妮娜　你的生活真美呀！

特里果林　又有什么特别美的呢？（看看自己的表）我得写东西去了。原谅我吧，我很忙……（笑）你呀，就像俗话所说的，你刚刚踩到我的脚鸡眼上了，所以我就激动起来，甚至有一点生气。虽然如此，我们谈谈也好吧。就谈谈我的生活，这个光明的、有趣的生活吧……那么，从哪儿谈起呢？（思索了一会儿）有的时候，人常被一种念念不忘的心思萦绕着，比如说，就像一个人日夜在梦想着月亮那样；我也有这种念念不忘的心思。一个思想，日夜地在折磨着我：我得写作，我得写作……我得……一篇小说几乎还没有写完，却又必须开始写一篇新的了，接着是第三篇，再接着是第四篇、第五篇……我接连不断地写，就像一个旅客马不停蹄那样。我没有别的办法。请问你，这里边可又有什么美的和光明的呢？啊，这是一种荒谬的生活呀！你看我现在和你闲谈着，我的情感激动着，可是我没有一分钟不惦着我那篇还未完成的小说。我现在看见一片浮云，很像一架三角钢琴。于是我心里就想：应该在我一篇小说的什么地方，描写出一朵像三角钢琴的流云在徘徊。这里不是有金钱草的味道吗？我赶快就在我的记忆里归了类：香得叫人头晕的味道，一种寡妇们欣赏的花，要用在一个夏夜的描写里。咱们两个人所说的每一句话，每一个字，我都尽快地记住，赶快把它们藏在我的文学供应库里，一旦有了机会好去利用。我等工作一完，就急忙跑去看戏，或者去钓鱼，为的是在那上边找到一点点休息和遗忘。可是呀，好！我脑子里已经又觉得有一个沉重的炮弹——一个新题目，在翻滚了。它把我推到桌子跟前，逼着我写，又不停地写起来了。永远是这个样子。我放不开自己来休息休息，我觉得我是在吞蚀自己的生命，是在把自己最美丽的花朵里的花粉一起用尽，在把我的花朵一起采下来，并且践踏着花根，来向我自己都不知道是谁的人，供奉一刹那的花蜜啊。恐怕我是疯了吧？难道我的家庭和我的朋友，他们也真的拿我当一个正常的人吗？"你正在写什么玩意儿啦？你要给我点什么读读呀？"听见的永远、永远是这种话。我觉得仿佛所有这些关切，这些称赞和这种崇拜，都是谎话，都不过是像对付病人似的拿来哄骗我。我有时候真害怕呀，怕他们会偷偷地从我身后走来，一把抓住我，把我像波普里辛①一样送进疯人院去。从前，即使是我最好的岁月，我的青春岁月，对于一个初学写作的我，也是真正痛苦已极的日子啊。作为一个渺小的作家，特别是在背时的时候，总觉得自己是笨拙的、愚蠢的、肤浅的；他的神经是紧张的、痛苦的；他没有法子不在文学艺术界的圈子外边徘徊，没有人承认，没有人注意，他真怕见到人。他像一个输得精光的赌客。我从来没有见过自己的读者，在我的想象里，只觉得他们是怀着恶意的，不相信我的。我怕观众，怕得要命；我的每一个新剧本每次上演的

---

① 果戈理《狂人日记》里的人物。——译者

时候,我都觉得观众里边,棕头发的在起着反感,黄头发的却冷冷地无动于衷。这有多么可怕呀! 我所经受过来的是多大的一种痛苦啊!

妮娜　请允许我说一句吧,难道灵感和创作就不能给你一点崇高的愉快的时刻吗?

特里果林　是的。写作的时候是感到快活的……而且校对自己作品的大样,也是快活的。但是作品刚一出版,我马上就讨厌它了;我觉得它写得失败,觉得它的最大错误,是我完全不应该写它;于是我对自己就起了满腔的愤怒和憎恶……(笑)可是读者呢,他们就发表意见了:"写得多好呀,写得多有才气呀! ……写得真好,但是,离托尔斯泰还远得很呢!"——或者还要说:"这是一个好作品,但是屠格涅夫的《父与子》,比这还要好得多好得多。"而今后呢,一直到给我立墓碑的时候为止,我的作品恐怕永远是写得好,写得有力气,有才气,写得好,不会再多一句了。等到我死后,我的朋友们,经过我墓前,将会说:"这里长眠的是特里果林。他从前是一个好作家,但是比不上屠格涅夫!"

妮娜　请原谅我,我不想了解你了。很简单,是成功把你毁了……

特里果林　什么成功啊? 我从来没有对自己满意过。我不爱这个作为作家的我。最坏的是,我生活在一种乌烟瘴气的环境中,我时常不懂自己所写的是什么……我爱像这样的水,这些树,这片天空;我对大自然有感情,它在我内心唤起一种热情,一种不可抗拒的写作欲望。但是我不只是一个风景描写者呀;我还是一个公民,我爱我的国家,爱我的人民；我觉得，作为一个作家，我就有责任谈谈我的人民，谈谈他们的痛苦，谈谈他们的将来，谈谈科学，谈谈人权和其他等等问题。于是，我就谈这一切，加快速度写，四面八方也都鞭策着我，催促着我，甚至生了我的气，我像一只鸭子被一群猎犬追逐着似的，东撞一头西撞一头地往前跑，可是越跑越觉得落在生活和科学的后边，就像一个乡下人追不上火车似的。结果，我觉得我也只能写写风景，要写其余的一切，我就写不真实，就虚假到骨子里了。

妮娜　你工作得过多了；你既没有时间，也没有欲望去认识一下你的价值。你尽管不满意你自己，但是在别人的眼里，你是伟大的、了不起的！如果我是你这样一个作家，我就要把我整个生命献给千百万人，而同时也完全会知道，要叫千百万人提高到和我一样，才是他们的唯一的幸福；那么，他们就会推动我奔向胜利了。

特里果林　啊！胜利！可我不是阿伽门农①吧，嗯？

　　　　〔他们都笑了。

妮娜　为了得到作为一个作家或者作为一个演员的幸福，我情愿忍受我至亲骨肉的怀恨，情愿忍受贫穷和幻想的毁灭，我情愿住在一间阁楼上，用黑面包充饥；自知自己不成熟的痛苦，对自己不满意的痛苦，我都情愿忍受，但是同时呢，我却要求光荣……真正的、声名赫赫的……光荣……（双手蒙起脸来）我的头发晕……哎哟！……

----

① 希腊神话中的迈锡尼王，率领群神，攻打特洛伊，胜利以后，被其妻所谋杀。——译者

〔房子里,阿尔卡基娜的声音:"鲍里斯·阿列克塞耶维奇!"

特里果林　叫我了……打点箱子,一定是。但是我可真不想走啊。(望着湖水)这里可多美啊! ……真正是乐园的一角啊!

妮娜　你看见对岸那座房子和那个花园了吗?

特里果林　看见了。

妮娜　那是我死去的母亲的产业。我是生在那儿的。我在这片湖水边上一直长到这么大,这片湖水里的最小的小岛,我都清楚。

特里果林　住在这里可多美啊!(看见那只海鸥)这是什么?

妮娜　一只海鸥。这是康斯坦丁·加夫里洛维奇把它打死的。

特里果林　这是一只美丽的鸟!毫无疑问,这一切都不让我走。那么,就尽力去劝说伊琳娜·尼古拉耶夫娜,叫她留下来吧。(记笔记)

妮娜　你在写什么?

特里果林　没有什么重要的……忽然来到的一个念头……(把他的笔记本藏起来)为一篇短篇小说用的故事:一片湖边,从幼小就住着一个很像你的小女孩子;她像海鸥那样爱这一片湖水,也像海鸥那样的幸福和自由。但是,偶然来了　个人,看见了她,因为没有事情可做,就把她,像这只海鸥一样,给毁灭了。

〔停顿。

〔阿尔卡基娜出现在窗口。

阿尔卡基娜　鲍里斯·阿列克塞耶维奇,你到哪儿去啦?

特里果林 我来了!(一直回顾着妮娜走去;走到窗口,向阿尔卡基娜)什么事?

阿尔卡基娜 我们不走啦。

〔特里果林走进房子。

妮娜 (走近脚光,沉思了一阵)我像在做梦啊!

——幕落

第 三 幕

索林住宅里的餐室。左右有门。一座碗橱。一座药橱。中间一张桌子。一只手提箱和几个帽盒；其余准备动身的东西。特里果林在吃中饭。玛莎站在桌子旁边。

玛莎 我把这些都告诉你，因为你是一个作家。你去利用它好了。我完全坦白地跟你说：如果他伤得很重，那我是一分钟也活不下去的。不过我是个有勇气的女人。我已经下了决心：我要把这个爱情从我的心上摘下来，我要连根把它拔掉。

特里果林 怎么拔法呢？

玛莎 我结婚。嫁给麦德维坚科。

特里果林 那个小学教员？

玛莎 对了。

特里果林 我看不出有这个必要。

玛莎 没有希望的爱下去啊……整年累月地等待着，等待着自己都不知道等的是什么啊……不……只要一结婚，我就不会再想到爱情了，有了种种必须操心的事情，就会把过去

146

给忘记掉的。而且,你知道,这究竟是一种转变。咱们不再来一杯吗?

特里果林 够了吧,我想。

玛莎 咳,来吧!(斟满两小杯伏特加)不要这样看我。女人们也时常喝酒,不像你所想象的。当然——这种女人占少数,——有些女人,像我似的,毫无顾忌地喝。有些呢,大多数都是偷偷地喝。是的。而且永远喝伏特加或者白兰地。(他们碰杯)祝你健康!你是一个诚实的人,我惋惜的是你要离开我们了。

〔他们喝酒。

特里果林 我自己也不想走。

玛莎 如果你要求她留下呢?

特里果林 不行,现在可再也没有一点办法了。她儿子的那种行为,简直是胡闹。他最初想自杀;现在呢,据说又想和我决斗了。可为什么呢?他赌气,他藐视人,他宣扬新形式……好哇,无论是年轻的或者年老的,谁都可以有他自己的天地呀,为什么要这样彼此攻击呢?

玛莎 还有,就是他那个嫉妒心……不过,这不关我的事。

〔停顿。雅科夫提着一个手提箱,由左到右,横穿过屋子。妮娜上。在窗口站住。

我那个小学教员不很聪明,但是善良、贫穷;他很爱我。我可怜他。我也可怜他的老母亲。好啦,我祝你事事顺利吧。我就要离开你啦。不要记恨我吧!(热情地握他的手)我很感谢你待我这样好。把你新写的书送给我,特别不要忘记签上名。只是不要写:"赠给我最尊敬的",只简

147

单地这样写："送给孤苦伶仃的^①、不太知道为什么生在这世上的、二十二岁的玛丽雅。"再见了！（下）

妮娜 （握着拳头,伸向特里果林)是双是单？

特里果林 双。

妮娜 （叹一口气)不对。我手里只有一颗豆子。我很想知道我会不会成为演员。要是有个人给我出个主意,可多好呀。

特里果林 这种事情,是谁都不能给出主意的。

　　　　〔停顿。

妮娜 我们今天就要分别了……毫无问题,我们再也不会见面了。我请你收下这个纪念章,作为临别纪念吧。我叫人把你姓名的第一个字母,刻在上边了……反面刻上了你那本书的题目:《日日与夜夜》。

特里果林 这太可贵啦！（吻那个纪念章)多么好的礼物啊！

妮娜 有时候也请想一想我。

特里果林 我会记住你的。我会想起你那一天的样子,晴朗的那一天——你还记得吗？——一个星期以前,你穿着一件颜色鲜明的衣裳……我们闲谈着……那只全身洁白的海鸥放在长凳上。

妮娜 （若有所思)是的,那只海鸥……

　　　　〔停顿。

我们不能再谈下去了,有人来了……我求你,答应在你临走以前,给我两分钟的时间……

_____

① 原文是"不记得自己家族关系的",采用警察调查书里的一个公文程式。——译者

148

［由左方下；同时，阿尔卡基娜和索林——穿着燕尾服，胸前挂着一个勋章，由右方上。雅科夫跟在后边上，整个忙着动身的准备。

阿尔卡基娜　留在家里。你生着风湿病，还跑出去会朋友，那可真叫好。(向特里果林)刚刚走开的是谁？妮娜吗？

特里果林　是的。

阿尔卡基娜　Pardon①！打扰了你们……(坐下)我想我没有忘下什么吧。我可累坏啦。

特里果林　(读着纪念章上的字)《日日与夜夜》，一百二十一面，第十一和第十二行。

雅科夫　(收拾桌上的东西)你的钓鱼竿也捆起来吗？

特里果林　要，我还要用呢。那些书，你愿意送给谁就送给谁吧。

雅科夫　好。

特里果林　(一旁)一百二十一面，第十一和第十二行。这两行上写的什么呢？(向阿尔卡基娜)这儿有我的什么作品吗？

阿尔卡基娜　有，在我哥哥的书房里，墙角上那个柜子里。

特里果林　一百二十一面……(下)

阿尔卡基娜　真的，彼得鲁沙，你顶好留在家里……

索林　你走了以后，我没有你可真会觉得寂寞啊。

阿尔卡基娜　你以为到城里就会好得多吗？

索林　我没有这么说，不过究竟是……(笑)那儿有自治会议举行的奠基礼等等这一类事情……我真想从这种无聊的生

———————————
① 法语，对不住。——译者

149

活里挣脱出去呀,哪怕只是一两个钟头呢,我觉得自己像一个旧烟嘴儿似的,已经满是污垢了。我已经吩咐他们在一点钟把马套好,咱们一块儿走。

阿尔卡基娜 (停了一会儿)听我说,尽量在这儿住下去,不要太心烦,也不要着了凉。注意着点我的儿子,照顾着点他。领他走正路。

　　〔停顿。

我这就走了,可还不知道康斯坦丁为什么要自杀呢。我觉得嫉妒是主要的动机。所以我越早一点把特里果林带走就越好。

索林 这怎么跟你说呢?……还有别的原因。这是很容易理解的:他年轻、聪明,可是在乡下,住在一个荒僻的角落里,没有钱,没有地位,也没有前途。他没有事情做,这种闲散使他又羞愧又害怕。我很爱他,他对我也很贴心。但是,他究竟总还觉得住在这里是多余的,有点像个寄生虫,像一个食客。这是很容易理解的:是 amour-propre① 啊……

阿尔卡基娜 他叫我担着很大的一个心思啊!(沉思了半晌)要是叫他到衙门里去弄个差事呢,比如说?

索林 (吹口哨;随后,迟疑)最好呢,恐怕显然是你得……给他一点钱。第一,他先得穿得像个人样儿。瞧瞧,他那件上衣,已经整整拖了三年了,他连件外衣都没有……(笑)此外呢,叫他稍微开开心,也并没有什么坏处……比如说,到

----

① 法语,自尊心。——译者

外国去去呀什么的……那也费不了多少钱。

阿尔卡基娜 话虽这么说呀……那身衣服呢,我还可以慢慢想想办法。至于到外国去呀……况且,目前我一点办法都没有,甚至给他买一身衣服的办法都没有。(坚决地)我没有钱。

　　　〔索林笑。

我一个钱也没有。

索林 (吹着口哨)好啦……原谅我吧,我的孩子,你别生气。我知道你说的是实话……你是一个又大方又高尚的女人。

阿尔卡基娜 (流着眼泪)钱我一个也没有!

索林 如果我有的话呢,我呀,我早就给他了,这不是很自然的事吗?可惜我一个也没有,分文没有啊。(笑)我的管家把我的养老金都拿去花在庄稼、牲口、蜜蜂上啦。我的钱整个儿就白白地飞光了:蜜蜂死了,乳牛死了,那些马呢,他们又一辈子也不给我用……

阿尔卡基娜 我有一点钱,倒也是真的,不过我是个艺术家呀,衣裳打扮就得叫我倾家荡产啊。

索林 你善良,你可爱……我尊敬你……是的。可是我这又怎么啦?……(摇晃不定)我的头直转。(扶住了桌子)我觉得发晕。

阿尔卡基娜 (惊慌)彼得鲁沙!(试着去搀扶他)彼得鲁沙,我的亲爱的……(喊叫)救人哪,救人哪!……

　　　〔特里波列夫,头上缠着绷带,和麦德维坚科上。

他觉得头晕!

索林 没什么,没什么!(笑,喝一点水)过去了,没什么……得

151

啦……

特里波列夫　（向他母亲）不要怕,妈妈,这不严重。他近来常犯这种毛病。(向索林)舅舅,你应当去躺会儿。

索林　是的,我要躺一会儿……可是我照样还要进城……我先去躺一会儿,然后就走……这是极其自然的……(拄着他的手杖走)

麦德维坚科　（把胳膊伸给他扶着,送他)你知道那个谜语吗?早晨四条腿,中午两条腿,晚上三条腿①……

索林　（笑着)一点不错。到了夜间呢,两腿朝天躺下了。谢谢你吧,我自个儿可以走……

麦德维坚科　咳,你看,何必客气呢!

　　　〔索林和麦德维坚科下。

阿尔卡基娜　他真把我吓坏了!

特里波列夫　住在乡下,对他的身体没有什么好处。他太寂寞了。妈妈,如果你能突然慷慨一下,借给他一两千卢布,就够他在城里住一年的了。

阿尔卡基娜　我没有钱。我是一个艺术家,我不是一个银行家。

　　　〔停顿。

特里波列夫　妈妈,请你把我的绷带换换好吗? 你是个熟手呀。

阿尔卡基娜　（从药橱里拿出一瓶碘酒和一小盒绷带)医生到

---

① 希腊神话:狮身女头两翼的怪物斯芬克司所提出的谜语,被俄狄浦斯所解答。——译者

152

晚了。

特里波列夫 已经中午了,可是他答应十点钟到的。

阿尔卡基娜 你坐下。(把他的绷带解下)人家还以为你戴着
头巾呢。昨天,厨房里有一个刚到这儿来的生人,还问你
是哪儿来的呢。哟,这儿差不多完全结好疤了。剩下没有
多大一点点啦。(吻他的头发)我走了以后,你可答应我再
不要这个砰砰响的①了吧?

特里波列夫 不啦,妈妈。那是因为我一时感到极端绝望,管
不住自己了。我再不这么做了。(吻她的手)你这是一双
仙女的手啊。我还记得,很久很久以前,你还在市剧院演
戏呢——我那时候很小很小,——有那么一天,院子里有
人打架,把住户里边一个女人,一个洗衣服的,打得头破血
流……你还想得起来吗?把她抬起来的时候,她已经没有
知觉了……你常去看她,给她送药,还用一个小木桶给她
的孩子们洗澡。你真的再也想不起来了吗?

阿尔卡基娜 记不得了。(给他换新绷带)

特里波列夫 我们那所房子里,还住着两个女芭蕾舞演员……
她们老是来找你喝咖啡…

阿尔卡基娜 那我倒记得。

特里波列夫 她们很信神。

〔停顿。

近来,应该说是最近这几天,我又像儿童时代那么亲切地、
一心一意地爱你了。我现在除了你就没有别的亲人了。

---

① 指开手枪自杀。——译者

153

只是，为什么，为什么你由着那个人左右呢？

阿尔卡基娜　你不了解他，康斯坦丁。他是一个品格高尚的人物……

特里波列夫　是呀，然而当他听说我有意和他决斗的时候，他的高尚品格却没有拦住他的畏怯逃避。他要走了。可耻的脱逃！

阿尔卡基娜　你胡说！这是我请他离开的。

特里波列夫　好一个品格高尚的人！你看，我们这儿为了他差不多要吵起来了，可是他呢，他这时候正在客厅里或者花园里嘲笑我们呢……正在启发妮娜呢，正在拼命说服她，叫她相信他是一个天才呢。

阿尔卡基娜　你好像是存心要对我说些冒犯我的话来寻开心似的。我尊敬这个人，所以我请你不要在我面前说他一个字的坏话。

特里波列夫　我可不尊敬他。你想叫我也拿他当一个有天才的人，可是，原谅我吧，我不会说假话，他的作品使我厌恶。

阿尔卡基娜　嫉妒啊！没有才气而又自负的人，没有别的本事，只好指责真正有才气的人啦。那是他们唯一的自慰啦，真是的！

特里波列夫　（讽刺地）真正有才气的人！（激怒）如果这样说的话，那么，我的才气，比你们加在一起都还多！（把绷带扯下）你们，加在一起，你们这些死守着腐朽的成规的人，你们在艺术上垄断了头等地位，你们认为无论什么，凡不是你们自己所做出来的都不合法，都不真实，你们压制、践踏其余的一切！我不承认你们！我不承认你，也不承

154

认他。

阿尔卡基娜　你简直是颓废派！……

特里波列夫　那你就回到你那个可爱的舞台上,在那儿去演你
　　那些可怜的、没价值的戏去吧！

阿尔卡基娜　我从来就没有演过那种戏。不要打扰我！你连
　　一出可怜的通俗戏都还没有能力写呢。基辅的乡下人！
　　寄生虫！

特里波列夫　一钱如命的吝啬鬼！

阿尔卡基娜　穿破衣烂衫的！

　　〔特里波列夫坐下,不出声地哭。

　　一无所长的！(激动,在屋子里跨着大步子走)你别
　　哭……不要哭……(自己也哭了)不要……(吻他的上额、
　　两颊和头发)我的亲爱的,我的宝贝孩子,原谅我吧……原
　　谅你这个坏母亲吧。你知道,我是很不幸的。

特里波列夫　(抱住她)你可真不知道啊！我什么全丢了。她
　　不爱我了,我再也写不出什么来了……再也没有一点希望
　　了……

阿尔卡基娜　不要灰心……一切都会顺当起来的。他就要走
　　了;她会重新爱你的。(擦他的眼泪)得啦,够啦。跟妈妈
　　讲和吧。

特里波列夫　(吻她的两手)是,妈妈。

阿尔卡基娜　(温柔地)也跟他讲和吧。用不着跟他决斗……
　　不是吗?

特里波列夫　好……只是,答应我,再也不要叫我看见他,妈
　　妈。看见他我就痛苦……我就忍受不住……

155

〔特里果林上。

他来啦……我得躲开。(把药品匆匆放在药橱里)绷带待
会儿让大夫给我缠吧……

特里果林 (翻着一本书寻找)一百二十一面……第十一和第
十二行……这儿啦……(读)"一旦你需要我的生命的话,
来……就拿去吧。"

〔特里波列夫从地上拾起他的绷带,下。

阿尔卡基娜 (看了自己的表一眼)一会儿马就套好啦。

特里果林 (一旁)一旦你需要我的生命的话,来,就拿去吧。

阿尔卡基娜 我想,你的手提箱已经打点好了吧?

特里果林 (不耐烦)是的,是的……(梦想着)这么纯洁的一个
灵魂的召唤,我怎么感到里边有一种悲哀的声音啊? 我的
心为什么沉重得这样痛苦呀? ……一旦你需要我的生命
的话,来,就拿去吧。(向阿尔卡基娜)咱们多留一天吧!

〔阿尔卡基娜摇摇头。

咱们留下!

阿尔卡基娜 我的亲爱的,我知道是谁使你舍不得走开。尽力
收回自己的心来吧! 你有一点迷醉了,清醒清醒吧。

特里果林 你自己也该清醒清醒了,我希望你做个聪明的、明
白事理的人,请你以一个真正朋友的态度,来对待这件事
情……(握她的手)你是善于牺牲自己的……作为我的朋
友,还我的自由吧……

阿尔卡基娜 (激怒)你居然热恋到这种程度了吗?

特里果林 我觉得有一种力量在把我吸引到她那里去! 也许
这恰恰就是我所真正需要的……

阿尔卡基娜　需要一个乡下小丫头的爱吗？你可多么不认识你自己呀！

特里果林　我就跟那种走着路睡觉的人一样。就连我跟你说话的时候，都觉得自己是在睡觉，是在梦里看见了她……温柔而甜美的梦在支配着我……还我的自由吧……

阿尔卡基娜　（浑身颤抖）不行，不行……我是一个女人，也和任何普通女人一样，你不要跟我这样说话……鲍里斯，不要再折磨我了……这太可怕啦……

特里果林　只要你肯试试，你就能成为一个不普通的女人。只有甜美的、诗意的、青年的爱，那个把人领进梦的世界的爱，才能给人那样的幸福啊！这样的爱，我从来还没有尝受过呢……我年轻的时候，没有时间，我得在一个个编辑部的门外去彷徨等待，我得为我的生活去四下里奔波……到现在，终于来了这样的爱，在吸引着我……我要是跑开了岂不糊涂吗？

阿尔卡基娜　（大怒）你疯了！

特里果林　就算疯了吧。

阿尔卡基娜　今天你们都是串通好了一起来折磨我的呀！（泪如雨下）

特里果林　（两手抱着头）她不了解啊！她也不肯了解啊！

阿尔卡基娜　难道我就这么老这么丑，居然叫男人们跟我毫不顾忌地讲别的女人吗？（紧抱住他，吻他）啊！你疯啦！我的亲爱的，我的了不起的……你是我生命的最后一页！（跪下）我的愉快，我的骄傲，我的幸福……（紧抱住他的膝盖）如果你抛弃了我，哪怕只是一小时，我也活不下去，我

157

就会疯的啊,我的超人,我的神明,我的主人和主宰呀。

特里果林 会有人进来的。(扶她起来)

阿尔卡基娜 管它去呢,我爱你,我并不觉得这是羞耻。(吻他的两手)我的宝贝,你可真是疯啦,你想做糊涂事,但是我不能让你做,我要阻止你……(笑)你是我的……整个是我的!……这个上额是我的,这对眼睛,还有这满头像丝一般柔软的黄发,都是我的……你整个是属于我的!什么样的才气啊,什么样的聪明啊,你是今天所有作家里边最优秀的一个,是俄罗斯的唯一的希望……你写得那么真诚,那么朴素,那么清新,幽默得恰到好处……你一笔就勾出一个人物或者一片风景的精华和性格来;你所写的人物,个个像活的一样。读你的作品,怎能不被热情所激动啊?你也许以为我这是在奉承你、谄媚你吧?那,你就直对着我看看……看看我……我的神色是一个说谎人的样子吗?你明白,只有我才真正知道你的价值,只有我;跟你说实话的,也只有我,我的亲爱的,我的宝贝……你肯走了吗?确确实实?你不抛弃我啦?……

特里果林 我没有自己的意志……我从来也没有过自己的意志……懒散、柔弱、永远顺从,我真的生来就是叫女人们讨厌的啊!那么,领着我走吧,带着我走吧,只是,千万不要叫我离开你一步……

阿尔卡基娜 (一旁)现在我可算把他抓住了。(从容不迫地,仿佛没有刚才那回事似的)这个,如果你喜欢,你可以留下来。我今天先走,一个星期以后,你再找我去。说起来,你何必要这么匆匆忙忙的呢?

特里果林　不，咱们一起走的好。

阿尔卡基娜　随你吧。那咱们就一起走吧。

　　　〔停顿。

　　　〔特里果林记笔记。

你那是做什么？

特里果林　今天早晨我听见一个我很喜欢的词句："处女丛林"……将来这也许有用处。（伸伸懒腰）那么，咱们就走啦？又得是车厢、车站、餐车、猪排、谈话的啦……

沙姆拉耶夫　（上）我有幸痛苦地向你报告，马都套好啦。亲爱的夫人，该是动身到车站去的时候了；火车两点零五分进站。我说，伊琳娜·尼古拉耶夫娜，请赏脸给问一问，那个叫苏兹达尔采夫的演员，如果他还活着，如今在哪儿啦，他好吗？我们当年可是在一块儿喝过一阵子的……他在《被窃的邮局》那出戏里，演得真是谁也及不上……我还记得那个悲剧演员伊兹玛伊洛夫，他们俩一块儿在伊丽莎白格勒演戏……那也是一个了不起的人物……你用不着忙，亲爱的夫人，还可以待五分钟。有一回，在一出传奇剧①里，他们扮演谋反的人，等到被人围捕的时候，台词本来是"我们中了奸计了"，可是伊兹玛伊洛夫喊成了："我们中了好鸡了！"（笑）一个好鸡，嘿！……

　　　〔在他说话的时候，雅科夫忙着搬运手提箱，女仆给阿尔卡基娜拿来帽子、斗篷、阳伞、手套；大家都帮着她穿戴。

---

① Мелодрама：我国有人译为"悲欢离合剧"，有人译为闹剧。实际上很像我国的传奇剧，从前列为低级的悲剧。——译者

厨子把左门开了一道缝,探进头来,待了一会儿,犹犹豫豫地走进来。

〔波琳娜·安德烈耶夫娜上,后边跟着索林和麦德维坚科。

波琳娜·安德烈耶夫娜 (胳膊上挎着一个小篮子)这是些给你路上吃的李子……好吃得很。你也许会喜欢吃的……

阿尔卡基娜 你太好啦,波琳娜·安德烈耶夫娜。

波琳娜·安德烈耶夫娜 再见啦,我的亲爱的!我无论有什么叫你不满意的地方,都原谅我吧!(哭)

阿尔卡基娜 (拥抱波琳娜·安德烈耶夫娜)什么都是很好的。只是,你可不该哭。

波琳娜·安德烈耶夫娜 日子过得可真快呀!

阿尔卡基娜 有什么办法呢?

索林 (穿着短斗篷,戴好了帽子,手里拿着一根手杖,由左门上,横穿过屋子)怎么啦,伊琳娜,该动身了,再不走咱们可要误车啦,说真的。我先坐上去了。(下)

麦德维坚科 我,我走着到车站……去送他们吧。我很快就到的……(下)

阿尔卡基娜 再见了,朋友们……如果我们都还平平安安的,那就夏天再见吧……

〔女仆,雅科夫和厨子,都吻她的手。

想着点我。(递给厨子一个卢布)这儿给你们三人一个卢布。

厨子 我们非常感谢,夫人。一路平安!你一向待我们很好!

雅科夫 老天爷保佑你!

沙姆拉耶夫 写几个字来会叫我们高兴的!(向特里果林)
再见了,鲍里斯·阿列克塞耶维奇!

阿尔卡基娜 康斯坦丁呢? 告诉他,说我走了。我们应当说声
再见的啊。好啦,我有什么不是,也不要记恨我吧。(向雅
科夫)我给了厨子一个卢布。是给你们三个人分的。

　　〔全体由右方下,场上是空的。后台,乱哄哄的声音,
时常夹杂着道别的话。女仆回来取那个放在桌上的篮子,
又下。

特里果林 (又上场)我把手杖忘下了。一定是在凉台上啦。
(正往外走,撞上走进来的妮娜)哈,是你呀? 我们走啦。

妮娜 我早就觉得我们准会再见一面的。(过分兴奋地)鲍里
斯·阿列克塞耶维奇,我已经打定主意了,局势已经定了,
我要去演戏。明天我就不在这儿了,我要离开家,放弃一
切,开始新的生活……我到……你去的那个地方……莫斯
科去。我们在那儿会见得着的。

特里果林 (往四周望望)你就住在"斯拉维扬斯基商场①"……一
到就马上通知我……莫尔昌诺夫卡街,格罗霍尔斯基大
楼……我得快走……

　　〔停顿。

妮娜 再待一会儿吧……

特里果林 (低声)你真美呀! 一想到我们不久后又能见面,够
多么幸福啊。

　　〔她倚在他的怀里。

_____

① 莫斯科一家极著名的旅馆。——译者

我又可以看见这一对美丽的眼睛,这种无限柔情的、迷人的微笑……这个如此甜蜜的容貌,这天使般纯洁的形象了!……亲爱的!……(长长的吻)

——幕落

第 四 幕

第三幕和第四幕之间，相隔两年。

索林家里的客厅之一，被康斯坦丁·特里波列夫改成书房。左右各有门通到邻室。正面，玻璃门，通凉台。除了客厅的普通家具外，右墙角，一张书桌；左门旁，一张美人榻，一个书架，窗台上和椅子上都是书。——晚上。只点着一盏带罩子的油灯。半明半暗。风在树枝间和烟囱里呼啸。巡夜的更夫敲着梆子。麦德维坚科和玛莎上。

玛莎 （呼唤着）康斯坦丁·加夫里利奇[①]！康斯坦丁·加夫里利奇！（往四下里看）没有人。老头子时时刻刻都在找科斯佳……没有他，他就过不了……

麦德维坚科 他怕寂寞。（倾听）多么可怕的天气！连着差不多有两天了。

玛莎 （把油灯往上捻了捻）湖里整个起了大浪头了。

---

① 即加夫里洛维奇。——译者

163

麦德维坚科　花园里多么黑呀。应该叫人把那个戏台拆掉。立在那儿,有皮无肉的,看着叫人害怕,真像个死人的骨头架子;大幕也叫风吹得哗啦啦响。昨天晚上我打它旁边经过,仿佛听见那儿有人在哭。

玛莎　得啦⋯⋯

　　　　〔停顿。

麦德维坚科　玛莎,咱们回家吧。

玛莎　(摇头)今天晚上我不回去啦。

麦德维坚科　(恳求地)玛莎,看看你! 咱们的孩子一定饿了。

玛莎　没关系。玛特廖娜会喂他的。

　　　　〔停顿。

麦德维坚科　可怜的小东西。一连三夜没有看见母亲啦。

玛莎　你真叫讨厌哪! 从前呢,你没事至少还发发议论。可是现在呀,你只知道讲——孩子,家,孩子,家。你满嘴全是这个。

麦德维坚科　玛莎,咱们走吧!

玛莎　你自己回去吧。

麦德维坚科　你父亲不会给我马的。

玛莎　会给。去找他去,他会给的。

麦德维坚科　是呀,为什么不找找他去呢? 那么你明天回家吧?

玛莎　(闻鼻烟)好,明天⋯⋯你真讨厌⋯⋯

　　　　〔特里波列夫和波琳娜·安德烈耶夫娜上;特里波列夫抱着一对枕头和一条毯子;波琳娜抱着些床单子。他们把东西都放在美人榻上。特里波列夫随后走过去,坐在自己的书桌那里。

164

这是做什么的,妈妈?

波琳娜·安德烈耶夫娜 彼得·尼古拉耶维奇要我们在科斯佳的书房里给他铺张床。

玛莎 让我来铺……(铺床)

波琳娜·安德烈耶夫娜 (叹息)老头子真像个小孩子……(走到科斯佳那里,哈腰趴在桌上,看他的稿子)

　　[停顿。

麦德维坚科 那么,我就走啦。再见了,玛莎。(吻她的手)再见,妈妈。(想吻他岳母的手)

波琳娜·安德烈耶夫娜 (不高兴地)得啦,走吧,这就行啦!

麦德维坚科 再见,康斯坦丁·加夫里利奇。

　　[特里波列夫一声不响地把手伸给他。麦德维坚科下。

波琳娜·安德烈耶夫娜 (仔细看着稿子)谁想得到哇,科斯佳,你居然成了一个真正的作家啦!你看,这不是,打现在起,谢天谢地,杂志都给你寄稿费来啦。(用手抚摸特里波列夫的头发)你也长漂亮啦……我的小科斯佳,我的亲爱的,你得对玛申卡稍微好一点儿啊!……

玛莎 (铺着床)就别打扰他啦,妈妈。

波琳娜·安德烈耶夫娜 (向特里波列夫)你看她多好哇!

　　[停顿。

女人们都不难对付呀,科斯佳,她们只要你温柔地看她们一眼就够了。这个我可有过体会。

　　[特里波列夫站起来,一句话没有说,下。

玛莎 看你把他招恼了不是。何苦要胡搅他呢?

波琳娜·安德烈耶夫娜 我是看着你难受哇,玛莎。

165

玛莎　有什么用,真是的!

波琳娜·安德烈耶夫娜　你叫我的心都疼啦。你以为我什么都没看见,什么都不明白吗?

玛莎　都是糊涂话!没有希望的爱情,那是写小说的材料。那是废话。要紧的是,不要痴情等待,等得衰老憔悴了⋯⋯从爱情一钻进你心里的时候起,就应该把它赶出去。他们已经答应把我丈夫调到另外一区去了。只要一离开这里,我就会什么都忘了⋯⋯我就会把它从我的心里摘掉了,这个爱情。

　　〔相隔两间屋子的地方,传来忧郁的圆舞曲声。

波琳娜·安德烈耶夫娜　这是科斯佳弹的。可见他心里多么难受啊。

玛莎　(默默地舞了两三转)主要的是,妈妈,是不要看见他。只要一给他,谢苗,调换了地方,相信我吧,我一个月就会都忘了的。这都算不了什么。

　　〔左门开了。多尔恩和麦德维坚科推着车椅进来,索林坐在上边。

麦德维坚科　我家里现在有六口了。可是面粉要卖七十个戈比一普特。

多尔恩　那你就想办法应付呀!

麦德维坚科　你尽可以说说笑话!可是钱呢,你是有那么多的,而且用不完。

多尔恩　钱?三十年的行医,我亲爱的朋友,三十年操心的行业,一直是日夜身不由己,我不过积蓄了两千卢布,可是最近也都花在外国了。我一个也没有了。

玛莎 （向她丈夫）你怎么还没有回去？

麦德维坚科 （好像被人抓住错处似的）有什么办法呢？不给我马可怎么办呢？

玛莎 （非常苦恼地,低声）我看见你就痛苦啊。

　　　　〔车椅停在屋子的左边;波琳娜·安德烈耶夫娜,玛莎和多尔恩都坐在车椅旁边;麦德维坚科,带着愁苦的神色,远远地躲开。

多尔恩 这里的变化可多大呀！客厅改成书房了！

玛莎 康斯坦丁·加夫里利奇在这里工作更合适些。他愿意的时候,可以到花园里去思索思索。

　　　　〔更夫的打更声。

索林 我的妹妹呢？

多尔恩 到火车站迎接特里果林去了。马上就回来。

索林 你们既然断定需要把我妹妹找回来,那一定是我病得很严重了。（稍稍停顿）可这奇怪。我既然病成这个样子,可又什么药也不给我吃！

多尔恩 那么,你想吃什么药呢？来点缬草酊？来点苏打？还是来点奎宁？

索林 看！哲学又来了。啊！多么苦恼哇！（用头点点美人榻）这是给我铺的床吗？

波琳娜·安德烈耶夫娜 是的,是给你铺的,彼得·尼古拉耶维奇。

索林 谢谢你们。

多尔恩 （低唱）"明月飘荡在子夜的浮云中……"

索林 你们知道,我要供给科斯佳一个小说题材。这篇小说应

167

该叫作 L'homme, qui a voulu①。我年轻的时候,想当作家,结果没有当成;我想把话说得流利,可是说得很糟(学着自己的话):"诸如此类,如此而已,嗯这个,嗯那个……"有时候,想作结论,可是越往下说越乱,直弄得满头大汗;我想结婚,结果也没有结成;我想永远住在城里,可是,你们看见啦,我只有在乡下了此一生了,就这么回事。

多尔恩 你也想过当实职政府顾问,可是你当成了!

索林 (笑着)那我可从来没有想干过。那是它自己来的。

多尔恩 一个人到了六十多岁还表示对生活不满足,实在是丝毫不合情理,这你得承认。

索林 多么固执的人哪! 我要活下去,你不明白吗?

多尔恩 这叫轻佻。按照大自然的法则,每一个生命都得有到头的一天。

索林 你这是一个饱汉的议论。是啊,你什么都够了,所以你才这样无所谓;你认为什么都没有关系。可是,提到死,你也会跟别人一样害怕。

多尔恩 单纯怕死是一种兽性的恐惧……应该把它克制下去。只有那些相信永生的人,才会怕死;他们怕死,是因为自觉有罪。可是你呢? 第一,你不信神,其次呢,你又能造过多少罪孽呀? 二十五年,你在法院里一直干了二十五年,还有什么呀?

索林 (笑着)是二十八年……

　　[特里波列夫上。他坐在索林脚下的小板凳上。玛莎的眼睛一直盯着他。

———————————

① 法语,空想一场的人。——译者

多尔恩　我们搅得康斯坦丁·加夫里利奇不能工作了。

特里波列夫　没有,没关系。

　　　〔停顿。

麦德维坚科　大夫,请允许我问问你,你最喜欢外国的哪一个城市?

多尔恩　热那亚。

特里波列夫　热那亚? 为什么呢?

多尔恩　我最爱的,是那儿街上的人群。到晚上,你出了旅馆,走到挤满了人的街上,你不要定什么目的,只夹在人群当中,挤来挤去,顺着曲曲弯弯的路线,漫游下去,你活在它的生活当中,你叫你的精神上和它紧紧地连在一起,于是,你就会相信,一种宇宙灵魂的存在确实是可能有的,就和那年妮娜·扎烈奇娜雅在你的剧本里所表演的一样。说真的,她目前在哪儿啦,扎烈奇娜雅? 她近来怎么样了?

特里波列夫　她一定很好吧。

多尔恩　听说她过的是一种相当特殊的生活。究竟是怎么回事呢?

特里波列夫　说来话长了,大夫。

多尔恩　那么,简短地说点吧。

　　　〔停顿。

特里波列夫　她从家里逃出去,就和特里果林混在一起了。这你知道吧?

多尔恩　知道。

特里波列夫　她生了一个孩子。孩子死了。正如所能预料的,特里果林厌倦了她,又去重温那些旧情去了。其实呢,那些旧情,他从来也没有断绝过;像他这样没有骨气的人,他是安排好了要到处兼顾的。就我从传闻里所能理解的,妮娜的私生活是很不幸的。

多尔恩 舞台生活呢?

特里波列夫 那就更坏,我想。她初次登台,是在莫斯科近郊的一个露天剧场,后来,她到内地去了。那时候,我一刻也忘不了她,有一阵,我到处跟着她跑。她总是演主角,可是她演得很粗糙,没有味道,尽在狂吼,尽做些粗率的姿势。有时,哭喊一声,或者死过去,倒也表现出一点才气来,然而这却少见得很。

多尔恩 这么说,她究竟还是有点才气喽?

特里波列夫 很难断定。当然,总该有的吧。我去看过她,可是她不肯接见我,她的女仆不让我进她屋子。我了解她的心情,我也没有坚持。

　　〔停顿。

我还有什么可告诉你们的呢? 后来,我回到家里,接到过她的几封信,几封写得很聪明的信,句句话都是诚恳的、有趣味的。她并没有抱怨,然而却能感觉到她是无限地不幸。每一行都叫我发现她的神经是紧张的、受了伤害的。她的想象力也有一点混乱。她自己签名为"海鸥"。在《美人鱼》①里,那个磨面粉的人说他自己是一只乌鸦;她呢,在所有信件里,屡次都跟我说自己是一只海鸥。现在她就在这里。

----

① 《美人鱼》是普希金的诗,后由达尔戈梅斯基改编成歌剧。——译者

170

多尔恩　什么，在这里？

特里波列夫　在城里，住在一家小旅店。她在那儿住了有五天了。我去过，玛丽雅·伊利尼奇娜也去过，可是她谁也不见。谢苗·谢苗诺维奇肯定说昨天午饭后，看见她在离这里两里的田野上。

麦德维坚科　是的，我看见她了。她从这边往城里走。我向她鞠躬，问她为什么不来看看我们。她说她要来的。

特里波列夫　她不会来的。

　　　　〔停顿。

她的父亲和后母不承认她。他们到处都派上了更夫，连房子都不叫她走近。(和医生向书桌走去)大夫，在纸上高谈哲学够多么容易，但是一遇到实际问题，可又多么难啊！

索林　当初她多可爱呀。

多尔恩　什么？

索林　我说的是，当初她多可爱。实职政府顾问索林有一阵子确是爱上她了。

多尔恩　你这个老唐璜①！

　　　　〔沙姆拉耶夫的笑声。

波琳娜·安德烈耶夫娜　我想咱们那些人打车站回来了……

特里波列夫　是的，我听见妈妈的声音了。

　　　　〔阿尔卡基娜、特里果林上，后边跟着沙姆拉耶夫。

沙姆拉耶夫　(一进门)我们一个劲儿地显老，我们叫风吹雨打

---

①　唐璜，西班牙传说里的人物，不信神，放荡，淫乱。用在这里，是"色鬼"的意思。——译者

得都憔悴下去了，可是你呢，亲爱的夫人，你却永远那么年轻……衣裳鲜艳，精神活泼……体面……

阿尔卡基娜 你又想咒我哪，你这讨厌的人！

特里果林 （向索林）你好呀，彼得·尼古拉耶维奇！怎么样，一直在生病啊？这可不好，这！（看见了玛莎，愉快地）玛丽雅·伊利尼奇娜！

玛莎 你还认识我呀？（握手）

特里果林 结婚了吗？

玛莎 老早结啦。

特里果林 幸福吗？（向多尔恩和麦德维坚科鞠躬，然后，迟疑不决地，向特里波列夫走去）伊琳娜·尼古拉耶夫娜告诉我，说你已经把过去忘记了，不再生气了。

　　　〔特里波列夫向他伸出手来。

阿尔卡基娜 （向她的儿子）你看，鲍里斯·阿列克塞耶维奇带来了一本杂志，上边有你最近写的小说。

特里波列夫 （接过杂志，向特里果林）谢谢你。你太好啦。

　　　〔他们坐下。

特里果林 我给你带来了你的崇拜者们的问候……在彼得堡和莫斯科，大家都对你本人发生兴趣，都不断地向我打听你的情形：他是什么样子呀？多大年纪啊？棕头发还是黄头发呀？我也不知道为什么，人家都描想你不太年轻了。谁也不知道你的真姓名，因为你用的是笔名。你就跟Masque de fer① 一样。

————————

① 法语，戴着铁面具的人。——译者

172

特里波列夫 你要跟我们住很久吗?

特里果林 不,我明天就想回莫斯科去。不得不走啊。我得赶快把那篇长篇小说写完,另外,我还答应给一个文集写点短篇。一句话,还是那种老套子啊。

〔他们谈话的时候,阿尔卡基娜和波琳娜·安德烈耶夫娜把牌桌摆在屋子当中,把它打开;沙姆拉耶夫点起几支蜡烛,搬过几把椅子来。大家从橱里拿出一套抓彩牌①来。

你们这儿的天气可真不欢迎我。刮这么凶的风。明天早晨要是平和下来,我就钓鱼去。想起来了,我得去看一下花园,还有那个地方,你记得吗?——演过你的剧本的地方。我有一个构思,已经成熟了,需要的只是,我得把故事的环境在我记忆里重温一下。

玛莎 (向她父亲)爸爸,让我丈夫牵匹马去吧!他得回家去。

沙姆拉耶夫 (嘲弄地)马……回家……(严肃起来)你亲眼看得很清楚,马是刚打车站上回来的。可我不能叫它们这样接着跑。

玛莎 还有别的马呢……(她父亲的沉默,使她作了一个失望的手势)想跟你商量一点事情啊……

麦德维坚科 听我说,玛莎,我走回去。真的我……

波琳娜·安德烈耶夫娜 (叹气)在这样的天气里走啊……(坐在牌桌旁边)先生太太们,请来吧。

---

① 欧洲流行的一种赌博,每人把自己所抓到的牌,记下号码来,谁先排齐了号码,谁就赢钱。——译者

麦德维坚科　也不过六里路……再见吧……(吻他太太的手)再见,妈妈。

〔岳母不情愿地伸出手来给他吻。

要不是为了那个小东西,我谁也不会麻烦的……(向大家鞠躬)再见……(像被人抓住错处似地走下)

沙姆拉耶夫　他本来就可以走着回去的嘛! 又不是将军!

波琳娜·安德烈耶夫娜　(轻轻拍着桌子)太太们,先生们,请吧。不要耽误时间啦,一会就到吃晚饭的时候啦。

〔沙姆拉耶夫、玛莎和多尔恩围着牌桌坐下。

阿尔卡基娜　(向特里果林)我们这儿一到秋天总是玩玩抓彩牌,来消磨这漫长的夜晚。看看! 这还是我们做小孩子的时候,我死去的妈妈玩的那副呢。你也跟我们玩一会儿,玩到吃晚饭好吗?(和特里果林一同坐在牌桌旁)这是一种没味道的游戏,可是只要一玩惯了,也就觉得不错了。(分配给每人三张牌)

特里波列夫　(翻着杂志)他看过他自己那篇小说了,可是我的这篇,他连裁都没有裁开。(把杂志放在书桌上,向左门走去;走过他母亲身旁时,捧着她的头,吻吻)

阿尔卡基娜　你呢,科斯佳,不玩玩吗?

特里波列夫　原谅我吧,我不想玩……我出去走走去。(下)

阿尔卡基娜　押十个戈比。大夫,替我押上。

多尔恩　遵命。

玛莎　大家都押好了吗? 我开始了……二十二!

阿尔卡基娜　噢!

玛莎　三! ……

多尔恩 好。

玛莎 三,记好啦? 八! 八十一! 十!

沙姆拉耶夫 别这么快。

阿尔卡基娜 你们可没有看见,哈尔科夫是怎么欢迎我呀! 我的脑袋到现在还在转呢!

玛莎 三十四!

　　〔后台,忧郁的圆舞曲的声音。

阿尔卡基娜 学生们向我大大的欢呼……三个花篮,两个花冠,还有这个……(把胸针解下来,扔在桌子上)

沙姆拉耶夫 这呀,这可不简单……

玛莎 五十!

多尔恩 整五十呀?

阿尔卡基娜 我穿的是一身特别好看的衣服……哼! 要讲打扮呀,这我可不笨。

波琳娜·安德烈耶夫娜 科斯佳在弹琴呢。他真苦闷哪,这可怜的孩子。

沙姆拉耶夫 报纸上把他批评得真够瞧的。

玛莎 七十七!

阿尔卡基娜 报纸,多么漂亮的行当啊!

特里果林 他不走运哪。他没碰巧找对他的路数。他的作品都是古怪的、空洞的,有时候甚至像狂言乱语。也没有一个人物是活的。

玛莎 十一!

阿尔卡基娜 (看着索林)彼得鲁沙! 你厌烦了吗?

　　〔停顿。

175

他睡着了。

多尔恩 实职政府顾问睡着了。

玛莎 七！九十！

特里果林 如果我住在像这样靠近湖边的一座房子里，你们想我还会写得出东西吗？我会战胜写作的热情，整天都去钓鱼的。

玛莎 二十八！

特里果林 钓上一条小鲤鱼或者是鲈鱼来，是什么也比不上的快乐呀！

多尔恩 要问我，我可相信康斯坦丁·加夫里利奇。他有点儿玩意儿，这我敢说。他用形象来思想，他的描写是生动的，有色彩的，能够深刻地感动我。可惜的，只是他没有确定一个清楚明确的目标。他只给人一个印象，就打住啦。然而光给人一个印象，那是没有力量的。告诉告诉我，伊琳娜·尼古拉耶夫娜，有一个当作家的儿子，你感到幸福吗？

阿尔卡基娜 你自己想一想吧，他的东西我还一点也没有读过呢。我总是没有时间呀！

玛莎 二十六！

　　〔特里波列夫轻轻地走进来，走到他的书桌前。

沙姆拉耶夫 （向特里果林）鲍里斯·阿列克塞耶维奇，我们这儿还有你的一样东西呢。

特里果林 什么呀？

沙姆拉耶夫 康斯坦丁·加夫里利奇打死的那只海鸥；是你叫我们把它塞上草的呀。

特里果林 这我不记得。（默想）不记得啦！

玛莎 六十六！一！

特里波列夫 （把窗子大大打开，倾听）多么黑呀！我不知道我
心里为什么这样不安宁。

阿尔卡基娜 科斯佳，关上窗子，你放进一阵阵的过堂风来了。

　　　　〔特里波列夫关上窗子。

玛莎 八十八！

特里果林 我赢了，太太先生们！

阿尔卡基娜 （高兴地）好哇！好哇！

沙姆拉耶夫 好哇！

阿尔卡基娜 他这个人，到处、随时都走好运。（站起来）现在
咱们吃点东西吧。我们的名人今天还没有吃中饭呢。吃
完晚饭咱再接着玩。（向她的儿子）科斯佳，放下你的稿
子，咱们吃饭去。

特里波列夫 我不饿，妈妈。

阿尔卡基娜 随你便吧。（叫醒索林）彼得鲁沙，吃晚饭啦！
（挽着沙姆拉耶夫的胳膊）我来跟你讲讲我在哈尔科夫是
怎样受人欢迎的⋯⋯

　　　　〔波琳娜·安德烈耶夫娜吹灭桌子上的蜡烛；然后和
　　　多尔恩推那张椅子。大家都由左门下；留下特里波列夫，
　　　坐在他的书桌前。

特里波列夫 （准备写，迅速地看了一遍已经写过的稿子）我讲
过那么多的新形式，可是我觉得自己现在却一点一点地掉
到老套子里去了。（读）"围墙上的布告宣传着⋯⋯黑头发
衬托出一张苍白的脸。"⋯⋯宣传，衬托⋯⋯这多平凡啊。
（涂去）开头的地方，我要表现出主角被雨声惊醒，把其余

177

的都删掉。描写月光那段太长,也太做作。在特里果林,写作是很方便的,他有一定的格式……在他的作品里,河堤上,一个碎瓶颈在闪光,磨坊风轮抛下一道昏黑的影子,那么月亮就算写好了。而在我的作品里,却又是颤动的光亮,又是繁星在轻轻地闪烁着,又是远远钢琴的声音消失在清香的空气里……多么苦恼啊!

　　[停顿。

是的,我一天比一天更了解,问题不在形式是旧的还是新的;重要的是,完全不是为想到任何形式才写,而只是为了叫心里的东西自然流露出来才写。

　　[有人轻敲离着书桌最近的那个窗子。

这是什么?(看窗子外边)什么也看不见……(打开那扇玻璃门,往花园里望)有个人刚刚跑下台阶去。(喊)是谁?(走出去;传来沿着凉台的迅速脚步声;过了一会儿,他和妮娜·扎烈奇娜雅一同回来)妮娜! 妮娜!

　　[妮娜把脸伏在特里波列夫的怀中,轻声地抽泣。

(激动地)妮娜! 妮娜! 是你呀……真是你呀……我早就有了预感,今天一整天,我的心都是紧得可怕。(把她的帽子和披风脱下来)她来了,我的最珍贵的,我的最可爱的! 我们不要哭,我们不要哭吧!

妮娜　这儿有人。

特里波列夫　没有人。

妮娜　把门锁上! 会有人进来。

特里波列夫　不会有人进来。

妮娜　伊琳娜·尼古拉耶夫娜在这儿,我知道。锁上门……

特里波列夫　（把右门锁上，向左门走去）这扇门没有锁。我来顶上一把椅子吧。（用一把椅子顶上门）什么也不用怕，不会有人进来。

妮娜　（眼睛紧盯着他）让我看看你。（往四下看一看）这里很暖和，很舒服……从前，这是会客室。我变得很厉害吗？

特里波列夫　嗯……你瘦了些，你的眼睛大了些。妮娜，我觉得这回看见你是很奇怪的。你为什么关上门不见我？你为什么到这儿这么久都不来一趟？我知道你来了差不多一个星期了……我每天都到你那儿去好几次，我像个乞丐似的在你的窗子外边等着。

妮娜　我怕你一定会恨我。我每夜都梦见你在看着我，可是不认识我了。你可真不知道啊！自从我回来，我每天都走到这里来……围着湖边转。我有那么多次走近了你的房子，但是每次都下不了决心进来。我们坐下好不好？（他们坐下）现在让咱们坐下来，谈一谈，多谈一谈吧。这屋里多好哇，又温暖又舒服……你听见这风声了吗？屠格涅夫写过这样的一段："在这样的夜里，有避风雨的屋顶、有取暖的炉火的人，是幸福的。"我是一只海鸥……不对，我说错了。（摸她的上额）刚才我跟你说什么？……啊，对了……屠格涅夫……"但愿上帝帮助所有那些无家可归的流浪者吧！……"①这也没关系。（啜泣）

特里波列夫　妮娜，看你又哭起来了……妮娜！

妮娜　不要紧，这样我倒好过一些。我两年没有哭过了。昨天

---

① 引自屠格涅夫的《罗亭》。——译者

晚上,很晚了,我到这花园里来,看看咱们那座舞台是不是还在那儿。它仍旧在那儿。我于是两年以来第一次哭了,我的心里也就舒服了些,精神也开朗些了。你看,我不再哭了。(拉起他的手来)现在你果然是一个作家了……你是一个作家,我是一个演员……我们两个也都被牵进生活的旋涡里来了……我从前那样快活地生活着,像一个孩子似的;每天早晨,一醒来嘴里就唱着歌。那时候,我爱你,我梦想着光荣,然而现在呢?明天一大早我就得到耶列次去了,三等车厢……混在农民们中间。到了耶列次,我还得忍受着那些有文化的商人们的种种殷勤。多么下贱的生活啊!

特里波列夫 为什么到耶列次去呢?

妮娜 我签了整一个冬季的合同。我必须去。

特里波列夫 妮娜,我骂过你,恨过你;我撕过你的信和照片,然而我时刻都知道我的心灵是和你永远连在一起的。我没有能力叫自己忘记你,妮娜。自从我失去了你,自从我把小说开始发表出去,我的生活一直就是不能忍受的,我痛苦……我的青春好像突然被夺走了,我觉得自己仿佛已经活过了九十岁一样。我呼唤着你,我吻你走过的土地;不论我的眼睛往哪儿看,我都看见你的脸,看见你那么温柔的微笑,在我 生最愉快的时候照耀着我的微笑……

妮娜 (慌乱地)他为什么说这个,哎呀,他为什么说这个呀?

特里波列夫 我是孤独的,没有任何感情温暖我的心,我像住在地牢里那么寒冷;所有我写出来的东西,都是枯燥的,无情的,暗淡的。留下来吧,妮娜,我恳求你,不然就让我跟你走!

　　〔妮娜迅速地戴她的帽子,披她的披风。

　　妮娜,这是为什么! 妮娜,看在上帝的份上……

　　(看着她穿戴好)

　　〔停顿。

妮娜　我的马车就停在花园门口。不要送我,我一个人走……
(流着泪)给我一点水喝……

特里波列夫　(给她水)你现在到哪儿去?

妮娜　进城。

　　〔停顿。

伊琳娜·尼古拉耶夫娜在这儿吗?

特里波列夫　在……上星期四,我舅舅病得很厉害,我们打电
报把她叫来的。

妮娜　你为什么说你吻我走过的土地呢? 你应该杀掉我。(倚
在桌子上)我可真疲倦呀。休息休息……我多么需要休息
休息呀!(抬起头来)我是一只海鸥……不,我说错了……
是一个演员。不,是一只海鸥!(听见阿尔卡基娜和特里
果林的笑声,她静听了一下,向左门跑去,扒着锁眼看)他
也在这儿啦……(向特里波列夫走回来)好,好……这没关
系……他不相信演戏,他总是嘲笑我的梦想,于是我自己
也就一点一点地不相信它了,结果我失去了勇气……除此
以外,再加上爱情、嫉妒,对孩子日夜提心吊胆……我就变
得庸俗、浅薄了,我的戏也演得坏极了……我不知道这两
只手往哪儿放,我不知道怎样在舞台上站,我的声音也由
不得我自己做主。你可不知道,一个人明知自己演得很

181

坏,那是怎样一种感觉啊。我是一只海鸥。不,我说错了……你还记得你打死过一只海鸥吗? 一个人偶然走来,看见了它,因为无事可做,就毁灭了它……这是一篇短篇小说的题材啊……不,我要说的不是这个……(用手摸自己的上额)刚才我谈到什么? ……啊,对了,谈到演戏。现在我可不是那样了……我是一个真正的演员了,我在演戏的时候,感到一种巨大的快乐,我兴奋,我陶醉,我觉得自己伟大。自从我来到这里以后,在我这些天漫长的散步中,我思想着、思想着,于是感到自己的精神力量一天比一天坚强了……现在,我可知道了,我可懂得了,科斯佳,在我们这种职业里——不论是在舞台上演戏,或者是写作——主要的不是光荣,也不是名声,也不是我所梦想过的那些东西,而是要有耐心。要懂得背起十字架来,要有信心。我有信心,所以我就不那么痛苦了,而每当我一想到我的使命,我就不再害怕生活了。

特里波列夫 (悲哀地)你已经找到了你的道路,你知道了向着哪个方向走了;可是我呢,我依然在一些梦幻和形象的混沌世界里挣扎着,不知道自己为什么写,为谁写。我没有信心,我不知道我的使命是什么。

妮娜 (倾听)嘘……我得走了。再见啦。等我成为一个伟大的演员的时候,来看看我吧。答应吗? 但是现在……(握他的手)天已经晚了。我简直站不住了……我累极了,我饿……

特里波列夫 留下,我给你弄点晚饭吃……

妮娜 不,不……不要送我,我一个人走……我的马车就在这

182

旁边……敢情她把他带来了吗？好哇,左右是一样。你见着特里果林的时候,什么也不要跟他说……我爱他！我甚至比以前还要爱他……这是一篇短篇小说的题材啊……我爱他,我狂热地爱他,我爱他到不顾一切的程度。从前的日子是多么快乐呀,科斯佳！你还记得吗？咱们从前的生活是多么明朗,多么温暖,多么愉快又多么纯洁呀——而咱们从前的感情又多么像优美甜蜜的花朵呀……你还记得吗？……(背诵)"人,狮子,鹰和鹧鸪,长着犄角的鹿,鹅,蜘蛛,居住在水中的无言的鱼,海盘车,和一切肉眼所看不见的生灵——总之,一切生命,一切,一切,都在完成它们凄惨的变化历程之后绝迹了……到现在,大地已经有千万年不再负荷着任何一个活的东西了,可怜的月亮徒然点着它的明灯。草地上,早晨不再扬起鹭鸶的长鸣,菩提树里再也听不见小金虫的低吟了……"(冲动地拥抱特里波列夫,然后从玻璃门跑出去)

特里波列夫 (一阵停顿之后)如果有人在花园里碰见她,去告诉妈妈,可怎么好呢？那会叫妈妈苦恼的……(两分钟之间,他一句话也没有说,只在那里把所有稿子撕碎,扔到桌子底下;然后,打开右门,下)

多尔恩 (想用力推开左门)这真奇怪……门好像锁上了……(上场,把椅子放回原处)简直成了障碍赛跑了。

　　[阿尔卡基娜、波琳娜·安德烈耶夫娜上,后边跟着上来的是玛莎和雅科夫——拿着些酒瓶子;再后边,是沙姆拉耶夫和特里果林。

阿尔卡基娜 给鲍里斯·阿列克塞耶维奇把红葡萄酒和啤酒

183

放在这桌子上。我们来一边玩着一边喝着。都坐下吧，大家。

波琳娜·安德烈耶夫娜　（向雅科夫）把茶一块儿端上来。（点起蜡烛，坐在牌桌旁边）

沙姆拉耶夫　（领着特里果林向立橱走去）我刚才跟你说的那个东西就在这儿啦……（从橱里取出那只填了草的海鸥）这是你吩咐我们做的。

特里果林　（注视着那只海鸥）我不记得了！（思索）不，我不记得了！

　　　　〔后台，右方一声枪响；大家都吓得跳起来。

阿尔卡基娜　（大惊）怎么回事？

多尔恩　没什么。一定是我药箱子里什么东西爆了。不要慌。（由右门下，跟着就回来）我说得一点也没错。我的一瓶乙醚刚刚炸了。（低唱）"终于，我又见到你了，迷人的女人……"

阿尔卡基娜　（在牌桌旁坐下去）可把我吓坏了！这叫我想起了那一回，他……（两手蒙上脸）那种样子叫我的眼睛都发黑啊。

多尔恩　（翻着杂志，向特里果林）大约两个月以前，这份杂志上发表过一篇文章……一封美国来信；关于这个，我想问问你……（搂着特里果林的腰，把他拉向脚光）这个问题叫人极其发生兴趣……（低声）想个法子把伊琳娜·尼古拉耶夫娜领走。康斯坦丁·加夫里洛维奇刚刚自杀了……

　　　　　　　　　　　　　　　　——幕落

184

契诃夫与其《海鸥》

　　契诃夫(一八六〇——一九〇四)最初是一个多产的小说作家。前期的作品,据他自己说,一共有一千篇左右,包括短篇小说、故事、逸闻等,其中有些也很平凡。这些作品,大多是用笔名阿·契宏特在一般的幽默刊物上发表的。当时俄国文艺界很藐视有天才而无思想的作家。所以契诃夫的小说,虽然已经受到广大读者爱好,也还被讥讽为"没有思想"。这对于他初期的作品,或者并不完全错误。前进刊物《俄国思想》有一个很长的时期对契诃夫持着戒心,以防范一位不进步的作家的态度敬远着他,不敢请他撰稿。但,这个刊物终于不得不屈尊向他请求作品,甚至以后和契诃夫之间建立起永久而密切的联系。因为:一方面,契诃夫的写作态度愈来愈严肃了,写的数量也少了;另一方面,大家逐渐认识了契诃夫作风中之简单的深刻性。无论是他的小说和戏剧,写来都那样简单、自然、平常,在这简单、自然与平常之中,却寄寓着伟大深沉的力量、人生的鸟瞰、生活脉动的记录。作者不向读者和观众讨论人生的问题,却让他的人物自己去讨论自己的人生,让读者和观众自己去对生活发出问题。托尔斯泰论契诃夫说:"他写作的方法有些特别,恰如一个印象派的画家。你看,一个人把浮上他心头的几种鲜明的颜色,随意涂在画布上,在这些鲜明的各部位之间,虽没有明显的联系,可是整个的效果会令人目夺神移。你眼前这张画布是鲜明而使人禁不住感到有力的。"

以后,契诃夫对自己的写作愈多苛求了,每年只写两三篇小说。他的作品也愈多让人物们讨论自己,让那些沉湎于梦幻与空谈之中的和迷失于矛盾与徘徊之中的俄国知识分子讨论自己。就在这时,在他的天才成熟、世界观通彻的时候,他开始写剧本。所以,虽然契诃夫一生里永远不愿人家忘记他第一是医生,其次是小说作家,最末才是剧作家,而我们却认为医生不过是他的一个偶然的职业,小说是他向往创造之极峰的过程,只有他的戏剧是最高的成就。最先,他写了两篇诙谐戏,都是短篇,一个名为《熊》[①],另一篇是《求婚》。契诃夫本人虽然沉默寡言,但性情和笔下的幽默意识极浓,所以这些闹剧写得很成功,而且剧中的人物,又不是普通闹剧中的人物,都有他们的性格,都是活生生的人。这两出戏到处都在演,到处都得到成功。契诃夫对人说过若干次:"写消遣戏吧,你会晓得这类戏会多么赚钱的。"他这句意味微微有些酸苦的玩笑话,到最后写《樱桃园》时,也还重复着说。接着,他又写了一篇长剧《伊凡诺夫》。这本戏,比起他后来的剧作,有些粗糙,像是一个初稿。在没有印行之前,由考尔什私人剧团首次演出。据契诃夫家里的人后来时常谈起,他认为演员们演得很好。第二次上演是在彼得堡的皇家剧院,演出表面很成功,然而并没有给舞台留下一点影响,因为旧型剧院的演员无论怎样优秀,可是他们的演技和导演的方法、舞台的装置以及服装、化妆、灯光,都是照例

---

① 《熊》(《Bear》),又译《蠢货》。——编者

的一套刻板的、传统的、因袭的做法，所以演出里没有契诃夫赋予舞台的那种人生的新反映，没有契诃夫想象中所创造的世界，没有契诃夫的风格。总而言之，这一次演出里契诃夫并不存在。

《伊凡诺夫》之后二年，他又写了一篇长剧《木魔》①，是由阿伯拉茂娃所新组织的一个剧团演出的。这个剧本后来绝了版，契诃夫把它改写成了《万尼亚舅舅》。据丹钦柯的批评说："无论如何，那（指《木魔》的演出）不能算是一个出色的成功。我觉得作者还没有娴熟舞台的形式。第一幕两个女人那一场所给我的优美的印象，到现在我还清清楚楚地记得；结果，这一场戏就充分地移用到《万尼亚舅舅》里面去了。"他又说："《木魔》与《海鸥》相隔有六七年的样子，《万尼亚舅舅》就是在这中间发表的。契诃夫反对人家说这是《木魔》的重写，他在某处曾断然地宣布《万尼亚舅舅》是一个完全独立的剧本。然而《木魔》的基本线条和一部分场面，经过极小的变动，都编织在《万尼亚舅舅》里面去了。"然而，无论是《木魔》或《万尼亚舅舅》，演出的成功都是肤浅的。也正因为，像丹钦柯所说，作者对舞台的形式尚没有娴熟，所以没有显露出有关基本问题的失败。这里只有演员的成功，因为他们又换了一套新服装，又改了一副新化妆，很能引起观众好奇与新鲜的感觉。而全剧的抒情内涵，完全被不调和的舞台表现所破坏。演员虽都优秀，可是他们在台上的语言、态度和性情里，找不出一点熟见而活生生的人物。那些装置，如布制的墙、摇摇晃晃的门和幕后嘈杂的声

---

① 《木魔》(《The Wood Demon》)，又译《林妖》、《树精》。——编者

187

音,没有一刹那能提示说台上的戏是真的。舞台上的一切,都是在任何戏里所熟见的,却没有一点是在现实生活中所熟见的。观众们也只认定了演员,给他们鼓掌,把他们欢呼到幕前;可是戏一演完,这出戏的生命也就跟着完了,并没有唤醒观众对世界有一个新的了解,没有使观众对契诃夫放在剧本里的那个人生有新的反应,更没有带着真实的生活经验之感召回家。这种情形,都是造成后来《海鸥》第一次上演惨败的原因。契诃夫也感觉到他的诗的珍珠和整个世界观不能为演员和导演们所了解,所以就不愿再写戏给任何剧场。

然而,宋巴托夫和丹钦柯屡屡苦劝契诃夫继续写戏。听了他们的话,他就在《万尼亚舅舅》之后的四五年,写了《海鸥》。

当契诃夫写《海鸥》的时候,他正住在莫斯科附近的乡下——梅莱好坞。由莫斯科坐两三个小时的火车之后,穿过一带树林和村庄,再走十一俄里的小路,才能到那个地方。他那里时常有远处来访的客人。契诃夫喜好热闹,喜好客人,喜好人多,喜好谈话,可是他自己总是在静听,永远保持着一个含蓄的、自持的、收敛的态度,绝不多发表意见。他就这样在乡下招待着许多愉快而健谈的人们。然而,他有一个古怪的脾气,每当一个新思想或一个新意象涌上心头的时候,他要马上去把它们记录下来,于是就把那群客人丢在书房里,不去理他们。他那里的环境和交往的人物,都直接供给《海鸥》不少背景和材料。那里有一座美丽的花园,园子里有一条笔直而漂亮的走道,这就是《海鸥》里特里波列夫布置舞台的地方。一到黄昏,那些客人们就玩牌,这也像《海鸥》里一样。其他还有许多琐碎的事情,也都是从梅莱好坞的生活中摘取下来的。

《海鸥》里的人物,也都是契诃夫所接触到的人物的混型。许多人以为戏里的作家特利果林是契诃夫自己的写照,就连伟大的托尔斯泰也这样说过。然而,契诃夫对于这位作家并没有同情的态度,相反地,他对于那一般人认为狂吠的青年作家特里波列夫却是另眼看待。这位青年作家迷恋于"新形式",梦想着,追寻着而且试验着"新形式",这也正是契诃夫所迷恋的新形式。契诃夫的新形式,不是某种特殊色彩真象,而是生动而简单的心象;不是开敞的发着火花的效果,而是深刻而含蓄着的热情;不是在背后看不见人生的发光芒的艺术,而是背后掩掉了艺术的真实的人生。他的新形式,是罗马人常常歌颂的"简单之神秘",从这简单平常里面,揭出人生全部的面貌与力量。所以,像特利果林那样的作家,随时拿着本子记一两样事实,录取一两句话,或者如他所说的,"人们恭维我的时候,我高兴;人们说我坏话的时候,我就一两天以内都觉得没有好脾气",这些都不像契诃夫。另一方面,青年作家特里波列夫所写的独白里所说的:"物质和精神将会融化成为完美和谐的一体,而宇宙的自由将会开始统治一切。但是那个情景的实现,只能是一点一点的,必须经过千千万万年,等到月亮、灿烂的天狼星和大地都化成尘埃以后啊……"这却更似契诃夫。假如我们了解《樱桃园》里世纪末之悲哀,也必会了解这《海鸥》里的"世界忧郁"的悲哀。自然,在这个作家性格与思想的组成上,也有一部分是他自己,而大部分的模型,却取自另外一位作家波塔宾科。这是当时一个新作家,来自外省,很善交际,和蔼得非常讨人喜欢,又有沉着的智慧,他能使每个人都受他乐观的感染而觉得欣悦。他的写作又多又快,对自己的作品估价并不太高,而且总是取笑自己的作品,这一点极像《海鸥》里的作家对妮娜所讲的话(第二幕)。他很挥霍,但是天真朴实,而又意志薄弱。他是契诃夫乡居里的客人之一,对契诃夫很亲切,也很崇敬。在契诃夫描写《海鸥》里作家特利果林的性格上,特别是他对女人的关系上,更是一点也不像他自己,反而是波塔宾科型,因为波塔宾科总是受女人们热烈的恋爱,他爱女人,特别是因为他懂得如何恋爱。自然,这个人物既不是契诃夫,也不是波塔宾科,而是两者再加上其他人物的混型。

所有的男人,空谈着,忧郁着,想挣脱当时黑暗的社会而又缺乏勇气地矛盾着,那样白白把自己的生命在空虚里消耗着,也都是当时真实的活人们。

女人们,尤其是妮娜,是当时俄罗斯少女的逼真的写照。一面有许多苦闷的青年如特里波列夫,追寻着梦想与新生活;平行的有许多乡间少女,怀着幻念与野心,想从那陈腐迟滞如死泥塘一般的环境中逃出,要想从那黑暗的平凡的世界里逃出,去另外追寻一个可以献身的境界——有人想把自己像火焰一般热烈而又像小鸟一般温柔地献给上帝,所以有多少少女进修道院;有人想把自己牺牲给自由的空气和可以自由发挥热情的工作,而在女权甚至人权都受着极度压迫之下,就只好成群地走进戏剧圈子;又有许多少女,情愿把自己无条件地牺牲给能刺激起她们幻梦的天才男人,就变成《海鸥》里妮娜那样的人物。妮娜也是契诃夫在梅莱好坞生活中所接触到的类型。妮娜送给她所爱的作家一个纪念章,上边刻着他的作品中的一句话:"一旦你需要我的生命的话,来,就拿去吧!"这句简单的话,正刻绘出当时俄罗斯少女怀抑在内心的热情所爆发成的自捐与单纯。这句话,这句妇女们又强烈而又温柔的献身语句,是契诃夫所喜欢的,所以在他的小说里用过之后,又在《海鸥》里采用一次。至于那位女演员阿尔卡基娜之肤浅,和她的刻板的因袭的艺术观如何阻止了她对于深刻新鲜而真实的艺术的欣赏,如何磨灭了她对艺术探险的勇气,而反过来否定一切新形式与新内容,也是当时一般演员们及一般知识分子的通病。《海鸥》是一篇非常真实的作品,因为它的人物,人物所生活的环境,与人物在这种环境中必然的行动,都是采自现实的生活,而不是产生于作家头脑的创造。

契诃夫把《海鸥》写完之后,把稿子先送给莫斯科皇家剧院里的领袖演员连斯基看。连斯基是当时俄国最动人的演员,他的迷人的力量,他的化妆,他在舞台上创造的形象和他献身于戏剧与戏剧教育的虔诚热烈,都值得人们崇敬。可是,他读完《海鸥》初稿之后,回了契诃夫一封信,里面主要的话是这样的:

> 你知道我对你的才气估价有多么高,你也知道我对你的情感有多么深。可是,正因为如此,我才不得不对你说句极坦白的话,这是我最友谊的忠告:停止给舞台写作。这完全不是你本行以内的事。

口气是很坚决的,信里连一句批评都不肯写,可见他认为《海鸥》有多么不适于舞台演出了。

本来,俄国旧型演剧的公式化,影响得作家们的笔下也不得不公式化。第一,当时观众的兴趣不在深刻的内容和意识,仅仅要求有动人的几个场面,或者惊心动魄的情节;第二,观众所欣赏的,不是剧中人物及其性格,而是演员和他们固有的套数。所以当时走红运的剧作家们，不需要天才和创造，只要知道剧场有哪些知名的演员，按着这些演员的性情和他们最受欢迎的那几套看家本领，凑成一个曲折的故事或人多的场面，就马上可以写成一本必然叫座的戏剧。剧作家所需要知道的舞台技巧，也不是技术的本身，而是观众欣赏方式中所附产的技巧问题——如"下场"便是一个病态艺术所附产的病态技巧：每当一场演完时，观众照例要把主角欢呼到台口，这位主角在下场之前，要走到幕线外边，向观众鞠躬致谢，有时一连被唤出若干次，而台上其他的演员，就必须像木鸡一样站在台上，等到这位主角受欢呼完毕，全体才能接着做戏。这不但把一出戏剧割成无数段落，而且使那些等待着的演员们手足无措。所以，剧作家在编剧时，只要懂得哪一个演员在哪个地方必被欢呼，在那个地方给一个适当的处理，便算成功了。至于舞台上要自成一个完整的独立的真实世界，那不但是人们所想象不到的，而且很难得到演出的成功。连斯基否认《海鸥》演出的可能，除了上述的理由之外，还有一个更大的原因，那就是：契诃夫的剧本简单而深刻，平淡而有力，客观而抒情，都不能令人马上就领悟。就连托尔斯泰，也都说过一句疏忽的话。当他赞扬契诃夫时，中间有一句说："他所写的一切都很精彩，只是不深刻，是的，不深刻。"契诃夫对世界，对人生的观察，既不是托尔斯泰的，也不是陀思妥耶夫斯基的、果戈理的或屠格涅夫的，那完全是他自己的。契诃夫不从人生某一角落看人生，而从它的全貌看它的全貌；他不攫取人生的外形来表现人生，而拨出人生的脉动，来托出人生的存在的方式。这不但使当时习染于因循的、公式的艺术观念的人们易于忽略，就是现代若干寻求舞台性的批评家与内行观众，恐怕也不容易领会。凡是想把舞台上的现实和舞台下的现实分割的，也不能领会契诃夫。许多人在心中形成了一个习惯：去读或去看一出戏，所持的态度，和观察日常生活不是同一的态度。所以，如果戏里没有动人的故事，甚而全是琐琐碎碎的末节，又简单，又平常，人物又没有一个刺目，没有英雄和理想的类型，反而全是左邻右舍所见到的那些最不引人注意的人在谈着，在动着，在吞吐着半句话，时而又沉默静止，那么他必然感到索然无味。我们不能一眼就看出契诃夫的伟大，正因为他不是高高在我们上边，而只混在我们中间。然而，你必须懂得，契诃夫的"简单的自然"；必须懂得契诃夫型的世界观，才能了解他的作品之深刻，才能了解那比一切更深的深刻。

契诃夫的作品，外形全是珠玑，内在又驻留着最纯的人类生活的抒情诗。要知道，能使这生活的抒情成分充分地刻绘出来的，不是生活的几条素描的粗线，而是使生活温暖的简单而琐碎的末节。所以他的人物都是很简单的，谈着最简单的话，又生活在日常生活的简单环境中；没有一个人沉溺于善感流泪的独语中，没有一个人披着古代的外衣而使我们觉得离着我们远。他使人物们赤裸裸地活着；他描写着他们的歇斯底里病态，他暴露着他们渺小而又自私的性格与心怀。然而，他的心中放射着同情；不是对这些人物同情，而是对那些向往较好的人生之梦，放射着同情。他的作品中没有出色的东西，有的，就是不自觉间的简单的人物与生活，写得自然到富于色彩与音响。他的自然，产生于他的"人物不脱离生活所在的环境"，如：玫瑰色的晨曦，蔚蓝的黄昏，在风雨之下战栗着的百叶窗，灯，火,火炉,铜茶壶,钢琴,玻璃杯,大风琴,烟草,还有姊妹,家人,亲戚,邻居,酒和歌以及每日生活中自然动荡着的无数小曲折,而这一切非常简单又自然的笔法,竟造成他的作品的惊人的节奏,那也正是生活的节奏。还有哪一个作家比契诃夫更能把握住生活之律动呢?——那月明如水的深夜,那更漏的凄寒(《海鸥》),那斧声的丁丁(《樱桃园》),那一束一束干稻草的默默无言,那枭鸟的哀啼,那大火的焚烧(《三姊妹》),那强印着悲哀的安详(《伊凡诺夫》),那伯爵大提琴的呜咽,那微叹,那半吐的词句,那忧郁的音乐,那静默……

必须懂得从这样简单而自然的生活中去观察生活,才能了解生活。然而,这就也必须具有契诃夫型的世界观,具有契诃夫型的生活方式:内在地,契诃夫保持着一个内心自由感;外在地,他认为宇宙间任何事物都有它本身所贡献于生活的意义与价值。

高尔基、丹钦柯、斯坦尼斯拉夫斯基、库波林和布宁每一追忆到契诃夫的生活,都必提起说,他们印象中最深刻的,是契诃夫的冷静态度和他的幽默。这冷静而又幽默,恰是契诃夫内心自由感觉之升华的一个表现。他的灵魂,能摆脱开任何传统的、世俗的以及一切既成的、公式的观念与限制的拘束,使自己保持着个人的独立的自由的态度,站在高处但不是远处,去观察人类的生活。他客观,但自己并没有离开生活当中;他冷静,但内心怀着情绪。唯有这种内心的自由感觉,才能给人生一个新的观察,一个新的反映。当一八八八年《伊凡诺夫》演出之后,他给他的好友苏沃林的信上,有这样一段话:

这出戏的计划上,我走的路子是对了,只是一点儿也没有写好。我应该再等些时候再写!我高兴的是,没有听戈里格罗维奇两三年前就劝我写戏的话,而竟写了一部长篇小说!我清清楚楚地可以想象得出,要是那个时候就写剧本,我会糟蹋多少材料。他说:"天才与题材的新鲜可以克服一切。"我觉得,不如说天才与题材的新鲜反会糟蹋不少。一个人除了有许多材料与天才之外,另外还需要一点绝不稍次要的东西。一个人需要成熟,此其一;其二,个人的自由感也是重要的。而这种感觉,只是近来才在我的心中开始发展。我以往一向没有这个感觉;以往是我的轻浮,不经心与对自己工作缺乏崇敬,冒充了这个感觉……

这种独立而自由的世界观是严肃的,紧紧把握住现实的,热情而急切的。更重要的是,他的认识不受任何偏见、成见和局部的观察所拘束,所狭隘的。所以,这种直觉的认识能超然而不出世,能辨察秋毫而又深入。这种"内心的自由感"是有巨大的力量的,因为它能使人们挣脱掉自己血液里所含着的每一滴奴隶性的因素,使自己内心先解放为自由人。在契诃夫给苏沃林的另一封信里,谈到写作一篇小说时,他说:

要写一个当过店铺的小伙计,又做过圣诗班的歌手的农奴之子,如何在中学、大学里就被教养得知道尊敬较高地位与阶级的任何人,懂得吻牧师们的手,懂得尊重别人的意见,懂得对得到的每一口面包感激;他有许多次被鞭笞,他没有套鞋,在雪地里给同学们跋涉奔波,人家又用他去和野兽斗。他喜欢和阔亲戚们同桌用饭,而在上帝与人

195

类的面前,他又曾经因为自觉卑贱,而做出虚伪——可是,要写,这个青年如何把自己身子里的奴隶性一滴一滴地挖去,而如何在一个美丽的早晨,他终于感觉自己血管里不再有奴隶的血,而已是一个真正的人了……

这段话不但说出一个作家的内心自由感觉是如何培植、成长以至成熟的,而且说出这个力量,不仅仅是一个人独立存在的支柱和完美人格的因素,同时也是人道主义和未来世界之自由、平等、光明的出发点。所以,契诃夫又在一封信里说:

我相信每一个"个人"。我从分散在全俄各处的一些"个人"的人格上,看到了人类的解救——无论这些人是农民还是知识阶层——他们虽然人数少,可是强而有力。

一个人内在的自由感觉成熟之后,他对外在的一切事物的存在,也都能辨出它们的意义与价值,因为他没有成见或偏见,使他认为某些东西是有价值而某些东西是无价值的。自然与人生,其存在之整体,完全是由千千万万小节目所组成的。要想认识整体,而扬弃或忽视若干组成单位,就永远也不会对整体有正确的认识。我们从契诃夫的剧本中所看到的简单、平凡与自然,就是契诃夫的自由观下所见到的人生中每一细微事物的价值与意义的解释。"简单的神秘"并不是神秘,而是一个琐事细节所集体组成的力量。而契诃夫风格中的"简单"特质,与其说是简单,不如说是平凡的琐碎。他不把生活中所谓重要的事物重新组织成为作品中的似现实的现实,而在作品中把生活的现实,依其原有的容貌与脉动,直接地写出它的本身。他能以自由的心情直接去了解万物性格间复杂错综的必然性的因果关系,才能不遗漏即或如秋毫之末的组成单位,才能懂得生活整体之所以有意义,正是因为这些极小的单位各都有意义。然而契诃夫并不夸张这些琐碎细节之意义及其价值,他笔到之处,点题为止。因此,他的力量往往被初读的人们所忽略。可是,如果你愈多读一遍,就愈能多发现一分新东西——在契诃夫对世界对人类那种广大无遗而又渗入底层的视察下,人生中任何东西都有它的生命力,也都或大或小,或直接或间接地对生活贡献着极大的意义。

契诃夫要求他的读者和观众,像他一样具有个人内心的自由,像他一样尊重每一外在现象的意义与价值。所以他不再教训,不再强调,不再坚持,不再啰嗦。不但他的写作是这样,就是在演员们排演他的剧本时,如果有人向他请求指导或解释,他也总是回答:"我不是都写下来了吗?"他以为他所写的那一点点舞台说明是足够的了,真正的现实,还得读者和观众以至演员自己去体会。然而,也就因为这一点,契诃夫的伟大才不容易被人发觉。也就因为这一点,契诃夫的伟大,才如宝藏之深刻无尽。斯坦尼斯拉夫斯基在他的名著《我的艺术生活》中谈象征主义与印象主义一章里论到契诃夫时,这样说:

> 有些剧本,初一看,显不出它们的深度来,你读过之后会说:"好,不过里面没有出乎平平常常的东西,没有移心动目的东西。一切都恰如日常必然的样子,我们懂得这都是怎么回事。这是真的,只是不是新的。"

第一次读到这类的戏,常常是令人失望的,甚而觉得在读过之后,对它没有什么可谈的。布局和主题可以用两句话就说完，而自己呢？里面有许多好角色，可是没有一个是能引动一般演员想去演的。其他的都是小角色，那些角色可以用一张纸就写完。一个人读完所能记住的，只是几句单独的话和几场戏——但是奇怪的是，一个人越是不要勉强记忆，他就越要去想那出戏。戏里有些地方在记忆中复活起来，它的内心的力量强迫着你去想它们，因它们而又想到其他部分，最后竟想到全剧的整体。再多读一遍，你就又得到许多新发现。你把那戏中同一角色演到五百次以上，你会在每一次表演中都发现一点新的东西，好像戏里面藏着一个深不可测的创造力源泉一样，又像是藏着向周围散放着纯炼诗歌之香味的一朵花一样。

每日生活中操心的杂务和政治、经济以及大部分社会性的利害关系——这一切共同组成一个生活的厨房。艺术居在这些上头，从它的鸟瞰的高度上，观察下面所发生的一切。艺术把它所看见的一切都具体化起来，系统化起来。

有些剧本，写来只是一个最简单的主题，本身也没有兴趣。可是这些剧本渗透了"永久"的价值，凡是能在这些剧本中感觉出这个永久的特质的，才能领会这些剧本是为一切时代所写的。

契诃夫就是写这类剧本的作家。你蹲在他这生活的厨房里面读他，你在剧本里只能找到简单的结构，蚊虫、蟋蟀，烦恼和渺小的灰色人物。可是，你要随着艺术的翱翔从高处去领会他，你就会在他的剧本之每日生活一般平常的布局中，发现有人类对幸福的永久渴望，人类向上的挣扎和俄国诗的真正香味,这些你都会觉得不下于屠格涅夫。在他的戏里,你可以了解特里波列夫的天才作品,从他给剧场所设想出的理想规律中,你可以认清什么是一切时代里艺术所最重要的东西,有些和哈姆莱特对演员训话一场内所说的相仿佛。在他的剧本里,你也会懂得阿斯特洛夫与万尼亚舅舅并不是简单渺小的人物,而是反抗契诃夫时代的俄国之可怖现实的理想争斗者。那时,你也就理会契诃夫的戏剧演起来何以引动观众不断的大笑,而读时并不显得那么响亮,那么清楚,那么频仍,因为契诃夫本身是一个爱生活的人,非常爱生活的。当他和他的人物忘了生活的现实之凄惨时,他是正常的,健康的,勇敢的。而当戏剧的布局牵着他和他的人物进入上一世纪八十年代之悲惨与黑暗的生活时,那么爱生活者的愉快大笑又适足以使我们清楚那些成为革命时期英雄的大人物,在当时黑暗的俄国,一直担负着多么艰苦的生活。我不相信俄国在全国抬头的一天,阿斯特罗夫那样的人会被人不认识。索妮雅和万尼亚舅舅会活起来,而谢列勃里雅科夫与卡以夫会完全随着那个时代毁灭。而那个时代,就没有人能像契诃夫这样予以批判,予以定罪的了。不幸目前的用新色调图饰自己的改造者们,竟认为那是戏剧中的死文字。虽然周围是无希望的环境,而仍坚信着一个更好的未来,像这样的理想主义,我想是再没有更伟大的了,契诃夫所有的剧本,都渗透了而且都结束于这位不幸、痛苦、有天才而又爱生活的诗人,生活在与他所写的人物同样艰苦的生活当中和诗人对更好的未来之信心上边。

不必说处在上一世纪八十年代俄国黑暗生活中的人们,即或是目前,迷惑地混在现状中的许多人,也都不能了解契诃夫,因为他们被生活之痛苦所麻木,做了生活的奴隶。既不能得到内心的自由,更不能认识生活中一切平常与琐碎现象之意义。所以,当契诃夫把《海鸥》原稿拿出来时,不但是连斯基认为没有上演的可能,全莫斯科都不会有人能欣赏,除了丹钦柯。

契诃夫把《海鸥》原稿交给了丹钦柯之后,又亲自由梅莱好坞动身到莫斯科,来听取他的批判。在丹钦柯的书斋里,据他在《文艺·戏剧·生活》里所述,契诃夫站在窗口,面向着窗外,听着坐在桌旁的丹钦柯讲话。他的神情,好像专心致志在听取意见,又好像在想着窗外花园中的事情,头有时竟伸出窗外去看。这也许是他避免使丹钦柯难于面对面坦白地启齿,也许是为保持个人的自尊心。然而,这是契诃夫的性格。契诃夫虽然时常嘲笑着说要写赚钱的消遣戏,可是他在写作上,态度是十分严谨的,从来不满意于自己的创作,如在最后一个剧本《樱桃园》写成后,他还在写给他年轻的太太、女演员克妮碧尔的信里,说他写了一个消遣戏。丹钦柯看过《海鸥》初稿之后,提出许多造型上及舞台技巧上的建议,特别是对于舞台公式的,契诃夫都没有接受。不过,《海鸥》原稿里,第一幕的结尾和现今的定本不同。原来的结尾是一个大惊局:在玛莎和多尔恩医生单独对话的 场内,突然发现玛莎是医生的女儿。可是,这一个重要的关键,在以后各幕里,就不再提起一个字,向来在编剧的文法上讲,第一幕的结尾,应当决定全剧发展下去的方向,而《海鸥》第一幕这样的结局,竟没有下文,是很不合适的。所以丹钦柯向契诃夫建议,或者把这个惊局发展下去,或者就决心把它删掉。当时，契诃夫答辩说："可是，观众喜欢在每幕的结尾上看到'箭在弦上'的!""很对，"丹钦柯说，"不过这样的结尾必须放在后边，不可放在中间!"契诃夫经过几次申辩之后，就听了丹钦柯的话，把第一幕末尾改成现在的样子。

丹钦柯主张把这出戏交给莫斯科皇家小剧院去演，并且兴高采烈地假定分配演员；可是，契诃夫这时把连斯基写给他的信递到丹钦柯的手中。这样，《海鸥》在莫斯科的命运就算决定了。

契诃夫的交际范围很广，朋友很多，和各方面的关系也处得很好。在彼得堡方面，他有一个很亲近但是关系很特殊的朋友，那就是苏沃林。苏沃林是一个大出版家，有一个全俄最完善的印刷厂，契诃夫著作的单行本，就是在那里印行的。此外，他还有一个私人经营的剧场和一张销行最广最有势力的报纸《新时报》。契诃夫对苏沃林及其家人私交非常笃厚，可是对他的事业和报纸，就完全存着卑视的态度，从来不给他写稿子，只有一次，他被怂恿不过，才用假名字发表了两三篇小品。然而，苏沃林并不因此减少他对契诃夫的崇敬。不在一道的时候，两人之间来往着很多通信；在一道时，两人时常会面，又时常一同去旅行。因此，苏沃林利用他的社会地位和关系，负起责任，在彼得堡向皇家剧院办交涉，接洽《海鸥》的演出。因为七年之前，皇家剧院曾演过契诃夫的《伊凡诺夫》，成绩也还不坏。

契诃夫为了参加排演，就到了彼得堡。演员们虽然都是优秀分子，但都被旧型的表演制度所毁了。也不知道是旧型演员毁了旧型作家或是旧型作家毁了旧型演员，而结果，是演员们只能表演公式化的剧本和公式化的人物，对于《海鸥》的人物及其心象，许久都把握不住，也摆脱不掉他们向例的诵读调子。他们在自己的一套陈腐的滥调中，痛苦地去搜索表演契诃夫的台词与动作的方法，却终于没有一个套数是合用的，于是弄得个个都头昏了。《海鸥》里没有他们可以根据着作个人随兴所至去发挥的材料，没有公式，没有"噱头"，没有保证随意可以成功的场面。他们并非不努力，更并非对契诃夫没有信仰，然而，问题在什么地方呢？

契诃夫不是一个表演艺术家，他从来不能对演员有所建议，所以演员们要他提出意见时，他总是回答："怎么，我不是完全写出来了吗？"就是日后，他对莫斯科艺术剧院的演员们，也还是如此。他的唯一要求，就是不用为表演而表演，可是他说不出什么道理，或如何可以做到这个地步。这位诗人的要求，只有后来斯坦尼斯拉夫斯基所建立的心理体系的理论，才得到一个满足。契诃夫对《海鸥》的导演屡屡提出说，"演员们表演得太多了"，他的意思不是说演员们表演得过火，而是嫌他们只在表演感觉心象和字句。"做出来的必须很简单很自然，正如在现实生活里一样。那必须做得好像他们每天都谈到的事情一样。"然而，这又有谁能懂得呢？这"不要表演你的感觉"，我们也只是从斯坦尼斯拉夫斯基的巨著《演员自我修养》里才懂得了是怎么一回事，而要做到那样，就非把全部导演与表演的制度改过不可。可是在当时，旧型剧场里有谁能梦想得到这个呢？

演员们在别的戏里都曾经表演得出神入化过，可是在《海鸥》里就不能有一分一毫的自信。那些简单平常的句子，怎样可以使之有了戏剧性而又避免极端冗长单调呢？在当时，每个人心中都认为这是剧本的缺欠,而没有知道严重的问题却是表演艺术上的缺欠。虽然演员和导演都不相信这出戏能演得好,却没有一个人敢喊出来说:"让我们展期上演,让我们再摸索一下,让我们得到充分的时间,来消化这位诗人的诗的珠玑,不要因为我们而糟蹋了作家!"当时的排演制度,都是照例的行事,于是《海鸥》也不能例外。然而,怎样栽花怎样结果,是必然的,更不必说这一篇新内容与新形式的《海鸥》了。等到戏一演出,失败得极其凄惨,那恐怕是戏剧史上有数的大失败之一。从第一幕起,台上台下就缺乏了感情上的联系,观众们持着一个拒绝的心理在旁观。于是,最富于诗意的句子,却引得全场大笑。当妮娜在戏中戏里念那段最动人、最有诗意、最有价值的独白——人、狮子、鹰、鸥鸪……时,全场为之耸肩,观众彼此以目光互相传递着藐视的会意。幕落后,没有一个掌声,只有唉唉的声音和相互交换着的诽谤的谈话。而最可怜的,是在全剧结尾时,特里波列夫在最后自杀,发出枪声,多尔恩医生为了怕使阿尔卡基娜受惊,假意说"没什么。一定是我药箱子里什么东西爆了"的时候,全体观众报之以哄堂大笑!可怜的契诃夫,在整出戏表演的三小时之内,一直在后台踱来踱去,假装着毫无所谓的样子。只要看见有人向他走来,他就把头避过去,免得人家向他说一套虚假的恭维话。他的心中有多么痛苦,或者也许有多么后悔不该不听连斯基的话。可以由他在散戏以后的举动上看得更清楚。当时俄国戏剧家们有一个习惯,每在初演散场之后,就集会在一个大饭店中吃夜饭,饮酒,谈论演出,一直坐到天亮,等着看第二天早报上的批评。可是契诃夫没有到场。苏沃林在家里预备了一顿丰盛的夜餐等着他,也不见他

203

的踪迹。据说他溜出了剧场,一个人在秋夜的冷风中漫游在河堤之上,因此得了伤风症,引起肺病,以致短了他的生命。契诃夫的短寿,也可以说是《海鸥》第一次演出失败所造成的。次日一早,他谁也没有去拜访,就悄然离开了彼得堡。他给家里寄去一个短柬,信里说:

> 这出戏轰然跌落了。剧场里有一种侮慢而沉重的压迫空气。演员们演得愚蠢得可憎。这次的教训是:一个人不应当写戏。

同时,所谓批评家们,就根据了一般观众的态度,也不问《海鸥》本身的价值,也不问导演与表演是否应当负责,便一致地用笔尖向契诃夫攻击。可怜的作家,还有比自己的明珠被咒骂为鱼目更痛苦的事吗?当时报纸上的批评,主要的话是这些——

"那时,好像是有一百只蜜蜂、黄蜂和雄蜂,充满了剧场的空气。"

"个个人脸上都羞得通红。"

"从任何方面看,无论是思想、文学或舞台技术,契诃夫这出戏都不能说是坏,只是绝对无意识而已。"

"这出戏坏到无可再坏的了。"

"这出戏给人一个压倒一切的印象,就是:它既不是一篇严肃戏,也不是一出喜剧。"

"这不是一个海鸥,简直是一个野狐禅。"(Ditch 一字,俄文有双关的意义,作"野禽"解,又作"大惊小怪"、"无谓"与"无意识"解。所以我把它译为"野狐禅",亦取双关之义。——作者注)

批评家的慧眼，往往是这样的！所以像奥斯特洛夫斯基，一辈子看初演；一辈子不读剧评，至少有一部分是对的！

契诃夫写信给丹钦柯说：

> 我的《海鸥》在彼得堡第一场就遭遇了惨败。剧场里喘息着侮蔑，空气受着恨的压榨，而我呢，遵着物理的定律，就像炸弹似地飞开了彼得堡。你，还有宋巴托夫，你们两个劝我写戏，我埋怨你们。

接着在第二封信里，他又说："即或我活到七百岁，我也永远不再写戏，永远不再叫这些戏演出了。"

契诃夫的灰心，不仅到这个程度，而且他把一切作品的版权全部出卖，移居到克里米亚的雅尔塔，一方面是为了养他的吐血病，一方面也是断然地要和剧场绝缘。

虽然《海鸥》的失败并不影响契诃夫作为一个小说家的声誉，然而大多数的人们，并不去思考一下此次失败的真正原因。只有怀着对剧艺未来新生命之梦想的丹钦柯与斯坦尼斯拉夫斯基，才深深晓得，旧型演出法、旧型表演和旧型剧场制度如何在屠杀高贵的文艺作品。他们两个人，经过有历史意义的十八小时会谈之后，又经过种种困难、侮辱以及审查处的限制，才把莫斯科艺术剧院成立起来。演过《沙皇费多尔》、《威尼斯商人》、《女店主》、《格利塔的愉快》之后，开始要替《海鸥》恢复它本有的价值。可是，契诃夫经过那么重大的打击之后，不愿再冒第二次的危险，竟拒绝了。在苏联出版的《契诃夫全集》的附录里，印着丹钦柯的信：

亲爱的安东·巴甫洛维奇！

你知道,我现在已经漂荡在一个剧场事业中了,目前正是我们(斯坦尼斯拉夫斯基和我)办一个完全献身于艺术的剧场之第一个年度。为了这个目的,我们租了"逸园"饭店。我们计划演出《沙皇费多尔》、《威尼斯商人》、《恺撒大将》、《汉那勒》和几个奥斯特洛夫斯基的剧本,以及艺术与文学之会的较好的戏码。在当代俄国作家中,我决定只耕耘最有天赋却尚不曾被人充分了解的作家,对于石巴任斯基和涅维任,我们是无能为力的。宋巴托夫呢,是已经被人了解得很了。至于你,俄国剧场的观众是十分漠视的。你的戏,只能由一个有口味的文学者,能懂得你的作品之美,而同时又是一个巧妙的导演来处理,才能演得出。我觉得我自己是这样一个人。我已经定下了一个目标,要把《伊凡诺夫》和《海鸥》里稀有的图画表现出来。《海鸥》特别感召我的热情,而我也准备以事实来维护这个想法:如果这出戏用一个精巧的、不陈腐的、谨慎的演出法来演,则戏里"每一个"人物里的潜在着的戏剧与悲剧,也必能感召剧场观众的情感。也许这出戏不会引起暴风雨似的鼓掌,可是只要演出摆脱开惯例的羁绊而具有内在创造力的特质,必会证实这个演出是艺术的一个凯歌,这一点我敢保证。现在只等你的许可了。我应该告诉你,剧校学生举行毕业公演时,我就已想演你的《海鸥》了。我特别被这个念头引动的,是因为我的几个最好的学生也都爱这个剧本。这件事没有实现,是因为连斯基和宋巴托夫想在小剧院上演这出戏。谈话时有高尔切夫在座。我当时发表了我的意见,大意说,皇家小剧院的大演员们只在台上形成了粗型,可是不能在观众面前出现。在一个新的景象中,也不能把包围着你的戏中人物的那个空气、那个氛围和那个情调创造出来。可是他们坚持不要我上演《海鸥》。还不是一样,《海鸥》也没有在皇家小剧院上演。这一点倒要感谢上帝——我说这句话,是凭着我对你的天才全心崇拜说的。所以请允许我演出这个戏。我向你保证,你不会在任何剧团再找出比我们这样更崇拜你的一个导演和演员了。

我太穷,不能充分报酬你。但,相信我,就连这一方面我也要尽一切力量来满足你。我们的剧场正开始唤起皇家剧院的强烈的愤慨。他们不能了解,我们是在向惯例,向铸模化,向偶像天才挑战。不过他们也察觉得出,我这里把一切力量都用来创造一个"艺术剧场"的事实。这就是我如果得不到你的支持会如何凄楚的理由。

——需要你给一个迅速的回答:只要随便的一个小条子,说你许可我演出《海鸥》就够了。

然而契诃夫很敏感,感到很不安,回信给丹钦柯,说他既没有渴望更没有力量去再经验一次以往使他痛苦的失败,又说他不是编剧家,说他还有比写剧本更好的事要做。丹钦柯于是又写了第二次请求的信:

如果你拒绝给我这本戏,你会伤我的心的,因为我认为当代剧本中只有《海鸥》支配得动导演,而对于一个有示范演出的剧场是有极大兴趣的。

如果你愿意,我在排演开始以前到你那里去,好和你

207

谈谈《海鸥》和我的演出计划。

> 在这出戏开排之前,我们要用二十个白天给青年们开讲演会。在这二十天内,我们要介绍剧本如《安提戈涅》、《阿戈斯达》和《威尼斯商人》,介绍作家如博马舍、奥斯特洛夫斯基、哥尔多尼。要在表演之前,请些教授来宣读简短的讲稿。我想拿一天来献给你,不过我还没有决定请谁介绍你——也许请高尔切夫,也许请另外一个人……

这样,契诃夫终于答应了。丹钦柯在到梅莱好坞去看契诃夫以前,又给他写了一封信,其中要紧的几句话是:

> ……我正在熟读《海鸥》,我正在寻求一个导演能把观众领过来的那些小桥,好把观众从他们所眷恋着的惯例的路上领入另一途径。观众恐怕现在(也许永远),不能屈服在这出戏的情调之下,所以必须用一乘强有力的火车把他们送来。我们会尽我们的全力! ……

《海鸥》是由斯坦尼斯拉夫斯基与丹钦柯联合导演的。他用了几个星期的时间来做导演设计。这个设计是很大胆的,戏里每一场都和观众所习见的不同。然而,最初,斯坦尼斯拉夫斯基并没有抓住契诃夫戏里的抒情成分,这是他在《我的艺术生活》里自己也都承认的。不过,至少《海鸥》里的环境,唤起了他运用现实生活中最真实的片断的念头。契诃夫的人物,是与外在世界不可分开的,所以环围着人类的一切外在的自然景象、天气或小物件,都决定人们的行动。所以,他很精到地把握住了那乡下田舍中之长日悒悒的心情,人物中间之半歇斯底里式的烦躁,别离与来临的各种人生图画,秋天的黄昏,而且把每一幕都填满了适合于剧本情调的琐碎细节：他注意那火柴的光亮和黑暗中香烟的红火头，阿尔卡基娜口袋中的香粉，索林的格子纹呢衫、梳子、大纽扣，洗手，大口吞水等，这些都是以往舞台上所从未曾见过的，然而，正是组成现实的最重要的单位。不但如此，在《海鸥》的导演上，革除了旧型剧场的文艺性的流畅。愈是接近生活，愈会了解在生活的现实中，最深沉有力的东西是停顿。停顿是现实本身的现象，停顿可以表现刚刚经验过的一种纷扰之完结，又可以引领一个正要降临的情绪之触发，或者，指示一个紧张的静默。人生之坎坷，人生之被动，都是被这些停顿所表现清楚的，所以停顿不是东西死了的意思，而是人生经历上一个有动力的紧张状态。其他例如装置的自然，服装的真实，也都是斯坦尼斯拉夫斯基精心研究的结果。他用最自然的颜色，最逼真的景象，来重现现实。所以，当演出的时候，观众里有一个小孩子对母亲说："妈妈！我们走到那边花园里去散散步吧！"灯光的体系，也走入极端的自然主义，单调的照明，平面的矫造的效果，完全换上了真实的色调，因此当台上天晚的时候，它黑得不仅演员的脸看不见，甚而连身子也都不清楚。总之，这里没有颜色之堆砌，影像之矫饰和呼喊激动之移心动魄，只有现实，只有自然。通过这现实与自然，一个伟大的力量在压迫着观众。

在上演的前夕，斯坦尼斯拉夫斯基跑到丹钦柯的面前，要求展期演出，不然就要把联合导演名义中自己的名字除下去。而契诃夫的妹妹玛丽雅也含着眼泪请求停止这出戏的演出。每个人都紧张着。因为这次的成败，不但关系莫斯科艺术剧院的存亡，而且能决定契诃夫的寿命。12月27日，《海鸥》在莫斯科初演,可是戏园并没有满座。契诃夫所有的剧本都是如此,没有一个戏是被观众马上接受的,它们的满座和胜利,是在下一个冬季。

斯坦尼斯拉夫斯基把握得最紧的是情调。只有情调表现得有力,《海鸥》的内在力量才唤得出来。导演的方法有很多地方是大胆的,违反舞台惯例的。如第一场用一条长椅,和脚光平行地放着,旁边是树干和残干,所有戏中的观众都背台坐着,在戏中的舞台没有开幕之前,全台都是黑暗的,而这些人物也就像电线上的小鸟一样栖在树梢和枝上。等到台上的幕拉开时,月光照着银水,在月亮慢慢升起时,人影移动,画出一个活生生的黄昏的情调,正写出青年作家的梦想、渴望和为什么要在这样的环境中排演剧的心情。再加上远处吹来一阵阵他的母亲所喜欢的华尔兹舞的音乐,又是多么好的一个对照,悲剧空气也就产生。台上的生活是柔韧的,说话的抑扬顿挫是简单的,停顿的时候使人觉得那里有一个活生生的黄昏在呼吸着,这是人生的暗示,是无言的感觉,是生活里的半音。这一切,逐渐凝结成为一个谐和的整体,变成了生活的音乐。观众像受了符咒一样,降服在这整体之下,失去了剧场的感觉。

《海鸥》里最主要的东西在于,青年作家特里波列夫处在庸俗的因袭成性的人物如他的母亲、女伶阿尔卡基娜一类的人们中间,梦想着新形式,又想去试验着新形式。然而,毁了他的梦想和试验的,是他所爱的妮娜。妮娜太年轻,太没有人生经验,不能懂得他的心情和深度,更没有方法懂得他所写的那"世界忧郁",那个人物之"寂寞之感",——一种不能为庸俗所了解的寂寞。所以,《海鸥》那一大段独白里的:

人,狮子,鹰和鹧鸪,长着犄角的鹿,鹅,蜘蛛,居住在水中的无言的鱼,海盘车,和一切肉眼所看不见的生灵——总之,一切生命,一切,一切,都在完成它们凄惨的变化历程之后绝迹了……到现在,大地已经有千万年不再负荷着任何一个活的东西了,可怜的月亮徒然点着它的明灯。草地上,清晨不再扬起鹭鸶的长鸣,菩提树里再也听不见小金虫的低吟了。只有寒冷、空虚、凄凉。……我孤独啊。每隔一百年,我才张嘴说话一次,可是,我的声音在空漠中凄凉地回响着,没有人听……而你们呢,惨白的火光啊,也不听听我的声音……"这不是一个纯洁天真如扬长于大自然中的海鸥的妮娜所能了解的。妮娜是新形式梦想者特里波列夫失败的主因,因为她读这段"世界忧郁"的台词时,并没有了解它的意义,这才造成它的作者的悲剧。而妮娜自己的悲剧,也由这一段独白所衬出。她像海鸥,她不能了解什么是最大的寂寞,什么是潜伏在生活内的悲哀。她必须像海鸥被特里波列夫因无事可做而打死似的,被作家特利果林给毁坏,被遗弃,然后怀着私生子,落魄在异乡,加入游行的戏班,受尽一切引诱、凌辱、穷苦……然后,才能有一天,忽然了解了从前她失败过的那一段独白。所以,当第四幕结尾,她和特里波列夫告别时,又重新诵起那段独白。那时,她才亲自了解了生活的悲剧,人生的悲剧,一个必须尝过悲剧之后才能懂得悲剧的悲剧——这就是旧社会的生活。《海鸥》的题材,重心就在这里。

这一次的演出,深刻、紧张、沉默,抓住了观众,剧中人物的言语举止,愈接近观众,就愈搅起观众自己的不幸与惨痛的经验。等到第一幕末尾,玛莎抑制着眼泪向多尔恩医生说:"帮助我，不然我会做出糊涂事来的，我会毁灭我的生命……"说完一下扑在地上，哭泣着，这时，一片镇遏而颤动的波浪卷扫了整个的观众席。幕闭了，台下一片寂静，每个人的呼吸都像屏息了似的。台上的人以为这次一定又是失败了，因为连自己的朋友也都不敢鼓掌了。可是，停了一下之后，忽然间，就像水闸放开了一般，一阵振聩耳弦的掌声轰轰烈烈地发出，一直不停。幕启了又落，落了又启开若干次。经过很久之后，掌声忽然停了。好像观众恐怕把刚刚经验到的伟丽印象冲断似的。整出戏都保持着这种情形，特别是第三幕和第四幕的结尾。台上的人惊喜得发狂，彼此拥抱着，喜欢得落了泪，找不出一句可以形容自己愉快的话来。观众在戏演完后许久不离开剧场，全体欢呼着，并且喊着要给没有在场的契诃夫发一个贺电。契诃夫接到电报之后，吃了一惊，以为那是一个友谊的表示，把事实特别夸张了的。而同一天，他接到各方面如雪片飞来的贺电，言词又都那么恳切肯定，他才释去怀疑。报纸和批评文章，自然，都一致称《海鸥》是一个光辉的、鼎沸的、惊人的成功。

这里，我们发生一个疑问。像贝克教授及其他重要人物，都坚持一出戏在书本里只有它的一半价值，另一半必须在舞台上补成。同时，我们又知道，至少是相信，戈登·克雷及现代剧艺理论家，说导演是一个二度创造者。可是，假如一个导演和他的演员们都没有创造力，不能深深渗透到作者的灵魂中，并且都桎梏于传统的公式的技术中，他们该对一个伟大的作品有多少毁坏的危险！没有新体系的演出与表演，是不会产生伟大的舞台艺术的，换句话说，也就不能补上真正伟大的作品之固有的完全价值的！契诃夫的《海鸥》的经验，正昭示给我们一个正确的路线,而契诃夫天才的要求,虽已唤来了一个新演剧体系,不但使莫斯科艺术剧院从此傲立世界,并且感染着所有世界的前进剧场。可是,可怜的作家,他自己却像海鸥一样,无辜地受了生命的残害,为了人家不经意的毁坏而缩短了自己的生命。他和可怜的妮娜一样,等到经过了痛苦而达于成熟,自己的灵魄上却已经遍体鳞伤了!

一九四三年四月十八日

写完于沙坪坝

(原载《时与潮文艺》第一卷第2—3期,一九四三年)

契诃夫戏剧全集

Антон Павлович Чехов
安东·巴甫洛维奇·契诃夫

李健吾 译

契诃夫独幕剧集

上海译文出版社

目　录

导　言/童道明 ……………………… I

初版序 ………………………………… 1

大路上 ………………………………… 1
论烟草有害（一九〇二年版） …………… 33
天鹅之歌 ……………………………… 41
熊 ……………………………………… 55
求婚 …………………………………… 75
塔杰雅娜·雷宾娜 …………………… 95
一位做不了主的悲剧人物 …………… 119
结婚 ………………………………… 129
周年纪念 …………………………… 151

契诃夫自传 ………………………… 172

附录
　论烟草有害（一八八六年版）
　　童道明　译 …………………… 175
　《论烟草有害》的两个版本
　　童道明 ………………………… 184

导　言

童道明

一

安东·契诃夫（一八六〇——一九〇四）既是个小说家又是个戏剧家。

列夫·托尔斯泰对契诃夫的小说创作推崇备至，称他是"散文中的普希金"，认为就短篇小说创作的成就而言，十九世纪的俄国作家中没有一个可以与契诃夫抗衡的。

但托翁对契诃夫的剧作评价极低。一九〇一年的一天，契诃夫去探望到克里米亚养病的托尔斯泰。临别时，大文豪对契诃夫说："莎士比亚的戏写得不好，而您写得更糟！"

然而一个世纪过后，恰恰是当年不入托尔斯泰法眼的莎士比亚和契诃夫，成了当今世界两位最令人瞩目的经典戏剧作家。二十世纪下半叶最有威望的大戏剧家彼得·布鲁克的导演代表作便是莎士比亚的《哈姆雷特》和契诃夫的《樱桃园》。

二

在十九世纪末看低契诃夫戏剧的不单是托尔斯泰一人。当时的戏剧评论界普遍不接受这位剧坛新人。一八九六年十

月十七日《海鸥》在彼得堡皇家剧院首演失败之后，当时最有名望的剧评家库格尔写文章对此剧作了毁灭性的批评："契诃夫先生是小说家出身，他有一个致命的误解，他认为小说笔法也可以堂而皇之地进入神圣的戏剧领地。由于有了这个致命的误解，这个原本就不及格的剧本，便变得不可救药了。"

当然还得承认库格尔的眼力，他在《海鸥》中看出了契诃夫的"小说笔法"，以为这样就破坏了传统的戏剧规则，于是把它打入了另册。而契诃夫的戏剧革新也的确包含有戏剧散文化的诉求。他在创作《海鸥》时给友人写了两封信。一封信写于一八九五年十月二十一日：

> 您可以想象，我在写部剧本……我写得不无兴味，尽管毫不顾及舞台规则。是部喜剧，有三个女角，六个男角，四幕剧，有风景（湖上景色）；剧中有许多关于文学的谈话，动作很少，五普特爱情。

另一封信写于同年十一月二十一日：

> 剧本写完了。强劲地开头，柔弱地结尾。违背所有戏剧法规。写得像部小说。

《海鸥》对当时欧洲戏剧传统的"戏剧法规"的冒犯，显而易见。在第一封信中指出《海鸥》是"四幕剧"，就违背了分幕的"戏剧法规"。

我们知道，传统的欧洲戏剧的分幕一般都采取奇数结构，即分五幕或三幕。奇数分幕结构的剧本易于获得高潮居中的戏剧性效果。契诃夫背离奇数结构的编剧传统,把他所有的多幕剧都写成四幕剧,这正好反映了他不想像其他的剧作家那样去刻意追求戏剧的高潮点,而是把舞台上的戏剧事件"平凡化"与"生活化"。契诃夫开了"散文化戏剧"的先河。

在十九世纪末的俄罗斯,能够认识到契诃夫戏剧美质的戏剧家,只有正在和斯坦尼斯拉夫斯基一起筹建莫斯科艺术剧院的聂米洛维奇-丹钦科。他于一八九八年四月二十五日,给苦闷中的契诃夫写了封信,表达了要排演《海鸥》的愿望:

> 戏剧观众还不知道你。应该让一个有艺术趣味、懂得你的剧作的美质的文学家(他同时又是个出色的导演)表现你。我以为我自己就是这样的人选。我抱定了揭示《伊凡诺夫》和《海鸥》中的对于生活和人的灵魂的奇妙展现的目标。《海鸥》尤其吸引我,我可以完全担保,只要是精巧的、不落俗套的制作精良的演出,每个剧中人物的内在的悲剧就会震撼戏剧观众。

丹钦科的这封信没有得到契诃夫的积极回应。丹钦科便于几天之后的五月十二日又发出一信,用近于哀求的口吻对契诃夫说:"如果你不给,那会置我于死地,因为《海鸥》是唯一一部吸引着作为导演的我的现代剧。"契诃夫终于被丹钦科的诚恳所打动。

这样就有了在世界戏剧演出史上留下光辉一页的舞台演出——一八九八年十二月十七日莫斯科艺术剧院《海鸥》首演。

斯坦尼斯拉夫斯基后来在总结他们的成功经验时说:"那些总要企图去表演或表现契诃夫的剧本的人是错误的。必须存在于,即生活、生存于他的剧本中。"

丹钦科后来在回忆录里详细记述了这场具有历史意义的演出的盛况。他下了"新剧院从此诞生"的断语。后来,一只展翅飞翔的海鸥成了莫斯科艺术剧院的院徽。丹钦科解释说:"绣在我们剧院幕布上的'海鸥'院徽,象征着我们的创作源泉。"

一个演出造就了一家剧院,也拯救了一个剧作家,这在世界演出史上也是极为罕见的。

三

在丹钦科和斯坦尼斯拉夫斯基之后,高尔基深化了对于契诃夫戏剧革新的美学意义的认识。

一八九八年年尾,高尔基给契诃夫写信,说起了他对于契诃夫戏剧的划时代意义的认识:"《万尼亚舅舅》和《海鸥》是新的戏剧艺术,在这里,现实主义提高到了激动人心和深思熟虑的象征……别人的剧本不可能把人从现实生活抽象到哲学概括,而您的剧本做得到。"

高尔基一语破的,揭示了契诃夫戏剧创新的一个重要特点:契诃夫把传统戏剧的那个封闭世界打开了。契诃夫不仅把戏剧与散文(即小说)以及抒情诗之间的樊篱打破,同样的,也拓宽戏剧现实主义的内涵与外延。他把十九世纪末刚刚露头的自然主义和象征主义与现实主义嫁接。也就是说,契诃夫把他那个时代的艺术现代主义的精华吸纳到了自己的现实主

义的艺术机体内,从而实现了对于现实主义的超越。而这种超越,也帮助契诃夫戏剧"可能把人的现实生活抽象到哲学的概括"。

于是我们就能知道《海鸥》第一幕的戏中戏里妮娜这一段独白的意义:"我只知道要和一切的物质之父的魔鬼进行一场顽强的殊死搏斗……只有在取得这个胜利之后,物质与精神才能结合在美妙的和谐之中。"

只要物质与精神结合在美妙的和谐之中的境界,仍旧是人们心中的希望,契诃夫戏剧就永远能保持新鲜的现代感。契诃夫戏剧之所以能让现代文明世界的人们感到亲切,就是因为这些早已解决了温饱问题的现代人,可以理解契诃夫戏剧人物的精神追求和精神痛苦。

四

小说家契诃夫早已名震遐迩,但作为戏剧家的契诃夫得到世界公认,却是在他去世半个世纪之后。

一九五〇年五月十一日,尤奈斯库的《秃头歌女》在巴黎夜游人剧场演出,揭开了"荒诞派"戏剧的序幕,一九五二年贝克特的《等待戈多》的问世,更是标志着这一现代戏剧流派的崛起。而戏剧专家们在探索西方现代戏剧的艺术特征时,发现它们与传统欧洲戏剧的一个重要区别,就是在这些现代戏剧中没有"正面人物"与"反面人物"之分,支撑这些戏剧的行动展开的不是"人与人之间的冲突",而是这一群人与包围着这一群人的社会环境的冲突。

而当学者们寻根溯源,力图追溯这样新型的戏剧冲突的源

头时,便找到了契诃夫戏剧。

　　的确是这样。契诃夫不仅对艺术具有现代精神的认识,他对生活的认识同样具有现代精神。他不愿意用绝对化的眼光看待人与事,他扬弃非黑即白的简单化判断,因此,他的戏剧人物也无法用传统的"正面人物"或"反面人物"加以分割,诚如他自己所说的,在他的剧本里"既没有一个天使,也没有一个魔鬼"。

　　这样,到了纪念契诃夫诞生一百周年的一九六〇年,我们从俄罗斯出版的《戏剧》杂志编辑部文章里,读到了如此掷地有声的断语:"实际上,只是到了现在,我们才真正意识到,契诃夫对于俄罗斯,对于整个二十世纪意味着什么。"而理由之一也恰恰是:"在世界上,契诃夫首先创造了剧中人物彼此之间几乎不发生斗争的戏剧。"

　　然而,契诃夫的无往而不可爱的乐观主义,又与充满绝望感的荒诞派戏剧拉开了距离。

　　《万尼亚舅舅》里的索尼娅最后劝慰悲痛中的万尼亚舅舅说:"我们会听见天使的歌唱,我们会看见布满钻石的天空……"

　　《三姊妹》结尾时,大姐拥抱着两个妹妹说:"我们要活下去!军乐奏得这么快乐,这么愉快,仿佛再过不久我们就会知道我们为什么活着,为什么痛苦……"

　　《樱桃园》里的青年主人公也期望着在俄罗斯出现更加美丽的樱桃园……

　　而荒诞派戏剧家贝克特式的"等待"是遥遥无期的"等待"。他的剧中人物对时间概念,采取一种揶揄的态度。波卓向弗拉基米尔发怒说:"你干吗老是用那混账的时间来折磨我?"

也就是在二十世纪中期,在戏剧家们越来越承认契诃夫的现代戏剧的拓荒人地位的同时,契诃夫戏剧跨出俄罗斯的国门,走向了世界。而首先在西方世界震撼观众的,竟是契诃夫的戏剧处女作《没有父亲的人》(即《普拉东诺夫》)。在一九五七年,法国和比利时的导演先后将它搬上舞台,从此契诃夫戏剧在世界舞台上进入了上演次数最多的经典剧作之列。

与此同时,契诃夫戏剧在俄罗斯也时来运转。在过去,演出契诃夫戏剧乃是莫斯科艺术剧院的专利,从二十世纪六十年代起,俄罗斯的每家著名话剧院的保留剧目中,几乎都有契诃夫的剧作。

五

中国读者对契诃夫的这部戏剧处女作比较陌生,所以不妨在这里多说几句。

这部处女作,实际上也是少作。契诃夫是在十八九岁时把它写出来的,那时他还是个中学生。剧本写在笔记本上,但直到契诃夫去世十九年后的一九二三年才被发现。原稿无剧名,因听说契诃夫曾写过一个名叫"没有父亲的人"的剧,于是就用它为新发现的剧本命名。但二十世纪五十年代后西欧诸国竞相上演此剧时,大都以此剧的主人公普拉东诺夫的名字来命名。

那时的欧洲导演对此剧感兴趣,是因为对普拉东诺夫这个戏剧人物感兴趣,认为他就是"当代的哈姆雷特",这个人物的精神痛苦很容易在西方世界的年轻人那里得到共鸣。

剧中的普拉东诺夫也说起过自己与哈姆雷特的"异同":"哈姆雷特害怕做梦,我害怕生活。"

普拉东诺夫是个中学教员,但他在周围世界找不到可以交心的对象,在自己身上也找不到可以献身的力量。于是他只好叹息说:"我们为什么不能像我们所应该的那样生活。"如果我们读完《没有父亲的人》之后再读《伊凡诺夫》,就能同意这样一个观点:普拉东诺夫是伊凡诺夫的前身。

中国第一个对《没有父亲的人》感兴趣的导演是王晓鹰。他于二〇〇四年以"普拉东诺夫"的剧名将此剧搬上了舞台。主演是果静林。我问他普拉东诺夫的哪一句台词最让他震撼,他说是"普拉东诺夫在痛"这一句。这一句台词出现在全剧快结束的第四幕第十一场:

格列科娃　　您哪里痛?
普拉东诺夫　普拉东诺夫在痛……

我记得当年翻译到这句台词的时候,我觉得自己的心也在隐隐作痛。

《林妖》也是个较为陌生的剧本。契诃夫是如何把《林妖》改写成《万尼亚舅舅》的,可参阅作为附录收入《没有父亲的人·林妖》一书的短文《从〈林妖〉到〈万尼亚舅舅〉》。

六

哪一部契诃夫剧作最好?肯定会众说纷纭。但如果问:哪一部契诃夫剧作演出最多?答案便很明确:是他的绝命作《樱桃园》。《樱桃园》是世上少有的一部从它诞生直到今天每年都有演出记录的经典剧目。在十月革命后的苏维埃时代,契

诃夫的剧作里也只有《樱桃园》有幸每年都有机会与观众见面。为什么？因为它最适合作社会学评论。试看它的戏剧情节：

为了挽救一座即将被拍卖的樱桃园，它的女主人从巴黎回到俄罗斯故乡，一个商人建议这位女贵族把樱桃园改造成别墅楼出租。女贵族不听，樱桃园易主。而从拍卖会上拍得这座樱桃园的正是那位建议把它砍伐掉后改建成别墅楼的商人。擅长社会学批评的批评家们随即作出了对于此剧的价值判断：从樱桃园的易主与消失，反映了十九世纪末二十世纪初俄国社会的阶级变动——新兴的资产阶级取代了没落的地主贵族阶级。

但半个世纪之后，当全世界的不同民族的观众蜂拥进入各自国家的剧场观看《樱桃园》，难道他们是因为对于一个遥远国度十九世纪末的阶级变动发生了兴趣？显然不是的。

二〇〇五年的一天，我到北京电影学院表演系讲契诃夫，讲到《樱桃园》时，我说起了北京的老城墙，说起了当年为倒塌的老城墙哭泣的梁思成。我说"樱桃园"是个象征，象征那些尽管古旧但毕竟美丽的事物。《樱桃园》写出了世纪之交人类的困惑。因为在历史发展的过程中，人们不得不与一些古旧而美丽的事物告别。回家之后，我便写了一篇散文《惜别樱桃园》，文章最后写道：

在这日新月异的世纪之交，我们好像每天都在迎接新的"别墅楼"的拔地而起，同时也每天都在目睹"樱桃园"的就地消失。我们好像每天都能隐隐听到令我们忧喜参半、悲喜交加，令我们心潮澎湃，也令我们心灵怅惘的"伐木的斧头声"。我们无法逆历史潮流，保留住一座座注定要消

失的"樱桃园"。但我们可以把消失了的、消失着的、将要消失的"樱桃园",保留在我们的记忆里,只要它确确实实值得我们记忆。大到巍峨的北京城墙,小到被曹禺写进《北京人》的发出"孜妞妞、孜妞妞"的声响的曾为"北平独有"的单轮小水车。

谢谢契诃夫。他的《樱桃园》同时给予我们以心灵的震动与慰藉;他让我们知道,哪怕是朦朦胧胧地知道,为什么站在新世纪门槛前的我们,心中会有这种甜蜜与苦涩同在的复杂感受;他启发我们将要和各种各样复杂的、冷冰冰的现代电脑打交道的现代人,要懂得多情善感,要懂得在复杂的、热乎乎的感情世界中徜徉,要懂得惜别"樱桃园"。

七

一九三八年,斯坦尼斯拉夫斯基去世。一九四〇年,聂米洛维奇-丹钦科接过战友的导演棒,重排《三姊妹》,头一次对契诃夫戏剧的"种子",即"主题"作了阐述。要言不烦,他就说了这么一句:"对于美好生活的渴望。"

丹钦科的这句"导演阐述",影响深远。一九九一年,莫斯科艺术剧院艺术总监叶甫列莫夫到北京人民艺术剧院来排演《海鸥》,就用"对于另一种生活的渴望"这句显然脱胎于"丹钦科名言"的话,来概括《海鸥》的主题。

至于如何解释"海鸥"的象征意义,叶甫列莫夫以为妮娜象征着飞翔着的"海鸥",而特里勃列夫则象征着夭折了的"海鸥"。这是一种比较流行的解读。但今年六月初中央戏剧学院

表演系二〇一一级的学生演了一出让人耳目一新的《海鸥》,导演是来自圣彼得堡的伊凡诺娃。她在《导演的话》里,对"海鸥"的象征意义作了全新的解读:"在为这出戏工作的过程中我突然发现——那只'海鸥'存在于剧中的每一个人物身上,'海鸥'在等待,在呐喊,在跃跃欲试……"

契诃夫戏剧也容许多元解读的。

那么再听听更有人生哲理意味的彼得·布鲁克的解读:

> 在契诃夫的作品中,死亡无处不在——对于这个他知道得很清楚——但在这死亡的存在里没有任何令人讨厌的因素。死亡的感觉与生命的渴望并行不悖。他笔下的人物具有感受每一个独特的生命瞬间的能力,以及要把每一个生命瞬间充分享用的需求。就像在伟大的悲剧里一样,这里有生与死的和谐结合。

契诃夫创作《樱桃园》的时候,身体已经十分虚弱,他是在日复一日的顽强书写中,寻找生命的律动。《樱桃园》最后费尔斯说的那句台词"生命就要完结了,可我好像还没有生活过",难道不也是表达了契诃夫本人对于生命的眷恋?

丹钦科强调了契诃夫的乐观主义,彼得·布鲁克强调了契诃夫的生命意识。但无论是契诃夫的乐观主义还是生命意识,都能打动世世代代的观众的心。

八

现在该说一说中国戏剧家对于契诃夫戏剧的接受了。

首先值得一提的,当然是一九三〇年上海辛酉剧社演出了《文舅舅》(《万尼亚舅舅》),主演是袁牧之。距此十四年后,才有中国青年艺术剧院由孙维世执导的《万尼亚舅舅》的辉煌演出。

　　但上世纪三十年代最让人感奋的,还是曹禺对契诃夫戏剧美质的天才发现。我们今天读曹禺一九三五年在《〈日出〉跋》里写下的这段文字,还感佩不已:

　　　　我记起几年前着了迷,沉醉于契诃夫深邃艰深的艺术里,一颗沉重的心怎样为他的戏感动着。读毕了《三姊妹》,我合上眼,眼前展开那一幅秋天的忧郁。玛夏、哀林娜、奥尔加那三个有大眼睛的姐妹,悲哀地倚在一起,眼里浮起湿润的忧愁,静静地听着窗外远远奏着欢乐的进行曲……我的眼渐为浮起的泪水模糊起来成了一片,再也抬不起头来。然而在这出伟大的戏里没有一点张牙舞爪的穿插,走进走出,是活人,有灵魂的活人。不见一段惊心动魄的场面,结构很平淡,剧情人物也没有什么起伏生展,却那样抓牢了我的魂魄。我几乎停住了气息,一直昏迷在那悲哀的氛围里。我想再拜一个伟大的老师,低首下气地做一个低劣的学徒。

　　在江安的国立剧专的讲坛上,曹禺对于契诃夫戏剧的讲解,造就了一批具有心理现实主义思维的戏剧人。

　　一九五七年,不为人知的中国广播剧团演出了一部轰动京城的《北京人》,导演是曹禺在国立剧专的得意门生蔡骧。很多年之后我向蔡骧先生讨教他排演《北京人》的心得。他说:"要

排演《北京人》，就得想到，曹禺是在学习了契诃夫的戏剧艺术之后写作了《北京人》。"蔡先生也是契诃夫戏剧的爱好者。我相信，蔡骧先生是通过曹禺走近和认识了契诃夫，就像焦菊隐先生一再说的他是通过契诃夫认识了斯坦尼斯拉夫斯基：

> 我的导演工作道路的开始是独特的：不是因为斯坦尼斯拉夫斯基才约略懂得了契诃夫，而是因为契诃夫才约略懂得了斯坦尼斯拉夫斯基。①

就在焦菊隐在重庆翻译契诃夫几个多幕剧的时候，在上世纪四十年代的天津，两个刚刚登上戏剧舞台的青年人——黄宗江和于是之却被契诃夫的独幕剧《天鹅之歌》深深感动。于是之读过《天鹅之歌》后说"这个戏写出了演员的辛酸与风骨"，而黄宗江写了篇名为《空台赋》的散文，为契诃夫这部独幕剧叫好。他们两位一直有登台演出这个独幕剧的想法，但终于没有实现。二〇一二年九月，北京人艺在纪念中国小剧场运动三十周年之际，由濮存昕和何冰两人来演出了《天鹅之歌》，之后何冰还演出了独角戏《论烟草的害处》。但在中国演出次数最多的契诃夫独幕剧还是《熊》和《求婚》。

九

回想十年前的二〇〇四年，这年是契诃夫逝世一百周年。刚刚成立不久的中国国家话剧院，破天荒地在中国举办了以

---

① 引自《契诃夫戏剧集·译后记》，上海译文出版社 1980 年版。

"永远的契诃夫"为口号的国际戏剧节。王晓鹰导演的《普拉东诺夫》(《没有父亲的人》)为开幕戏,林兆华导演的《樱桃园》为闭幕戏。

刚刚宣布国际戏剧节开幕的时候,有些记者还发出疑问:契诃夫不是小说家吗?怎么会有契诃夫戏剧节呢?但当戏剧节成功举办之后,这样的疑问就不再有了。

在戏剧节举办过后不久,我和王晓鹰导演应邀到北京图书馆作讲座。主持人说了一句很让我感动的开场白:

> 五十年前,我们请汝老先生在这里讲契诃夫的小说,今天我们请童道明先生和王晓鹰先生在这里讲契诃夫的戏剧。

今年是契诃夫逝世一百一十周年。上海译文出版社破天荒地在中国出版了《契诃夫戏剧全集》。抚今追昔,我们能想起在上世纪四十年代,焦菊隐和李健吾这两位可敬的戏剧前辈,是怎样地怀抱着普罗米修斯式的献身精神,完成了他们的皇皇译著;与此同时,我们也深信,《契诃夫戏剧全集》的出版,能让更多更多的人认识到:契诃夫不仅是个伟大的小说家,也是一个伟大的戏剧家。

二〇一四年六月十六日
于北京

初版序

李健吾

这里是九出独幕剧，契诃夫的独幕剧全部包括在内。每出都是一个小小杰作，正如他的短篇小说在世界文学之中称雄一般。我们现在依照写作次序，稍稍加以注释：

（一）《大路上》 这是根据他的小说《秋天》改编的。小说是一八八三年在《闹钟》第五十五期发表。剧本在一八八五年初秋送给官方审查，用了一个笔名契孔特（Chekonte），从此石沉大海，失去音信，直到剧作者逝世若干年后，才又从检查机关找了出来。审查的案语是："一出阴沉的肮脏的戏——不得通过。"

（二）《论烟草有害》 初稿在一八八六年二月写成，当即发表于《彼得堡日报》，其后在一九〇二年九月，契氏重写一过，增厚心理成分，滑稽而有悲感。

（三）《天鹅之歌》 这是根据他的小说 Kalkhas 改编的，所以最早就用 Kalkhas 作为标题。一八八七年写好，次年二月十九日上演于莫斯科 Korsha 剧院，同年十一月稍加修改，题作"天鹅之歌"，副题仍是 Kalkhas，一八八九年在《演剧季丛刊》第一辑和《艺术家》发表。一八九〇年一月十九日上演于彼得堡 Alexandrinsky 剧院。

1

（四）《熊》 一八八八年八月写成，同年十月二十八日上演于 Korsha 剧院，先后在《新时代日报》、《艺术家》与《闹钟》等刊物上发表。

（五）《求婚》 一八八八年十一月写成，先后在《新时代日报》和《艺术家》发表。

（六）《塔杰雅娜·雷宾娜》 一八八九年用一天工夫写成，献给友人苏渥乐(Souvorin)。这原是苏氏的同名长剧，当时正在莫斯科上演，契氏写信向他讨一本法文字典，说有一件礼物交换。苏氏不久收到这出独幕剧，印了两册，一册留给自己，一册送给契氏做纪念。苏氏的故事是：一位女演员(塔杰雅娜·雷宾娜)爱上了一位风流少年(莎毕宁)，他骗到她的爱情，另外爱上了一位薇娜·奥林兰娜夫人。听到不幸的消息，雷宾娜服毒自尽了。他的剧中人物大都又在契氏的独幕剧出现。

（七）《一位做不了主的悲剧人物》 一八八九年五月写成，从他的一八八七年的小说《许多人中间的一个》改编过来的。

（八）《结婚》 一八八九年十一月写成，根据他的一八八七年的小说《和将军结婚》和其他小说的材料改编的。

（九）《周年纪念》 这是根据他的一八八七年的小说《一个毫无保护的生物》改编的，在一八九一年十二月写成。

关于来源事实和年月，这里根据的是 Balukhaty 和 Petrov 的《契诃夫戏剧》(Chekhov's Dramaturgy)，一九三五年出版，后面附有 Muratov 编的契氏年表，感谢戈宝权先生，为我译出使用。

我们可以把这九出独幕剧分成两类，一类属于悲剧型，例如《大路上》、《天鹅之歌》和《塔杰雅娜·雷宾娜》；一类属于"渥德维勒"型，其他都是。所谓"渥德维勒"（Vaudevile），原是一种乡下小东西，歌唱多于对话，在法国很是流行。到了十八世纪，走歌剧那条路的叫做"歌喜剧"（opéra-comique），走对话这条路的仍然叫做"渥德维勒"——"渥"是山谷的意思，"德"是属于的意思，"维勒"是维耳（Vire）一个小地名的变音，其实就是"维耳山谷"罢了。品格不高，算不了什么正经之作，从民众来，因而也就最是接近民众。契氏从小就爱好这类胡闹的小喜剧，好像一张一张的浮世绘，没有任何抱负，谦虚坦诚，让观众为自己的愚昧大笑一阵。有名的作家往往以写"渥德维勒"为耻，契氏不这样想，认为："这是最高贵的工作，不见得人人能写。"

　　无论是现实生活的俗浅也好，无论是抒情境界的质朴也好，契氏有力量在光影匀适的明净之中把真纯还给我们的心灵。萧伯纳有太多的姿态，不够朴素，所以只好对自己表示绝望："我每回看到契诃夫一出戏，我就想把自己的戏全部丢到火里。"朴素是一种最高的美德，然而并不就是单纯。契氏是一个复杂的谐和的存在，太单方面看他，我们可能丧失许多欣赏的机缘。高尔基明白："契诃夫一辈子活在自己的灵魂当中；他永远是自己，永远内在地自由。"

　　　　　　　　　　　　　　　　一九四八年一月

大路上

人　物

提洪·叶甫斯杰格尼耶夫——大路上一座小店的东家。

塞萌·塞尔格耶维奇·包耳曹夫——一个败了家的地主。

玛丽亚·叶高罗夫娜——包耳曹夫的太太。

萨瓦——一位上了年纪的香客。

纳查罗夫娜 ⎫
　　　　　⎬ 女香客。
叶菲莫夫娜 ⎭

费嘉——一个农夫。

叶高尔·麦芮克——一个流浪汉。

库兹玛——一个车夫。

邮差。

包耳曹夫太太的马车夫。

香客、家畜贩子,等等。

　　事情发生在俄国南部一个省份。

　　景是提洪的小店。右边是柜台和酒瓶架子。后边是一个通外的门。门外靠上,挂着一盏肮脏的红灯。地板和贴墙的长凳全挤满了香客和过路人。许多人没有空地就坐着睡。夜深了。幕起时,雷声在响,隔门可以看见电光。

　　提洪站在柜台后面。费嘉蜷成一团,半躺在一条长凳上,静静地拉着一架手风琴。靠近他是

3

包耳曹夫,披着一件夏天的破烂大衣,萨瓦、纳查罗夫娜和叶菲莫夫娜躺在长凳近边的地板上。

叶菲莫夫娜 (向纳查罗夫娜)亲爱的,推推老头子! 别想得到他一句答话。

纳查罗夫娜 (掀起一幅蒙着萨瓦的脸的布的犄角)你上香的,你是活着还是死啦?

萨瓦 我干吗死? 老婆婆,我活着!(仰身拄着肘子)行行好,盖上我的脚! 对啦。往右脚上面拉过来点儿。老婆婆,对啦。上帝保佑我们。

纳查罗夫娜 (盖好萨瓦的脚)睡吧,老爷子。

萨瓦 我也好能够睡? 老婆婆,我只要有耐心烦儿忍得了这个疼,也就成了;睡不睡倒也罢了。一个有罪的人不配有安息。女上香的,那是什么响?

纳查罗夫娜 上帝送了一阵暴风雨来。风在号哭,雨在往下喷,往下喷。全下到房顶,流进窗户,像干豌豆。你没有听见? 天上的窗户打开了……(雷声)天呀,天呀,天呀……

费嘉 吼着,响着,发着怒,就轰隆轰隆个没有完! 嗯……就像一座树林子在响……嗯……风哭得像一只狗……(缩过去)还有冷! 我的衣服湿了,门开着,全进来了……我倒好搁在架子里头往干里绞……(轻轻地弹琴)我的手风琴发潮了,所以你们呀,别想听音乐啦,我的信正教的兄弟们,要不然呀,真的! 我会拉一段好的给你们听! 真正呱呱叫的! 你们可以来四对舞,或者

4

随你们高兴,来波兰舞,或者两个人跳的什么俄罗斯舞……我全拉得来。在城里头,我在大饭店当侍者,我赚不了钱,可是我的手风琴才叫拉得好。我还会拉六弦琴。

角落里发出一个声音　一个蠢东西的一段蠢话。

费嘉　我满不搁在心上。

　　　　〔稍缓。

纳查罗夫娜　(向萨瓦)老头子,现在暖和了,只要你躺下去,暖暖你的脚。(停)老头子! 上香的! (摇萨瓦)你要死了吗?

费嘉　老爷子,你应当喝点儿伏特加①。喝酒,烧,在你的肚子里烧着,你的心就暖和了。喝吧!

纳查罗夫娜　年轻人,别乱吹啦! 老头子也许正在把他的魂灵儿还给上帝,或者正在为他的罪过忏悔,你像那样子讲话,拉你的手风琴……放下来! 你就没有臊!

费嘉　你缠他有什么好处? 他帮不了你什么,你……你那老婆婆的话……他没有一句话回答,你倒喜欢,快活,因为他在听你瞎白嗑……老爷子,你睡你的吧,别理她! 由她说去好了,你就当没有她这人。女人的舌头是魔鬼的扫帚——把好人和聪明人全扫到房屋外头。别睬理……(挥手)你这人可真瘦,哥儿们! 真可怕! 像一架死骷髅! 没有血肉! 你真在死吗?

萨瓦　我为什么死? 噢,主,救救我,别白白死掉……我疼

------
① 伏特加:原译"渥德喀",现改通译。——编注

上一会儿,上帝帮我,我就好起来了……上帝的母亲不会让我死在一个生地方的……我要死在家里。

费嘉 你打远地方来的?

萨瓦 从伏洛格达,城里头……我住在那儿。

费嘉 这伏洛格达在什么地方?

提洪 莫斯科的那边……

费嘉 可不得了……老头子,你这趟路真不近! 走来的?

萨瓦 走来的,年轻人。我来到顿河的提洪,我到神山去……从那边,假如上帝愿意,到奥德萨……他们讲,从那边到耶路撒冷便宜,二十一个卢布,他们讲……

费嘉 你也去过莫斯科?

萨瓦 那还用说! 五次……

费嘉 那是一个好城市?(吸烟)发达吗?

萨瓦 年轻人,那儿有许多教堂……教堂多的地方总归是一个好城市……

包耳曹夫 (走近柜台,向提洪)求你了,再一回! 为了基督的缘故,倒给我!

费嘉 关于一个城市,主要的事是它应当干净。假如尘土多,必须拿水冲;假如肮脏,必须弄干净。应当有大建筑……一个戏院子……巡警……马车……我呀,我在城市里头住过,我懂。

包耳曹夫 一小杯也就成了。我过后儿给你钱。

提洪 够数儿啦。

包耳曹夫 我求你啦! 可怜! 可怜我!

提洪 走开!

包耳曹夫 你不明白我……傻瓜,要是你乡下人的木头脑壳有一点点头脑的话,你就明白不是我问你要,是我内里头,用你明白的字眼儿,问你要! 问你要的是我的毛病! 明白罢!

提洪 我们是什么也不明白……走开!

包耳曹夫 因为假如我不马上有酒喝的话,你听明白了,假如我满足不了我的需要,我会犯什么罪的。只有上帝知道我会干出什么来! 你开这店也有日子了,浑蛋,你就没有看到一堆醉鬼,你就没有想法子搞清楚他们像什么样子吗? 他们有毛病! 你愿意怎么样他们就怎么样他们,可是你得给他们伏特加! 好啦,现在,我求你啦! 求求你! 我低头下气地求你! 只有上帝知道多低头下气!

提洪 只要你出得起钱,你就有伏特加喝。

包耳曹夫 我到什么地方找钱去? 我全喝光了! 连地也光了! 我有什么好给你的? 我只有这件大衣,可是,我不能够给你。我里头是什么也没有……你要不要我的便帽?

　　　〔摘下它来,递给提洪。

提洪 (看了一遍)哼……便帽的种类多了……看这些洞眼儿,倒是一个筛子……

费嘉 (笑)一顶绅士的便帽! 到了小姐们面前,说什么你也得取下来。一向好,再见! 近况如何?

提洪 (把便帽还给包耳曹夫)这发臭。我什么东西也不给。

包耳曹夫　假如你不喜欢它，那么，让我欠欠你这杯酒钱吧！我从城里过来的时候，给你带五分钱来。那时你就有了，拿钱噎死你自己！噎死你自己！我希望它堵住你的喉咙！（咳嗽）我恨你！

提洪　（拿拳砸柜台）你为什么要这样死乞白赖的？还像人！你在这儿干些子什么，你这骗子手？

包耳曹夫　我要一杯酒！不是我，是我的毛病！听明白！

提洪　你别逗我光火，把你连人扔在外头！

包耳曹夫　我怎么办好？（离开柜台）我怎么办好？

　　　　〔他思索着。

叶菲莫夫娜　恶魔在折磨你。先生，别睬理他。打下地狱的恶魔总在耳边讲："喝酒！喝酒！"你回答他："我偏不喝！我偏不喝！"他就走开了。

费嘉　他的头里头在响……他的肚子带着他跑！（笑）老爷是一个快活人。躺下，睡去吧！站在店当中，像一个稻草人儿，有什么用！这不是花园！

包耳曹夫　（发怒）闭嘴！驴子，没有人对你讲话。

费嘉　来下去，来下去！我们以前看够了你这种人！像你这样在大路上闲晃荡的人有的是。说到驴呀，等我打你个一重耳刮子，你嚷嚷起来要比风还凶。你自己是驴！傻瓜！（停）废物！

叶菲莫夫娜　老头子也许在祷告，也许在把他的魂灵儿交给上帝，这么，这些齷齪东西乱吵乱闹，讲种种……你们就不臊的慌！

费嘉　得啦，白菜杆子，你就安静着点儿吧，你这是在公共

8

地方。学着跟别人一样。

包耳曹夫 我怎么办好？我要变成什么？我怎么才能够叫他明白？我还能够有什么话对他讲？（向提洪）血在我的胸膛滚！提洪叔叔！（哭）提洪叔叔！

萨瓦 （呻吟）我的腿揪心疼，像火球……老婆婆，香客。

叶菲莫夫娜 什么事，老爷子？

萨瓦 谁在哭？

叶菲莫夫娜 那位绅士。

萨瓦 请他为我流一滴泪，我好在伏洛格达死。有眼泪的祷告才灵。

包耳曹夫 老公公，我不是在祷告！这些不是眼泪！是汁子！我的魂灵儿在挨挤，汁子在往外流。（靠近萨瓦坐）汁子！可是你不明白！你，你的黑暗的头脑，不会明白。你们老百姓全在黑暗里头！

萨瓦 你在什么地方找到那些活在光明里头的？

包耳曹夫 老公公，他们的确有……他们会明白的！

萨瓦 是的，是的，亲爱的朋友……圣者们活在光明里头……他们明白我们所有的苦难……你用不着告诉他们……他们就明白了……只看一下你的眼睛就成了……于是你得到平静，就像你从来没有受过苦难——就全去了！

费嘉 可你曾见过什么圣者吗？

萨瓦 年轻人，的确有……这地上各色各式多的是。有罪的人们，上帝的奴仆们。

包耳曹夫 我不会明白这个……（迅速站起）既然不明白，

9

说来说去有什么用？我现在头脑是怎么了？我只有一个本能,那就是渴!(迅速走向柜台)提洪,拿我的大衣抵!明白了吗!(打算脱掉它)我的大衣……

提洪 你大衣底下有什么?(往它底下看)你光光的身子,别脱,我不要……我还不想要我的魂灵儿担当罪过。

〔麦芮克进来。

包耳曹夫 好吧,有罪过,我担当!你同意了吧?

麦芮克 (静静地脱下他的外套,穿着一件背心,腰带插着一把斧子)一只狗熊挨冻的地方,一个流浪汉子会出汗。我热透了。(把斧子放在地板上,脱掉背心)从泥里拖出一条腿,你可以弄掉一桶的汗。可是才拖出一条,另一条又陷进去了。

叶菲莫夫娜 是呀,话是对的……亲爱的,雨停了吗?

麦芮克 (瞥了一眼叶菲莫夫娜)我不跟上了年纪的女人讲话。

〔稍缓。

包耳曹夫 (向提洪)有罪过,我担当。你听见还是没有听见我的话?

提洪 我不要听你讲话,走开!

麦芮克 外头黑得就像天抹了地沥青。你就看不见你自己的鼻子了。雨打着你的脸,就像一阵暴风雪!

〔拾起他的衣服和斧子。

费嘉 对我们这帮子做贼的,倒是一桩好事。老猫不在,老鼠跳灶。

麦芮克 谁讲这个话?

10

费嘉 看仔细……赶着没有忘记。

麦芮克 我们随后看吧……(走向提洪)一向好,你这宽脸
家伙! 你不记得我了。

提洪 你们这些跑大路的醉鬼们,我要是一个一个来记的
话,我看,我额头得添十个窟窿。

麦芮克 认认我看……

　　　　[稍缓。

提洪 噢,是啦,我记起来啦。我一看你的眼睛我就认识你
啦! (伸手给他)安德来·泡里喀耳泡夫?

麦芮克 我一直是安德来·泡里喀耳泡夫,不过现在我是
叶高耳·麦芮克。

提洪 为什么?

麦芮克 上帝给我什么身份证,我就叫什么名字。我做了
两个月的麦芮克。(雷声)轰隆隆……响吧,我不怕!
(向四外看)这儿没有巡警?

提洪 你小题大做,讲到哪儿去了? ……这儿的人没有问
题……巡警这辰光在他们的羽毛床上睡熟了……(高
声)信正教的兄弟们,当心你们的口袋和你们的衣服,
不然呀,懊悔在后头。这小子是无赖! 他会抢了你
们的!

麦芮克 叫他们当心他们的钱好了,说到他们的衣服
呀——我碰也不会碰一碰的。我没有地方搁。

提洪 恶魔带你到什么地方去?

麦芮克 库班。

提洪 有这事!

11

费嘉 库班？当真？（坐起）那是一个好地方。兄弟，你要是睡上三年，做三年梦，别想看得见那样一个地方。他们讲，鸟在这儿，还有牲口——我的上帝！草一年四季在长，人民好，地多的不得了，他们就不知道拿地干什么好！他们讲……前天有一个兵告诉我……官家派给一个人一百代席阿亭①。这叫幸福，上帝砸我！

麦芮克 幸福……幸福走在你后头……你没有看见就是了。近在你的肘子旁边，可是你咬不了它。这叫废话……（看着长凳和所有的人）活像一群囚犯……一群可怜虫。

叶菲莫夫娜 什么样生气的大眼睛！年轻人，你身子里头有一个仇敌……别看着我们！

麦芮克 是的，你们这儿是一群可怜虫。

叶菲莫夫娜 转开身子！（推萨瓦）萨瓦，好人，一个恶人在看我们。亲爱的，他会害我们的。（向麦芮克）我告诉你，转开身子，蛇！

萨瓦 老婆婆，他碰不到我们，他碰不到我们……上帝不许他的。

麦芮克 好吧，信正教的兄弟们！（耸肩）安静着吧！你们倒不睡，弯弯腿的傻瓜！你们为什么不讲点儿什么？

叶菲莫夫娜 挪开你的大眼睛！把那恶魔的骄傲挪开！

麦芮克 安静着吧，弯弯背的老婆子！我没有带恶魔的骄傲来，我带的是和和气气的话，蛮想安慰安慰你们这群

---

① 代席阿亭：俄国面积单位，约合 1.09 公顷。——编注

12

苦人！你们因为冷,挤在一块像苍蝇——我觉得你们可怜,对你们说些好话,哀怜你们贫穷,你们倒叽里咕噜个没了没完！原本用不着么！（走向费嘉）你打什么地方来？

费嘉 我住在这一带。我在喀蒙耶夫斯基砖窑做活。

麦芮克 起来。

费嘉 （起来）什么？

麦芮克 起来,站起来。我要在这儿睡。

费嘉 这叫什么……这不是你的地方,是吗？

麦芮克 是的,我的。去睡到地上！

费嘉 流浪汉子,你滚开这地方。我不怕你。

麦芮克 你的舌头倒挺快……起来,没有什么好说的！蠢东西,你要后悔的。

提洪 （向费嘉）年轻人,别拿话顶他。别搁在心上。

费嘉 你有什么权力？你瞪着你的鱼眼睛,以为我怕！（拾起他的东西,躺到地上）恶魔！

　　　〔睡下去,全身盖好。

麦芮克 （在板凳上挺直了）我敢说你从来没有见过一个恶魔,要不然,你也不会叫我恶魔。恶魔不是这样子。（躺下,斧子放在旁边）躺下,斧子小兄弟……让我把你盖好。

提洪 你打什么地方弄到那把斧子？

麦芮克 偷来的……偷来的,现在,我为它瞎忙活,好像一个小孩子有一个新玩具；我不喜欢去掉它,可又没有地方放它。好像一个混账太太……是的……（盖好自己）

13

兄弟,恶魔不是这样子。

费嘉 （露出他的头）他们像什么?

麦芮克 像水汽,像空气……往空里吹的气。（吹）就像这个,你看不见。

角落里发出一个声音 你看得见,假如你吃苦受难。

麦芮克 我试来的,可是我什么也没有看见……老太婆的故事,也是蠢老头子的故事……你看不见一个恶魔,或者一个鬼,或者一具尸首……我们的肉眼,不是什么全看得见的……我是一个小孩子的时候,我时常夜晚在树林子里走路,故意要看树林子的鬼怪……我喊了又喊,这儿也许有什么妖精,我喊叫树林子的鬼怪,眨也不眨一下眼睛:我看见各种各样的小东西动弹,就是没有鬼怪。我夜晚常到教堂坟地走动,我想看看鬼——可是老太婆们撒谎。我看到种种走兽,就是没有可怕的东西——连个标记也看不到。我们的肉眼……

角落里发出一个声音 没有关系,的确你会看见……我们村子有一个人在挖一条野猪的肚肠……他正在把胃分开,就见……有东西朝着他跳!

萨瓦 （起来）小孩子们,别讲这些肮脏事了! 亲爱的,这是一种罪过!

麦芮克 啊……灰胡子! 骷髅架子! （笑）你用不着到教堂坟地去看鬼,从地板底下爬起来帮他们的亲戚出主意……一种罪过! ……别拿你愚蠢的见解教训别人吧! 你们是一群无知无识的人,活在黑暗里头……（燃起他的烟斗）我父亲是一个种地的,时常喜欢教训别

14

人。有一夜晚,他偷了村里牧师一口袋苹果,一边扛着,一边告诉我们:"孩子们,看呀,当心别在复活节前吃苹果呀,那是一种罪过。"你就是这样子……你不晓得恶魔是什么,可是你逢人乱叫恶魔……就拿这弯弯背的老婆婆来说罢。(指向叶菲莫夫娜)她看见我身子里头有一个仇敌,但是在她年轻时候,依着女人莫明其妙的胡闹劲儿,她起码有五回拿她的魂灵儿给了恶魔。

叶菲莫夫娜　嗯,嗯,嗯……老天爷!(盖起她的脸)好萨瓦!

提洪　你吓唬她们干什么?寻开心!(门在风中响动)耶稣我主……风,风!

麦芮克　(挺直)哎,显显我的力量!(门又砰嗒在响)我要是能够跟风比拼比拼倒也罢了!我是把门刮下来呢,还是譬如说,把店连根拔掉了呢!(起来,又躺下)多闷得慌!

纳查罗夫娜　你邪教徒,还是祷告吧!你为什么这样烦?

叶菲莫夫娜　别跟他说话,随他去吧!他又在看我们了。(向麦芮克)恶人,别看着我们!你的眼睛就像鸡叫以前一个恶魔的眼睛!

萨瓦　香客们,让他看好了!你们祷告,他的眼睛也就害不到你们。

包耳曹夫　不成,我受不了。这太为难我的力量!(走向柜台)提洪,听我讲,我这是末一回求你……只要半杯也就成了!

提洪　(摇头)钱!

包耳曹夫 我的上帝,难道我没有讲给你听! 我全喝光了! 我到什么地方弄钱去? 可你就是赊我喝一口伏特加,你也不会关店。一杯酒不过破费你两个铜钱,我哪,可就不难受了! 我在难受! 听明白! 我在痛苦,我在难受!

提洪 去对别的什么人讲,别对我讲……去问信正教的,也许为了基督的缘故,他们万一高兴,会给你钱的,可是我呀,为了基督的缘故,只给面包。

包耳曹夫 你可以抢那些可怜人,我办不到……我不要那样做! 我不要! 听明白了吗?(拳头打着柜台)我不要。(停)哼……等等看……(转向女香客)说起来,倒也是一个主意,信正教的人们! 捐五分钱! 我的内里头问你们要。我有毛病!

费嘉 噢,你这骗子手,居然也"捐五分钱"。你就不会喝水吗?

包耳曹夫 我怎么可以这样下流! 我不要钱! 我什么也不要! 我在说笑话!

麦芮克 先生,你打他那儿搞不出钱来的……他是一个有名的吝啬的人……等等,我什么地方有一枚五分钱……我俩分一杯——一人一半。(在口袋摸索)家伙……丢在什么地方了……我刚才还以为听见我的口袋滴零零响……是,是,是不在这儿,兄弟,你真不走运!

〔稍缓。

包耳曹夫 不过我要是喝不到嘴,我会犯罪,或者弄死我自

16

己的！我的上帝，我怎么办！（看向门外）那么，我到外头去？去到黑暗里头，由着我的脚走……

麦芮克 你们这些上香的，你们为什么也不朝他讲讲道，还有你，提洪，你为什么不赶他出去？他没有钱给你做夜晚开销。丢他出去！哎，现在人是残忍的。不温和，也不仁慈……野蛮人！一个人淹死了，他们朝他喊叫："起来呀，要不淹死了，我们没有辰光尽照管你，我们还得干活儿去。"至于丢给他一根绳子——犯不上往那上头想……一根绳子要花钱的。

萨瓦 好人，别讲啦！

麦芮克 老狼，就安静点儿吧！你们是一个野蛮民族！希律①！出卖灵魂！（向提洪）这儿来，脱掉我的靴子！要用心！

提洪 哎，他使性子哪！（笑）怪，是不是？

麦芮克 来呀，我叫你干什么，你干什么！快呀，嘻！（稍缓）你听见我，还是没有听见我？我是对你讲话，还是对墙讲话？
　　　　〔站起。

提洪 好……算数。

麦芮克 发横财的，我要你给我脱掉靴子，一个可怜的流浪汉子。

提洪 好，好……别生气。这儿，来一杯……哼，喝酒来！

麦芮克 家伙，我要的是什么？我是要他给我倒酒喝，还是

---

① 希律：犹太国王，圣约翰和耶稣都死在他的治下。

17

给我脱靴子？我难道没有交代清楚？（向提洪）你没有听我讲明白？我就等一时吧，也许你过会儿就明白了。

　　　[香客和流浪汉激动了，抬起一半身子，观看提洪和麦芮克。他们在静默之中等待。

提洪　恶魔把你带到这儿！（从柜台后边走出）什么样一位老爷！来吧，好。（拔下麦芮克的靴子）你这该隐①的子孙……

麦芮克　这就对了，把它们靠着放好……像这样子……现在你好去了！

提洪　（回到柜台）你太喜欢卖弄聪明了。你再来一回，我把你丢出店去！是的！（向走过来的包耳曹夫）你，又来啦？

包耳曹夫　看这儿，假定我给你一点金子做的东西……我会给你的。

提洪　你在摇什么？说正经！

包耳曹夫　在我这方面，也许是卑鄙恶毒，可是我怎么办？我是在做坏事，以后出什么乱子也顾不得了……人家要是为了这个审问我，一定放我走的。拿去好啦，唯一的条件是我从城里回来，你以后要还我。我当着这些证人拿它给你。你们是我的证人！（从他的胸口大衣底下，拿出一个金牌）这儿是……我应当把相片儿取下来，不过我没有别的地方搁；我全身都是湿的……好吧，连相片儿也拿去吧！不过要当心……别叫你的手

―――――――――

①　该隐：《旧约》中人物，亚当的长子，曾经杀死他的兄弟。

18

指头碰那张脸……当心……我对你粗鲁,亲爱的朋友,我是一个傻瓜,不过,原谅我,千万不要拿你的手指头碰它……别拿你的眼睛看那张脸。

〔拿相匣给提洪。

提洪　(查看)偷来的东西……好,那么,喝……(斟伏特加)好不了你。

包耳曹夫　千万别拿你的手指头……碰它。

〔慢慢地喝着,停顿,像发烧。

提洪　(打开相匣)哼……一位太太!……你什么地方搞来这东西的?

麦芮克　让我们也开开眼。(走向柜台)给我们瞻仰瞻仰。

提洪　(推开他的手)你到什么地方去? 到别的地方张望去!

费嘉　(起来,走向提洪)我也想看!

〔好几个流浪汉,团团一群,来到柜台前边。麦芮克用两只手抓牢提洪的手,静静地端详着匣里的肖像。稍缓。

麦芮克　一个挺好看的女恶魔。一位真正夫人……

费嘉　一位真正夫人……看看她的脸,她的眼睛……打开你的手,我看不见。头发垂到她的腰……跟活的一样!看样子简直要说话……

〔稍缓。

麦芮克　对于一个软弱人,这是毁灭。像这样儿女人迷住了人呀……(摇手)你就完了!

〔库兹玛的声音传来:"嘻嘻……停住,畜牲!"库兹

19

玛进来。

库兹玛　路上开着一家店。说呀,我真就吱喝过去,走过去吗? 你可以走过你自己的父亲,没有注意到他,可是黑地里一家店,离一百维耳司特①你就看见了。闪开,你们要是相信上帝的话! 哼,这儿! (往柜台上放下一枚五分钱辅币)一杯真正马德拉②! 快呀!

费嘉　噢! 恶魔!

提洪　别乱摇你的胳膊,你要打着别人的。

库兹玛　上帝给我胳膊摇晃。可怜的甜东西,你们有一半儿化了。你们怕雨,可怜的脆东西。

　　　　　［饮酒。

叶菲莫夫娜　像这样的夜晚,你要是路上赶着了,好人,你会害怕的。现在,谢谢上帝,不成问题了,有许多村子和房子给你避风避雨,可是在这以前呀,就什么也没有。噢,主,那才叫坏! 你走了一百维耳司特,不但没有一个村子,一所房子,你简直看不见一根干干的棍子。你只好睡在地上……

库兹玛　老婆婆,你在世上活了多久了?

叶菲莫夫娜　小公公,过七十了。

库兹玛　过七十了! 眼看你就要活到老鸹的年纪了。(看包耳曹夫)这又是一块什么料? (盯着看包耳曹夫)老爷! (包耳曹夫认出库兹玛,慌忙缩到一个角落,坐到

---

①　维耳司特:俄国昔日长度单位,约合 1.07 公里。现已废除。——编注
②　马德拉:白葡萄酒。马德拉是产酒的地名,在大西洋,是一个岛。[编按:原译"马代辣",现改通译。]

20

长凳上)塞萌·塞尔格耶维奇！是你，不是吗，哎？你在这地方干什么？这不是你待的地方,对不对？……

包耳曹夫 安静着吧！

麦芮克 （向库兹玛)他是谁！

库兹玛 一个可怜的伤心人。(在柜台前,激动地走动)哎？在一个小店里头,我的天！一身破烂！烂醉！我太想不到了,兄弟们……想不到……(向麦芮克,低着声)他是我的主子……我们的地主。塞萌·塞尔格耶维奇·包耳曹夫先生……你可曾见过一个人,沦落到这种地步？看他成了什么样子？简直……喝酒把他喝到这个地步……再给我添点儿！(喝酒)我打他的村子来,包耳曹夫卡;你们也许听说过,离这儿二百维耳司特远,在叶耳朗夫司基区。我们从前一直是他父亲的佃奴……真丢人呀！

麦芮克 他有钱吗？

库兹玛 很有钱。

麦芮克 全叫他喝光了？

库兹玛 不是的,我的朋友,是一点别的事……他从前一直是伟大,阔绰,严肃……(向提洪)可不是,你不也常常看见他骑着马,一向都是这样子,走过你这家店,到城里去,什么样勇敢高贵的马！一辆弹簧马车,好的材料！兄弟,他平常总有五辆三匹马拉的车……五年以前,我记得,他到这儿,从米基新司基。带着两匹马来,一出手就是一块值五卢布的洋钱……他说,我没有时候等找零头……那就是他！

麦芮克 我猜，他的脑筋不灵了。

库兹玛 他的脑筋倒灵……毛病是因为他懦！脂肪太多了。头一个，孩子们，因为一个女人……他爱上了一个城里女人，他觉得世上没有比她更美的女人了。一个傻瓜爱了起来正跟一个聪明人一样入迷。女孩子的亲眷全不差……可是她本人呀，不就是放荡，不过是……轻浮……总是三心二意的！总在飞眼儿！总在笑，笑……简直不像话。上等人喜欢这个，说那可爱，可是咱们乡下人呀，恨不得马上把她丢出去……是呀，他爱上了她，他的运气就吹了。他就这么陪她，一件……又一件……常常整天在外头划船，弹钢琴……

包耳曹夫 库兹玛，别告诉他们！你何苦来？我这一辈子跟他们有什么关系？

库兹玛 老爷原谅我，我不过对他们讲上一点儿……没有关系，其实……我浑身打哆嗦。再来点儿酒。

〔喝酒。

麦芮克 （捺低声音）女的爱他吗？

库兹玛 （捺低声音，慢慢回到寻常声音）她凭什么不？他是一个有产业的人……一个人有钱花，有一千代席阿亭，当然你要爱他了……他是一位坚强，庄重，为人尊严的绅士……总是一个样了，就像这样子……把你的手给我（握麦芮克的手）："一向好，再见，辛苦。"对啦，有一天黄昏，我路过他的花园——兄弟，那才像个花园，好几维耳司特大——我靠着安安详详地走，我一抬头，就看见他俩坐在一张凳子，彼此在亲嘴。（模仿声

22

音)他香了她一回,她呀还他两回……他握着她的雪白小手,她真叫火热,越贴越近活……她说:"我爱你。"他呀,倒霉蛋儿,从这一个地方走到另一个地方,活活一个懦夫,逢人夸耀他的幸福……给这个人一卢布,送那个人两卢布……送我钱买一匹马。替人人把债了清。

包耳曹夫 噢,干吗对他们讲这个? 这些人没有同情……反而伤人!

库兹玛 老爷,没有什么! 他们问我! 我何必不讲给他们听? 不过,假如你生气,我当然不……当然不……他们关我什么事……

〔传来驿车铃铛。

费嘉 别叫唤:静静地告诉我们……

库兹玛 我这就静静地告诉你们……他不要我讲,可是,那挡不住……不过也没有什么好讲了。一句话,他们结婚了。没有事了。给铁石心肠的库兹玛再来一杯! (喝酒)我不喜欢人往醉里喝! 说的是呀,婚礼举行了,客人们在事后入席了,她坐了一辆马车走了……(耳语)去了城里,去了她的爱人那边,一个律师……哎? 你们现在想想看? 正在那要紧点儿上! 她叫人杀了,还算便宜了她哪!

麦芮克 (思考)怎么……后来又怎么样?

库兹玛 他疯了……你们看得见,就像大家讲的,他开头和一个苍蝇在一起,后来它长成了一只大马蜂。当初是一个苍蝇,现在——它变成一只大马蜂了……可是他还爱着她。看看他呀,他爱她! 我想,他现在到城里去

23

想法子偷偷看她一眼……他看她一眼,再回来……

　　　　［驿车来到店前。车夫进来喝酒。

提洪　今天驿车晚啦。

　　　　［车夫不做声,付了账,走了。驿车出发,铃铛在响。

角落里发出一个声音　像这种天气,很好把驿车抢了——跟唾痰一样容易。

麦芮克　我活了三十五年,还没有抢过一次驿车……(稍缓)现在走远了……太迟啦,太迟啦……

库兹玛　你打算闻闻监牢里头的味道?

麦芮克　你抢,不见得就进监牢。就算我去又怎么样!(忽然)后来?

库兹玛　你是说那倒霉蛋儿?

麦芮克　还有谁?

库兹玛　兄弟们,他败家的第二个原因是由于他的妹夫,他妹妹的丈夫……他答应给他的妹夫在银行担保三万卢布。那妹夫是个贼……这骗子早知道他的面包那边抹了牛油,死赖着,动也不肯一动……他当然不付了……于是我们这位先生只得付出三万。(叹息)这傻瓜在为他的胡闹受罪。他太太如今生了孩子,是那律师的,他妹夫在泡耳塔瓦附近买了一份产业,我们这位先生吶着小店儿乱转悠,像一个傻瓜,向我们这群人嘀咕:“兄弟们,我没了信心! 我现在什么人也不相信了!”活活一个懦夫! 人人有忧愁,一条蛇在咬他的心,那意思不就是说他必须喝酒? 拿我们村子那位长辈来说罢。他

24

女人在大白天跟校长调情,把他的钱花在喝酒上,可是那位长辈走来走去,还冲自己微笑。他也就是有点儿瘦……

提洪 (叹息)上帝给人力量……

库兹玛 世上有各种各样力量,不错……怎么着?那又济得了什么事?(付账)拿去你的一磅肉①! 孩子们,再见啦! 晚安,做好梦! 我得赶路啦! 我打医院给我们太太接了一个产婆……可怜虫,等了这半天,她一定淋湿了……

〔跑出。稍缓。

提洪 噢,你! 不快活的人,来,喝这杯酒!

〔斟酒。

包耳曹夫 (迟迟疑疑走向柜台,喝酒)这是说,我现在欠你两杯酒钱。

提洪 你欠我钱? 算啦,喝罢,解解你的愁闷!

费嘉 老爷! 也喝,喝我的! 噢!(扔下一枚五分钱)你喝,你死;你不喝,你也是死。喝伏特加是不好的,可是,上帝,你喝上点,你舒服多了! 伏特加消愁解闷……那热!

包耳曹夫 可不! 热!

麦芮克 给我看!(从提洪那边接过相匣,端详她的照片)哼。成亲以后跑掉。什么样一个女人!

角落里传出一个声音 提洪,再给他倒一杯。让他把我的

---

① 一磅肉:指酒钱。典故出于《威尼斯商人》。库兹玛挖苦店家是犹太人。

25

也喝了罢。

麦芮克 （把相匣摔在地上）该死！

　　　　〔快步走到他的地方，躺下，脸朝墙。全吃一惊。

包耳曹夫 怎么，你干什么？（拾起相匣）畜牲，你怎么敢？
　　你有什么权力？（充满了眼泪）你打算弄死我？乡下
　　人！蠢猪！

提洪 老爷，别生气……那不是玻璃，那没有碎……再喝一
　　杯，去睡吧。（斟酒）我这儿听你们讲话，忘了辰光点
　　儿，早就该关门了。

　　　　〔去关外门。

包耳曹夫 （喝酒）他怎么敢？傻瓜！（向麦芮克）你明白
　　吗？你是一个傻瓜，一头驴！

萨瓦 孩子们！好不好，住住嘴！吵闹有什么意思？让大
　　家睡才是。

提洪 躺下，躺下……安静着吧！（走到柜台后面，锁了钱
　　屉）是睡觉的辰光啦。

费嘉 是辰光啦！（躺下）兄弟们，做好梦！

麦芮克 （起来，把他的短皮筒子和上衣铺在板凳上）老爷，
　　来，躺下。

提洪 你睡到什么地方？

麦芮克 噢，什么地方全成……地板上就好……（拿一件上
　　衣铺在地板上）对我全一样。（把斧子放在近旁）睡在
　　地板上，对他等于是受刑。他睡惯了丝呀绒的……

提洪 （向包耳曹夫）老爷，躺下！你看了老半天那张相片，
　　也该看够了。（吹熄一支蜡烛）扔掉它！

26

包耳曹夫 （摇摇晃晃）我有什么地方好睡？

提洪 睡到流浪汉子那儿！你没有听见他让地方给你吗？

包耳曹夫 （走向空板凳）我有点儿……醉……喝了那许多……不是吗？……我睡在这儿吗？哎？

提洪 是呀，是呀，躺下，别怕。

　　　　〔在柜台上躺直了。

包耳曹夫 （躺下）我是……醉了……四围东西全在转悠……（打开相匣）你没有一支小蜡烛吗？（稍缓）玛沙，你是一个小怪女人……在匣子里头看着我笑……（笑）我喝醉了！难道一个人喝醉了，你就应该笑他吗？你往外看，就像沙斯特里夫柴夫说的……爱这醉鬼。

费嘉 风直在吼。多凄凉！

包耳曹夫 （笑）什么样一个女人……你为什么直在转悠？我就逮不着你！

麦芮克 他在说胡话。看照片儿看的太长久啦。（笑）什么样一种怪事！受教育的人发明了种种机器和医药，可是就还没有一个十足聪明人发明一种制女人的医药……他们想法子医治种种的病，他们就没有想想，为女人死的男人比害病死的男人多多了……狡猾，吝啬，残忍，没有头脑……婆婆欺负儿媳妇，儿媳妇骗男人出气……就没有一个完……

提洪 女人们弄乱他的头发，所以就直了起来。

麦芮克 不仅仅是我……自从年月开始，世界有了以来，人就在埋怨……在歌儿和故事里头，把恶魔跟女人放在一道，不是没有原由的……不是没有道理的！说什么也有一半真……（稍缓）这儿，这位老爷成了傻瓜，可是我离开爹娘，变成一个流浪汉子，不倒懂事多了吗？

费嘉 为了女人？

麦芮克 就跟这位老爷一样……我走来走去，家伙，像一个受到上天处罚的人，中了邪的人……白天夜晚发狂，直到末了我睁开了眼睛……那不是爱情，只是诱骗罢了……

费嘉 你拿她怎么办？

麦芮克 不管你的事……（稍缓）你以为我弄死她？……我才不干……你要是杀人，你就糟了……她倒快快活活地活下去！只要我从来没有看见你，或者只要我能够忘掉你，毒蛇的种！

　　〔有人叩门。

提洪 恶魔带谁来了……谁在那儿？（叩门）谁敲门？（起来，走向大门）谁敲门？走开，门上了锁啦！

声音 提洪，放我进来。马车的弹簧坏了！行行好，帮帮我忙！我只要有一根绳子把它捆好，我们好歹也就蘑菇到那边了。

提洪 你是谁？

声音 我们太太从城里到瓦耳扫脑费耶夫去……只有五维耳司特远了……做做好人，帮帮忙！

提洪 去告诉那位阔太太，她肯出十卢布，她就可以有那根绳子，修好弹簧。

声音 你是疯啦，还是怎么的啦？十卢布！疯狗！在我们的灾殃上打主意！

提洪　随你的便……你不肯,就算了。

声音　好,等等。(稍缓)她讲,成。

提洪　这我喜欢听!

　　　　[开门。车夫进来。

车夫　信正教的人们,晚安! 好,给我绳子! 快! 孩子们,
　　　　谁去帮我们的忙? 你们忙活一阵子会有好处的!

提洪　没有什么好处……还是让他们睡吧,我们两个人就
　　　　办啦。

车夫　家伙,我累啦! 天冷,泥里头没有一块干地……亲爱
　　　　的,还有一件事……你这儿有没有个小间儿,给太太取
　　　　取暖? 马车倒在一边,她不好在里边待……

提洪　她要一间房干什么? 她要是冷,这儿她蛮好取
　　　　暖……我们帮她找一个地方。(清理出一个地方靠近
　　　　包耳曹夫)起来,起来! 在地板上也就是躺一小时,让
　　　　太太取取暖。(向包耳曹夫)老爷,起来! 坐起来! (包
　　　　耳曹夫坐起来)这儿有你一个地方。

　　　　[车夫下。

费嘉　你来了一位贵客,恶魔带她来! 这下子好了,天亮以
　　　　前别想睡得成。

提洪　我后悔我没有要十五卢布……她会答应的……(站
　　　　在门口迎候)我说呀,你们这群人可真娇脆! (进来玛
　　　　丽亚·叶高罗夫娜,后边跟着车夫。提洪鞠躬。)**请,太
　　　　太! 我们的屋子很不像样儿,全是蟑螂! 不过,赏赏
　　　　脸吧!**

玛丽亚　我什么也看不见……我打哪边儿走?

29

提洪 这边,太太!(把她带到包耳曹夫近旁的空地)这边,请!(吹干净地方)对不住,我另外没有屋子,不过,太太,您别怕,这儿这些人全是好人,全很安静……

玛丽亚 (坐在包耳曹夫身旁)闷气极了,打开门,请啦!

提洪 是,太太。

　　　〔跑过去,把门敞开。

麦芮克 我们冻死了,你把门打开!(起来,啪的一声关了门)你是什么东西,也吩咐人?

　　　〔躺下。

提洪 对不住,太太,我们这儿待着一个傻瓜……有点儿糊涂……不过,您别怕,他不会妨您的……不过,太太,对不住,十个卢布我搞不来……得十五个。

玛丽亚 好吧,可得快。

提洪 马上……马上就好。(从柜台底下抽出一根绳子)马上就好。

　　　〔稍缓。

包耳曹夫 (看着玛丽亚)玛丽……玛莎……

玛丽亚 (看着包耳曹夫)这是什么?

包耳曹夫 玛丽……是你?你打什么地方来的?(玛丽亚认出是包耳曹夫,叫唤,跑到屋子中央。包耳曹夫跟着)玛丽,是我……我(高声笑)我的女人!玛丽!我在什么地方?来人呀,掌灯!

玛丽亚 离开我!你撒谎,这不是你!不能够!(手盖住脸)是撒谎,全是胡闹!

包耳曹夫 她的声音,她的走动……玛丽,是我!我这就

30

停……我喝醉了……我的头在打转悠……我的上帝！
停住,停住……我简直搞不清楚。(嘶喊)我的女人！

[倒在她的脚边,哭泣。一群人聚在夫妇四周。

玛丽亚　靠后站！(向车夫)代尼斯,让我们走！我说什么
也不能够再在这儿待！

麦芮克　(跃起,盯着她的脸)照片儿！(抓住她的手)就是
她本人！嗐,大家看呀,她就是这位先生的女人！

玛丽亚　坏蛋,走开！(打算抽出她的手)代尼斯,你干什么
站在那儿瞪眼睛？(代尼斯和提洪奔向她,扳住麦芮克
的两臂)这是贼窝子！放开我的手！我不怕！……离
开我！

麦芮克　等等,我会松手的……让我对你讲一句话,也就是
一句……一句,你就明白了……等等……(转向提洪和
代尼斯)滚开,混账,松手！我不讲完话,我不会放你走
的！停住……等一下子。(拿拳头打他的额头)不成,
上帝没有给我才分！我就想不出对你这种人讲什
么好！

玛丽亚　(抽开了手)滚开！醉鬼……我们走罢,代尼斯！

[她打算走出,但是麦芮克关了大门。

麦芮克　你看他一眼,行行好,也就是一眼,一眼也就成了！
要不,对他讲一句短短的好话！也就是一句,为了上帝
的缘故！

玛丽亚　弄走这……傻瓜。

麦芮克　那么,该死的女人,恶魔送你上路！

[他摇起他的斧子。全体骚动。人人跃起,乱嚷

31

嚷,发出恐怖的叫喊。萨瓦站在麦芮克和玛丽亚中间……代尼斯把麦芮克逼到一边,拖走他的主妇。经过这么一闹,大家站直了,全像石头。一阵长久的沉默。包耳曹夫忽然在空中挥动他的手。

包耳曹夫　玛丽亚……你在什么地方,玛丽亚!

纳查罗夫娜　我的上帝,我的上帝! 你们这些杀人犯,简直撕烂了我的魂灵儿! 这一夜,怕死人!

麦芮克　(垂下手,他仍然握着他的斧子)我杀了她,还是没有杀?

提洪　谢谢上帝,你的头牢靠啦! ……

麦芮克　那么,我没有杀她……(蹒跚向他的床位)因为这是一把偷来的斧子,命运没有把我打发到死路上去……(倒下,哭泣)唉! 我呀,唉! 可怜可怜我,信正教的人们!

　　　　　　　　　　　　　　　　——幕落

论烟草有害

一出舞台独白独幕剧

（一九〇二年版）

人　物

伊万·伊万奴维奇·牛兴——一个怕老婆的丈夫,太太主
持一家女子音乐学校和一所寄宿学校。

　　景是一家外省俱乐部的讲台。

牛兴　（绕腮长胡须,上嘴唇剃得干干净净,穿着一件旧得
发光的大礼服,十分尊严地走来,鞠躬,整理他的背心）
太太们,先生们,就这么说吧！（往下理齐胡须）内人建
议,为一个慈善的目的,我应当到这里做一篇通俗的讲
演。好吧,假如我必须演说,我必须——这在我绝对没
有关系。当然,我不是一位教授,也没有得过学位,然
而,可是,近三十年来,不停不息,我简直可以说是有害
于自己的健康等等,我一直在研究完全属于科学的性
质的问题。我是一个用脑筋的人,想想看,有时候我甚
至于写些科学文字;我的意思是,不恰好就是科学,然
而,原谅我这样说,差不多也就在科学范围以内。好比
说吧,前些日子我写了一篇长论文,题目是"若干昆虫
有害论"。我的女孩子们非常喜欢这篇文章,特别是讲
到臭虫的地方;不过读过一遍之后,我就撕掉了。说实
话,你就是写得再好,可是不用波斯粉①,你办不到。甚
至于我们的钢琴都有臭虫……关于我现下所讲的主

35

题,不妨这样说吧,吸食烟草所招致于人类的伤害。我自己吸烟,不过内人吩咐我今天讲讲烟草的害处,所以,不讲也就不成了。烟草,好吧,就算是烟草——这在我绝对没有关系;不过,诸位先生,我建议,你们应当以全副应有的严肃听我现下讲演,不然的话,有什么意外发生,那就不妙了。然而有些位如果怕听干燥的科学讲演,也不在乎那些事,就用不着听,根本可以离席。(整理他的背心)我特别要求出席的做医生的会员们注意,他们从我的讲演可以得到许多有用的资料,因为烟草,不提它有害的效果,也当药用的。所以,举例来看,你假如把一只苍蝇放在一个鼻烟盒里面,它就许因为神经错乱而死。烟草其实是一种植物……每逢我讲演的时候,总爱眨我的右眼睛,不过,你们用不着注意:那完全由于神经紧张的缘故。就一般而言,我是一个神经非常紧张的人;我开始眨我的右眼睛,远在一千八百八十九年,往正确里讲,在九月十三号那一天,就在内人给我们添巴尔巴辣[1],不妨这样说吧,第四个女儿的那一天。我的女儿全生在十三号那一天。虽然,(看表)时间不长,我离题不好太远,我必须顺便声明,内人主持一家音乐学校和一所私立的寄宿学校;我的意思是说,不就完全是一所寄宿学校,可是性质上有些相似。不瞒诸位说,内人动不动就讲经济拮据;可是她在一个平安的角落存了有四五万卢布;至于我自己,我连一个

---

① 波斯粉即臭虫粉。

铜板也没福气有，一个鎚子也没有——不过，算啦，老谈这个又有什么用处？在寄宿学校，我的责任是料理家务。我置备伙食，管理仆役，登记账目，缝好练习簿，清除臭虫，领内人的小狗散步，捉老鼠……昨天晚饭是我拿面粉牛油给厨子，因为我们今天要做糕饼。好，往简单里说，今天糕饼做好了，内人下到厨房讲，她有三个学生扁桃腺肿，没有糕饼吃。这样一来，我们多出了几块糕饼。你们看应当怎么办？内人先吩咐把这些糕饼收到柜橱；可是后来，她想了想，有心事的样子道："你可以吃那几块糕饼，你这纸扎人……"每逢她不高兴的时候，她总像这样骂我："纸扎人"，要不就是"毒蛇"，要不就是"魔鬼"。你们看得出我是个什么样的魔鬼。她一来就不高兴。可是我没有细嚼糕饼，我一口囫囵咽下去，因为我一来就饿。昨天，举例来看，她就不给我饭吃。她讲："喂你呀，没有那个必要，你活活儿一个纸扎人……"无论如何，（看表）我离题远了，我有点儿话不对头。让我们接着讲下去。虽说，当然喽，你们现下也许爱听一段儿小故事，或者大段儿合奏，或者什么小调儿……（唱）"战火虽炽足不移……"我不记得这是哪儿来的了……再说，我忘记告诉你们，在内人的音乐学校，不算料理事务，我的责任还包括有教数学、物理、化学、地理、历史、声音、文学，等等。关于舞蹈、歌唱和绘画，内人另加一笔费，虽说我就是舞蹈和歌唱的先生。我们的音乐学校就在五狗巷，门牌十三号。这也许就是为什么我的生活是这样不幸，由于住在一所门牌十三号的房子的缘故。再说,我的女孩子们生在十三号那一天,我们的房子有十三个窗户……不过,算啦,老谈这个有什么好处?内人任何时间在家里会见事务上的来客,学校一览这里门房就有,六毛钱一本。(从衣袋取出几本)假如诸位欢喜,本人可以奉让几本。每本六毛钱!有谁要买一本吗?(稍缓)没有人?好吧,四毛钱一本。(稍缓)真够叫人厌烦的!是呀,房子是十三号。我样样事失败;我变老了,笨了。现在,我在讲演,看外表,我挺高兴的样子,可是我倒真想扯破了嗓子嚷嚷,要不然呀,跑到天涯海角也好……就没有一个人我好诉苦,我简直想哭……诸位也许说,你有你的女孩子们……可是女孩子们又算个什么呀?我讲给她们听,她们只是笑……内人有七个女儿……不对,对不住,我相信只有六个……(活泼地)不错,是七个!老大,安娜,二十七岁,老小儿,十七岁。先生们!(向四围看)我是一个可怜虫,我变成了一个傻瓜,一个无足轻重的东西,不过,话说回来,站在诸位眼前的是最幸福的父亲。说到临了,应当是这样子,我也不敢说不。可是,诸位只要知道也就好了!我和内人在一起过了三十三年,我可以说,是我一生最好的岁月;我的意思不就说最好,只是就一般而言。一句话,过去了,就像快乐的一瞬;不过,严格地讲,滚他妈的蛋。(向四围看)我想,可不,她还没有来;她不在这儿,所以,我还可以说说我喜欢说的话……我极其害怕……我害怕她盯着我看。好,我方才讲的,我的女孩子们嫁不出去，也许因为她们怕羞，也许因为男人们永远没有一个机会看到她们，内人不肯开茶会，也从来不请客吃饭，她是一位顶峣刻，脾气坏，好吵嘴的太太，所以没有人到家里来，不过……我可以悄悄儿告诉你们（来到脚灯前面）……内人的女孩子们可以在大宴会的日子看到，在她们的姨妈家里，娜塔丽·赛明劳芙娜，就是那位害风湿症的太太，总穿着一件黑点儿黄袍子，好像爬满了一身黑甲虫。那儿有好饭吃。假如内人凑巧不在那儿，那你们还可以……（抬起臂）我必须声明，我有一杯酒就醉，由于这个缘故，我觉得非常幸福，同时也非常忧愁，我就没有法子向诸位形容。于是我想起我的青春，一心巴着跑开，往远里跑……噢，只要诸位知道我多巴着往远里跑也就好了！（兴奋）跑开，样样丢在后头，看也不朝后看一眼……到哪儿去？随便哪儿都成……只要我能够远远离开这愚蠢，卑鄙，廉价的生活，把我变成一个可怜的老傻瓜，一个可怜的老白痴的生活就成；远远离开这愚蠢，琐碎，坏脾气，可憎，恶毒的吝啬鬼，折磨了我三十三年的太太就成；远远离开音乐，离开厨房，离开内人的银钱事项，离开一切细微和凡庸……远远离开，然后，在什么地方停住，在田里，静静地站着像一棵树，像一根柱子，像一家园子的纸扎人，在光天化日之下，一整夜望着头上亮晶晶的静静的月亮，忘记，忘记……噢，我多巴着什么也不记在心里！……我多巴着脱掉这件三十三年前结婚时候穿的破烂旧礼服……（脱掉大礼服）为了慈善的目的，我总穿着这件礼服讲演……看我踏不烂你！（踩着礼服）看我踏不烂你！我穷，我老，我一副可怜相，就像这件背心，背后补了又补破破烂烂，高低不平……（露出他的背）我什么也不需要！我比这个还好，还干净；我从前也年轻过，我在大学读过书，我做过梦，把自己当做一个男子汉……我现在什么也不需要！就是需要休息……休息！（向后看，急忙穿好大礼服）内人在讲台后头……她来了，在那儿等我……（看表）时间到了……假如她问起诸位的话，我求求诸位，告诉她讲演的人是……那个纸扎人，我的意思是说我自己，举止挺尊严。（看向一旁，咳嗽）她往这方向看……（提高声音）根据前提，烟草含有一种可怕的毒药，方才我已经讲过，吸烟在任何情形之下是不应该的，同时我斗胆希望，就这么说吧，我的讲演"论烟草有害"对于诸位有若干用处。我讲完了。Dixi et animam levavi!①

〔鞠躬，尊严地走开。

——幕落

---

① 拉丁文，意思是："我讲完了，心为之一松！"

天鹅之歌 *

人　物

瓦希里·瓦华里叶奇·史威特洛维多夫——一位喜剧演
　　员，六十八岁。
尼基塔·伊万尼奇——一位提示，一位老年人。

　　　景是乡间剧院的舞台，夜晚，散戏以后。右手
　　是一排粗糙没有上漆的门，通到化装室。左手和
　　后方，舞台上堆满了种种乱七八糟的东西。舞台
　　中央有一张翻转的凳子。

史威特洛维多夫　（穿着 Kalkhas 的衣服，拿着一支蜡烛，
　　走出化装室，笑）好呀，好呀，这才滑稽哪！这个玩笑开
　　大发啦！戏完的时候，我在我的化装室睡着了，个个儿都
　　离开戏园子了，我还安安静静地在里头打呼儿。嘻！我
　　是一个傻老头子，一个可怜的老糊涂！我又喝酒来的，所
　　以才在那儿，坐着坐着就睡着了。这手儿可真漂亮！老
　　孩子，有你的！（呼唤）叶高耳喀！彼特鲁希喀！家伙哪
　　儿去啦？彼特鲁希喀！混账东西一定睡了，现在就是地
　　震也别想他们醒得过来！叶高耳喀！（拾起凳子，坐下，
　　蜡烛放在地板上）没有一点点声音！只有回声答应我。
　　今天我给叶高耳喀和彼特鲁希喀每人一份儿赏钱，现在
　　他们倒连个后影儿也不见了。两个坏小子全走了，说不

43

定把戏园子锁了哪。(向四外转他的头)我喝醉了!噢!
今天晚饭是为我演的义务戏,为了这千载难逢的机会,我
往喉咙里头灌了许多啤酒,许多酒,现在一想,真还肉麻!
老天爷!我的浑身发烫,我觉得我嘴里好像有二十条舌
头。真可怕!简直发痴!这可怜的老荒唐又喝醉了,简
直就不知道他在庆祝什么!噢!我的头在裂,我浑身在
打哆嗦,我觉得又黑又冷,就像待在一座地窖里面!就算
我不在乎自己的身体,我起码也应当记住自己的年纪才
是,我真是一个老白痴!是呀,活到我这把子年纪!简直
没用!我有本事扮丑角儿,吹牛,装年轻,可是我的生命
呀,如今真是完了。我也好跟我的六十八岁告别了!永
远看不见它们了!我把瓶子喝干了,瓶底儿也就是一些
渣子了,除去渣子什么也没有了。是呀,是呀,瓦希里,老
孩子,就是这个话。现在是你排练一个木乃伊那样角色
的时候了,喜欢也好,不喜欢也好,你得演。死在朝你走
哪。(朝前凝视)说起来,可也真怪,我在台子上混了四十
五年,这还是头一回看到一个熄了灯的黑夜的戏园子。
头一回。(走向脚灯)多黑呀!我什么也看不见!噢!是
呀,我也就是影影绰绰看见提示人的小地方,和他的桌
子;此外是漆黑一片,一个无底的黑的正厅,像一座坟,死
也许就藏在那里头……家伙……多冷呀!风在空园子
吹,就像打一个石头烟筒吹出来。什么样一个鬼地方!
我的背从上到下打冷战。(呼唤)叶高耳喀!彼特鲁希
喀!你俩在哪儿?我怎么会想到这些可怕的东西上头?
我喝不得酒;岁数大了,我没有多少日子好活了。活到六

十八岁,人也就是走走教堂,准备死了,可是我在这儿——天! 一个渎神的老醉鬼,穿着这丑角儿衣服——我就没有脸子叫人看。我得马上把它换下来⋯⋯这地方太怕人,我在这儿待一整夜,吓也吓死了。(*走向他的化装室,同时尼基塔·伊万尼奇穿着一件白长上衣,从舞台最远端梢的化装室走出。史威特洛维多夫看见伊万尼奇——吓得直叫,往后退*)你是谁? 什么? 你要什么? (*跺脚*)你是谁?

伊万尼奇　先生,是我。

史威特洛维多夫　你是谁?

伊万尼奇　(*慢慢向他走来*)先生,是我,提示的,尼基塔·伊万尼奇。是我,师傅,是我!

史威特洛维多夫　(*软软地倒在凳子上,呼吸粗重,强烈颤嗦*)天! 你是谁? 是你⋯⋯你尼基陶希喀? 什么⋯⋯你在这儿干什么?

伊万尼奇　我在化装室过夜。先生,求您千万别讲给阿历克塞·佛米奇知道。我没有别的地方去过夜;真的,我没有。

史威特洛维多夫　啊! 是你,尼基陶希喀,是吗? 想想看,观众叫我出去,叫了十六次之多;他们又送了我三只花冠,还有好些别的东西;他们全热狂得不得了,可是等到事完了,就没有一个人来叫醒可怜的醉老头子,把他送回家去。尼基陶希喀,可我是上了年纪的人呀! 我六十八岁了,还直闹病。我没有心再干下去了。(*抱住伊万尼奇的颈项,哭*)尼基陶希喀,别走开;我老了,没

45

用了,我觉得该是我死的时候了。噢,真可怕,可怕!

伊万尼奇 (温柔地,尊敬地)亲爱的师傅! 该是你回家的时候了,先生!

史威特洛维多夫 我不要回家;我没有家——没有! 没有! ——没有!

伊万尼奇 噢,亲爱的! 你忘记你住在什么地方了吗?

史威特洛维多夫 我不要去那儿。我不要! 我在这儿就是一个人。尼基陶希喀,我没有亲人! 没有太太——没有儿女。我像在寂寞的田野吹过去的风。我死了,没有一个人记得我。孤单单一个人是可怕的——没有一个人鼓舞我,没有一个人忠心我,喝醉了酒也没有一个人扶我上床。我是谁的? 谁需要我? 谁爱我? 尼基陶希喀,没有一个人。

伊万尼奇 (哭)师傅,你的观众爱你。

史威特洛维多夫 我的观众回家去了。他们全睡了,忘记他们的老丑儿了。不,没有人需要我,没有人爱我;我没有太太,没有儿女。

伊万尼奇 噢,亲爱的,噢,亲爱的! 别为这个不开心。

史威特洛维多夫 不过我是一个人,我还活着。我的血管响着热的红血,高贵的祖先的血。尼基陶希喀,我是一个贵族;在我跌到这样低的地位以前,我在军队,在炮队服务,当时我是一个什么样翩翩美少年! 漂亮,勇敢,热诚! 全到哪儿去了? 那些老日子都变成了什么? 就是那座正厅,把它们全吞下去了! 我现在全记起来了。我有四十五年活活儿在这儿埋掉,尼基陶希喀,什么样一种生活!

46

我清清楚楚看见它，就像看见你的脸：青春的酪酊，信仰，热情，女人们的爱情……女人们，尼基陶希喀！

伊万尼奇　先生，是你去睡的时候了。

史威特洛维多夫　我第一次上台子的时候，正当热情的美好年月，我记得有一个女人爱我的演技。她又美又年轻，像白杨树那样优雅，天真，纯洁，像夏天的黎明那样照耀。她的微笑能够化除最黑的夜晚。我记得，我有一回站在她前头，就像我现在站在你前头。我觉得她从来没有像这时候那样美丽，她拿她的眼睛跟我谈话，那样美丽——那种眼神！我永远不会忘记，就是到了坟里也忘记不掉，那样温存，那样柔和，那样深沉，那样明亮和年轻！我丢魂了，我沉醉了，我跪在她前头，我求她把幸福给我，她讲："扔掉戏台子!"扔掉戏台子！你明白吗？她可以爱一个戏子，可是嫁给他——永远不成，我记得，我那天在演……我演一个愚蠢丑角儿，就在我演的时候，我觉得我的眼睛睁开了；我看见我所视为神明的艺术的崇拜，是一种幻象，一个空洞的梦；我是一个奴才，一个傻子，生人们的懒惰的玩具。我终于了解我的观众了，从那天起，我不相信他们的喝彩声，他们的花冠或者他们的热衷。是呀，尼基陶希喀！别人夸赞我，买我的相片，不过我对他们是一个生人。他们不认识我，我就像他们脚底下的烂泥。他们喜欢和我相会……可是让一个女儿或者一个妹妹嫁给我，一个不入流的人，永远不成！我不相信他们，（倒向凳子上）不相信他们。

伊万尼奇　噢，先生！你的脸色才叫苍白怕人！你把我吓死了! 好,回家去吧,可怜可怜我吧!

史威特洛维多夫　那天我全看穿了,这点子智识是花了大价钱买下来的。尼基陶希喀! 这以后……那女孩子……好,我就开始漂泊,没有目的,一天一天混下去,不朝前看。我演小丑儿,低级喜剧人物,听凭我的精神破产也不管。啊! 可是我从前也是一位大艺术家,其后我一点一点扔掉我的才分,专演那花花绿绿的丑角儿,丢掉我的脸相,丢掉表现自己的能力,最后变成一个丑儿,不成其为一个人了。那个大而黑的正厅活活把我吞了。我从前一直没有察觉到,可是今天晚饭,我一醒过来,朝后一看,后头有六十八年,我这才懂得什么叫做年老! 全完了……(呜咽)全完了。

伊万尼奇　好啦,好啦,亲爱的师傅! 放安静……老天爷! (呼唤)彼特鲁希喀! 叶高耳喀!

史威特洛维多夫　可是,我是一个什么样的天才! 你想象不出我有什么样的能力,什么样的口才;我有多优雅,有多温存;有多少根弦(打着他的胸膛)在这胸膛里面颤嗦! 我想到这上头就出不来气! 你现在听,等一下,让我换一口气,好啦,现在听这个:

> 伊万在天之灵把我认做他的儿子,
> 给我起了一个名字其米特里,
> 为我激起人民的义愤,
> 指定波里斯来做我的牺牲。
> 我是太子。够啦! 我冲一个

骄傲的波斯女人低头就是羞侮。①

坏吗,嗯?(很快)现在,等一等,这儿是一段李尔王。天是黑的,看见没有?雨在下,雷在吼,电——咝,咝,咝——掰开整个的天。好,听:

刮吧风,炸开你的腮帮子!发怒!刮吧!
往下倒呀,瀑布与飓风,你们
就索性泡掉我们的教堂,淹掉风鸡!
你硫磺一样的火,思想一样快,
劈开橡树的雷电的前驱,
烧干我的白头!还有你,雷,
震撼一切,把鼓肚皮的世界打平!
炸开自然的模型,立刻把那制造
忘恩负义的人的精虫全部流光!

(焦急)现在,轮到傻子了。(跺脚)来演傻子的角色!快呀,我等不及了!

伊万尼奇　(饰傻子)

噢,老伯伯,在干房子领圣水比在门外头淋雨水好多了。好老伯伯,进去吧;求您的女儿们赐赐福吧;这个大夜晚呀,不心疼聪明人,也不心疼傻瓜。

---

① 普希金的史剧《包芮斯·戈都诺夫》(Boris Godunov)之《夜》。

史威特洛维多夫

> 你就轰轰隆隆响个痛快吧！喷呀火！
> 倒呀雨！雨，风，雷，火，统不是我的女儿。
> 我不怪你们大自然翻脸无情；
> 我从来没有给你们国土，叫你们儿女。[①]

啊！这才是力量，这才是才分！我是一位大艺术家！现在，好啦，这儿还有点儿东西，属于同类，把我的青春还给我。譬方说吧，念念这一段《哈姆雷特》，我开始……让我看，是怎么样来的？噢，是了，这就是。（饰哈姆雷特）

噢，风笛！给我一管看。你们这边来，——你们为什么直想兜着我转，像要把我赶进陷阱？

伊万尼奇

噢，殿下，假如我的忠心太过分，是因为我的爱太欠礼貌。

史威特洛维多夫

我不大明白你的意思。你吹吹这笛子怎么样？

伊万尼奇

殿下，我不会。

---

① 《李尔王》第三幕第二景。

史威特洛维多夫

求你了。

伊万尼奇

相信我,我真不会。

史威特洛维多夫

我真求求你。

伊万尼奇

殿下,我是一窍不通。

史威特洛维多夫

这跟撒谎一样容易:拿你的手指和大拇指按住这些洞眼,拿你的嘴往里吹气,就会发出最动听的音乐。你看,这些是调音器。

伊万尼奇

可是我不能够叫它们发出谐和的音响:我没有这份儿本领。

史威特洛维多夫

好啊,可你看,你把我看成一个什么样不值钱的东西!你倒会作弄我;你倒像知道我的调音器;你倒想挖出我的神秘的心;你倒要从我的最低的音调试到最高;可是在这小玩艺儿里面,有的是音乐,你不能够叫它开腔。家伙,你真以为我比一管笛还容易作弄吗?随你叫我什么乐器,由你摸呀按的,你作弄不了我。①

（笑,拍手）好! 再来一遍! 好! 家伙,什么地方看得出年纪老来? 我不老,全是胡说八道,有一大股子力量冲过我;这是生命,新鲜,青春! 老年和天才不能活在一起的。尼基陶希喀,你好像惊到说不出话来了。等一分钟,让我定定心看。噢! 老天爷! 好啦,听! 你可曾听过这种柔情,这种音乐? 嘘! 轻轻的:

月亮下去了。没有一点点亮,
除非是天外一群寂寞的守望,
苍白的星星;还有萤火虫,一时
照亮酸酸的夹竹桃在红红的山谷,
小小的闪烁明了又灭,
仿佛热情的含羞的希望。

（传来开门的响声）什么响?

伊万尼奇　彼特鲁希喀和叶高耳喀回来了。是的,你有天才,天才,我的师傅。

史威特洛维多夫　（呼唤,转向响声）孩子们,这边儿来! （向伊万尼奇）让我们去换好衣服。我不老! 全是瞎扯,胡说八道! （快快活活地笑）你哭做什么? 可怜的老爸爸,你,到底怎的啦? 这不像话! 好啦,好啦,这

---

① 《哈姆雷特》第三幕第二景。[编按:哈姆雷特原译"汉穆莱提",现改通译。]

简直不像话！来，来，老头子，别死瞪眼睛！什么让你这样儿瞪眼睛？好啦，好啦！（流着眼泪，拥抱他）别哭啦！有艺术跟天才的地方，就决不会有什么老年，寂寞，生病那类事的……就是死本身也是一半……（哭）不，不，尼基陶希喀！现在我们全算完了！我算哪一类天才呀？我倒像一只挤干了的柠檬，一只裂口的瓶子，你呀——你是戏园子的老耗子……一个提示！走吧！（他们走）我不是天才，我顶多也就是做做福丁勃拉斯①的跟随，就是这个，我也太老了……是呀……尼基陶希喀，你记得《奥赛罗》里面那几句话吗？

> 永别了心平气静；永别了知足！
> 永别了激发野心的大战
> 和戴羽盔的队伍！噢，永别了！
> 永别了长嘶的骏马，锐利的号角，
> 激励的鼙鼓，刺耳的横笛，
> 庄严的旗帜，和所有的特征，
> 光荣的战争的骄傲，夸耀和仪式！②

伊万尼奇 噢！你是一位天才，一位天才！
史威特洛维多夫 再听听这个：

---

① 福丁勃拉斯：《哈姆雷特》剧中的次要人物，挪威王子。原译"佛亨布辣斯"，现改通译。——编注
② 《奥赛罗》第三幕第三景。

53

走开！旷野在月光下面发黑，

快云喝去黄昏最后一线白光：

走开！风这就要聚在一起喊去黑暗，

深深的子夜裹住晴天的亮光。

［他们一同走出，幕慢慢下落。

                                             ——幕落

熊 *

人　物

叶兰娜·伊万诺夫娜·波波娃——一位有地产的小寡妇，
　　脸上有酒涡。

格利高里·史杰潘诺维奇·史米耳诺夫——一位中年
　　地主。

鲁喀——波波娃的老马夫。

　　　　景：
　　　　波波娃家里一间客厅。
　　　　波波娃一身丧服，眼睛盯着一张照片。鲁喀
　　对她发议论。

鲁喀　太太，这不成……你简直是在毁自己。丫头跟厨子
　　拣果子去了，活着的人个个在享福，就是猫也明白怎么
　　样寻开心，在院子走来走去捉小蚊子玩儿；只有你一个
　　人整天坐在这屋子，好像这是一座道院，一点儿玩儿乐
　　的兴子也没有。是呀，真的！我看足有一年了，你就没
　　有离开这所房子！

波波娃　我说什么也不出去……为什么我要出去？我这一
　　辈子已经活到头儿了。他在坟里头，我把自己埋在四
　　堵墙当中……我们两个人全死了。

鲁喀　得啦，看你把话说的！尼古拉·米哈伊洛维奇死了，

57

好,那是上帝的意思,愿他的灵魂得到和平……你为他守丧——也是对的。不过你不能够哭呀守丧的闹一辈子。我的老婆子也死了,时候到了么。怎么样?我伤心,我哭了一个月,对她也就够了,可是我要是死心眼儿哭上一辈子的话,嘻,老婆子不配。(叹息)你忘了你的四邻。你什么地方也不去,什么人也不看。好比这么说吧,我们活着像蜘蛛,从来看不见亮儿。老鼠啃了我的号衣。也不是附近没有好人家,这一区有的是。里布诺夫驻扎了一团兵,军官才叫帅——你看他们呀就看不够。每星期五,营盘开一回跳舞会,军乐队每天吹打一回……哎,太太!你么年轻,俊俏,脸蛋儿红润润的——你只要肯出来玩玩儿就好了。你知道,花无百日红。过上十年,你想要到军官里头做母孔雀了,那就太晚了,人家正眼看也不看你。

波波娃 (决然)我请你啦,别再跟我讲这种话!你知道,尼古拉·米哈伊洛维奇死的时候,人生对于我丢掉一切意义。我发誓,到我死的那一天止,不脱我的丧服,也不看看亮光儿……你听见了没有?让他的阴魂儿看看我多么爱他……是的,我知道你清楚他待我常常不公道,残忍,还……简直还不忠心,可是我呀忠心到死,让他看看我呀和我在他死前一样……

鲁喀 你还是别讲下去吧,你应当到花园散散步,要不然呀,吩咐套上陶毕或者大块头,坐了车看看哪一位邻居去。

波波娃 噢!

　　　　　〔哭了。

鲁喀　太太！好太太！你怎么啦？上天保佑你！

波波娃　他那样喜欢陶毕！他常常骑着他去考耳沙金司和
　　　　夫拉扫夫司。他骑得真叫好！他使劲儿抖着缰绳，脸
　　　　上的神情才叫美！你记得吗？陶毕，陶毕，吩咐他们多
　　　　给它一份儿荞麦吃。

鲁喀　是，太太。

　　　　　〔铃声乱响。

波波娃　(震动)那是谁？告诉他们我不见人。

鲁喀　是，太太。

　　　　　〔下。

波波娃　(看着照片)你看，尼古拉斯，我多能够爱，多能够
　　　　饶恕……我的爱要是死呀，除非这可怜的心停住不跳，
　　　　和我一道儿死。(带着眼泪笑)你就不害臊？我是一个
　　　　守节的小贤妻。我把自己关了起来，对你一直忠心，直
　　　　到进了坟，你……你这坏孩子，你就不害臊？你骗我，
　　　　跟我吵闹，一连好些星期丢下我一个人不管……

　　　　　〔鲁喀慌慌张张上。

鲁喀　太太，有人问起你。他看见你……

波波娃　可是你没有告诉他，自从我丈夫去世以来，我就不
　　　　见客了吗？

鲁喀　我告诉他了，不过他简直不听；讲他有很着急的事。

波波娃　我不见——客！

鲁喀　我这样对他讲，不过……恶魔……诅咒，推他进来
　　　　了……他如今在饭厅。

波波娃 （厌烦）很好，叫他进来……什么样儿礼貌！（鲁喀下）这些人多惹我烦！他要见我做什么？他干吗要搅乱我的和平？（叹息）是的，我看我最后还非进道院不可。（思索）是的，进道院……

　　［鲁喀带史米耳诺夫上。

史米耳诺夫 （向鲁喀）蠢东西，你太喜欢讲话了……驴！（看见波波娃，恭恭敬敬说话）太太，我有光荣晋见，我叫格利高里·史杰潘诺维奇·史米耳诺夫，地主，退役的炮兵中尉！我有很着急的事，不得不打搅你。

波波娃 （不把手给他）你有什么事？

史米耳诺夫 你过世的丈夫，我有光荣认识，临死欠我一千两百卢布，写了两张期票。我因为明天必须还清一件抵押品的利息，我来请你，太太，今天把欠我的钱还清。

波波娃 一千两百……我丈夫做什么欠下你的？

史米耳诺夫 他常常向我买荞麦。

波波娃 （叹息，向鲁喀）你别忘记，鲁喀，多给陶毕一份儿荞麦。（鲁喀下）尼古拉·米哈伊诺维奇临死欠下你钱，我当然还你，不过你今天必须原谅我，我手里没有多余的现钱。后天我的管家就从城里回来了，我吩咐他把你的账结清了，不过眼下我没有办法照你的话做……再说，自从我丈夫去世以来，今天正好七个月，我的心境绝对不许我过问银钱事务。

史米耳诺夫 可是我的心境是呀，明天我不还掉到期的利息，我就必须漂漂亮亮离开人生，两脚朝前。我的房产就成人家的了！

60

波波娃 你后天会有钱的。

史米耳诺夫 我不要后天有钱，我要今天。

波波娃 你必须原谅我，我办不到。

史米耳诺夫 可是我没有办法等到后天。

波波娃 可我明明现在没有钱，我有什么办法！

史米耳诺夫 你是说，你不能够还我的钱？

波波娃 我不能够。

史米耳诺夫 哼！这是你想得到的最后的话？

波波娃 是的，最后的话。

史米耳诺夫 最后的话？绝对的最后？

波波娃 绝对。

史米耳诺夫 多谢之至。我要拿笔记下来。（耸肩）大家叫我安静着！我路上碰见一个人，他问我："格利高里·史杰潘诺维奇，你为什么常常那样生气？"可是我怎么能够不生气？我要钱要得要死。我昨天跑了一天，一大清早儿，拜访所有我的债户，没有一个人还账！搞了这一天，人都发僵了，老天爷晓得我睡在什么破小店，犹太人开的，伏特加桶就在我的头旁边。临了我赶到这儿，离家有七十维耳司特，希望弄点儿钱回去，可是你接见我，有一种"心境"！我怎么能够不生气。

波波娃 我想我清清楚楚说过，我的管家从城里回来就还你的账。

史米耳诺夫 我来看你，不是看你的管家！我跟你的管家，原谅我这样讲，有什么屁事商量！

波波娃 先生，原谅我，我没有习惯听这种粗话，或者，这种

61

腔调。我不要再听了。

　　　　［急下。

史米耳诺夫　　好啊,家伙!"心境"……丈夫"七个月以前死掉"! 我该还利息,还是不该还? 我问你: 我该不该还? 假定你丈夫死了,你有一种心境,那类鬼把戏……你的管家去了别的地方,鬼跟着他,你要我怎么办? 你以为我能够躲开我的债主,驾气球飞掉,还是怎么怎么吗? 还是你巴着我拿脑袋壳儿撞砖墙? 我去看格路斯代夫,不在家。雅罗谢维奇躲起来了,我跟库里秦大吵了一场,几乎把他丢到窗户外头,马醋高的肚子出了毛病,这女人有"心境"。没有一头猪肯还我钱! 这因为我待他们太温和,因为我是他们手里一块破布,一块软蜡! 我跟他们真是太温和了! 好吧,等着我! 倒要你看看我像个什么! 家伙,我不会叫你兜着我耍弄的! 她不给钱,我就在她这儿住下去! 妈的! ……我今天真生气了,气大发了! 我气得心呀肝的全在打哆嗦,气都出不来了……夫①,家伙,我简直觉得我生病了! (喊叫)来人!

　　　　［鲁喀上。

鲁喀　什么事?

史米耳诺夫　给我点儿刻瓦司②,要不就水也成! (鲁喀下)讲理有这样讲法儿的! 人家等着要自己的钱,急得要

----

① 　"夫"与后文的"噢夫"皆为叹词。——编注
② 　刻瓦司:俄国的一种饮料,以面包发酵而成。——编注

命,她不肯给,因为,你看,她不适于过问银钱事务!……那真是愚蠢的女性的逻辑。所以我过去从来不喜欢,现在也不喜欢,跟女人谈话。我宁可坐在一桶火药上头,也不跟一个女人谈话。家伙!……我简直觉得自己发冷——全为了那个小媳妇儿!我呀,一生气,就是离得远远的,看见这样一个有诗意的小玩艺儿,也会出一身冷汗的。我就没有法子看她们一眼。

　　〔鲁喀捧水上。

鲁喀　太太有病,不见客人。

史米耳诺夫　滚开!(鲁喀下)有病,不见客人!好,就这么着吧,你不见我……我在这儿待下去,一直坐到你拿钱给我才走。你高贵,你可以病一个星期,我呀,我在这儿待一个星期……你病一年——我呀,我待一年。亲爱的,我有本事把我的弄到手!你呀,你那守寡的衣服,你那酒涡儿,赚不了我去!我晓得那些酒涡儿!(隔着窗户喊)西孚,卸牲口!我们不马上就走!我在这儿待下去了!告诉他们槽头上给马吃荞麦!蠢东西,你又把左边的马腿搞到缰绳里了!(挑逗)"没有关系……"我会给你的。"没有关系。"(离开窗户)噢,糟透了……烧发得厉害,没有人还钱。睡不好,这都不算,这儿还有一个穿丧服的小媳妇儿,有一种"心境"……我的头疼……我喝点儿伏特加,什么的?是的,我想我应该喝。(喊叫)来人!

　　〔鲁喀上。

鲁喀　什么事?

史米耳诺夫　一杯伏特加!(鲁喀下)噢夫!(坐下,检查自己)

63

我这样子可真叫好啦! 一身土,脏靴子,脸不洗,头不梳,背心上全是草……这位亲爱的太太满可以把我当做一个强盗。(呵欠)这样打扮来到一家客厅,的确没有礼貌,不过,没有办法避免……我到这儿来不是做客人,是讨债来的,向来就没有专为债主设计的衣服……

　　〔鲁喀捧伏特加上。

鲁喀　先生,你可真不客气……

史米耳诺夫　(生气)什么?

鲁喀　……我……哎……没有什么……我真……

史米耳诺夫　你对谁讲话? 闭嘴!

鲁喀　(旁白)恶魔守住这儿不走了……坏运气带了他来……

　　　　〔下。

史米耳诺夫　噢,我真叫生气! 气到我想我能够把全世界磨成灰……我简直觉得病了……(喊叫)来人!

　　　　〔波波娃上。

波波娃　(眼睛向下)先生,我过着孤寂的生活,听不惯男性的声音,受不了人家嚷嚷。我必须请你不要搅扰我的和平。

史米耳诺夫　给我钱,我就走。

波波娃　我老早全对你讲清楚了,我没有一点多余的钱,等到后天就成了。

史米耳诺夫　我老早全对你讲清楚了,我后天不需要钱,单单今天需要。你要是今天不还我钱,我明天就得上吊。

波波娃　可我没有钱你叫我怎么办? 你也真怪!

64

史米耳诺夫　那你现在不给我钱？哎？

波波娃　我没有……

史米耳诺夫　既然这样，我在这儿待下了，一直等到我把钱讨到手。（坐下）你后天给我钱？好极了！我在这儿一直待到后天。我就一整天在这儿坐着……（跳起）我问你，我明天该付不该付利息？还是你以为我这样做是寻开心？

波波娃　请你别嚷嚷！这不是马房！

史米耳诺夫　我不是在问你马房，我是在问我明天该不该付利息？

波波娃　你就不懂得当着女人应当怎么样做！

史米耳诺夫　不对，我懂得当着女人应当怎么样做！

波波娃　不对，你不懂！你是一个没有受过好教育的粗人！有规矩的人不像这样同一个女人谈话的！

史米耳诺夫　什么样儿生意！你要我怎么样同你谈话？说法文，还是别的？（脾气发作，嗳嚅而道）Madame, je vous prie……①你不给我钱，我快活极了……啊，对不住。我吵扰你了！今天天气这样好！你穿着丧服真好看！

　　〔鞠躬。

波波娃　你这叫蠢，粗。

史米耳诺夫　（激她）蠢，粗！我不懂得当着女人应当怎么样做！太太，我往常看见的女人比你看见的麻雀还要

———————————————

① 法文，意思是："夫人，我请你……"

65

多！我有三回为女人决斗。我拒绝了十二个女人,九个女人拒绝我!是呀!从前有一个时候,我做傻瓜,抹香水,说甜话,戴珠钻,鞠躬也有样式……我时时恋爱,痛苦,冲月亮叹气,人乖戾了,融解了,冻僵了……我时时恋爱,热情地,发狂地,鬼迷了心,花样十足;我时时叽里呱啦讲解放,像一只喜鹊,一半家产让感伤糟踏掉,可是现在——你必须原谅我!你现在要我再那样子呀,你叫做梦!我尝够了!黑眼睛,多情的眼睛,红嘴唇儿,脸有酒涡儿,月亮,细声,细气——太太,全加在一起,别想我出一个制钱儿!眼前的人永远不算,女人不分大小,全不诚恳,欺骗,背后说坏话,妒忌,好虚荣,琐碎,心狠,不讲理,从里到外爱撒谎,就这来讲,(打他的额头)原谅我的直爽,一个怕老婆的哲学家,随你举一个好了,单一只麻雀也好干他十回!你看一眼这有诗意的小玩艺儿:一身洋纱,一位天仙,你魂销魄散,看进她的灵魂——看见了一条平常的鳄鱼!(他抓住一只椅背;椅子响,裂了)可是顶恶心的还是这条鳄鱼,想歪了心,以为它的"杰作",它的特权和专制,是它的柔情。家伙,你愿意的话,你可以把我倒挂在那钉子上头,可是你什么时候遇见过一个女人,除掉小狗狗以外,还能够爱别人的?她恋爱的时候,除掉流鼻涕,流口水以外,还能做得出什么来?就在一个男人难受,一趟一趟牺牲自己的时候,她的全份儿爱情表现在耍弄她的围巾,计算怎么样更牢牢实实钓住他的鼻子。你不幸是一个女人,你自己叫你知道女人的性格是什么。

告诉我老实话,你可曾见过一个女人诚恳,忠心,有长性的? 你没有! 水性杨花,也就是老太婆忠心,有长性! 你遇得见一只有犄角的猫,一只白山鹬,也看不到一个有长性的女人!

波波娃　那么,依你说,谁在爱情上忠心,有长性? 是男人吗?

史米耳诺夫　对啦,是男人!

波波娃　男人!(苦笑)男人在爱情上忠心,有长性! 亏你想得出!(激昂)你有什么权力讲这种话? 男人忠心,有长性! 我们现在谈到这上头,我也不妨告诉你,在过去跟现在我认识的男人当中,最好的男人是我丈夫……我热情地爱他,用我全个儿存在,也就是一个有思想的年轻女人能够这样爱,我呀,我把我的青春,我的幸福,我的生命,我的财产全给了他,我活在他的身体里,我膜拜他,就像自己是一个信邪教的,可是……可是怎么样? 这位最好的男人寡廉鲜耻,走一步骗我一步! 他死了以后,我从他的书桌找到一整抽屉的情书,他活着的时候——我想起来就难受! ——他时时离开我,一回就好几个星期,跟别的女人恋爱,当着我的眼睛出卖我;他糟蹋我的钱,拿我的感情开玩笑……可是,再比这坏,我爱他,对他忠心……不但是这个,现在他死了,我依然对他的记忆忠心,有长性。我永远把自己关在这四堵墙里头,守服一直守到末一天……

史米耳诺夫　(蔑视地笑)守服! ……我不明白,你把我当做什么? 好像我不知道你为什么穿黑袍子,把自己埋在这四堵墙当中,我说了吧,我懂! 这是那样神秘,那

67

样富有诗意！有什么贵公子或者什么诗人走过你的窗户，他要想了："这儿活着神秘的塔玛辣①，为了爱她丈夫把自己埋在四堵墙当中。"我们懂得这些把戏！

波波娃 （爆发）什么？你怎么敢对我讲这些话？

史米耳诺夫 你把自己活埋了，可是你没有忘记往你脸上扑粉！

波波娃 你怎么敢那样对我讲话？

史米耳诺夫 别嚷嚷成不成，我不是你的管家！你必须允许我用原来名字叫原来东西。我不是一个女人，我想的话呀，我照直说惯了！你也别嚷嚷！

波波娃 嚷嚷的是你，不是我！请你离开我！

史米耳诺夫 给我钱，我就走。

波波娃 我才没有钱给你！

史米耳诺夫 噢，不成，你得给。

波波娃 我气你，偏偏一个制钱也不给。你离开我！

史米耳诺夫 我没有那种快乐做你丈夫，或者做你未婚夫，所以，请你别吵。（坐下）我不喜欢。

波波娃 （气噎住了）怎么，你坐下来啦？

史米耳诺夫 坐下来啦。

波波娃 我要你走！

史米耳诺夫 拿我的钱给我……（旁白）噢，我气死了！我气死了！

波波娃 我不要跟不要脸的流氓讲话！滚出去！（稍缓）你

---

① 俄国诗人莱蒙托夫作品《恶魔》中的女主人公。——编注

不走？真不走？

史米耳诺夫　不。

波波娃　不？

史米耳诺夫　不！

波波娃　那么,好吧！(按铃,鲁喀上)鲁喀,带这位先生出去！

鲁喀　(走到史米耳诺夫前面)先生,好不好请你出去,这边儿问你啦！你犯不上……

史米耳诺夫　(跳起)闭嘴！你在跟谁讲话？我把你剁个粉碎！

鲁喀　(捧住他的心)小父亲们！……什么样儿人！……(倒入椅内)噢,我病了,我病了！我喘不出气！

波波娃　达夏在什么地方？达夏！(喊叫)达夏！巴来嘉！达夏！

　　　　〔按铃。

鲁喀　噢！他们全出去拣果子……家里就没有人！我病了！水！

波波娃　好啦,出去。

史米耳诺夫　你就不能够再礼貌点儿啦？

波波娃　(握拳顿足)你是一只熊！一只野熊！一个波旁①！一个妖怪！

史米耳诺夫　什么？你说什么？

波波娃　我说你是一只熊,一个妖怪！

_____

① 波旁(Bourbon)：法国往昔的王室,意思是"落伍的专制皇帝"。〔编按：原译"布尔崩",现改通译。〕

史米耳诺夫 （走到她前面）我可不可以问你,你有什么权利侮辱我?

波波娃 假定我侮辱你,怎么样? 你以为我还怕你?

史米耳诺夫 你真就以为你是一个有诗意的小玩艺儿,你就好侮辱我,不受惩罚? 哎? 我们决斗来解决!

鲁喀 小父亲们! ……什么样儿人! ……水!

史米耳诺夫 手枪!

波波娃 你还以为我怕你,就因为你拳头大,喉咙像公牛一样粗? 哎? 波旁!

史米耳诺夫 我们决斗来解决! 我不能够白白叫人侮辱,我也不管你是不是女人,是不是"娇滴滴的"!

波波娃 （试着打断他）熊! 熊! 熊!

史米耳诺夫 只有男人侮辱人才交代清楚,这种偏见也是我们该废除的时候。家伙,你需要权利平等,你就权利平等。我们决斗来解决!

波波娃 拿手枪? 好极了!

史米耳诺夫 马上。

波波娃 马上! 我丈夫有手枪来的……我去拿来。（走,转回）把子弹打进你的厚脑袋壳,我才叫开心! 鬼抓了你走!

　　　　〔下。

史米耳诺夫 我会像提小鸡儿一样把她放倒了! 我不是一个小孩子,也不是一个爱感伤的花花公子;我不管什么"娇滴滴"不"娇滴滴"。

鲁喀 慈悲的小父亲们! ……（跪下）可怜可怜一个穷老头子,离开这儿好啦! 你把她吓死了,现在你还要放枪打她!

史米耳诺夫 （不听他）她想打，好，那是权利平等，解放，新花样儿！男女这时平等了！我根据原则来放枪打她！可是，什么样儿女人哟！（摹仿她）"魔鬼带你走！把子弹打进你的厚脑袋壳。"哎？她的脸真红，脸蛋儿直发亮！……她接受我的挑战！家伙，我这一辈子还是头一回看见……

鲁喀 先生，走吧，我永远对上帝为你祷告！

史米耳诺夫 她是一个女人！我所能够了解的那类女人！一个真女人！不是一个怪脸儿的果子酱口袋，是火，火药，火筒子！我真还不忍心杀死她！

鲁喀 （哭）亲爱……亲爱的先生，离开这儿！

史米耳诺夫 我十分喜欢她！十分！虽说她有酒涡儿，我也喜欢她！我差不多想不要这笔账了……我的气也消了……出奇的女人！

　　　〔波波娃拿手枪上。

波波娃 这儿是手枪……不过，在我们决斗以前，你先得教我怎么样放枪。我手里头还从来没有拿过手枪。

鲁喀 噢，主，慈悲，救救她……我去找车夫跟花匠来……我们怎么会遭到这个……

　　　〔下。

史米耳诺夫 （检查手枪）你看，手枪有好些种类……有一种莫提麦耳手枪，专为决斗做的，好放雷管的。这些是司密斯和魏逊的连响手枪，三道机关，有拔出的家伙……是很好的货色。这一对起码要值九十卢布……你一定要这样拿手枪……（旁白）她的眼睛，她的眼睛！什么样启发灵感的女人！

71

波波娃　就像这样？

史米耳诺夫　是的,就像这样……然后你扳这个机子,这样
　　瞄准……头靠后一点点! 胳膊伸好……像这样……然
　　后你拿手指按这个东西——就成啦。顶要紧的是冷
　　静;往准里瞄……胳膊别跳动。

波波娃　很好……在房间里头开枪不方便,我们到花园
　　儿去。

史米耳诺夫　那么去吧,不过我警告你,我朝天放枪。

波波娃　你太欺人了! 为什么?

史米耳诺夫　因为……因为……那是我的事。

波波娃　你怕吗? 是吗? 啊! 不成,先生,你撒不了手! 你
　　跟我来! 我要是不在你的额头打一个窟窿,我就别想
　　心平得下来……我恨极了那额头! 你怕吗?

史米耳诺夫　是呀,我怕。

波波娃　你撒谎! 你为什么不决斗?

史米耳诺夫　因为……因为你……因为我喜欢你。

波波娃　(笑)他喜欢我! 他居然敢说他喜欢我! (指着门)
　　那边是路。

史米耳诺夫　(静静地装手枪,拾起便帽,向门走去。他在
　　这里停了半分钟,彼此静静地看了看,然后迟疑地走到
　　波波娃跟前)听我讲……你还在生气吗? 我也是腻得
　　不想活了……不过,你明白……我怎么才能说出我的
　　心思? ……事实是,你看,是像这样的,好比说……(喊
　　叫)好罢,我喜欢你,难道是我的过错? (他抓起一只椅
　　背,椅子响,裂了)家伙,我直在毁你的家具! 我喜欢

72

你! 你明白吗? 我……我几乎爱你了!

波波娃　离开我——我恨你!

史米耳诺夫　上帝! 什么样儿女人! 我这一辈子没有见过一个像她这样的女人! 我完啦! 毁啦! 跌进了捕鼠机,像一只老鼠!

波波娃　靠后站,不然,我放枪了!

史米耳诺夫　那么,放好了! 你就不能够明白,死在那些美丽的眼睛前面,让那天鹅绒一样小手拿着的手枪打死,是什么样儿幸福……我简直丢魂失魄了! 想想,马上就下决心,因为我一出去,我们就再也别想谁见得着谁了! 现在,决定吧……我是一位地主,性情一向受人敬重,一年有一万收入……一个铜钱扔在空中,就在落下来的时候,我能够放一个子弹穿过去……我有好些骏马……你愿意做我太太吗?

波波娃　(恼怒地摇着她的手枪)决斗好啦! 让我们出去!

史米耳诺夫　我疯了……我什么也不明白了……(嘶喊)来人! 来人!

波波娃　(嘶喊)让我们出去,决斗!

史米耳诺夫　我头脑不清了,我像一个小孩子,像一个傻子着迷! (捉她的手,她由于疼喊叫)我爱你! (跪下)我爱你,我从前没有这样爱过! 我拒绝了十二个女人,九个女人拒绝了我,可是她们中间没有一个人我爱,像我今天爱你……我没有力气,我像蜡,我融解了……我站在这儿像一个傻子,把我的手献给你……难为情,真难为情! 我有五年不恋爱了,我发过誓,现在就这么一下子我又着了迷,像一条出了水的鱼!我把我的手献给你。答应还是不答应?你不需要我?好极了!

[站起,迅速走向门。

波波娃 站住。

史米耳诺夫 (站住)什么?

波波娃 没有什么,走开……不,站住……不,走开,走开!我恨你!不……别走开!噢,你要是知道我多生气,我多生气!(把手枪扔在桌上)为了这一切,我的手指头也肿了……(气得把她的手绢也撕了)你在等什么?滚开!

史米耳诺夫 再见。

波波娃 是的,是的,走开!……(嘶喊)你到什么地方去?站住……不,走开。噢,我真生气!别走近我,别走近我!

史米耳诺夫 (走到她前面)我真生我自己的气!我像一个学生在恋爱,我居然下跪……(粗声粗气)我爱你!我跟你恋爱图个什么?明天我得付利息,开始割草,这儿你……(拿胳膊围住她)我永远不会原谅我自己这个……

波波娃 离开我!拿开你的手!我恨你!决斗去!

[一个延长的吻。鲁喀拿着一把斧,花匠拿着一把耙,车夫拿着一把干草叉,工人们拿着棍上。

鲁喀 (发现一对男女在亲吻)小父亲们!

[稍缓。

波波娃 (低着眼睛)鲁喀,告诉他们槽头上,陶毕今天没得荞麦吃。

——幕落

74

求　婚

人　物

史杰潘·史杰潘诺维奇·丘布考夫——一位地主。

娜塔里雅·史杰潘诺夫娜——丘布考夫的女儿,二十五岁。

伊万·瓦席里耶维奇·劳莫夫——丘布考夫的邻居,一位宽大、诚恳然而非常可疑的地主。

　　景:

　　丘布考夫的乡舍。

　　丘布考夫家的客厅。

　　劳莫夫进来,穿着礼服,戴着白手套。丘布考夫站起欢迎他。

丘布考夫　我亲爱的人,我看见谁啦! 伊万·瓦席里耶维奇! 我真高兴极啦! (紧握他的手)我的亲爱的,简直意想不到……你好呀?

劳莫夫　谢谢你。你这一向可好?

丘布考夫　我的天使,我们也就是那样好,谢谢你的祷告,还有什么的。请,坐下……现在,你知道,我的亲爱的,你可真不应该忘记你的邻居。我亲爱的人,你今天打扮得像来做客,怎么的啦? 晚礼服,手套儿,还有什么的。我的宝贝人儿,你出门到什么地方去?

劳莫夫　不是的,我就是来看看你,尊敬的史杰潘·史杰潘诺维奇。

丘布考夫　那么,我的贵重人儿,你为什么穿晚礼服?活活像你辞岁来啦!

劳莫夫　可不,你看,是像这样的。(拿起他的胳膊)尊敬的史杰潘·史杰潘诺维奇,我来有事求你。我请你帮忙,成了专利了,也不止一次两次,你也常常,好比说……我必须请你原谅,我越来越心乱。我先喝点儿水,尊敬的史杰潘·史杰潘诺维奇。

〔饮水。

丘布考夫　(旁白)他借钱来了!一个钱也不给!(高声)我的漂亮人儿,是什么事?

劳莫夫　你看,昂勒·史杰潘尼奇……对不住,史杰潘·昂勒里奇……我是说,我心乱得不得了,你看得出来……总之,只有你能够帮我的忙,虽说我不配,当然啦……也没有任何权利求你帮忙……

丘布考夫　噢,亲爱的,你就别兜圈子啦!吐出来好了!怎么样?

劳莫夫　等一下……这就说。事情是,我来请求你的女儿,娜塔里雅·史杰潘诺夫娜,嫁给我。

丘布考夫　(大喜)好啊!伊万·瓦席里耶维奇!再说一遍——我还没有听全!

劳莫夫　我有幸请求……

丘布考夫　(打断)我亲爱的人……我真喜欢,还有什么的……是呀,真的,还有那类什么的。(拥吻劳莫夫)我

78

盼了好久了,我一直就这么巴望。(流下一滴泪)我的天使,我一向就爱你,好像你是我的儿子。愿上帝爱你,也帮你的忙,还有什么的。我真还这样盼望……我这傻样儿算什么呀?我一高兴就失了张支,完全失了张支!噢,我的整个魂灵儿……我去喊娜塔霞来,还有什么的。

劳莫夫 (大为感动)尊敬的史杰潘·史杰潘诺维奇,你以为她会同意吗?

丘布考夫 那,当然了,我的亲爱的……好像她不会同意!她才叫爱你;真的,她像一只春天的猫,还有什么的……不会让你久等的!

　　　〔下。

劳莫夫 真冷……我浑身在打哆嗦,就像我要进考场考试。顶重要的是,我必须有决心。要给我时间想,迟疑,说废话,追寻理想,或者真正的爱情,那我就永远结不了婚了……夫!……真冷!娜塔里雅·史杰潘诺夫娜是一个出名儿的女管家,不难看,也受过教育……我还指望什么?不过我这一急,耳朵直在叫唤。(饮水)我不结婚也不成……第一,我已经三十五岁了——譬方说,一种危险的年龄。第二,我应当过一种安静有规律的生活……我有心跳的毛病,容易受刺激,一来就心慌……就说眼前吧,我的嘴唇就在打哆嗦,我的右眉毛就在扭动……可是顶顶坏的还是我睡觉的式样。我一上床,困着了,马上我的左边就有什么东西——那么一抽抽,我觉得它就在我的肩膀跟我的脑袋壳里头……

79

我跳了起来,像一个疯子,溜达半天,回来再躺下,不过,我一要困着了,马上就又是一抽抽!一连二十回……

〔娜塔里雅·史杰潘诺夫娜上。

娜塔里雅　好啊,看!是你,爸爸说:"去,那儿有个生意人来买货物。"你好啊,伊万·瓦席里耶维奇!

劳莫夫　你好啊,尊敬的娜塔里雅·史杰潘诺夫娜!

娜塔里雅　你别见怪我穿围裙,Négligé①……我们在剥豆皮往干里晒。你怎么许久不到这儿来啦?坐下……(他们坐下)要不要来点儿点心?

劳莫夫　不啦,谢谢你,我已经用过了。

娜塔里雅　那么,抽抽烟吧……这儿是火柴……现在天气是真好,不过,昨天就那么湿,工人们一整天没有做活。你堆起了多少干草?想想看,我觉得贪心得不得了,割了整整一田的草,现在我可一点儿也不开心,因为我怕我的草烂掉。我应当多等一等就好了。可是,这是怎么回事?什么,你穿着晚礼服!好,我做梦也想不到!你是去跳舞会,还是别的什么地方?——我猜你去的地方一定还要好……告诉我,你这样打扮干什么?

劳莫夫　(心慌意乱)你看,尊敬的娜塔里雅·史杰潘诺夫娜……事情是我打定了主意请你听我……当然了,你会吓一跳,也许还要生气,不过……(旁白)冷得怕人!

娜塔里雅　怎么的啦?(稍缓)怎么样?

---

① 法文,意思是"随便"。

80

劳莫夫 我想法子把话说短。你一定知道,尊敬的娜塔里雅·史杰潘诺夫娜,我从做小孩子起,说实话,老早就有特权和你们家熟识。我过世的姨妈跟她丈夫,你知道,我承受的就是他们的财产,一向对你父亲跟你过世的母亲尊敬到了万分。劳莫夫跟丘布考夫两姓一向就友情最好,我简直可以说,彼此异常关切。你知道,我的地跟你的地是近邻。你一定记得我的老牛草地连着你的桦木林子。

娜塔里雅 对不住,我打断你的话。你说"我的老牛草地"……那是你的吗?

劳莫夫 是呀,我的。

娜塔里雅 你说什么呀?老牛草地是我们的,不是你们的!

劳莫夫 不对,我的,尊敬的娜塔里雅·史杰潘诺夫娜。

娜塔里雅 可我从来没有听说过。你怎么可以这么讲?

劳莫夫 怎么?我说的是那老牛草地,夹在你的桦木林子跟烧塘当中的。

娜塔里雅 是呀,是呀……那是我们的。

劳莫夫 不对,你弄错了,尊敬的娜塔里雅·史杰潘诺夫娜,那是我的。

娜塔里雅 你倒想想看,伊万·瓦席里耶维奇!那多久是你的?

劳莫夫 多久?打我记得的那天起就是。

娜塔里雅 别瞎掰了,你也好叫我信这个!

劳莫夫 可是你看文件就知道了,尊敬的娜塔里雅·史杰潘诺夫娜。不错,老牛草地有一时是争论的原因,不过现在,人人知道那是我的。没有什么理好讲了。你看,我姨妈的祖母拿这块草地送给你父亲的祖父的农夫永久自由使用,为了报答她的好意,他们帮她做砖。你父亲的祖父的那些农夫自由使用草地,使用了四十年,成了习惯,当做他们自己的了,后来发生……

娜塔里雅 不对,不是那样子的!我的祖父跟我的曾祖父一直认为他们的田地打烧塘往外伸——那就是说,老牛草地是我们的。我看不出这有什么理好讲。简直是胡闹!

劳莫夫 我有文件给你看,娜塔里雅·史杰潘诺夫娜!

娜塔里雅 不对,你简直在说笑,要不然呀,就是在拿我开玩笑……多邪门儿!那块地我们有了快三百年了,忽然人家告诉我们,不是我们的!伊万·瓦席里耶维奇,我简直信不过我自己的耳朵……这些草地我一点看不上眼。也就是五代席阿亭,或许值三百卢布,不过,我受不了不公道。你爱怎么讲就怎么讲,可是我呀,我受不了不公道。

劳莫夫 我求你了,听我把话讲完!你父亲的祖父的农夫,我方才已经有光荣向你解释,常常为我姨妈的祖母烧砖。所以,我姨妈的祖母,希望帮他们一桩好……

娜塔里雅 什么姨妈呀,祖父呀,祖母呀,我就别想搞得清楚。一句话,草地是我们的,完了。

劳莫夫 我的。

娜塔里雅 我们的!你可以一连两天去证明,你可以穿十五套礼服串门子,不过我告诉你呀,那是我们的,我们的,我们的!你家的东西我不要,我也不要把我家的东西给人。就是这个话！

劳莫夫 娜塔里雅·史杰潘诺夫娜，我不要那草地，不过，我照原则做事。你高兴的话，我送你。

娜塔里雅 我自己可以送你，因为那是我的！伊万·瓦席里耶维奇，你的行为，干脆讲了吧，真叫出奇！在这以前，我们总以为你是一个好邻居，一位朋友：去年我们借你我们的打麦机，虽说那么一来，我们自己不得不延到十一月打麦子；可是你现在对我们的行为，就像我们是吉卜赛①。把我自己的地给我，好说！不，说真话，做邻居也没有这样做的！就我看来，简直是不要脸皮，你要是愿意听的话……

劳莫夫 那么，你认为我霸占了你家的地？小姐，我这一辈子没有霸占过任何人的地，我也不许任何人说我霸占人家的地……（迅速走向水瓶，饮水）老牛草地是我的！

娜塔里雅 不对，是我们的！

劳莫夫 我的！

娜塔里雅 不对！我有证据！我今天就叫人到草地割草去！

劳莫夫 什么？

娜塔里雅 今天我就叫人割草去！

劳莫夫 我扭掉他们的脖子！

娜塔里雅 你敢！

劳莫夫 （捧住他的心）老牛草地是我的！你明白吗？

---

① 吉卜赛是"流浪人"的意思。

我的！

娜塔里雅　请别嚷嚷！你在你家嚷哑了嗓子由你，可是这儿呀，我必须要请你收敛收敛自己！

劳莫夫　小姐，要不是为了心跳得厉害，疼得难受，要不是我里头翻了过儿，我会换一个样子跟你讲话！（嘶喊）老牛草地是我的！

娜塔里雅　我们的！

劳莫夫　我的！

娜塔里雅　我们的！

劳莫夫　我的！

　　　　〔丘布考夫上。

丘布考夫　什么事？你们嚷嚷什么？

娜塔里雅　爸爸，请告诉这位先生，老牛草地是谁家的，我们的，还是他的？

丘布考夫　（向劳莫夫）亲爱的，草地是我们的！

劳莫夫　不过，我说，史杰潘·史杰潘尼奇，那怎么能是你们的？你也得讲理呀！我姨妈的祖母把草地暂时送给你祖父的农夫自由使用。农夫用地用了四十年，成了习惯，以为是他们自己的，后来发生……

丘布考夫　对不住，我的贵重人儿……你单单忘记了这个，农人没有交过你祖母租钱，还有什么的，因为大家在争这块草地，还有什么的。现在，人人知道这是我们的了。那就是说，你没有看到图样。

劳莫夫　我有证据给你看，那是我的！

丘布考夫　我的亲爱的，你拿不出证据。

劳莫夫 我有！

丘布考夫 亲爱的人，干吗那样叫唤？你再叫唤也证明不了什么。你的东西我不要，我的东西也没有意思送人。我凭什么送人？你知道，我的亲爱的，你要是提议讲理的话，我宁可把草地给农人，也不给你。我就是这话！

劳莫夫 我不明白！你有什么权力拿别人的产业送人？

丘布考夫 你听着好了，我知道我有没有权力。因为，年轻人，我听不惯那种对我讲话的声调，还有什么的。我，年轻人，大你两倍，请你对我讲话要心平气静，还有什么的。

劳莫夫 不成，你以为我是傻瓜，由着你要！你把我的地叫做你的，然后你指望我平心静气，恭恭敬敬，对你讲话！好邻居不这样做的，史杰潘·史杰潘尼奇！你不是一个邻居，倒是一个强盗！

丘布考夫 什么？你说什么？

娜塔里雅 爸爸，马上就叫人到草地去割草！

丘布考夫 先生，你说什么？

娜塔里雅 老牛草地是我们的，我不给人，不给人，不给人！

劳莫夫 看好了，我告到法庭，那时候我会让你明白的！

丘布考夫 法庭？你会告到法庭的，还有什么的！你会的！我知道你；你正在找一个机会跟人打官司，还有什么的……你吃官司饭的！你一家子人全喜欢那个！没有一个不！

劳莫夫 我一家子人不劳你操心！劳莫夫一姓全是规矩人，没有一个为了偷东西吃官司，跟你祖父一样！

丘布考夫　你们姓劳莫夫的一家人害疯癫症,全家人害!

娜塔里雅　全家,全家,全家!

丘布考夫　你的祖父是一个酒鬼,你的小姑妈,娜丝泰西雅·
米哈伊洛娜夫,跟一个工程师跑掉,还有什么的……

劳莫夫　还有你的母亲是驼背。(捧住他的心)我这一边有
东西抽抽……我的头……救命! 水!

丘布考夫　你的祖父是酒鬼、赌鬼!

娜塔里雅　还有背后说坏话,谁也比不上你的姨妈!

劳莫夫　我的左脚麻木了……你是一个阴谋家……噢,我
的心! ……这是一个公开的秘密,前几回选举你
买……我看见星星……我的帽子在哪儿?

娜塔里雅　下贱! 不老实! 卑鄙!

丘布考夫　你自己就是一个存心不良,阴阳脸的阴谋家!
是的!

劳莫夫　这儿是我的帽子……我的心! ……哪边是路? 门
在哪儿? 噢! ……我怕我是要死了……我的脚简直麻
木不灵了……

　　　〔走向门。

丘布考夫　(随着他)别再踏进我的门!

娜塔里雅　打官司好了! 看谁输!

　　　〔劳莫夫蹒跚而下。

丘布考夫　鬼抓了他去!

　　　〔忿忿然,走来走去。

娜塔里雅　什么样儿流氓! 这样一来,谁还能够相信自己
的邻居!

86

丘布考夫　恶棍！草扎人儿！

娜塔里雅　妖怪！先拿走我们的地,末了居然老起脸皮来骂我们。

丘布考夫　还有,这瞎眼的老母鸡,是呀,这萝卜鬼,居然涎着脸来议婚,还有什么的！什么？议婚！

娜塔里雅　什么议婚？

丘布考夫　是呀,他到这儿冲你求婚来啦。

娜塔里雅　求婚？冲我？你为什么不早告诉我？

丘布考夫　所以他才穿了晚礼服呀。塞满的香肠！瘦脸的丑婆子！

娜塔里雅　冲我求婚？啊！(倒进一只扶手椅,哭)喊他回来！回来！啊！请他这儿来！

丘布考夫　请谁这儿来？

娜塔里雅　快,快呀！我病啦！叫他来呀！

　　　〔歇斯底里。

丘布考夫　什么事？你怎么的啦？(挠头)噢,我这不幸的人！我要打死自己！我要吊死自己！她把人折磨死！

娜塔里雅　我要死啦！叫他来呀！

丘布考夫　夫！这就去。别嚷嚷！

　　　〔跑下。稍缓。娜塔里雅哭泣。

娜塔里雅　他们活活害了我！叫他回来呀！叫他来呀！

　　　〔稍缓。丘布考夫跑上。

丘布考夫　他来了,还有什么的,鬼抓了他去！噢夫！你自己同他讲吧,我可不要……

娜塔里雅　(哭泣)叫他来呀！

87

丘布考夫 （嘶喊）他来了我告诉你。噢,主,姑娘长大了,这父亲可真不好当呀! 我要割我的喉咙! 真的,我会的! 我们咒他,我们骂他,赶他走,现在你又……你!

娜塔里雅 不对,全是你!

丘布考夫 我告诉你,那不是我的过错。（劳莫夫在门口出现）现在你自己同他讲吧。

　　　　〔下。

　　　　〔劳莫夫上,疲乏透顶。

劳莫夫 我心跳得才叫怕人……我的脚麻木了……我这一边儿一直有东西抽抽……

娜塔里雅 原谅我,伊万·瓦席里耶维奇,我们全有点儿过火……我现在想起来了:老牛草地的确是你的。

劳莫夫 我的心才叫跳得怕人……我的草地……我的眼眉毛全在扭动……

娜塔里雅 草地是你的,是呀,你的……请坐……（他们坐下）我们全错了……

劳莫夫 我方才是照原则做事……我的地对我并不值钱,不过原则……

娜塔里雅 是呀,原则,就是呀……现在,我们谈谈别的。

劳莫夫 我有凭据,所以就更得认真了。我姨妈的祖母把地送给你父亲的祖父的农人……

娜塔里雅 是呀,是呀,不必提了……（旁白）我希望我有法儿让他开口……（高声）你这就快要打猎去吗?

劳莫夫 我想过了收成,尊敬的娜塔里雅·史杰潘诺夫娜,去打松鸡。噢,你听说了没有? 想想看,我倒霉到什么程度！我的狗盖斯，你知道的，瘸了。

娜塔里雅 真可惜！怎么来的？

劳莫夫 我不知道……一定是扭了筋，要不就是叫别的狗咬了……（叹息）我的最好的狗，还不说买的价钱。买它的时候我给了米罗诺夫一百二十五卢布。

娜塔里雅 给的也太多了，伊万·瓦席里耶维奇。

劳莫夫 我以为是很便宜的。它是头等狗。

娜塔里雅 爸爸买他的史奎色，花了八十五卢布。史奎色可比盖斯好得多了！

劳莫夫 史奎色比盖斯好？亏你这么想的！（笑）史奎色比盖斯好！

娜塔里雅 当然比盖斯好！当然啦，史奎色年轻，可以再大着点儿，可是就优点和家谱来讲，它比什么狗都好，就是渥尔切来磁基的那条狗也不成。

劳莫夫 对不住，娜塔里雅·史杰潘诺夫娜，可是你忘记它上嘴唇比下嘴唇长啦，上嘴唇比下嘴唇长，表示它是一条坏猎狗！

娜塔里雅 上嘴唇比下嘴唇长，它？我还是头一回听见！

劳莫夫 我告诉你，它的下嘴唇的确比上嘴唇短。

娜塔里雅 你量过来着？

劳莫夫 是的。当然啦，让它追是可以的，不过你要是叫它逮东西……

娜塔里雅 第一，我们的史奎色是一个纯种，哈耳米斯和切塞耳斯的儿子，可是你的狗根本就甭想有家谱……又老又丑，就像累透了的拉街车的马。

劳莫夫　它是老,可是五条史奎色换它一条,我也不干……是呀,那怎么成?……盖斯是一条狗;至于史奎色,可不,太可笑了,不值得争执……随便你说什么人吧,也有一条狗像史奎色那样好……差不多每堆小树底下,你都找得到。买它呀,二十五卢布就是大价钱了。

娜塔里雅　伊万·瓦席里耶维奇,你今天怎么的了,一个劲儿驳人,鬼附身了。你先以为草地是你的,现在是盖斯又比史奎色好。我不喜欢人不说自己要说的话,因为你完全知道,史奎色一百倍比你那条蠢狗好。你为什么偏要说不呢?

劳莫夫　我看,娜塔里雅·史杰潘诺夫娜,你把我当做瞎子,或者当做疯子。你自己明白,史奎色的上嘴唇长!

娜塔里雅　不对。

劳莫夫　是的。

娜塔里雅　不对!

劳莫夫　小姐,你嚷嚷什么?

娜塔里雅　尽说蠢话干什么?成什么体统!你的盖斯上嘴唇不长,所以呀,你才拿来跟史奎色比!

劳莫夫　对不住;我不能够继续讨论下去了,我的心在跳。

娜塔里雅　我反正看出来了,越懂得少的猎户越争得厉害。

劳莫夫　小姐,请你静着点儿……我的心快要裂了……(嘶叫)住嘴!

娜塔里雅　要我住嘴呀,除非你承认史奎色一百倍比你的盖斯好!

劳莫夫　一百倍坏!吊死你的史奎色!它的头……眼

睛……肩膀……

娜塔里雅 你那条蠢狗倒用不着吊死；它已经有一半是死的了！

劳莫夫 （哭）住嘴！我的心在裂！

娜塔里雅 我偏不。

　　　［丘布考夫上。

丘布考夫 现在又怎么回事？

娜塔里雅 爸爸，告诉我们真话，哪条狗顶好，是我们的史奎色，还是他的盖斯。

劳莫夫 史杰潘·史杰潘诺维奇，我只请你告诉我一件事：你的史奎色是不是上嘴唇长？是还是不？

丘布考夫 就算是，又怎么样？那有什么关系？就算上嘴唇长，也是区里最好的狗，还有什么的。

劳莫夫 可是我的盖斯是不是更好？说真话，是不是？

丘布考夫 我的贵重人儿，别发急……让我把话说完……当然了，你的盖斯有它的优点……种纯，脚劲儿足，肋骨饱满，还有什么的。不过，我亲爱的人！你要是愿意知道真话呀，那条狗有两个缺点：年纪大，嘴短。

劳莫夫 对不住，我的心……让我们就事实看……你总该记得，在马鲁辛司基打猎，我的盖斯跟伯爵的狗平着跑，可是你的史奎色，落在整整一维耳司特后头。

丘布考夫 它落在后头，因为伯爵的管狗的拿鞭子抽它。

劳莫夫 抽也有抽的道理。狗在追一只狐狸，可是史奎色呀，去跟一只羊闹。

丘布考夫 不对！……我亲爱的人，我这人顶容易冒火，所

91

以,就为了这关系,我们不必谈下去了。你有道理,因为人总是妒忌别人的狗的。是的,我们全是这样子!先生,你也不是没有错处!你就不看看,有的是狗比你的盖斯好,比你说的这个,那个……还有别的……还有什么的……我样样记得!

劳莫夫　我也记得!

丘布考夫　(激他)我也记得……你记点子什么?

劳莫夫　我的心……我的脚麻木了……我不能够……

娜塔里雅　(激)我的心……你算哪一类打猎的呀?你应该躺到厨房的灶头,捉捉蟑螂,不去打狐狸!我的心!

丘布考夫　是呀,真的,你倒说呀,你算哪一类打猎的?你真应该在家里守着你的心跳,不去追野兽。你可以打猎,可是你就会跟人争执,管人家的狗,还有什么的。我们换别的话谈吧,免得我光火。干脆,你就算不上一个打猎的!

劳莫夫　你算得上一个打猎的?你去打猎就是为了凑近伯爵,使阴谋……噢,我的心!……你是一个阴谋家!

丘布考夫　什么?我是一个阴谋家?(嘶叫)住嘴!

劳莫夫　阴谋家!

丘布考夫　毛孩子!小狗!

劳莫夫　老耗子!假正经!

丘布考夫　住嘴,要不呀,我枪毙你像枪毙一只鹁鸪!傻东西!

劳莫夫　人人知道——噢,我的心!——你过世的女人尽打你……我的脚……太阳穴……发亮……我倒,我

92

倒啦!

丘布考夫 你自己呀,尝够了你的管家的拖鞋!

劳莫夫 这儿,这儿,这儿……我的心炸啦!我的肩膀脱
啦……我的肩膀在哪儿?……我死啦。(倒进一只扶
手椅)一个医生!

　　　　〔晕过去了。

丘布考夫 毛孩子!小胆子!傻东西!我病啦!(饮水)
病啦!

娜塔里雅 你算得了一个什么打猎的?你连马背都坐不
稳!(向她的父亲)爸爸,他怎么的啦?爸爸!看呀,爸
爸!(呼喊)伊万·瓦席里耶维奇!他死啦!

丘布考夫 我病啦……我喘不出气……空气!

娜塔里雅 他死啦。(拉劳莫夫的袖管)伊万·瓦席里耶维
奇!伊万·瓦席里耶维奇!看你把我害成什么样啦?
他死啦。(倒进一只扶手椅)一个医生,一个医生!

　　　　〔歇斯底里。

丘布考夫 噢!……什么事?怎么的啦?

娜塔里雅 (哭泣)他死啦……死啦!

丘布考夫 谁死啦?(看着劳莫夫)是他呀!我的妈!水!
一个医生!(举起一只杯子,凑近劳莫夫的嘴)喝掉这
个!……不成,他不喝……这是说,他是死啦,还有什
么的……我是顶不幸的人了!我为什么不拿枪打死自
己?我为什么不抹脖子?我还等着什么?给我一把刀
子!给我一把手枪!(劳莫夫有了动静)他像活过来
了……喝点水!这就对喽……

劳莫夫 我看见星星……雾……我在什么地方？

丘布考夫 快点儿结婚拉倒——家伙，鬼跟着你！她愿意嫁你！（他把劳莫夫的手放进他女儿的手）她愿意嫁你，还有什么的。我祝福你们，还有什么的。我只求你们给我安静！

劳莫夫 （站起）哎？什么？跟谁？

丘布考夫 她愿意！怎么样？亲亲，死不掉的！

娜塔里雅 （哭泣）他活啦……是的，是的，我愿意……

丘布考夫 两个人亲亲吧！

劳莫夫 哎？亲谁？（他们相吻）真甜，可不。对不住，这为什么？噢，我明白过来了……我的心……星星……我快活。娜塔里雅·史杰潘诺夫娜……（吻她的手）我的脚麻木了……

娜塔里雅 我……我也快活……

丘布考夫 我的肩膀可算轻了……噢夫！

娜塔里雅 不过……你现在该承认了，盖斯比史奎色坏。

劳莫夫 好！

娜塔里雅 坏！

丘布考夫 好呀，这是一个开始你们家庭的幸福的方法！喝点儿香槟！

劳莫夫 好！

娜塔里雅 坏！坏！坏！

丘布考夫 （试想把她比下去）香槟！香槟！

——幕落

94

塔杰雅娜·雷宾娜

人　物

薇娜·奥兰林娜夫人——新娘子。

彼得·莎毕宁——新郎。

柯杰里尼柯夫

伏耳金——一位年轻军官　　　男家傧相。

学生

皇家检察官　　　女家傧相。

马特维耶夫——演员。

巴特隆尼柯夫。

柯柯希金夫人。

柯柯希金先生。

松能希坦。

一位年轻妇人。

一位穿黑衣服的妇人。

男女演员。

伊万神父——礼拜堂的大牧师,七十岁。

尼古拉神父

阿历克塞神父　　　年轻牧师。

一位教堂管事。

一位助理。

库兹玛——司杖。

时间：

黄昏，六点钟敲过不久。礼拜堂。烛光全部燃起。正对圣坛的几座大门敞开。两个合唱班——大主教的和礼拜堂的——全在。教堂里面全是人。挤到气也出不来。一个结婚典礼正在进行。莎毕宁娶奥兰林娜夫人。莎毕宁的傧相是柯杰里尼柯夫和伏耳金；奥兰林娜夫人的傧相是她的兄弟，一个学生，和皇家检察官。当地的知识阶层全体出席。衣着入时。司仪的教士是：伊万神父，披着一件褪色的白袍；尼古拉神父，年轻而须发蓬茸；阿历克塞神父，戴着深颜色眼镜；高而瘦的管事，捧着一本书，站在他们后面，伊万神父的右手。人群之中有本地的剧团，领头是马特维耶夫。

伊万神父 （读着）愿上帝记住他们的父母，是他们把他们教养成人：因为由于父母赐福，这才扎下房屋的基础。愿主记住您的仆人男女傧相，他们一同来到这里做成这件喜事。愿主我们的上帝，记住您的仆人彼得和您的侍婢薇娜，并且赐他们福。应许他们生儿养女，有好的后裔，灵魂与身体一致；提高他们像黎巴嫩的杉树，像一架果实累累的葡萄。应许他们富有，让他们一切够用，他们就会做好您所喜欢的件件良好的工作和件件事；让他们看见他们的儿子们的儿子们，像年轻的橄榄树环绕他们的桌子；而且在您眼前得到欢喜，他们就

98

会熠耀像星宿在天上,在您——我们的主的身体。让光荣,权力,名誉和崇拜属于你,现在,永远,无边无涯。

大主教的合唱班 （歌唱）阿门!

巴特隆尼柯夫 真气闷。松能希坦先生,你的脖子戴的是什么勋章?

松能希坦 比利时的。这儿为什么这么多人? 谁放他们进来的? 家伙! 简直是洗俄罗斯蒸汽澡。

巴特隆尼柯夫 是那个混账巡警。

管事 让我们祈祷上帝!

礼拜堂的合唱班 （歌唱）愿主慈悲!

尼古拉神父 （读着)上帝从前用土造成男人,再用他的肋骨造成女人,让她成为他的伴当,因为上帝不喜欢男人独自活在地上,所以如今,愿主从您的居所伸下您的手,把您的仆人彼得和您的侍婢薇娜连合在一起,因为由于您,女人才和男人结合起来。让他们连成一心,合成一体,应许他们生儿养女,把儿女贤孝的欢悦赐给他们。因为权力属于您,王国、能力和光荣属于您,天父、圣子和圣灵,现在,永远,无边无涯。

礼拜堂的合唱班 （歌唱）阿门!

年轻妇人 （向松能希坦)王冠马上就要放到新娘子、新郎官的头上了,看呀,看呀!

伊万神父 （从圣坛拿起王冠,把脸转向莎毕宁)彼得,上帝的仆人,以天父、圣子、圣灵的名,娶薇娜,上帝的侍婢。阿门。

　　[他把王冠递给柯杰里尼柯夫。

99

群众 男家傧相跟新郎官恰好一样高。这人没有意思。他
是谁？

是柯杰里尼柯夫。另一个男家傧相，那位军官，也很
没有意思。

先生们，对不住，让这位太太过去。

太太，我怕你没有法子走过去！

伊万神父 （转向奥兰林娜夫人）薇娜，上帝的侍婢，以天
父、圣子和圣灵的名，嫁给彼得，上帝的仆人。

〔他把王冠递给那位学生。

柯杰里尼柯夫 王冠够重的。我的手在发麻。

伏耳金 没有关系，就该轮到我了。我倒想知道，谁在这儿
有巴树①味道！

皇家检察官 是柯杰里尼柯夫。

柯杰里尼柯夫 你瞎扯。

伏耳金 嘘！

伊万神父 主，我们上帝，让光荣和名誉做他们的王冠！
主，我们上帝，让光荣和名誉做他们的王冠！主，我们
上帝，让光荣和名誉做他们的王冠！

柯柯希金夫人 （向她的丈夫）现在瞧薇娜有多好看呀！我
真羡慕她。她一点儿也不心慌。

柯柯希金先生 她惯了。她这是第二回干这个！

柯柯希金夫人 是呀，可不是么。（叹息）我诚心诚意希望

_____

① 巴树（patchouli）：产在亚洲热带的一种植物，从枝叶提出香油，凝成樟脑一
样的东西。

她快活！……她这人心眼儿蛮好。

助理 (来到教堂的中央)您已在他们头上戴好宝石王冠。

他们问您要生命,您已赐给他们。

大主教的合唱班 (歌唱)您已在他们的头上……

巴特隆尼柯夫 我希望我现在可以吸烟。

助理 使徒保罗的语录。

管事 大家听好。

助理 (属于一种悠长的第八音)凡事要奉我们主、耶稣基督的名,常常感谢父、上帝。又当存敬畏上帝的心,互相依顺,你们做妻子的,当依顺自己的丈夫,如同依顺上帝。因为丈夫是妻子的头,如同基督是教会的头:他是教会全体的救主。教会怎样依顺基督,妻子也要怎样凡事依顺丈夫……

莎毕宁 (向柯杰里尼柯夫)你在拿王冠压我的头。

柯杰里尼柯夫 没有,我没有压你。我举着王冠,离你的头有七英寸高。

莎毕宁 我告诉你,你是在压我的头。

助理 你们做丈夫的,要爱你们的妻子,正如基督爱教会。为教会舍弃自己;他要用水借着道把教会洗净,成为圣洁;他要献给自己一个荣耀的教会,不带玷污皱纹一类的毛病;而是应当圣洁,没有瑕疵……

伏耳金 他是一个很好的低音……(向柯杰里尼柯夫)你现在要不要我来举?

柯杰里尼柯夫 我还不累。

助理 所以丈夫应当爱他们的妻子,如同爱自己的身子。

爱妻子便是爱自己了。从来没有人恨自己的身子,总是保养顾惜,正像基督对待教会一样:因为我们是他身体的四肢,他的肉,他的骨。为了这个缘故,一个人离开他的父母……

莎毕宁　(向柯杰里尼柯夫)把王冠再举高些。你在压我。

柯杰里尼柯夫　瞎掰!

助理　与妻子连合,二人成为一体。

柯柯希金先生　总督在这儿。

柯柯希金夫人　你看见他在那儿?

柯柯希金先生　在那边,靠近右翼,和阿耳土柯夫先生站在一起。便装,怕人认识。

柯柯希金夫人　我看见,我现在看见了。他在跟小玛丽·汉森讲话。他爱疯了她。

助理　这是一个大秘密:我指基督和教会而言。无论如何,你们各人应当爱妻子,如同爱自己一样,同时妻子也要敬畏自己的丈夫。[1]

礼拜堂的合唱班　(歌唱)哈利路亚[2],哈利路亚,哈利路亚……

群众　娜塔里·塞耳格耶夫娜,你听见了没有? 妻子……
　　别烦我。
　　嘘! 安静!

助理　大家听福音。

---

[1]　见于《新约·以弗所书》第五章。
[2]　原译"阿来路伊阿",现改通译。——编注

伊万神父　愿大家和平！

礼拜堂的合唱班　（歌唱）愿您的精神和平。

群众　他们在念《福音》,《新约》……真是太长了！他们也
好念完了。

　　我出不来气。我必须走开。

　　你穿不过去。等等,一会儿工夫就完了。

伊万神父　读的是《约翰福音》。

助理　大家听好。

伊万神父　（脱下袍子以后）当时在加利利的迦拿有娶亲的筵
席,耶稣的母亲在那里,耶稣和他的门徒也被请去赴席。
酒用尽了,耶稣的母亲对他说:他们没有酒了。耶稣说:
妇人,我与你有什么相干？我的时候还没有到……

莎毕宁　（向柯杰里尼柯夫）是不是马上就完？

柯杰里尼柯夫　我不知道。我对这种事不在行。不过,也
许就快完了罢。

伏耳金　你还得围着圣坛转一匝才算数。

伊万神父　他母亲对用人说:他告诉你们做什么,你们就做
什么。照犹太人洁净的规矩,有六口石缸摆在那里,每
口可以盛两三桶水。耶稣对用人说:把缸倒满了水。
他们就倒满了,直到缸口。耶稣又说,现在可以舀出
来,送给管筵席的……

　　〔传来一声呻吟。

伏耳金　Qu'est-ce que c'est?[①]　有谁让压倒了吗？

---

① 法文,意思是:"什么事？"

103

群众　嘘！安静！

　　　　〔一声呻吟。

伊万神父　他们就送了去。管筵席的尝了尝那水变的酒，不知道是哪里来的，只有舀水的用人知道。管筵席的便叫新郎来，对他说……

莎毕宁　（向柯杰里尼柯夫）谁方才在哼唧？

柯杰里尼柯夫　（望着群众）那边有人在动……一位穿黑衣服的妇人……她也许在闹病……他们把她带出去了……

莎毕宁　（望着群众）把王冠再举高点儿……

伊万神父　人都是先摆上好酒，等客喝足了，才摆上次的，你倒把好酒留到如今。这是耶稣在加利利的迦拿行的头一件神迹，显出他的荣耀，他的门徒信服他……①

群众　我不明白他们为什么放有神经病的女人们进来！

大主教的合唱班　（歌唱）荣耀归于主，荣耀归于主！

巴特隆尼柯夫　松能希坦先生，别嗡嗡跟个大马蜂一样，也别拿背朝着圣坛。还没有完。

松能希坦　是那年轻女人跟个马蜂一样在嗡嗡，不是我……哈哈哈！

助理　让我们大家用全部灵魂来讲，用全部心灵来讲……

礼拜堂的合唱班　（歌唱）愿主慈悲。

　　　　〔管事读着长的祷告，同时发生下面的谈话。②

---

① 见于《约翰福音》第二章。
② 稿本有祷告文，发表时被剧作者的兄弟删掉。

群众 嘘！安静！

　　不过我也是叫人挤的！

合唱班 （歌唱）愿主慈悲！

群众 嘘嘘！

　　谁晕过去了？

　　　　[一声呻吟。群众之中起了骚动。

柯柯希金夫人 （向邻近的夫人）什么事？你看,亲爱的,简
　　直受不了,他们只要把门打开也就好了……我热死了。

群众 把她领出去了,可是她偏不肯……她是谁？——嘘！

莎毕宁 噢,我的上帝……

群众 昨天,在欧罗巴旅馆,一个女人服毒自尽了。

　　是呀,他们讲,她是一个医生的太太。

　　她为什么寻死,你知道吗？

伏耳金 我听见有人在哭……看热闹的人可真不识体面。

马特维耶夫 合唱班今天唱得不坏。

喜剧演员 萨哈耳·伊里齐,你我应当把这些合唱班雇下
　　来才是！

马特维耶夫 什么脸蛋儿呀,你这畜牲脸！（笑）嘘！

群众 是呀,他们讲,她是一个医生的太太……在旅馆……

　　有雷宾娜小姐做好榜样,现在这是第四个女人服
　　毒了。

　　亲爱的,解释给我听,服毒服毒,到了儿有什么意义？

　　这是传染病。没有什么。

　　你的意思是,一种摹仿？

　　自杀传染的！

105

现下有精神病的女人可真多!

安静!别乱走动!

请别嚷嚷!

雷宾娜小姐一死,把毒传给空气。所有女人受到传染,想到伤心处,全疯了。

就是在教堂里头,空气也中毒了。你觉不出这儿有多紧张吗?

　　　　〔管事同时读完祷告。

大主教的合唱班　(歌唱)愿主慈悲!

伊万神父　因为您是仁慈的上帝,爱人类,所以我们把光荣归与天父、圣子和圣灵,现在,永远,无边无疆。

合唱班　(歌唱)阿门!

莎毕宁　我说,柯杰里尼柯夫!

柯杰里尼柯夫　什么事?

莎毕宁　现在……噢,伟大的上帝!……塔杰雅娜·雷宾娜在这儿……她在这儿……

柯杰里尼柯夫　你疯啦!

莎毕宁　穿黑衣服的妇人……就是她。我认得出来是她……我看见她……

柯杰里尼柯夫　世上没有人相貌一样的……除非她也是一头的褐色头发,那就奇了。

管事　大家求主怜悯!

柯杰里尼柯夫　别跟我交头接耳,还没有完。人在望你……

莎毕宁　为上帝的爱……我简直站不直了。那是她。

106

〔一声呻吟。

合唱班 （歌唱）愿主慈悲！

群众 安静！嘘！谁打后头推人？嘘！

他们把她领到柱子后头去了……

随你到什么地方，丢不开那些女人……她们为什么
不在家里待着？

一位看客 （嚷着）你们放安静！

伊万神父 （读着）主、我们上帝，您曾施展法力，在加利利
的迦拿……（向四围看）人真多！（继续读着）以您的出
现，应许婚姻得有荣誉（提高声音）……我求你们，大家
在那边保持安静！你们妨害我们完成典礼。别在教堂
转悠，别谈话，别吵闹，好好儿站着祷告，这样才好！你
们应当在心里畏惧上帝。（读下去）主、我们的上帝，您
曾施展法力，在加利利的迦拿，以您的出现，应许婚姻
得有荣誉，现在求您也在和平谐和之中维持您的仆人，
彼得和薇娜，因为您已经愿意把他们互相结合在一起。
让他们的婚姻得有荣誉；让他们的床不受玷污；答应他
们的谈话永远璧洁无瑕，应许他们活到高寿，心地纯
洁，完成您的吩咐。因为您、我们的上帝是慈悲普度的
上帝，我们把光荣归与您不曾降生的在天之父，神圣的
精灵，良善，拿生命给人，现在，永远，无边无涯。

大主教的合唱班 （歌唱）阿门！

莎毕宁 （向柯杰里尼柯夫）叫人喊巡警来，告诉他们不要
放人进来……

柯杰里尼柯夫 他们会放谁进来？教堂眼下简直挤满了

107

人。放安静……别交头接耳的。

莎毕宁　她……塔杰雅娜在这儿。

柯杰里尼柯夫　你说吃语。她埋在坟地。

管事　上帝,愿您慈悲为怀,救救我们,可怜可怜我们,保护我们长久!

礼拜堂的合唱班　(歌唱)愿主慈悲!

管事　让我们求主,赐我们长日完美,神圣,平静,无罪。

礼拜堂的合唱班　(歌唱)愿主允许!

　　　　〔管事继续读着短的祷告,同时发生下面的谈话。①

群众　那管事的永远是"愿主慈悲","愿主救我们",就没完没了了。

　　　　我站不住了。

　　　　又起了杂乱的声音。人真多!

奥兰林娜夫人　彼得,你全身在哆嗦……你出气也显得艰难……你不舒服吗?

莎毕宁　那穿黑衣服的妇人……是她……是我们错。

奥兰林娜夫人　哪个妇人?

莎毕宁　塔杰雅娜在哼唧……我在用力撑持自己,我试着在用力撑持自己……柯杰里尼柯夫拿王冠在压我的头……我没有什么……

柯柯希金先生　薇娜脸才叫白,跟死人一样。看呀,她眼睛里头有眼泪。还有他……看他呀!

柯柯希金夫人　我对她讲过,看热闹的人不会识体面的!我就

---

① 稿本有祷告文,发表时被剧作者的兄弟删掉。

108

不明白,她为什么一死儿要在这儿结婚。她为什么不到乡下去? 我们应当求求伊万神父快点儿了结。她受惊了。

伏耳金 请你给我来捧。

[他接过柯杰里尼柯夫的王冠。管事同时读完他的短暂的祷告。

合唱班 （歌唱）一切归于主!

莎毕宁 薇娜,撑着点儿,学我……这样就好……仪式马上就要完了。我们这就要走……是她……

伏耳金 嘘!

伊万神父 主,应许我们斗起胆,坦白地,擅自把您在天的上帝唤做父亲,并且说……

大主教的合唱班 （歌唱）我们在天之父,天以上帝之名神圣,上帝的王国来……

马特维耶夫 （向他的全体演员)孩子们,朝前移移;我想下跪。(他跪下去,伏在地上)愿您的意欲完成,在上天如在地上。给我们面包,让我们活下去;饶恕我们的债,如我们饶恕我们的债主……

大主教的合唱班 （歌唱）愿您的意欲完成,在上天如在地上……面包,让我们活下去……

马特维耶夫 愿主记住您的死去的侍婢塔杰雅娜,饶恕她有心无心的过失,也饶恕我们,怜恤我们……(他站起)真热!

大主教的合唱班 （歌唱）不让我们……们……们……陷入诱惑,从罪恶……恶……恶把我们救出!

柯杰里尼柯夫 （向皇家检察官)一定有一只苍蝇叮了我们新郎官一口。看呀,他直打哆嗦!

109

皇家检察官 他怎么的啦？

柯杰里尼柯夫 他以为方才犯神经病的那个穿黑衣服的妇人，就是塔杰雅娜。——一种幻觉。

伊万神父 因为王国、能力和光荣属于您，天父、圣子和圣灵，现在，永远，无边无涯！

合唱班 阿门！

皇家检察官 当心他别半路出岔子！

柯杰里尼柯夫 他要挺到底的。他不是那种人！

皇家检察官 是的，够他受的！

伊万神父 一切和平！

合唱班 您的精灵和平。

管事 让我们向主低下我们的头！

合唱班 一切归与主！

群众 他们就要围着圣坛转一匝了。

嘘！嘘！

医生的太太有没有验过？

还没有：他们讲，丈夫弃了她了。不过他们讲，莎毕宁也弃了雷宾娜小姐，是真的吗？

是——的！

我记起雷宾娜小姐验尸的事了。

管事 让我们哀求主！

合唱班 愿主慈悲！

伊万神父 （读着）上帝，您以权力创造万物，建立世界，以所创造的万物装潢王冠，愿您也赐福这寻常的杯子，答应把它交给他们结婚的夫妇。因为您的名有福，您的

110

王国有光荣,天父、圣子和圣灵,现在,永远,无边无涯。

[伊万神父端酒杯给莎毕宁和奥兰林娜夫人饮。

合唱班 阿门!

皇家检察官 当心他晕倒!

柯杰里尼柯夫 他是走兽,结实着哪。他可以熬完的,没有问题!

群众 看呀,孩子们,别散开。我们回头儿一道走。席坡闹夫在这儿吗?

我在这儿! 我们回头围着车,吹五分钟口哨。

伊万神父 把你们的手给我。(他拿手帕捆牢莎毕宁和奥兰林娜夫人的手)紧吗?

皇家检察官 (向那位学生)年轻人,给我王冠,你举着后襟。

大主教的合唱班 欢喜吧以赛亚;圣母怀孕……

[伊万神父围着圣坛走了一匝,后面随着新婚夫妇和傧相。

大主教的合唱班 ……生下圣子,以马内利,上帝与人同在:东方是他的名……①

莎毕宁 (向伏耳金)是不是这就完啦?

伏耳金 还没有。

大主教的合唱班 ……我们颂扬他,也喊着圣母有福。

[伊万神父围着圣坛走第二匝。

大主教的合唱班 (歌唱)神圣的殉教者们,你们会打胜仗,

---

① 见于《旧约·以赛亚书》第七章。

111

夺到王冠,愿你们在主前说情,怜恤我们的灵魂……

伊万神父 (转第三匝,歌唱着)我们的灵魂……

莎毕宁 我的上帝,简直就没个完!

大主教的合唱班 (歌唱)光荣归与基督、我们的上帝,使徒们的夸耀,殉教者们的欢乐,他的道是三位一体。

群众之中一位军官 (向柯杰里尼柯夫)警告一下莎毕宁,正科和预科学生等在外头嘘他。

柯杰里尼柯夫 谢谢。(向皇家检察官)真够磨蹭的! 就甭想他们停住不繁文缛礼。

　　　　〔拿手绢拭脸。

皇家检察官 可是你的手直在哆嗦……你们这群人可也真娇气!

柯杰里尼柯夫 我一直在想塔杰雅娜。我有一个感觉,好像莎毕宁在唱歌,她呢,在哭。

伊万神父 (由伏耳金接过新郎的王冠。向莎毕宁)愿新郎宏大如亚伯拉罕,有福如以撒,繁殖如雅各,在和平之中行走你的道路,在正直之中完成上帝的吩咐。

一位年轻演员 什么样美丽的词句送给浑蛋。

马特维耶夫 上帝一视同仁。

伊万神父 (由皇家检察官接过新娘的王冠。向奥兰林娜夫人)愿新娘宏大如撒拉,欢乐如利百加,繁殖如拉结,喜爱自己的丈夫,遵守律令,因为这是上帝的兴会。

群众 (看见有人奔向出口)安静! 仪式还没有完。

　　　　嘘! 别推!

管事 让我们哀求上帝!

合唱班 愿主慈悲!

阿历克塞神父 (摘下他的黑眼镜;读着)上帝,我们的上帝,您曾在加利利的迦拿出现,赐福婚姻,愿也赐福您的仆人,上天拿婚礼把他们连合在一起,赐福他们的进进出出;在好物事里面繁殖他们的生命,把他们的王冠接入您的王国,保持他们没有瑕疵,没有过失,不受污秽,无边无涯。

合唱班 (歌唱)阿门!

奥兰林娜夫人 (向她的兄弟)叫他们给我一把椅子。我要晕。

皇家检察官 薇娜·亚力山大夫娜,就快要完啦! 也就是一会儿……亲爱的,撑一下子!

奥兰林娜夫人 (向她的兄弟)彼得不听我说话……他好像吓呆了。噢,亲爱的,亲爱的,亲爱的! ……(向莎毕宁)彼得!

伊万神父 一切和平!

合唱班 您的精灵和平!

管事 向主低下你们的头!

伊万神父 (向莎毕宁和奥兰林娜夫人)天父、圣子和圣灵,三位一体,一体神圣,创造生命,一个神,一个君主,赐你们福,答应你们长寿,贤子孝孙,增加生命和信仰,拿地上所有的好物事给你们! 也使你们经过上帝的圣母的说情,还有诸圣的说情,有资格享受许下的好物事,阿门! (向奥兰林娜夫人,微笑)吻你丈夫!

伏耳金 (向莎毕宁)你愣着做什么? 吻她!

113

〔新婚夫妇互相吻抱。

伊万神父　我向你们道喜！愿上帝……

柯柯希金夫人　（走近新娘）我亲爱的，我的心肝儿……我真喜欢！我向你道喜！

柯杰里尼柯夫　（向莎毕宁）我向你道喜，这个差事……好啦，哩哩啰啰了这半天总算完啦，你现在脸色也好转过来了……

管事　智慧！

〔朋友纷纷过来向新婚夫妇道喜。

合唱班　（歌唱）我们颂扬您，上帝的真母亲，怀着道、上帝，璧洁无瑕，基路伯不及您荣耀，撒拉弗无可比拟地不及您光荣！①

〔群众拥出教堂。司杖库兹玛熄掉烛火。

伊万神父　基督、我们的真上帝，在加利利的迦拿出现，使婚姻得有荣誉，愿他经过他无瑕的母亲的说情，神圣、光荣和名声远扬的使徒的说情，上帝加冕和使徒认可的君主康斯坦丁和海莱纳的说情，神圣伟大的殉教者浦罗考皮屋斯的说情和所有圣者的说情，可怜我们，救救我们，因为他慈悲，而且爱人类。②

合唱班　（歌唱）阿门。愿主慈悲！愿主慈悲！愿主慈悲！

妇人们　（向奥兰林娜夫人）我亲爱的，恭喜……但愿你活

---

①　基路伯（Cherubim）是上帝的武侍卫，见于《旧约·创世记》第三章。撒拉弗（Seraphim）是上帝的天使，有六个翅膀，见于《以赛亚书》第六章。

②　康斯坦丁大帝是罗马皇帝，海莱纳是母后，基督教在他们治下开始得到保障。浦罗考皮屋斯是耶路撒冷人，在三〇三年殉教。

114

一百岁……

松能希坦 （向奥兰林娜夫人）莎毕宁夫人,假如我可以这样说,用纯粹俄罗斯语言来讲……

大主教的合唱班 （歌唱)长寿! 长寿! 长寿!

莎毕宁 薇娜,对不住! (他揪着柯杰里尼柯夫的胳膊,把他挽到一旁;颤嗦,结结巴巴)跟我马上到坟地看看!

柯杰里尼柯夫 你疯啦! 现在天都黑啦! 你到那儿有什么好干的?

莎毕宁 为上帝的爱,去罢! 我求你啦……

柯杰里尼柯夫 你现在应当送你的新娘子回家去! 你这疯子!

莎毕宁 我才不放在心上,咒它,一千回咒它! 我……去……叫他们给死人做一回弥撒! ……噢,我是疯啦……我险些儿死了……噢,柯杰里尼柯夫,柯杰里尼柯夫!

柯杰里尼柯夫 走,走……(把他带到新娘前面)

〔过了一时,街上传来一阵尖锐的呼哨。人逐渐离开教堂。只有助理和司杖库兹玛留着。

库兹玛 有什么用……无聊。

助理 什么?

库兹玛 这场子结婚。天天我们忙喜事,命名,丧事,其实一点意思也没有。

助理 你倒要想怎么着?

库兹玛 不怎么着。我也就是说说……一切无聊……全无聊。

助理　哼……（穿上他的套鞋）满嘴的大道理,你发昏啦。
（走出,他的套鞋发出通通的响声）再见!

〔下。

库兹玛　（独自一人）今天下午我们埋了一位先生,方才我们来了一回结婚,明天早上我们要来一回命名。一直下去,就没个完……就是这样子,没有意思……

〔传来一声呻吟。

〔伊万神父和戴黑眼镜的阿历克塞神父在圣坛后面出现。

伊万神父　我猜,他一定弄到一票大嫁妆……

阿历克塞神父　当然要弄到……

伊万神父　想想看,这就叫人生! 从前有一回,我也跟一位姑娘求婚,我也有一回结了婚,弄到一笔嫁妆,可是时间长悠悠的,现在也就全忘了。（高声）库兹玛! 你做什么把蜡烛全弄灭啦? 我会在黑地里跌跤的。

库兹玛　我以为你已经走啦。

伊万神父　阿历克塞神父,怎么样? 去跟我喝一杯茶?

阿历克塞神父　大牧师神父,多谢你了,我没有时间。我还得去写一篇报告。

伊万神父　随你便儿。

穿黑衣服的妇人　（从柱后走出,摇摇欲坠）谁在这儿! 领我出去……领我出去。

伊万神父　什么事? 那儿是谁?（惊惧）太太,你在这儿做什么?

阿历克塞神父　上帝,饶恕我们这些有罪的人……

116

穿黑衣服的妇人 领我出去……领……（呻吟）我是军官伊
万闹夫的妹妹……他的妹妹……

伊万神父 你在这儿做什么？

穿黑衣服的妇人 我服毒了！由于恨！因为他害了她……
为什么他就应当幸福？上帝……（呼喊）救救我，救救
我！（倒在地板上）他们全得服毒……全得服毒！天下
就没有公道……

阿历克塞神父 （恐怖）什么样渎神的话！主，什么样渎神
的话！

穿黑衣服的妇人 由于恨！……他们全得服毒……（呻吟，
在地板上打滚）她在坟里头，他……他……害女人才是
污渎上帝……糟蹋一个女人……

阿历克塞神父 什么样污渎宗教的话！（握着手）什么样污
渎人生的话！

穿黑衣服的妇人 （撕开她的衣服，嚷着）救救我！救救我！
救救我！

——幕落

一位做不了主的悲剧人物

人　物

伊万·伊万诺维奇·陶尔喀乔夫——家长。
阿历克塞·阿历克塞耶维奇·摩辣希金——他的朋友。

　　景：
　　圣彼得堡,摩辣希金的楼房。
　　摩辣希金的书房。舒适的家具。摩辣希金坐
在他的书桌前。陶尔喀乔夫进来,手里拿着一个
玻璃灯罩,一架自行车玩具,三个帽匣,一个大衣
包,一个啤酒箱和若干小捆东西。他蠢蠢地向周
围望了望,疲倦地倒在沙发上。

摩辣希金　好呀,伊万·伊万诺维奇? 看见你我很高兴!
　　什么风儿把你带到这儿来的?

陶尔喀乔夫　(沉重的呼吸)我亲爱的朋友……我问你要点
　　儿东西……我求你……借我一把手枪,明天还你。行
　　行好!

摩辣希金　你要手枪做什么?

陶尔喀乔夫　我一定要……噢,小父亲们! ……给我点儿
　　水喝……水,快呀! ……我一定要……今天晚上我得
　　穿过一个林子,万一有意外……真的,请你借给我。

摩辣希金　噢,你撒谎,伊万·伊万诺维奇! 家伙,你有什

121

么事要到一座黑林子去？我猜你心里有事。我一看你的脸，就知道你心里有事。到底怎么啦？你不舒服吗？

陶尔喀乔夫　等一等，让我喘一口气……噢，小母亲们！我累死了。我一身的难受，头也晕晕的，好像我在肉叉子上烤了一趟。我再也挨受不下去了。行行好，别老盘问我；给我一把手枪好了！我求你！

摩辣希金　好啦，伊万·伊万诺维奇，到底怎么？——你是一家之长，一位公家服务的人员！使不得！

陶尔喀乔夫　我算哪一种家长呀！我是一个殉难者，我是一个牲口，一个黑奴，一个奴才，一个流氓，一死儿在人世等着事情发生，就别想做下一世的打算。我是一块破布，一个糊涂虫，一个傻瓜。我干吗活着？有什么用？（跳起）对呀，请问，我干吗活着？心里苦，身子苦，老是这样儿活下去，为的是什么？做一个观念的殉难者，是的，我懂得！可是做一个鬼知道什么东西的殉难者，裙子，灯罩，不！承当不起！不，不，不？我受够了！够了！

摩辣希金　别喊叫，街坊会听见的！

陶尔喀乔夫　让你的街坊听好了，我才不在乎！你要是不给我手枪，有的是人给，反正我会有一个法子了结的！我已经横了心！

摩辣希金　瞧你的，你揪下一个纽子。安静点儿讲话。我还不明白是什么岔儿跟你过不去。

陶尔喀乔夫　什么岔儿？你问我什么岔儿？好吧，我告诉你！好极了，我一五一十告诉你，说完了，我的心或许要轻点儿。我们坐下讲。现在你听着……噢，小母亲

122

们,我简直喘不过气来!……就让我们拿今天做个例子来吧。就说今天好了。你知道,从十点钟到四点钟我得到政治部上差。天热,闷得很,蝇子多,而且,我亲爱的朋友,事情是乱糟糟的。次长请了假,郝辣波夫娶媳妇儿去了,小职员们大多在乡下,不是恋爱,就是玩儿票唱戏,人人发困,疲倦,没有神儿,你就别想他们干点活儿。次长的事交给一位先生代理,左耳朵是聋子,自己也在恋爱,衙门失掉了记性;人人跑来跑去,生气,发脾气,乱哄哄一片,你就别想听得见你自己说话。什么地方都是乱,都是烟。我的活儿可要人命:永远是那样子——先是一下修改,再是一下参考,接着又一遍修改,又一遍参考:就像海里的水浪一样单调。你明白,仅仅是眼睛爬出脑壳罢了。给我点儿水喝……走出头门,你就成了一个晕头晕脑的软家伙。你蛮想吃晚饭,睡觉,可是办不到! ——你记得你在乡下——这就是说,你是一个奴才,一块破布,一段绳子,一块坏肉,你得跑腿,四处张罗事去。不管我们住到什么地方,就有了一种写意的风俗:一个男子一进城,不提自己的太太,个个糟女街坊都有权力和力量给他一大堆事做。太太吩咐你到女裁缝那儿,去骂她把一件衣服靠胸的地方做的太宽,肩膀的地方做的太窄;小宋妮雅要一双新鞋,你的小姨子要一些大红绸子,和样子货一样,二十分钱的价码,要三阿森①长。你等一等,我念给你听。

---

① 一阿森等于二十八英寸。

123

（由衣袋取出一张备忘录读）一个灯罩；一磅猪肉；五分钱的丁香和肉桂；密夏用的蓖麻子油；十磅砂糖。你打家里带去：一个铜罐装糖；碳酸；十分钱的杀虫药粉；二十瓶啤酒；醋；尚叟小姐的裹肚，八十二号大小……噢夫！把密夏的冬大衣和木鞋带回家。这是我太太和家里人的吩咐。另外还有我们亲爱的朋友和街坊的事由儿——死了也不嫌多！明天是伏洛嘉亚·傅拉辛的命名日，我得给他买一辆自行车。文赫令团长的太太快要分娩了，所以我每天得去看收生婆，把她请过来。等等，等等。我衣袋里面有五张备忘录，我的手帕打满了结。就是这样子，我的亲爱的朋友，你把时间用在你的公事房和你的火车之间，在城里跑来跑去，舌头奄拉着，跑着，诅咒着人生。从药房跑到女裁缝那儿，从女裁缝那儿跑到猪肉铺，然后再回到药房。在这个地方你摔了一跤，另一个地方你丢了钱，第三个地方你忘记付账，人家在你后面喊骂，第四个地方你踩了一位贵夫人的后摆……呼！整天这样奔波，一夜你骨头痛，梦见的也就是鳄鱼。好，东西全买下了，可是你怎么好把这些东西捆扎起来呀？举个例，你怎么好把一个重铜罐子和一个灯罩摆在一起，或者把碳酸和茶叶摆在一起？你怎么好把啤酒瓶子和这辆自行车放在一起呀？这简直是赫拉克勒斯的苦活儿，①一锅粥，一个猜不破的谜！

---

① 赫拉克勒斯（Hercules）是希腊神话里面最伟大的英雄。他在一个国王下面做奴才，派他去做十二样苦差事，他全做好了。〔编按：原译"海耳库里斯"，现改通译。〕

你想尽了诡计,临了你还是碰碎了东西,弄散了东西;在车站,在火车里,你站着总得胳膊分开,下巴底下顶着东西;拥着一捆一捆东西,什么硬纸盒子哪,一身全是那种乱七八糟的东西。火车开了,旅客把你的大小行李碰了一地,你还得打别人座儿上拾东西。人家叫唤了,把卖票的喊了来,一定要把你轰出去,可是我能够怎么着?我只好傻站着,像挨打的驴子一样直眨眼睛。现在你听我讲。我到了家。我辛苦了一场,你以为我一定欢喜喝几杯好酒,用一顿好饭——不也应当吗?——可是我命里没有注定下这个。我女人出去等我回来,出去有了些时候了。你才刚坐下来喝汤,她就一爪子把你抓起来,你这倒霉蛋儿——你不欢喜去看票友儿演戏,或者跳舞去吗?你就不能够说一个不字。你是丈夫,丈夫这个字,译成乡下过夏的语言,意思就成了一条哑巴牲口,随你往它身上搁多少重东西,你不必害怕动物保护会干涉。于是你去了,蒙眬着眼睛看什么《家丑记》这类东西,太太叫你拍手的时候你就拍手,你越来越觉得难受,难受,难受得要死,最后你简直随时有瘫痪的可能。你要是去跳舞的话,你得给太太找好对手,要是没有对手,你就得奉陪跳完这场对舞。过了半夜,你打戏园子或者跳完舞回来,你已经不成人了,只是一块没有用的松软的破布,总算好,你临了得到你想要的东西,你脱掉衣服,上了床。好极了——你能够闭上眼睛睡了……你明白,一切是非常温柔,暖和,富有诗意,没有小孩子在墙后头乱嚷嚷,太太不在

125

跟前,你的良心是安宁的——你还能够要什么?你睡着了——忽然之间……你听见嗡的一声响……蚊子!(跳起)蚊子!三倍该死的蚊子!(摇拳)这是一种埃及的灾难,①一种宗教审判的苦刑!嗡嗡嗡!响得十分可怜,十分悲伤,好像一直就在求你饶恕,可是坏家伙咬你一口,你得抓挠一小时。你吸烟,你跟它们干,你连头带脚蒙住,全没有用,临了你只好牺牲自己,由这些该死的东西吞掉你。你刚和蚊子对付下来,别的灾难又开始了:你太太在楼下和她唱高音的男朋友开始练习那些哀伤的歌了。他们白天睡觉,夜晚玩儿他们的票友乐队。噢,我的上帝!这些唱高音的人才叫折磨人,地上就没有蚊子能够跟他们比。(他唱着)"噢,告诉我不是我的青春害你""在你面前我入了魔"。噢,这些粗东西!他们简直要弄死我!没有办法,我只好叫自己的耳朵聋:我拿手堵着耳朵。这一直闹至四点钟。噢,再给我点儿水喝,兄弟!……我不能够……好啦,一夜没有睡,早晨六点钟你就得起来,奔到车站。你拼着命跑,唯恐误了车,然而一路泥泞,又冷又有雾——噗!你于是到了城里,一切从头再来一遍。就是这个,兄弟。一种可怕的生活;连我的敌人我都不希望他过这种日子。你明白——我病了!我得了气喘病,胃火症——我总害怕自己有了什么毛病。我得了不消化症,什么吃食我全觉得厚……我变成了一个正常的精

---

① 耶稣小时候,犹太的藩王希律要杀他,父母带他逃到埃及避难。

神病患者……（四顾）可是，你却对人讲，我想去看一下契乔特或者梅尔谢耶夫斯基。兄弟，我有点儿中邪。在绝望和痛苦的时候，蚊子咬我或者高音先生们歌唱的时候，马上一切变模糊了；你跳起来，像一个疯子围着全所房子跑，喊着："我要血！血！"真的，你这时候真还想拿一把刀子砍谁，或者用一把椅子砸他的头。夏天在别墅过活，就会过成这个样子的——没有人同情我，人人认为是理所当然。大家甚至于笑你。可是你明白，我是一个活人，我想活着！这不是滑稽戏，这是悲戏——我说，你要是不拿你的手枪给我，无论如何你也应当同情我。

摩辣希金 我当真同情你。

陶尔喀乔夫 我看得出你多同情我……再会。我还得去买些鳎鱼和肠子……还有牙粉，然后到车站去。

摩辣希金 你住在什么地方？

陶尔喀乔夫 在喀芮永河那边。

摩辣希金 （欣喜）当真？那么你知道奥妮嘉·巴甫洛夫娜·芬拜尔格吧？她住在那边。

陶尔喀乔夫 我知道她。我们还认识哪。

摩辣希金 那真是再好没有了！这太方便了，只要你肯……

陶尔喀乔夫 什么事？

摩辣希金 我亲爱的人。你不替我做点儿事吗：行行好！答应我吧。

陶尔喀乔夫 什么事？

127

摩辣希金 那你就太够朋友了！我求你，我亲爱的人。第一，你为我好好向奥妮嘉·巴甫洛夫娜致意。第二，这儿有点儿小东西，我愿意你带给她。她问我要一架缝纫机，可是我没有人给她送去……你拿着它，我亲爱的！同时你还可以把这个金丝雀连它的笼儿一块儿带去……可是你得小心，别碰坏了门……你那样死盯着我做什么？

陶尔喀乔夫 一架缝纫机……金丝雀连笼儿……金丝雀，磧鹬……

摩辣希金 伊万·伊万诺维奇，你怎么啦！你怎么连脸也紫啦？

陶尔喀乔夫 （跺脚）拿缝纫机给我！鸟笼子在什么地方？现在你拔了尖儿！吃了我！把我撕得粉碎！弄死我！（握拳）我要血！血！血！

摩辣希金 你疯了！

陶尔喀乔夫 （跺脚）我要血！血！

摩辣希金 （恐怖）他疯了！（呼喊）彼得！玛丽亚！你们在什么地方？救命呀！

陶尔喀乔夫 （围着屋子追他）我要血！血！

——幕落

结　婚

人　物

叶甫多基穆·查哈罗维奇·季嘎洛夫——一位退休的
　　文官。

娜丝泰霞·杰莫费耶夫娜——季嘎洛夫的太太。

达申喀——季嘎洛夫和娜丝泰霞的女儿。

叶巴米龙德·马克塞莫维奇·阿勃洛穆包夫——达申喀的
　　新郎。

费多耳·雅考武莱维奇·赖吾洛夫·喀拉乌洛夫——一位
　　退休的船长。

安德莱·安德莱耶维奇·牛宁——一位保险捐客。

安娜·马尔丁洛夫娜·史麦由金娜——一位产婆,三十岁,
　　穿着一件亮红袍子。

伊万·米哈伊洛维奇·雅契——一位电报生。

哈耳兰波·斯波利道洛维奇·狄穆巴——一位希腊点
　　心商。

德米特里·史杰潘诺维奇·莫兹高伏伊——一位帝国海军
　　水手(义勇舰队)。

男傧相,宾客,侍仆,等等。

　　景：
　　安德隆劳夫酒店的一个房间。
　　一个灯火辉煌的房间。一张大餐桌,穿着礼

服的侍仆围着桌子忙乱。景后有乐队在奏四组对
舞曲的末节。

　　安娜·马尔丁洛夫娜·史麦由金娜、雅契和
一位男傧相走过舞台。

史麦由金娜　不成,不成,不成!

雅契　(跟着她)可怜可怜我们! 可怜可怜!

史麦由金娜　不成,不成,不成!

男傧相　(追着他们)你们不能这样下去! 你们到什么地方
　　去? Grand ronde① 怎么办? Grand ronde,请啦!
　　　　〔全下。
　　　　〔娜丝泰霞·杰莫费耶夫娜和阿勃洛穆包夫上。

娜丝泰霞　你还是去跳舞吧,比拿话尽跟我捣乱好多了。

阿勃洛穆包夫　我不是一个斯宾诺莎②,或者那一类人,拿
　　我的腿去凑四个对子。我是一个严肃的人,我有一个
　　性格,我对于空洞的快乐不感兴趣。不过,这也不是一
　　个跳舞问题。你必须原谅我,Maman③,你的作为有好
　　些地方我不懂。举例来看,除去家庭应用的重要东西,
　　你答应另外给我两张奖券,跟你女儿一道儿过门。它

---

①　法文,意思是"大圆舞"。

②　斯宾诺莎(Spinoza,1632—1677):荷兰哲学家。他的推衍方式相当机械,例
　　如推论上帝,他开门见山,提出四个定义,所以剧中人物阿勃洛穆包夫才这
　　样说:"拿我的腿去凑四个对子。"音乐奏的正是四组对舞曲。〔编按:原译
　　"司皮劳萨",现改通译。〕

③　法文,意思是"妈妈"。

们在哪儿?

娜丝泰霞 我的头有点儿疼……我想是天气的缘故……天只要解冻也就好了。

阿勃洛穆包夫 你这样做,脱不了身。我直到今天才发觉那些奖券进了当铺。你必须原谅我 Maman,只有骗子才这样做。我这样做,不是出于唯我主义——我不需要你的奖券——那是原则问题;我不许任何人欺骗我。我一向让你女儿幸福,你今天要是不给我奖券,我可就撒开手不管她了。我是一个体面人!

娜丝泰霞 (看着桌子,数着刀叉)一份,两份,三份,四份,五份。

一个仆人 厨子问您,是喜欢冰搀甘蔗酒,马德拉①,还是单上冰?

阿勃洛穆包夫 搀甘蔗酒。告诉管事的,酒不够用。告诉他再多准备些 Haut Sauterne②。(向娜丝泰霞)你还答应,也还同意,请一位将军到这儿用饭,他在什么地方?

娜丝泰霞 我的亲爱的,那不是我的错。

阿勃洛穆包夫 那么,谁的错?

娜丝泰霞 那是安德莱·安德莱耶维奇的错……昨天他来看我们,答应带一位真正地道的将军来。(叹息)我想他四处去找偏偏没有找到,要不然他会带来的……你以为我们不介意吗? 我们不会在女孩子身上克扣的。

---

① 马德拉,见第 20 页注②。
② 法文,一种上等白葡萄酒,产于法国东南苏特恩。

一位将军，当然喽……

阿勃洛穆包夫　可是还有……人人明白这件事实，Maman，你也算在里头，那个电报生雅契，在我求婚以前，追求达申喀。你为什么要请他？难道你还不知道，我不喜欢这个？

娜丝泰霞　噢，你这人怎么的啦？叶巴米龙德·马克塞莫维奇前天才成了亲的，你对我跟达申喀还是絮絮叨叨个没完没了。一年下来，你要怎么办呀？你也太难了，真是太难了。

阿勃洛穆包夫　那么，你不喜欢听真话。啊，哈，噢，噢！那么，事情做得体面些。我只求你一件事：要体面！

〔成双的舞对跳着 grande ronde，从一个门进来，从另一个门出去。第一对是达申喀和一位男傧相。最后一对是雅契和史麦由金娜。他们两个停在后头。季嘎洛夫和狄穆巴进来走向餐桌。

男傧相　（呼喊）Promenade! Messieurs, promenade!（在后台）Promenade!①

〔舞客全下。

雅契　（向史麦由金娜）可怜可怜！可怜可怜！我膜拜的安娜·马尔丁洛夫娜。

史麦由金娜　噢，什么样　个人！……我已经告诉你了，我今天没有嗓子。

雅契　我求你唱唱！只要一个音节！可怜可怜！只要一个

___

① 法文，意思是："散步！先生们，散步！散步！"

134

音节！

史麦由金娜　我讨厌你……

　　〔坐下，扇扇子。

雅契　可不，你简直没有心肝！这样残忍——假如我可以这样说的话——偏偏就有这样美的，美的嗓子！这样一个嗓子，假如你原谅我这样说，你不应该做产婆，应该在音乐会，在公共场所唱歌！举个例吧，你唱那段fioritura① 唱得多妙呀……那段……（唱）"我爱你，枉费心力……"好极了！

史麦由金娜　（唱）"我爱你，或许再爱。"对不对？

雅契　就是它！真美！

史麦由金娜　不成，我今天没有嗓子……这个，替我扇扇这个扇子……天真热！（向阿勃洛穆包夫）叶巴米龙德·马克塞莫维奇，你为什么这样忧郁？新郎官不作兴这样子的！那副可怜样子，你也不害臊？说呀，你一脑门子什么官司？

阿勃洛穆包夫　结婚是一个严重的步骤！事事必须加以考虑，详细考虑。

史麦由金娜　你们男人全是十足的怀疑派！你们站在四围，我觉得简直透不过气来……给我空气！听见了没有？给我空气！

　　〔唱了几个音节。

雅契　美呀！美呀！

────────────

① 意大利文，是歌者随意加给所唱的乐器的"花腔"。

135

史麦由金娜 扇呀，扇呀，要不然，我觉得，我马上就要晕过去的。告诉我，请啦，我为什么这样透不过气来？

雅契 那是因为你出汗……

史麦由金娜 吓！你这人多俗呀！可别敢说那种话！

雅契 对不住！当然啦，假如我可以这样说的话，你过惯了贵族社会，所以……

史麦由金娜 噢，让我一个人在这儿！给我诗，给我喜悦！扇呀，扇呀！

季嘎洛夫 （向狄穆巴）我们再来一杯，怎么样？（斟酒）酒总好喝的。哈耳兰波·斯波利道洛维奇，只要不耽搁正经。喝吧，快活吧……喝别人的酒，不花钱，为什么不喝？你能喝的……你的健康！（他们饮酒）你们希腊有老虎吗？

狄穆巴 有的。

季嘎洛夫 还有狮子？

狄穆巴 也有狮子。俄罗斯样样没，希腊样样有——我父亲，叔叔，兄弟——这儿样样没。

季嘎洛夫 哼……希腊有鲸鱼吗？

狄穆巴 是呀，样样有。

娜丝泰霞 （向她的丈夫）他们那样吃那样喝，倒是为了什么呀？现在是大家坐下来用饭的时候了。别拿你的叉子往龙虾里头扎……那是给将军预备的。他也许要来的……

季嘎洛夫 希腊也有龙虾吗？

狄穆巴 有呀……那儿是样样有。

136

季嘎洛夫　哼……还有文官。

史麦由金娜　空气在希腊是什么样子，我想象得出来！

季嘎洛夫　那儿一定有许多骗人的事。希腊人简直就跟阿耳麦尼人一样，跟吉卜赛人一样。他们卖你一块海绵，或者一条金鱼，可是同时呀，他们找机会多弄你点儿钱去。我们再来一杯，怎么样？

娜丝泰霞　你想再来一杯干什么？现在是大家坐下来用饭的时候了。十一点都过了。

季嘎洛夫　既然是时候，那么就是时候。太太们，先生们，请！（嚷嚷）用饭！年轻人！

娜丝泰霞　亲爱的客人，请坐！

史麦由金娜　（坐在桌边）给我诗。

　　　　"于是他，叛徒，寻找暴风雨，

　　　　好像暴风雨能够给给他和平。"

　　　　给我暴风雨！

雅契　（旁白）了不起的女人！我陷入爱情！一直陷到耳朵！

　　　[达申喀，莫兹高伏伊，男傧相，男女宾客，等等，上。大家乱哄哄围桌而坐。静了一分钟，乐队演奏进行曲。

莫兹高伏伊　（起立）太太们，先生们！我必须告诉你们这个……我们要喝许许多多酒道喜，要有许许多多话演说。不必等下去了，这就开始吧。太太们，先生们，庆贺新婚夫妇！

　　　[乐队演奏一段花腔。喝彩。杯子碰着。阿勃洛

137

穆包夫和达申喀相吻。

雅契　美呀！美呀！我必须说，太太们，先生们，赞美要得当，这间屋子和一般的布置是华贵的。非常好，好得不得了！只是你们知道，我们这儿缺一件东西——电灯，假如我可以说的话！别的国家老早就有了电灯，只有俄国落在后头。

季嘎洛夫　（思考）电灯……哼……就我看来，电灯完全是一种骗术……放进一块烧好的炭，自以为你们看不见！不成，假如你需要灯亮，千万不要用炭，应当用一种真实的，一种特殊的，你抓得住的东西！你必须有一种火，你们明白，是自然的，不是一种发明！

雅契　你假如看见一块电池，明白电池是怎么样做成的，你就两样想法了。

季嘎洛夫　我不想看。那是一种骗术，欺诈公众……他们想抢出我们最后一口气……所以我们知道，这些……而且，年轻人，你与其为骗术辩护，你顶好还是注意一下你有没有再来一杯，给别人斟斟酒——那就好了！

阿勃洛穆包夫　岳父，我完全同意。做这种专门讨论干什么？我本人不反对谈论种种可能的科学发现，然而现在不是时候！（向达申喀)Ma chère①，你觉得怎么样？

达申喀　他们想表示他们多有教育，所以他们永远谈着我们听不懂的东西。

娜丝泰霞　谢谢上帝，没有教育，我们也活过来了，我们如

---

① 法文，意思是"我的亲爱的"。

今把我们的第三个女儿嫁给一位正人君子。假如你以为我们没有受过教育,那么,你何必到这儿来呢? 到你有教育的朋友那儿去!

雅契　娜丝泰霞·杰莫费耶夫娜,我一向尊敬你的家庭,假如我谈到电灯,并不是说我骄傲。我喝酒,表示我的诚恳。我一向真心希望达里雅·叶甫多基穆夫娜有一位好丈夫。娜丝泰霞·杰莫费耶夫娜,眼下不大容易找到一位好丈夫。现在,人人物色一种有利可图,有钱可得的婚姻……

阿勃洛穆包夫　这是一种暗示!

雅契　(勇气消失)我没有暗示什么……在座的人一向不算在内的……我是……就一般而论……听明白! 人人知道你是为了爱情而结婚的……嫁妆是不足道的。

娜丝泰霞　不对,不是不足道! 你当心你讲点子什么。除掉一千崭新的卢布不算,我们陪过去三件衣服,床和所有的家具。赶着办嫁妆办到这样,你怕找不出第二份来!

雅契　我不是说这个。家具是华贵的,当然啦,还有,还有衣服,不过,他们生气的地方,我从来就没有暗示一句。

娜丝泰霞　你就别再暗示了吧。我们敬重你,看你父母的面子,我们请你来吃喜酒,可是你在这儿闲话三千。假如你知道叶巴米龙德·马克塞莫维奇结婚为了图利,你为什么不在事前讲? (流泪)我带大她,我喂她,我养她……我宝贵她,赛过她是一颗绿玉,我的小女儿……

阿勃洛穆包夫　难道你还真就相信他? 多谢之至! 我非常

139

感激你！（向雅契）至于你，雅契先生，你虽说和我相熟，我不许你在别人家这样胡闹。请，出去！

雅契 你这是什么意思？

阿勃洛穆包夫 我要你跟我一样干脆！一句话，请走！

〔乐队演奏一段花腔。

来宾 随他去吧！坐下！犯不上！由他去吧！别闹下去啦！

雅契 我一点不……我……我简直闹不清……好吧，我走……不过，你先还我去年你向我借的五个卢布，拿一件 piqué① 背心作抵，假如我可以这样说的话。然后，我再喝一杯酒就……走，不过，先还我钱。

若干来宾 坐下！够啦！犯得上吗，为了这点子小事？

一位男傧相 （嚷嚷）新娘的父母健康，叶甫多基穆·查哈罗维奇和娜丝泰霞·杰莫费耶夫娜！

〔乐队演奏一段花腔。喝彩。

季嘎洛夫 （激动地，向各方鞠躬）谢谢！亲爱的来宾！我十分感激你们不但不嫌弃，没有忘记我们，还把这种光荣给了我们。你们千万不要以为我是一个坏蛋，或者我打算骗谁。我说这话，出于我的衷心——我的灵魂的纯洁！我对于好人没有什么会拒绝的！我们十分谦卑地感谢你们！

〔接吻。

达申喀 （向母亲）妈妈，你为什么哭？我快活极了！

---

① 法文，意思是“花点儿”。

阿勃洛穆包夫　Maman 想着要和你分离,所以难过。不过我劝她还是想想我们最后的谈话。

雅契　别哭啦,娜丝泰霞·杰莫费耶夫娜! 想想看,人类的眼泪又算什么? 也就是无谓的精神病学而已。

季嘎洛夫　希腊有红头发人吗?

狄穆巴　是呀,样样有。

季嘎洛夫　不过,你们没有我们这种香菌。

狄穆巴　是呀,我们有,样样有。

莫兹高伏伊　哈耳兰波·斯波利道洛维奇,轮着你说话了! 太太们,先生们,一篇演说!

全体　(向狄穆巴)演说! 演说! 轮着你!

狄穆巴　为什么? 我不明白⋯⋯怎么搞的?

史麦由金娜　不,不成! 你不能够拒绝的! 轮着你啦! 站起来!

狄穆巴　(起立,慌乱)我不能够说⋯⋯这儿是俄罗斯,这儿是希腊。这儿是俄罗斯人,这儿是希腊人⋯⋯这儿有人驾着喀辣夫泅海,喀辣夫就是船,还有人乘着火车在陆地走。我明白。我们是希腊人,你们是俄罗斯人,我什么也不需要⋯⋯我可以告诉你们⋯⋯这儿是俄罗斯,这儿是希腊⋯⋯

　　　〔牛宁上。

牛宁　等等,太太们,先生们,不要吃! 等等! 只一分钟,娜丝泰霞·杰莫费耶夫娜! 假如你不介意,到这儿来! (挽娜丝泰霞到一旁,气喘吁吁)听我讲⋯⋯将军来了⋯⋯我总算找到了一位⋯⋯我简直累坏了⋯⋯一位真的将军,地道的将军——上了年纪,你知道,也许八十岁了,也许就九十岁了。

娜丝泰霞　他什么时候来?

牛宁　这就来。你会感激我一辈子的。[①]

娜丝泰霞　安德莱好人儿,你没有骗我?

牛宁　可是,说呀,我是一个骗子? 你用不着担心思!

娜丝泰霞　(叹息)安德莱好人儿,人可不喜欢白花钱呀!

牛宁　你就别担心思啦! 他不是一位将军,他是一个梦! (高声)我对他讲:"将军,你简直忘记我们啦! 将军忘记了老朋友,可不应该呀! 娜丝泰霞·杰莫费耶夫娜……",我对他讲,"她为了你忘记很不高兴来的!" (走到桌边坐下)他就对我讲:"不过,朋友,我不认识新郎官,怎么好去?""噢,将军,这算得了什么,执着礼儿还行,新郎官,"我对他讲,"是一位漂亮先生,很开达,很和气。他在法院,"我就说,"当估价员,将军,你不要以为他是一个坏蛋,一个拐骗女人的流氓。现下,"我对他讲,"甚至于规矩女人也在法院做事。"他拍我的肩膀,我们各人吸了一支哈瓦那雪茄,现在他来了……稍稍等一等,太太们,先生们,不要吃……

阿勃洛穆包夫　他什么时候来?

牛宁　马上。我离开他的时候,他已经穿好套鞋了。稍稍等一等,太太们,先生们,先别就吃。

阿勃洛穆包夫　应当告诉乐队奏进行曲才是。

---

① 这儿有几句话形容"将军"的头衔,英译本缺乏适当字句,未译。

142

牛宁 (嚷嚷)乐师！进行曲！

　　〔乐队演奏了一分钟进行曲。

一位侍仆 赖吾洛夫·喀拉乌洛夫先生！

　　〔季嘎洛夫、娜丝泰霞和牛宁跑过去欢迎赖吾洛
夫·喀拉乌洛夫上。

娜丝泰霞 (鞠躬)请进来,将军！您能来,我们高兴极了！

赖吾洛夫 一百二十分！

季嘎洛夫 将军,我们不是名门,我们不是显要,十分平常,
不过不要因为这个便以为这儿有什么诈局。我们把好
人放在最好的位次,我们什么也不吝惜。请！

赖吾洛夫 一百二十分高兴！

牛宁 将军,让我给您介绍新郎叶巴米龙德·马克塞莫维
奇·阿勃洛穆包夫,和他新生的……我是说他新婚的
太太！伊万·米哈伊洛维奇·雅契,在电报局做事！
一位希腊国民,外国人,点心商,哈耳兰波·斯波利道
洛维奇·狄穆巴！奥西浦·鲁基奇·巴拜尔曼代布斯
基！等等,等等……其余都无所谓了。将军,请坐！

赖吾洛夫 一百二十分！对不住,太太们,先生们,我只跟
安德莱说两句话。(挽牛宁到一旁)我说,老家伙,我有
点儿窘……你为什么直喊我将军？我不是一位将军！
我连上校都够不上。

牛宁 (耳语)我知道,不过,费多耳·雅考武莱维奇,你就
做一回好人,让我们喊你将军。你明白,这家子人讲究
来历：敬老,喜欢头衔。

赖吾洛夫 噢,既然这样子,好吧……(走向餐桌)一百二

143

十分!

娜丝泰霞 将军,请坐! 将军,请您赏脸用点儿这个! 您可
得原谅我们不懂礼节;我们老实人家!

赖吾洛夫 （没有听见）什么? 哼……是。（稍缓）是……往
时,家家人过着简单的生活,挺幸福的。别看我头衔
高,我就是一个老老实实过日子的人。安德莱今天来
看我,要我来参加婚典。我说:"我不认识他们,我怎么
好去? 这不合礼貌的。"可是他说:"他们是有来历的心
地简单的好人,欢迎任何人。"好吧,假如是这样的
话……为什么不去? 我非常喜欢来。对于我,一个人
在家里头,也怪闷的,假如我参加婚典能够让人人快
活,那我是高兴到这儿来的……

季嘎洛夫 将军,您这话当真,不是吗? 我尊敬这个! 不骗
人,我自己就是一个老实人,我尊敬别人也是这样子。
将军,用菜!

阿勃洛穆包夫 将军,您退休久吗?

赖吾洛夫 哎? 是呀,是呀……一点不错。是呀……不过,
对不住,这怎么的? 鱼发酸……面包发酸。我吃不来
这个!（阿勃洛穆包夫和达申喀互相亲吻）嗜,嗜,
嗜……庆祝你们健康!（稍缓）是呀……往时,事事简
单,人人喜欢……我爱简单……找是一个老人。我在
一千八百六十五年退休。我现在七十二岁。是呀,当
然啦,我年轻时候,事情是两样的,不过——（看见莫兹
高伏伊）你在这儿……你是一个水手,不对吗?

莫兹高伏伊 是呀,是一个水手。

赖吾洛夫　啊哈,那么……是呀。干海军是一个苦活儿。好些事你得仔细想,想了不算,还得头疼。譬方说吧,每一个无所谓的字有它特殊的意义!举个例看,"拉中索,扯大帆!"这是什么意思?一个水手就懂!嘻,嘻!——像数学一般正确!

牛宁　庆祝费多耳·雅考武莱维奇·赖吾洛夫·喀拉乌洛夫将军健康!

　　　　〔乐队演奏一段花腔。喝彩。

雅契　将军,您方才谈起海军事业的艰难困苦。不过,电报就容易吗?现下,将军,一个人不识字,不会写法文、德文,就别想进得了电报局。打电报是世界上顶难的事。一百二十分难!听听看。

　　　　〔拿他的叉子敲着桌子,仿佛一架发报机。

赖吾洛夫　这有什么意思?

雅契　这就是说:"我尊敬将军的人品。"您以为这容易吗?听听看。

　　　　〔敲。

赖吾洛夫　再高点儿,我听不见……

雅契　这就是说:"太太,把你搂在怀里,我要多幸福哟!"

赖吾洛夫　你说的是哪位太太呀?是呀……(向莫兹高伏伊)是呀,要是船头那边起风,你就得……让我想想看……你就得拉前桅绳跟中桅绳!命令是"上横绳,拉前桅绳跟中桅绳"……就在同时,帆松开了,你在下前帆跟上前帆绳底下拿牢支桅绳跟甲板绳。

一位男傧相　(起立)太太们,先生们……

145

赖吾洛夫 （打断）是呀……有许多命令喊。"收上前帆跟高前帆!"好呀,这是什么意思? 简单极了! 这是说,假如中桅跟高桅帆把绳子带起来,他们就得在拉的时候放平上前帆跟高前帆绳子,同时高桅的甲板绳就一定得照着风向放松……

牛宁 （向赖吾洛夫）费多耳·考雅武莱维奇,季嘎洛夫太太请您谈点儿别的。客人们听不懂,太闷了……

赖吾洛夫 什么? 谁闷? （向莫兹高伏伊）年轻人! 现在,假定风力在右舷,船挂满了帆,当着风你得让船走。命令是什么? 好呀,你先在上头打胡哨儿! 嘻,嘻!

牛宁 费多耳·雅考武莱维奇,够啦。吃点儿东西。

赖吾洛夫 人一到甲板,你就下令:"归位!"那个忙劲儿! 你发令,同时你还得拿眼睛看着水手,他们跑来跑去,把帆跟甲板绳弄好,就跟电闪一样。最后,你再也忍不住了,你嚷嚷:"孩子们好!"

　　　　〔他噎了气,咳嗽。

一位男傧相 （慌忙利用这停顿的机会）好比说吧,在这种盛会,在这一天,我们聚在一起,庆贺我们亲爱的……

赖吾洛夫 （打断）是呀,这些你全得记住! 譬方说:"扯中帆绳,收高帆!"

男傧相 （腻烦）他怎么老打岔? 这样下去,我们就别想有一段话说完了!

娜丝泰霞 将军,我们没有知识,像您那些话是一个字也听不懂,不过,假如您对我们讲点儿什么相关的……

赖吾洛夫 （不听）谢谢你,我用过晚饭了。你说这儿有鹅,

146

是吗？谢谢……是呀。我想起往时来了……年轻人，挺快活的！你在海上航船，无忧无虑，还有……（声调激越）你记得转篷有多开心吗？想起那桩活儿，哪一个水手会不兴高采烈？命令一下，胡哨儿一吹，水手就往上爬——就像电光在他们中间一闪。从船长到听差，人人兴奋。

史麦由金娜　真无聊！真无聊！

〔全在唧哝。

赖吾洛夫　（没有听准）谢谢你，我用过晚饭了。（热情地）人人准备好了，个个儿看着长官。他下令了："站开，高桅跟中桅的甲板绳移到右舷，大桅跟平衡的甲板绳移到左舷！"一眨眼就全好了。拉中索跟三角帆索……拉到右舷。（起立）船在风前头，帆最后鼓胀胀的了。长官下令"甲板绳"，自己的眼睛看着大帆，最后这挂帆也鼓胀胀的了，船开始旋转，他拼了命喊："丢下甲板绳！放松大桅绳！"样样东西在飞，一时乱到不能再乱——样样事做好了，不出岔子。船转篷了！

娜丝泰霞　（爆发）将军，您的态度……亏你活了这把年纪，羞也羞死了！

赖吾洛夫　你说香肠？不！我没有用过……谢谢你。

娜丝泰霞　（高声）我说，亏你活了这把年纪，羞也羞死了！将军，你的态度真也太难啦！

牛宁　（窘）太太们，先生们，犯得上吗？真的……

赖吾洛夫　头一桩，我不是一位将军，只是一个二级海军船长，依照品级来算，等于一个准上校。

娜丝泰霞 你既然不是一位将军,那么你干吗拿我们的钱?
我们给你钱,没有叫你这样乱搞!

赖吾洛夫 (急)什么钱?

娜丝泰霞 你知道什么钱。你知道你打安德莱·安德莱耶
维奇那儿拿了二十五卢布……(向牛宁)安德莱,你倒
是看呀! 我从来没有给你钱,叫你雇这样一个人!

牛宁 那是……算了吧。犯得着吗?

赖吾洛夫 给钱……雇……这怎么讲?

阿勃洛穆包夫 让我就问你一句话。你有没有打安德莱·
安德莱耶维奇那儿收到二十五卢布?

赖吾洛夫 什么二十五卢布?(忽然明白过来)原来是这么
一回事呀! 我现在可明白了……真下流,真下流!

阿勃洛穆包夫 你拿钱了没有?

赖吾洛夫 我什么钱也没有拿! 离我远点儿! (离开餐桌)
真下流! 真卑鄙! 侮辱一位老年人,一个水手,一个忠
心耿耿、服役很久的军官! 你们要是规矩人的话,我还
好点一两个人出来比比,不过,现在,我有什么办法?
(心不在焉)门在哪儿? 打哪边儿走? 听差,给我带路!
听差! (走)真下流! 真卑鄙!

　　　　〔下。

娜丝泰霞 安德莱,那些卢布哪儿去啦?

牛宁 犯得上糟蹋辰光谈这些小事吗? 那有什么关系! 这
儿人人快活,这儿你们……(呼喊)新娘和新郎健康!
来一段进行曲! 进行曲! (乐队演奏进行曲)新娘和新
郎健康!

148

史麦由金娜　我出不来气！给我空气！你们这些人围着我，我就别想出得来气！

雅契　（欣然色喜）我的美人！我的美人！

　　〔乱嚣。

一位男傧相　（试着大声压下别人）太太们，先生们！假如我可以说的话，在这种盛会……

——幕落

周年纪念

人　物

安德莱·安德莱耶维奇·石坡钦——某合股银行的董事
　　长,一位中年人,戴着一只单眼镜。
塔杰雅娜·阿莱克塞耶夫娜——石坡钦的夫人,二十五岁。
库兹玛·尼古拉耶维奇·希临——银行的老会计。
娜丝泰霞·费多罗夫娜·麦耳丘特金娜——一位老太太,
　　披着一件旧式大衣。
银行的董事们。
银行的行员们。

　　景:
　　事情发生在银行。
　　董事长的私人办公室。左首有门,通公共房
间。两张书桌。家具有意追求奢华的效果,盖着
绒的扶手椅、花、雕像、地毡、一架电话。中午。希
临一个人,穿着长筒呢靴,隔着门在嚷嚷。

希临　到药房去买一角五分的穿心排草汁,告诉他们送水
　　至董事室! 我说了有一百回了! (走向书桌)我是累
　　透,累透了。今天是第四天了,为了赶活儿,我连闭闭
　　眼的机会都没有。从早到晚我在这儿赶活儿! 从晚到
　　早我在家里。(咳嗽)我全身都在发炎。我是又烫又

冷,我咳嗽,我的腿疼,我的眼睛前面有东西跳舞。(坐下)我们的坏蛋董事长,那浑小子,要在董事会读一篇报告。"我们的银行,今日与未来。"你会以为他是一位甘必大^①……(工作)二……一……一……六……零……七……另一个,六……零……一……六……他打算拿沙子迷大家的眼睛,我呀就坐在这儿,像流犯一样替他干活儿!他这篇报告呀,谎话连篇,可我这儿还得一天又一天坐了下来加数字,鬼捉了他的魂灵儿去!(摇他的算盘)我简直受不了!(写)那是,一……三……七……二……一……零……他答应为了我的工作奖赏我。假如今天事事顺利,公众可以正正经经骗过,他答应送我一个金坠儿和三百卢布红利……回头看好啦。(工作)是的,不过,万一我的工作没有成效,那么,你还是多加小心吧……我是非常紧张……我要是脾气一发作,我可能犯罪的,所以,多加小心!是的!

　　[景后喧嚣的喝彩声。石坡钦的声音:"多谢!多谢!我是一百二十分地感激。"石坡钦上。他穿着一件燕尾服,打着一条白领带;他拿着一本纪念簿,方才送给他的。

石坡钦　(在门边,向外演说)我亲爱的同人,这件礼物我要一直保留到我去世那一天,作为我一生最幸福的时日的纪念!是的,诸君!再一次,我谢谢你们!(往空中

---

① 甘必大(Gambetta,1839—1882):法国政治家。普法之役,法国方面多亏有他撑持。[编按:原译"刚拜塔",现改通译。]

抛了一个吻,转向希临)我亲爱的,我尊敬的库兹玛·尼古拉耶维奇!

[每逢石坡钦来到台上,书记便时来时去,拿着文件要他签字。

希临 (起立)安德莱·安德莱耶维奇,恭逢我们的银行五十周年纪念,我荣幸地向你道喜,希望……

石坡钦 (和他热烈地握手)我亲爱的先生,谢谢你!谢谢你!我想,今天是周年纪念,非同寻常,我们可以互相亲吻!……(他们亲吻)我是非常,非常喜欢!谢谢你的勤劳……你的一切!自从我有光荣做本行的董事长以来,在这期间要是有点儿什么贡献,不是由于别人,全仗着我的同人。(叹息)是呀,十五年!十五年,就像我的名字叫石坡钦!(换了声调)我的报告呢?在写吗?

希临 是;只有五页了。

石坡钦 好极了。那么,三点钟可以好了吧?

希临 假如没有事情搅混我,我可以做好的。现在留下的没有什么重要了。

石坡钦 顶好。顶好,就像我的名字叫石坡钦!董事会四点钟开。你忙好了,我亲爱的朋友。给我前一半,我念一遍看……快……(拿起报告)我把最大的希望放在报告上。这是我的 profession de foi,或者,干脆说了吧,我的 firework。① 我的 firework,就像我的名字叫石坡

---

① profession de foi,法文,意思是"信仰宣言"。文豪卢梭曾经为他的想象人物安排过一篇著名的"信仰宣言"。firework,英文,意思是"烟火"。

155

钦!（坐下，读报告给自己）我累到不能再累……昨天晚饭我的寒腿一直跟我闹别扭，一早晨我又跑来跑去，后来又是这些紧张，欢迎，忙乱……我累极了！

希临 一……零……零……三……九……二……零。这些数字搞得我头昏眼花……三……一……六……四……一……五……

　　　　［打算盘。

石坡钦 还有一桩不愉快的事……你太太今天早晨来看我，又在埋怨你。说你昨天晚饭拿一把刀子恐吓她，跟她妹妹。库兹玛·尼古拉耶维奇，你那是什么意思？噢，噢！

希临 （粗声粗气）今天是周年纪念，安德莱·安德莱耶维奇，我破例要求一次恩惠。哪怕只为尊重我的辛劳，请你不必过问我的家庭生活。不必！

石坡钦 （叹息）库兹玛·尼古拉耶维奇，你这人性子真叫格别！你是一个受人尊敬的好人，不过你对待好人的行径，活活就像坏蛋。是呀，真的，我不明白你为什么那样恨她们？

希临 我希望我能够明白你为什么那样爱她们！

　　　　［稍缓。

石坡钦 行员们方才送了我一本簿子；我听说，董事们回头要对我来一篇演说，送我一只大银杯……（玩弄他的单只眼镜）好极了，就像我的名字叫石坡钦！那不算过分。银行的名誉需要一点辉煌，鬼抓了它去！

当然,什么事你都知道……演说词是我自己做的,杯子也是我自己买的……还有,演说词的封面要花四十五卢布,不过,你少不了它。他们自己呀,说什么也想不到这上头。(向四外张望)看看家具,你就看一眼呀! 他们讲我吝啬,说我要的也就是门上的锁擦擦亮,行员们应当打一个时髦领结,门口应当站一个胖胖的传达。先生们,不对,不对。亮晶晶的锁,一个胖胖的传达表示许多意义。我在家里高兴怎么样就怎么样,吃呀睡的像一头猪,喝得醉醺醺的……

希临　请你别暗示。

石坡钦　没有人暗示! 你这人性子怎么这么格别……我说的是,在家里我可以随便,像一个买卖人,一个 parvenu,高兴玩儿什么就玩儿什么,可是这儿呀,样样儿得 en grand。这是一家银行! 这儿譬方说吧,随便一件小事得 imponiren,外表得庄严。①(他从地板上拾起一张纸,扔进火炉)我这多年对于银行的操劳就是这个——我抬高它的名誉。色调有广大的重要! 广大,就像我的名字叫石坡钦!(望着希临的上空)我亲爱的人,一位股东代表随时会到这儿来,你哪,穿着呢靴子,搭着一条围巾……衣服的颜色也是岂有此理……你应当穿一件燕尾服,或者起码也应当穿一件

---

①　parvenu,法文,意思是"暴发户"。en grand,法文,意思是"有谱儿"。imponiren,拉丁文,意思是"像样儿"。

黑上身……

希临 对于我呀，我的健康比你的股东要紧多了。我全身都在发炎。

石坡钦 （兴奋）可是你必须承认你不干净！你毁坏ensemble①！

希临 代表来的话，我可以走开躲起来。那不成问题……七……一……七……二……一……五……零。我自己也不喜欢肮脏……七……二……九……（打算盘）我看不惯肮脏！今天周年纪念的宴会，你要是不请女客，你聪明多了……

石坡钦 噢，那没有关系。

希临 我知道你今天晚饭要拿她们塞满了大厅，显摆显摆，可是你当心呀，她们样样儿祸害。她们引起种种不便和紊乱。

石坡钦 正相反，她们提高兴趣。

希临 是的……你太太像是懂事了，可是上一个星期礼拜一，她说出了点儿东西，害得我两天不舒服。她当着一大堆人，忽然问："德雅斯基·浦里雅斯基银行的股票在交易所跌了价，我丈夫倒在银行买了许多，是真的吗？我丈夫为了这个烦得不得了！"这话当着许多人。我真不懂，你为什么事事告诉她？你要她们给你惹出严重的麻烦吗！

石坡钦 好，够了，够了！周年纪念讲这个太无聊了。不过，我倒想起来了。（看表）我太太就快要来啦。按说

---

① 法文，意思是"整体"。

158

我真应该到车站去接小可怜儿,不过,时间没有……我又累极啦。我必须说,我不喜欢她!这是说,我喜欢,不过她要是跟她母亲再待上两天,我就更喜欢了。她一定要我今天晚饭陪她一整夜,偏偏我们已经计划好了一趟小小的旅行……(打冷战)噢,我的神经已经在兜着我跳了,紧张透了,我想,芝麻大的小事就够打发我流眼泪的!不成,我得抖擞抖擞精神,就像我的名字叫石坡钦!

〔塔杰雅娜·阿莱克塞耶夫娜·石坡钦上,穿着一件雨衣,肩头挑着一只小旅行袋。

石坡钦 啊!正对点儿!

塔杰雅娜 心肝儿!

〔奔向丈夫;一个悠长的吻。

石坡钦 我们方才正在谈你!

〔看着他的表。

塔杰雅娜 (喘气)我不在跟前,你很无聊吗?你好?我还没有回家,我打车站就一直到这儿来了。我有许多、许多话告诉你……我不能够等……我不脱衣服,我只待一分钟。(向希临)早安,库兹玛·尼古拉耶维奇!(向丈夫)家里全好吗?

石坡钦 是的,都好。你知道,你这个星期胖多了,好看多了……好,你这趟去的开心吗?

塔杰雅娜 好极啦!妈妈和开提雅问候你。瓦希里·安德莱奇送你一个吻。(吻他)姑妈送你一坛果子酱,你不写信,她直怪你。兹纳送你一个吻。(亲吻)噢,你再也

159

想不到出了什么事。你怎么也想不到！我连讲给你听我都怕！噢，你怎么也想不到！不过，我一看你的眼睛，我就知道你不高兴我来！

石坡钦 正相反……心肝……

　　　　〔吻她。

　　　　〔希临咳嗽，生着气。

塔杰雅娜 噢，可怜的开提雅，可怜的开提雅，我真为她难受，为她难受。

石坡钦 心肝，今天是银行周年纪念，我们随时就有股东代表来，你还没有换衣服。

塔杰雅娜 噢，是呀，周年纪念！先生们，我给你们道喜。我希望你们……原来今天就是开会，宴会的日子……那好。那篇讲给股东听的漂亮演说，你花了许多时间写出来的，你背得下来吗？今天要念吗？

　　　　〔希临咳嗽，生着气。

石坡钦 （窘）我亲爱的，我们不要谈这些事。你真是顶好回家。

塔杰雅娜 等一分钟，一分钟。我在一分钟里头样样事全讲给你听，我这再走。我从开头讲起。好……你看着我们动身，你记得我坐在那位结结实实的太太旁边，我开始看书。我不喜欢在火车里头聊天儿。我看书看了三站，一句话也没有对人讲……好，黄昏到了，我觉得阴沉极了，你知道，一脑门子的忧愁思想！一个年轻人坐在我的对面——不难看，褐色头发……好，我们就谈起话来了……当时来了一位水手，后来还有学生，什么

160

的……(笑)我告诉他们我还没有嫁人……他们就直对我献殷勤！我们一直聊到半夜,那个褐色头发的人讲了好些最最滑稽的笑话。水手一直唱歌。我的胸口因为笑也疼了起来。这时候那水手呀——噢,那些水手！——等他晓得了我的名字叫塔杰雅娜,你猜他唱着什么？(用一种低音唱着)"奥尼金不要我掩藏,我爱疯了塔杰雅娜！"

　　[狂笑。
　　[希临咳嗽,生着气。

石坡钦　塔尼雅,亲爱的,你在搅乱库兹玛·尼古拉耶奇。亲爱的,家去吧……过后儿……

塔杰雅娜　不,不,他想听,让他听下去好了,太有趣味了。我只一分钟就完了。塞莱夏到车站来接我。还有什么年轻人什么的,一位税局稽查员,我想是吧……十分漂亮,特别是他的眼睛……塞莱夏介绍我,我们三个人就一同上车走了……天气才叫好！

　　[台后有声音:"你不能够,你不能够！你做什么？"麦耳丘特金娜上,乱摇动她的胳膊。

麦耳丘特金娜　你拉我做什么？怎么样！我要见他本人！(向石坡钦)老爷,我有光荣……我是一位文官的太太,娜丝泰霞·费多罗夫娜·麦耳丘特金娜。

石坡钦　你有什么事？

麦耳丘特金娜　好,老爷,你看,我丈夫病了五个月,他在家里,眼看病就要好了,老爷,忽然没有理由就把他解职了,等我去拿他的薪水,你看,他们扣掉二十四卢布三角六分。为什么？我问。他们讲："好,他借了雇员的钱,别人得替他弥补。"那是怎么回事？我没有答应,他怎么会借钱的？老爷,不会的！我是一个穷女人……我就仗着我的房客过活……我是一个孤苦人儿,少人照应……人人欺负我,没有一个人帮我讲一句好话。

石坡钦　对不住。

　　　〔从她那里取了一份请愿书,站着读。

塔杰雅娜　（向希临)是呀,不过第一我们……上星期我忽然收到我母亲一封信。信里讲有一位格兰狄莱夫斯基向我妹妹开提雅求婚。一位温文尔雅的年轻人,不过本人没有财产,也没有可靠的职业。不幸的是,你倒想想看,开提雅完完全全着了他的迷。怎么办好？妈写信叫我立刻去,劝劝开提雅……

希临　（生气)对不住,我一听你的,我找不到我的地方了！你一个劲儿地讲着你的妈妈和开提雅,我听不懂,地方可找不到了。

塔杰雅娜　那有什么关系？反正你是在听一位太太对你讲话！你今天为什么这样爱光火？你在闹恋爱吗？

　　　〔笑。

石坡钦　（向麦耳丘特金娜)对不住,这是什么东西？我简直搞不清楚这是怎么回事……

塔杰雅娜　你在闹恋爱吗？啊哈！你脸红啦！

石坡钦　（向他的太太)塔尼雅,亲爱的,你到外头等一等,我不会久的。

塔杰雅娜　好吧。

162

〔下。

石坡钦 我简直搞不清这是怎么回事。太太,你显然走错了地方。你的请愿书跟我们完全不相干。你应当去你丈夫做事的那个地方才是。

麦耳丘特金娜 这五个月我去那边去了好些趟了,他们连我的请愿书看也不看。我已经什么也不指望了,不过,谢谢我的姑爷,包里斯·麦特维耶奇,我想到了看你。他讲:"你去,母亲,求求石坡钦先生,他是一位有力量的人,什么也成。"老爷,帮帮我罢!

石坡钦 麦耳丘特金娜太太,我们一点儿帮不了你忙。你必须明白,就我所能理解的来讲,你丈夫是在陆军医院做事,这儿是一家私人的商业机关,一家银行。你明白了没有。

麦耳丘特金娜 老爷,我拿得出一张我丈夫生病的医生证明书。这就是,你看一看……

石坡钦 (厌烦)好吧,好吧;我完全相信你,不过那跟我们不相干。(听见塔杰雅娜在台后的笑声,随后一个男人的笑声。石坡钦望望门)她在搅和行员们。(向麦耳丘特金娜)你这人真怪,也真蠢。不用说,你丈夫知道你应当到哪儿求去?

麦耳丘特金娜 老爷,我什么也不叫他知道。他就是嚷嚷:"那跟你不相干! 少管闲事!"还有……

石坡钦 太太,我再说一遍,你丈夫是在陆军医院做事,这儿是一家银行,一家私人的商业机关……

麦耳丘特金娜 是呀,是呀,是呀……我的亲爱的,我明白。

老爷,既然是那样的话,你吩咐他们给我十五卢布! 再有什么的,我也不放在心上了。

石坡钦 (叹气)噢夫!

希临 安德莱·安德莱耶维奇,这样下去,我的报告别想做得完了!

石坡钦 马上就好。(向麦耳丘特金娜)不过,你必须明白,你到这儿来搞这件事,那个可笑呀,就跟你拿一张离婚请愿书到一位化学家那儿,或者走进一所化验金子的公事房一样。(叩门。传来塔杰雅娜的声音:"我好进来吗,安德莱?"石坡钦喊着)亲爱的,等一分钟! (向麦耳丘特金娜)你没有拿够钱,那跟我们有什么关系呀? 太太,太不凑巧了,今天这儿赶着周年纪念,我们全忙……随时这儿可能有人来……对不住……

麦耳丘特金娜 老爷,可怜可怜我,一个孤儿! 我是一个没人照应的孤苦女人……我累得要死……我的房客跟我闹意见,还不是为了我丈夫,整个房子我得操心,我的姑爷又找不着事……

石坡钦 麦耳丘特金娜太太,我……不,对不住,我没有话跟你讲! 我的头简直在打漩……你搅和我们,糟蹋我们的时间……(叹气,旁白)什么样的事,就像我的名字叫石坡钦! (向希临)库兹玛·尼古拉耶维奇,可否请你解释给麦耳丘特金娜太太……

　　〔摇着他的手,走向外厅。

希临 (走近麦耳丘特金娜发怒)你要什么?

麦耳丘特金娜 我是一个没人照应的孤苦女人……看外表

我像还好,可是你要是把我分成一小块儿一小块儿呀,你不会找到一点点健康的东西! 我的两条腿几乎站也站不起来,我的胃口也坏了。今天我喝咖啡,就一点儿味道没有。

希临　我问你,你要什么?

麦耳丘特金娜　我的亲爱的,告诉他们给我十五卢布,一个月以后再给余下的也就成了。

希临　可是人家没有清清楚楚讲给你听了么,这是银行!

麦耳丘特金娜　是呀,是呀……你要是愿意的话,我有医生证明书给你看。

希临　你肩膀上头有没有长着脑袋壳什么的?

麦耳丘特金娜　我的亲爱的,我要的是法律上我应该有的东西,我不要别人家的东西。

希临　我问你,太太,你肩膀上面有没有长着脑袋壳什么的? 家伙,鬼抓了你去,我没有时间跟你烦叨! 我忙着哪……(指门)那边,请!

麦耳丘特金娜　(惊)钱在哪儿?

希临　你没有长着脑袋壳。不过……

〔拍桌子,然后指着他的前额。

麦耳丘特金娜　(恼怒)什么好吧,没有关系,没有关系……你可以那样对付你太太,可是我呀,我是一位文官太太……你不能够那样对付我!

希临　(不克自制)出去!

麦耳丘特金娜　偏不,偏不,偏不……偏不出去!

希临　假如你不马上出去,我就喊传达了! 出去!

　　　　　[跺脚。

麦耳丘特金娜　　没有关系,没有关系,我不怕! 你们这种人
　　我以前看多了! 吝啬鬼!

希临　我相信我一辈子也没有见过一个更可怕的女人……
　　噢夫! 我的头都疼了……(出气粗了)我再讲一次给你
　　听……你听见了没有? 你假如不出去,老鬼,我要把你
　　磨成粉! 我这人天生的性子,我有本事打折你的腿,瘸
　　你一辈子! 我不怕犯罪的!

麦耳丘特金娜　　我从前听见过狗汪汪。我不怕。你们这种
　　人我以前看多了。

希临　(绝望)我受不了! 我病了! 我毁定了! (坐在他的
　　书桌前)他们让银行塞满了女人,我的报告就别想完得
　　了! 我完不了!

麦耳丘特金娜　　我要的不是别人的钱,是法律上我自己的
　　钱。你应当活活羞死才是! 坐在政府机关,穿着呢靴
　　子……

　　　　　[石坡钦和塔杰雅娜上。

塔杰雅娜　　(随着她的丈夫)我们在拜莱石尼司基司过的
　　夜。开提雅穿着一件天青绸大衣,敞领儿……头发是
　　做的,她好看极了,她的头发是我做的……她那样子才
　　叫迷人……

石坡钦　(已经听够了)是呀,是呀……迷人……他们随时
　　可能到这儿来……

麦耳丘特金娜　　老爷!

石坡钦　(茫然)怎么样? 你有什么事?

麦耳丘特金娜　老爷!（指着希临）这位先生……这位先生拿手指敲桌子,随后又敲头……你吩咐他当心我的事,可是他呀侮辱我,说着种种怪话。我是一个没人照应的孤苦女人……

石坡钦　好吧,太太,我留意就是……采取必需的步骤……现在你走吧……以后再谈!（旁白）我的寒腿又犯了!

希临　（向石坡钦低声）安德莱·安德莱耶维奇,喊传达来,把她轰出去! 我们还有什么办法?

石坡钦　（畏惧）不,不! 她会大吵大闹的,这所房子不光是我们。

麦耳丘特金娜　老爷。

希临　（声音含着泪）可是我得弄完报告! 我没有时间! 我没有!

麦耳丘特金娜　老爷,什么时候我可以有钱? 我现在就要。

石坡钦　（旁白,垂头丧气）真是一个蠢透了,蠢透了的女人!（有礼貌地）太太,我已经告诉你了,这是一家银行,一个私人的商业机关。

麦耳丘特金娜　老爷,开开恩吧……假如医生的证明书还不够,我可以再到警察局弄一张。吩咐他们把钱给我!

石坡钦　（喘吁）噢夫!

塔杰雅娜　（向麦耳丘特金娜）太太,你没有听见人家讲,你搅乱他们吗? 你有什么权力?

麦耳丘特金娜　太太,漂亮的太太,漂亮的太太。没有人帮我忙,我除去吃就是喝,方才我喝咖啡就没有味道。

石坡钦　（厌倦）你要多少?

麦耳丘特金娜 二十四卢布三角六分。

石坡钦 好吧!(从衣袋取出一张二十五卢布纸币给她)这儿是二十五卢布。拿去……给我走!

　　〔希临咳嗽,生着气。

麦耳丘特金娜 老爷,我打心里感谢你。

　　〔把钱藏起。

塔杰雅娜 (坐在丈夫一旁)该是我回家的时候了……(看表)不过我还没有讲完……我拿一分钟讲完,讲完了就走……我们玩儿得才叫开心! 是呀,真叫开心! 我们在拜莱石尼司基司过夜……平平常常,挺好玩儿,不过也没有什么特别……开提雅崇拜的格兰狄莱夫斯基,当然喽,也在那儿……好,我跟开提雅谈话,我哭,我要她告诉格兰狄莱夫斯基,拒绝他。好,我以为就这样解决了,样样事称心如意;我让妈放了心,我救下开提雅,自己也放了心……你猜怎么样? 开提雅跟我在吃饭以前,沿着林道散步,忽然……(紧张)忽然我们就听见一声枪响……不成,我不能够安安静静地谈这个!(摇她的手绢)不成,我不能够!

石坡钦 (叹气)噢夫!

塔杰雅娜 (哭)我们跑到凉棚底下,就在这儿……这儿,可怜的格兰狄莱夫斯基躺着……手里拿着一管手枪……

石坡钦 不成,我不能够忍受这个,我不能够!(向麦耳丘特金娜)你还有什么事?

麦耳丘特金娜 老爷,我丈夫能不能够回来做事?

塔杰雅娜 (哭)他照准了心打自己……这儿……可怜人倒

168

下去,失了知觉……他让自己给吓坏了,躺在那儿……
要人去请医生。医生不久就来了……救下不幸人的性
命……

麦耳丘特金娜　老爷,我丈夫能不能够回去做事?

石坡钦　不成,我不能够忍受这个!(哭)我不能!(向希临
绝望地伸出两手)轰她出去! 轰她出去,我求求你了!

希临　(走向塔杰雅娜)滚出去!

石坡钦　不是她,是这一个……这个可怕的女人……(指)
那一个!

希临　(不明白,向塔杰雅娜)滚出去!(跺脚)出去!

塔杰雅娜　什么? 你干什么? 你是疯了怎么的?

石坡钦　真可怕! 我也真可怜! 轰她走! 赶她出去!

希临　(向塔杰雅娜)滚出去! 我要打瘸你的腿! 我要把你
捣成肉浆! 我要犯法!

塔杰雅娜　(跑开;他追她)你怎么敢! 你不要脸!(嘶喊)
安德莱! 救命! 安德莱!

石坡钦　(追他们)停住! 我求你们了! 别吵闹成不成? 可
怜可怜我!

希临　(追麦耳丘特金娜)滚出去! 捉住她! 砸她! 一块一
块把她剁下来!

石坡钦　(呼喊)停住! 我请你们! 我求你们!

麦耳丘特金娜　小父亲们……小父亲们! ……(乱喊乱叫)
小父亲们! ……

塔杰雅娜　(嘶叫)救命! 救命呀! ……噢,噢……我病了,
我病了!

169

〔跳到一张椅子上,然后跌进沙发,晕了过去似的哼唧。

希临 （追麦耳丘特金娜）砸她！打她！一块一块把她剁下来！

麦耳丘特金娜 噢,噢……小父亲们,我前头是一片黑！啊！

〔失去知觉,倒进石坡钦的胳膊。

〔叩门；一个声音通知室内代表来了："代表……名誉……有事……"

希临 （跺脚）滚出去,鬼抓了我去！（卷起袖筒）把她交给我：我要犯法了……

〔五位代表上；他们穿着燕尾服。一位捧着绒面演说词,另一位捧着大银杯。行员们由外厅在门口向内张望。塔杰雅娜跪在沙发上,麦耳丘特金娜在石坡钦的胳膊内,全在哼唧。

一位代表 （高声诵读）"深为吾人敬爱之安德莱·安德莱耶维奇乎！吾人回瞻过去财务之管理,检视其逐渐发展之情况,印象极为良好。其初也,资本浩大,业务殊少成就,银行亦无一定目标,是以哈姆雷特之问题：'存乎否耶',诚令吾人感有极端之重要,而动议清理者正亦不乏人在。于此时也,先生出而总绾行务,学识能力,与夫先生之天赋才具,卒抵事业于异常之成就,广大之发展。而银行之名誉……（咳嗽）银行之名誉……"

麦耳丘特金娜 （哼唧）噢！噢！

170

塔杰雅娜 （哼唧）水！水！

代表 （继续诵读）"名誉（咳嗽）……银行之名誉蒸蒸日上，今已堪与外国最优之商业机构媲美，先生所致也。"

石坡钦 代表……名誉……有事……两位朋友在夜晚散步……在苍白的月光下面谈话……噢，不要对我讲，青春没有用，妒忌搅昏我的头脑。

代表 （继续，慌乱）"更就目前情况加以客观之探讨，深为吾人敬爱之安德莱·安德莱耶维奇乎，吾人……"（放低声音）既然这样，我们回头再来……是的，回头再……

　　　　［代表于慌乱之中下。

——幕落

契诃夫自传

我，安东·契诃夫，一八六〇年一月十七日生在塔岗洛格(Taganrog)。我先在康斯坦丁皇帝教会的希腊学校读书，后来转到塔岗洛格的初级学校。我在一八七九年考进莫斯科大学的医科。当时我对于一般院系只有一个模糊的观念，我现在不记得我根据什么理由选择医科；不过后来我对于我的选择并不懊悔。正当我的第一学年，我开始在周刊日报上发表文章，写作早在八十年代，努力不息，养成一种永久的职业性质。我在一八八八年得到普希金奖金。一八九〇年，我到萨哈连(Saghalien)，为了写一本关于我们那边的罪犯居留地的书。不算法律报告，评论，副刊小文，短论，如今搜集的话，相当困难——二十年的文学工作，我写了也发表了三百以上的对开本，短篇、长篇小说统统包含在内。我为剧院也写了一些戏。

我相信医学的研究对于我的文学工作具有一种重要的影响：医学扩大不少我的观察的界限，充实我的知识，对于找的真正的价值，作为一位作家来看，只有一个人本身又是医生的才能够了解。医学还有一种指导作用，我设法避免许多过失，或许就仰仗我有医学知识。因为对于自然科学和科学方法娴熟的缘故，我总加意小心，如若可能，试着对科学的事实加以考虑；如若不可能，我就索性一字不写了。我愿意顺便指出，艺术创作的条件并不常常就和科学的事实完全一致：例如现实里的服毒自尽，就不可能在舞台上表现出来。不过，甚至于就是在传统习惯之中，也应当感到和科学的事实一致，这就是说，对于读者或者观众，这只是一种传统习惯必须交代清楚，因为他必须明白作者的报告依然正确。我不属于那些对科学采取一种否定态度的小说作家；我也不愿意属于那类靠聪明成家的文人。

一八九九年十月十一日
致罗骚里冒（Rossolimo）医生书

论烟草有害

一出舞台独白独幕剧

（一八八六年版）

童道明　译

人　物

伊万·伊万奴维奇·牛兴——妻子的丈夫
（妻子是一家女子寄宿学校的校长）

　　　景是一个外省俱乐部的讲台。
　　　牛兴神情庄重地上台，一鞠躬，整理一下背
心，开始神气地讲演。

牛兴　亲爱的太太们，亲爱的先生们。我的太太建议我到
　　此地作一次慈善性质的讲座。真正的学问是不动声色
　　的，是不喜欢出头露面的，但鉴于这讲座有慈善性质，
　　我妻子也就答应了，于是我来到了诸位面前。我不是
　　教授，也没有得到过任何学位，但这对于你们任何一位
　　都不是秘密，我……我（一时语塞，赶紧看一眼从背心
　　口袋里掏出的纸片）……我已经有三十年的时间不停
　　地工作，不惜牺牲自己的健康和生活的乐趣，我一直在
　　研究具有严格的科学性质的问题，有时甚至还在地方
　　上的刊物上刊登学术论文……就在这几天我给编辑部
　　交了一份长篇论文，标题是：《茶叶和咖啡对于人体的
　　害处》。我为今天这个讲座选择了一个题目，讲吸食烟
　　草给人类带来的害处。当然，很难在一个讲座中穷尽
　　这一课题的全部内容，但我尽可能简单扼要地把它最

177

重要的内涵讲出来……作为一个信口开河讲科普的反对者,我将坚持科学的严肃性,我也恳请你们听众能感受到这个课题的重要性,并以严肃的认真的态度来对待我的这个讲座……哪一位不严肃,哪一位害怕听严肃的科学讲座,他可以不听,可以离开此地……（做了一个很神气的手势,整理了一下背心）那么,我开始讲……

请注意……我们特别要提请在座的医生先生们注意,他们可以从我这个讲座得到很多有益的信息,因为这个烟草,除了它的害处之外,也可以在临床治疗中得到利用。在一千八百七十一年二月十日那一天,烟草作为一种润肠药开给了我妻子。（看纸片）烟草是一种有机物。据我所知,它是从一种叫作 Nicotiana Tabacum 的植物中提取的,属于 Solanales 家族。它们生长在美洲,主要组成成分是可怕的致命的尼古丁毒液。据我所知,它的化学成分是由十个碳原子、十四个氢原子和……两个……氮……原子……（喘着粗气,用手抓住胸口,纸片掉了下来）空气!（用两手两脚来平衡身体,以免倒地）啊嘿! 马上! 让喘口气……马上……立即……我是用我的意志力坚持住不跌倒……（用拳头捶击胸膛）行了! 呜!

　　［一分钟的停顿。在这一分钟里,牛兴在讲台上踱步,一边喘着气。

我早就……患有窒息性……气喘……我第一次发病是在一千八百六十九年九月十三日……那天正好我

178

妻子生下了第六个女儿维罗契卡……我妻子一共生了九个女儿……没有一个男孩儿。我妻子为此感到非常高兴,因为在女子寄宿学校里有个男孩儿会有种种不便……在整个女子寄宿学校里,只有一个男人——就是我……但是,信任我妻子,把他们的孩子的命运托付给她的那些尊贵的家长,完全可以对我放心……话又说回来,因为时间有限,我们也就不扯题外话了……那么,我的讲座说到哪个地方了?呜!是窒息性气喘,打断了,我讲座最精彩的地方。但有祸必有福。对于我和对于你们,尤其是对于在座的医生先生们来说,这个窒息性气喘可以成为一个最美妙的教材。在自然界,任何事情的发生都有原因……那我们就来找找我今天窒息性气喘发生的原因……(把手指放在额头做思考状)对了!避免气喘的唯一措施,是不吃油腻的有刺激性的食物,而我来这里作讲座前,我饮食有些过度了。应该向你们说明,在我妻子主持的寄宿学校里今天供应油煎薄饼。我是我妻子的丈夫,似乎不应该由我来夸奖这位高尚的女士,但我可以向你们发誓,没有一个地方能像我妻子主持的这所寄宿学校,把伙食安排得如此细致,如此卫生,如此合理。我本人可以为此作证,因为我有幸在我妻子主持的寄宿学校里出任总务主任,我购置食物,管理工友,每晚向妻子报账,缝制课本,研制杀虫剂,喷洒空气清洁剂,清点床单,洗漱时把好关,不能让一个牙刷有五个以上的学员使用,不能让十个以上的女生共用一条洗脸毛巾。我今天领了一项

179

任务,给厨娘发放面粉和奶油,数量严格按照学员的人数配制。这样,今天做了油煎薄饼。应该向你们说明,这些油煎薄饼是专门为学员们准备的。为我妻子的家属们预备了烤肉,是用小牛的后腿肉烤的,这些牛腿从上星期五就存在地窖里了。我妻子与我都明白,如果今天不把这牛腿烤出来,明天就变质了。但后来,你们听听,后来发生了什么!当油煎薄饼已经做好,也已经清点完毕,我的妻子派人来厨房说,五个学员因为行为不端不给吃油煎薄饼了。这么一来,我们就多出了五张油煎薄饼。那么该怎么处置这多余的油煎薄饼呢?怎么处置?给女儿吃?但我妻子不许女儿吃面食。唉,你们是怎么想的?把它们怎么处理了?(叹气和摇头)噢,慈悲的心肠!噢,善良的天使!我妻子说:“马尔吉沙,你自己把这些油煎薄饼吃了吧!”我也就先喝下一杯白酒,之后,将那些油煎薄饼全吃掉了。这就是气喘病发作的原因。这就一清二楚了!但是……(看表)我们聊过头了,有点跑题了。让我们继续往下讲……这就是说,尼古丁的化学成分是……(神经质地摸口袋,用眼睛寻找纸片)我建议你们记住这个公式……化学公式,这是指路明星……(看到了纸片,把手帕掉落在纸片上,把手帕与纸片一同拾起)我忘了告诉你们了,在我妻子主持的寄宿学校里,除了日常行政事务外,我也承担了教学任务,我教的课程有数学、物理、化学、地理、历史和直观教学,除了这些课程外,我妻子主持的这所寄宿学校里,也有法文课、德文课和英文课、神学课、手工课、绘画课、音乐课、舞蹈课和礼仪课。

你们看，课程比普通中学的还要多。还有伙食！还有舒适的环境！更让人惊讶的是：为了获得所有这一切优越的教学条件，只需极低的花费！全寄宿生交三百卢布，半寄宿生交二百卢布，走读生交一百卢布。舞蹈课、音乐课和绘画课的学费，可以与我妻子单议……多么好的寄宿学校！这所学校位于小猫街与五狗巷拐角，在上尉夫人玛玛什契基娜的院子里。我妻子可以在任何时间在家里接待来客，洽谈业务，介绍学校情况的小册子可以在学校的门房那里买到，每册售价五十戈比。(看纸片)就是说，我建议你们记住公式！尼古丁的化学成分由十个碳原子、十四个氢原子、两个氮原子组成。麻烦大家用笔记一下。它是一种无色的液体，有氨的气味。对于我们来说，重要的是，尼古丁(看着烟盒)对于神经中枢和消化道的直接作用。噢，上帝！又撒东西了！(打喷嚏)哎，拿这些讨厌的小姑娘有什么办法？昨天她们在烟盒里撒香粉，而今天又往里边撒了极难闻的东西，(打喷嚏，搔鼻子)要知道这太恶劣了！这种粉末能给我的鼻子造成伤害。呜呜！……这些讨厌的小姑娘！你们，可能，从这些女孩子的行为中看出我妻子主持的这所寄宿学校在纪律约束上的缺陷。不对，亲爱的先生们，寄宿学校在这方面没有过错。不！是社会的过错！是你们的过错！家庭理应与学校携手合作，但我们看到的实际情况又是如何？(打喷嚏)得了，咱们忘了这个吧！(打喷嚏)忘了这个。尼古丁把我们的肠胃引向一种病理状态,也就是破伤风状态!

[顿歇。

但是我在你们很多人的脸上发现了微笑。很显然,不是所有的听众对我们所讨论的这一课题的极端重要性有足够的认识。甚至还有这样的人,当有人在台上宣讲充满科学精神的真理时,他们倒觉得好笑!(叹气)当然,我不想批评你们,但是……我常常对我妻子的女儿们说:"孩子们,不要嘲笑那些神圣的事物!"(打喷嚏)我妻子生了九个女儿。大女儿安娜二十七岁,小女儿十七岁。亲爱的先生们! 大自然所有的一切美好的、纯洁的、神圣的元素都集中在这九个纯真少女的肌体里。请原谅我的这份激动和我的颤抖的嗓音:在你们面前站着的是一个最幸福的父亲。(叹气)但是,我们今天嫁人难,特别难! 从阴沟里掏出大把钞票都比给女儿找个丈夫容易。(摇摇头)啊嘿,年轻人啊年轻人! 由于你们的顽固,你们的贪财,你们让自己失去了一个天下最高等的享受,家庭生活的享受! ……如果你们能知道,这个生活是多么的美好! 我和妻子共同生活了三十三年,我可以说,这是我一生中最美好的岁月,这些美好的岁月就如同一个幸福的瞬间流过去了。(哭泣)我是怎样常常因为自己的弱点而让她伤心的啊! 我可怜的妻子! 尽管我也顺从地接受她对我的惩罚,但我又能拿什么来报答她的愤怒呢? 我妻子的女儿这么久嫁不出去,是因为她们太羞涩,是因为男人们永远见不到她们。我的妻子不肯组织家庭晚会,她也从不请客吃饭,但是……我可以向诸位透露一个秘密……(走近脚灯,轻声地)可以在大的节庆日见到我妻子的女儿,在她们的姑妈娜塔丽·赛明劳芙娜家见到她们。就是那位害羊角疯的太太,她还爱收集古钱币。那边还给饭吃,但鉴于时间有限,我们就不再多说题外话。我讲到了破伤风。不过,(看表)下次再讲!(整理背心,神情庄重地离去)

——幕落

《论烟草有害》的两个版本

童道明

契诃夫一八八六年二月刚写完《论烟草有害》,就觉得不太满意,自己坦承:"意图是好的,但完成得不太好。"八年过去之后的一九〇二年,契诃夫终于下决心重写这个剧本。

体裁不变——还是"一个舞台独白独幕剧";

剧名不变——还是《论烟草有害》;

人物不变——还是"妻子的丈夫"牛兴;

剧情不变——还是牛兴依照妻子的指示,上台作题为"论烟草有害"的学术讲座。

但两相对照,我们也不难发现,一九〇二年版对于一八八六年版的改动,如果不说是颠覆性的,也可以说是原则性的,根本性的。

首先,人物的性格色彩变了。在一八八六年的版本中,牛兴是个"尊内"的人,对妻子言听计从,把她奉若神明;在一九〇二年的版本里,牛兴是个"惧内"的人,他表面上对妻子百依百顺,内心里却想摆脱掉她的控制。在两个版本里,牛兴都说:"我和妻子共同生活了三十三年,我可以说,这是我一生中最美好的岁月。"这在一八八六年版的牛兴是实话实说,在一九〇二年版的牛兴,是违心之言,因为他很快在作真情倾诉时,就说他想"远离折磨了我三十三年的妻子"。

再说情节。表面上看,两个牛兴都在作科普讲座。但是,一八八六年版中的牛兴真有一点儿想作讲座的样子,他显然是事先做了准备的,还把一些材料抄在"纸片"上放进口袋里,像应试的学生把"夹带"放进口袋带进考场一样。偷看"纸片"成了剧中的一个笑点。而一九〇二年版的牛兴根本没有做讲座的准备。他是借登台作学术讲座,找到了向人倾诉心中苦恼的机会。他是把听众当成了诉苦的对象,把积压在心里三十三年的痛苦与希望一古脑儿地说出来。

而在倾情地直抒胸臆的过程中,他把矛头指向了包围着他的"生活"——这个生活"把我变成一个可怜的老傻瓜",这个"生活"里,自然也包括他惧怕的妻子。

契诃夫是"自由的歌手"。他在名作《套中人》中指出:"甚至仅仅是对自由的某种暗示,甚至是对自由的微小希望,都能给灵魂插上翅膀。"一九〇二年版的《论烟草有害》里我们就听到了"给灵魂插上翅膀"的自由之歌。剧本结尾处的大段向往自由的独白,既忧伤,也抒情。

如果说,一八八六年版的《论烟草有害》是个普通的喜剧小品,那么一九〇二年版的《论烟草有害》就是个更具社会内涵和审美意味的悲喜剧。